사닥다리

저 자 와
협의하여
인지 생략

사닥다리

지은이 | 김유미
펴낸이 | 一庚 張少任
펴낸곳 | 돌샘답게
초판 인쇄 | 2021년 11월 20일
초판 발행 | 2021년 11월 25일
등 록 | 1990년 2월 28일, 제 21-140호
주 소 | 04975 서울특별시 광진구 천호대로 698 진달래빌딩 502호
전 화 | (편집) 02)469-0464, 02)462-0464
           (영업) 02)463-0464, 02)498-0464
팩 스 | 02)498-0463
홈페이지 | www.dapgae.co.kr
e-mail | dapgae@gmail.com, dapgae@korea.com
ISBN 978-89-7574-342-9
ⓒ 2021, 김유미
나답게·우리답게·책답게

조지아 오키프의 허공에 떠 있는 사닥다리처럼 부질없는 꿈일지언정 꿈이 있는 한 삶은
살아볼 만하지 않은가. 잡초를 꽃이라 여기면 꽃이 되지 않으리

김유미 장편소설

사닥다리

도서
출판 답게

| 차례 |

작가의 말

　가을을 느끼기 힘든 곳에서 가을을 느끼고 싶어 산책할 때마다 낙엽을 주워온다.

　사계절이 뚜렷하지 않은 남가주에서는 형형색색 물든 단풍나무는 좀처럼 보기 힘들다. 그래서 그나마 가을빛을 보여주는 낙엽을 만나면 그리 반가울 수가 없다.

　한여름 바닷가에 나가면 조개껍데기 줍는 재미 또한 쏠쏠하다. 하지만 조금도 깨진 구석이 없는 조개껍데기 찾기란 그리 쉽지 않다. 이왕이면 조금도 깨진 곳이 없고, 색깔도 예쁜 조개껍데기를 주우려고 욕심부리다가 한번은 파도에 쓸려갈 뻔도 했었다.

　조개껍데기도 몇 잎 안 되는 낙엽도 귀한 장식품처럼 그릇에 담아놓고 가끔 들여다보면 마음에 모닥모닥 기쁨이 인다. 남들은 지지한 것들이라 할지 모르지만, 이런 작은 기쁨들이 모여 나에게 행복을 준다.

소녀 시절이 이제는 멀리, 아주 멀리, 아득한데 사람의 정서는 세월 갈 줄 모르나 보다.

몇 해 전, 미국 산타페(Santa Fe)라는 도시에 여행 간 적이 있다.

하루는 길 양편이 모두 화랑인 거리에 가서 저마다 특색있게 꾸며진 갤러리를 돌아보다가 Georgia O'keeffe의 '달로 가는 사닥다리(Ladder to the moon)'를 보게 되었다.

저녁인지 새벽인지 희뿌연 청록색 허공에 떠 있는 사닥다리. 그리고 멀리 보일 듯 말 듯 한 반달.

왠지 그 그림 앞에서 옴짝할 수가 없었다.

사닥다리가 허공에 떠 있다는 자체가 망상이다. 그 사닥다리를 타고 올라가 달나라에 간다는 것 또한, 허황된 꿈이다.

가슴이 매지매지 아려왔다.

엄청나게 큰 꽃을 즐겨 그리는 작가가 무엇을 생각하며 이 그림을 그렸는지, 어찌하여 톨스토이는 부와 명예를 다 뒤로하고 80 노구를 이끌고 가출했는지가 이상하게 겹쳐왔다.

그는 무엇을 찾고자 현실에서 탈출한 걸까. 채워지지 않는 꿈을 향한 탈출일까.

거울의 이편과 저편. 현실과 비현실. 절망과 희망. 그리고 사랑과 이별.

그 사이에서 갈매기처럼 배회하는 우리네 삶.

인생에 남는 게 있다면 오직 사랑뿐이라고. 나는 지금도 사랑을 꿈꿀 수 있어 행복하다고. 오래전 캐나다 PEN 대회에서 만났던 노작가의 말. 인생에 남는 건 오직 사랑뿐이라는 그 말이 지금도 생생하다.

사랑 때문에 행복하고 사랑 때문에 슬픈 나와 내 주변에 흩어져 있는 이야기들.
늘 막연히 벼르기만 하던 이야기들을 낙엽 하나하나 조심스럽게 줍듯 기억나는 대로 적고 싶었다.
세월은 기다려주지 않으니까.

2021년 초가을에

김유미

마음

　수연은 카드 상자를 꺼내 하나하나 읽어보는 게 참 즐겁다.

　친구에게 받은 카드도 많지만, 그냥 카드가 너무 예쁘고 그 안에 적혀 있는 글귀가 마음에 와닿아 사 둔 카드도 꽤 많다. 마치 특별한 우표나 동전을 수집하는 사람처럼 수연은 카드를 넣어두는 상자가 따로 있다.

　보물 상자. 보석을 넣어두는 상자가 아니라 수연에게는 수십 년 모아둔 이 카드 상자가 보물 상자다.

　이상한 집착이라 할까. 수연은 가끔 아주 소중한 옛 사진을 꺼내 보듯 오래된 카드들을 꺼내 본다.

　하나, 또 하나, 카드들을 한참 들여다보고 있노라면 카드에서 무슨 소리가 들려오는 것 같다. 영혼을 파고드는 듯한 소리. 멀리서 아주 멀리서 들려오는 퉁소 소리 같기도 하고, 첼로 소리 같기도 한 그 소리에 잔잔하던 마음이 미묘하게 흔들리기 시작해 바람에 실려 어디론가 붕붕 떠가는 것 같다. 영혼이 춤을 추는 듯싶다. 미지의 세계, 신비한 카드 그림 속으로.

세잔느였나? 자연 속에 몰입돼 그림을 그리다 보면 온갖 풍경이 숨을 쉬는 인간 자체가 된다고 믿은 화가가? 들에 나가 그림을 그리고 돌아오다 몰아치는 비바람에 지쳐 쓰러져 결국 며칠 견디지 못하고 숨졌다는 화가가?

세잔느가 맞나?

나이 들어간다는 게 자신이 없어진다는 걸까?

매사에 자신 있고 당당하던 사람도 켜켜이 쌓이는 낙엽처럼 세월이 쌓이면 이것이었나, 저것이었나, 알쏭달쏭해지고 주뼛대게 된다.

세월이 잔인하다 할까? 아니다. 잔인하다고 생각하는 그 의혹이 잔인하다. 세월이야말로 어떻게 살아왔는가 하는 삶의 모습, 뭐 하나 버릴 수 없는 자신의 흔적 아닌가.

지난주, 여고 동창, 규희가 눈을 감았다.

일 년 동안 폐암으로 고생하던 규희. 친구들은 규희보다 규희 남편이 불쌍해 어쩌면 좋으냐며 울고 또 울었다.

절대로 먼저 보낼 수 없다고, 규희 남편은 폐암에 좋다는 온갖 약초를 구해 부엌 햇볕 잘 드는 창가에 놓고 길러가면서 매일 아침마다 즙을 만들어 먹였단다.

한 달 전만 해도 더 살고 싶다고, 조금이라도 더 살고 싶다고 말하던 규희가 스스로 희망이 없다는 걸 알았는지, 이제는 그만

가야 할까 봐, 라고 말하며 가까운 식구들을 불러 모아놓고 한 명, 또 한 명씩 잔잔한 미소로 작별을 하고 호흡기를 빼달라 했단다.

스스로 산소 호흡기를 빼달라고, 마지막 부탁이라며 남편에게 그걸 부탁할 때, 심정이 어땠을까. 규희도 그렇지만 그 부탁을 받은 규희 남편은 어땠을까.

규희가 제발 집에 가서 몇 시간이라도 잠을 좀 자고 오라 해도 일 년을 아예 입원실 소파에서 자며 지낸 사람이다.

규희 남편에게 카드 한 장 보내고 싶은데, 무슨 말을 쓰랴. 카드를 샀지만 무슨 말을 쓸지 막막해 아직 보내지 못하고 있다.

크리스마스 카드나 연하장을 보낼 때 본인 이름조차 자필로 쓰지 않고 프린트하거나 도장 찍어 보내는 사람이 있다. 그 행동 하나에 무성의한 그의 인품이 고스란히 드러난다. 잘났다는 사람, 사회적으로 명성이 있다는 사람들이 흔히 그런다. 마치 명함을 돌리듯.

수연은 연하장이든 크리스마스 카드든 하루에 서너 장 이상을 쓰지 못한다. 카드를 마주하고 앉으면 그 카드 받을 사람 얼굴이 떠오른다. 얼굴이 환히 떠올라도 카드에 몇 자 적기까지 한참 걸린다. 마치 마주 보고 오순도순 이야기하듯, 마음이 그렇게 풀려야 몇 자라도 적을 수 있다.

내가 나를 위해 주고 싶을 때, 내가 나한테 특별히 잘해주고 싶을 때, 수연은 불쑥 카드 가게에 가서 예쁜 카드를 사기도 하고, 꽃가게에 가서 꽃을 한 아름 사기도 한다.

사람은 자기 자신을 위해 줄 줄 아는 사람이 다른 사람도 위해 줄 줄 알고, 자기 자신을 사랑하는 사람이 다른 사람도 사랑할 줄 안다. 자기 자신이 행복해야 남의 행복도 생각해줄 수 있는 마음의 여유가 생긴다고 할까.

매사를 비딱하게 보는 사람이 있다. 순수한 마음으로 자선사업을 하든 봉사를 하든 그 뒤에 분명 무슨 기대나 대가가 있다고 단정한다. 그런 마음으로 살아간다면 참 불행할 것 같다. 진심이나 순수를 믿지 않을 때, 그 마음에 평온이 없을 것 같다.

수연네 집 근처 세탁소 주인은 검소하고 부지런하며 참 좋은 여자다.

월요일에서 토요일까지 내내 세탁소에서 힘들게 일을 하고 일요일 딱 하루 쉬는 날, 한국 노인들이 모여 살고 있는 양로원에 간다. 그곳에 부모님 또는 일가친척이 있는 것도 아니다. 그저 한국 사람이라는 것 때문에, 찾아올 사람이 없는 노인들의 말벗이 되어주려고 간다. 김치부침개, 오이소박이 같은 것을 만들어 가기도 한다. 딱 하루 쉬는 날, 어깨가 아파 침까지 맞으러 다닌다면서 거기 아는 사람도 없는데 왜? 하고 누가 물으면 그녀의 답은 참 간단하다. '시간이 나니까', '음식 만들기를 좋아하니까' 그녀는 대수롭지 않게 늘 이런 식으로 대꾸한다. '양로원에 있는 한인 노인들이 불쌍해서' 이런 투의 말은 절대 하지 않는다. 어쩌다 교회 같은 곳에서 여자들이 노인정에 우르르 몰려가 함께 기도하고 돌아와 마치 큰 봉사나 하고 온 듯 떠벌려대는 여자들과 너무 다른 차원의 여자다.

대수롭지 않게 대꾸하는 '내가 기뻐서'라는 그녀의 말에 수연은 저절로 숙연해진다.

수연은 세탁소 여주인처럼 알지도 못하는 사람들을 위해 음식을 만들고 말벗이 되어주고 하는 그런 천사 같은 행동은 상상조차 하기 힘들어 늘 그녀가 존경스럽다.

언제부터인지 편지나 카드 같은 게 구닥다리 취급을 받는다. 이제는 이메일도 별로다. 그저 간단히 문자 보내거나 카카오톡 등 가능한 한 간단하게 한다. 그래서 언어 자체가 달라지는 현상이 일어나고 있다.

쌤, 굿 잠 등등, 젊은 애들 때문에 한국어가 엉망이 된다고 걱정하는 노인들도 있지만, 언어는 시대와 함께 새록새록 편리하게 변해가기 마련 아닌가 싶다.

영어도 마찬가지다. 도넛 숍 간판에 doughnut이라고 쓰여 있는 건 거의 없다. Donut. 이제는 많은 사람들이 도넛의 원래 단어가 donut인 줄 알고 있을 정도다.

강수연은 올해도 세 친구의 생일 카드를 받았다.

여학교 때부터 친하게 지내던 이영주, 장혜진, 그리고 미국 학교에 근무하면서 친구가 된 Rosanne Goldstein이다.

생일 카드.

혜진과 영주하고는 가끔 통화도 하고 이메일도 주고받곤 하지만 로젠은 일 년 내내 통화 한 번 하지 않고 지내면서 생일 카드는 서로 꼬박꼬박 챙긴다.

로젠이 보내는 카드는 늘 비싸기로 유명한 파피루스 카드다. 무엇을 하나 사도 고급스러운 것만 골라 사는 성격이 카드에도 고스란히 반영된다. 올해 생일 카드는 아주 앙증맞게 작고 색색이 다 다른 화려한 생일 케이크 여섯 개가 그려져 있는 그림이다.

수연이 시카고(Chicago)에 있는 앤더슨(Anderson) 공립학교를 은퇴한 해가 1995년이니까 올해 꼭 25년째다. 그 25년 동안 단 한 번도 거르지 않고 꼬박꼬박 날아오는 생일 카드. 매년 늘 받는 카드라 이제는 새삼스레 신기할 것도 없는데 올해 따라 수연은 느낌이 새롭다. 긴 세월, 변함없이 생일을 기억해주고, 카드를 보내주는 친구가 있다는 게 얼마나 기막힌 선물인가.

사람이 돈으로 살 수 없는 것, 그 무엇으로도 얻을 수 없는 게 사람의 마음이다. 그 마음을 주고받을 수 있는 몇몇 친구들. 살아온 삶을 돌아보며 남는 것이 있다면 바로 이런 귀한 친구와의 정(情) 아니겠나 싶다.

영주도 혜진이도 참 나무랄 데 없이 착하고 학식과 미모를 겸비한 재원들인데, 삶은 그리 평탄치 않았다. Rosanne 역시 평범하고 평탄한 삶을 살아온 게 아니다.

사실, 스스로 나는 참 평탄한 삶을 살아왔다고 자신 있게 말할수 있는 사람이 몇이나 될까 싶다.

나는? 내 삶은?

결혼해 두 아이 낳고, 지금까지 한 남자와 살고 있으니 잘 살아온 게 아닐까. 어찌 보면 긴 세월, 너무 드라마틱한 거 없이 무난한 게 흠이라면 흠이지 싶다.

드라마틱한 삶.

한때는 허구한 날, 판에 박힌 듯 돌아가는 삶에 회의가 들기도했었다. 아니, 회의라기보다 그보다 더 진한 허탈감 같은 것. 꼬집어 말할 수는 없지만 거의 절망 같은 것.

이것인가? 이게 다인가?

이렇게 그날이 그날같이 덤덤히 지나가는 하루, 한 달, 일 년, 이렇게 살다 가는 건가.

삶이란 그런 건가. 뭔가 막연하게나마 아주 특별한 삶을 기대했던 자체가 어리석은 꿈이었나.

'어제와 똑같은 삶을 살면서 다른 미래를 기대하는 것은 정신병의 초기 증상이다(아인슈타인).'

그런가? 정신병의 초기 증상. 지금 내가 그런가?

사람 사는 게 결국은 다 거기서 거기. 나이 들어 적당한 시기에 적당한 사람 만나 결혼하고, 아이 낳아 키우고, 밥해 먹고 청소하고 빨래하고, 아이들에게 행여나 무슨 특출한 재주가 있는가 싶어 피아노도 시켜보고, 정구, 농구, 기계체조 별별 운동도 다 시켜보느라 숨 가쁘게 여기저기 운전해 데리고 다니고, 저녁이면 매일 똑같은 의자에 앉아 TV에 나오는 이런저런 뉴스 좀 듣다가 잠자리에 들고, 그렇게 나날을 보내다 일 년이 가고 또 가고, 삶이란 이토록 그저 평범한 것인가. 마치 나지막한 산언덕 하나도 보이지 않는 막막한 들판처럼. 그건가?

'여기는 정말 싫어. 어디 도망가려야 도망갈 수도 없잖아. 첩첩이 산이니, 이 산속에서 어떻게 살아? 아무리 걸어가는 거리에 좋은 온천이 있다 해도 난 싫어요. 정말 여기서는 못 살아요.'

동부에 살다가 은퇴하고 살 곳을 물색하러 돌아다니던 친구의 비명에 가까운 소리였다.

기후도 좋고 조용하고 집값도 저렴하고 무엇보다 아주 유명한 온천이 있는 곳이니 매일 온천욕도 할 수 있으니 좀 좋은가 하고 말하는 남편에게 친구는 머리를 절레절레 내두르며 반대했었다.

도망가려야 갈 곳이 없다는 말에 같이 갔던 친구들이 현희는 가끔 아주 재미있는 말을 한다며 깔깔 웃었지만, 불쑥 튀어나온 그 말이 그냥 나온 말이었을까?

　사람은 누구나 지금 여기, 여기 아닌 어느 곳. 그곳이 어디인지, 자신이 무엇을 바라는지조차 뚜렷이 모르면서 막연하게 저기 산 넘어 아니면 바다 건너 어딘가에 보다 즐겁고, 보다 가치 있는 삶이 있다는 꿈을 가지고 살아가는 게 아닐까. 한 발은 현실에, 다른 발은 꿈속의 세계, 그 꿈이 비현실적일수록 처절하도록 슬프기도 하고 황홀하도록 아름답기도 하다. 그래서 현희는 산속 온천장이 있는 곳은 도망가려야 도망갈 수도 없는 창살 없는 감옥이라 표현한 거 아닐까.

　사람마다 태어날 때 한 가지 재주는 타고 태어난단다. 그것이 무엇인지를 일찌감치 찾아내 그것을 향해, 열심히 노력하는 삶. 목적이 뚜렷한 삶. 그 길을 향해 가다 보면 본인이 만족스러울 삶을 살게 되는 게 아닐까. 세상에서 말하는 성공이다 아니다와 상관없이 자신이 만족하다면 그 노력의 순간순간 몰입상태가 결국 행복이리라.

　공부하기를 정말 싫어하는 아이에게 무조건 공부하라고 다그치는 것은 무지막지한 짓이란다. 그래, 너는 공부는 못하지만 그래도 뭔가 분명 너만이 잘하는 뭔가가 있을 거다. 그것을 발견해 키워 주는 것이 현명한 부모란다.

나에게 조금이라도 뭔가 잘하는 게 무엇인가, 없다. 아무것도 없다. 뭐 하나 잘하는 게 없다. 어렸을 때 부모님이 피아노, 무용, 미술 학원에 보내주셨지만 뭐 하나 잘하는 게 없어 다 포기했다.

생김새도 그저 중간, 공부도 그저 중간, 노래도 그저 중간, 미술은 호랑이와 고양이를 구별하지 못하게 그릴 정도로 무재주고 운동은 그야말로 빵점이다.

남보다 잘하는 거? 자주 아픈 것. 정말 스스로에게 짜증이 날 만큼 툭하면 아프다. 유행성 감기는 꼭 들렀다 가야 가는 기차역처럼 수연을 거쳐 간다.

그래도, 뭔가 나만이 할 수 있는 그 무엇. 자신의 존재 가치? 자아 정체성을 확인하며 보람을 느낄 수 있는 그 무엇. 내가 정말 좋아하는 그 무엇. 그게 무엇일까.

그런 생각이 늦가을 바람처럼 썰렁하게 가슴에 일 때면 수연은 마치 아무에게도 말하지 못할 비밀 하나를 간직하고 살아가는 사람처럼 가슴이 아리아리했다.

이렇게 살아도 되는 건가. 단 한 번 사는 인생인데, 뭔가 보람 있는 일을 하며 살아가야 하는 게 아닐까. 더군다나 세계에서 가장 가난하던 나라에서, 대학 졸업한 여자들이 총인구의 10%도 안 되던 시절, 대학을 졸업하고 미국 유학까지 온 사람이 내 가

정 하나 돌보는 외에 아무것도 안 하고 산다는 데 대한 송구함이
랄까, 민망함 같은 게 가슴을 짓눌렀다. 부자도 아닌 아버지. 구
두 밑창도 늘 고치고 또 고쳐 신으시던 아버지. 아버지의 목표는
자식들을 최선을 다해 공부시키는 것이었다.

　이렇게 살아도 되는 건가?

　여자의 삶이란 결혼해 아이 낳고 살림하는 거? 그게 전부인
가? 과연 세상의 모든 여자들은 이런 삶으로 만족을 느끼며, 행
복하다고 살아가는 걸까? 아니면 어딘가에 무엇인가가 더 있어
야 할 것 같은 갈증을 느끼며 살아가는 걸까?

　좋은 직장을 가지고 있는 남편. 착실하기로 따진다면 일등상
을 타도 될 정도이고, 월급도 꼬박꼬박 아내에게 가져다주는 사
람이다. 두 아이도 건강하게 무럭무럭 잘 자라준다. 그럼 세상에
서 흔히 말하는 행복한 여자 아닌가.

　내가 이상한 걸까?

　반복되는 일상의 현실로부터 도피하고 싶을 때면 하던 일도
다 팽개치고 수연은 집 근처 숲으로 달려가곤 했다.

　미국에는 동네마다 공원이 참 많다. 아이들이 농구며 축구, 야
구 같은 운동을 할 수 있는 스포츠 공원이 있는가 하면, 사람들
이 모여 바비큐 해 먹고 놀 수 있는 공원도 있고, 이런저런 놀이
도구가 있는 놀이공원도 있고, 그냥 울창한 숲속 길을 몇 시간이
고 산책할 수 있는 공원도 있다.

이름 모를 들꽃들이 잡초처럼 무성한 오솔길. 수연은 그 숲속을 사랑했다. 오직 나 혼자만의 시간. 내가 나와 대화할 수 있는 시간. 수연은 일상의 틈바구니에서 벗어날 수 있는 혼자만의 공간이 필요했다.

새 소리, 미풍에 흔들리는 나뭇잎 소리, 그리고 가끔 어디선가 나타나 멀뚱멀뚱한 눈으로 수연을 바라보는 사슴 한두 마리. 너는 왜 여기까지 혼자 왔니? 너는 외롭니? 그 순해 보이는 눈이 이렇게 묻고 있는 듯했다. 사람이라고는 단 한 사람도 만날 수 없는 오솔길. 그렇게 마냥 걷다가 문득 무섭다는 생각이 들면 되돌아 나오곤 했다.

이 호젓한 숲길에 불쑥 어디선가 사람이 나타난다며, 사슴을 만난 것처럼 마음이 훈훈할까? 아니, 아마 굉장히 무서울 것 같다. 사람이 사람을 무서워한다는 게 이상하지만 그래도 사람을 만나면 놀라기부터 할 것 같다.

어느 날 수연은 무엇에 홀린 사람처럼 오솔길을 한없이 걸어 들어갔다. 돌아서 나올 생각도 잊은 채, 그 오솔길이 어딘가 신비한 세계로 데려다줄 것 같은 설렘마저 들었다.

길이 자꾸 좁아졌다. 포장되어 있지 않은 흙길이지만 그래도 편편했는데 잡풀이 자꾸 발목에 휘감길 정도로 험해지더니 그만 길이 없어지고 더 이상 걸을 수도 없을 정도로 가시덤불이 엉켜 있었다.

세상에! 어떻게 길이 그냥 뚝 끊겨버린담.

좌우로 화살표가 있는 것도 아니고, 더 이상 들어가면 안 된다는 팻말도 없이, 그냥 이렇게 끝이다니, 난감했다. 샛길이 있는 것도 아니고 그냥 그렇게 길이 딱 끊겼다.

그래. 그 어떤 슬픔이나 기쁨, 또는 이별이 미리 예고하고 찾아오지 않는다. 예고도 없이 어이없게 찾아오는 죽음 또한 얼마나 많은가.

불치병 진단을 받은 사람들은 그래도 조금이나마 시간적 여유가 있다. 지나온 삶을 정리하기 위해 사진을 모두 없앤다든가, 일기장을 없앤다든가 할 수도 있겠지만, 갑자기 화장실에서 졸도해 숨을 거둔 사람도 있고 사우나에서 심장마비로 쓰러진 사람도 있다.

아무런 예고도 없이, 때로 상상조차 하지 않았던 일이 쓰나미처럼 삶에 닥쳐오기도 한다.

숲길을 돌아서 나오며 수연은 생각했다. 그 길이 한없이 이어져 있으리라 믿었던 내가 잘못이지. 그 숲길이 갑자기 달라진 것도 아니고 막힌 길은 거기 늘 그렇게 막혀있던 거겠지. 그 길이 어딘가로 끝없이 이어져 있으리라 생각했던 건 나의 기대. 나의 환상이었다.

다섯 살인가 여섯 살 때, 수연이 두 번이나 길을 잃어버린 적이 있다.

수연이가 살던 집 앞에는 나지막한 동산이 있었다. 봄이면 그 산이 온통 아카시아꽃으로 덮여있었다. 아카시아 꽃나무 사이사이로 판잣집들이 다닥다닥 붙어있는 산동네. 수연은 그 꼬불꼬불한 길이 늘 신기했다. 하루는 그 산으로 올라갔다가 그만 돌아서 나오는 길을 잃어버렸다. 돌고 또 돌아 어찌어찌하다 큰길 가로 나왔고, 순경이 집에까지 데려다주었었다.

또 한 번도 역시 길이었다. 파출소 옆에 있는 언덕길. 그 언덕 너머에 무엇이 있을까 궁금하던 수연이 하루는 용기를 내 그 언덕길로 올라갔다가 또 길을 잃었다.

살다 보면 막힌 길에 들어서 돌아서 나와야 할 때도 있고, 갈림길에서 주저주저하며 어느 길이든 택해야 할 때도 있다.

사랑 또한 이 오솔길 같은 것 아닐까.

우리들은 누군가를 사랑하고 싶고, 사랑받고 싶어 한다. 막연한 그리움. 그 그리움이 마음속에 살랑살랑 설렘을 만든다. 그리움과 설렘이 전혀 없다면 고인 물처럼 인생은 얼마나 지루할까.

의식적이든 무의식적이든 우리들 내면에 스며있는 이 막연한 그리움이 어떤 상대를 만나면 그를 자신이 그리워하던 그 이상형으로 둔갑시키기도 한다. 심지어 그가 나를 행복의 세계로 이끌어 줄 열쇠라고 믿기도 한다.

그러다 어느 순간, 그에게 실망을 느낄 때, 배신감을 느끼며 절망한다. 하지만 세상에는 완벽한 인간이란 없다. 완벽한 사랑

도 없다. 상대방을 완벽한 사람으로 간주했던 건 자신의 기대이
었을 뿐이다.

　수연은 숲길을 혼자 걸을 때, 전혀 외롭지 않다. 이런저런 상
상 속에 마음이 붕붕 구름 위를 나르기 때문이다.

　행복이든 고통이든 갈망이든 절망이든 이 모든 것이 인생이
며 이 모두가 삶을 채워주는 입자들 아닌가.

　아주 하잘것없어 보이는 꽃잎 하나도 똑같은 색깔이 없다는
것, 떨어질 듯, 떨어질 듯 위태하게 흔들리는 잎새가 더 이상 버
틸 수 없어 스르륵 바닥에 주저앉듯 떨어지는 것이 있는가 하면,
아슬아슬하게 바람에 흔들리면서도 계속 매달려 나불거리는 잎
사귀도 있다. 그게 바로 사람 아닌가, 인생 아닌가. 병이 들어 골
골하면서도 오래 사는 사람이 있는가 하면 건강에 아무 이상 없
던 사람이 거짓말처럼 하루아침에 눈을 감아버리기도 한다.

　삶과 죽음만큼 세상에 확실한 게 또 어디 있으랴.

　죽음이 삶의 끝인가, 아니면 과연 불멸의 삶이 있는 것인가,
라는 과제 앞에 그 얼마나 많은 성인들이 고뇌하며 답을 찾아 헤
맸던가. 천국에 대해 논리적으로 불가능하다고 불신하는 사람들
이 있는 반면, 맹목적으로 믿어야 한다고 주장하는 사람들 또한
많다.

　수연은 숲길이 막혀있는 곳까지 갔다 되돌아 나올 때마다, 그
런 오솔길이 거기 있다는 그 자체가 참 고마웠다.

사람마다 자기만의 공간. 그 공간이 지하방이든, 다락방이든, 아주 보잘것없이 작고 누추한 방일지라도, 사람에게는 자기만의 공간이 필요하다.

'누구든 고정적인 수입과 자기만의 방만 있으면 여성 셰익스피어도 나올 수 있다'라고 버지니아 울프는 말했다. 맹랑한 꿈이든 어리석은 꿈이든 몽롱할 정도로 꿈에 취할 수 있는 공간, 자신만의 공간. 수연에게 이 숲속의 오솔길은 수연만의 공간이었다. 고향 생각도 하고, 피난 시절 산속에서 밤톨 줍던 생각도 하고, 때로 노래를 부르며 춤을 추듯 팔을 휘이휘이 저어보기도 하고, 남색 물감을 들여놓은 듯싶은 하늘을 향해 "산다는 게 이런 거니?"라고 소리쳐 보기도 한다.

산다는 게 이런 건가?

나는 무엇을 원하는가. 나는 세상에서 흔히 따지는 조건으로 본다면 참 행복한 사람 아닌가. 하지만 내가 추구하는 행복은 그 이상이기 때문에 목마른 사람처럼 늘 갈증을 느낀다.

그 이상? 내가 추구하는 그 이상이란 과연 무엇일까?

사람 구실인가?

아버지가 늘 말씀하시던 사람다운 사람 구실? 무엇보다 우선 교육을 많이 받아야 한다고, 그다음은 스스로 사람다운 사람의 길을 찾아야 한다고.

사람 구실이라는 그것, 바로 그것이 나를 짓누르는 것인가?

무엇인가 사회에 보탬이 되는 사람 노릇을 해야 한다는 강박관념? 아무 보탬도 되지 않는 인간으로 그럭저럭 살아가고 있다는 데 대한 회의?

존재의 가치? 존재의 확인?

막연하게 어깨를 짓누르는 삶의 무게는 바로 자기 자신, 자신의 정신세계가 허기져 있음을 뜻하는 게 아닐까.

미시즈 홍도 아니고, 제인, 애니의 엄마가 다가 아닌, 나 자신. 강수연, 자아 정체성.

자신이 즐거워하는 일. 즐겨 하면서 사회에 조금이라도 보탬이 되는 삶. 그 일이 무엇이든 그 일에 정열을 바칠 수 있고, 시간을 잊어버릴 만큼 몰입될 수 있는 그 무아지경, 그게 참다운 행복 아닐까.

정말 행복한 사람은 많은 것을 가진 사람이 아니라 자신이 하고 싶은 일이 있는 사람, 어느 날, 눈을 감을 때, 다시 태어난다 해도 이보다 더 열심히. 이보다 더 알차게 살 수 없었다,라고 말할 수 있도록 살아야 하는 게 아닐까.

뭔가 텅 빈 듯 허한 가슴은, 결국 나 스스로 그렇게 보람을 느낄 수 있는 나만의 삶을 찾지 못해 그런 게 아니겠는가.

결혼하고 살림하고 아이 기르는 건 누구나 다 한다. 삶이 오직 그뿐일 수는 없지 않은가.

숨겨놓은 사람을 몰래 만나러 가듯, 짬만 나면 숲속 오솔길을 찾아가 새와 들꽃, 사슴 그리고 새파란 하늘과 대화하면서 수연은 마냥 행복했다. 아주 특이한 비밀을 깨달은 것처럼 가슴이 설레곤 했다. 자신이 찾고 있는 것이 무엇인지 어렴풋이 알 것 같았다.

쌀 한 번 씻어보지 않고 결혼한 수연이다. 만난 지 채 석 달도 안 되어 홍진우가 결혼하자 했을 때 수연은 밥도 지어본 적 없다고 솔직히 말했다.

밥은 물론 반찬은 더군다나 만들어 본 적도 없고 교복도 다려 입어 본 적이 없다. 집이 잘살아서가 아니다. 그 당시에는 그저 밥만 먹을 수 있으면 남의 집에서 일하겠다는 여자들이 참 많았다.

1950년대 말에서 60년 초반.

장정들이 한 달을 꼬박 일해 버는 돈이 5천 원 정도였고 그 당시 쌀 한 가마 가격이 5천 원이었으니 쌀밥은 고사하고 보리밥만 먹고 살아도 다행이던 시절이었다. 그런 환경에서 자식들에게 밥도 제대로 먹일 수 없는 부모들은 입 하나 줄인다는 생각에 어린 딸을 일자리 찾아가라며 내보내기도 하고 더러는 지긋지긋한 가난을 피해 도망쳐 나오기도 했다. 수연네 집에도 수연이와 비슷한 또래 애들이 두 명이나 살고 있어 수연이가 쌀을 씻거나 교복을 다리거나 해 본 적 없이 지냈다.

그 당시, 시골에서 도망 나온 소녀들이 서울 남의 집에 가 일하는 건 그야말로 다행 중 다행이었다. 많은 경우, 나쁜 사람들에게 속아 아주 불행한 길로 들어서는 경우가 허다했다.

"나는 밥도 잘 짓고 김치도 잘 만듭니다. 자취 생활하면서 내가 다 해 먹었으니까요."

수연이가 밥도 지을 줄 모르고 반찬은 더군다나 만들 줄 모른다고 솔직하게 말했을 때 홍진우가 한 말이다.

"나는 살림 잘하는 여자를 원하는 게 아닙니다."

대화가 통하는 사람. 진우는 화제가 무엇이든 서로 친한 친구처럼 스스럼없이 대화할 수 있는 여자가 아내이기를 원했다.

박정희 대통령을 독재자라 비난하는 사람들이 있는가 하면 역대 가장 훌륭한 대통령이라 평하는 사람들도 많다.

진우는 박정희 대통령을 존경한다. 물론 온갖 모함과 비난을 견뎌내며 대한민국을 건국한 이승만도 존경한다. 박정희는 1960년대 초반 국민소득이 80달러도 안 되는 세계에서 가장 가난한 나라 대한민국의 경제를 부흥시킨 사람이다. 밥 세 끼 먹는 게 절박하던 그 시절을 겪어보지 않은 세대가 독재니 민주주의니를 말할 수 있겠는가. 그 시절의 눈물 나는 가난을 상상조차할 수 없는 세대는 그 세대 박정희를 이러쿵저러쿵 논할 자격이 없다.

"우리의 후손마큼은 결코 이렇게 타국에 팔려 나오지 않도록 하겠습니다. 반드시, 정말 반드시!"라고 강조하며 서독 광부들과 간호사들 앞에서 울먹이며 한 그의 연설은 두고두고 한국 현대 사에 남아야 할 기록이다. 대통령 비행기조차 없어 서독에서 보내준 비행기를 타고 가야 했던 박정희.

진우는 한국뿐 아니라 세계 정치 흐름이나 온난화 문제 등등, '내 생각은 이러이러한 데 당신 생각은?' 이런 이야기를 허심탄 회하게 주고받을 수 있는 상대가 아내면 좋겠다. 오직 밥하고 빨래하고 아이 키우는 여자가 아내라면, 참 답답할 것 같다. 부부란 같은 목적을 향해 함께 인생길을 걸어가는 사람이어야 하지 않은가. 몸만 섞고 삶의 철학이나 가치관이 섞이지 않는다면? 그 부부의 삶은 얼마나 황량할까 싶다.

박정희 대통령에 대해 비록 부부 의견이 다르다 해도 조목조목 지목해가며 토론할 수 있는 상대면 좋겠다.

지나친 기대를 하는가 싶지만, 부부란 세상에서 가장 가까운 친구야 하지 않겠는가.

어쩌면 바로 그런 이유로 많은 부부들이 너는 너, 나는 나대로 살아가는지 모른다. 남 보기에는 이상적인 부부 같아도 실은 남 이나 별로 다름없이 살아가는 부부들. 그들의 근본 문제는 대화 아닐까. 자식들과도 마찬가지다. 대화가 없는 부모와 자식, 대화가 없는 남편과 아내. 그 가정은 가정이라기보다 그저 한 울타리 안에서 살아가는 사람들일 뿐 아니겠는가. 거기에 밥 먹는 시간

마저 각자 다 다르다면 그야말로 가족이라 하기 힘들 것 같다.

진우가 바로 그런 가정에서 자라났다. 진우는 자라면서 어머니와 아버지가 정답게 대화하는 모습을 본 기억이 없다.

아버지는 늘 임금 같은 존재였고 어머니는 시녀 같은 존재였다. 말이 부인이지 어디 외출할 때도 둘이 나란히 걷지 않고 어머니는 늘 멀찌감치 뒤에서 걸었다. 뿐인가, 어머니의 삶은 아침 눈 뜨는 순간부터 부엌이었다.

그런 부모의 모습을 보면서 진우는 막연하게 어른이 되어 결혼을 한다면 아내와 세상에서 제일 친한 친구가 되었으면 좋겠다는 생각을 하곤 했다.

한국에서 대학을 졸업하고 온 여자라는 게 믿기 어려울 정도로 강수연은 화장도 하지 않았고 머리도 여학생처럼 생머리였다.

밥도 한 번 지어보지 않았다고 말할 때, 수연 표정이 묘했다. 마치 꽁꽁 감추고 있던 비밀을 고백하듯 미적거리며 쑥스러워하는 게 천진난만한 아이 같았다.

그래서 마음이 쏠린 걸까? 아니, 그보다 실은 시기가 딱 맞았다. 결혼할 수 있는 여건이 되었을 때 나타난 여자가 수연이라는 게 정확한 답이다. 결혼이란 거의 다 그렇게 이루어지는 게 아닌가 싶다. 죽기 살기로 좋아하는 여자가 있다 한들, 밥벌이두 못

하는 남자가 결혼하자고 청할 수는 없는 게 아닌가.

진우는 빨리 결혼하고 싶었다. 졸업하고 직장을 갖고 꼬박꼬박 들어오는 일정한 수입이 있으니 자동차든 집이든 차근차근 준비할 수 있다는 자신감이 들었다.

사랑? 사랑이 무엇인지 진우는 모른다. 소설이나 영화에서 보는 기막힌 사랑은 어디까지나 소설이고 영화일 뿐, 현실에서는 사랑하기 때문에 결혼하는 사람들보다 조건이 맞아 결혼하는 경우가 더 많은 것 같다.

한국에 군사 쿠데타 이후, 송금이 딱 끊어져 학비는 장학비 외 모자라는 건 융자 받은 돈으로 충당했지만, 생활비를 마련해야 했기 때문에 학교 식당에서 아르바이트를 하고, 방학 때는 큰 도시로 나가 골프장 식당에서 접시닦이를 하며 늘 졸음과 씨름하며 공부했기 때문에 데이트할 마음의 여유도, 경제적 여유도 없었다.

진우는 지금도 식당에 가서 식사할 때 새우 요리를 보면, 골프장에서 일하던 때가 눈앞에 환히 펼쳐지곤 한다.

접시를 주로 닦지만 때로는 몇 시간씩 새우 껍질을 까야 했다. 새우 껍질을 까다 보면, 군침이 돌아 불쑥불쑥 집어먹고 싶은 마음이 들기도 했다. 때로 젊은 학생들의 그 마음을 꿰뚫기라도 한 듯, 일꾼들 담당자가 오늘 하루는 새우 껍질을 까면서 얼마든지 먹으라 할 때도 있었다. 그러나 단 한 가지 조건, 새우를 먹되 생으로 먹어야 했다. 절대 소스를 발라 먹으면 안 된다고. 이럴 때 초고추장이 있으면 얼마나 좋겠냐며 한국 학생들끼리 낄낄거렸었다. 초고추장은 고사하고 소금도 쳐 먹으면 안 된다니 아무리 먹고 싶어도 열 개 이상은 먹기 힘들었다.

결혼한 여자가 남편 와이셔츠는 다려야겠지, 싶어 화씨 100 도가 웃도는 여름날, 수연은 목욕탕에 찬물을 가득 채워놓고 다리미질을 하다 말고 풍덩 찬물 속에 들어가 몸을 식혀가며 데리곤 했다. 세상 태어나 처음으로 다리미질을 해 보는 것이었다. 하긴 다리미질뿐 아니라 모든 게 처음 해 보는 것이었다.

"그저 가만있는 게 나를 도와주는 거야."

다리미질하다가 수연이 벌겋게 팔뚝을 데었을 때 진우가 한 말이다.

가만히? 아무것도 하지 않고 가만히 있는 게 자기를 도와주는 거라고? 그렇게 살까? 나는 '아무것도 모르는 여자'다, 하고?

어쩌면 결혼 생활은 완벽한 연기일수록 성공하는지 모른다. 철저하게 서로를 간섭하지 않으면서, 철저하게 서로의 영역을 침범하지 않으면서, 철저하게 예의를 지켜가며 살아가는 부부. 수연 부모님이 그랬다. 서로 깍듯하게 존대어를 쓰지는 않았지만 그렇다고 딱 부러지게 반말 조로 말하지도 않았다.

어머니가 외출할 때, 아버지는 어디 가느냐 물어보지 않았고,

아버지가 외출해도 마찬가지였다. 물론 방도 각자 다른 방이었다.

어쩌면 무대에 오른 배우가 끝까지 연기를 잘해야 연극이 성공하듯. 따지고 보면 인생이란 자체가 무대에 오른 연극인지 모른다. 주변 모든 사람들이 수연의 부모님을 가리켜 모범적인 부부, 이상적인 부부라 했으니까.

하지만, 수연은 안다. 아버지는 아버지대로 외롭고, 어머니는 어머니대로 참 외롭게 사셨다는 것을. 잠자리도 따로, 식사도 따로, 가능한 한, 서로를 피해 가면서 살아가는 부부 같았다.

무엇이든 잘해야 한다는 강박관념에 스스로를 들볶는다 할까?

진우 눈에 수연이 그렇게 보였다. 다리미질도 해 본 적 없으니 안 하면 그만이고, 쌀도 씻어본 적 없으니 밥도 안 하면 그만이다. 그딴 일들은 남자가 해도 된다. 남자는 부엌에 들어가면 안 된다는 사고방식이야말로 케케묵은 구시대 사고방식이다. 남자든 여자든 시간이 더 많거나, 일을 더 잘하면, 그 사람이 하면 그만이다.

때로 진우는 수연이가 자신과 결혼했다는 게 안쓰럽게 여겨졌다. 수연이가 미국에 오지 않고 서울에서 시집가 살았다면, 훨씬 행복하지 않았을까 싶을 때가 한두 번이 아니다. 본인 말처럼 쌀 한 번 씻어본 적 없는 여자가, 부엌일도 하고 다리미질도 하고, 청소까지 하려니 벅찬가 보다. 삶이 벅차다고 말은 하지 않지만, 저녁때 회사에서 돌아와 보면 얼굴에 다 쓰여 있다. 그게 수연의 특징이다. 뭐 하나 거짓말을 못 한다. 거짓말을 하면 '나, 지금 거짓말하고 있다'라고 표정이 다 말한다.

어떤 날은 온종일 울었는지 눈이 퉁퉁 부어있을 때도 있다. 퉁퉁 부은 눈을 가라앉히려고 얼음찜질을 했는지 눈언저리가 온통 불그스름할 때도 있다.

드러내 놓고 말을 하지 않을 뿐, 미국 생활이 몹시 벅차고 외로운 것 같다. 하긴, 어느 날 갑자기 무인도에 뚝 떨어진 것 같으리라. 내가 그랬으니까!

진우도 미국에 왔을 때, 처음 일 년이 참 힘들었다. 말도 제대로 통하지 않고, 친구도 없고, 그야말로 온종일 말 한마디 해 보지 않고 지내는 날이 많았다.

진우는 수연의 심정을 이해한다. 남편은 아침 일찍 나갔다 저녁에나 돌아오는 사람이다. 온종일 찾아갈 곳도 찾아오는 사람도 없다. 전화 걸고 수다라도 떨어 댈 수 있는 친구도 없다. 그러니 얼마나 답답하고 막막하겠는가.

갑갑하다. 답답하다. 정말 왜 미국에 왔는지, 후회막급이다.

수연은 대학을 졸업한 후, 시집을 가거나 유학을 가거나 둘 중의 하나를 택하는 현실에서 유학을 택했을 뿐이다. 시집가기 싫다고, 더군다나 중매 들어오는 그 어떤 남자도 마음에 내키지 않는다고, 미국에 가서 공부를 좀 더 할 수 있으면 좋겠다고 말했을 때 아버지가 선뜻 유학 보내주신다고 해 고무풍선 부풀 듯 부풀어 수속을 시작했지만, 반드시 학위를 받아 모교에 돌아와 교수가 된다거나 대단한 사회 지도자가 된다거나, 그런 옹골찬 포부 같은 건 애당초 없었다.

유학. 그것은 대학생들의 꿈이자 허영이기도 했다. 기차를 타고 강릉 해수욕장이나 해운대에 놀러 간다는 것도 웬만해서는 상상하기 어렵던 시절, 비행기를 타고, 바다를 건너, 미국이나 프랑스, 또는 영국이나 독일로 떠난다는 건 그야말로 웬만해서는 꿈조차 꿀 수 없는 황홀한 망상이었다.

50년대 말에서 60년대 초반만 해도 한국은 아직 참혹한 전쟁의 상흔에서 벗어나지 못하고 있던 시절이었다. 수돗물도 시간제로 나오는 곳은 그래도 다행이었다. 지대가 높은 곳에는 시간제로 나오는 물마저 제대로 나오지 않아 아낙네들이 양동이를 이고 물을 길으러 다니기도 하고, 아예 물을 길어다 주는 물장수들도 많았다. 물론 전깃불도 시간제로 들어와 밤이면 촛불이나 등잔불로 지내야 했다.

꼭지만 돌리면 찬물, 더운물이 언제나 나오는 곳. 재래식 화장실에서 수세식 화장실, 신문지를 오려서 사용하는 화장지에서 두루마리 화장지. 그 당시 한국과 미국은 전깃불도 들어오지 않는 벽촌과 서울 정도의 차이가 아니라 상상조차 하기 힘든 하늘의 별이었다.

그런 현실에 그 어떤 남자도 눈에 들어올 리 없었다. 대한민국 열 손가락 안에 들어간다는 부잣집 아들이든 대법관 집 아들이든 미국 가는 것과 비교할 수도 없었다.

만약 홍진우가 포악한 남자라거나, 툭하면 상스러운 욕설을 밥 먹듯 해대는 천박한 남자라거나, 아내 부려 먹기를 하인 부리듯 하는 남자였다면 수연은 벌써 보따리를 쌌을 것이다.

점잖은 집안이고, 좋은 학교 나오고, 안정된 직업을 가지고 있는 남자.

결혼 후, 진우가 한 말처럼 그는 강수연이 아니었다 해도, 결혼할 여자들이 얼마든지 많았다. 그는 농담으로라도, '너 아니면 안 된다. 너만을 사랑한다. 너를 사랑해서 결혼했다.' 이런 식의 말은 절대 안 하는 사람이다. 결혼할 때가 되었는데, 그때 나타난 여자가 너이기 때문에 했다. 그때 네가 나타나지 않고 다른 여자가 나타났다면 나는 다른 여자와 했을 것이다. 물론 이게 확실한 사실이지만 여느 사람 같으면 아주 솔직하게 이런 말을 아내에게 하지 않을 것 같다.

솔직하다는 건 인간의 품격 중에 가장 소중한 품격이기 하지만 지나칠 정도로 솔직한 진우의 그런 성격 때문에 수연은 때로 먼 곳을 헤매는 방랑자 같은 심정으로 외로움을 느끼기도 하고 그 외로움이 막연한 그리움, 사랑이 되기도 한다.

'너를 보는 순간, 아, 바로 이 여자구나.'

'너를 보는 순간, 가슴에 쿵 하는 소리가 들렸다.'

만약 진우가 이런 식으로 과장되게 말을 했다면, 외로움이 덜 했을까? 여자들은 그럴까? 과장이라 할지언정 아주 로맨틱한 말을 기대하는 어리석음? 그것이었나? 내가 바라는 것이?

『좁은 문』을 읽으며 구절구절 외우던 그 가슴 에이는 사랑.

『초원의 빛』, 『닥터 지바고』 등등…. 그들의 사랑 속으로 자신도 모르게 빠져들어 대리 사랑을 하며 눈물 흘리던 시절, 그 시절 꿈꾸던 사랑. 결혼은 소설 속의 사랑도, 영화 속의 사랑도 아니었다. 그저 먹고 일하고 자고 또 일어나고 먹고 자고…. 지루한 완행열차 같았다.

수연은 뭔가 허전한 느낌, 자아 정체성 혼란에 시달리고 있었다.

남녀가 결혼한다는 건 서로 이런저런 조건이 맞아야 하고 무엇보다 시기가 중요한 것 같다. 고등학교 때부터 연애하던 남녀가 대학을 졸업하고 헤어지는 경우, 서로 싫어서가 아니다. 대학을 막 졸업한 여자의 경우, 지금이 황금기라며 집에서는 결혼을 독촉한다. 하지만 좋아 지내는 동갑내기 남자애는 경제력은커녕 군에 가야 하는 현실에 부딪힌다. 이런 현실 앞에 두 사람은 서로 좋아하지만 어쩔 수 없이 남남이 되어버린다. 하긴 열렬하게 연애하던 사이라고 반드시 행복하다는 보장은 없다.

'차라리 내 앞에서 독약을 마시고 죽어라'라고 다그치는 아버지를 이기고 결혼한 동창 친구는 결혼하고 10년도 채 안 되어 헤어졌다. 셋째 아이를 가지고 배가 볼록 나와 있을 때, 남편에게 다른 여자가 생겼단다. 독약까지 먹겠다던 남자가 이제 더 이상 너한테 여성의 매력을 느끼지 못하겠다고 솔직하게 말하더란다. 너는 그저 아이들 엄마라는 식이란다.

너한테 더 이상 여성을 느끼지 못하겠다는 남자에게 무슨 말을 할 수 있단 말인가. 너는 그저 애들 엄마라고, 아주 솔직한 심정이라 말할 때 혀를 깨물고 죽고 싶더라고.

용서해 줄 수도 있었다고 정혜는 말했다. 그토록 사랑하지 않았다면, 용서해 줄 수도 있었다고.

'정말 사랑했다면, 용서해 줄 수 있지 않겠니?'라고 수연이 물었을 때, 정혜는 '너는 아직 사랑을 모르는구나!' 했다.

사랑한다면 용서해 줄 수 있지 않을까? 이 물음에 너는 아직 사랑을 모른다고 답했던 정혜를 떠올리면 수연은 지금도 아리송하다. 사랑한다면, 진정으로 사랑한다면, 용서할 수 있는 게 아닐까. 그를 잃지 않는 것, 오직 그것만이 소중한 게 아닐까 아무리 풀고 싶어도 풀 수 없는 수수께끼 같은 게 사랑이다.

홍진우는 그야말로 젠틀맨이다.

아내에게 함부로 하지 않는다. 흔히 결혼하고 나면 아내는 마치 자신의 소유물인 듯 취급하는 남자들이 많은데 진우는 전혀 그렇지 않다.

회사 일이 끝나면 곧 집으로 오는 건 신혼 때부터 수십 년 한결같다. 아내를 밥하고 청소하는 가사도우미로 생각하지 않고 독립된 한 인격체로 대하는 사람이다. 아침이든 저녁상 앞이든 절대 속내의 바람으로 앉지 않는다. 물론 맨발도 절대 아니다. 에어컨도 없는 무더위 날도 늘 마찬가지다.

결혼은 도박이라 할까. 모험이라 할까.

'살아보고 결혼한다'는 말이 실은 참 옳은 말 같다. 옷을 하나 살 때도 입어보고 사는데 하물며 한평생 살아갈 사람을 어떻게 겉만 보고 아는 가고, 요즘 젊은 세대들은 말한다.

20여 년이 넘도록 서로 다른 환경에서, 다른 습관으로 살아온 남녀가 결혼하는 순간부터 하나부터 열까지 마음이 딱 맞는다는 건 불가능하다. 입맛도 다르고 취미도 다르고 잠버릇도 다를 수 있다. 그 다름을 인정하며 서로 조화를 이루어 나가는 길고 긴 여행길, 그게 그리 쉬운 일은 아니다.

수연과 진우는 밥상 매너부터 영 다르다.

수연은 어렸을 때부터 밥을 먹다가 더 먹기 싫으면 한 숟가락이 남아도 남겼다. 그것 때문에 어머니와 외할머니가 다투시기도 했다.

먹기 싫을 때 딱 그만둬야 한다. 음식이 남았다고 꾸역꾸역 먹다가 체하면 어떡하느냐, 하는 게 어머니 의견이고, 밥그릇은 싹싹 다 비워야 한다, 음식 남기면 죄받는다, 하는 게 외할머니 주장이었다.

어머니 말을 들었다 할까? 수연은 지금도 밥을 먹다 한 숟가락이 남아도 먹기 싫으면 남긴다. 하지만 진우는 밥그릇은 물론 반찬도 가능한 다 먹어치운다. 먹는다기보다 먹어 치운다는 말이 딱 어울릴 정도로 그릇에 뭔가가 남아 있는 걸 못 본다. 밥이든 국이든 무엇이든 먹다 남기는 수연을 보고 버릇이 나쁘게 들었다고 한다. 식당에 가서도 마찬가지다. 김치든 반찬이든 상 위에 놓여있는 반찬을 골고루 먹지 않고 좋아하는 것만 골라 먹고 더 달라고 하는 걸 굉장히 못마땅해한다. 하지만 수연은 오이지를 좋아해, 꼭 한 번쯤은 '미안하지만, 오이지 좀 더 주시겠어요?'라고 비굴할 정도로 아주 공손하게 묻는다. 그 순간, 진우의 못마땅해하는 표정을 수연은 애써 외면한다.

사람마다 그런 식으로 자기 식성에 맞는 것만 골라 먹고 더 달라 한다면 장사하는 사람이 어떻게 돈을 버는가. 식당이 자선사업 하는 곳이냐, 진우의 말은 별로 틀린 말이 없다.

우리는 늙어서 많이 먹지 못한다며 네 명이 들어가 설렁탕 두 그릇만 시켜 나눠 먹자는 친구가 있으면, 진우는 식당이 공짜 서비스하는 곳이냐, 자릿값은 해야 하는 게 아니냐, 라며 정면에서 면박을 준다. 진우의 그런 주장이 틀린 말은 아니지만, 때로 너무 직설적으로 말을 내뱉기 때문에 상대방이 무안할 때가 있다.

오랜만에 서울에 갔을 때, 소주를 더 마시라며 자꾸 잔을 건네는 사람에게, '아 그만 마시겠다는데 왜 자꾸 마시라고 하느냐'며 못마땅한 투로 말을 해 한동안 자리가 아주 머쓱해진 적도 있었다. 그러니까 한마디로 인간의 상호성이라 할까, 적당히 어울릴 줄 아는 사회 심리학과는 거리가 아주 먼 사람이다. 이런 순간, 순간 수연은 그야말로 너무 민망해 쥐구멍이라도 찾고 싶을 정도다. 정이 많아서, 정이 넘쳐서 빈대떡도 한 조각 더 먹으라며 자신의 젓가락으로 집어 건네주고 소주도 한 잔 더 받으라며 권하는 그 정서를 전혀 모르는 남자, 홍진우와 달리 수연은 그런 인정에 눈물이 고이는 여자다.

죽자사자 연애를 해서 결혼한 남녀들도 결혼하고 나서 살겠니, 안 살겠니 해가며 싸우기도 하는데, 부모가 정해준 사람과 무조건 결혼해 살아가는 부부는 어떻게 살아갈까.

이런 게 삶이려니, 하며 살아갈까. 삶은 끊임없는 수업 과정이라는 말처럼 역경에 부딪혀도 이 또한 삶의 과정이라 여기며 살아가는 걸까. 아니면 남의 눈치가 두려워 그냥 속으로만 애를 끓이며 행복한 척 살아가는 걸까.

'아버지, 사람은 공부를 많이 해야 사람다운 사람 노릇을 한다'라고 하셨지요? 그런데 아닌 거 같아요, 라고 수연은 아버지에게 말하고 싶다. 아버지가 살아계신다면 이 말을 꼭 하고 싶다.

공부를 많이 했다는 것과 사람이 좋다는 것은 영 다른 문제다.

박사, 의사, 검사, 목사 등등, 공부는 많이 했지만, 인간적으로는 형편없이 저질인 사람들이 의외로 많다. 남들에게는 아주 예의 바르고 정중한 사람이 정작 집에서는 내가 왕이다, 라는 식으로 무례한 남자도 많다.

그런 남자가 남편이면, 어찌 살아갈까!

이런 게 사는 것이고, 이런 게 행복이려니, 하고 살아가는 걸까. 남녀가 살을 대고 살아가다 보면 정이 들기 마련이라는 부모들의 말처럼, 그런 걸까. 미운 정 고운 정 범벅이 돼 그냥저냥 살아가는 게 인생일까.

학교에 가도 강의하는 교수의 말을 절반도 알아듣기 힘들었다. 읽고 쓰기는 그런대로 따라가지만, 의사소통을 시원하게 할 수 없으니 답답했다.

문법적으로 틀리든 말든, 영어로 말을 아주 잘하는 사람들이 있다. 엉터리 영어면 어떠냐 하는 배짱으로 어쨌든 간에 의사소통을 한다. 수연네 건너편 아파트에 살고 있던 토니 엄마는 그야말로 영어는 한 줄도 쓸 줄 모른다. 하지만 하고자 하는 말은 다 한다.

토니 엄마는 참 대단하다. 그녀는 남이 나를 어찌 생각하든 말든, 그냥 나오는 대로 말한다.

주한 미군이었던 토니 아빠와 싸움을 할 때는 어린이 놀이터든 학교 마당이든 나오는 대로 험한 욕설을 해대기도 한다.

남이 나를 어찌 평가하든 전혀 신경 쓰지 않는 그 용기. 수연은 때로 그런 그녀의 용기가 신기하기도 하고 부럽기조차 했다.

수연은 영어로 말을 하고 상대방이 뭐라고요? 하고 되물으면 얼어버리고 만다. 입술이 딱 달라붙은 듯 떨어지지 않아 종이에다 써서 내밀 정도다. 아주 간단한 말도 우선 머릿속으로 문장을 지어보고, 문법적으로 틀리지 않았나 따져보고 나서 말을 하자니, 늘 조심스러웠다. 영어권 속에서 말 한마디 하는 것도 신경 써가며 해야 한다는 이 긴장감 때문에 수연은 오랫동안 신경성 소화불량에 시달리기도 했다.

적당히 살면 안 될까? 그 누구도 나한테 그리 신경을 쓸 리 없는데, 엉터리 영어를 하면 어때라. 문법적으로 엉망이어도 토니 엄마는 시원시원하게 하고 싶은 말 다 하며 살지 않는가. 왜, 왜, 나는 꼭 정확해야 하는가.

누가 뭐라고 해서가 아니라 수연은 수연 스스로가 엉터리로 마구 영어를 지껄여대는, 그런 여자는 될 수 없다는 자존심, 자만심이 수연을 옭아맸다.

　나는 절대로 엉터리 영어를 지껄이는 여자가 되어서는 안 된다. 나는 절대로 함부로 행동하는 여자가 되어서는 안 된다. 나는 나 자신을 존중할 수 있는 그런 사람이어야 한다. 나는 반드시 무언가 조금이라도 사회에 보탬이 되는 사람으로 살아야 한다. 이런 강박관념이 늘 수연을 힘들게 했다. 흔히 스스로 잘났다고 생각하는 사람들에게 있는 그 자아도취 병. 수연은 나는 아니라고 부인하고 싶지만, 역시 그 어쭙잖은 자만심이 족쇄였다.

　공부고 뭐고 다 집어치우고 서울로 가자, 서울로 돌아가자, 라는 마음이 굳어가고 있을 때, 나타난 사람이 홍진우였다.

　"야, 홍진우. 미스 코리아 좀 소개해라."

　진우의 고등학교 동창 연말 모임에 초대받아 함께 갔을 때였다. 진우의 동창들뿐 아니라 선후배들조차 호기심에 찬 눈빛으로 수연을 바라보았다.

　미스 코리아? 왜 모두들 나보고 미스 코리아라고 할까?

　내가 예뻐 보이나? 그래서 그런 식으로 표현하는 건가? 내가 미스 코리아 소리를 들을 정도로 예쁘지 않은데, 흠, 별일이네.

하지만 기분은 나쁘지 않네. 나를 미스 코리아라? 천만에. 미스 코리아가 되려면 우선 162cm가 넘어야 한다. 그게 첫째 조건이다. 그런데 나는? 나는 160도 안 된다. 예쁜가? 아니 그렇지도 않다. 밉상은 아니지만 뛰어나게 예쁜 편도 아니다. 그런데 왜 자꾸 미스 코리아를 소개하라 하지? 내가 좀 괜찮아 보이나? 그 말을 그런 식으로 과장해 표현하는 건가? 그래도 기분은 괜찮네! 미스 코리아?

은근히 우쭐해 있는 수연에게, 그날 집에 데려다주면서 진우가 또박또박 상세하게 설명을 했다.

미스 코리아 출신하고 데이트를 했었다고, 그녀와 딱 한 번 데이트 했는데 수연이가 나타났다고, 아마 수연이를 만나지 않았다면 십중팔구 그 여자와 결혼했을 거라고.

평소에 형, 형하고 따르던 고등학교 후배 누나, 미스 코리아 출신인 여자가 서울에서 왔을 때 진우가 딱 한 번 데이트를 했고, 얼마 후 강수연을 만났는데, 이상하게 밤에 잠자리에 누우면 키도 늘씬하고 화장도 예쁘게 하고 머리도 우아하게 틀어 올린 미스 코리아보다 화장기 전혀 없고 단발머리 여학생 같은 강수연이 먼저 떠올랐다.

유난히 반짝이는 눈 때문이었을까? 어쨌든 연말 동창파티에 진우는 미스 코리아가 아닌 강수연을 초대해 함께 갔다.

그랬구나! 그것도 모르고 나는 내가 예쁘다고 칭찬하는 줄 알

앉으니, 웃겨라. 내가 이렇게 맹하네!

아름다운 사랑 소설을 읽으면 그 소설의 주인공이 되고, 애틋한 사랑 영화를 보면 그 영화의 주인공이 되곤 하던 수연이다. 그런데, 나는 어쩌다 이렇게 정말 멋대가리 하나 없이 말하는 사람과 결혼을 한 것일까.

진우의 그 솔직함. 정직함을 인정하고 존경하면서도 수연은 늘 가슴 한구석이 허했다.

송민도의 〈나 혼자만을 사랑해 주오〉라는 노래를 즐겨 따라 부르던 수연에게 홍진우는 너무나도 고지식하고 솔직하고 뻣뻣한 사람이었다.

"미국, 가지 않을 수 없겠니?"

골목 어귀에 있는 희미한 가로등 밑에서 성일이가 한 말이다.

그 말은 나를 좋아한다는 말이었을까? 기다려달라는 의미였을까? 미국 가지 않았으면 좋겠다는 말이 그 의미였을까? 하지만, 설사 성일이가 미국 가지 말고 나하고 결혼하자 했어도 수연은 미국으로 떠나왔을 것이다. 수연은 대학을 졸업했지만, 성일이는 군에 가 있었다.

대구 피난 국민학교 시절. (1950년대에는 초등학교를 국민학교라 했다.)

공부도 잘하고 운동도 잘하고 싸움도 잘하는 반장, 권성일은 여자애들에게 최고 인기였다.

"성일아, 수연이 꼭 문 앞까지 데려다주고 가거라."

중학교 입학시험을 위해 허술한 학교 사무실에서 몇 명이 과외공부를 할 때였다. 성일이가 집에 가려면 수연네가 세 들어 살고 있는 집을 지나가기 때문에 선생님이 꼭 데려다주고 가라고 부탁하셨다. 골목 안 끝에 있는 집이기 때문에 밤이면 으스스했다.

상희, 복조, 경자, 병두, 창건, 그리고 수연과 성일. 이렇게 일곱 명이 매일 저녁때마다 학교 사무실에서 공부했다. 선생님은 그 사무실 바로 옆에 붙어있는 작은 방, 방이라기보다 창고 같은 곳에 일곱 식구가 살고 계셨다. 피난민들의 삶이 다 그렇듯, 그저 방 한 칸이라도 얻을 수 있으면 다행이었다.

공부를 하고 나오면 하늘에 달이 훤하게 떠 있었다.

상희는 밝은 달을 바라보며 중학교에 꼭 붙게 해달라고 절을 하고 또 하곤 했다. 두 손바닥을 싹싹 빌어가면서 공손하게 달을 바라보며 절하는 상희를 보며 남자애들은 무당 같다며 놀리곤 했었다.

큰길을 건너 뿔뿔이 헤어지고 나면 동인동으로 가는 수연과 성일이만 남게 되었다. 선생님이 부탁하셔서 성일이가 책임지고 수연을 집 문 앞까지 데려다주곤 했지만, 성일이는 그렇게 수연이와 단둘이 밤길을 걷는 게 참 좋았다. 어린 마음에도 수연네 집이 멀리 더 멀리 아주 멀리 있었으면 싶었다.

서울에서 피난 온 강수연.

성일이는 평양에서 대구로 직접 내려왔기 때문에 서울에 한 번도 가 본 적이 없다. 이북 사투리에 대구 사투리가 겹쳐진 투박한 자신의 어투에 비해 서울말을 하는 수연이 목소리는 가지각색 구슬방울이 데굴데굴 굴러가는 듯싶다.

"어머나, 저 달 좀 봐. 오늘이 보름인가? 달빛이 너무 밝다, 그치?"

"보름인가보다."

"너는 저 달 속에 뭐가 있는 것 같니? 토끼?"

"아니."

"잘 봐. 꼭 토끼잖아."

"나는, 나는⋯."

성일이가 말을 하다 말고 발길을 멈추고 달을 바라보았다.

"토끼야. 잘 봐. 토끼가 움츠리고 앉아있는 거 같잖아."

"나는⋯. 엄마가 보여."

고개를 젖히고 달을 한참 올려다보던 성일이가 들릴 듯 말 듯 어물거렸다.

"엄마? 네 엄마? 괴짜네, 왜 달 속에 엄마가 보이니?"

"돌아가셨어. 피난 오다가."

세상에, 엄마가 없다니! 엄마 없는 애도 있다니!

수연은 놀랍기도 하고 민망하기도 해, 입술을 잘근잘근 씹었다.

엄마 없이 어떻게 살까. 엄마가 없구나. 얼마나 엄마가 보고 싶으면 달 속에 엄마가 보일까.

눈이 오면 눈이 새고, 비가 오면 비가 새는 판잣집 피난 학교.
남자 반 반장, 권성일.
성일이는 장난기가 참 많은 애였다. 하루는 복조, 상희와 함께 수연이가 청소 당번이 되어 교실 청소를 하고 있는데 청소를 다 했다 싶으면 구멍이 숭숭 뚫려있는 천정에서 눈이 한바탕 와르르 쏟아지곤 했다.
이상도 해라. 지금 눈이 오고 있지도 않은데 왜 눈이 이렇게 쏟아지나? 빗자루로 쓸어내고 또 쓸어내다가 이상한 느낌이 들어 수연이 후닥닥 교실 밖으로 나갔다.
세상에, 쟤네 짓이네. 나쁜 놈들.
창건, 병두, 그리고 성일. 세 명이 교실 지붕에 올라가 구멍이 뚫린 지붕 사이로 수북이 쌓여있는 눈을 붓고 있었다.
발끈해진 수연이 냅다 교무실로 달려가 선생님에게 일러바쳤고, 남자애들은 그날 토끼뜀으로 운동장을 세 바퀴나 돌았다.
고등학교에 들어갔을 때다.
하루는 방과 후 집에 들어오니 외할머니가 부엌에서 나오시며 들뜬 목소리로 말씀하셨다.
"아이고, 수연아, 이것 좀 봐라. 이 대구 능금."

"대구 능금? 사과?"

"그래. 이 사과가 너한테 온 거다."

대구 사과. 권성일이 강수연에게 보낸 것이었다. 받는 사람은 강수연, 보낸 사람은 권성일. 그뿐이었다. 쪽지 한 장 없었다.

그렇게 3년 동안 꼬박 가을이면 대구 사과 궤짝이 왔다. 매년 똑같이 편지 한 장 없었다.

싱겁네. 어쩌면 사과를 보내면서 쪽지 한 장 없담.

우리 집 주소는 어떻게 알았을까? 사과를 왜 보내지? 하여튼 괴짜야. 내가 대구를 떠날 때, 역에까지 와서 말 한마디 하지 않고 가버린 것도 괴짜고, 하지만 성일이가 보고 싶다는 마음이 들었다. 대구 고등? 경북 고등? 어느 고등학교에 다니고 있을까?

땀에 젖어 목말 놀이를 하고 우물가에서 찬물을 온몸에 좍좍 들이붓던 모습이 가끔 환하게 떠오르곤 했다. 그때, 그 모습이 보기 좋았다. 수연이와 눈이 마주쳐 씩 웃을 때, 그 환한 미소가 참 좋았다.

과외공부를 하던 어느 날, 초저녁인데 도둑이 들었다.

불이야, 라는 소리에 남자애들은 물론, 상희도 복조도 모두 재빠르게 방을 빠져 밖으로 나가는데 수연은 몸이 얼어붙은 것처럼 옴짝달싹할 수 없었다.

"나가지 마. 나가지 마. 나, 무서워."

뛰어나가려고 하는 선인이를 수연이 잡았다. 바짓가랑이를 잡았던가? 찰거머리처럼 성일이에게 꼭 달라붙어 '나가지 마' 소리만 되뇌었다. 선생님은 밖으로 나가 이미 도둑을 잡은 상태였다.

도둑이 아니라고, 너무 배가 고파서 뭐 먹을 것을 좀 가져갈까 하고 살그머니 들어온 불쌍한 사람이라고 선생님은 말씀하셨다.

수연은 지금도 기억한다. 그때, 그 선생님이 하시던 말씀을.

"도둑이 아니라 너무 배가 고파서 뭐 먹을 것을 좀 가져갈까 하고 살그머니 들어온 불쌍한 사람."

선생님도 서울에서 피난 오셨고 아이들 다섯과 학교 건물에 붙어있는 단칸방에 사셨다. 그런 환경에서, 도둑을 그렇게 표현하는 그 인품이 두고두고 수연에게는 롤모델이 되었다.

다른 애들도 있는데 나가지 말라며 나에게 매달린 수연.

수연이도 나를 좋아하는구나!

성일이 가슴이 쿵쿵 소리가 날 정도로 뛰었다. 귀뿌리도 화끈 거렸다. 도둑이든 불이든, 그 순간 성일이는 밖에 나가고 싶지 않았다. 무서워 달달달 떨고 있는 수연 어깨를 꼭 감쌌다.

수연이가 나를 좋아하는구나!

병두는 아버지가 육군 장교인데 아주 잘산다. 비가 심하게 오는 날이면 지프차가 학교 골목 앞까지 병두를 데려다주기도 한다. 비가 오면 병두는 꼭 무릎까지 올라와 있는 멋진 고무장화를 신고 다닌다. 고무신을 신고 다니는 여느 애들과 너무 다르다. 마치 다른 세상에 사는 애들처럼 느껴지는 게 병두와 수연이다. 수연이도 꼭 장화를 신고 다닌다.

병두는 가끔 수연에게 고무줄을 가져다준다. 노는 시간이나 점심시간에 운동장에서 노는 여자애들은 주로 고무줄을 하고 논다. 그 고무줄이라는 게 정말 형편없다. 끊어지고 또 끊어진 것을 이어 매듭 천지다.

"복조, 상희 그리고 명자, 너."

수연은 그 새 고무줄로 아주 기세가 등등하다.

누구, 누구 먼저. 이런 식으로 순서를 정하기 때문에 애들이 비굴할 정도로 수연 비위를 맞추려 든다.

병두는 새 고무줄을 꼭 수연에게만 준다. 그래서 병두가 수연이를 좋아한다는 건 누구나 다 알고 있는 사실이다.

병두 별명은 백 돼지다. 뚱뚱하고 피부가 다른 애들보다 아주 하얘 백 돼지가 되었다. 생김새도 귀공자처럼 말쑥하고 옷도 늘 좋은 옷만 입고 다니고, 수연에게 새 고무줄을 가져다주고… 그런 병두 아닌가. 그런데 불이야, 하는 소리에 모두들 질겁해 밖으로 뛰쳐나가는데 나가지 마, 나가지 마, 나 무서워하며 뛰어나가려는 성일이 다리에 매달린 수연.

수연이가 나한테 매달렸다. 병두도 창건이도 모두 수연이를 참 좋아하는데 수연이가 나한테 매달렸다. 나한테! 밖에 불이 났다 해도 성일이는 꼼짝하고 싶지 않았다.

어린 마음에도 이상할 정도로 그날부터 성일이는 수연이는 내가 책임져야 한다는 생각이 마음 깊숙하게 자리 잡았다.

부자가 되련다. 아주 어마어마한 부자가 되련다. 이담에 부자가 되어 수연이가 공주님처럼 살게 해주련다.

"나는 이담에 어른이 되면 삼층집에 살고 싶어."

수연이가 그런 말을 했었다. 과외 공부 시작하기 전, 여러 명이 이런저런 잡담을 할 때였다.

"삼층집? 그런 집이 어디 있니?"

상희가 말도 안 되는 소리라며 깔깔 웃었다.

"있어. 그림책 보면 있잖아. 이층이 아니고 삼층."

"그건 사람 사는 집이 아니지. 회사, 관공서, 그런 곳이지, 어떻게 개인 집이 삼층일 수 있니?"

"만들면 되는 거지. 아주 근사하게 동화 속 궁궐처럼, 나는 이담에 꼭 그런 집에서 살 거야."

그래. 나는 꼭 부자가 되련다. 지금은 쓰레기 더미 속, 철물점 가게 뒷방에서 살지만 이담에, 이담에, 꼭 돈을 많이 벌어 수연에게 삼층집을 지어주련다. 수연이는 꼭 그런 집에서 공주처럼 살아야 한다.

대학에 입학하고 얼마 안 되어서였다.

"수연아. 내일 오후 4시, 풍년 빵집에 가야 한다."

뜰에 들어서자마자 외할머니가 급히 말씀하셨다.

"풍년 빵집? 왜?"

"사과가 왔다. 사과가 왔어."

"뭐라고? 아유, 할머니 뭐라고요?"

"사과가 왔다고."

"사과 궤짝이 또 왔다고요?"

"아니다. 사과가 아니고 그 애가 왔어. 대구에서 왔단다. 그래서 내가 내일 오후 4시로 약속했다."

"할머니가 약속했다고요?"

"그래. 만나야지, 아이고, 너한테 몇 년 동안이나 사과를 보내준 고마운 아인데 나가서 만나봐야지."

수연 어머니는 학교에 나가시기 때문에 집안 살림은 외할머니가 도맡아 하셨다.

풍년 빵집.

수연이 빵집 안에 들어서자 창가에 앉아있던 신사복을 입은 남자가 일어나 손을 흔들었다.

신사복? 어머나, 웃기네. 촌스럽게, 학생이 신사복이라니!

미소를 지으며 앞자리에 앉는 수연.

옛 모습 그대로다. 대학생이 되었는데 파마도 안 했네. 생머리 그대로네. 서울 처녀들은 고등학교 졸업하자마자 미장원에 달려가 머리부터 바글바글 지진다고 들었는데, 수연은 별로 변한 게 없다.

초등학교 때 툭하면 아파서 일주일씩 결석을 하기도 하고, 폐렴으로 입원까지 했던 수연이다. 그때 성일은 수연에게 파인애플을 사다 주고 싶어 안타까웠다. 폐렴은 잘 먹어야 낫단다. 매일 달걀과 파인애플을 먹으면 금방 나을 텐데, 성일이는 그때, 뭐 하나 사 줄 수 없는 자신이 밉기까지 했었다.

"서울 왜 왔니?"

'왜 왔을까? 왜 왔을 거 같니? 네가 보고 싶어 왔지. 참을 수 없을 만큼 너무 보고 싶어 왔다.'

성일이는 답 대신 그냥 피식 웃기만 했다.

"서울 와 본 적 있니?"

"아니, 처음이야."

"어디 구경하고 싶은 데 있니? 덕수궁? 박물관?"

촌스럽게 덕수궁이 뭐람! 왜 자꾸 말이 헛나올까.

'구경? 서울 구경? 내가 서울 구경 왔나?'

"아니, 나 일곱 시 막차 타야 해."

대학 들어갔니? 서울로 이사 오는 거니? 계속 대구 살 거니?

이런저런 말이 머릿속에 뱅글뱅글 돌지만, 수연은 곰보빵만 뜯어먹었다.

묻지 말아야지. 만약, 만약에 대학 떨어졌으면 무안할 텐데. 하지만 공부를 참 잘했으니까 떨어질 리 없지. 하지만 대구역 근처 철물점 출신이었지. 그렇게 가난하게 살았으니 어쩌면 대학에 가지 못했을지도 몰라. 그런 말은 묻지 말자.

"곰보빵만 먹지 말고 팥빵 먹어봐. 이거 참 맛있네."

"아니, 나는 곰보빵이 제일 좋아."

쓸데없는 말만 자꾸 나온다. 하지만 그냥 좋다. 수연이 얼굴을 보니 그냥 좋기만 하다. 꿈에 얼마나 자주 나타나던 모습인가.

과외공부 할 때 도둑이 들었을 때, 불이야! 라는 소리에 내 가랑이에 매달리며 '무서워, 나가지 마' 하던 수연.

수연아, 그날을 나는 잊을 수 없다. 아마 죽을 때까지 나는 그날을 잊지 못할 것이다. 나는 너와 꼭 결혼할 테다. 반드시. 반드시! 지금은 이런 말 감히 못 하지만 나는 부자가 되련다. 그래서 꼭 네가 삼층집에 살도록 하련다.

"무섭니?"

"아니, 아니긴 뭐가 아냐 덜덜 떨잖아. 고양이보고 덜덜 떨잖아. 지금."

"아냐, 무섭지 않아."

"아니긴… 내가 다 안다고. 네 속은 내가 훤히 들여다볼 수 있다고."

"점쟁이니? 별일이야."

과외공부 끝나고 밤길을 걸을 때, 고양이를 보고 달달 떨던 강수연. 그날 밤에도 수연은 내가 책임지고 보호하겠다는 생각이 들어 머리를 잔뜩 치켜들고 달을 보면서 소원입니다, 라고 속으로 말했다. '소원입니다', '소원입니다.'

대학 들어갔니, 어디 갔니, 냉큼 물을 것 같은데 묻지 않는 수연이가 고마웠다.

대학. 대학을 갈 수 없다.

시험은 쳤지만, 학비가 안 돼 포기했다. 철물점으로 다섯 식구 먹여 살리기도 힘들어하시는 아버지에게 어떻게 학비를 말하겠니. 나는 어서 군 마치고 벌이를 해 아버지를 도와야 한다. 아버지가 이젠 많이 늙으셨거든.

나하고 너무나도 다른 세계에 사는 수연이다.

수연과 나는 가정환경부터 다르다. 수연네는 한국에서 흔히 말하는 상급이다. 부자는 아니지만, 부모님 두 분 다 교수님이다. 우리는? 북에서 피난 보따리 매고 내려온 가정이다. 어머니는 돌아가셨고 아버지는 역 근처에서 손바닥만 한 철물점을 하신다. 그리고 우리는 그 철물점 뒤쪽에 달린 단칸방에 살고 있다.

지금은 나를 기다려 달라고 말할 수 없다.

언제까지 기다려 달라할 것인가? 내가 경제력이 있을 때까지? 그때가 언제인지 막막할 뿐. 이쯤에서 마음을 접어야 하나? 접어야 하나? 아니다. 절대 아니다.

만약, 만약에 내가 성일이와 결혼했다면 지금 어디에서 어떻게 살까?

숲길을 혼자 걸으며 바람 소리를 들을 때, 바닷가를 걸으며 파도 소리를 들을 때, 문득 이런 생각이 들곤 했다.

이상도 해라. 여느 때는 전혀 권성일을 생각해 본 적도 없는데, 혼자 있는 시간 불쑥 성일이가 떠오를 때가 있다.

나는 당신이 그때, 나타나지 않았다면 다른 여자와 결혼 했을 것이다. 라고 말하는 남편.

물론 그 말은 너무나도 솔직한 말이다. 그리고 수연은 잘 안다. 진우는 어떤 여자와 결혼을 했든 최선을 다하는 좋은 남편이라는 것을. 이론적으로 그가 하는 말이 하나도 틀린 말이 아닌데 그 말을 떠올리면 냉수욕을 하는 듯, 온몸이 서늘해진다.

'너만을 사랑한다.'

'너 아니면 나는 평생 아무도 사랑할 수 없다.'

'너와 합쳐질 수 없다면 차라리 죽어버리련다.'

사실 남자의 이런 말들이 얼마나 허황된 말인가.

너 아니면 죽어버리겠다는 정혜 남편은 결혼한 지 10년도 채 안 되어 다른 여자를 좋아하지 않았던가. 그런 말을 쉽게 하는 남자일수록 믿을 사람이 되지 못한다는 것을 잘 알면서도 수연은 늘 로맨틱한 사랑을 꿈꾼다.

생일에 팔찌나 목걸이 같은 선물을 바라는 것도 아니다. 예쁜 장미꽃 한 다발 정도. 하지만 진우에게 그런 건 사치다. 일주일도 안 되어 시들어버리는 꽃을 왜 사느냐, 하는 사람이다.

언제부터인지, 수연은 혼자 꽃집에 가서 꽃을 사는 버릇이 생겼다. '웬 꽃?' 하는 시선으로 진우가 물으면 '나를 위해서, 내가 나에게 주는 꽃다발이야.' 피식 웃음으로 이 말을 대신한다.

그래. 내가 나를 기쁘게 해주고 싶어서 꽃을 산다. 남편이 사다 주지 않는다고 서운해한 답답한 여자. 자신 스스로 사면 되지 않은가.

수연은 결혼하고 꽤 많은 세월이 지난 후에야 이런 생각을 했다.

사람이 어떻게 다 똑같을 수 있겠는가.

꽃다발뿐 아니라 생일 때나 크리스마스 날 같은 때, 다이아몬드 목걸이, 명품 핸드백 같은 선물을 안겨주던 순애 남편, 닥터 최는 아내 모르게 애인이 있었다. 무슨 학회, 무슨 세미나에 간다며 일주일씩 외국에도 다녀오곤 했는데, 그때마다 그렇게 고급스러운 선물을 가져오곤 해 순애는 참 행복해했었다.

우리는 단 한 번도 부부 싸움을 해본 적이 없다고 자랑하더니 남편과 이혼을 하고 하와이로 이사 가 금방 재혼했다.

"나는 닥터 최한테 정말, 진심으로 고맙단다. 그 사람과 이혼을 하지 않았다면 지금의 이 행복을 전혀 몰랐을 테니까. 남자한테 사랑받는다는 게 이런 것이구나, 처음 그런 황홀함을 느꼈단다. 닥터 최한테 이혼해줘서 고맙다고, 땡큐카드를 보내고 싶을 정도란다. 그 사람은 길어야 10분. 정말 10분도 안 걸릴 정도였거든. 그런데 어유, 지금은 한 시간이 보통이란다. 내가 아주 많이 지쳐 인제 그만, 그만 애원해야 할 정도란다. 짜릿짜릿한 섹스의 진미를 이제야 알았다 할까? 정말 기막혀.”

'짜릿짜릿한 섹스의 진미'라는 말을 할 때 순애는 온몸을 파르르 떠는 시늉까지 했다.

재혼하고 너무나 행복해 첫 번째 남편에게 감사 카드라도 보내고 싶다는 순애. 순애처럼 살면 삶이 참 편리하겠다는 생각이 절로 들곤 했다.

결혼하고 부부 싸움을 한 번도 하지 않고 지내는 부부가 과연 있을까?

결혼이란 결코 흔들림 없이 평생토록 안정된 건 아니다. 때로 끊임없이 마찰하면서 깨어질 듯 위태한 파국에 접근하기도 한다. 두 사람은 엄연히 각자의 인격을 가진 별 개체이기 때문이다. 다름을 인정하면서 서로 성숙해져 가는 과정에 신뢰가 생기고 정이 깊어지면 성공한 결혼이라 할 수 있고, 마찰이 빈번해 회의와 비애만 깊어지면 결혼이 불행으로 끝이기 쉽다.

부부 싸움은 아주 지지한 것에서 시작하기 일쑤다, 그 지지하

것이 나중에는 크게 부풀어 어쩌지 못하는 경우까지 치닫기도 한다.

수연이 처음으로 부부 싸움을 한 것은 두부찌개 때문이었다. 서로 소리를 질러가며 싸운 것이 아니니 싸움이라기보다 사건이라는 게 실은 더 옳은 표현이다.

진우가 고추장 두부찌개를 좋아한다기에 하루는 풋고추, 감자, 호박을 잘게 썰어 넣고 마늘과 파도 넣어 보글보글 고추장찌개를 끓였다. 요리책에 나와 있는 그대로 만들었는데 뭐가 틀렸는지 맛이 영 아니었다.

고추장 두부찌개가 아니라 고추장 두부찜 같았다.

어쩌나, 그냥 내다 버릴까? 어쩌나!

진땀이 나도록 속이 상해 쩔쩔매고 있는데 진우가 회사에서 돌아왔다.

"어? 찌개? 냄새 좋네. 금방 갈아입고 나올게."

진우는 수연이가 고추장찌개를 끓였다는 자체가 신기한지 싱글벙글거리며 상 앞에 앉았다.

"야, 제법이네. 풋고추에 감자, 어, 호박까지?"

샌드위치 하나로 점심을 때운 터라 진우는 배도 고팠지만, 수연이가 남편이 좋아하는 고추장찌개를 끓였다는 게 고마워 한 숟가락 듬뿍 퍼먹었다.

"어?"

진우가 숟가락을 탁 소리가 나도록 상 위에 내려놓았다. 지나칠 정도로 큰 소리가 났다.

'이게 찌개야? 할 줄 모르면 가만히나 있지.'

그는 분명히 이 말을 하고 싶은 것이리라. 하긴 내 입에도 찌개가 고추장 두부 범벅이다. 절대 찌개라 할 수 없을 정도로 탁하다. 고추장을 작은 숟가락으로 하나 넣으라는 것을 큰 숟가락으로 넣어 그런가? 고추장이 많이 들어가면 더 맛있을 줄 알았는데 영 아니다. 그것도 서울에서 어머니가 보내주신 양념 다 들어간 볶음고추장이다.

갑자기, 정말 아주 갑자기, 수연이 속이 메슥거리고 쓰려왔다. 눈앞이 뿌예지는 것 같았다. 화장실로 달려간 수연은 들어가자마자 변기에 머리를 박고 토하기 시작했다.

"아니, 왜 그래? 왜?"

변기에 얼굴을 박고 있는 수연을 보고 진우는 놀라 쩔쩔맸다.

'창피해서. 너무 창피해서 속상해.'

수연은 아무 말도 할 수 없었다.

"찌개가 짜다는 말도 못 하나? 원 참."

진우가 어이없다는 듯, 기막혀하며 수연을 일으켜 세웠다.

"내가 화를 내지도 않았는데, 원, 토하기까지 하다니, 정말 이해할 수 없네. 어떻게 된 여자가…."

어떻게 된 여자가 이럴까. 도대체 어떻게, 어떤 식으로 자라

났기에 비위가 저럴까. 건드리기만 해도 깨질 것 같은 유리병 같
다.

현실 감각이 둔하다 할까. 아니 절대 둔한 여자는 아니다. 비
상하게 호기심이 많고 예민하기가 이루 말할 수 없다. 어찌 보면
꿈속에 사는 여자 같다. 상상 속의 세계. 때로 그 상상 속의 세계
속에 갇혀 나오지 못하고 소리소리 질러가며 속을 들볶는 그런
여자.

무엇이든 제일 잘하고 싶어 한다. 잘해야 한다는 강박감. 그것
인가? 나는 무엇이든 남보다 잘해야 한다는 자기애? 그건 허영
심? 오만 아닌가. 그 오만을 지키려는 고집 또한 대단하다.

어쩌면 수연이 성격이 그렇게 된 게 수연 어머니 탓인지도 모
른다. 초등 3학년 때, 늘 1등만 하다 2등이 되었을 때, 수연 어머
니는 아예 학교를 옮겨버리셨다니!

바늘에 실도 꿸 줄 모르는 여자가 재봉틀을 사놓고 옷감을 사
다 옷을 만들고 커튼까지 만들고 한다. 한 번, 두 번, 세 번, 만들
다 실패하고 또 실패하면 어느 정도에서 포기도 하련만 아니다.
때로 너무 화가 나는지 가위로 천을 싹싹 오려버리고 새로 천을
사 오기도 한다. 무슨 성미가 저런가 기막힐 정도다. 김치는커녕
쌀도 씻어본 적 없다는 여자가 배추를 상자째 사 와 목욕탕에 재
워놓고 김장을 한다. 요리책을 열심히 들여다보더니 기어코 김

장을 그럴듯하게 해냈다.

미국 학교의 선생님이 되겠다고 했을 때, 진우는 농담이거니 했다. 농담 아니고서야 얼마나 맹랑한 생각인가.

스무 살이 넘어 미국에 오면 아무리 영어 공부를 많이 했다 해도 억양과 발음이 굳어 영어로 통화한다는 게 쉽지 않다. 문법적으로 완벽해도 발음이 어딘가 어색하기 마련이다. 다른 직업도 아니고 학교 선생님이면 영어 발음이나 억양이 정확해야 한다. 그런데 굳이 미국 학교의 선생을 하겠단다. 한국에서 영문학을 전공한 것도 아닌데 ESL 교사. 외국 학생들에게 영어를 가르치는 교사가 되겠단다. 왜? 그러면 보람을 느낄 수 있을 것 같단다.

보람? 한 가정의 주부로, 두 아이의 엄마면 충분하지 않을까? 하지만 아니란다. 여자든 남자든 가정 외에 자신만의 무엇이 있어야 한단다.

정체성? 존재의 가치? 그런 말을 할 때 보면 여느 때 강수연과 영 딴 모습이다. 야무질 정도로 꼬박꼬박 자기 뜻을 표한다.

저녁밥 해 놓고, 밥상 옆에 쪽지 써놓고, 야간 대학원까지 다니면서 공부를 하더니 기어코 일리노이주 교사 자격증을 따냈다.

아무것도 할 줄 모르고 아무 재주도 없는 여자 같은데 한번 작심하면 무엇이든 기어코 해내고 만다.

"내가 그래서 결혼하기 전에 몇 달만 여유를 달라고 했잖아. 찌개를 끓여봤어야지. 그런데 그렇게 불쾌한 표정을 짓고, 숟가락을 탁 소리가 나도록 내려놓으니 무안하잖아."

눈물을 줄줄 흘려가며 딸꾹질까지 하는 여자.

"당신, 연극배우를 하면 정말 대성공하겠다. 기막힌 연기 배우 되겠어. 내가 화를 낸 것도 아니고 그냥 한마디 한 것뿐인데, 어떻게 금방 눈물이 나오고, 토하기까지 할 수 있담. 나, 원 세상에, 이런 사람도 있나? 신기하네. 기분 나쁘다, 토하자, 하면 그렇게 금방 토해지는 거야?"

수연의 이런 어이없음을 묵묵히 받아주며 지내온 세월. '그저 아무것도 하지 마. 그게 나를 도와주는 거야'라며 진우는 늘 집안일을 수연보다 많이 더한다.

아무리 훌륭한 남자라 해도 함께 살다 보면 남들은 몰라도 아내만이 알 수 있는 조금 부족한 점, 조금 치사하기도 하고 유치하기도 하고 비겁하기도 한 이런저런 게 보이기 마련일 텐데 너무 완벽에 가까우니 수연은 남편이 늘 어렵다. 말과 행동이 거의 일치하는 사람은 실은 참 무서운 사람이다.

소리를 버럭버럭 질러댄다거나 아내에게 손찌검한다거나 하는 남자도 무서운 사람이지만 허튼소리 안 하는 사람, 자신이 한 말은 꼭 지키는 사람, 도무지 허술한 구석이라곤 찾아볼 수 없는 사람, 이런 사람은 정말 무섭다.

진우는 빈말은 할 줄도 모르고 절대 하지 않는다. 물론 남의 흉도 절대 보지 않는다. 때로 수연이가 이러쿵저러쿵해가며 다른 사람들 흉을 보거나 여기저기서 들은 소문을 옮기면 잘 모르면서 남의 말 하지 말라고. 무안할 정도로 따끔하게 지적한다.

"장본인이 없는 곳에서 그 사람에 대해 좋지 않게 말하는 건, 말하는 사람의 인격 문제야."

남에게 말하는 것도 아니고 남편에게 하는 말인데, '말하는 사람의 인격 문제라? 쳇! 잘났어. 정말, 혼자 잘났어!'

이렇게 쏴붙이고 싶을 때도 있지만 수연은 그가 말하는 게 틀린 말이 아니라 입을 꼭 다물고 가슴을 쓸어내린다.

가장 가까운 사람이면서도, 가장 멀고 어려운 사람이라 할까?

수연은 남편, 진우 앞에서는 늘 조심을 해야 한다. 그릇된 점을 지적당하지 않기 위하여. 그러자니 수연의 신경은 늘 곤두서 있고, 원래 위가 약한 수연이라 소화제를 달고 산다.

거의 완벽에 가까운 사람과 그 정반대 사람이 함께 살아간다는 게 어찌 보면 기막힌 조화 같지만 부족한 점이 많은 사람 입장에서는 신경이 피곤할 때가 한두 번이 아니다.

두 사람이 원만하게 살아간다는 게 그리 쉬운 일이 아닌데, 순애는 이혼을 하고 어떻게 금방 또 결혼을 했을까. 뿐인가, 재혼하고 나서 비로소 사랑받는 게 어떤 건지, 그 황홀함을 알았다고? 그래서 전 남편에게 이혼해줘서 고맙다고 감사 카드를 보내고 싶을 정도라니!

사람과 사람 사이의 오묘함.

오직 진실만이 올바른 것도 아니다. 때로는 좋아하면서도 싫어하는 척, 정이 떨어진 척 연기해가며 헤어지기도 하고, 때로는 사랑도 하지 않으면서 사랑하는 척 스스로에게 최면을 걸듯 살아가기도 하고, 인생은 형형색색의 나뭇잎 같다. 바람이 조금만 불어도 파르르 떠는 잎새가 있는가 하면, 모진 바람에도 까딱없는 잎새도 있다.

진실만이 통한다고 모든 사람들이 속에 있는 말을 거침없이 다 토해낸다면, 세상은 그야말로 아수라장이 될 것이다.

'너 같은 위선자가 어떻게 목사냐.'

'너 같은 저질 인간이 어떻게 국회의원이냐.'

이런 식으로 있는 그대로의 느낌을 고스란히 폭폭 다 내뱉는다면 인간관계가 어찌 될까.

"너무 속이 상해서 심한 욕까지 퍼붓고 나니까, 나 자신이 싫어지더라. 부부 사이에 아무리 화가 나도 욕설은 입에 담지 말아야겠더라. 아주 끝장낼 거 아니라면. 화해했지만 그래도 서먹서먹해."

경주가 했던 말이다. 남편이 금방 드러날 일을 아주 뻔뻔하게 거짓말을 했단다. 그래서 너 같은 놈이 인간이냐면서 별별 욕을 다 퍼부었단다. 그러고 나니 속이 시원하지 않고 오히려 큼직한 가시가 목구멍에 걸린 것처럼 불편하더라고.

한 달에 한 번씩 모이는 동창들이 늙어갈수록 친형제 이상으로 가깝다. 젊었을 때는 자식 자랑도 하고 남편 자랑도 은근히 하고 했지만, 늙어서는 남편 흉보는 재미로 모일 정도다.

남편 코 고는 소리에 밤마다 수면제를 먹고 잔다는 진미 말에 친구들이 한마디씩 해댔다. 아직도 한방을 쓰는가, 라고.

여고 시절, 너도나도 둘째가라면 서럽다 할 정도로 도도하고 자신만만하던 소녀들이었지만, 세월 가면서 더러는 마음고생으로, 더러는 생활 고생으로, 또 더러는 자식 고생으로 잔주름이 깊이 팬 친구들도 있고 더러는 아직도 내가 제일 잘났다는 자기애에 푹 빠져 지내는 친구들도 있다.

영리함과 부지런함과 겸손함까지 함께 갖추고 있는 이영주.

영리한 사람들은 때로 이기적이고 오만하기도 하다. 하지만 영주는 영민하면서도 겸손하고 남을 배려할 줄 아는, 그야말로 모범 답안지 같은 여성인데 삶은 참 험한 가시밭길이었다.

로젠 역시 기구하다 할까, 특이하다 할까 한 삶을 살아왔다.

70이 넘도록 살다 보니 주변에 참으로 소설보다 더 기막힌 삶을 살아온 친구들이 많다. 수연은 그 삶의 흔적을 구슬 꿰듯 정성스레 꿰고 싶은 마음이 든다. 진한 오렌지색, 붉은색으로 물들어

떨어진 곱디고운 낙엽들이 바람에 찢겨 흩어지기 전에 하나 또 하나 조심스럽게 걷어 차곡차곡 책갈피 속에 넣어두듯, 그렇게 모아두고 싶다. 이제는 자꾸 깜빡깜빡 기억이 흐릿해져 가니까.

구름도 흘러가고, 바람도 흘러가고, 강물도 흘러가고
좋은 하루도 나쁜 하루도 흘러가니 얼마나 다행인가요.

친구가 어디선가 읽고 너무 좋아 보낸다며 보내준 글이다.
그래, 모든 게 그렇게 흘러가지만 세월은 그냥 흘러가 사라지는 게 아니라 폭신한 이불처럼 두툼하게 쌓이는 것이라 말하고 싶다.

02

로젠(Rosanne)

수연이 로젠과 친구가 된 계기가 참 묘하다. 교사 휴게실에서 서로 얼굴을 붉히며 다투고 난 후, 친구가 되었다. 어른들이, 더군다나 학교 선생님들이 교사 휴게실에서 다툰다는 건 정말 드문 일이다.

수연은 마음에 거슬리는 게 있으면 입을 꼭 다물고 말을 하지 않을망정 맞닥뜨려 왈가왈부하지 않는다. 더군다나 남편에게는 더더욱 그렇다. 조금 시간이 지나고 보면 별일도 아닌 것 가지고 이러쿵저러쿵하는 자체가 부질없기 때문이다.

젊은 시절, 친구가 부부 싸움을 심하게 하고 수연 집으로 달려온 적이 있다. 그때 친구가 이혼할까 봐, 라는 말까지 꺼낼 정도로 심각했는데 50여 년이 지난 지금까지 잘 살고 있다.

나는 백색, 너는 청색을 고집하며 자신의 주장이 옳다고 서로 핏대를 올린다면 근본 주제는 사라지고 감정만 남아 나중에는 네가 이기냐 내가 이기냐는 식으로 유치해지기 마련이다. 어른도 아이와 마찬가지로 한번 감정이 격해지면 판단력이 흐려지기 때문이다.

　결혼 생활도 마찬가지다. 두 사람의 인격은 엄연히 별 개체이기 때문에 둘의 의견이 늘 합치할 수는 없다. 내 주장만 고집하면 마찰은 필수다. 한발 물러서고, 수그러들어야 할 때 수그러들 줄 아는 현명함이 무난한 결혼 생활의 기본 아니겠나 싶다.

　남편과도 가급적이면 마찰을 피하며 지내는 수연이기에 다른 교사와 얼굴까지 붉혀가며 마찰했다는 건, 시간이 한참 지난 후에 생각해도 참 황당한 일이다.

　평상시보다 더 조용한 목소리, 그러나 아주 날카롭게, 그녀의 인격을 공격했다 할까. 아니 그건 공격이라기보다 모독이라는 게 더 정확한 표현이다.

　그 순간, 어쩔 수 없었다 할까?

　"당신, 백인우월자 입니까? 당신은 살결이 희다는 것, 그것 하나로 당신이 우월하다고 생각합니까?"라고 말했을 때 로젠은 목언저리, 귀뿌리까지 새빨개져 부들부들 떨었다.

　그날을 시작으로 서로 원수지간이 된 게 아니라 이상야릇하게 아주 친한 사이가 되었다. 그건 순전히 로젠의 심성이 착한 탓이었다. 그 순간에는 분을 참지 못해 시근덕거렸지만, 두고두고 생각해 볼수록 자신이 참 경솔했다고 시인하는 그 용기 또한 뭇사람들이 흔히 할 수 있는 일이 아니다. 어린애도 자신의 잘못을 지적당하면 오히려 화를 내며 고집을 부리기 일쑤다. 하물며 학교에서 제일 도도하기로 이름나 있는 유대인 노처녀 선생이 새내기 동양인 선생에게 미안하다고 사과를 한다는 건 쉬운 일이 아니지 않은가.

'아니, 왜 의자들을 모조리 바꿔놓습니까?'

말을 할까 말까, 할까 말까. 수연은 여느 때처럼 학교에 제일 먼저 도착해 이층 교사 휴게실에서 커피를 만들고 있었다.

커피는 학교에 제일 먼저 도착하는 선생이 끓인다. 꼭 그래야 한다는 법은 없지만 커피를 마시지 않는 선생일지라도 제일 먼저 도착하면 으레 커피부터 준비한다. 물론 교사 휴게실에 들리지 않고 곧바로 자기 교실로 가는 선생들도 더러 있지만 대부분 도착하면 휴게실부터 들린다. 이 공간은 선생들이 자기만의 시간이 있을 때 들러 커피를 마시기도 하고, 점심 싸 온 선생은 점심 먹는 공간이기도 하고, 일주일에 한 번씩 열리는 교사회의 장소이기도 하다.

70여 명이 넘는 교사들 중에 수연이 제일 멀리 살고 있다. 하지만 학교에서 가까운 곳에 사는 선생이라 해서 학교에 일찍 오는 건 아니다. 오히려 제일 가까이 살면서 학생들이 등교하는 9시에 헐레벌떡 교실에 들어서는 교사도 있다.

학생들은 9시, 교사들은 8시 반이 정상인 줄 잘 알면서 9시에 나타나는 교사들을 수연은 이해할 수가 없다. 어쩌다 정말 어쩔 수 없는 특이한 사정이 있는 경우 아닌 한, 어떻게 학생들과 같은 시간에 교실에 들어선단 말인가. 물론 교사 회의에도 늦는 선생들이 꼭 있다. 일층에서 삼층까지, 그리고 전교생 수가 천 명이 훨씬 넘을 정도라 교사 회의 때만 서로 얼굴을 보게 되는 선생들도 꽤 많다. 교무실이 따로 있는 게 아니라 교사들은 여느 때 출근하면 직접 자기 교실로 가거나 휴게실로 가기 때문에 휴게실을 이용하지 않는 선생은 얼굴 보기조차 힘들다. 일주일에 딱 한 번 다 모이는 회의에도 이상할 정도로 지각하는 교사들은 거의 그 사람이 그 사람이다.

서울에 가면 약속 시간에 늦는 사람들이 꽤 많다. '차가 밀려서.' 거의 모두 하는 말이다. 차가 밀려서 늦었다고. 외국에서 어쩌다 한국에 온 사람이 '차가 밀려서'라고 변명한다면 말이 되겠지만, 서울에 살고 있는 사람은 차가 밀린다는 것을 훤히 알고 있을 테니 그 시간까지 염두에 두고 출발해야 할 게 아닌가.

한번은 누구라 하면 알아줄 정도로 꽤 이름나 있다는 작가를 만나기로 했는데 30분이 지나도 오지 않았다. 딱 30분 되었을 때 수연은 찻집에 쪽지를 써놓고 일어났고, 나중에 그는 전화로 변명이나 핑계보다 오히려 화를 냈다. 어떻게 약속해놓고 가버릴 수 있느냐고. 좀 유명하다는 사람들은 이런가? 늦게 등장해야 폼이 난다고 생각하는 걸까? 어떻게 되레 화를 낸담. 나를 만나려면 그 정도는 기다려야 한다, 이런 오만인가?

"나는 원래 성격이 고약해서 누구라도 찻집에 30분을 멍하니 앉아 기다리지 못한다."라고 답했다. 그는 자기와 약속해놓고 좀 늦는다고 가버린 사람은 강수연 한사람뿐이라는걸 강조했다.

'잘났어, 정말!'

이 한국어 표현은 그 어떤 언어로도 번역이 불가능할 정도로 기막히다. 아주 적절할 때 이 말을 혼잣말처럼 웅얼거리면 속이 다 후련해진다.

수연 가슴이 콩콩, 콩콩 뛰기 시작했다. 마치 조깅하고 난 직후처럼 숨이 가빠지는 것 같았다. 불안하거나 화가 나면 나타나는 증세다.

왜 로젠은 의자들을 모조리 바꾸고 있을까.

교사 휴게실에는 긴 탁자가 두 개 놓여있다. 마주 보고 앉으면 70여 명이 앉을 수 있는 탁자다.

수연이 처음 학교 생활을 시작했을 때, 무척 난감했다. 백인과 흑인 교사들이 어쩜 이렇게 싹 갈라져 앉을까? 나는 어느 쪽에 앉아야 하나?

8시쯤이면 영락없이 학교에 도착하는 수연은 교실에 올라가 책가방을 내려놓고 커피 때문에 으레 휴게실로 가곤 했다. 한 시간 이상 고속도로에서 신경 곤두세우고 운전을 하고 나면 제일 먼저 생각나는 게 따끈한 커피다. 갓 끓인 블랙커피를 수연은 참 좋아한다. 커피는 끓이고 나 십 분만 지나도 맛이 달라진다.

이른 시간에 휴게실에 나타나는 선생은 헬렌, 그리고 마드린. 두 선생 다 머리카락이 마치 물감 들인 것처럼 은발색인 할머니들이다.

"커피를 아주 좋아하나 봐요."

헬렌과 마드린, 그리고 수연이 늘 휴게실에 제일 먼저 도착해 커피를 마시다 보니 수연은 자연스럽게 백인 교사들이 앉는 곳에 앉게 되었다.

60이 넘은 선생들은 교사라는 직업에 대한 자긍심이 젊은 세대보다 훨씬 강한 것 같다.

대부분 그들의 부모는 거의 다 유럽 어느 곳에선가 이민 온 사람들이라, 이민 1세대가 그러하듯, 청소부부터 식당 허드렛일까지 직업에 귀천을 따질 여유 없이 무슨 일이든 했다. 하지만 나는 이런 일을 할망정 자식들은 교육시켜 보다 좋은 삶을 살게 해주겠다는 희망은 어느 민족이든 다 똑같은 부모의 마음인가 보다. 그런 부모들 밑에서 성장하며 대학까지 공부하고 교사가 되었기 때문인지 그들은 자긍심이 아주 강하다.

"어머니는 남의 집 청소부였습니다. 일요일 딱 하루 쉬는 날 빼고 매일같이 이 집 저 집 다니며 청소를 했지요. 어떤 집은 화장실만 일곱 개가 있는 집도 있다고, 그 화장실을 다 치우고 나

면 현기증이 난다고, 그렇게 20년을 일해가며 나를 대학에 보내
셨습니다."

테레사는 늘 자기 어머니 이야기를 자랑스럽게 한다. '내 엄마
는 청소부였습니다'라는 말을 자랑스럽게 하는 테레사. 딸을 대
학까지 공부시켰기 때문에 대단한 엄마가 아니다. 딸자식이 내
엄마는 세상에서 제일 훌륭한 엄마라고 자랑스럽게 말할 수 있
게끔 키운 그 인성교육이 훌륭한 거다.

"아버지는 트럭을 모세요. 아주 어마어마하게 큰 트럭을 지금
30년이 넘게 몰고 다니세요. 과자 나르는 트럭이지요. 유명한 오
리온 과자, 아시지요? 이제는 많이 늙으셔서, 늘 조마조마해요.
은퇴하시면 내가 꼭 미국 차 중에 제일 좋은 차, 캐딜락(Cadillac)
을 사드리려고 합니다."

테레사는 꼭 샌드위치를 싸 왔다. 학교 식당에서도 사 먹지
않았다. 말은 하지 않지만, 아버지에게 미국 차 중에 제일 좋은
Cadillac, 그 차를 사드리기 위해 돈을 알뜰하게 저축하는 모양
이었다.

테레사처럼 학교 졸업한 지 얼마 안 되는 새내기 교사들은 나
이 지긋한 교사들과 잘 어울리지 않는다. 세대 차이라 할까? 젊
은 교사들은 나이 든 교사들은 성의도 없고 열정도 없다고 한다.
작년에 가르친 그대로 반복해 가르치고 은퇴할 때만 기다리며
그저 왔다 갔다 한단다. 반대로 나이 든 선생들은 젊은 교사들은

자신들처럼 교사라는 직업에 대한 자긍심이 없다고 말한다.

"요즘, 젊은 교사들은 사명감이 없어요. 별 뾰족한 직장이 없으니 교사직을 택한 사람들이 많다고요. 그러니 어디 제대로 가르치겠어요?"

마드린은 아예 이런 말도 서슴없이 했다.

나이 든 교사들의 공통점이 있다면 불평불만이 많다. 그뿐 아니라 미주알고주알 참견도 잘한다. 그래서 말 많은 노인들을 젊은이들이 피하는 것 같다. 나는 늙으면 저렇게 말 많이 하는 늙은이가 되지 말아야지. 가능한 한, 아는 체하지 말고, 간섭하지 말고…. 그런데 과연 그게 가능할까? 나도 늙으면 세상만사 불평불만 투성인 저런 할망구가 되면 어쩌나!

부모의 복사판이 자녀라 하지만 딱 그렇지만은 않다.

아버지가 술고래라 늘 술주정하는 걸 보고 자라면 나중에 그 아버지와 똑같은 사람이 되는 경우도 있지만, 아버지처럼 되지 말아야지, 하며 자라나 그 아버지와 정반대가 되는 경우도 있다. 좋은 것을 보며 자라나 꼭 좋은 사람이 되는 것도 아니고 나쁜 것만 보고 자라나 꼭 나쁜 사람이 되는 것도 아니다. 인성은 타고난다기보다 자라면서 가꾸기 나름이라 할까. 그래서 자라나는 아이들에게 인성교육은 그야말로 필수다.

'요즘 세대 형편없다', '현세대는 버르장머리 없다'

나이 든 사람들은 이런 투의 말을 잘한다. 하지만 만약 젊은 세대가 정말 예의도 없고 버르장머리가 없다면 그게 누구의 책임인가. 그들을 올바르게 가르치지 못하고, 이상적 롤모델이 되어주지 못한 기성세대 탓 아니겠는가.

"스스로 존경할 수 있는, 그런 사람이 되어라."

수연은 졸업하는 학생들이 작은 노트북을 내밀고 한마디 써 달라고 할 때면 꼭 이 말을 쓴다.

'스스로에게 부끄럽지 않은 사람.'

훌륭한 사람이 되라는 말보다 늘 이 말을 쓰고 교실에서도 학생들에게 이 말을 자주 강조한다.

공부를 잘해야 훌륭한 사람이 되는 건 아니다. 훌륭한 사람은 인간적으로 존경받을 수 있는 품격을 지니는 게 필수다. 공부는 일등을 다툴 정도지만 인간성이 저밖에 모르는 이기주의자라면, 훌륭한 사람이 되기 힘들다.

부모들은 공부해라, 공부해라 하고 다그칠 게 아니라 사람다운 사람 노릇을 할 수 있는 인간성에 더 중심을 두어야 한다. 나보다 못한 자에게 연민을 느낄 줄 아는 마음, 남이 궁지에 몰렸을 때 도움을 줄 수 있는 마음, 이런 마음이 전혀 없이 일등만을 위해 달리는 아이는 사회에 나가 성공하기 힘들다.

'공부 잘하는 학생들은 여기저기 정말 많다'라고 수여은 학생들에게 말하곤 한다.

공부 잘하는 것보다 더 중요한 건 겸손함과 배려라고.

다산 정약용이 유배 시절, 하피첩에 자식들에게 주기 위해 썼다는 글.

'근검(勤儉). 부지런함과 검소함. 이 두 글자는 좋은 밭이나 기름진 땅보다 나은 것이니 한평생을 써도 닳지 않는 것이다.'라는 구절을 수연은 좋아한다.

단순하고 티 없이 맑은 아이들. 수연은 그들을 사랑했다. 학생들과 함께 하는 시간이 기쁘고 즐거웠다.

끊임없이 젊은 교사들을 비난, 비판하는 나이 지긋한 선생들의 군소리가 듣기 싫어 수연은 커피가 만들어지면 한 컵 가득 들고 교실로 간다. 그럴 때마다 마드린은 꼭 한마디 했다. 일찍 교실에 가서 뭐 하느냐고.

일찍 교실에 가서 뭐 하느냐고?

할 일이 왜 없을까. 교사일지(Lesson Plan)도 들여다보아야 하고, 책도 읽을 수 있다. 책 읽을 시간이 실은 참 없다. 아침에 눈 뜨는 순간부터 하루가 급히 돌아간다. 퇴근하고 집에 가면 어떤 날은 화장실도 가지 못한 채 곧바로 아이를 태우고 기계체조다 피아노다 다시 운전을 해야 한다. 그리고 돌아와 급히 저녁 준비해 부엌 한가운데 있는 둥근 상에 네 식구가 둘러앉아 저녁을 먹는다. 하루 종일 학교에서 지냈던 일들을 애들은 재잘재잘 떠든다.

"아이고, 음식 삼키고 말해라. 그러다 밥알 튀겠다."

음식물이 입안에 있을 때 말하는 건 좋은 매너가 아니라고 여러 번 일러도 애들은 밥 먹기도 급하고 말하기도 급하다.

"엄마, 엄마, 글쎄 오늘 아주 근사한 애가 새로 들어왔어. 아무래도 중국 애 같아. 어유, 멋있더라고."

"나도 그 애 봤는데, 넌 눈도 없니? 뭐가 멋있어?"

"언니는 사람 볼 줄 참 모른다. 농구 선수래. 늘씬하고 잘 생겼잖아. 나 그 애하고 친해져 볼까?"

출장을 가지 않는 한, 진우는 저녁 시간을 꼭 지킨다. 그 시간이야말로 아이들과 대화하는 소중한 시간이기 때문이다.

자녀들에게, 가능한 한 시간을 많이 할애해주는 부모. 진우는 아이들에게 이런 아빠가 되고 싶었다. 학비 주는 것이 다가 아닌 아버지. 자녀들과 대화를 하는 아버지. 진우는 자라면서 늘 이런 아버지가 그리웠다.

너무 엄격하다 할까. 아니면 자식에게 별로 정이 없는 걸까. 진우는 아버지에게 밥 먹었느냐, 라는 말 한마디 들어본 기억도 없다. 아버지는 늘 사랑방에 혼자 있는 그야말로 고고한 존재였다.

진우는 주말이면 부엌을 담당한다. 그게 큰 기쁨이다.

'계란 어떻게 해줄까?' 하고 물으면 큰 애는 scrambled, 둘째는 fried, 원하는 게 다르다. '귀찮게 뭘 그래. 오늘은 그냥 다 스크램블로 먹자.'라고 수연이 말하면 진우가 펄쩍 뛴다.

각자 성격이 다르고 취향이 다르듯, 원하는 계란 요리도 다른데, 왜 똑같이 해 먹느냐고 오히려 반문한다.

많은 경우, 아이들이 틴에이저가 되어갈수록 부모와의 대화 시간이 줄어든다. 꼭 해야 하는 말 외에 별로 하려 들지 않는다. 밥 먹었니? 네. 공부해라. 네. 그 외에 별로 대화가 없이 지낸다.

"우리 엄마는 입만 열었다 하면 잔소리다."

"우리 엄마 아버지는 참 웃긴다. 자기들은 매일 한국 비디오 빌려다 보면서 우리는 못 보게 한다."

"우리 부모도 똑같아. 오락 프로 같은 걸 크게 틀어놓고 연방 웃어가면서 우리보고 공부하라니 그게 말이나 되는 소리냐?"

어쩌다 학생들이 서로 주고받는 이야기를 귀동냥으로 들어보면 부모에 대한 불만, 불평이 이만저만이 아니다.

이민자들이 거의 다 그렇겠지만 한국 이민자들 역시 자녀들을 위해 미국에 왔다고 말한다. 우리나라보다 잘 사는 나라, 기회의 땅에서 공부도 많이 하고, 성공해 잘 살라고. 하루 서너 시간만 잠을 자며 몸이 부서져라 일하는 부모들의 꿈은 나는 고생해도 자녀들은 잘살게 하고 싶은 거다. 그런데 그런 부모와 아이

들 간에 대화할 시간이 없어 틈이 벌어지고 심한 경우, 영어만
하는 아이, 영어를 할 줄 모르는 부모가 되기도 하는 슬픈 현상
이 일어나기도 한다.

교사 중에 제일 뚱뚱한 3학년 담임, 로젠 골드스틴(Rosanne
Goldstein). 그녀가 씩씩거려가며 의자들을 새것과 낡은 것을 모조
리 바꿔놓고 있었다. 교사 휴게실 의자들이 너무 낡아 새것으로
바꾸는 중인데 의자들이 한꺼번에 들어오는 게 아니라 한 번에
열 개 정도 새것이 들어오곤 했다.

새 의자와 낡은 의자.

새 의자가 들어오면 건물 담당 관리인의 지시대로 흑인 선생
들이 앉는 자리와 백인 선생들이 앉는 자리에 반반씩 놓는데 로
젠이 새 의자를 몽땅 백인 선생들 쪽으로 옮기고 있는 중이었다.

"그 의자들을 지금 왜 옮기시는 거죠?"

질문이라기보다 따지는 듯 까칠한 목소리가 수연의 입에서
기어코 새어 나왔다.

"뭐라고요?"

전혀 예기치 않았던 질문이라 어이가 없는지 로젠이 허리를
꼿꼿하게 펴며 되물었다.

"지금, 나한테 말한 거예요?"

그럼, 지금 이 방에 너하고 나하고 단둘밖에 없으니 너한테 만

한 거지.

"지금, 새 의자들을 모조리 이쪽으로 옮기고 있는데, 왜 그러시는지 하고요."

"그게 뭐 어째서요?"

뚱뚱한 체격에 의자를 옮기느라 힘이 들었는지, 아니면 생각하지도 않은 가시 돋친 말에 당황했는지 얼굴이 벌게졌다.

'감히, 네가 누구한테, 뭘 따져? 내가 누군지 몰라? 로젠 골드스틴. 이 학교에서 나를 공주님이라 한단다.'

놀랍기도 하고 당황하기도 한 묘한 표정이 이렇게 말을 하고 있었다.

'놀래라. 아니, 쬐그만 동양 여자가, 그것도 새로 시작한 새내기가 나한테 따진다? 왜 의자를 옮기느냐고? 새것들을 이쪽으로 다 모아놓고 싶어 그런다. 어쨌거나 의자들은 다 새것으로 바뀔 테니까. 저쪽은 천천히 새 의자 놓아도 그 누구 하나 불평할 사람 없다고요. 건방지네. 아주 눈을 똑바로 뜨고 쏘아보다니, 정말 건방지네.'

로젠은 생각할수록 강수연이 괘씸해 열이 올랐다.

"제 말 잘 들으세요. 만약 당신이 당신과 친히 지내는 선생님, 두어 사람, 의자를 바꿔놓고 싶어 그런다면 이해가 되지만, 모조리 싹 바꾼다는 건 도무지 이해가 안 됩니다."

"아니, 수… 수연, 강수연 선생님. 당신도 이쪽에 앉으면서 왜 그게 이상하지요?"

"내가 이쪽에 앉든 저쪽에 앉든 그게 문제가 아닙니다. 로젠, 당신은 흑인 선생님들은 당분간 낡은 의자에 앉는 게 당연하다는 그런 뜻 아닙니까? 당신의 의식상태가 의심스럽습니다."

"뭐? 뭐라고? 의식상태?"

로젠은 목 언저리부터 얼굴이 온통 붉은색으로 변했다.

"그러니까, 새 의자는 으레 백인들부터 차지하는 게 당연하다. 솔직하게 말하자면 그 뜻 아닙니까? 당신 백인우월자입니까? 어떻게 당연하다는 듯 그럴 수 있는지 정말 놀랍습니다. 그게 바로 노골적인 인종차별 아닙니까?"

수연은 홍당무가 돼 있는 로젠에게 폭 폭 말을 다 퍼붓고 로젠이 미처 뭐라 말대꾸하기도 전에 휙 방을 나와 버렸다.

후… 어디서 그런 용기가 났을까? 그 여자가 나? 과연 강수연? 내가 그 많은 말을 다 했나? 그것도 영어로? 아이고나!

교실로 돌아와 의자에 앉으니 비로소 그 여자가 나였던가, 두 다리가 후들후들 떨렸다.

도대체 어디서 그런 용기가 났담!

바람 소리가 났다. 책상 바로 뒷유리창이 바람에 수익, 수익 떠는 소리를 내고, 교정 뒤뜰에 서 있는 나무에서 잎사귀들이 우수수 떨어지고 있었다.

바람의 도시, 시카고에도 이제 곧 겨울이 오겠구나. 긴 긴 겨울, 눈 속에 파묻혀 지내기 전에 늦가을을 만끽하자.

가슴아, 가슴아. 그만 진정해.

때로는 어쩔 수 없을 때도 있는 거야. 너도 네가 그렇게 모진 말을 퍼부어 댈 줄 아는 사람인 줄 몰랐잖아. 그야말로 그냥 속에서 무엇인가가 폭발한 거야. 어쩔 수 없었다고, 어쩔 수 없었어. 하지만, 하지만, 내 태도가 너무 무례하지 않았나? 내가 너무 심하게 모욕적인 말을 퍼부은 게 아닌가. 그녀는 별생각 없이 그럴 수도 있었을 텐데, 백인 우월자, 인종차별이라는 극단적인 말까지 하다니, 내가 오히려 유치한 게 아닌가.

결국 내 인격이, 내 인품이 요 정도밖에 안 된다는 증거, 바로 그것 아닌가. 하지만, 하지만, 말을 하지 않고는 견딜 수가 없었는걸! 아니, 아니다. 견딜 수가 없었어도 참았어야 한다. 참을 수 없었으면 그냥 나왔어야 한다. 내가 뭐 잘났다고 그런 비난을 했을까. 나는, 나는 아주 공평한가? 인종에 대해 나는 과연 차별이 없는가?

진정하자. 진정하자.

창을 조금 열고 밖을 내다본다.

운동장에는 항상 일찍 와 노는 아이들이 있다. 놀고 있다기보다 어슬렁거리며 시간 보낸다고 할까. 그런 애 중에 유난히 한국 애들이 눈에 띈다.

저 애들, 부모님들이 분명 일찍 일터에 가시는 모양이구나. 아침이나 먹고 왔을까?

본능적으로 한국 학생에게 신경이 더 가는 나. 이 역시 실은 인종차별 아닌가.

'나는 정말 교사 자격이 없는 사람이다'라는 자괴감에 꽤 오랫동안 마음이 울적했었다.

IOWA TEST라고 일 년에 한 번 전국적으로 치르는 시험 날이었다. 그날은 담임이 자기 반을 관리하는 게 아니라 다른 교사가 한다. 수연이 8학년 교실에 들어가 조심스럽게 앞에서 뒤로, 뒤에서 앞으로 오가며 학생들을 지켜보고 있었다.

한국 남학생 옆을 지나갈 때, 이상도 해라! 일부러 들여다본 것도 아니건만 답이 틀린 게 눈에 들어왔다. B가 옳은 답인데 동그라미가 C에 쳐져 있었다.

어쩌다 복도에서 마주치면 꼭 고개 숙여 인사를 하는 한국인 학생.

가능한 한 발소리 나지 않도록 조심해가며 천천히 학생 사이사이를 빙빙 돌다가 수연은 B에 슬쩍 손가락을 대고 지나갔다. 마치 실수로 책상을 잠깐 스친 것처럼.

어머나!

수연은 무의식중에 행한 자신의 행동에 놀라 숨이 멎을 것만 같았다.

내가 지금 무슨 짓을 저지른 건가. 어떻게 이럴 수가!

그날, 그 돌발적으로 행한 자신의 행동을 생각하면 수연은 지금도 부끄럽다. 그런데, 왜 그랬을까? 왜? 그 학생 이름도 모른다. ESL 교실에 오는 학생도 아니다. 오직 한국 학생이라는 것 때문에 그런 행동이 가능하다니! 이건 정말 아니다. 나는 선생 자격이 없다. 커닝을 감시해야 할 선생이 커닝해준 것이니, 세상 천지에 이런 선생이 어디 있단 말인가.

외국에 살면 다 애국자가 된다는 말처럼, 외국에 살면 한국 사람이라는 것 하나, 그저 그것 하나로 찡하게 뭔가 통하는 게 있다. 외국인이 창피한 짓이나 비열한 짓을 하면 그저 그런가 보다 하는데 한국 사람이 그러면 열이 오른다. 왜, 왜? 해가며 속이 폭폭 상한다. 오직 한국 사람이라는 것 때문에!

나는 선생 자격이 없다. 그 학생이 나를 어떻게 생각했을까. 어떻게 그런 처신을 할 수 있었을까.

그날, 그 어이없는 행동이 오랫동안 수연을 참 괴롭혔다.

저 애들. 학교에 저렇게 일찍 오는 아이들. 아침이나 먹고 다니나? 부모님들이 새벽같이 일 나가면 그냥 눈 비비며 일어나 학교 운동장으로 오는 게 아닐까.

창 앞을 떠나 자리에 앉는다. 텅 빈 교실, 조용한 복도가 참 좋다.

일기장을 펼쳐 한두 줄, 쓴다. 일기라기보다 그저 잡생각을 끼

적이는 것이다. 혼자 있는 시간, 피아노 교습을 받는 제인을 기다릴 때, 기계체조 연습을 하는 애니를 기다릴 때, 그럴 때 시작한 습관이다. 무료함을 달래기 위해서 시작한 그 습관이 버릇처럼 되어 이제는 일기장을 아예 가방에 꼭 넣고 다닌다.

무료한 시간을 보내기 위해 백화점 같은 곳을 일삼아 돌아다니는 여자들도 있다. 시간 보내기 위해 놀음판에 끼어들다 아예 도박에 푹 빠져버리는 일도 있다. 술집에 드나들다 신세 망치는 남자들 또한 많다. 의외로 남자들은 여자가 추켜세워주거나, 이고를 부추기면 그물인지 모르고 퐁당 빠져버린다.

9시가 다 되어간다.

가슴아, 가슴아. 진정해.

로젠은 별생각 없이 그랬을지 모르는데 내가 지나친 거지.

진정하자. 학생들이 곧 들어올 시간이다.

그날이 로젠과 친구가 된 시작이었다.

인연이란 참 이상하게 이루어진다. 그날 이후, 일주일 내내 로젠과 수연은 말을 섞지 않았다.

복도에서 마주쳐도 비껴가듯 지나가고, 휴게실에서 만나도 인사는 고사하고 눈길조차 마주치지 않았다. 물론 그 소문이 쫙 퍼져 하다못해 식당 담당, 파멜라까지 아주 고소해했다. 히스패닉인 파멜라는 도도한 공주님, 로젠을 아주 싫어했다.

로젠을 그토록 무참하게 만들어버린 강수연이 그리 좋은지, 그날 이후 점심시간에 식당에 가면 파멜라의 태도가 눈에 띄도록 달라졌다.

　학생이든 선생이든 점심시간에 식당에 가면 쟁반을 들고 줄에 서서 차례가 되기를 기다린다. 자기 차례가 되면 파멜라가 떠주는 음식을 가지고 비어 있는 자리를 찾아가 앉는다. 학생들과 선생들 자리가 따로 구별돼 있지 않다.

　길게 줄 서 있는 학생들을 한정된 시간에 빨리 다 서브해야 해서 파멜라 손놀림은 늘 분주하다. 교사든 교장이든 웬만해서는 얼굴도 보지 않고 그냥 음식만 퍼준다. 그런 그녀가 그날 수연이 로젠과 한바탕한 이후, 아무리 바빠도 꼭 아는 체를 했다. 아는 체를 할 정도가 아니라 피자도 제일 가운데 것으로 일부러 떠주고, 닭구이를 줄 때도 살이 제일 많이 붙어있는 가슴살을 골라서 주곤 했다. 대놓고 말은 안 하지만 '잘했다. 잘했어. 너, 참, 대단하다. 감히, 로젠에게 큰소리쳤다니. 아주 시원하다.' 하는 표정이 역력했다.

　"강수연 선생에게"
　서로 서먹할 정도로 아예 모른 체하고 지낸 지 일주일이 지난 다음 주 화요일, 수연의 책상 위에 고운 연두색 편지 봉투가 놓여있었다. 겨우내 죽은 듯 시커멓던 나무에 잎새가 돋아날 때 그 연두색. 봉투 색이 어찌 고운지 냉이 냄새가 나는 듯싶었다.

〈그동안 반성을 많이 했다. 나는 내가 생각해 봐도 얼굴 화끈
거리는 짓을 아무 생각 없이 했다. 변명을 하자는 건 아니지만,
나는 유치원 때부터 이날 이때까지, 강수연 선생한테 그런 지적
을 받기까지, 그 누구에게 싫은 소리 한번 들어본 적이 없다. 알
다시피 내 별명이 유대인 공주이듯, 나는 의사 아버지의 외동딸
로 그야말로 공주님같이 살아왔다. 결혼도 하지 않고 살기 때문
에 나한테 싫은 소리 하는 사람이 주변에 단 한 사람도 없다. 그
날, 정말 진심이다. 아무런 생각도 없이 으레 이쪽으로 새 의자
를 옮기고 있었던 거다. 마치 그게 당연하다는 듯, 정말 무의식
중에 그런 행동을 한 거다. 인종차별. 그래, 네 지적이 맞다. 무
의식적이었든, 의식적이었든 정말 너무 경솔했다. 용서해주기
바란다. 앞으로 너와 친구가 되고 싶다. 나한테 감히, 그래 내가
'감히'라는 말 쓰는 것도 용서해라. 나한테 그토록 직설적으로
내 잘못을 지적한 너. 내가 살아오면서 그렇게 무안당한 거, 처
음이다. 내 어리석은 행동을 지적해 준 너. 너한테 감사한다. 그
리고 내가 간곡하게 청하고 싶다. 앞으로 나와 친구가 되어달라
고.〉

편지는 이런 내용이었다.

친구?

수연은 처음에는 후닥닥 그저 훑어보듯 빨리 읽고 두 번째는 아주 천천히 읽었다.

공주병이 걸려도 단단히 걸린 여자가 나한테 사과를 한다? 친구가 되자고? 아니, 아니다. 정말 놀라운 일이다. 로젠이 이런 편지를 내 책상 위에 놓고 가다니!

잘못한 것을 인정하고 깍듯하게 사과한다는 것은 말처럼 그리 쉬운 일이 아니다. 더군다나 직업이 누군가를 가르치는 사람들, 지도자 입장에 있는 사람들 대부분이 남에게 사과한다는 것에 인색할 정도다.

이해하기 힘든 행동을 했다는 것을 시인하면서, 자신도 모르게, 그런 의식이 몸에 배어 있었다는 것도 실토하는 그 솔직함. 수연은 편지를 세 번째 읽어가면서 로젠을 용서할 자격이 나에게 없다는 생각이 들었다.

로젠에게 심한 말을 퍼부었다. 그 순간, 정말 수연은 자신도 모르게 모진 말들이 폭폭 속사포처럼 쏟아져 나왔었다. 그런데 과연 내가 그런 말을 자신 있게 할 자격이 있나? 없다. 나도 실은 흑인들을 그리 좋아하지 않는다. 다만 로젠처럼 아주 노골적으로 행동에 옮길 정도만 아닐 뿐. 그러니 실은 내가 로젠보다 더 이중인격자인지 모른다.

또 있다. 인도 사람도 별로다. 이야말로 단세포적인 무지막지

한 인종차별이다. 가까이 사귄다든가, 그냥 인사 정도 하고 지내는 이웃이 있다든가, 그런 것도 아닌데 무작정 인도 사람 하면 공연히 찜찜한 생각이 드는 걸 어쩔 수 없다. 독일제나 일본 제품. 그런 물건들은 틀림없다는 인식이 드는 것 역시 편견이다.

편견이 오만을 부른다. '편견이란 아무리 새로운 아이디어, 또는 자극이 있어도 자신이 이미 가지고 있는 인지구조를 절대 버리지 않는 것'이라고 어느 학자는 정의했다.

편견처럼 무서운 것이 없다는 걸 잘 알면서도 흑인 청년 두어 명이 시커먼 점퍼를 걸치고 모자를 푹 눌러쓰고 가까이 오면 저절로 몸이 굳어진다.

그 종족의 역사나 문화, 배경 등등에 대해 백지상태에서 무조건 반감이나 거부감을 가진다는 건 그야말로 열등의식 아니면 단순 무지다.

수연은 그러지 않아도 로젠을 맹렬하게 비난한 자신을 후회하고 있는 중인데 이런 편지까지 받으니 그야말로 아주 비참할 정도로 스스로가 부끄러웠다.

편지를 받은 그 날, 수연은 로젠을 피하듯 하며 하루를 보내고 그날 밤, 애들이 다 잠든 후, 로젠에게 편지를 썼다.

내가 무례했다고. 내가 경솔해 나도 모르게 발끈했고 미안하다고. 나 역시 무의식적으로 인종차별 한다고. 중국 사람, 일본 사람, 베트남 사람에게도 별로 그런 느낌이 안 드는데 이상하게 인도 사람은 별로 좋아하지 않는다는 말, 하지 않아도 될 말까지 고백하듯 다 나열했다.

진우는 수연에게 묘한 편견 또는 우월감이 있다는 걸 가끔 따끔하게 지적한다. 같이 일하는 동료들 중에 인도 사람들이 꽤 있는데 실력도 쟁쟁하고 인품도 좋은 사람들이라고.

'그래요. 당신은 참 공평하고 잘난 사람. 진짜 신사라는 거, 알고 말고요. 하지만 나는 부족한 점이 아주 많은 사람이니까, 나한테 당신 의견을 강요하진 말아요.'

물론 수연은 이런 말은 으레 삼켜버린다.

로젠과의 긴 우정은 그렇게 시작되었다.

수연이 은퇴를 할 때도 일 년만, 일 년만 해가며 좀 기다렸다 같이 은퇴하자고 할 정도로 붙잡았다. '네가 그만두면 나는 어쩌지?' 그럴 때 로젠은 꼭 중학교 1학년, 아니 초등학교 학생 같았다.

수연이 은퇴를 하고 시카고를 떠나와 LA 남쪽, Long Beach에 살고 있건만, 꼬박꼬박 카드를 보내주는 Rosanne Goldstein. 올해, 81세가 된다.

로젠이 81세?

어느 날, 이 생일 카드가 오지 않는 날이 올 수도 있겠구나.

수연은 이 생각에 깜짝 놀란다. 카드를 받아들고 처음 느껴보는 야릇한 감정이다.

이상도 하지! 단 한 번도 이런 생각을 해보지 않았는데, 로젠 나이도 내 나이도 생각해 본 적 없었는데, 이상도 해라!

올해 카드는 글씨체가 다르다. 분명 다르다. 금방 알아볼 수 있을 정도로 Rosanne의 'R'이 좀 흔들려있다.

로젠의 글씨체는 프린트해 놓은 것처럼 매년 똑같았는데…. 이상도 해라!

바로 어제, 동창 친구 보애가 미끄러져 엉덩이뼈가 부러져 입원을 했다. 밖에서 사고를 당한 게 아니고 집 뒤뜰에서 넘어졌단다.

이제는 가끔 연락하며 지내는 친구들한테서 소식이 뜸하면 어디 여행 중인가라는 생각에 앞서 어디 아픈가 걱정부터 든다.

Rosanne Goldstein.

획 하나 변하지 않고 매년 똑같다.

초등학교 3학년 때 필기체를 배우기 시작하는데 로젠은 3학년 담임만 20년도 넘게 하고 있다. 그래서인지 로젠 글씨체는 사람의 필체라기보다 도장을 찍은 것 같다.

올해 카드에 R이 예전과 다르다. 분명 다르다. 수연은 카드 상자를 열어 지난해, 지지난해 로젠 카드를 꺼내 본다. 분명 흔들려있는 R.

마티나(Martina) 아들이 연락해오기 전까지, 마티나가 세상을 떠난 것을 전혀 모르고 있었다.

마티나, 로젠, 조앤, 그리고 수연. 이렇게 넷이 여학교 시절 단짝 친구들처럼 어울렸었다.

전혀 모르고 있었는데, 마티나가 가버렸다.

뇌졸중으로 쓰러져 병원에 가 수술을 받았는데 깨어나지 못하고 그대로 가셨단다. 마티나 아들은 침착하게 말했지만, 수연은 어린애처럼 수화기를 든 채 엉엉 울었었다.

그래. 모든 일은 순식간에 일어난다.

어느 날, 로젠에게서 카드가 오지 않을지도 모른다. 아니, 어쩌면 내가 먼저 카드를 보내지 못할지도 모른다. 70 넘어서는 세상 떠나가는 게 나이 순서가 아니니까.

로젠의 카드엔 어떻게 지내니? 건강하니? 보고 싶구나. 이런저런 글 같은 건 한 줄도 없다. 그냥 카드에 적혀 있는 시구 같은 문구 아래 Love, Rosanne이라 사인만 해서 보낸다. 올해는 "당신의 생일을 축하하는 것이 얼마나 멋진 일인가!" 이런 글귀가 적혀 있는 카드다.

작년부터 달라진 게 있다면 Fondly가 Love로 바뀐 것이다. 그러니까 '좋아한다.'라는 말에서 '사랑한다.'라는 말로 바뀌기까지 20년이 걸린 셈이다.

아무래도 좀 흔들렸어. 조금 흔들려있는 R 자를 한참 들여다

보는 수연의 눈이 흐려졌다.

　로젠은 카드뿐 아니라 무엇을 사든 최고만 산다. 초등학교 선생님이 방학 때면 뉴욕으로 날아가 브로드웨이 쇼를 보고 오고, 고급 백화점에서 유명 브랜드 핸드백을 사 오곤 했으니 겉으로 드러나지는 않지만 많은 동료의 부러움의 대상, 질투의 대상이기도 했다.
　대학 때부터 그랬단다.
　대학병원 외과 의사의 외동딸인 그녀는 자기도 아버지처럼 의사가 되려고 의대에 갔지만 여차여차한 이유로 교사가 되었단다.
　"여차여차한 이유?"
　수연이 의아해 물었을 때 로젠은 어깨를 으쓱하며 말했었다.
　"여차여차한 이유가 뭐겠니. 남, 여 문제가 아닌 한…."
　"남녀 문제? 사랑?"
　"삶의 길이 달라지는 게 남녀 문제 아니고 무엇이 있겠니. 나중에, 나중에 언제고 이야기해 줄게."
　삶의 길이 달라지는 게 남녀 문제가 아니고 무엇이겠는가 하고 말할 때 로젠의 눈빛은 꿈에 젖어있는 소녀 같았다.
　'삶의 길이 달라지는 게 사랑 아니고 무엇이 있겠는가.'
　로젠의 그 한마디가 두고두고 여운을 남겼다

"해가 바뀔 때마다 네 생일을 기억하는 기쁨으로 한 해가 시작되곤 한단다."

영주 카드는 로젠 카드와 정반대다. 카드에 빈틈이 없을 정도로 깨알 같은 글씨가 꽉 차 있다. 중학교 때부터 친구니 60년도 넘은 친구다.

혜진이는 자연 풍경을 사진 찍어 정성스럽게 카드로 만들어 보내며 건강하라는 말을 꼭 써 보낸다.

여학교 때, 수연은 몸이 약해 운동 시간에 늘 나무 그늘에 앉아있거나 어떤 때는 학교 뒷문 건너편에 있는 적십자 병원에 가서 주사를 맞고 오기도 했었다.

운동 시간에 운동하지 않고 서늘한 나무 그늘에 앉아있는 수연을 부러워하는 친구들이 많았지만, 수연은 그 반대였다. 나도 저렇게 땀 뻘뻘 흘려가며 배구도 하고, 달리기도 할 수 있었으면 싶어 늘 그들이 부러웠다.

난, 참 부자네!

책상 위에 가지런히 올려놓은 친구들의 생일 카드를 물끄러미 바라보면서 수연은 입속말하듯 중얼거렸다. 보고, 또 보아도 따스하다. 매섭게 추운 날씨에 폭신폭신한 솜이불 속에 발을 들이미는 것처럼 온몸이 훈훈해 온다.

부자고말고. 이런 부유함은 정말 귀한 것이고말고.

혜진이가 보낸 온 카드는 해밀턴 호수(Hamilton lake)에 길게 드리운 달그림자다.

몇 년 전, 수연이 혜진네를 방문했을 때 같이 가 본 그 호수는 호수라기보다 큰 연못 같았다. 그 연못이 거기 있기에 아무리 추운 겨울에도 따스한 지방으로 여행도 가기 싫단다.

그 호수에 희미하게 내린 달그림자.

모네(Monet)의 그림 같았다. 또렷하지 않고 흐릿한 안갯속의 '워털루 다리(Waterloo Bridge)'. 아니 그보다 '일출(sunrise)'에 더 가깝다 할까. 모네인지 피사로(Pissarro)인지 기억이 잘 안 나지만 한때는 그림을 꽤 좋아했던 수연이다.

혜진이는 외모도 빼어나게 미인이지만 속내도 참 고운 여성이다. 이 나이에 추석 달을 찍겠다고 호수에 가는 그 감수성이라니!

"네 생일 저녁은 내가 해줄게." 해가며 생일상을 차려줄 때면, 핑크색 상보(床褓)면 핑크색 냅킨, 연두색이면 냅킨도 연두색. 이렇게 유별날 정도로 세심하고 자상하고 그리고 멋을 아는 혜진이다.

몸이 약해 직장 생활은 못 하지만, 할 수 있는 한 최선을 다해 자원봉사를 한다. 동네 도서관 어린이 교실이나 양로원에서 외롭게 살아가는 노인들에게 책 읽어주기 등등, 그렇게 정성껏, 마치 꼭 해야 할 자신의 의무인 듯하며 지내는 친구다.

의사에게 결혼 생활은 힘들 거라고 선고를 받았던 혜진.

오른쪽 폐를 잘라내고야 생명을 구할 수 있었던 혜진을 목숨을 걸다시피 사랑한 남자가 있었다. 3년 동안 마산 폐결핵 요양소에 있을 때 만났던 대학생이다. 혜진은 정식 고등학교에 다니지 못하고 요양원에 있으며 아르바이트를 하는 대학생에게 영어와 수학을 배웠다. 그 대학생. 그는 백합보다 더 희고 고운 장혜진을 사랑했다.

"폐 한쪽을 잘라낸 여자가 아이를 가진다는 것도 낳는다는 것도 아주 위험합니다. 정상적인 결혼 생활도 무리입니다."

3년 만에 요양원을 나올 때, 의사가 한 말이다.

아이를 낳지 못해도 좋다고, 아이를 원한다면 입양해 키우면된다고, 결혼해서 평생 함께 살자는 윤서구. 하지만 4대 독자인서구 집안에서 서구의 그런 결심을 용납할 리 없었다.

고마운 사람이었다고, 혜진은 서구를 말할 때는 이 말을 꼭 한다. 서구가 곁에 있었기에 3년 동안 요양원 생활이 외로운 게 아니라 아름다웠다고. 즐거웠다, 행복했다가 아니고 꼭 '아름다웠다'라고 표현한다.

세상에 태어나 처음으로 가슴 설렘이 무엇인지를 느껴본 사람. 그가 오지 않는 날은 아침부터 온 세상이 구름이 낀 듯 침울했다. 아무것도 기대할 것 없이 지내야 하는 하루는 너무 지루했다. 책을 읽어도 가슴에 와 닿지 않았다. 음악을 들어도 제대로 들리지 않았다. 이런 감정이 사랑이라는 것일까? 사랑인지 무엇인지 몰라도 그의 목소리, 그의 미소 그 모든 것이 혜진을 사로 잡았다.

'평생 잊지 못할 것이다.' 혜진은 이런 말은 절대 하지 않는다.

그런 사랑 표현은 로젠이 잘한다. 동서양의 문화 차이인지 모르지만, 혜진은 사랑했었다는 말조차 해본 적 없다. 서구와의 기억을 말할 때면 40이든 50이든 60이든 늘 딴 세상에 있는 듯한 눈빛이 되어 '우리, 그때, 참 좋았어. 그냥 함께 있다는 그 자체만으로 세상 모든 게 아름다웠어. 그런 느낌이 사랑이라는 걸까?' 하며 소리 없이 웃곤 했다. 아직도 가슴 바닥 깊은 곳에 찰거미처럼 붙어있는 아리아리한 아픔을 그렇게 웃음으로 날려 보내는 듯싶었다.

혜진이는 아직도 그와의 지난 이야기를 과거로 묻어버리지 못하기 때문에 '사랑했었다'라는 말을 할 수 없다. 사랑하니까, 지금도 사랑하니까.

친구들이 가끔 묻는다. 호수에 왜 그리 자주 가는가 하고. 그때마다 혜진은 호수가 좋아서, 호수 근처 오솔길이 좋아서라고 애매하게 답한다.

마산 요양원에 있을 때 혜진은 서구와 가끔 바닷가에 나갔었다. 서구는 마산 사람이라 바닷가 어디가 좋고, 어디가 조용하고 깨끗한지 잘 알고 있었다. 탁 트인 바다 앞까지 가려면 두 사람이 겨우 걸을만한 오솔길을 걸어야 했다.

꿈 이야기를 많이 했다.

서구는 화가가 되고 싶다고, 새벽 바다, 해무가 낀 바다, 붉게 타는 노을의 바다. 시시때때로 변하는 바다의 모습을 고스란히 담아내고 싶다고 말했고, 혜진은 시인이 되고 싶다고 말했다.

"응, 나는 바다 냄새를 시로 쓰고 싶어."

"바다 냄새?"

"음산한 날씨의 바다 냄새와 해가 쨍쨍할 때 냄새가 다르잖아. 안개 낀 바다와 노을 진 바다가 다르듯."

"그래, 그러자. 이담에, 바닷가에 작은 집 하나 지어놓고 살면서 나는 그림을 그리고 너는 시를 쓰고."

꿈, 사람은 누구나 꿈을 꾼다. 상상을 초월하는 미지의 세계, 꿈. 그 꿈이 있기에 삶은 아름답다. 어느 학자가 기막힌 표현을 했다. 그리움을 그리면 그림이 되고 글로 쓰면 시가 된다고.

"여기, 나뭇잎에 소원을 써서 바다에 띄우자. 단, 무엇을 쓰는 건 비밀. 간절하게 진심으로 원하는 건 반드시 이루어진다니까."

둘은 나뭇잎이 찢어질까 봐 살살, 살살 조심해가며 조개껍데기로 무엇인가를 써서 바다에 띄우곤 했었다.

혜진이 미국으로 떠난 후, 윤서구가 어떻게 알아냈는지 혜진이 주소로 편지를 계속 보내왔다. 하지만 혜진은 단 한 번도 답장하지 않았다. 서구를 위하는 길이 연락을 두절하는 것, 오직 그것뿐이기에 그를 마음속 깊이 묻어버렸다.

사랑하기 때문에 헤어진다는 말, 유행가 가사 같은 말. 이게 실은 진실이다. 그는 미술을 전공하고 싶어 했다. 미술을 하는 남자의 아내는 건강해야 뒷바라지를 잘할 것이고, 경제적인 면에서도 도움을 줄 수 있는 집안의 여자면 더 좋을 것이다. 내가 서구와 결혼을 한다면 그는 미술은커녕 내 건강 걱정에 한시도 편할 날이 없을 테니 미술은 고사하고 나를 보살피느라 일생을 고생할 것이다. 그건 아니지. 그건 사랑이 아니다. 놓아주자. 우리의 사랑은 가슴에 묻고 살자. 아주 꼭꼭 깊은 산속에 움막 하나 지어놓고, 그 안에 우리 사랑을 고스란히 넣어두고 살아가자.

'가슴에 무엇인가 상상조차 할 수 없는 것을 위한 공간을 마련해두세요.'

퓰리처상을 탄 미국의 시인, 메리 올리버(Mary Oliver)가 2009년에 남긴 글이다.

공간. 나만의 공간. 그래, 바로 그것이다. 상상조차 하기 힘든 꿈. 혜진이 서구를 떠올릴 땐 늘 현실을 초월한 공간에서 떠돈다.

마산에서 하던 버릇처럼 혜진은 동네를 산책할 때마다 손바닥만 한 나뭇잎이 있으면 줍는다. 그 잎사귀를 호수에 가지고 가서 옛날에 그랬던 것처럼 조심해가며 몇 자 써서 물 위에 띄운다.

'잘 지내지? 나도 잘 지내.'

호수에 길게 드리운 달그림자 카드에서 혜진이 목소리가 들려오는 듯했다.

장혜진. 아직도 호수에 가는구나. 아직도! 마산 요양소 앞의 바다는 아니지만, 하루도 같은 날이 없다는 바다는 아니지만 그래도 가까이 호수가 있다는 게 참 다행이다.

사람마다 자신만의 기막힌 사연 하나쯤 간직하지 않은 사람이 어디 있겠으랴. 별별 이야기들이 많지만 사랑 이야기는 세월이 가도 빛을 바래지 않는다. 마음은, 나이와 상관이 없나 보다.

이 카드들이 언젠가는 오지 않을 수도 있겠구나.

한참 동안 수연은 카드 앞을 떠나지 못한다. 영주 카드에는 영주 인생이, 혜진 카드에는 혜진 인생이 그리고 로젠 카드에는 로젠 인생이 숨을 쉬고 있다.

왜 이런 생각이 불쑥 들까?

단 한 번도 이런 생각을 해본 적이 없다. 매년 늘 생일 카드는 틀림없이 오는 것이라 여겼을 뿐이다.

Rosanne의 글씨체 때문인가? 조금 흔들려있는 R 때문일까?

Martina Speros 아들의 전화를 받고 전화기를 붙잡은 채 한참 흐느끼던 게 생각난다.

미국 문화인지 모르지만, 미국 사람들의 장례식에 가 보면 흐느껴 우는 사람을 보기 힘들다. 그런 문화를 잘 알면서도 수연은 그냥 터져 나오는 울음을 어쩔 수 없었다.

한 달 또는 석 달에 한 번쯤 만나는 동창 친구보다 실은 더 가깝게 지내온 사이다. 수연이 집 외에 가장 많은 시간을 보내는 곳이 학교이고, 또 가장 가까이 지내는 로젠, 마티나, 조앤이었다.

수연은 은퇴를 하고 시카고를 떠난 후에도 Joanne과 Martina 하고는 크리스마스 때마다 카드를 주고받았다. Rosanne은 유대인이라 크리스마스는 경축하지 않는다.

"저, 강수연 선생님 댁입니까?"

2년 전 어느 날, 수화기 저편에서 굵직한 바리톤의 남자 목소리가 들려왔다.

"네. 제가 강수연인데, 누구신지요?"

"아, 선생님. 저는 Martina Speros의 큰아들, John입니다."

"죄송합니다. 선생님."

잠시 잠잠하던 그가 말을 이었다.

"죄송합니다. 선생님이 저의 어머님께 보내신 크리스마스 카드를 올해도 받았습니다. 이사했기 때문에 카드가 한참 돌아다니다 와서, 이제야 연락드립니다. 죄송합니다."

어머니가 돌아가신 소식을 일찍 연락드리지 못해 죄송하다고, 강수연 선생님 연락처를 찾는 데 시간이 걸렸다고, 그는 차분하게 설명을 했다.

"마티나가?"

죄송하다는 말만 연거푸 하는 마티나 아들.

"미안합니다. 미안합니다."

수연은 말 한마디 못 하고 수화기를 꽉 붙잡은 채 계속 울었다.

로젠, 영주 그리고 혜진. 그들에게서 꼬박꼬박 매해 날아오는 생일 카드가 끊어지는 날, 그날이 올 수도 있겠구나!

아니, 어쩜 내가 카드를 보내지 못할지도 모르지.

이런 생각을 한 번도 해보지 않았다는 게 이상했다.

얼마 전, 수연은 차 사고를 당했다. 모든 사건은 순간에 일어난다는 말처럼 '그저 바라볼 수만 있어도 좋은 사람' 유익종 노래를 들어가며 차 흐름을 따라 유유히 가고 있는데 갑자기 우편에서 차가 들이닥쳤다. 그야말로 아슬아슬한 순간이었다. 그 차가 조금만 더 급하게 달려왔다면 수연은 구급차에 실려 응급실에 갔을 것이고, 어쩌면 지금쯤 이미 저세상 사람이 되어 있을지도 모른다. 80이 넘은 할머니가 브레이크 대신 액셀러레이터를 밟았단다.

"어디 다치지 않으셨어요?"

차에서 내려 수연이 그 할머니에게 다가가 먼저 물었다. 할머니는 마치 중풍 환자처럼 덜덜덜 떨고 있었다.

"당신은, 당신은 어떠세요?"

들릴 듯 말 듯 한 목소리로 할머니가 물었다.

"아니, 다친 것 같지 않습니다. 괜찮아요."

"미안합니다. 여기, 내 보험 카드."

수연은 그 할머니를 껴안았다. 계속 떨고 있는 게 너무 안쓰러웠다.

"아무 걱정하지 마세요. 우리 두 사람 모두 다치지 않았으니 다행입니다. 자동차야 고치면 되니까, 진정하세요."

"감사합니다. 감사합니다."

그녀는 기도하듯 그 말만 되풀이했다.

그 사고를 다 해결한 뒤, 수연은 이런 말을 들었다. 미국에 오래 살고 있는 사람이 참 바보짓 했다고. 큰돈 벌 수 있는 기회를 놓쳤다고.

그 할머니 잘못으로 사고가 난 거라 수연이가 고소를 하면 변호사가 다 알아서 처리해 돈을 듬뿍 받아 낼 수 있단다. 한국 변호사들 중에는 그런 사건만 담당하는 변호사들이 있어 그들은 의사와 다 손발이 맞아 단숨에 일을 척척 진행시킨단다.

큰돈 벌 수 있는 기회를 놓쳤다고?

세상을 그런 식으로 살아가는 게 과연 약은 사람일까. 스스로

가 자신에게 모멸감을 느끼지 않을까. 양심의 가책 없이 그렇게 해서 돈을 갖게 된 사람도, 또 그런 일을 법적으로 도와주는 사람도, 정말 두 다리 뻗고 편히 잠들 수 있을까.

어느 고속도로에서 차 사고로 몇 명이 죽었다는 뉴스를 들을 때면 그날, 아슬아슬하게 큰 사고를 당할 뻔했던 그날이 떠오르곤 했다.

"내가 올해로 몇 살인 줄 아니?"

작년에 시카고에 갔을 때 로젠이 했던 말이다. 조카 결혼식이 있어 오랜만에 시카고에 갔다가 로젠과 만나 점심을 했다.

"수연, 나를 전혀 알아보지 못할 거야. 정말이다. 내가 네 앞에 아주 바짝 다가가도 너는 나를 절대 못 알아볼 거야. 미리 말해 두는 데 기절하지 마."

기절하지 말라며 로젠이 전화기 저편에서 깔깔, 깔깔 웃어댔다. 별로 우습지 않은 것도 로젠은 뭐가 그리 재밌고 우스운지 툭하면 교사 휴게실이 떠나갈 정도로 웃어대곤 했었다.

'기절하지 마'라고 말하는 데는 그럴 만한 이유가 있다.

학생들이 운동장에 나가 노는 시간이면 교사 두 명이 운동장에 나가 있어야 한다. 이런 규칙이 일리노이주에만 있는 것인지, 미국 전 지역 모든 학교에 다 있는 것인지 모르지만 수연이 교직에 있던 시카고에서는 그랬다.

하루는 당번이 되어 운동장에 나가 있는데 초등학교 1학년 학생이 멍키 바에 매달려 놀다가 떨어져 이마를 다쳤다. 운동장 담당 교사로 나가 있던 수연과 마티나가 사고가 난 곳으로 달려갔는데, 학생 이마에서 빨간 피가 흘러내리는 것을 보는 순간, 수연은 토할 것 같은 구토증을 느끼며 눈앞이 뿌예지는 것 같았다. 그러고는 그냥 그 자리에서 졸도해 구급차에 실려 가는 등, 한바탕 난리를 쳤었다.

"아니, 학생 이마에 피가 좀 났다고 선생님이 기절해버리면 어떡합니까. 원 참."

교장이 웃어가며 기막히다는 듯 말했다.

다친 아이보다 다친 아이를 보고, 기절해버린 선생님.

미주신경성 실신(Vasovagal syncope). 응급실에서 처음 들어본 병명이다. 이름도 들어보지 못한 이상한 병.

무슨 일이 생기면 재빨리 학생들을 돌봐주고, 급하면 구급차를 불러야 하는 임무를 가진 교사가 학생 이마에 흐르는 피를 보고 졸도하다니!

그 이상야릇한 증세는 피를 보아도 그럴 수 있고, 너무 긴장해도 그럴 수 있고, 스트레스를 많이 받아도 그럴 수 있단다.

"글쎄, 미리 경고하는데, 나보고 기절하지 마. 정말 기절하면 안 된다."

만나서 기절하지 말라는 말만 되풀이하는 로젠.

은퇴하고 시카고를 떠나온 지가 벌써 20년. 그동안 로젠을 만나본 적 없으니까. 많이 늙었겠지. 그래서 놀라지 말라는 거겠지. 그런데 자기만 늙었나, 나도 늙었는데 뭘!

수연은 때로 거울을 보다 어머, 내가 이렇게 생겼나? 이렇게 변했나? 깜짝 놀랄 때가 한두 번이 아니다. 거울을 보지 않고 있을 때는 자신이 50대 초반인 듯 착각할 때가 많다. 아직도 여성스러운 매력이 있고 아직은 연애도 할 수 있을 것 같은 느낌. 무의식 속에 아직도 시건방지게 그런 착각을 하는가 보다.

로젠 역시 많이 늙었겠지. 그래서 자꾸 '놀라지 말라'는 말을 되풀이하는 거겠지.

"어머, 너, 너, 강수연. 강… 수… 연… 맞지?"

거의 비명에 가까운 소리를 내며 여고 동창생이 수연에게 다가와 한 말이다.

수연이 오랜만에 재작년에 한국에 갔었다. 여고 동창 55주년 기념행사에 동창 100여 명이 모여 전세 버스 두 대에 나누어져 남도 일대를 여행했었다.

"응, 나… 강수연."

너는? 수연이 묻기도 전에 그는 너무 놀랍다는 듯 목소리를 높였다.

"어머, 어머머. 어쩜, 세상에. 아니 어쩜, 너, 예뻤었는데, 어쩜, 이렇게 폭삭 늙었니. 정말 못 알아봤어. 세상에!"

남해, 상주 해변가에 있는 식당에서 점심을 먹고 바닷가에 나와 여기저기 흩어져 어슬렁어슬렁 모래사장을 걷고 있을 때였다.

오전에는 부슬부슬 부슬비가 내렸었는데, 언제 비가 왔는가 싶게 쨍하니 해가 나와 모래알들은 밤하늘을 수놓은 별들처럼 반짝이고 있었다.

중학교, 고등학교 6년을 함께 같은 학교를 다녔다는 것 외에 이제는 누가 누군지 얼굴조차 기억할 수 없이 서먹서먹해 자연히 여기저기 구경 다닐 때도, 식사할 때도, 학교 때 가깝게 지내던 친구들끼리만 주로 어울렸다.

5년에 한 번씩 모이는 모임이 이번이 마지막이라 해서 수연을 비롯해 많은 동창들이 외국에서 왔다.

미국, 영국, 캐나다, 호주, 브라질.

여기저기 흩어져 저마다의 사연을 품고 살아온 세월이다. 50년이 넘도록 단 한 번 만나보지도 않고 지낸 동창들이 대부분이지만, 그래도 꿈 많던 소녀 시절, 같은 교정을 오가며 보냈다는 이유 하나로 할머니들은 얘, 쟤, 해가며 어린 시절로 돌아가 들떠있었다.

"너, 정말 너무 가꾸지 않고 살았구나."

그 동창생은 기막히다는 듯, 머리를 절레절레 흔들어대기까지 했다.

누구지? 어느 반이었나? 통 기억이 안 나네. 그나저나 너무 가꾸지 않고 살았다고?

내가 그리 초췌해 보이나? 내가 정말 다른 친구들에 비해 그렇게 늙어 보이나?

수연이 무색해서 억지로 미소를 띠고 어정쩡하게 서 있는데 그 동창생이 다시 떠들기 시작했다.

"정말, 전혀 손을 대지 않고 지냈구나. 지금부터라도 내가 하라는 대로 해 봐. 아침저녁으로 베이비오일로 얼굴 마사지를 5분쯤 하고, 다음은 오이를 얇게 저며서 얼굴에 붙여놓고 20분 정도 있다가 떼어내고, 손바닥으로 얼굴 전부 여기저기를 탁탁 소리 나도록 때려주는 거야. 얼굴이 얼얼해지도록 때려주는 거, 그게 비법이야. 그렇게 한 달만 해 봐. 나처럼 탱탱해질 테니, 꼭 그렇게 해 봐. 저기 미자 봐. 지금도 곱잖아. 경선이도 여전히 예쁘잖니. 너도 학교 때 예쁜 편이었는데, 기막혀라. 지금부터라도 내가 하라는 대로 해 봐. 확실히 달라질 테니. 그리고 이왕 서울 온 김에 손을 좀 보고 가렴. 한국 성형기술은 세계적으로 유명한 거, 알지?"

"응… 그래. 고맙다."

한바탕 열을 올려가며 얼굴 손질하는 법을 설명한 동창생은 냉큼 다른 친구들 곁으로 뛰어갔다.

누군가. 이름도 물어보지 못했네!

수연은 하늘을 올려다보며 피식 웃었다.

참 신기한 하늘이다. 새벽부터 음산해 오늘 비가 꽤 오겠다 싶었는데 하늘은 그야말로 청색 물감을 들여놓은 비단 같았다.

동창생이 나를 알아보지 못할 정도로 내가 그렇게 늙어버렸구나.

그 친구 말마따나 수연은 이날 이때까지 얼굴 가꾸는 데 별 신경을 쓰지 않고 살아왔다. 얼굴 마사지는 고사하고 잠자리에 들기 전 세수하고 나이트 크림 찍어 바르는 것도 귀찮아 맨얼굴로 잘 때가 많았다.

싱싱하게 푸르던 잎새도 가을이 되면 물들고 바람이 차지면 한 잎 두 잎 떨어지기 마련 아닌가. 사람도 마찬가지. 나이 들면 자연히 늙어가는 거지. 그게 당연하지. 아무리 비싸다는 크림을 발라도 깊이 팬 주름이 없어질 리가 있나. 공연히 돈만 없애는 거지. 행여나를 바라는 여자들의 허영심 때문에 이름 있다는 상품들 가격은 입이 딱 벌어질 정도 아닌가.

수연은 하다못해 그 흔한 귀걸이 한번 해본 적이 없다. 귀에 구멍을 뚫는다는 걸 상상만 해도 아랫배에 짜르르 통증이 오는 듯싶다. 굳이 구멍을 뚫지 않고 그냥 걸 수 있는 귀걸이도 있지만, 귀걸이다 목걸이다 하는 것들이 성가셨다.

옷장에 걸려있는 옷들은 까만색, 하얀색, 그리고 회색이 거의 전부다. 늘 똑같은 색상 옷을 사면서 구태여 새 옷은 왜 사느냐고 남편이 말할 정도로 정말 색상이 늘 거기서 거기다. 생일이나 크리스마스 같은 때, 딸들이 화사한 옷을 사주며 제발 이런 색도 좀 입어보라 하는데 그런 화사한 색상의 옷을 걸치면 왠지 편하지가 않다. 그래서 그런 옷들은 늘 옷장 한구석에 밀려있다.

성형수술?

양쪽 귓가를 째고 늘어진 볼을 잡아당겨 올린다, 코를 높인다, 보톡스를 맞는다, 성형수술 하는 여자들을 솔직히 수연은 좀 속이 빈 여자들이라 생각해왔다. 속이 얼마나 허하면 얼굴을 뜯어 고치는 데 그리 신경을 쓸까.

나이 들면 나이 든 만큼 보이는 게 정상이지. 한 번 늘어진 볼따구니가 잠시 올렸다고 그대로 유지될 것도 아니고, 주사를 너무 많이 맞아 웃어도 입가는 전혀 근육이 움직이지 않아 마술할 멈 같은 여자들을 보면 저렇게까지 해야 하나, 측은하다는 생각까지 들곤 했다. 그런데 100여 명의 동창이 한자리에 모이니 열심히 가꾸며 살아온 여자들과 세월 가는 대로 살아온 여자들은 그야말로 10여 년이 훨씬 달라 보일 정도로 차이가 났다. 10여 년이 아니라 마치 엄마와 딸처럼 보일 정도로 차이가 나는 친구들도 있었다.

"쟤 말이야, 미자, 쟤는 결혼을 세 번씩이나 했대."

"어머, 능력 있네."

결혼을 세 번씩 했다는 소리에 금방 주저 없이 능력 있다는 반응이 나온다는 게 수연에게는 신기하게 들렸다. 서울에 살고 있는 친구들이 외국물 먹은 친구들보다 오히려 훨씬 개방적이라 할까? 세련되었다 할까? 외국물이 오래 들면 들수록 오히려 보수적이고 굉장히 촌스러운 것 같았다.

"하긴, 쟤는 여학교 때부터 연애했잖아."

미자가 너무 뛰어나게 젊어 보이기 때문인지, 여기저기서 미자에 대해 이러쿵저러쿵 말들이 많았다. 이제는 그야말로 어르신 소리를 듣는 할머니들이 마치 여고 시절로 돌아간 듯, 낄낄, 깔깔거리며 실타래 풀어놓듯 이야기가 끝도 없었다.

"수연아. 싱겁게 하늘을 보고 왜 혼자 웃고 서 있니?"

윤지가 수연 옆으로 다가와 팔을 툭 쳤다.

"내가 웃었나?"

"뭐, 재밌는 거 있니? 저, 하늘에?"

"말이다. 내가 그렇게 늙어 보이니?"

"뭐?"

"내 말은, 저… 내 말은 말이다. 내가 다른 애들에 비해 그렇게나 아주 초라할 정도로 늙어 보이는가 하고."

"싱겁기는, 아, 할망구가 늙어 보이는 게 당연하지, 그게 뭘 수

리냐?"

"그게 아니라 나만 유별나게, 아주 눈에 띄도록, 불쌍할 정도로 폭삭 늙었는가, 이 말이야."

"뚱딴지같이?"

"저기, 쟤."

"누구?"

"저기, 저기 은주 옆에서 떠들고 있는 쟤, 이름이 뭐지?"

"저 뚱보?"

"그래, 쟤."

"복희? 금복희. 근데 쟤가 뭐?"

"나보고 너무 늙었다고. 얼굴이 축 처졌다고. 왜 그리 가꾸지 않고 살았느냐며 이제부터라도 가꾸며 살라고 얼굴 가꾸는 법을 한참 가르쳐주고 갔어."

"뭐라고? 미친 망구. 그딴 소릴 해? 아니, 그래, 그냥 가만히 듣고만 있었니?"

"고맙다고 했지."

"맙소사. 고맙다고? 넌 하여튼 좀 빙신이야, 비잉신."

졸업반 때 짝꿍이던 윤지다. 윤지는 그때부터 시원시원하게 하고 싶은 말을 직설적으로 하곤 해서 아주 좋아하는 친구들이 있는가 하면 아주 싫어하는 친구들 또한 많았다. 윤지는 '비잉신'이라는 말에 두어 옥타브를 올렸다.

'어머, 너 아직도 예쁜 건 여전하구나.'

이런 말이야말로 헛소리 아니겠는가.

본인 스스로도 젊은 시절 사진과 현재의 모습이 믿어지지 않는데, 오랜 세월이 지난 후 만난 동창생이니 그런 말이 나오는 게 당연도 하지.

"넌 천사냐. 아니면 속이 없는 거니. 그래 그딴 야유를 듣고 고맙다고 해? 정말 넌 생기기는 깍쟁이 같은데 하는 짓은 늘 비실비실 비엉신 같다니까."

윤지는 병신이라는 말을 강조해 이번에 더 톤을 높여가며 '비엉신'이라 했다.

"내가 가서 한마디 해줘야겠다. '야, 너는 불어터진 찐빵 같다'고. 보톡스를 너무 맞아 저런 거야. 제 얼굴은 정상인 줄 아나 보네."

수연은 당장 그녀에게 달려갈 것 같은 윤지 팔을 잡았다.

"뭐, 실은 틀린 말도 아니지. 난, 이번에 친구들 만나보면서 정말 놀랐어. 정말 곱게 늙은 애들이 많네. 지금도 살결에 티 하나 없고 주름 하나 없고 탱탱해. 미자도 경선이도, 여전히 곱잖니."

"아이고, 그런 귀부인들은 얼굴 가꾸는 게 직업입니다요. 옛날 한 집 건너 다방 있던 것처럼 요즘 서울에는 한 집 건너 성형외과요, 한 번에 백만 원 이상씩 하는 스킨케어도 수두룩하답니다. 우리처럼 외국에 사는 사람들은 상상도 못 하는 호사지만 팔자 좋은 여편네들이 할 일 뭐 있겠니. 그나저나 한국이 그만큼 부자가 되었다는 게 신기하지."

"한국이 부자가 된 건 사실이지만, 부유층과 빈곤층이 너무 차이가 나는 것 같아. 아직도 연탄 태우며 사는 사람들이 많은 걸 보면. 독거노인들이 많이 살고 있는 동네 골목에 그 얼키설키 꼬여있는 전깃줄들 보니 참 아슬아슬하더라."

"독거노인들 사는 동네? 네가 그런 데를 어떻게?"

"응, 가 볼 기회가 있었어. 그냥."

이모가 그런 곳에 사셨다. 이모는 한사코 밖에서 보자고 하셨지만, 수연이 길을 물어물어 찾아갔었다.

수연 이모. 하나밖에 없는 어머니의 여동생이다.

수연은 지금도 생생하게 기억한다. 누상동 이모 집. 마치 청와대 들어가는 입구처럼 벚꽃길이 길게 이어지고, 밖에서는 볼 수도 없는 큰 양옥집, 뜰에는 꽃나무들이 가득했다.

이모부가 수연네 집에 오실 때면 새까맣고 반짝거리는 삐끄 (buick) 차를 타고 오셔서 동네 아이들이 그 근사한 자동차 구경하느라고 모여들곤 했었다.

6·25 때 일이다. 숨어 있는 사람들이 자수만 하면 용서해준다는 인민군들의 선전에 숨어 있던 이모부가 자진해 나가셨고, 그길로 교도소에 들어가셨다가 그들이 후퇴할 때 그야말로 밧줄에 꽁꽁 묶여 끌려가셨단다. 함께 묶여 가던 사람이 용하게 도망 나

와 이모부의 마지막 모습을 알려주었다.

죽었으면, 죽은 걸 내 눈으로 봤다면 재혼하겠지만, 내일이라도 모레라도 살아 돌아올지 모르는데 어떻게 재혼하는가. 주변에서 이제는 단념하고 새 인생을 시작하라는 권유를 다 뿌리치고, 스물여덟에 혼자 된 이모는 90을 바라보는 나이가 되어 혼자 사신다.

가난한 사람들이 부지런히 일하면 가난은 면할 수 있는 사회. 그런 사회를 만들 수는 없는 걸까.

미국에 이민 온 사람들, 특히 한국 사람들은 정말 하루 서너 시간 겨우 잠을 자면서 악착같이 일을 해 비교적 짧은 시일 안에 대부분 가난을 면하고 자식들을 좋은 학교에 보낸다.

교직에 있으면서 수연이 느낀 점이 바로 그것이었다.

학교 근처에서 아주 작은 수퍼를 하는 학부모가 있었다. 한번은 수연이 김치를 사려고 들렀는데, 여주인이 급히 책상 서랍에서 사진 한 장을 꺼내 보여주었다.

"선생님, 제 딸애, 기억하시지요? 앤더슨에 2년 다니다 졸업했지요. 처음 미국 왔을 때 선생님이 지도해 주셨지요. 소라. 이소라."

"아, 소라. 그럼 기억하고말고요. 인디아나 대학 갔지요?"

"네, 대학 졸업반인데 제가 방학 동안 유럽 여행 보냈더니 이

엽서가 왔어요. 선생님, 이것 좀 읽어 보세요."

- 고생 많으신 엄마, 아버지. 고맙습니다. 세상에서 제일 훌륭한 우리 엄마, 아버지. 사랑합니다. -

그림엽서에 한두 줄 짧은 글이지만 가슴 뭉클한 문구였다.

"저는 비록 여기서 하루 종일 쪼그리고 앉아 김치 담그면서 이러고 살지만, 딸애는 훨훨 세상 구경 다니도록 해주고 싶은 게 제 소원이었습니다. 제가 하지 못한 공부도 실컷 하게 해주렵니다. 그래서 이런 엽서 받으면 저절로 힘이 솟구칩니다."

눈시울이 붉어지는 소라 어머니를 보며 수연도 눈시울이 뜨끈해졌었다.

'나는 비록 하루 종일 김치 담그면서 힘들게 살지만, 딸은 훨훨 세상 구경 다니도록 해주고 싶은 게 제 소원이었다.'는 소라 어머니의 목소리에 아버지의 음성이 들리는 듯했다.

'넓은 세상으로 나가 보고 듣는 것만도 공부다. 넓은 세상으로 나가라.'

강의가 없는 날에도 늘 책과 씨름하듯 사시는 아버지. 잡지든 신문이든 어떤 회사 사보든, 어쩌다 들어오는 원고 청탁이 있으면 원고지 열 장분 정도일지라도 고마워하며 쓰시던 아버지. 가난한 나라의 가난한 학자는 원고 청탁 들어오는 게 오로지 과외 수입이었기에 열심히 정성을 다해 쓰셨다.

그래. 부모들은 그렇다. 부모들은 내가 못 누린 것을 자식들에게는 다 해주고 싶어 한다.

의사인 친구의 말이다.

아들이 처음 운전 면허증을 타고 BMW를 사달라 하더란다. BMW라니, 기가 막혀 내가 네 나이 때는 BMW는커녕 버스 타고 다니기도 힘들었다며 야단을 치자, 엄마는 내가 그 시절 엄마처럼 살기를 원하느냐, 자식들 잘 살라고. 엄마가 미국에 와서 죽어라 공부해 의사가 된 게 아니냐. 그러니까 나는 그 정도 자동차는 타야 하는 거 아니냐 해가며 따지는 데 말문이 막히더란다.

친구 아들 말이 실은 틀린 말이 아니다. 내가 고생하고 살았기 때문에, 내가 배고파 보았기 때문에, 내가 없는 설움을 받아봤기 때문에, 자식들만은 잘 먹고 잘 살라고, 부모들은 죽어라 일한다. 특히 이민 온 사람들은 더더욱 그렇다. 험한 동네에서 권총을 허리에 차고 일하는 아버지도 자식에게는 고급 차를 사주고, 사립대학에 보내곤 한다.

열심히 부지런히 일하면 안정된 삶을 살 수 있는 사회. 그래서 세계 방방곡곡에서 지금도 미국에 이민을 오고 있는 게 아닌가 싶다.

성실하게 정직하게 열심히 일을 해도 가난을 벗어날 수 없다면, 그건 분명 무언가 잘못된 사회 아니겠는가.

세탁소를 하는 사람, 택시 운전하는 사람, 이발관을 하는 사람, 구두 수선을 하는 사람들이 주말이면 정구채도 들고 나가고,

골프채도 메고 나가고 하는 게 살기 좋은 사회 아닌가.

윤지는 남편과 함께 시카고 근처에서 햄버거 식당을 한다. 처음에 이민 와서는 둘이 다 공장을 뛰더니, 알뜰하게 저축해 구멍가게만 한 햄버거 식당을 차리고, 또 열심히 10여 년 일하더니 아예 삼층까지 있는 그 빌딩을 샀다.

비결은 딱 하나라고 윤지는 말했다.

"정성껏 손님을 대우해주는 거. 그 손님이 흑인이든 히스패닉이든 하다못해 거지라 할지라도 일단 내 가게 문 안으로 들어온 사람은 손님이고, 손님은 왕이다, 라고 깍듯이 대하는 거지. 그러다 보니까 단골이 늘고 입에서 입으로 소문이 퍼져 저절로 장사가 잘되더라."

"그리고 또 한 가지 비결. 그건 참 쉽다면 쉬운 건데 이상하게 많은 사람들, 특히 한국 사람들이 그걸 잘 못하는 거 같아. 음식 장사하다가 실패하는 사람들 보면 공통점이 있다 할까? 내 집에 와서 식사를 하겠다는 사람에게 그날, 그 순간, 내가 가지고 있는 물건 중에 제일 좋은 것을 서브하는 거지. 고기든 생선이든, 야채든, 제일 싱싱한 거. 그런데 그러지 않는 사람들이 의외로 많더라고. 제일 좋은 건 아껴두고 간당간당하는 거, 오늘이나 내일 팔지 못하면 버려야 하는 거, 그걸 우선 파는 거야. 버리는 물건 없으니 약은 것 같지만 그게 아니지. 그 사고방식이 문제지.

그나저나 나는 운이 좋았어."

윤지는 겸손하게 운이 좋았다 하지만 무엇을 하든 성공에 저절로는 없다. 그야말로 남이 감히 상상하지 못하는 노력과 정성이 따르기에 성공하는 것이리라.

윤지네뿐 아니다. 대부분 한국에서 이민 온 사람들은 부부가 함께 그야말로 억척스러울 정도로 열심히 일해 10여 년 지나면 자리를 잡는다.

여고를 졸업한 지 55년.

엄마와 딸이 아니라 아예 할머니와 손녀딸처럼 차이가 나 보이는 친구들도 있었다. 은색 머리카락을 바글바글 파마한 친구들. 바글바글한 머리만큼이나 얼굴도 목 언저리도 조글조글하고 임신이라도 한 것처럼 배는 불쑥 나온 할망구들에 비해 지금이라도 패션모델이 될 만큼 고운 친구들도 있었다. 긴 세월 동안 어디서, 어떻게 살아왔는지, 굳이 물어보지 않아도 세월의 흔적이 고스란히 몸에 배어 있었다.

"어머머. 너, 너 강수연? 세상에 어쩜 몰라볼 정도로 그리 폭삭 늙었니."

그날 밤 수연은 자리에 누워서도 상주 해변가에서 들은 그 말이 귓가에 뱅뱅 울렸다.

참말로! 어쩜 속이 밴댕이 소갈머리 같을까. 그 말 한마디에 이렇게 흔들리다니, 내 마음이 어쩜 이렇게 쪼잔할까.

수연은 그 동창생이 한 말 그 자체보다 그 말 한마디에 신경이 곤두서 있는 자신이 싫었다.

정말 그렇게 매일 얼굴이 얼얼하도록 탁탁 때려주면 축 늘어진 볼이 좀 올라갈까? 내일부터 그렇게 해볼까?

별일이야! 그 말 한마디에 잠도 오지 않다니, 정말 별일이네. 하면서도 수연은 살그머니 일어나 화장실로 가 거울에 바짝 얼굴을 들이대고 양 손바닥으로 볼을 탁탁 쳐보았다. 아플 때까지 매일 때려주라고? 그래 볼까, 정말?

여자는, 아무리 늙어도 늙었다는 소리는 듣기 싫은가 보다. 그리고 여자는 평생 아름답고 싶다는 욕망이랄까, 허영심을 가지고 살아가는가 보다. 어쩌면 여자에게 그런 욕망이 없다면 더 이상 여자가 아닐지도 모른다.

수연은 오래전, 고모를 떠올렸다.

고모가 수연네 집에 두어 주일 다녀가셨을 때다.

"고모. 꼭 가지고 싶으신 거 있으면 내가 사 드릴게요. 하나만. 말씀하세요. 여기 다녀가신 기념으로요."

"에그, 나, 필요한 거 없다. 이 나이에 뭐가 필요하겠니."

"하지만, 고모, 정말 내가 뭐 하나 사드리고 싶어 그래요. 많이는 못 사드리지만 한 가지만 말씀해 보세요."

그때, 고모는 에스티로더의 금딱지 나이트 크림을 원하셨다. 나이트 크림 중에 비싸기로 유명한 Estee Lauder 금딱지 크림.

'세상에, 고모가 지금 70도 넘으셨는데, 나이트 크림은 무슨 나이트 크림. 더군다나 금딱지 크림이라니, 나는 비싸서 엄두도 내지 못하는 크림인데, 놀래.'

하지만 말을 꺼냈으니 수연은 그 비싼 크림을 사 드리는 수밖에 없었다.

그때는 몰랐다. 여자는 70이 넘어서도 고급 화장품을 사용하고 싶어 한다는 것을. 여자는 70이 넘어도 여자이고 싶어 한다는 것을.

그런데 나는 위선자인가. 아니면 윤지 말처럼 비엉신, 바보인가.

'얘, 난 네 이름도 모르는데 어쩜 대놓고 민망하게, 그런 말을 하니? 넌 그렇게 미모에 관심이 있으면 체중 관리나 좀 할 거지. 너는 정말 너무 뒤룩뒤룩하잖아. 그런데 누구보고 폭삭 늙었네, 어쩌네, 하니. 아, 환갑, 진갑 다 지난 할망구가 늙은 게 당연하지. 너처럼 주사를 맞아 눈두덩이도 누구한테 한방 얻어맞은 것처럼 팅팅, 볼따구니도 팅팅해야 하는 거니?'

윤지 말처럼 왜 이렇게 쏘아붙이지 못하고 '고맙다'며 어물어물했을까.

정말 고마워서? 내 심성이 고와서?

천만에다. 속이 편하지도 않고 마음이 착해서도 절대 아니다. 그 말이 목구멍에 걸린 가시처럼 남아 있어 잠도 제대로 못 자고 뒤치락거리는 소심하기 짝이 없는 사람이다. 그런데 늘 그런 식이다. 누가 심한 말을 하면 한마디 대꾸도 못 하고 그냥 무조건 얼어버린다. 나중에 두고두고 내가 그때, 왜 이렇게, 이런 식으로, 딱 부러지게 말을 하지 못했을까 후회하면서도 그 순간에는 그냥 멍청한 바보가 되고 만다.

수연은 지금도 그때 그 장면을 기억한다.

아주 어렸을 때다. 유치원 다닐 때였으니 아마 다섯 살? 외할머니가 아현시장에 가실 때마다 따라다니곤 했는데 어느 날, 여자들이 서로 머리카락을 잡아당겨 가며 싸우는 것을 보았다. 그때, 어린 나이에도 수연은 그 여자들 모습이 참으로 소름 끼쳤다.

'나는 절대 저런 여자는 되지 않으리라.'

누가 무서울 정도로 사납게 싸움을 걸어온다면 무조건 미안합니다, 하며 피하면 되는 게 아닐까. 미안하다고 공손하게 말하는 데 머리채 잡을 사람은 없겠지 싶었다.

악을 쓰며 싸우는 여자. 길에서 코를 횡횡 소리 내 푸는 여자. 쩍쩍, 소리 내가며 껌을 씹는 여자. 식당에서 음식 먹은 후, 이쑤시개로 이를 쑤시는 여자. 속옷이 다 보일 정도로 얄팍한 옷감의 옷을 입고 다니는 여자. 사시사철 맨발로 사는 여자. 자기 아이들에게 상스러운 욕설을 아무렇지도 않게 퍼붓는 여자.

수연은 이런 천박함을 싫어할 정도가 아니라 경멸할 정도다. 때로 남편에게 화가 나거나 아이들에게 화가 몹시 날 때, 수연의 목소리는 한 옥타브 착 내려앉는다. 수연의 음성이 여느 때보다 낮아지면 남편도 아이들도 수연이가 단단히 화났다는 걸 금방 알아챌 정도다.

"엄마가 늘 옳다는 게 아니다. 엄마도 사람이니까 물론 잘못하는 것도 있고 너에게 섭섭하게 군 것도 있겠지. 엄마가 세상에 나오기 전, 엄마 노릇을 해보고 나온 게 아니니까, 나도 엄마 노릇 처음이고 너도 딸 노릇 처음이니 서로 이해하고 노력하며 지내도록 하자."

딸애가 열여섯 살 때 머리를 노랗게 염색하고 들어왔을 때 이야기다.

"엄마, 내가 초록색 물감 들이지 않은 것만 다행이라 여기세요."

그 말에 수연은 그만 웃고 말았다.

그래. 그렇지. 내가 열여섯 살일 때를 지금 이 시대 아이에게, 더군다나 미국에서 태어나 자라는 아이에게 기대한다면 그건 내가 잘못이지.

엄마도 엄마 노릇을 처음 해보는 것이라는 말에 딸애는 방바닥을 뒹굴어가며 웃었다.

"나를 알아보지 못할 거야."

"네 앞에 가까이 다가가도 너는 나를 알아보지 못할 거야."

로젠이 혹시 더 뚱뚱해진 걸까? 아니 더 뚱뚱해지면 정말 곤란하지.

"하이, 수연."

손을 흔들며 앞으로 다가오는 여자는 로젠이 아니었다.

아주 날씬하고 멋진 중년 여성.

수연은 너무 놀라 그냥 얼어버린 듯 우뚝 서 있었다.

뚱보인 로젠은 몸에 맞는 옷을 사기 힘들어 특별히 옷을 맞춰 입어야 했다. 로젠이 입고 다니는 옷은 색상만 다를 뿐 스타일은 늘 똑같은 옷이었다. 허리 부분도 없고 그냥 텐트처럼 어깨에서 무릎 아래까지 내려온 것으로 마치 마네킹에 천을 둘러놓은 듯 싶은 그런 옷이었다.

"내가 말했지. 나를 절대 알아보지 못할 거라고."

"내가 지금 사이즈 6을 입는단다."

로젠이 연신 생글거리며 말했다.

수술한 거니? 어떻게 된 거니?

솔직하게, 수연은 이렇게 묻고 싶었지만, 너무 놀라서 그냥 꿀벙어리처럼 멍멍히 서 있었다.

"살을 어떻게 뺐는가. 궁금하지? 그건 비밀입니다요."

로젠이 수연 마음속을 들여다보기라도 한 듯 웃어가며 말했다.

식도역류증 때문에 늘 약을 먹어야 하는 수연에게 의사는 그저 더도 덜도 말고 10파운드만 빼라고 했다. 그럼 식도역류증 증세가 많이 좋아질 거라고 해서 열심히 운동도 하고, 끼니를 걸러보기도 하지만, 10파운드는커녕 5파운드도 빼기 힘들었다.

그런데 로젠은 70파운드? 아니 그보다도 더 빠진 것 같았다. 사 입을 수 있는 옷이 없을 정도로 뚱뚱했는데, 사이즈 6을 입는다니, 그야말로 큰 수술을 하기 전에는 불가능한 일이었다. 몸매뿐 아니었다. 얼굴도 주름살 없이 아주 팽팽했다. 마치 방금 다리미질을 해놓은 비단처럼 반질반질했다. 그 누가 보아도 그야말로 멋쟁이 중년 여성이었다.

"어디서부터 무슨 이야기를 할지 모르겠구나. 네 전화를 받고 얼마나 기뻤는지! 그날 밤 잠도 제대로 자지 못했단다. 우리 정확히 20년 만이다. 자그마치 20년. 그런데 수, 수는 하나도 변하지 않았네. 머리 스타일도, 맙소사, 단발머리 그대로고, 어쩜 뭐 하나 달라진 게 없네."

내 이름은 '수'가 아니라 '수연'입니다, 라고 골 천 번 말해도 동료 교사들은 수연을 늘 'Sue'라고 부르곤 했다. 수연이 하도 정색을 하고 수연, 수연이라 불러주세요, 고집해서 나중에는 꼬박꼬박 수연이라 부르는 동료들도 있었지만, 로젠은 친해지고 나서 한 번은 이런 설명을 했다.

마가렛은 매기, 엘리자벳은 리사 또는 리즈, 벤자민은 벤, 토마스는 톰, 조셉은 조, 이렇게 부르기 편하게 짧게 부른다고. 수 잔도 '수'라 부르고 수지도 '수'라 부른다고, 그러니 수연이라는 발음보다 '수'가 편해 '수'라 부르는 거라고.

"변하지 않긴, 내가 왜 안 변해? 늙었지. 주름이 자글자글하잖아."

"화장하지 않은 것도 여전하네. 그런데 오늘 결혼식에 간다며? 설마 그러고 갈 건 아니겠지. 오늘만큼은 nail shop에 가서 매니, 페디큐어도 하고 가세요."

마치 어제도 그제도 만났던 것처럼 로젠 말투는 여전했다. 학교에 있을 때도 로젠이 늘 하던 타령이다. '화장도 좀 하고, 매니, 페디는 하라고. 그건 사치가 아니라 여성의 에디켓이라고요!' 로젠 말투는 항상 그렇게 직설적이었다. 손톱과 발톱을 다 듬고 색칠하고 다니지 않는 건 여자가 속옷을 내보이며 다니는 것이나 다름없다는 설명까지 해가면서, 다그치곤 했었다.

"수. 오늘 교사들 사진 찍는 날이라는 거 잊었니? 세상에. 어쩜 오늘따라 블라우스 하나 걸치고 왔니, 잊어버렸니? 일 년에 한 번 사진 찍는 날을 어떻게 잊어버린담. 아이고, 내가 어제저녁에 전화 걸고 리마인드 시켜줄 걸 그랬네."

수연은 지금도 그때 사진을 들여다보면 절로 웃음이 나온다. 일 년에 한 번 전 교사들이 사진을 찍는 날이라 평소에 수수하게 차리고 다니는 교사들도 그날만은 미장원에도 다녀오는 등, 멋을 잔뜩 내고 오곤 했다. 그런데 그날따라 아침에 좀 늦게 일어나 세수도 하는 둥 마는 둥 하고 급히 출근했던 것이다.

"어머, 그 블라우스 아주 특이하네. 포켓이 등에 달린 블라우스도 있네."

그날 사진 찍기 전, 로젠이 지적하기 전까지 수연은 블라우스를 거꾸로 입은 것조차 몰랐었다.

"수연. 오늘은 말이다. 오늘만큼은 제발 내 말 좀 들었으면 좋겠다. 가자, 내가 저 백화점에 가서 아주 멋진 드레스 하나 사줄게. 그거 입고 결혼식에 가도록 해."

로젠은 늘 수연을 '수'라고 부르다가 좀 진지하게 이야기할 때는 수연이라 정확하게 발음했다.

"나는 드레스 안 입고 지낸 지가 벌써 10년? 아니 아마 20년은 되나 보네. 바지가 편해. 분명히 말하지만 내가 절대로 결혼식에 드레스를 입고 가지 않을 테니, 공연히 시간 낭비하지 말고 우리 그동안 지내 온 이야기나 하자."

"아이고, '네가 분명히 말하지만' 이렇게 나오면, 아이고 무서워! 무섭다고."

로젠은 어린아이가 무서워 어깨를 움츠리고 부르르 떠는 시늉을 해가며 까르르 웃었다.

'내가 분명히 말하지만.'

그렇구나. 로젠도 기억하고 있구나. Anderson School 교사 휴게실.

도도하고 건방지기로 알려진 로젠. 그런 로젠이 학교에 한 명밖에 없는 동양인 선생, 새로 들어온 풋내기 선생, 그녀에게 얼굴과 목 언저리가 벌게지도록 당했으니, 기억하고말고.

"너, 내가 몇 살인 줄 아니? 어휴, 나이 생각하면 자다가도 깜짝 놀랄 정도다. 내가 올해 80이란다."

작년에 80이라 했으니 올해 로젠이 81세가 되는구나.

여든하나.

지금도 친구에게 고운 생일 카드를 보내기 위해 카드 가게에 가는 여든한 살 할머니.

로젠이 예쁜 생일 케이크가 여섯 개가 그려져 있는 카드를 보냈을 때, 그 카드를 고른 마음을 알기에 수연이 푸시시 웃었었다.

로젠은 가끔 '너는 어떤 때는 꼭 여섯 살짜리 아이 같아.'라고 말하며 그녀 특유의 깔깔 웃음을 웃었다.

교사 휴게실에서 가끔 입이 거친 선생들이 진한 농담을 할 때가 있었다. 대부분 섹스와 관련된 농담이기 때문에 모두들 허리를 잡고 웃는데 수연만 왜들 웃지? 뭔 소리지? 라는 표정으로 얼벙벙 해 있으면 로젠이 '너 지금 표정이 어떤 줄 아니? 꼭 여섯 살짜리 아이 같아.' 농담 그 자체보다 그런 농담을 알아듣지 못하는 수연이가 더 우습다며 선생들이 한바탕 더 웃어대곤 했었다.

말은 분명 다 알아듣고 이해하지만, 전혀 우습지 않은 데 왜들 웃는지 수연은 늘 그게 참 궁금했다.

세월이 가면서, 수연은 문화를 이해하지 못하면 농담을 알아들을 수 없다는 것을 터득할 수 있었다.

폴란드 사람들을 무시하는 투로 말할 때, '폴락', 동양인 특히 중국인은 '칭크'라 부른다는 것조차 모르면서 어떻게 그 나라 여자들에 대한 짓궂은 농담을 알아듣는단 말인가.

영어를 잘한다는 것도 마찬가지다.

영어를 알아듣고, 문장도 문법적으로 완벽하게 쓸 줄 아는 사람이라 해도, 미국인들의 문화를 이해하지 못하면 어색한 문장을 쓰기 일쑤고, 그들의 농담은 더더욱 알아듣기 힘들다. 특히 다민족이 모여 살고 있는 다문화 사회에서 어떤 민족이나 종족에 대한 은밀한 섹스 농담은 정말 이해하기 힘들다.

"보세요. 한국 사람이 미국 학교에서 선생님 노릇하기도 힘들어 죽겠는데, 어떻게 그런 진한 농담까지 알아듣겠습니까요!"

로젠과 친해지고 나서 수연은 이렇게 대꾸할 수 있는 여유도 가졌었다.

사실 수연은 때로 짧은 메모 하나 써서 옆 교실 선생에게 보낼 때라든가, 부모에게 간단한 편지를 써 보낼 때 등, 영어로 문장을 쓸 때, 처음 몇 년 동안은 종이에 한 번 꼭 써보고 쓰곤 했었다.

어떤 직장이든 완벽한 영어 문장을 쓰는 게 도움이 되겠지만, 때로 조금 어색한 문장이라 해도 외국인이니까, 라고 이해받을 수 있다. 의사든 계리사든 엔지니어든 자기 분야의 일만 잘하면 영어 표현이나 문장이 조금 어색해도 별문제 될 리 없다. 하지만 교사라는 직업만큼은 다르다. 특히 ESL, BL 교실에서 미국 태생이 아닌 학생들에게 기초 영어를 가르치는 교사가 문장이 틀리거나 어색하면 어쩔 것인가.

학교에 단 하나뿐인 동양인 교사. 강수연.

단발머리에 키도 작고 몸집도 작은 수연에게 학교 건물관리인은 학생과 구별하기 힘드니 모자를 쓰고 다니라는 농을 하기도 했었다.

강수연이 학교에 부임한 첫날.

수업을 마치고 이것저것 책상 정리를 하고 아래층으로 내려오니 그림자 하나 없이 복도가 휑하니 비어 있었다. 문을 열고 밖으로 나가려 하자 문이 열리지 않았다. 큼직한 쇠고리가 밖으로 걸려있었다. 전화를 해야겠다고 생각하며 사무실로 들어가려 하자 사무실 문도 잠겨 있었다. 일 층에서 삼 층까지 콩콩콩 거의 뛰다시피 해가며 혹시 아직 교실에 남아 있는 선생님이 있나 살펴보았지만 사람 그림자도 찾아볼 수 없었다.

아찔했다. 숨이 차고 두 다리가 후들거렸다. 현기증이 오는 것 같았다.

어떻게 해야 밖으로 나갈 수 있나? 어떻게 교실에 남아 있는 교사가 단 한 명도 없단 말인가!

사무실 앞에 쭈그리고 앉았다.

이렇게 여기서 밤을 새워야 하는 건가? 건물 밖으로 나갈 길이 없으니 어쩐담. 어딘가 분명 비상벨이라도 있을 텐데, 불이 나거나 무슨 일이 벌어질 경우를 대비해, 분명 어딘가에 비상벨이 있을 거야. 내가 정신 차리고 비상벨을 찾아내야 해. 다시 복도를 오가며 비상벨을 찾고 있는데 복도 저편에서 누군가가 성큼성큼 걸어왔다.

수연은 그만 숨이 멈춘 듯, 제자리에 굳어버렸다. 아무도 없다고 생각했는데 분명 사람이 나타난 것이다. 사람이 나타났으니 구세주라도 만난 듯 반가워야 할 텐데, 오히려 반대였다. 사람이 그렇게 무서울 수가 없었다.

"누구냐?"

얼굴이 시커먼 남자의 목소리가 냉랭했다.

"여기서 뭐 하고 있는 거야? 너, 누구야?"

그가 거칠게 다그쳤다.

"저… 저요… 저는요…."

온몸이 덜덜 떨리고, 목구멍이 뻐근해와 수연은 말을 이을 수 없었다.

"당장 말하지 못해? 경찰 부르기 전에? 이 시간에 여기서 뭐 하고 있는 거야?"

"저는요. 저는….."

"도대체 무슨 짓 하려고 여태까지 숨어 있었어? 이 시간까지, 냉큼 말하지 못해? 경찰 부르기 전에."

남자의 목소리가 더 험악해졌다.

"저는요, 저는… 이 학교 교사입니다. 오늘 처음 부임한 ESL 교사, 강수연이라 합니다."

금방이라도 눈물이 쏟아질 것 같았다. 죄지은 것도 없는데 마치 큰 죄를 지은 듯, 가슴이 자꾸 떨렸다. 한 시간가량 삼층에서 일층으로 오르락내리락하며 얼마나 가슴이 옥죄어들었던지!

"뭐?"

그가 다시 버럭 소리 질렀다.

"네. 정말입니다. 제 교실은 307호. ESL 교실, 강수연입니다."

"아니, 기막혀, 세상에… 당신이, 당신이 정말 선생님이라고?"

그는 기막히다는 듯, 수연을 머리끝에서 발끝까지 훑어보았다.

"선생님이시라… 세상에, 꼭 학생 같습니다. 그런데 도대체 왜 이 시간까지 남아있는 겁니까?"

그의 말투가 훨씬 부드러워졌다.

"이것저것 정리 좀 하다가….."

아, 이제 살았구나 싶어서인지 한 시간 이상 조마조마하게 애를 태운 탓인지, 수연은 하마터면 엉엉, 울음을 터뜨릴 것 같아 입술을 아프게 깨물었다.

"선생님들은 학생들과 똑같은 시간에 이 건물에서 나간다고 아무도 말 안 해줬습니까?"

"전혀 몰랐습니다. 미안합니다."

"하마터면 오늘 여기서 밤샘할 뻔했군요. 자꾸 무슨 소리가 들리는 것 같아 지하실에서 올라왔지요. 정문이 닫히고 나면 나갈 수가 없습니다. 나는 이 학교 담당 엔지니어, 쎔입니다."

그가 바지에 손을 쓱쓱 비비고 손을 내밀었다.

얼굴도 새까맣고, 머리칼도 새까맣고 체격도 큼직한 우락부락하게 생긴 사람이었다.

"조심, 조심히 내려오십시오."

그가 수연을 지하실로 안내했다.

그가 안내하는 지하실로 내려가면서 수연은 너무 긴장한 탓인지 금방이라도 졸도할 것 같은 현기증을 느꼈다. 긴장한 탓도 있지만 아무도 없는 학교에서, 처음 보는 사람을 따라 어두컴컴한 지하실로 내려간다는 게, 실은 이빨이 덜덜 떨리도록 무서웠다.

'내가 이러면 안 되지. 얼마나 고마운 사람인가. 이 사람 아니었으면 오늘 꼼짝없이 이 건물 안에 갇혀 있을 뻔했다. 집에 연락할 길도 없고. 이 사람이 흑인이 아니고 백인이었어도 내가 이렇게 무서워했을까. 솔직히 그랬을까. 그가 흑인이기 때문에 내가 이렇게 까무러치기 일보 직전으로 무서워하는 게 아닌가.'

'피부색이 다르다는 오직 그 이유 하나로 사람을 차별하면 안 된다. 그게 바로 인종차별이다. 세상 모든 사람들이 그런 편견을 가지고 살아간다면 세상은 단 하루도 평화로울 수가 없다. 누구에게든, 내가 남에게 대우받고 싶은 만큼 남을 대우해야 한다.'

딸들에게, 학생들에게, 미국은 온갖 종족이 다 어울려 살아가는 다민족, 다문화 사회라고 사람을 피부색으로 차별하면 안 된다고 얼마나 강조했던가, 얼마나!

그런데 수연은 떨고 있다. 이러면 안 된다, 하는 건 어디까지나 이성일 뿐, 어쨌거나 무섭다. 본능적으로 무서운 것을 숨길 수 없다.

검은색인지, 무슨 색인지 모를 정도로 거무죽죽하고 더러는 미끄러울 정도로 위험한 곳을 빠져나오니 뒤 운동장이었다.

"내가 올해로 여기서 일한 지 40년이 된답니다. 그동안 교장이 세 번 바뀌었지요. 그리고 당신은 아무래도 모자를 쓰고 다니는 게 좋을 것 같습니다. 허허, 누가 당신을 선생님으로 보겠습니까."

지하실 철문을 친절하게 안내해주는 그를 따라 나오니 그는 운동장 한가운데 서서 운전 조심해가라며 손을 흔들어주었다.

초등학교 학생처럼 수연은 그에게 공손하게 허리를 굽혀 절을 했다. 그리고 주차장으로 향하는 수연 볼에 눈물방울이 데굴데굴 굴러내렸다.

이제 살았구나, 하는 안도의 눈물이기도 하고, 그가 무서워 가슴에 통증을 느낄 정도로 긴장했던 자신의 경직된 사고방식에 대한 부끄러움, 후회의 눈물이기도 했다.

물론 그날 이후 수연은 종이 울리면 재빨리 책상 정리를 하고 학생들과 함께 퇴교했다.

기억이 생생할 때, 다음 생일 카드에 '로젠, 기억하지? 우리 한바탕 다툰 거.' 이렇게 그날 이야기를 써 보내면 재미있겠다. 분명 로젠도 그 날, 그 다툼을 생생하게 기억하고 있겠지.

아니, 아니다.

왜 카드는 꼭 생일이거나 무슨 특별한 날에나 보내는 것이라고 생각한담.

지난주만 해도 친구 장례식에 다녀오지 않았던가.

그래, 이제는 일 년에 딱 한 번 돌아오는 생일이나 크리스마스를 기다리지 말자. 다음 해까지 기다리기엔 시간이 너무 달음박질하지 않는가.

은퇴

"수, 은퇴하면 뭐 할 계획이니?"

은퇴를 두어 달 앞둔 어느 날 로젠이 물었다. 55세. 한참 나이에 왜 은퇴를 하느냐고 묻는 사람은 로젠뿐이 아니었다. 교장까지 왜 벌써 은퇴를 하는가, 무슨 다른 계획이 있는가 물었다. 그때마다 수연은 그냥 푸시시 웃어가며 이제 그만둘 때가 된 것 같아서, 라고 애매모호하게 답을 하곤 했다. 정년퇴직할 나이가 지났는데도 계속 학교에 나오는 선생들이 많이 있고 정년퇴직 전에 그만두는 경우는 극히 드물었다.

일리노이주에는 교사들이 많이 부족해 퇴직 연령은 넘었지만 본인이 원하면 계속 근무할 수 있다. 이런 현실에 수연이 은퇴를 하겠다니 모두들 의아해했다. 혹시 건강상 무슨 문제가 있는 게 아닌가 하는 뜬소문이 돌 정도였다.

실은 작년부터 수연은 교장에게 말했었다. 내년에는 은퇴를 하겠으니, 한국어와 영어를 다 할 수 있는 교사를 물색하라고. 그동안 학교에 한국 학생들이 참 많아졌다. 수연이 처음 시작하던 70년 초에는 열 명도 되지 않았는데 지금은 100여 명이 넘는다. 갓 이민 오는 학생들을 위해 한국어와 영어에 능통한 교사가 꼭 필요하다. 하다못해 화장실을 찾지 못해 바지춤을 움켜쥐고 복도에서 쩔쩔매다 수연이를 보고 "아줌마, 아줌마, 오줌, 오줌." 하던 어린 학생도 있었다.

교장은 좀 더 생각해 보라고 말렸다. 교사처럼 은퇴 후 연금이 좋은 직업이 없다는 말까지 해가며 말렸다. 만약 좀 쉬고 싶은 게 이유라면 일 년이고 이 년, 의사 진단서만 받아오면 자기가 어떻게든 잘 처리하겠다며 적극 말렸다.

교장은 학교 근처에 한국인 의사들이 좀 있다는 걸 알고 있다. 그들 중에 잘 알고 지내는 의사도 있지 않겠느냐며 가짜 진단서를 가져와도 괜찮다는 표시를 간접적으로 말할 때 교장은 귀뿌리까지 불그스름해졌다. Baker 교장이 은퇴한 후 새로 들어온 아이리쉬, O' Riley 젊은 교장은 정도를 벗어나지 않는 꼼꼼하고 정확한 성격인데, 수연에게 은근히 그런 식으로 말을 비쳤다.

가끔 3층 수연이 교실까지 올라와 수업하는 것을 호기심 가득 찬 눈으로 지켜보고 하던 교장이다. Baker 교장은 웬만해서는 3층까지 올라오는 법이 없었다. 하지만 오라일리 교장은 교장실에 앉아있는 시간보다 1층에서 3층까지 오르내리며 이 교실, 저 교실 들리는 시간이 더 많았다.

그는 일 년에 딱 한 번 교사를 평가하는 Evaluation 서류에 수연에게 Superior를 준 사람이다. 교사 평가는 Poor, Good, Excellent, Superior 이렇게 네 등급이 있다. 수연은 늘 Excellent 를 받았지만, Superior를 받은 건 처음이었다.

"나도 언제든 은퇴하면 되겠지만 혼자 매일 뭐 하나 싶어. 1, 2년은 여행도 다니고 하겠지만, 그동안 안 가본 곳이 없을 정도 로 다녔으니 여행도 이젠 시들해졌고, 그래서 그냥 계속 다닐까 해. 마귀할멈 될 때까지."

깔깔 웃는 로젠.

로젠은 웃음소리가 꽤 크다. 로젠이 한번 웃어대기 시작하면 복도까지 울려 퍼질 정도다. 사람마다 그만의 독특한 개성이랄 까, 습관 같은 게 있기 마련이지만, 로젠은 에티켓 학원까지 다 닌 여자다. 사실 공립학교 교사들 중에 틴에이저 시절에 에티겟 학교까지 다닌 사람은 거의 없을 정도다. 에티켓 학교는 부유층 집 자녀들이 상류사회 데뷔하기 전에 다니는 곳이기 때문에 중 산층 가정에서는 들어보지도 못할 정도다. 그런 분위기에서 자 라난 로젠이기 때문에 매너 없이 구는 사람들을 굉장히 싫어한 다. 그런데 본인의 웃음소리가 민망할 정도로 크다는 것은 느끼 지 못하는 모양이다.

어쩌다 교사 휴게실에서 점심을 먹는 날에는 로젠이 꼭 일회 용 접시받침(placemat)을 가져와 테이블 위에 깔아놓고 음식을 놓는다. 포크와 나이프도 준비해 온다. 자기 것만 가져오는 게 아니라 수연, 조앤 그리고 마티나 것까지 챙겨와 네 명의 테이블 세트를 보란는 듯 차려놓는다. 물론 음식도 로젠이 가져온다. 어느 날 내가 점심 가져온다고 미리 말해놓으면 정성 들여 테이블을 꾸며놓는다. 샐러드를 준비해 오는 날에는 아주 비싼 야채, Hearts of palm, Butter lettuce, Sun dried tomatoes 같은 것들이다. 로젠의 그런 특이한 점을 알만한 선생들은 다 알기 때문에 별로 신경 쓰지 않는다. 하지만 그렇게 유별나게 구는 게 얼마나 꼴불견으로 보이겠는가!

수연은 로젠의 그런 점이 진땀 날 정도로 불편하고 거북해 때로는 '미안하지만, 나는 교내식당 음식이 너무 맛있어.' 해가며 피하기도 하고 어떤 날은 일부러 다른 선생님들과 약속을 해 나갔다 들어오기도 한다.

'고맙지만, 노 땡큐.'

미국 사람들은 이런 식으로 거절할 때는 확실하게 고맙지만 '노 땡큐'라고 거절을 하는데 수연이가 그런 건지, 아니면 한국 사람 기질이 그런 건지, 수연은 그렇게 분명하게 대놓고 거절을 못 한다. 거절을 해야 할 때, 미소 지으면서, 분명하게 거절하는 태도가 얼마나 좋은 건가.

확실하게 자기 의사를 표현한다는 게 그 순간에는 쌀쌀맞고 냉정해 보일지 모르지만 실은 좋은 매너다. 두리뭉실, 이건지 저

건지 모를 정도로 적당히 넘어가다 나중에 불화를 일으키기도 한다.

미국은 중학교 때부터 토론 시간이 있다. 정치든 사회문제든 또는 기류 변화 문제든 무엇이든 하나의 이슈가 선택되면 찬성과 반대편을 갈라 나름대로 타당성을 주장하기 위해 팀이 함께 자료 수집도 하고 같은 팀 안에서 또 찬반으로 나뉘어 반복해가며 연습을 한다.

살인죄에 대한 사형이 마땅하다, 아니다, 라는 주제가 정해지면 본인의 의견과 관계없이 소속 팀이 주장하는 것을 관철시키려 열띤 논쟁을 한다. 어디까지나 논쟁이지 감정싸움이 아니다.

이렇게 토론 문화에 길들여진 사람들과 토론 문화에 전혀 익숙하지 않은 사람 차이는 일상생활에도 고스란히 반영된다.

한국 국회의원들이 툭하면 억지를 써대며 조폭처럼 쌈질하는 것이 그 좋은 예다.

토론이나 논쟁은 '동의하지 않음을 동의한다'라는 것을 전제로 한다. 다름을 인정한다는 그 기본조차 모르는 사람들은 무조건 너는 틀리고 나는 옳다는 식이다. 더 나아가 너는 악이고 나는 선이다,라는 태도다. 그런 유치하고 저속한 행동을 늘 '국민을 위해서'라며 국민을 앞세우니 정말 낯뜨겁다. 하지만 그들 탓만 할 게 아니다. 초등학교 시절부터 '동의하지 않음을 동의한다'라는 토론 교육을 받지 못했으니 어쩌겠는가. 그저 우격다짐으로 내가 이겨야 하고 상대는 짓눌러야 할 수밖에.

수연은 저녁 아홉 시만 되면 한국 뉴스를 본다. 어쩔 수 없다 할까? 한국 사람은 아마도 어디에 살든, TV에 한국 뉴스가 나온다면 대부분 다 볼 것 같다.

수십 년, 늘 그렇게 아홉 시가 되면 다른 것을 보고 있다가도 한국 채널로 돌리곤 했는데 이제는 별로 보고 싶지 않다.

한국은 기적적인 경제발전에 비해 민도가 떨어진다는 생각이 든다. 만약 국회의원, 정치인들 수준이 저질이라면, 그들을 누가 선출했는가.

많은 한국 학생들이 명문대학에 지원했다 낙방하는 경우, 논리 정연한 답변에 약해 떨어지는 경우가 많다. 성적으로는 하자가 없는데 떨어지는 경우, 더러는 무조건 인종차별이라며 울분하기도 하는데, 명문대학 입학에 필수적인 조건 중의 하나가 감정 조절 능력이라는 것 또한 간과해선 안 될 덕목이다.

토론 문화. 한국 교육에 이 과목이 하루빨리 필수 과목으로 정해져야 보다 성숙한 사람에 대한 교육이 이루어질 것이다.

'나는 유별나게 우리 네 명만 그렇게 손님 테이블처럼 식탁 꾸며놓고 점심 먹는 거 너무 불편해 싫다.'

수연은 로젠에게 똑 부러지게 이렇게 말하고 싶지만 하지 못하다 로젠의 정성이 고맙고, 또 그토록 신경을 써 준비해 오는 그녀에게 상처를 주고 싶지 않은 게 이유이기도 하지만, 대놓고 싫은 소리를 분명하게 하지 못하는 성격 탓이다.

로젠의 그런 유별스러움이 실은 그녀의 독특함이다. 너무나도 솔직하고 단순하며 순수한 성품. 어쩌면 부잣집 외동딸로 응석 부리며 성장하고, 일생을 혼자 살아가면서 몸에 스며든 성품인지 모른다. 싫어하는 사람과는 말 한마디 섞으려 들지 않지만 좋아하는 사람에게는 그야말로 엎어질 정도로 잘한다. 미워하려야 미워할 수가 없을 정도로 정스럽다.

자기 반 학생들을 위하는 것 또한 유별나다. 크리스마스 때는 물론이고 땡스기빙에도 선생님이 아이들에게 일일이 선물을 안겨 줄 정도다. 본인은 유대인이라 크리스마스를 경축하지도 않으면서 아이들에게 줄 선물은 예쁜 종이로 포장해 한 보따리 준비해 온다.

명절 때는 부모들이 커피잔이나 스카프 같은 선물을 보내오곤 하는데 로젠은 정반대다. 아이들에게 아예 미리 단단히 주의를 준다. 아무것도 가져오지 말라고, 나는 아무것도 필요 없다고. 그리고 본인은 아이들에게 선물을 안겨준다.

"세상에, 그 시끄러운 곳에서 어떻게 먹니? 입에 들어가는지, 코에 들어가는지도 모르게 애들이 난리들인데. 아유, 나는 거긴 못 가."

수연이가 교내 식당에 가는 날은 로젠이 꼭 한마디 한다.

"학교 식당 음식이 뭐가 맛있니? 그 싸구려 음식이. 나는 그냥 공짜로 먹으라 해도 아닙니다요."

"나는 닭튀김도 맛있고 브로콜리 살짝 삶아주는 건, 정말 너무 맛있단다. 그런 거, 집에서 해 먹기도 힘들잖아. 그 메뉴가 나오는 날은 아침부터 기다려지는걸. 내 입이 싸구려 음식을 좋아하나 봐."

수연이 이렇게 대꾸하면 로젠은 어이없다는 듯 웃었다.

바람의 도시, 시카고는 겨울이 길고 눈이 많이 오고 굉장히 춥다. 콧속이 얼어버릴 정도로 쌩쌩 바람이 불고 추운 날, 학교 바로 길 건너에 있는 진고개 식당에 가서 설렁탕 한 그릇 먹으면 그렇게 속이 훈훈할 수가 없다. 한국 사람은 어디에 살든 한국 사람이다. 수연은 음식 중에 된장찌개를 제일 좋아하고, 매섭게 추운 겨울날에는 설렁탕에 깍두기면 최고다.

에드나가 한국 음식을 특히 좋아해 수연이 진고개 식당에 갈 때면 에드나와 함께 가곤 한다. 로젠은 김치라면 냄새도 싫어한다.

로젠은 팔 하나를 쓰지 못하는 신체장애인, 흑인 여선생과 수연이 잘 어울리는 걸 이상하게 생각한다. 겉으로 딱 부러지게 말을 하지 않을 뿐, 너는 왜 그런 선생과 같이 식당까지 가니? 하는 표정이다.

착한 여자다. 에드나는 정말 선생다운 선생이다. 선생이 선생답고, 정치가가 정치가답고, 언론인이 언론인답고, 목회자가 목회자답다는 게 당연해야 할 텐데, 그렇지 못한 경우가 더 많다. 그래서 사람이 사람답다는 소리를 듣는다는 게 실은 제일 어려운 일인 것 같다.

에드나는 4학년 자기 교실에 외국에서 새로 들어오는 학생이 있으면, 그 학생을 위해 일부러 교사 전용 가게에 가서 그림책이며 세계 지도 퍼즐 같은 것을 사다 주곤 한다. 자기 시간과 돈을 써가며 학생을 위해, 그런다는 게 그리 쉬운 일은 아니다.

어느 날 갑자기, 남의 나라에 와서, 말도 전혀 통하지 않는 교실에 하루 종일 없는 듯 앉아있는 아이가 얼마나 답답하겠느냐며 에드나는 이민 오는 학생들에게 각별히 신경을 쓴다.

"나라면, 어유, 상상도 못 하겠어요. 말도 알아듣지 못하는 학교에 가서 온종일 지낸다는 게, 그 참을성이 갸륵해요."

"견디는 거죠. 견뎌낸다 할까요? 어쩔 수 없으니까."

그래. 귀머거리, 벙어리처럼 멀뚱멀뚱, 온종일 그림자처럼 그저 견뎌내야 하는 아이들. 수연 교실에서 공부를 하다 시간이 되어 제 교실로 돌아가야 할 때면, 싫다고, 자기 교실로 돌아가기 싫다고, 책상 밑으로 기어들어 가는 아이들도 있다. 그때마다 수연은 명치끝이 찌릿찌릿하다.

"정말 얼마나 지루하고 답답하겠어요."

휴게실에서도 에드나는 외국에서 들어온 학생들 이야기를 잘한다. 거기에 맞장구치는 교사들은 거의 나이 지긋한 사람들인데, 그들 반응은 시큰둥하다. 영어를 못하는 애들을 어떻게 가르치느냐며 아주 노골적으로 불만을 나타내는 선생도 있다.

만화책 그림이라도 보라고, 알파벳 퍼즐, 또는 세계 지도 퍼즐 같은 것을 맞춰보며 시간 보내라고, 수학은 잘하니까 수학 숫자 문제가 잔뜩 있는 문제집을 일부러 구해다 주기도 하는 에드나. 한국인이든 베트남인이든 터키, 아랍인이든 자기 반에 들어오는 학생들에게 그토록 신경을 쓰는 선생이기에, 수연은 에드나를 좋아하고 또 교사로서 존경한다.

교사들이 모두 에드나 같다면 학생들이 보다 더 행복한 학교생활을 보낼 수 있을 것 같다.

"로렌스 길가에 있는 한국 옷집에 갔었어요."

수연은 그날도 여느 때와 다름없이 휴게실에 일찍 도착해 커피를 만들고 있는데 에드나가 들어왔다.

"어유, 눈발이 점점 세지네요. 이렇게 계속 오면 오후엔 교통이 막히겠어요."

"에드나, 집이 멀어요?"

"시카고 대학 근처예요."

"아유, 그럼 꽤 머네요."

"수연은 더 멀리 살잖아요. 북쪽 교외에 살지요? 그런데 늘 제일 먼저 와 커피를 끓여줘 고마워요."

"고맙긴, 내가 커피를 워낙 좋아하니까, 오자마자 끓이지요. 내가 마셔야 하니까요."

수연은 학교 생활을 해 갈수록 흑인 교사들에게 보다 더 인간미를 느낀다. 식당에 가서 잔돈까지 계산해가며 각자 지불하는 백인 교사들에 비해 흑인들은 오늘은 내가, 내일은 네가 이런 식이다.

"수연, 로렌스 지역이 한인 타운이더군요."

에드나가 커피를 한 모금 마시고 말했다.

"그래요. 그 지역에 한국 사람들이 많이 살지요."

"작은 가게들도 아주 많더라고요. 그런데…."

에드나가 무슨 말을 하려다 말고 그냥 소리 없이 웃었다. 어색한 미소였다.

"싱겁긴. 말을 하려 했으면 해야지. 하다 말면 궁금하잖아요."

"아니, 별거 아니에요."

야릇한 미소. 그 미소 속에 묘한 어색함이 스쳐 갔다.

"별거 아니라니까 더 궁금해 이젠 반드시 들어야겠네요."

수연이 농하듯 웃어가며 바짝 다가앉았다.

"내가 말이죠. 쇼 윈도우에 걸려 있는 옷이 예뻐서 가게 안으로 들어갔었어요. 그런데…."

"그런데?"

"주인인지, 종업원인지, 남자가 인상을 쓰면서 나가라고, 너한테 옷 안 판다며 나가라고 소리쳤다니까요."

에드나가 커피잔을 빙글빙글 돌려가며 시선을 피했다.

세상에!

한국에서 새로 온 학생을 위해 만화책, 퍼즐까지 사다 주는 선생님인데 흑인이라고, 신체장애자라고 물건을 안 팔겠다고 나가라 했다니!

수연은 아무 말도 할 수 없어 그냥 일어나 에드나를 꼭 껴안았다.

'미안해, 미안해' 속으로 이 말을 연거푸 하면서도 입 밖으로 나오지조차 않았다.

미안해! 정말 미안해!

심할 정도로 흑인을 무시하고 경멸하는 한국인들이 의외로 많다. 흑인을 흑인이라 부르지도 않고 검둥이, 깜시라고 부르는 사람도 있다.

한국 학생들이 흑인을 검둥이라 부르면 수연은 "너를 칭크라 부르면 듣기 좋겠니?"(칭크는 동양인을 비하해 부르는 말)라고 예를 들면서 검둥이란 말을 쓰지 말라고 주의를 준다.

에드나와 진고개 식당에 갈 때면 수연은 사람들 시선을 느낀다.

말은 안 하지만 웬 흑인? 그 말이 수연에게는 들린다. 더군다나 팔 한쪽은 축 늘어져 그냥 흔들거리니, 주인도 처음에는 못마땅해했는데 수연과 에드나가 길 건너에 있는 학교 교사라는 걸 알고는 태도가 좀 달라졌다.

진고개에서 설렁탕을 먹고 들어오는 날이면 '김치 먹고 왔구나'하고 로젠이 금방 알아챈다.

한국 식당에서 점심을 먹는 날은, 돌아오자마자 화장실에 가서 이를 닦고 민트향이 들어있는 가글로 입안을 여러 번 헹구기까지 하건만 김치 냄새가 워낙 독해서 금방 없어지질 않는다.

"김치 냄새가 고약한 치즈 냄새보다는 낫잖니?"

로젠과 친해지고 나서는 수연이 이런 식으로 답하기도 했다. 그럴 때면 "어유, 놀라라! 강수연 선생님, 많이 발전하셨네요." 로젠이 눈을 치뜨며 한 수 더 떴다.

폭삭 늙을 때까지 학교에 계속 남아있는 선생들을 주책이라 흉보던 로젠이 정작 자신이 은퇴할 즈음 되니 생각이 달라지는 모양이었다.

"올리비아가 아마 일흔은 넘었을 거야. 자기는 67세라 하지만, 어유. 여든은 돼 보이잖니? 올리비아는 그야말로 걷지 못할 때까지 계속 나오려나 봐."

7학년 담임, 올리비아는 정말 할로윈 날에 이 집, 저 집 유리창에 으스스하게 장식해 놓은 마귀할멈 같다. 은퇴를 해도 벌써 했어야 할 나이 같은데 여전히 다니고 있다. 퇴직 연령은 55세부터 67세까지, 여러 방법의 은퇴 플랜이 있다. 햇수를 꼭 채우면 백 퍼센트 연금을 받을 수 있지만 55세에 은퇴하든 60에 은퇴하든, 경력과 연령에 따라 연금은 조절된다.

올리비아는 온종일 잔다고 소문이 나 있다. 학생들에게 어디에서 어디까지 공부하라고 칠판에 써놓고는 내내 꾸벅꾸벅 존단다. 때로 졸다가 책상에 이마를 찧기도 한단다.

"아유, 주책이지 뭐. 지금 은퇴해도 연금이 짭짤한데 왜 폭삭 늙어서까지 책상을 지키고 있는지 모르겠어. 그러니 애들한테 놀림감이지."

이렇게 말하던 로젠이 막상 자신도 나이 들고 보니 생각이 달라지는 모양이었다.

"너는, 정말 55세에 은퇴하는 거니? 왜 그렇게 일찍 은퇴하려 하니? 무슨 다른 계획이라도 있는 거니?"

"계획은 무슨. 그냥, 은퇴 시작할 수 있는 나이가 55세니까. 그때 딱 그만두려는 거지."

"애들을 그렇게 좋아하면서, 도대체 왜 빨리 은퇴하려는지 난 통 이해가 안 되네. 방학 때도 애들을 집에 데리고 가던 괴짜 선생님이."

"그거야, 뭐. 내 딸애들을 수영장에 매일 데려다주곤 하는데 차에 좌석이 남아도니까 그런 거지."

"난, 수십 년 교직에 있지만, 너 같은 선생은 처음이다. 아무렴, 애들이 지겹지도 않니? 방학 때 집에까지 데리고 가다니. 하여튼 너는 내가 이해 못 할 점이 한두 가지가 아니야."

강수연 선생이 방학 동안 7, 8학년 여학생 몇 명을 자기 집에 데리고 가 며칠 동안 수영장에 데리고 다녔다는 소문이 학교에 쫙 퍼졌다. 아이들이 자랑삼아 친구들에게 이야기한 것이 선생님들 귀에까지 들어간 모양이다.

수연은 방학 동안 두 딸애를 동네에서 가까운 거리에 있는 수영장에 데려다주고 데려오곤 하는데, 어느 날 운전하다가 퍼뜩 좋은 생각이 떠올랐다.

아이들을 데려오자. 왜 미처 이 생각을 못 했을까. 아이들은 방학이 싫다는 말까지 했다. 학생들은 물론이고 선생님들도 방학 날이 오기를 학수고대하는데, 방학이 싫다니! 그 말을 들을 때 마음이 짠했다.

부모님들은 새벽에 일 가셨다 밤에 오시기 때문에 어디 갈 곳도 없어 참 답답하다는 아이들. 마음 같아서는 초등학년 아이들도 몇 데리고 오고 싶었지만, 아직 너무 어리고 또 딸들하고 비슷한 나이 애들이 더 좋을 것 같아 중학생들 중에 부모가 허락하는 아이들을 데려왔다. 미국은 12학년까지 의무교육제이기 때문에 초등과 중등이 함께 있는 앤더슨 같은 학교가 많다.

"꼭 그래야 되겠어?"

하고 싶으면 꼭 해야 하는 수연 성격을 잘 알면서도 진우는 여학생들 몇 명이 집에 와 일주일씩이나 지낸다는 게 좀 찜찜했다.

하여튼 살면 살수록 신기한 점이 한둘이 아닌 여자다.

학생들 이야기를 하면서 저녁밥을 먹다가도 우는 여자다. 딸애들이 반찬 투정을 하니까 영양실조로 배가 볼록 나온 비아프라 어린이들 사진을 부엌 벽에 붙여놓은 여자다.

'네가 그렇게 남기는 음식만 있어도 저 애들 배가 저렇게까지 되진 않을 거다.'

절대 이런저런 토를 달지도 않고, 그냥 National Geographic 잡지에 나온 사진을 큼직하게 복사해 붙여만 놓았다.

아이들은 꽥꽥 소리 질러가며 야단치는 친구 엄마들보다 우리 엄마가 세상에서 제일 무섭다고 한다.

"꼭 그래야 되겠다는 게 아니라 그러고 싶다는 거지. 일부러 운전해야 하는 것도 아니고 우리 애들 데리고 다니는데 차에 좌석이 남으니까. 그 애들은 여름 내내 수영장 구경도 아마 못 해볼 거야. 얼마나 갑갑할까."

수연은 진우가 딱 부러지게 거절을 못 하게끔 하는 데 비상한 재주가 있다. 잔잔하게, 별 대수롭지 않은 것처럼 말을 하면서도, 자신이 원하는 것은 거의 다 관철시킨다.

그래서 맹꽁이는 아닌 것 같은데 참말로 어린애 같은 점이 많은 여자다. 내가 진실하니까 세상 사람 다 진실하다고 믿는 것을 착함이라 할까, 어리석음이라 해야 할까.

여행을 여러 번 함께해 본 친구들이 하는 말이다. 강수연에게 무언가를 팔지 못하면 장사 집어치워야 한다고.

모처럼 진우 고등학교 동창들과 함께 부부 동반으로 제주도에 갔을 때 이야기다. 여행사 안내원들이 안내해 주는 대로 온종일 따라다녔다. 한번은 제주도 특산인 조랑말 철분 약을 파는 곳에 갔을 때 일이다. 그 조랑말은 오직 대한민국에만 있는 특종이란다. 그리고 그 조랑말 뼈로 만든 철분은 신기할 정도로 만병을 고친단다.

수연이 주저하지도 않고 두 병을 구하고, 질문을 했는데 그 질문이 기막히다.

"이 철분 다 떨어지고 나면 어디에 주문하면 됩니까?"

"주문?"

장황하게 조랑말로 만든 철분 약을 선전하던 사람은 좀 놀란 듯 잠시 말을 잃고 수연을 바라보더니 이내 환하게 웃어가며 대꾸했다.

"이 제품은 오직 여기에서만 구입할 수 있습니다. 한정된 상품이라서요."

"그럼 두 병 더 주세요."

수연의 태도가 너무 진지해 아무도 말리지 못했다.

"잠자리가 마땅치 않은데, 방이 따로 있는 것도 아니고."

"어휴, 캠프 가면 텐트 치고도 자는데 뭐. 응접실에 담요 깔고 자면 되지."

꼭 학생들을 데려오겠다고 이미 마음을 굳힌 여자. 그렇게 해야만 행복한 여자. 진우에게 허락을 구하는 척하지만 마음은 이미 정해 놓은 후였다.

수연은 그 자리에서 부모들에게 전화를 걸고 자초지종을 설명했다.

"아니, 선생님, 도대체 뭔 말씀이세요? 방학 동안은 좀 쉬셔야지, 애들이 귀찮지도 않으세요?"

전화를 받은 것은 은형의 할머니였다.

"나는 손주들이 열네 명이나 됩니다. 그런데 한국에서든 미국에서든, 여태껏 선생님 같은 분은 처음입니다. 방학인데, 아이들을 댁에 데리고 가시겠다니, 정말 괜찮으시겠어요?"

"물론이죠. 제가 미처 생각을 못 했어요. 자동차가 커서 좁혀 앉으면 일곱 명은 거뜬히 앉을 수 있어요."

은형이 외 4명.

아이들이 수연 집에 와서 일주일을 보내는 동안 수영장에 다녀오면 부엌에서 지네들이 된장찌개를 끓인다, 김치부침개를 만든다며 법석을 떨고, 밤이면 응접실에 큰 담요를 깔고 자는데 이제 그만 자라, 자라 할 때까지 재잘재잘, 재잘재잘 끊임없이 재잘거렸다.

그 나이 때, 나도 그랬었지. 여고 별장이 있는 대천 해수욕장에 갔을 때, 자는 척하고 누워 있다가 살그머니 빠져 나와 달빛이 대낮처럼 환한 모래사장에 누워 친구들과 밤이 깊도록 소곤댔다. 무슨 말을 그리 많이 했는지 기억도 안 나지만 그때는 밤을 꼬박 새우고 싶을 정도로 재미있었다.

"선생님, 너무하세요. 왜 여자애들만 집에 데리고 가셨어요?"

개학이 되었을 때 남자애들 불만이 이만저만이 아니었다.

"미안해. 하지만 나한테 딸들만 있으니 어떡하겠니. 선생님이 복권을 타서 아주 부자가 되면 남학생들만 머물 수 있는 방을 따로 준비할게. 부자가 되면 말이다."

수연은 그때를 생각하면 지금도 흐뭇해진다. 아이들이 즐거워하던 모습이 눈에 선하다.

은형이는 결혼하고 홍콩에 가 살고 있는데 40여 년이 지난 지금도 가끔 연락을 한다. '선생님, 제가 홍콩에 있는 동안 꼭 한번 오세요, 오세요.' 한다.

중학교를 졸업할 때 은형이가 수연에게 물었었다.

"선생님, 이 담에, 아주 이담에, 제가 결혼할 때, 청첩장 보내면 오시겠어요?"

"물론이지. 청첩장을 보내면 내가 가고말고."

"정말, 정말이세요?"

"물론 가고말고. 내가 병원에 입원해 있지 않은 한 가고말고."

세월이 지나 은형이가 대학을 졸업하고 결혼할 때, 정말 수연에게 청첩장을 보냈고, 수연은 그 결혼식에 갔었다.

식이 끝나고 손님들과 인사할 때 은형이가 '선생님, 정말 오셨군요.' 하면서 수연을 꼭 껴안고 목이 메어 했었다.

"정말 오셨군요, 정말."

"내가 온다 했잖아."

"선생님, 여태껏 울지 않고 잘 참았는데, 선생님 뵈니까 눈물이 나요."

"아유, 예쁜 화장 다 지워질라. 눈물은, 이 좋은 날."

"나는 선생님이 정말 오실 줄 몰랐어요. 꼭 오신다 했었지만."

이제는 아들, 윌리엄 사진까지 가끔 Facebook에서 볼 수 있다.

"You have a very special place in my heart. You were like no other teacher I have met before or after."

편지로 보낸 것도 아니고 은형이는 이 글을 Facebook에 올렸다.

Facebook에 은형이가 영어로 올리는 글을 보면 참 대견하다는 생각에 앞서 세월이 이렇게 갔구나, 새삼스레 느낀다. 유난히 부끄럼을 많이 타던 아이다. 영어로 화장실 가겠다는 말도 잘 나오지 않아 BL 교실에 올 때까지 참고 지내던 은형. 그 은형이가 이제는 한국어보다 영어가 더 편한지, 수연이가 Facebook에 한글로 써 올려도 회신은 꼭 영어로 한다.

영어 때문에 설움 받고 살던 부모들이, 자식들만큼은 미국 땅에서 언어 소통 때문에 설움 받지 말고 살라고, '영어만 해라. 영어만 해라' 다그친 탓에 대학을 졸업할 즈음엔 한국어보다 영어가 편한 애들도 많다. 은형이가 한국어를 다 읽을 수 있다는 것만도 수연은 고맙기 그지없다.

'선생님 같은 분은 예전에도 그리고 아마 앞으로도 만나기 힘들 거라'는 말. '선생님이 내 가슴속에 아주 중요한 자리를 차지하고 있다'는 말.

선생으로서, 아니 한 인간으로서, 이보다 더한 찬사, 이보다 더 귀한 선물이 어디 있겠는가.

"55세에 은퇴하면 연금을 80%밖에 받지 못하는 데 그거, 아깝지 않아?"

로젠이 틈만 나면 수연에게 은퇴 시기를 좀 늦추라고 독촉했다.

사실 연금 100%를 위해서, 67세까지 꼭 채우겠다는 교사들이 대부분이다. 교사는 한번 교사가 되면 그야말로 평생 직업일 정도로 탄탄한 직업이다. 말썽이 생겨도 웬만해서는 쫓겨나지도 않는다. 교원 노조가 하도 강해서 설사 큰 실수를 했다 해도, 심한 경우, 전근 정도뿐. 교사 자격증을 박탈당한다는 건 거의 불가능할 정도다. 교장에게 교사를 관리할 권한이 없다는 것을 잘 아는 할머니 교사들은 교장이 싫은 소리를 해도 듣는 둥 마는 둥 한다.

"요즘 55세면 팔팔 젊은이야. 그 나이에 은퇴라니, 도무지 난 이해가 안 된다."

로젠은 이 말을 녹음기 틀어놓은 듯, 하고 또 하곤 했다.

모든 건 시작할 때와 끝날 때가 중요하다. 이건 어쩌면 평생 동안 수연을 거머쥐고 있는 오만이며 오기인지도 모른다.

"강수연 선생. 그저 그랬어."

이런 소리 듣기 싫다는 자기애? 자만심?

무엇을 하든 최선을 다하는 사람이고 싶었다.

지지한 사람이기 싫었고 내 아이들, 내 학생들도 지지한 인간으로 성장하는 걸 원치 않았다.

'무엇을 하든, 무엇이 되든, 최고가 아니라 최선이다. 결과는 사람들이 말한다.'

처음 교사가 되었을 때 학생들에게 당했던 일을 떠올리면 지금도 가슴이 서늘해진다.

결석한 교사들이 많아 일일 교사가 모자랄 때, 특별 반 선생들은 일반 교실을 담당하기도 한다.

교사 생활을 시작한 지 2년 만에 한 번은 8학년 교실을 맡아야 했다.

8학년? 8학년 애들은 나보다 키도 크고 몸집도 큰데, 어쩌나!

교육국에서 처음 발령받고 갔던 Holter 고등학교가 눈에 환히 떠올랐다. 고등학교 남학생들이 무시무시한 불한당들처럼 보여 가슴이 옥죄어들었던 기억. 교사 전용 화장실을 찾지 못해 여고생들 화장실에 들어갔다 담배 냄새에 기절할 듯 도망 나왔던 기억.

8학년 교실에 들어가자 학생들이 '너, 누구냐?', '네가 선생이냐?' 해가며 분위기가 어수선했다.

"중국 사람입니까?"

"아니, 나는 한국 사람입니다."

"한국? 그런 나라가 어디에 있습니까?"

수연은 유치원 학생들에게도 딱 부러지게 반말을 안 한다. 일부러 그러는 게 아니고 그냥 버릇이 되어버렸다. 어머니와 아버지가 서로에게 반말을 안 하셨기 때문일까. 어머니는 집안일을 도와주는 아줌마에게도 똑 떨어지는 반말은 하지 않으셨다.

학생들은 일일 교사가 오는 날은 아예 노는 날이라 생각한다.

선생이 아무리 소리 질러가며 야단을 쳐도 들은 척도 안 한다. 어차피 하루 선생인데, 네가 어쩌겠니 하는 식이다.

"나는 칭크(동양인을 무시해 부르는 말)한테 수업받고 싶지 않다."

맨 뒷좌석에서 누군가가 이렇게 소리를 냅다 지르자 아이들이 옳다, 옳다 해가며 발을 쿵쿵 굴렀다.

그 목소리에 놀라 수연은 가슴이 콩닥거렸다.

이러면 안 된다, 마음을 단단히 먹어야 한다 하면서도 눈앞이 뿌예지는 듯, 극도로 긴장할 때 나타나는 증세가 났다. 이러다 기절하는 거 아닐까. 어쩌나!

심호흡을 두어 번하고 수연은 책상에 기댄 몸을 꼿꼿하게 세웠다.

"그래요? 그럼 그렇게 하죠. 공부하고 싶은 사람만 하세요. 여기 메모에 미시스 월튼이 적어 놓으신 게 있습니다. 페이지 32에서 36까지 공부하고 퀴즈 풀어 제출하라 하셨습니다. 그러니 알아서들 하세요."

수연은 태연한 척, 칠판에 어디서 어디까지라고 페이지 숫자를 적어놓고 자리에 앉았다. 여느 일일 선생한테도 고분고분하지 않은 아이들이 동양인, 그것도 지네들보다 몸집도 작은 여자가 선생이라니 그야말로 막 가자는 식으로 나왔다.

이럴 때, 기가 죽어 조용히 하세요, 제발 조용히 하세요, 라고 공손하게 말하면 안 된다. 그러면 아이들이 더 얕잡아보고 그야말로 난리를 피울 것이니 오히려 반대로 나가야 한다.

"책상을 부수든 유리창을 깨든 맘대로 하세요. 나는 그저 잠자코 앉아 baby sitter(아기 보는 사람) 노릇할 테니까요."

학생들이 책과 연필, 공책 같은 것을 휙휙 내던지며 분위기가 험해졌다. 어떡할까? 벨을 눌러 부교장 선생님을 부를까? 태도가 불손한 학생들을 다루는 임무는 주로 부교장이 한다.

아니다. 여기서 지면 안 된다. 겨우 8학년, 그러니까 한국의 중학교 2학년생들이다. 무관심으로 대응하자. 설마 유리창을 깨진 않겠지. 법석 떨다 내가 반응이 없으면 시들해지겠지.

수연은 가슴은 쿵쿵거렸지만, 애들한테 눈길 한번 주지 않고 앉아 교과서만 들여다보았다.

"아, 그리고 혹시 퀴즈를 풀다가 질문이 있는 학생은 앞으로 나오기 바랍니다."

일일 교사들은 일반 교사가 메모해 놓고 간 그대로만 진행하면 된다. 그리고 어떤 과목이든 퀴즈 정답은 교사용 책에 다 나와 있다.

"질문이 있습니다."

여학생이 질문이 있다며 일어났다. 8학년 학생이라기보다 성숙한 처녀 같았다. 귀걸이에 목걸이뿐 아니라 화장도 했다.

"나는요, 나는 아무래도 아주 이상한 병에 걸린 것 같아요."

" ? "

이상한 병? 수연은 잠자코 다음 말을 기다렸고, 학생들은 키득거리기 시작했다.

"저는 남자애들이 너무너무 좋아요. 이게 병일까요?"

학생들이 책상을 쾅쾅 쳐가며 웃어댔다.

수연은 여학생을 빤히 바라보다가 천천히, 아주 천천히 자리에서 일어났다.

"병이라니, 그게 왜 병인가요. 여자가 남자를 좋아하고 남자가 여자를 좋아하는 건, 아주 자연스러운 감정이지요."

장난스러운 질문에 너무 진지한 답이 나오자 데보라가 어깨를 으쓱했다.

"사랑은 사람에게 주어진 가장 귀한 선물입니다. 이름이 뭐지요?"

"데보라."

"데보라. 이름도 용모만큼 참 예쁘네요. 사람이 사람을 좋아하고 사랑하는 그 감정은 참으로 아름답고 귀한 것입니다."

데보라가 어깨를 으쓱했다.

"사람이 사람을 좋아하지 않는다면 오히려 그게 병이지요. 생각해보세요. 남녀가 사랑하지 않는다면 세상이 어찌 되겠어요."

데보라가 슬그머니 자리에 앉았다. 웃긴다. 저 여자! 도대체 무슨 말을 하려는 건가.

수연의 태도가 너무 뜻밖인지 아이들도 조용해졌다.

"데보라는 참 예쁩니다."

수연이 서서히 데보라 앞으로 다가갔다.

"외모처럼 속내도 예쁘면 아주 좋은 남자 친구를 만날 수 있을 거예요. 현명한 남학생. 그래서 훗날 훌륭한 인물이 되고 싶은 사람은 속이 텅텅 비고 외모만 고운 여학생을 별로 좋아하지 않을 거 같아요. 데보라는 열심히 공부해 좋은 학교에 진학하는 게 우선 아닐까 싶습니다."

장난기 어린 질문에 수연의 답변이 너무 진지했는지 아이들 표정이 머쓱해졌다.

4학년부터 과목에 따라 고등학교처럼 자기 수준에 맞는 교실을 찾아다니기 때문에 수연은 그날, 네 번이나 똑같은 경우를 치러야 했다.

복도에서 학생들이 바뀌면서 대화가 오갔다.

'그 선생 어떠냐?' 'not bad(괜찮아).'

후유! 'Not Bad'라는 말을 들은 것만으로도 성공이라 생각하며 수연은 하루를 견뎌냈다.

바로 그날, 오후부터 눈이 내렸다. 시카고는 한번 눈이 내리기 시작하면 하늘에 구멍이라도 뻥 뚫린 듯 그냥 몇 시간이고 펑펑 퍼붓는다.

방과 후 밖으로 나왔을 때는 자동차에 눈이 수북하게 쌓여있었다. 유리창 앞과 뒤에 덮여있는 눈만 대충 쓸어내리고, 시동을 걸고 주차장을 벗어나려 할 때, 갑자기 눈덩이가 날아왔다. 하나 또 하나. 둘이 셋이 되고, 셋이 넷이 되며 계속 날아왔다.

"칭크(중국 사람을 비롯해 아시아계인을 가리키는 비어)는 싫다, 네 나라에 가서 가르쳐라."

"네 나라로 돌아가라."

군중심리.

반동이다, 죽여라! 죽여라! 인민 재판하는 모습이 눈앞에 펼쳐졌다. 북아현동 파출소 옆, 큰 놀이터에서 벌어진 그 끔찍한 장면.

죽여라! 죽여라!

사람들의 흥분한 목소리가 점점 더 커지고 단상 위에 세워진 사람은 어디론가 끌려갔다.

아홉 살? 그때 소름 끼치던 그 장면이 눈앞에 펼쳐졌다.

탁, 탁, 소리가 날 정도로 아이들이 던지는 눈덩이가 점점 더 많아지고 있다. 이러다 유리창이 깨지면 나는? 나는? 자동차에 부딪히는 눈덩이 소리가 '반동이다, 죽여라! 죽여라!' 하는 그 흥분한 목소리로 들렸다.

수연은 간신히 학교 골목을 빠져나와 길가에 차를 세우고 한참 동안 핸들에 머리를 기대고 있었다. 도저히 더 운전할 수가 없었다.

"무슨 일입니까? 도와줄까요?"

경찰차가 불을 반짝이며 다가올 때까지 수연은 전혀 모르고 있었다.

"아, 아닙니다. 미안합니다. 잠깐, 너무 피곤해서, 잠깐 쉬는 중이었습니다. 미안합니다."

죄진 것도 없는데 죄를 진 것처럼 미안하다는 말이 연방 나왔다.

수연은 한국인 학부모들에게 수차 강조한 말이 바로 '미안합니다.'라는 말이다. 한국 부모님들은 잘못한 것도 없는데 허리를 굽히며 선생님들에게 '미안합니다.'라는 말을 잘 했다.

'미안하다는 말 하지 마세요. 미안한 행동을 아무것도 하지 않으셨어요.'

이상할 정도로 수연은 그렇게 저자세를 취하는 한국인 부모님을 보면 속에서 불이 난다.

학생들에게도 수연은 늘 이 말을 강조하곤 한다.

'너희들도 또 너희 부모님들도 다 한국말은 잘하신다. 미국인 선생님이 한국어 하나도 못 하잖니? 그러니까 절대 기죽을 필요 없어.'

"교사입니까?"

지갑에서 운전면허증을 꺼내 보여줄 때, 면허증 아래 칸에 교사 자격증이 함께 있었다.

"네. 바로 요 아래, 앤더슨."

목이 잠겨 수연은 말도 제대로 잇지 못했다.

'오늘따라 웬일일까. 8학년 아이들이 장난삼아? 데보라가 선생을 골려주려 했다가 의외로 진지한 답에 그만 무색해져서? 그래서 남학생들에게 동양인 선생을 골려주자 부추긴 걸까? 설마, 그건 아니겠지. 그럼 왜? 하필 내가 8학년 교실을 처음 담당한 오늘? 동양인 선생이 정말 싫은 걸까?'

미국에서 사는 한국 사람들 중에는 인종차별을 받는다며 억울해하는 사람들이 더러 있다.

하지만 수연은 이날 이때까지 인종차별을 느껴본 적이 없다. 오히려 소수민족이라는 것, 특히 한국 사람이라는 것 때문에 혜택을 받았다면 더 받은 셈이다. 아파트로 이사 다닐 때도 외국인이라고 거절당해본 적 없고, 이웃들도 늘 다정했다. 한 층에 살고 있던 유대인 여자는 점심을 만들어 초대하기까지 했고, 반지하에 살고 있는 일리노이주 상원의원 딸인 낸시와는 아침에 유모차를 끌고 산책도 함께 하며 가깝게 지냈다.

수연은 검약한 그녀의 생활에서 알게 모르게 참 많은 것을 배웠다. 그야말로 사람 공부를 보면서, 느끼면서 한 것이다.

나는 그야말로 미국의 원조 없이는 살아갈 수 없는 나라에서 온 여자. 낸시는 미국 일리노이주 상원의원 딸. 하건만 그녀는 아파트도 반지하에 살고 언제 들려도 방금 청소를 한 것처럼 집 안 구석구석이 깔끔했다. 뿐인가, 감자가 반쯤 썩어들어갔어도 버리지 않고 성한 부분만 도려 내 튀김 감자를 맛있게 만들기도 했다.

하늘로 날아오르는 듯 잔뜩 고무풍선처럼 부풀어 떠나온 미국. 세상 그 어떤 남자도 미국 가는 일 외에 눈에 들어오지 않았다. 선진문화국 미국에 간다는 건 그야말로 상상을 초월한 도약이었다.

대한민국이 경제 강국 대열에 들어갈 정도로 잘사는 지금에야 미국 간다는 게 대수롭지 않은 것이지만, 60년대 초반에 대학을 갓 졸업한 처녀가 혼자서 미지의 세계로 떠난다는 건 어깨에 날개를 달고 세상을 마음껏 날아다닐 수 있다는 보증서 같기도 했다.

많은 사람들이 그렇듯 수연도 미국에만 가면 공부는 저절로 할 수 있으려니 믿었다. 영어를 공부한다는 것에 대한 심각성도 별로 생각하지 않았다. 유치원 시절부터 쭉 무엇이든 하면 된다는 자만심이 키워졌다고 할까? 아니 그보다 너는 무엇이든 하려 들면 잘할 수 있다는 자신감을 길러주신 부모님 덕이다.

그렇게 자신만만해서 떠나온 미국. 모든 게 수월하리라 여겼던 몽매함.

맹목적인 동경. 그 어리석음과 허영심 그리고 두려운 게 없는 듯한 그 오만함.

그 달콤한 꿈이 다 사라지기도 전에 부딪힌 현실.

결혼하고 자그마한 아파트에 살면서 밥하고 설거지하고 청소, 빨래하고 아이 유모차 밀며 동네 산책할 때면 '내가 이러자고 미국에 왔나?' 가끔 가슴 밑바닥에서 서걱서걱 모래바람이 일곤 했다.

그럴 때 만난 낸시.

일리노이주 상원의원 딸. 낸시를 만나고 나서 얼마나 자신이 부끄러웠는지. 밥 짓고 빨래 등등, 집안일 하는 게 힘들고 서럽다고 툭하면 울고 또 울고 하던 자신이 얼마나 한심했던지.

교육국에 처음 찾아갔을 때도 역시 사람들이 모두 친절하고 모르는 게 있으면 일일이 설명해주었다. 공무원들이 이토록 친절하다는 것부터 배움이었다. 한국의 공무원들은 공연히 뻣뻣해 사람 기죽게 만드는 것과 달라도 너무 달랐다.

동양인 교사가 거의 없던 시절. 동양인이 교사 지원을 했기 때문에 수연은 초, 중, 고등 아무 곳이나 갈 수 있는 선택권까지 주어졌다.

집을 사기 전, 서너 곳 아파트를 옮겨 다녔지만 그때마다 인종차별 같은 건 느껴 본 적이 없었다. 지금도 기억나는 일본 여자. 바로 앞방에 사는 데 수연네가 이사를 간 지 일주일도 채 안 돼 건넛집에 온 것을 환영한다면서 볶음밥을 해오기도 했다. 처음 집을 사 이사 간 Elk Grove에서도 역시 서너 집 건너에 사는 일본 여자가 김밥을 해서 인사를 왔다. 미국 생활 수십 년이지만 같은 아파트 또는 같은 동네에 새로 이사 왔다고 인사를 하며 무엇인가 먹을 것을 정성스레 해온 사람들은 다 일본인들이었다. 새로 이사 온 이웃을 그렇게 환영하며 배려해주는 게 그들의 문화인지 두고두고 기억에 남는다.

"서너 블록만 올라가면 오른편에 브린마 공원이 있으니 거기 주차하고 좀 쉬다 가십시오."

경찰은 친절하게 공원 이름까지 말해주고 갔다.

수연은 공원까지 갈 기력도 없어 모퉁이에 있는 허름한 커피숍에 들어가 한참 동안 멍하니 정신 나간 사람처럼 앉아있었다.

'네 나라로 가라. 칭크한테 배우기 싫다.' 아이들이 외치는 소리와 날아오는 눈덩이.

구석에 있는 담배 기계가 눈에 들어왔다.

지금은 저세상 사람이 된 엘리자벳 교장이 늘 심각한 말을 할 때, 담배부터 무는 모습이 떠올랐다. 담배를 피우면 마음이 가라앉는 걸까? 나도 담배를 피워 볼까? 수연은 담배 기계 앞으로 가서 엘리자벳 교장이 늘 태우던 말보로를 한 갑 샀다.

큼직한 성냥갑에서 성냥 한 개비를 꺼내 담배에 불을 붙이는 손이 떨렸다. 다시 불을 긋는데 주인인지 매니저인지 머리카락이 어깨까지 길게 치렁치렁한 남자가 성큼 다가와 불을 켜주었다.

한 모금 들이켜자 눈앞이 뿌예졌다. 다시 한 모금, 이번에는 기침이 심하게 나오고 속이 메슥거렸다. 담배를 재떨이에 비벼 끄는 데 담배 때문인지, 드디어 안심이 되어서인지, 눈물방울이 바위틈에서 흐르는 복주물처럼 똑똑 떨어졌다. 어렸을 때 할머니를 따라 동네 산에 올라가면 바위틈에서 물이 조금씩 계속 흘러내리는 게 참 신기했다. 할머니가 거기 가실 때는 늘 복주물 받으러 간다고 하셨다.

나는 왜 수많은 직업 중에 하필이면 교사를 택했을까. 왜?

여학교, 대학교, 통틀어 나보다 훨씬 똑똑하고 공부도 훨씬 잘하던 친구들이 미국에 와서 미국 학교의 선생이 된 친구는 없다. 그런데 똑똑하지도 못하고 잘나지도 못한 내가 겁도 없이 하필이면 왜 학교 선생님?

아니, 도대체 왜 미국에 왔을까.

시건방지게 왜 나는 적당한 곳에 시집가지 않고 부모, 형제 그리고 친구들을 떠나 새 세상을 택했을까.

소포 부쳐오듯 날아온 메일 신부는 아니라 해도 언니 형부가 학교에서 몇 년 동안 함께 지내며 점찍어 놓은 사람. 미국에 도착해 처음 본 남자하고 결혼했으니 실은 메일 신부와 다를 게 별로 없다.

학교 선생님.

선생님이라는 게 좋았다. 대구 피난 시절 교무실 옆 창고 같은 곳에서 사시던 담임선생님이 좋았다. 존경스러웠다. 뿐만 아니라 누구든 집에 오면 어머니에게도 아버지에게도 선생님, 교수님 하는 그 소리가 참 듣기 좋았다.

그저 그야말로 근검절약해가며 그럭저럭 살 수도 있었는데.

남들보다 더 좋은 자동차를 타고 싶다든가, 큰 집에 살고 싶다든가, 그런 욕심도 없었다. 금붙이 같은 것에도 관심 없었다. 하지만 수연의 가슴속 어딘가에서 또 하나의 수연이 비명을 질러 댔다.

이러고 살려면 그냥 서울에서 적당한 데 시집가 살 것이지!

1960년대까지만 해도 한국은 아프리카 빈국보다 국민소득이 낮았다. 1인당 국민소득이 7, 80달러로 한국은 가나와 비슷하고 튀니지보다는 훨씬 못했다. 그런 나라에서 엄청난 돈을 써가며 미국까지 온 여자가 살림살이 외 무엇인가 조금이라도 뜻있는 일을 해야 할 게 아닌가.

즐겁다. 가슴 따스하게 행복을 느낀다. 학생들과 함께하는 시간이 그렇게 기쁠 수가 없다. 그런 말 어디가 하지 말라고, 좀 덜 떨어진 여자이거나 위선자라 생각하기 십상이라고 남편은 늘 주의 주지만, 이게 아주 솔직한 진심이다.

이런저런 잡지에서 사진을 오려 내 단어 카드 만드는 것도 너무 즐겁다. 남이 어찌 생각하든 나 스스로 보람을 느끼고 만족을 느끼니 이게 행복 아닌가. 무엇이 되는 게 좋다. 무엇을 해야 경제적 안정을 가질 수 있다. 무엇이 되어야 남이 나를 훌륭하다 우러러본다. 어느 집안으로 시집가야 일생 편하게 산다 등등, 남이 만들어 놓은 행복의 기준에 자신을 맞추려 든다는 건 얼마나 허망한 짓인가.

그래. 포기하지 않는다. 나는 절대 포기하지 않는다.

이 정도도 견디지 못하고 포기한다면 애당초 시작도 하지 않았다. 나는 해낼 수 있다. 해내고 말겠다.

"기어이 일을 해야 하겠어?"

진우의 음성이 들려왔다.

몸도 약한데 하루 이틀도 아니고 계속 직장에 나간다는 건 무리라며 걱정했다. 그것도 고속도로로 한 시간씩이나 운전해가며 늘 출퇴근한다는 게 쉬운 일이 아니라며 다시 생각해보라 했다. 정, 뭔가 하고 싶으면 카드 숍이나 꽃집, 또는 동네 서점 같은 곳에 가서 시간제로 일을 하면 어떤 가고 제의하기도 했다.

그래. 정말 나도 그냥 살림하는 것만으로 행복한 여자이면 참 좋겠어요. 정말!

정말 그런 여자면 좋겠다. 요리 학원도 다녀가며 이것저것 맛있는 음식 만드는 것도 배우고, 석박지다 오이지다 제철에 따라 별미도 만들어보는, 그런 알뜰살뜰 살림 잘하는 가정주부 친구들 중에는 정말 요리사 뺨칠 정도로 음식을 잘 만드는 친구도 있다. 하다못해 쑥떡 같은 것도 손수 만들어 친구들에게 돌린다. 그 친구는 그렇게 새록새록 새로운 음식 만들어 식구들, 친구들 먹이는 게 제일 행복하단다. 제일 행복하다고 말할 때 그녀의 미소는 정말 천사의 미소같이 밝고 아름답다. 아름답다고 저절로 느껴지는 이유는 그녀가 행복하다는 게 진정임이 미소에 고스란히 담겨있기 때문이다.

나를 행복하게 하는 건 무엇일까. 무엇? 항상 목말라하며 찾는 그건 과연 무엇일까.

편안한 가정, 좋은 남편과 잘 자라주는 예쁜 두 딸. 그것만도 과한 행복인데 그 이상을 추구하는 이 욕심. 이건 허영일까?

꿈. 꿈인지 모른다. 꿈이 없는 삶은 살아있어도 사는 게 아니라는 말처럼 수연은 한 발은 현실에 또 한 발은 꿈에 딛고 살기에 늘 무엇인가를 동경했다.

영혼이 갈등하다 답을 찾지 못하면 종국에 가서는 자살을 하거나 아니면 신에게 의지한다 하던가?

진정한 자아? 그것인가?

'태어날 때 하나의 목적을 가지고 태어난다. 목적은 자신을 표현하는 것. 영혼은 스스로 표현되기를 원한다. 자기 자신을 온전

히 표현하는 것, 이것이 곧 진정한 자아에 이르는 길이다.'

톨스토이가 한 말이던가?

진정한 자아. 하지만 얼마나 많은 대가들이 이 답을 찾기 위해 전전긍긍하다 자기 생을 스스로 마감했던가?

"잎새에 이는 바람에도 나는 괴로워했다.

…

그리고 나한테 주어진 길을 걸어가야겠다."

윤동주 시인이 말한 그 길. 그 길은 과연 무엇일까?

수연은 그날 학교에서 당했던 그 끔찍한 눈덩이에 대해 물론 진우에게 아무 말도 하지 않았다.

아이들은 순진하다. 아이들은 거짓이 없다. 아이들은 있는 그대로의 감정을 표하기 때문에 순수하다. 어른들처럼 싫으면서 좋은 척, 모르면서 아는 척, 척하지 않는다. 세상에 태어나 어쩌면 처음 보는 동양인일 수도 있을 것이다. 더군다나 선생님이라니! 놀랍기도 하고 싫기도 했겠지. 그래. 이해하자. 그럴 수도 있지. 내가 아홉 살? 열 살? 북한 인민군이 불시에 쳐들어와 난리가 났을 때, 그때 미국 사람을 처음 보고 얼마나 놀랐던가? 특히 흑인을 보고 숨이 멎는 듯 얼어붙지 않았던가. 그래. 외국인을 처음 보는 것도 그런데 바람이라도 세게 불면 휘익 날아가 버릴 듯 쬐그만 여자가 선생님이라니 무작정 거부감이 들었겠지.

왜 학생들을 그렇게 유별날 정도로 좋아하면서 55세에 은퇴를 하려 하는가?

수연은 안다. 지금이 그만둘 때라는 것을.

장미꽃이 활짝 피었을 때, 그때가 가장 아름답다. 시들어가기 시작하는 장미꽃은 지저분하고 추하다.

"나는, 솔직히 월급 받는 게 어떤 땐 미안하게 느껴질 때가 있어. 내가 너무너무 좋아하는 일을 하면서 돈까지 받는다는 게."

수연이 교사 생활을 처음 시작했을 때, 이런 말을 했다가 진우에게 핀잔을 톡톡히 받았다.

진우는 수연에게서 기막히다 할까. 그런 점을 느낄 때가 한두 번이 아니다. 좋게 표현하면 너무 순진하고 순수한 것 같지만 나이도 들 만큼 들었으니 순진하다기보다 좀 모자라다 할까. 덜떨어진 여자 같다.

바로 그런 점 때문에 때로는 새침 때는 여자, 의뭉하고 위선적인 사람으로 오해받을 때도 있다.

서울에서 대학까지 나온 여자답게 세련된 면도 별로 없다. 장미나 백합처럼 화려함도 없다. 꽃 같지도 않은 꽃, 들꽃 같다 할까. 실은 그런 면에 멋있고 세련되고 늘씬한 미스 코리아보다 더 끌렸는데, 때로는 지나칠 정도로 현실 감각이 둔한 것 같다. 그야말로 세상에 대해서는 '아무것도 모르는 여자' 같다.

"어디가 제발 그런 소리 하지 마. 남들이 들으면 모자란 여자라 생각할 테니, 그런 소리 절대 입 밖에도 내지 말라고."

"그런 생각이 절로 드는 게 솔직한 내 느낌인데, 그 말을 당신한테 하지도 못해요?"

"마음에 있는 말은 자기도 모르게 나올 수가 있어. 특히 당신은 뭐 하나 숨기지 못하는 성격이니까. 다른 사람들도 다 직업을 가지고 있는데 당신만 아주 거룩한 직업을 가지고 있는 듯, 그렇게 말하면 사람들이 속으로 웃는다고."

"내 말은… 내 뜻은… 선생님이라는 직업이 거룩한 직업이라는 뜻이 아니라, 내가 좋아하는 일을 하니까 행복하다는 말인데."

수연이 서운한지 기어들어 가는 목소리로 중얼거리며 창밖으로 시선을 돌렸다.

"글쎄, 직장 다니는 사람들이 다 그렇게 '아, 주말에도 일 가고 싶어라' 할 정도로 자기 일을 좋아서 하는 사람 드물다고. 당신 같은 사람은 천 명, 아니 만 명에 한 명도 있을까 말까 한 게 현실이라고. 나도 회사 다니지만 늘 기쁘고 즐겁고 주말에도 회사 가서 더 일하고 싶고 절대로 그렇지 않거든. 거의 모든 사람들이 직장을 때려치우고 싶다는 마음이 들 때가 한두 번이 아닌 거야. 그만큼 스트레스를 받는 거지. 그러니 아이들 가르치는 게 너무너무 행복해서 돈 받는 것이 미안할 정도라고, 그런 말을 하면, 당신 아주 이상한 여자 취급받기 딱이지."

진우는 수연의 그 심정을 백번 이해한다. 그리고 그 말이 진심이라는 것도 물론 잘 안다.

강수연은 그런 여자니까. 학생들이 너무 보고 싶다고 방학에도 학생들을 집에 데려와 재우기까지 한 여자니까. 이해하고말고. 하지만 어디 가서 그런 식으로 말한다면 사람들이 얼마나 속으로 웃겠는가. 정신이 좀 이상하거나 미숙아로 취급받기 쉬울 것이다.

어찌 보면 수연은 열두어 살 정도에서 지능이 멈춰있는 듯하다.

결혼식 날을 변경해야 한다고 진땀까지 뻘뻘 흘려가며 주장할 때, 그때 알아봤어야 했다.

June Bride, 6월에 결혼하면 행복하게 산다는 말이 있을 정도로 미국인들은 6월에 결혼을 많이 한다.

6월에 결혼하는 게 좋다 하기에 진우는 이왕이면 우리도 6월에 식을 올리자고 하는데 수연이 질겁을 하며 한사코 6월은 안된다고 했다. 이유를 물으면 어물어물 답을 피할 뿐 뚜렷한 이유를 대지 않았다.

"저, 제가 그때가 바로 생리 주기인데, 그때 결혼해도 되는 건가요?"

건강 검진을 받기 위해 의사한테 갔을 때 수연이 머뭇거리다 반드시 알아야겠기에 물었다. 결혼 신고를 하려면 의사 진단서가 있어야 했다.

"네?"

의사가 반문했고 수연은 그 말을 되뇌었다.

의사는 얼마 동안 아무 대꾸하지 않고 수연을 물끄러미 바라보다가 "아무 상관없습니다."

아주 간단하게 답했다.

'이 여자가 결혼할 여자 맞는가?'

말은 하지 않지만 미국인 의사 표정이 이렇게 반문하는 듯싶었다.

오래 사귄 사이도 아닌데 그에게 6월 말이 생리일이기 때문에 결혼할 수 없다는 말을 어찌한단 말인가.

어쩌나, 어쩌나, 하다가 결국 결혼식을 7월로 잡았는데, 너무 긴장한 탓인지 6월에 있어야 할 게 결혼식 날, 바로 그날, 아침에 터져버렸다.

"내가 그때 알아보는 건데. 얼마나 못난 여자인가."

진우가 가끔 놀리듯 하는 말이다.

첫날밤, 남자와 맨발 닿는 것이 께름칙하다고 여학생처럼 하얀 목양말을 신고 잠자리에 들어온 여자이니 더 말해 무엇하랴.

신혼 때 이야기다. 대구 피난 학교 시절에 노래대회에 나가서 일등을 했단다. 닭의 목살을 먹어야 목소리가 곱게 나온다며 할머니가 닭을 삶아 목살만 골라주셔서 눈물을 머금고 먹었단다.

수연 어머니는 피난살이 빠듯한 살림에도 수연에게 희망을 걸고 한때 성악 레슨까지 받게 하셨단다.

"노래를 그렇게 잘했다니, 어디 노래 좀 불러봐."

"지금 다 잊어먹었어."

"초등학교 때 노래대회에 나가 일등 한 노래는 기억할 거 아냐? 불러보세요. 나는 음치니까 음정이 틀려도 전혀 모른다고요."

수연은 그냥 앉은 채, 또는 일어나서 노래를 부르는 게 아니고, 자, 그럼 정식으로 무대에 올라가서, 해가며 커피 테이블 위로 올라갔다.

한 번 노래를 부르기 시작하면 끝도 없이, 진우가 잠이 들 때까지 불렀다.

바다 건너 오천리 가기만 하면 울타리에 호박넝쿨 시들어지고
지붕 위에 흰 박들이 고이 잠자는 오막사리 우리 집, 한 채 있지요

피난 시절 대구에서 이 노래를 불러 일등을 했단다.

"나는 교가를 부르지 못해 하마터면 고등학교 졸업을 못 할 뻔했다고."

진우의 그 말은 과장이 아니다. 진우는 정말 '도 레 미 파 솔 라 시 도'를 제대로 하지 못하는 진짜 음치다.

노래 부르기를 정말 좋아하는구나.

커피 테이블 위에 올라가서 노래를 부를 때, 그때 진우는 알았다.

수연이는 뭔가 자신이 좋아하는 게 있으면 그야말로 올인한다는 것을.

언젠가 장인도 그런 말씀을 하셨다. 수연이는 자기가 좋아하는 게 있으면 앞만 보고 걸어가다 앞에 웅덩이가 있어도 그냥 걸어가 폭 빠질 아이라고. 마치 말에게 안대를 씌운 것 같다고.

생리 때문에 결혼을 어찌하나 걱정돼 쩔쩔 매던 여자. 그걸 의사한테 물어본 여자.

남편이 노래 불러보라 한다고 커피 테이블에 올라가 초등학교 때 일등 한 노래부터 시작해 '푸른 하늘 은하수', '오빠생각', '보리밭', '노란샤츠 입은…'까지 계속 불러대는 여자.

남들은 영문학과도 나오지 않은 사람이 미국학교에서 선생님을 한다고 참 똑똑하다 하지만 진우 눈에는 이해하기 힘든 구석이 한둘이 아니다.

'이상한 여자? 모자란 여자?'

이상하든 모자라든, 바보든, 수연의 그 마음은 진심이다.

교사 생활을 시작하고 나서부터 수연은 행복했다. 방학 기간이 너무 길다 여겨질 만큼 학교에서 학생들과 어울리는 게 즐거웠다.

나만이 할 수 있는 그 무엇. 내 스스로가 기뻐서 할 수 있는 일, 늘 그것을 찾으려 마음은 방황했었다. 살림하면서 아이들 키우면서 그래도 무엇인가 부족하다는 느낌. 그 느낌이 늘 갈증을 느끼게 했고 도피처처럼 숲속을 찾아가게 했다.

잎새를 스쳐 가는 바람 소리가 시시각각 다 다르다. 바람결에 따라 흔들리는 잎새 소리 또한 다 다르다. 사람마다 추구하는 가치, 삶의 가치가 다 다르듯.

숲속에서 수연은 또 하나의 수연과 끊임없이 대화를 했다.

책을 참 좋아했는데 살림하면서 웬만해서는 책을 손에 쥐기 힘들다.

'잠깐, 꿈속에서 나를 보았다 생각하고, 다시 주무십시오.'

이 단 한 구절에 수연은 카프카에게 빠져 그의 소설들- 변신, 심판, 성(城) 등등…. 모조리 읽었다.

친구 집에 찾아갔을 때 카프카는 뜰에서 친구 아버지가 달게 낮잠을 자고 있는 걸 깨웠다. 아직 잠에서 완전히 깨어나지 않은 몽롱한 눈빛으로 카프카를 바라보는 그에게 '잠깐, 꿈에서 나를 보았다 생각하고 다시 잠들라'는 그 대목이 왜 그리도 기막히던지.

이성 간의 사랑이 무엇인지도 모르면서 '차타레이 부인의 사랑'을 읽으며 가슴이 아려 책장을 넘기지 못하기도 했다.

'그 책, 이리 내.'

대수 시간이었다. 수연은 선생님이 바로 책상 곁에 와 서 계신 것조차 모르고 있었다.

"인마(이놈아). 네가 지금 뭘 안다고 이런 책을 읽어?"

교무실로 불려간 수연에게 책을 내주며 선생님은 어이없다는 듯 웃으셨다.

책을 읽으면 책 속에 빠져들고 음악을 들으면 음악에 빠져들던 때, 그때는 몰랐다. 정말 몰랐다. 결혼하고 나면 여자는 그저 살림하는 것이 삶의 거의 전부라는 것을. 그리고 살림을 잘하는 여자가 현실적으로 쓸모 있는 여자라는 것을.

첫애를 가졌을 때, 냉면이 너무 먹고 싶어 친정엄마에게 편지를 보냈었다. 물론 그 시절에는 한국 수퍼도 한국 식당도 없었다. 엄마가 보내주신 냉면 국수를 팔팔 끓는 물에 넣고 스파게티 국수 삶듯 12분을 삶았더니 곤죽이 되어버려 얼마나 속상했던지!

나만의 시간.

숲 속에서 수연은 미시즈 홍이 아니고 강수연이었다.

인생에 대하여, 사랑에 대하여, 신에 대하여, 알고 싶은 게 너무 많았다.

'고갱이 반 고흐에게 그랬다던가? 세상에 나보다 더 고독한

사람이라고!'

헤밍웨이, 버지니아 울프, 반 고흐, 모파상, 슈만 같은 대가들이 어찌하여 자살의 길을 택했을까. 명예와 부를 누리며 살던 톨스토이는 왜 80이 넘은 노구를 이끌고 가출했을까?

윤동주는 왜 "잎새에 이는 바람에도 나는 괴로워했다"라고 했을까?

'스스로의 삶에 만족할 수 없어서? 자신의 한계, 아니 인간의 한계에 절망을 느껴서일까?'

진정한 자아? 그것인가? 영혼이 갈구하는 게?

이것인가, 저것인가, 혼자 묻고 혼자 답하며 스스로 도취되는 그 혼자만의 시간을 수연은 사랑했다.

어쩌다 잡풀 틈에 빠끔하게 나와 있는 제비꽃이나 무더기로 피어있는 애기똥풀 같은 것을 보는 날에는 그야말로 전혀 기대하지 않은 귀한 보물을 발견한 느낌이 들었다.

"나도 꽃이란다. 나 좀 봐줘."

아무도 돌봐주지 않고 예쁘다며 봐주지도 않지만 잡풀 틈에 절로 피어나는 꽃, 진한 보라색 제비꽃은 그 나름대로 일색이고 노랑 애기똥풀 또한 앙증맞게 곱다.

혼자만의 그 시간. 숲속에서의 시간. 그 시간 속에서 수연은 늘 삶이 이게 다인가, 하는 물음 앞에 목이 말랐다.

세상에서 말하는 행복의 잣대로 따진다면 부러울 것 없이 행복한 여자다. 단지, 그 가정이라는 울타리 안에서 어제와 오늘, 그리고 내일이 똑같은 삶이 아닌 그 무엇, 그 무엇이 있어야 할 것 같았다.

꽃도 아니고 풀도 아닌 잡초. 잡초라기보다 들꽃이라 할까. 콩 알보다 작은 봉우리들이 다닥다닥 붙어있는 노란색 애기똥풀. 줄기나 잎에서 아기 똥처럼 누런색이 나온다 해서 이름이 애기똥풀이란다. 애기똥풀. 이름도 얼마나 예쁜가. 그 꽃을 조금 꺾 어와 꽂아 놓은 것이 탈이었다.

어디서 난 거지? 꽃집에서 산 꽃은 아닌 것 같은데? 저녁상 한 가운데 놓여있는 들꽃을 보며 진우의 시선이 이렇게 물었다.

집에서 얼마 떨어져 있지 않은 Higgins 숲에 가면 다람쥐는 물론이고 운 좋은 날에는 사슴도 볼 수 있다고. 사람은 전혀 볼 수 없을 정도로 참 조용하다고, 너무 조용해서 바람에 나뭇잎이 서로 부딪치는 소리도 들린다고, 공원에서 꽃을 꺾어 오는 게 불 법인 줄 알면서도 이 꽃이 너무 예뻐서 꺾어 왔다고. 이런 꽃은 꽃집에서도 살 수 없는 것이라고, 한참 신이 나서 들뜬 목소리로 설명을 하고 있는 수연을 묵묵히 바라보더니, 진우가 아예 수저 를 내려놓고 자세마저 고쳐 앉으며 말을 꺼냈다.

"정말 큰일 저지를 여자네."

그 말만 하고 침묵이 흘렀다.

'큰일 저지를 여자? 내가 뭔 일을 저질렀지?'

"다시는 그 숲에 혼자 가지 마."

목이 타는지 냉수를 꿀꺽꿀꺽 들이켜고 나서 그가 말을 이었다.

"약속하라고. 아, 세상이 얼마나 위험한지 통 몰라? 정말 당신은 어린애도 아닌데 왜 그리 하는 짓은 꼭 어린애 같은지, 새벽에 조깅하던 여자가 사라졌는데 며칠 후 시체로 발견되었다는 뉴스 들었지? 그런 뉴스 듣고 무섭지도 않아? 한적한 곳에 여자혼자 간다는 건 사고를 불러들이는 거라고. 제발, 다신 안 간다고 약속해. 정말 당신은 어떻게 세상 감각이 그렇게 없담. 당신이 그런 숲에 혼자 돌아다닌다면 내가 어떻게 마음 놓고 일을 가겠어?"

민망해진 수연은 시선을 내리깔고 입술만 잴근잴근 씹었다. 겁이 나거나 속상하거나 무안할 때 하는 버릇이다.

저 사람은 항상 저런다. 꼭 나한테 찬물을 끼얹는다. 마치 내가 뭔가 큰 잘못을 저지른 것처럼 비판하고 비난한다. 정말 낭만이라곤 눈곱만치도 없는 남자다.

사람이 기계인가? 먹고 일하고 자고, 일어나 또 먹고 일하고 자고…. 물론 그는 회사 끝나고 동료들과 어디가 맥주 한잔하고 오는 법도 절대 없이 집으로 직행이다. 주말은 특히 골프 하자는 친구들이 있어도 다 거절한다. 주말은 철두철미 식구들과 지낸다. 이렇게 올곧게, 바른길만 골라 가는 사람이니 뭐라 탓할 수

는 없지만 가끔은 좀 흐트러진 구석이라도 있어야 사람 맛이 날
게 아닌가.

부부관계를 할 때도 정말 교과서 같다. 일이 끝나면 벌떡 일어
나 샤워를 한다.

부부관계를 하고 나서 샤워를 하는 남자.

어쩌다 아주 아슬아슬하게 숨넘어갈 정도로 남녀가 이리 뒤
척 저리 뒤척거리며 사랑하는 장면을 영화에서 보면 저런 건 영
화겠지, 그저 영화니까 저렇게까지 무아지경이겠지 싶었다.

혼자만의 시간.

혼자 숲에 가서 오솔길을 산책하는 게 얼마나 나를 행복하
게 하는지, 내가 그 숲에서 소리도 지르고 노래도 부르고, 두 팔
을 올렸다 오므렸다 해가며 빙글빙글 돌기도 하고, 그러는 시간
을 얼마나 즐기는지, 거기 아무도 없는 곳. 거기서 나는 남의눈
을 의식할 필요도 없고, 남이 기대하는 내가 될 필요도 없고, 오
직 있는 그대로의 나 자신이다. 하지만 그의 말이 틀린 말은 아
니다. 조깅(jogging) 하던 여자가 시체로 발견되었다는 뉴스가 나
올 때는 소름 끼친다.

그런 끔찍한 소리를 가끔 뉴스에서 들으면서도 혼자 한적한
숲에 가는 여자이니 그의 표현처럼 '한참 모자라고, 좀 이상한
여자'지. 그런 여자와 살려니 오죽 속이 타겠는가.

그래도 고마운 사람이다. 그런 여자에게 맞춰 살아가려고 노

력하는 사람이니까.

시카고 오페라 시즌 티켓을 사 왔을 때도 그는 멍멍한 표정으로 참 어이없어했었다.

"이게 뭐야? 오페라? 당신 이런 거 좋아해?"

오페라 싫어하는 사람도 있어요? 라고 반문하려다가 수연은 입을 다물었다.

"시즌 티켓이라…. 이거 굉장히 비싸겠는데?"

"내 두 달 월급. 겨우내 일주일에 한 번씩 다운타운에 있는 오페라 하우스에 가는 거예요. 생각만 해도 좋아. 라보엠을 레코드로 듣지 않고 직접 보는 상상만 해도 너무 좋아. 그러니까 우리…."

"나도 가야 해?"

웬만해서는 수연의 말을 끊지 않는 그가 말을 자르며 물었다.

"물론이죠. 우리 둘이 가는 거지. 나 혼자 가라고?"

수연은 시즌 표를 사놓고, 이미 도서관에 가서 겨우내 볼 오페라 스토리에 대한 책도 빌려다 놓았다. 매사 그렇다. 하고 싶으면 참 지독하게 파고든다. 그 정성이면 박사 학위도 서너 개쯤 따겠다 싶을 정도다.

라 트라비아타, 라 보엠, 리골레토, 돈 조반니, 토스카, 나비부인, 일트로바토레…. 한겨울에서 봄이 될 때까지, 열두 번, 진우와 수연은 일 끝난 후 다운타운에서 만나 때로는 시간이 급해 저녁도 먹지 못한 채 오페라 하우스로 달려가곤 했었다. 두 달 치 월급봉투를 다 내주고 시즌 티켓을 사 온 아내에게, 나는 오페라 같은 거 딱 질색이라고, 차마 그렇게까지 모질게 말할 수가 없었다.

오페라 하우스에 가 보고 수연은 깜짝 놀랐다. 분에 넘치도록 비싼 표를 샀다고 생각했는데, 수연이가 산 좌석은 두 번째로 높은 꼭대기 층이었다. 4층까지는 계단에 빨간 카펫이 깔려있지만 5층부터는 없었다.

"이렇게 꼭대기 층에서 뭐가 보일까?"

계단을 올라가며 진우가 한마디 했다.

"그래서 내가 미리 망원경 준비해 왔다고요."

꼭대기 층이면 어떤가. 오페라를 직접 본다는 자체만도 황홀하지 않은가.

'내 생명을 바쳐 당신을 구하렵니다. 그게 안 된다면 나는 차라리 무덤 속으로 걸어 내려가 영원히 당신과 함께하렵니다.'

일트로바토레 마지막 장, 레오노라가 만리코의 구출을 결심하고 부르는 이 노래를 들을 때 수연은 손수건으로 입을 막고 눈물을 줄줄 흘려가며 울고 있었다.

뭐가 저렇게까지 슬플까. 아니, 어쩜 저토록 빠져들까.

영어로 부르는 게 아니라 전혀 알아들을 수 없지만 미리 구매한 책자에 일트로바토레 스토리가 다 나와 있어 그나마 다행이었다.

오페라를 보고 오면 수연은 날아갈 듯 그렇게 좋을 수가 없단다. 그토록 울어놓고 참 행복하단다.

다음 주 내내 수연은 오페라를 혼자만 보고 온 것처럼 스토리 설명을 하고 또 하곤 한다.

네 식구가 저녁이면 식탁에 빙 둘러앉아 밥을 먹으면서 그날 지낸 이야기를 한다. 아이들은 아이들대로 이런저런 이야기가 끊임없다. 진우는 그 시간을 가장 좋아하고 귀하게 생각한다. 가족이란 하루 한 끼, 아침이든 저녁이든 꼭 함께 먹으며 대화를 해야 한다는 게 그의 삶의 철학이다.

아침은 서로 시간이 급해 함께 먹을 수 없지만, 저녁만큼은 그가 출장을 가지 않는 한 꼭 함께 먹는다.

가족끼리 지내는 그 저녁 시간 패턴을 깨면서까지 꼭 오페라를 가야 하는가.

진우는 분명 이렇게 묻고 싶을 것이다. 하지만 그는 이렇게 묻지 않았다. 꼭 가야 하겠어? 오페라가 그렇게 좋아? 그게 다였다.

사랑한다, 이런 말을 하는 사람도 아니고 생일, 결혼기념일 같을 때 선물을 들고 오는 사람도 아니지만, 수연이가 원하는 것이면 가능한 한 들어주려고 노력하는 사람이다. 수연은 그것만도 고맙다. 자신이 도저히 이해할 수 없는 상대방 영혼의 세계, 그것을 무시하고 내 식대로 살기를 강요하는 남자라면 아마 수연은 벌써 보따리를 쌌을 것이다.

'사랑해, 당신만을 사랑해,'

유행가 가사처럼 이런 말을 아주 쉽게 하는 사람들이 있다.

툭하면 죽도록 사랑! 어쩌고저쩌고 읊어대면서 행동은 영 딴판인 남자들. 정혜 남편이 그 타입이다. 너 아니면 차라리 죽겠다고 약까지 먹어 난리 치던 남자가 결혼하고 나서는 슬슬 멀어지더니 아예 돌아섰다.

흔히 결혼하고 5년에서 길게는 10년, 그때가 권태기란다.

똑같은 여자와 남자. 똑같은 생활 패턴에 권태를 느끼게 되어 자칫하면 아주 작은 일에도 티격태격하게 되고 때로는 서로가 지겨워져서 파국에 이르기까지 한다.

어쩌면 결혼이란 흔들림 없는 보금자리라고 믿는 그 자체가 망상인지 모른다. 결혼이란 늘 안정된 행복의 보장이 아니라 실은 크고 작은 마찰이 끊임없이 이어지는 긴 터널 속에서 인내와 자기 성찰을 배워가는 과정인지 모른다. 상대방을 내 가치관에 맞도록 이끌려고 한다면 아마 그 결혼의 평온이란 힘들 것 같다.

'행복이든 고통이든 모두가 인생이며, 둘 다 인간을 채워주는 요소' Luise Rinser의 이 말. 정말 오래 살아갈수록 이처럼 기막힌 명언이 없다. 이 한 줄에 삶이 고스란히 스며있다.

한번은 수연이 농담하듯 웃어가며 '당신, 나 사랑하기는 해요?'라고 물어본 적이 있다. 그때, 진우는 그야말로 질문한 사람이 무색할 정도로 답했다. '글쎄. 모르겠는데. 아직 다 살지 않았잖아."

사랑이라는 말을 입에 올린 수연이 쑥스러워 갑자기 목 언저리가 시려 왔다. '물론이지. 사랑하고말고.' 이 말을 기대했던 자신이 참 무안했다.

우직하고 융통성 없는 사람.

사랑한다는 말을 입에 올려본 적 없는 진우지만 집안일은 여자가 하는 것이라 생각하지 않고 많이 도와준다. 물론 수연이가 아플 때는 부엌일. 빨래, 청소, 설거지까지 도맡아 한다.

4시간에 한 번씩 약을 먹어야 할 때, 잠을 자는 건지, 아예 안 자는 건지, 한밤중에도 꼭 정확한 시간에 수연을 깨워 약을 먹도록 한다.

"당신, 헛똑똑이야."

폐렴으로 입원했을 때, 진우가 한 말이다.

"당신이 정말 똑똑한 여자라면 미국에 오는 게 아니었어. 한국에서 부잣집에 시집갔어야지. 당신 같이 약한 여자는 의사한테 가던지. 부잣집 사모님이면 당신 손에 물 한 방울 안 묻히고 호강하며 살았을 거 아냐?"

그렇게 말할 때 그는 진심이다. 마치 큰 오빠처럼 수연이를 안쓰러워한다.

그런가? 손에 물 한 방울 묻히지 않고 살면 여자는 행복한 걸까? 그게 호강일까? 여자의 행복이란 그렇게 아주 간단한 걸까? 자정에나 집에 들어와 잠자고 나가는 남편이라면, 늘 밖에 일이 바쁘다는 이유로 얼굴 보기조차 힘든 남편이라면, 그래도 부잣집 마나님으로 사모님 소리 들으니 행복한 걸까? 행복하다고 자신을 기만하는 게 아닐까. 남의눈을 의식해 견뎌내고 버텨내는 게 타성이 되어 버린 삶이라면 단 한 번뿐인 인생이 너무 억울하지 않은가.

그나저나 서울에 있었다고 부잣집에 시집가라는 보장도 없다. 양평인가 어디에 별장까지 지어준다는 어느 대학 이사장 집 아들, 대머리가 선물을 잔뜩 가지고 집에 올 때 보면 징그럽고 느끼하게 여겨졌으니까. 아마도, 아마도 서울에 눌러살았다면 성일이와 결혼했을지 모른다. 만약 그랬다면 지금쯤 어찌 되었을까.

옛날, 피난 시절, 과외공부 끝나고 성일이와 둘이 밤길을 걸을 때 장면을 떠올리면 어느 동화책 그림을 보는 듯싶다.

아마 이루어질 수 없는 것은, 이루어질 수 없기 때문에 늘 가슴 한 벽에 이끼처럼 남아있는가 보다.

아침 일찍 일어나 식구들 아침 준비하고, 남편과 두 딸 샌드위치 싸놓고, 출근 준비해 부랴부랴 집을 나서는 아내. 커피에 크림, 설탕 칠 시간도 없어 그냥 블랙커피를 들고 나가 운전하면서 마신다.

왜 꼭 학교에 나가야 하는가, 하고 물으면 답은 늘 아주 간단하다. '내가 좋아서.' 좋아서 한다는데 어쩔 것인가.

몸이 약한 여자라 언제 그만두게 될지 모르기 때문에 진우는 수연의 월급은 물어보지도 않고 물론 손도 대지 않는다.

내가 안정된 수입이 있으니 좀 더 큰 집으로 이사할까? 아이들 피아노를 사줄까? 하고 물어도 진우는 한 귀로 듣고 한 귀로 흘려버린다.

"당신 수입은 당신 좋은 대로 해요. 집안 살림에 보탠다는 생각은 아예 말라고. 우리는 내 수입 한도 안에서 사는 거야. 그러니까 집을 늘린다, 차를 좀 좋은 거 사겠다 같은 생각은 전혀 하지 말라고. 그래야 당신이 언제든 학교를 그만두고 싶으면 그만둘 수 있지."

수연이 일을 시작했을 때부터 진우가 못 박은 말이다.

사실, 진우는 수연이가 학교생활을 일 년 이상하지 못할 거라고 생각했다. 건강도 건강이지만 선생 직업을 너무 미화시키는 그 자체가 아주 아슬아슬해 보였다. 남들은 대학교수도 아니고 겨우 초등학교 선생이냐며 비웃을지도 모르는데, 늘 자기만 거룩하고 대단한 일을 하는 듯, 자아도취에 빠져있으니 위험해 보였다. 마치 어린애가 물가에서 노는 듯, 언제 폭 빠질지 모르는 물. 물이 얼마나 무서운가를 전혀 모르는 철부지 같았다.

어떤 직업이든 다 장단점이 있기 마련이다. 늘 혼자만의 시간을 즐기던 사람이 많은 직장 동료들, 더군다나 미국인들과 무난하게 잘 어울려 지낸다는 것도 그리 쉬운 일이 아니다. 수연은 선생님이라는 직업을 너무 숭고하고 아름답게 생각하기 때문에 실망도 그만큼 더 클 것 같았다.

하지만 해가 지나갈수록 진우는 수연에게서 생기와 활기를 느꼈다. 스스로의 일거리를 찾고 그 일에 만족과 보람을 느끼는 사람에게서 풍기는 환희라 할까. 꼬집어 말할 수는 없지만 뭔가를 찾아 헤매는, 그 갈증이 많이 없어진 듯싶었다.

행복이란 소망의 충족이 아니라 본연의 자기, 자아 발견이라는 말이 딱 수연이었다.

열 길 물속은 알아도 한 길 사람 속은 모른다는 말처럼 진우는 해가 갈수록 수연에게서 새록새록 새로운 점을 발견하곤 했다.

집에 채점표를 가지고 와 때로는 밤 11시가 넘도록 일을 해도, 절대 피곤하다, 지친다, 힘들다는 말을 하지 않는 수연이다.

그런 수연에게 진우가 할 수 있는 일은 주말에 부엌을 담당하는 거다.

주말은 내가 요리사다, 라고 선언하고 진우는 아침부터 저녁까지 식사를 책임진다. 출장을 가지 않는 한, 주말은 철저하게 가족과 함께한다.

"오늘 계란은?"

딸들에게 아침에 계란을 어떻게 해줄까 묻고 제인은 오버 이지, 애니는 서니 사이드 업, 하면 원하는 대로 따로따로 만들어준다.

"뭘 귀찮게 따로따로 해 먹니, 오늘은 모두 다 스크램블로 먹자."

수연이가 이렇게 말하면 진우가 정색을 한다. 아이들이 원하는 대로 해주어야지 왜 일률적으로 다 똑같이 먹어야 하느냐며 오히려 반문한다.

부부도 그렇고 가족도 그렇다. 각자가 엄연히 각기 인격과 꿈과 취미를 가지고 있는 독립체다. 이 엄연한 사실을 인정하지 않을 때, 부부 사이도 가정도 금이 가기 쉽다. 그리고 한 번 금이 간 건 새것처럼 되돌리기 힘들다.

결혼했으니 너는 내 소유물이다, 라고 아내를 취급하는 남자. 아내뿐 아니라 자식들 또한 내 소유물이니 내 맘대로 해도 된다고 생각하는 남자. 수연은 홍진우가 그런 남자가 아닌 게 참으로 고마웠다.

"당신은 내가 모르는 묘한 면이 있어. 좀처럼 화를 내지 않는 것도 신기해. 때로는 이런 생각이 들기도 해. 당신은 나한테 전혀 관심이 없기 때문에, 내가 아무리 화를 내게 만들어도 화를 내지 않는 것 같기도 하고, 때로는 나보다 훨씬 차원이 높다 할까? 그런 것 같기도 하고, 좀 묘해."

진우가 그런 말을 하면 수연은 그저 입가에 살짝 미소를 띨 뿐, 예스도 노도 아닌 애매한 태도다.

사람은 누구에게나 장점이 있으면 단점도 있기 마련이다. 많은 경우 그 사람의 장점이 바로 단점이기도 하다. 어떻게 다 좋을 수만 있겠는가. 하지만 수연은 안다. 자신보다 진우에게 훨씬 장점이 많다는 것을, 그래서 때로 서운한 느낌이 들 때도 그냥 지나친다. 곰곰이, 냉정히 생각해보면 그의 말이 거의 다 옳은 소리니까.

군이 뾰족한 계획이 있는 것도 아니면서 왜 55세에 은퇴를 하려고 하는지 동료들은 의아해 했지만, 수연은 연금 때문에 학교를 떠나지 못한다는 동료들이 안타까웠다.

연금 100%와 80%가 뭐 그리 중요한가.

돈이 많으면 커다란 저택에 비싼 외제 차 타고 호화롭게 살 수 있겠지만, 돈이 적으면 적은 대로 수입에 맞춰가며 분수대로 살면 된다.

비싼 옷, 비싼 구두, 비싼 핸드백, 비싼 자동차, 그런 것들이 행복을 줄 수 있다면, 행복은 얼마나 간단한 것인가. 돈으로 구할 수 있는 물품들이 행복을 가져다준다면 행복은 참으로 쉬운 것 같다.

수연은 학생들이 오기 전, 아니 다른 교사들이 오기 전, 학교에 일찍 도착해 커피 끓이는 시간도 즐거웠다. 방금 갓 끓인 커피 향은 뭐라 형용하기 힘들 정도로 향기롭다. 커피를 마셔가며 창밖을 내다보면 단 하루도 하늘이 똑같은 날이 없다. 푸른 하늘이라 해도 색이 다 다르다. 어떤 날은 짙은 남색. 어떤 날은 연한 파랑, 어떤 날은 갓 틀어놓은 솜이 흩어진 듯, 구름이 여기저기 펼쳐져 있고, 어떤 날은 심술쟁이가 먹물을 엎질러 놓은 듯, 하늘이 온통 시커멓고, 천둥 번개가 요란한 날은 다시는 새파란 하늘을 볼 수 없을 것 같은 두려움마저 든다.

아이들을 좋아한다. 물론 가슴이 알알해지도록 아이들을 그리워할 것이다.

'인간의 가장 아름다운 정서가 그리움이다. 그 아름다운 정서를 그리면 그림이 되고, 마음에 그리면 그리움이 된다.'

어느 학자인지 이름은 기억하지 못하지만 참으로 멋진 표현이다.

내 교실, 내 책상, 오래된 학교 건물, 이 모든 것들이 꿈에도 자주 나타날 것이다. 하지만, 전성기에 떠나고 싶다.

나는 안다. 나의 열정에 한계가 있다는 것을. 다른 사람은 몰라도 나 자신은 안다. 나는 전처럼 열성적이지 않다. 가끔 나 자신에게 놀란다. 준비 없이 작년에 가르치던 그대로 습관처럼 가르치고 있다는 것을! 깜짝 놀랄 때가 한두 번이 아니다. 내가 왜 이러지? 그러고 보니 철이 바뀌었는데 교실 커튼도 올해는 만들어 달지 않았다. 이게 신호다. 이제 그만둘 때가 되었다는 경고다.

봄이면 연두색 커튼, 가을이면 호박색 커튼을 만들어 달기 위해 가게로 달려가 옷감 고르는 게 그렇게 즐거웠다. 이 색이 어떨까, 저 색이 어떨까, 해가며 이것저것 들춰보고 결정짓지 못해 쩔쩔 매기도 하는 그 가슴속 짜르르한 들뜸. 그런 들뜸의 기쁨은 느껴보지 않은 사람은 상상조차 하기 힘들 것이다.

"아니, 선생이 직접 교실 커튼도 만들어 다는 거요? 미국학교는 그래?"

진우가 제일 의아해했다. 가을에는 가을 색, 봄에는 봄 색깔로 교실 커튼을 만든다고 재봉틀 앞에 쭈그리고 앉아있는 아내가 한심해 보였다. 채점표를 집에 가지고 오는 건 그렇다 해도 교실 커튼까지?

"그런 게 아니고, 칙칙한 블라인드가 싫어서. 하얀색인지 누런색인지 이젠 색깔이 하도 바래서 흉해. 쳐다보기만 해도 너무 우울해. 그래서 내가 내 교실 커튼은 만들어 다는 거지. 이것 봐요. 이 연두색, 얼마나 예뻐? 봄이잖아. 꼭 파릇파릇 피어나는 연두색 버드나무 잎새 같잖아. 내가 집에서 보내는 시간 외에 제일 많이 시간을 보내는 게 내 교실이잖아요? 퇴색된 블라인드는 정말 너무 보기 싫어. 이것 봐. 이 색깔, 너무 곱지?"

"정 그렇게 철마다 교실 커튼을 바꿔 달고 싶으면, 그냥 가게에 가서 사면 안 돼? 제발, 그런 거 좀 안 할 수 없겠어? 당신, 무리하면 꼭 병나잖아."

"아니, 나는 내가 좋아하는 일 하면 병 안나요. 절대로."

하여튼 저 여자는 참 특별나다.

저녁상 앞에서 학교에서 일어난 이야기를 하다가 울기도 한다.

'P'로 시작하는 단어를 공부할 때, Plant 단어가 나왔단다.

수연은 학생들에게 단어를 가르칠 때, 각종 신문, 잡지에서 그 글자가 들어 있는 그림을 찾아 조심스럽게 오려 내 딱딱한 마분지에 붙여 한 상자 가득 단어 카드를 만든다. 교사 전용 가게에 가면 훨씬 세련된 카드를 얼마든지 살 수 있는데 굳이 본인이 만든다. 가게에서 사는 카드는 다 똑같아 재미없단다.

Plant 단어를 공부할 때, '내 동생은 물만 주면 쑥쑥 자라나는 화초 같대요, 엄마가 그러셨어요.'라고 말했다는 학생 이야기를 하면서 울고, 운동화 끈을 바람이 풀어놓았다고 말하는 아이 이야기를 하면서 울고, 때로는 울음을 삼키다가 기침을 할 정도다.

"어린아이를 두고 일을 가야 하는 엄마의 심정이 오죽 아프면 화초 같다 했을까. 진주 동생한테 친구들이 많대요. 유리창에 와 앉는 다람쥐, 새, 그런 것들이 다 친구래. 그 친구들한테 영이, 철이, 이름까지 붙여 주었다네. 그러면서 오늘은 철이가 오지 않았어, 하기도 하고, 영이가 왜 오지 않을까 하고, 그런다네."

한국 사람뿐 아니라 어느 나라 사람이든 이민 초는 고달프고 외롭고 서럽기 마련이다. 그런 가정의 아이들을 가르치니 여린 사람이 가슴이 알알할 때가 많겠지만 그렇다고 저토록 슬플까. 저런 가슴으로 어떻게 선생 노릇을 계속할까.

아내, 강수연은 살아갈수록 이해하기 힘든 점이 한둘이 아니다.

"수연, 아주 기막힌 아이디어가 있다. 우리 은퇴하고 할 일 없으면 우리가 어떻게 친구가 되었는지, 그걸 고스란히 써보자꾸나. 너는 한국어로 나는 영어로, 상상만 해도 아이고, 너무 재미있다. 도도한 미국 노처녀 선생과 그 도도한 미국 여선생보다 더 도도한 한국 여선생 이야기, 어때 기막힌 아이디어지?"

"그러네. 그러니까 55세에 은퇴하고 새 장을 여는 거야. 단 한

번인 인생이잖아. 아무리 아름다웠다 해도 한 챕터(chapter)가 끝나면 새 챕터가 시작하는 거 아니겠니. 클라이맥스에서 막이 내리듯.”

'우리는 우리 자신에게, 자신의 삶을 멋지게 살아주어야 할 의무가 있다.'
까뮈든가. 사르트르든가. 이 멋진 말!
옳은 말이다. 태어났으니까 그냥저냥 살다 간다는 건 억울하다. 스스로에게 스스로의 삶을 멋지게, 값지게 살아주어야 할 의무가 있다. 얼마나 기막힌 말인가. 살아 있는 자의 의무. 자신에 대한 의무. 아쉽게 떠나는 사람이 되고 싶다. 왜 떠나는가 붙잡는 사람들이 있을 때 떠나고 싶다. 저 늙은이는 왜 저렇게 자리 지키고 있는가. 사람들이 지겨워하는, 그럴 때까지 계속 출근한다는 건 그야말로 치매 현상 아닐까 싶다.

동양인 선생이 싫다고, 네 나라에 돌아가 가르치라고 소리소리 질러대며 눈덩이를 던지던 학생들이었다. 그 후, 세월이 흘러가면서 이제는 눈이 오면 학생들, 한국 학생들뿐 아니라 어느 교실 학생이든 으레 다가와 수연 자동차가 눈 속에서 빠져나오도록 도와준다.

열정이 식기 전에, 떠나고 싶다. 다른 사람은 몰라도 나는 안다. 나는 내 교실에 커튼을 만들어 달고, 방학 때 학생들을 집에 데리고 와 재우면서 수영장에 데리고 다니고 하던 그 선생이 아니다.

이제 더 무엇을 바라랴.

수연은 이제는 떠날 준비를 해야겠다고 생각했다.

노을

"늙어간다는 게 너무 허무하고 슬프더라. 울 오빠, 너희들도 기억하지? 럭비 선수였잖아. 내가 지지난해에 갔을 때만 해도 자주 등산도 다니고 했거든. 누구시더라? 그러겠지. 나를 못 알아봐. 누구시더라?"

한 달 전에 서울에 다녀온 순애가 동창 모임에서 한 말이다.목이 메어 말을 잇지 못하고 순애는 얼음이 잔뜩 들어있는 찬물을 벌컥벌컥 들이켰다.

"얼음물 마시지 마. 찬물이 몸에 나쁘다잖아. 여기, 이 보리차 마셔."

건강관리에 대해 백과사전이란 소리를 듣는 현자다. 현자는 마늘이 좋다면 마늘을 열심히 먹고, 양파가 좋다면 양파를 열심히 먹는다. 현자가 너무 건강 음식에 극성을 부리니 친구들이 아주 대놓고, '아유, 징그러. 너는 150까지 살겠다.'라고 면박 주는 친구들도 있다.

"내가 백 살까지 살겠다는 게 아니야. 사는 날까지 건강하게 살자는 거지. 안 그러니? 늙어 병들어 빌빌하는 부모를 좋아할 자식 어디 있겠니. 여차하면 고려장 당한다고. 그러니 내 몸 관리 잘하는 게 자식들 위해주는 거라고요."

현자 말이 백번 옳은 말이다. 아무리 부모를 지극 정성 모시는 자식일지언정, 부모가 병들어 제 몸 관리도 못 할 정도가 되면 언제 가시나? 이제 그만 가셨으면, 하는 마음이 드는 게 인지상 정인지 모른다.

순애가 미리 알고 갔으면 쇼크가 덜할 텐데, 아무도 오빠 상태 를 알려주지 않았단다.

방태영. 오빠가 없는 수연은 오빠가 있는 친구들이 무척 부러 웠다. 그야말로 '비단구두 사가지고 오신다더니'라는 동요처럼 오빠는 여동생을 위해서라면 무엇이든 다 해주고, 다 사주고, 그 어떤 위기나 위험에도 보호해주는 듬직한 수호병 같았다.

자하문 밖, 과수원. 개울을 끼고 좁은 언덕길을 오르면 온통 자두 과수원이다. 봄이면 살구꽃이 눈부실 정도로 피어나고, 하 얀 민들레꽃이 잡초처럼 무성한 곳. 꽃냄새, 새소리가 끊이지 않 는 그 동네. 수연은 그런 곳에 사는 순애가 참 부러웠다. 이 층에 자기 방이 따로 있는 혜진, 커다란 피아노가 있는 은지, 학교 문 앞까지 자가용을 타고 오는 선희보다 수연은 과수원집 순애가 제일 부러웠다.

순애 오빠는 가끔 수연에게 불쑥 전화를 걸고 맛있는 거 사줄게, 나올래? 구경시켜줄까? 늘 선심을 쓰겠다는 듯 그런 식으로 말하곤 했다. 물론 순애에게 말하지 말고 나오라 해서 수연은 번번이 적당한 구실을 대가며 거절했다.

순애 오빠, 방태영은 굉장히 으스댄다 할까? 대단한 대학에 다니는 것도 아닌데, 뭐가 그리 잘났는지, 저 아니면 다 바보 같은 놈들이라 한다.

"야, 너희들, 그딴 놈들하고 무슨 영어 클럽이냐? 지지리 공부 못하는 놈들하고 왜 어울려?"

순애가 혼자 있을 때도 그런 말을 하는지 어떤지 모르지만, 수연이가 놀러 갈 때면 꼭 그런 식으로 한마디 했다.

"걔들이 공부를 못하는지 오빠가 어떻게 알아? 걔네들은 좋은 고등학교 학생들입니다요. 오빠는 깡패 학교 다녔으면서."

순애 오빠가 졸업한 학교를 순애는 늘 깡패 학교라 했다.

"야, 그놈들 바닥에서 기는 성적들인데 왜들 만나?"

"오빠는 왜 일일이 간섭이야? 내 걱정 마시라고요."

수연은 오빠가 없어 그런지 순애가 오빠와 티격태격하는 것까지 부러웠다.

순애는 은근히 수연이가 걱정스러웠다. 오빠는 수연뿐 아니라 연옥이든 정자든 누구든 놀러 오면 마치 너를 굉장히 좋아한다는 듯 주변에서 떠나지 않고 집적거리는데 행여 수연이가 오빠가 저를 정말 좋아하나보다, 하고 오해할까 은근히 신경 쓰였다. 수연은 좀 맹하다. 누구든 말을 슬근슬쩍 둘러대면 전혀 알아듣지 못한다.

울 오빠 말이다. 내 친구라면 늘 저런 식이니 신경 꺼, 라고 말한다면 수연을 무시하는 것 같아 그런 식으로 말할 수도 없고 난처했다.

"야, 하여튼 너희들, 그딴 놈들하고 어울리지 마. 시집 못 간다."

늘 이런 식이다. 순애한테 그런 말을 할 때, 꼭 '너희들'이라 한다. 수연이도 들으라는 식이다.

저는 뭐 잘났다고. 잘 생기기를 했나, 좋은 학교에 다니기를 하나, 웃겨, 정말. 그나저나 왜 똑 떨어지게 반말을 한담. 아무리 동생 친구지만 지가 내 오빤가? 기껏해야 두 살 위면서.

수연은 오빠가 있는 순애가 부럽지만 그런 말투는 신경에 거슬렸다.

"초원의 빛? 그거, 벌써 봤어요."

초원의 빛을 구경시켜주겠다고 전화했을 때도 수연은 거짓말을 했다.

수연은 순애 오빠에게 거짓말을 하고 다음 날, 혼자 중앙극장에 갔다. 수연은 좋다는 영화일수록 혼자 보러 가기를 좋아한다. 영화뿐 아니다. 미술 전시회든 인형 전시회든, 무엇을 보러 갈 때는 친구들과 어울려 여럿이 가기보다 혼자 가는 게 좋다, 전시회 안에서 시간을 좀 보내고 싶을 때, 만약 동행한 친구가 10분도 채 안 돼 가자고 한다면 서로 불편해질 게 아닌가.

그날 수연은 '초원의 빛'을 보며 눈물 콧물 흘려가며 많이 울었다. 특히 마지막 장면에서 수연은 우는 소리가 밖으로 새어 나갈까 두려워 손바닥으로 입을 막고 울었다.

주인공 워렌 비티와 나탈리 우드의 표정. 슬픔을 감추며 어색하게 미소 짓는 그 표정. 어쩔 수 없는 현실, 그들은 애써 태연한 척해가며 서로의 행복을 빌어주며 헤어진다.

"아직도 사랑하니?" 친구들이 여주인공 윌마에게 물었을 때, 윌마의 대답 대신 워즈워드의 시가 자막에 나왔다.

초원의 빛 (윌리엄 워즈워드)

여기 적힌 먹빛이 희미해질수록
그대를 향한 마음 희미해진다면
이 먹빛이 하얗게 마르는 날
나는 그대를 잊을 수 있겠습니다.

초원의 빛이여.
꽃의 영광이여.
다시는 돌아갈 수 없다 해도 서러워 말지어다.

존재의 영원함을

티 없는 가슴에 품고.

인간의 고뇌를 사색으로 달래며

죽음의 눈빛으로 부수듯

티 없는 믿음으로 세월 속에 남으리라.

'다시는 돌아갈 수 없다 해도 서러워 말지어다.'

수연은 영화가 끝난 다음, 좌석에서 도저히 일어날 수가 없었다.

왜 기막힌 사랑은 다 이렇게 가슴 저미도록 아픈 비극으로 끝나는 걸까. 아니, 비극으로 끝나기 때문에 더 가슴 에이는 걸까.

하긴 두 사람이 만나 사랑하고, 결혼하고, 아들딸 낳고 아주 행복하게 잘 살았다 한다면 영화든 소설이든 이야기가 거기서 끝나겠지.

울어서 엉망이 된 얼굴로 밖으로 나가기가 민망해 수연은 사람들이 꽤 많이 빠져나간 후 천천히 밖으로 나왔을 때는 부슬비가 부슬부슬 내리고 있었다.

사랑. 정신이상이 될 정도로 좋아한 첫사랑. 자살까지 시도했던 그 기막힌 사랑. 재회했을 때, 그 두 사람의 얼굴. 그 무어라 형용하기 힘든 안쓰러운 그 눈빛.

이제는 옛날이라고, 이제는 웃으며 잔잔하게 서로의 행복을 빌어주지만, 마음은 아니다. 마음은 아직도, 너를, 너만을 사랑한다.

아, 아, 아…. 사랑이란 그런 것일까.

비를 맞으며 걷고 싶었다. 사랑이 무엇인지, 삶이 무엇인지, 알쏭달쏭한 감상에 취해 흠뻑 젖은들 어떠리 싶었다.

마음은 그렇지만 점점 빗줄기가 세지는 것 같아 종이우산을 사려고 두리번거리는데 매표소 앞에 서 있는 순애 오빠와 딱 마주쳤다.

순애 오빠는 순애 친구, 수연 친구이기도 한 연경이와 함께였다.

어머, 구경 벌써 했니? 수연과 연경이가 몇 마디 주고받는 동안 순애 오빠는 등을 돌리고 딴청을 하고 있었다.

수연은 종이우산을 펴들고 비가 부슬부슬 내리고 있는 명동 성당 언덕길을 느릿느릿 걸었다.

누군가 나를 그토록 사랑한다면? 아니 내가 누군가를 그토록 사랑한다면? 헤어지면 안 되는 거야. 무슨 일이 있어도 헤어지면 서로가 불행한 거야. 하지만, 남자가 은밀한 관계를 요구해 온다면 내 반응은 어떨까. 대학교 때 임신을 했던 친구는 자살까지 생각했었단다. 임신까지 하게 된 건, 사랑하기 때문에 어쩔 수 없었다는 게 그 친구의 말이었다.

사랑. 도대체 사랑이란 무엇이기에 아주 영민한 친구도 바보로 만드는 건가.

그나저나 나에게는 진한 육체관계는 고사하고 손 한번 잡아보자는 남자도 없다. 문학 클럽, 영어 클럽, 또 서너 번 친구들 따라 산에 갔을 때 만났던 의대생도 손조차 꽉 잡아본 적이 없다.

'내가 매력이 없나?'

친구들 말을 들으면 남자애들은 으슥한 곳에서는 껴안지 못해 안달한다는데.

내가 은근히 괜찮게 여기는 남학생들은 전혀, 나에게 그런 식으로 다가오지 않는다.

만약 영화 속의 버드처럼 진한 관계를 요구한다면 내 반응은? 내 반응은 어떨까? 나도 굉장히, 아주 아주 좋아한다면 정말 어찌할까? 흠, 웃기네. 별 상상을 다 하네. 사랑 고백은 고사하고, 나를 좋아한다고 말한 아이도 아직 없는걸!

수연은 나탈리 우드가 되어 우울하게, 쓸쓸하게, 슬프게 어깨를 움츠리고 비 오는 거리를 걸었다. 바로 이럴 때, 누군가 함께 우산을 받쳐 들고 가슴 콩닥거리며 같이 걸을 수 있는 그런 사람 없을까.

사랑은 소설이든 영화든 참 슬프고 아프다. 그런 게 사랑이라면, 나는 사랑하고 싶지 않다. 사랑 근처에도 가고 싶지 않다. 나

는 그토록 가슴이 찢어지는 듯 아프면 가슴이 팍 터져 정말 죽어
버릴지도 모른다. 그 정도 아픔을 나는 절대 이겨내지 못할 것이
다. 가슴은 아니라고 말하는데, 미소지으며 행복하라고 굿바이
할 수 있는 용기가 나에게는 절대 없을 것이다.

문득 권성일이 떠올랐다. 이상하게 아름다운 영화를 보거나
슬픈 책을 읽을 때면 까맣게 잊고 있던 권성일이 불쑥 떠오르곤
한다. 대구에서 사과 궤짝을 3년씩 보내주던 성일. 나를 찾아와
좋아한다는 말 같은 건 절대 하지 않았다. 하루는 골목 입구에
기다리고 있다가 '너, 왜 이렇게 이슥토록 다니냐?' 마치 오빠가
여동생을 나무라듯, 조금 볼멘 목소리로 한 그 말. 퉁명스러운
말이지만 듣기 싫지는 않았다.

권성일. 그가 만약 너를 좋아한다고, 너를 사랑한다고 말했으
면 내 맘이 달라졌을까?

'미국 안 갈 수 없겠니?'라고 한 말이 결국 그 말이었을 텐데
수연은 그 당시에는 별로 귀담아듣지 않았었다.

성일이가 '너를 사랑한다, 기다려달라.' 했다면 내 맘이 달라
졌을까? 아니, 아마 아닐 것이다. 서울에서 태어나 서울에서 자
라난 내가 북에서 내려와 대구역 근처에서 철물점을 하는 집으
로 시집간다는 건, 현실적으로 힘든 일일 것이다. 이렇게 가정환
경이 너무 차이 나, 서로 죽어라 좋아하면서도 헤어진 친구들이

참 많다. 그 시절, 동갑내기 남자애에게는 경제력이 전혀 없으니, 감히 결혼이라는 말을 입에 올릴 수도 없었을 것이다.

하지만, 성일이가 아주 똑 부러지게 너를 사랑한다 했다면 내 반응이 어땠을까.

돌이켜보면 초등학교 때부터 여고 그리고 대학까지 내가 좋아했다고 말할 수 있는 아이는 성일이뿐인 것 같다.

수연의 주변에도 최근 들어 불쑥 치매 비슷한 증상을 보이는 사람들이 늘어나고 있다.

바로 두 주일 전에 일어난 일이다.

한국 사람들이 잘 다니는 중국 식당에서 우연히 정말 아주 오랜만에 진우의 고등학교 선배, 박경수를 만났다. 진우가 대학에 다니고 있을 때, 여름방학이면 일감을 찾아 시카고에 가곤 했는데 박경수는 졸업하고 이미 직장을 가지고 있었기 때문에 잠도 재워주고 밥도 사주고 하던 그야말로 친형처럼 잘해주던 고등학교 선배다. 그가 수연네가 결혼하고 얼마 되지 않아 대만으로 갔기 때문에 거의 50년이 다 되도록 소식도 모른 채 지냈다.

"나 알아보겠니? 나, 박경수다."

그가 진우와 수연이 앉아 있는 테이블 앞으로 다가왔을 때,

"어? 어, 형? 경수 형?"

진우가 벌떡 일어나 그를 덥석 부둥켜안았다.

어머나, 저 사람이 저런 식으로 반가움을 표현할 줄도 아네!

그를 부둥켜안고 반가워하는 남편 모습을 보며 수연은 깜짝 놀랐다.

웬만해서는 감정 표현이 없는 사람이다. 덤덤하다 할까, 차갑다 할까, 그런 인상을 줄 정도로 표정에 변함이 없고 말수도 적은 사람이다.

미국인들이 'small talk'라 표현하는 대화. 별 의미 없이 그저 가볍게 주고받는 사교성 대화에 거의 빵점인 사람이다.

그런 성격은 타고난 성격일 수도 있겠지만, 어쩌면 고등학교 졸업하고 군대를 마치자마자 미국에 들어와 외롭게 살아왔기 때문인지도 모른다. 그가 대학에 다니던 50년대 말에는 미국 대학에 한국 학생들은 그야말로 가뭄에 콩 나듯 드물던 시절이었다. 외국인 학생을 다 합해야 20여 명 정도였다니까.

말수도 적고 사교성도 전혀 없는 사람이 식당에서 사람을 껴안기까지 한다는 건 참 놀라운 일이었다.

"정말 이렇게 만날 수도 있구나. 나, 많이 늙었지?"

"그래도 형은 머리가 희지 않았네, 나는 백발인데 뭘."

"물감 들여 그렇지. 허허, 나도 백발이다. 그런데 너는 그래도 아직 옛 모습 그대로다."

박경수는 그렇게 말하면서 수연을 바라보며 눈인사를 했다.

"지금 내가 손님들과 왔으니 긴 이야기는 우리 만나서 하자.

다음 주, 목요일 어떠냐? 내가 요즘 침을 맞으러 다니거든. 침 맞
는 곳, 바로 건너편에 모란각이라는 식당이 있으니 거기서 보자.
목요일 괜찮겠니? 그때 만나 실컷 이야기 나누자꾸나."

그렇게 반갑게 만나 약속을 한 사이였다.

"침 맞는 데서 시간이 길어지나 보군. 조금 더 기다려보자고."

약속 시각인 11시가 15분이 넘었다. 모란 각은 평양냉면을
잘하는 집이라고 소문이 나서 그런지 11시 15분인데 벌써 좌석
이 꽉 찰 정도였다.

"음식을 시키지 않고 자리만 차지하고 있는 게 미안하니 빈대
떡이라도 우선시킬까?"

"조금만 더 기다려보자고."

"형, 경수 형. 나 진웁니다."

정확히 11시 30분에 진우가 전화를 걸었다.

"형, 지금 모란각에 와 있는데?"

"괜찮아요. 우리끼리 점심 먹고 들어갈 테니, 걱정 말아요. 다
음 기회에 만나면 되지 뭘."

진우는 셀 폰을 테이블 위에 내려놓으며 어색하게 웃었다.

"왜? 무슨 일 생겼대요?"

"깜박 잊어버렸다네. 오늘 약속을 아주 까맣게 잊어버렸다고.
침 맞고 그 길로 집으로 달려가는 중이라겠지."

"그런데 왜 일주일에 한 번씩 침을 맞으실까? 뉴포트에서 가

든 그로브까지는 꽤 먼데."

"늙으면 여기저기 다 아프고 쑤시잖아. 왜 진통제가 그리 많이 팔리겠어."

'건망증? 치매가 왔나?'

목구멍까지 나오는 말을 수연은 삼켰다.

건망증과 치매를 구별하는 책자를 읽어보았다. 수연은 스스로가 의아할 정도로 깜빡깜빡할 때가 많아 은근히 걱정이 돼 책자를 구해 읽어보았지만, 건망증과 치매를 구별하기가 무척 애매했다.

'내가 열쇠를 어디에다 두었더라?' 해가며 짤짤 거리기도 하고, 시계를 어디다 풀어 놓았는지 전혀 기억이 안 나 찾다가 일주일에 한 번씩 와서 청소해 주고 가는 마가렛을 의심하기도 한다.

'내가 이러면 벌 받지. 착한 여자를 의심하다니!'

하지만 시계에 발이 달린 것도 아니고 도대체 어디 간 거지? 며칠 끙끙거리며 속을 끓이다가 생각지도 않은 곳에서 시계가 나올 때도 있다. 찾던 물건이 나오면 잠깐이라도 마가렛을 의심했던 자신이 굉장히 치졸하게 느껴져 부끄럽고 미안하다.

내가 겨우 이 정도 인간인가.

가난하니까 무조건 의심부터 한다는 건, 그야말로 죄다.

반지든 현금이든 그 무엇이든 있던 자리에 늘 고대로 있다. 바나나도 자기 것을 꼭 가지고 와 먹는 여자다. 바나나와 빵은 늘 있으니 굳이 가지고 다니지 말라고, 수십 번 말해도 꼭 자기 것을 가지고 와 먹는 여자다. 그토록 정직하고 착하고 부지런한 여자다. 그런 여자를 가난하다는 이유 하나로 찾는 것이 눈에 보이지 않는다고 의심한 자신이, 자신의 편견이 수연은 너무 미웠다. 남이 그러면 못된 사람이라 비난할 짓을 스스로 했을 때, 수연은 온종일 우울하다. 자신의 인간성에 회의가 들 때, 그 누가 손가락질을 해서 당혹스러운 게 아니다. 스스로가 자신에게 실망하게 되니 당혹한 거다.

'거, 경수 형, 좀 이상하네. 그렇게 까맣게 잊어버렸다니.'

겉으로 말은 안 하지만, 진우는 박경수가 약속을 잊어버렸다는 사실에 속으로 은근히 많이 놀란 눈치다.

몇 년 만인가.

그가 30도 되기 전에 시카고를 떠났으니까 40년도 훨씬 넘었다.

"이대로 도망치고 싶은데, 진우에게 평생 죽일 놈이 되겠지만, 수연 씨, 내가 납치해 가면 안 될까."

결혼식 날, 미장원에서 나온 수연에게 박경수가 한 말이다. 수연에게 묻는 말인지, 혼자 하는 말인지, 분명 그는 납치라는 말을 했다. 농담이겠지, 라고 생각하며 수연은 들은 척도 하지 않았다.

결혼식을 코앞에 두고 미장원에서 나온 여자니까, 예의상 예쁘다는 표현을 농 삼아 그렇게 하는 거겠지, 라고 수연은 생각했다.

"진우에게 못할 짓이지만, 정말 이대로 어디론가 가버리고 싶은데!"

지금도 늦지 않다. 그냥 이대로 어디론가 달려가면 된다. 이 순간을 놓치면 수연은 진우 아내가 된다. 지금, 지금, 그냥 위스컨신이든 미시간이든 그냥 달려가자. 경수는 속이 화끈거려 헛기침을 했다.

"야, 선배한테 양보해라. 너는 좀 기다려도 되잖아. 직장도 이제 막 시작하고, 자동차도 없고, 그러면서 장가는 무슨 장가냐. 수연 씨는 나한테 양보해라."

경수는 진우에게 대놓고 이렇게 말했었다. '나, 농담 아니다.'라는 말까지 했었다.

뭐라 딱히 표현할 수 없지만 경수는 수연을 보는 순간 이 여자다, 라는 생각이 들었다. 유별나게 예쁘지는 않지만 맑은 유리알처럼 반짝이는 눈동자가 사람을 끄는 묘한 매력이 있었다.

진우와 수연이는 열열하게 연애를 한 사이도 아니다. 오랜 세월을 두고 사귀며 뭉긋하게 이런저런 정이 든 사이도 아니다. 그야말로 서로 결혼할 적령기에 만났다는 것뿐이다.

지금도 늦지 않다.

"야, 너는 좀 기다렸다 가라. 수연 씨는 나한테 양보해라. 수연 씨는 아무것도 없는 네가 도대체 어디가 좋을까."

진우는 경수가 하는 말을 다 농담으로 흘렸다. 농담이 아니라고 강조해도 장가가는 데 선후배가 어디 있느냐며 웃었지만 절대 양보할 수 없다는 단호한 태도였다.

"야, 너는 미스 코리아하고 데이트도 했잖아. 좀 좋아? 미스 코리아. 너는 그 여자와 잘해보고 수연 씨는 양보해."

"아, 미스 코리아는 예쁘고 늘씬하고 육체파에 아, 왜 그런데 수연 씨냐?"

비싯 웃기만 하는 진우에게 별별 말을 다 해봐도 들은 척도 안 했다.

"수연 씨, 내가 진우에게 죽일 놈이 되겠지만 나, 이대로 수연 씨 납치해 갑니다."

세 번째로 하는 '납치'라는 말에 수연은 머리를 살짝살짝 저어 가며 창밖으로 시선을 돌렸다.

미장원 앞에서 수연을 기다리다가 아파트로 향하는 차 안에서였다.

진우에게 자동차 운전도 가르쳐 줄 정도로 진우와 경수는 친형제처럼 지내는 사이다.

그는 수연을 아파트 앞에 내려주고 얼마 후 초밥을 사 왔다. 비싸기로 소문난 일본 식당, 후지야마에서 사 온 것이었다.

"오늘 하루 종일, 아무것도 먹지 못할 테니, 지금 좀 먹어둬요."

그는 초밥을 탁자 위에 올려놓고 그 자리에 우뚝 선 채 거북할 정도로 한참 수연을 뚫어지게 바라보더니 휘익 나갔다.

미국에는 결혼식 올리기 전에 신랑이 신부 화장한 모습, 웨딩드레스 입은 모습을 보면 안 된다는 묘한 풍습이 있단다. 그래서 진우는 차가 있는 동창, 영준네 집에 가 있고, 수연은 경수가 돌보아 주다 교회에 데리고 가게 돼 있었다. 그 당시, 헌 차라도 차를 가지고 있는 사람은 형편이 훨씬 나은 사람들이었다.

결혼을 하고 아직 자동차가 없이 지낼 때, 박경수는 마켓에 가는 일까지 도와주었다. 특히 한국 마켓에 가자면 버스를 두 번 갈아타고 한참 가야 하기 때문에 경수가 먼저 말했다. 한국 마켓에 갈 일 있으면 버스 탈 생각 말고 꼭 전화하라고.

차를 마련하지도 못할 형편에 왜 결혼했느냐고, 진우에게 대놓고 면박을 주고 싶은 마음이 불쑥불쑥 치솟곤 했다. 허름한 동네에 낡은 아파트, 그것도 3층 꼭대기다. 경수는 진우 아파트에 올 때마다 이보다 좀 나은 아파트에 살 수 없을까. 공연히 속에서 부아가 났다.

이게 뭔가. 차도 없이 이 매섭게 추운 시카고의 겨울을 어찌 날 것인가.

진우 월급만으로 살기 빠듯한지, 수연은 결혼하고 얼마 되지 않아 시내 한복판에 있는 도서관에 일을 다닌다. 버스도 갈아타고 다녀야 하는 곳이다.

하지만 홍진우, 진우는 좋은 놈이다. 실력도 있지만 무엇보다 참 성실한 후배다.

흠 잡힐만한 행동을 전혀 하지 않을 정도로 자기 관리가 철저해 선배들조차 어려워할 정도다. 나한테 여동생이 있다면 두말하지 않고 짝지어주고 싶은 후배다.

그래도 경수는 지금 수연이 고생하며 사는 게 안타까웠다. 진우가 아직 자동차도 장만하지 못하는 게 경수는 너무 속이 상했다. 진우와 둘이 있을 때, 내가 좀 도와줄 테니 당장 차 마련하라고 했을 때, 두 번 생각할 틈도 없이 딱 잘라 거절했다. 성격이 칼날 같은 줄 빤히 알면서도 경수는 섭섭했다. 아니 섭섭하다기보다 안타까웠다. 바람의 도시라는 시카고의 겨울은 정말 조금만 밖에 서 있어도 콧속이 얼어붙고 귀가 얼 정도로 매섭다. 그 추위에 수연이 버스를 타고 다닐 테니 얼마나 고생할까.

강수연.

평범하다면 그야말로 평범한 여자인데, 다른 여자들에게 느껴보지 못한 떨림 같은 것. 무엇이었을까, 왜였을까. 자석처럼 끌리는 그 무엇. 경수는 꽤 많은 여자들과 데이트를 해보았지만 그런 가슴 떨림은 처음이었다.

일 년에 딱 한 번 모이는 고등학교 동창 피크닉. 거기서 자연스럽게 진우는 강수연을 만났단다. 그날, 피크닉에 가기만 했어도, 이야기는 확 달라질 수 있었을 텐데, 그날따라 경수는 피크닉에 가지 않았다.

하늘에 구멍이라도 난 듯, 눈이 펑펑 쏟아지거나 비가 억세게 퍼붓는 날이면 경수는 일이 손에 잡히지 않았다.

이런 날에는 버스도 제시간에 다니지 않는다. 수연이는 버스를 두 번이나 갈아타야 집에 갈 수 있다. 버스 정류장에서 달달, 달달 떨어가며 버스를 기다리는 수연 모습이 눈앞에 어른거려 경수는 도저히 사무실에 앉아 있을 수가 없었다.

하루 종일 아파트에서 혼자 지내는 게 너무 심심해 도서관에 일을 구했다하지만 경수 생각에 한 푼이라도 벌어 생활비에 보태려고 일을 시작한 것 같다.

그런 날이면 경수는 이런저런 구실을 만들어 일찍 퇴근해 수연이가 일하고 있는 도서관으로 달려갔다.

내가 왜 이러지? 이제 와 뭘 어쩌자고 이러지? 하면서도 발을 동동 구르며 버스를 기다리고 있을 수연 모습을 떠올리면 어쩔 수 없었다.

"들어오세요. 조금만 있으면 올 테니, 들어오세요."

집 앞까지 와서 경수는 진우가 아직 퇴근하지 않으면 절대 아파트 안으로 들어오지 않고 차 안에서 기다렸다가 진우가 오

면 같이 들어오곤 했다. 역수같이 비가 퍼붓든, 눈이 쏟아지든,
절대 단 한 번도 진우가 없는 집안에 들어오지 않았다.

"대만? 아니, 대만이라니?"
어느 날, 아주 맛있는 중국집을 하나 찾았다며 경수는 진우와
수연을 중국집에 데리고 갔다. 시카고 남쪽 중국타운. 수연은 그
날 그 중국타운에 가서 그렇게 많은 중국 사람들을 처음 보았다.
같은 말을 한다는 것, 생김새가 같다는 것, 생활양식이 같다는
동족이라는 게 어디에 살든 함께 뭉치게 만든다. 중국타운이 있
는가 하면 이태리타운, 유대인타운 등등. 한인타운은 70년대 후
반, 독일로 갔었던 광부 출신과 간호사 출신들이 많이 미국으로
건너오기 시작하면서 크게 발전되었다. 그전에도 한국인들이 모
여 사는 동네가 있기는 했지만, 한인타운이라 할 정도로 크지 않
았다.
"대만?"
진우가 내가 뭐 잘못 들었나 싶어 되물었다.
저녁을 다 먹고 난 후였다.
"기회가 아주 좋아. 전자제품 개발하는 회사에서 거기에 공장
을 짓는 거지."
"대만?"
"그리 멀리?"

수연과 진우가 거의 동시에 대만? 해가며 놀랬다.

너희들 주변에 서성거리는 내가 싫어서다. 수연은 진우의 아내임이 분명한데, 내가 뭘 어쩌겠다고 너희들 곁에 맴돌며 지내는지, 왜 비 오는 날이나 눈 오는 날이면 수연 씨 고생하며 집에 갈 생각에 내가 안절부절못하는지, 이런 나 자신에서 벗어나고 싶어서다.

"아, 그리고 내 차. 헌 차지만 아직 구르니까 네가 타라."

"아니야. 형. 나도 곧 차 마련할 거니까, 걱정 말아요."

"야, 이 똥차, 팔고 싶어도 살 사람 없으니 네가 새 차 마련하기 전까지 타고 버려."

경수가 신경질적으로 급히 말했다.

"그놈의 성격, 꼬장꼬장하긴. 살다 보면 남에게 신세를 질 때도 있고, 내가 남을 도울 때도 있는 법 아니냐. 좀 느긋하게 살아라. 느긋하게, 이 자식아."

수연은 눈이 오고 있는 창밖으로 시선을 돌렸다.

눈이 온다. 첫눈이다.

'이런 날 만나고 싶은 사람이 있으면 좋겠네.'

그런 마음으로 수연은 눈만 오면 무작정 밖으로 나가곤 했었다. 강아지처럼 눈만 오면 어디를 쏘다니다 젖어 들어오느냐고 할머니께 야단도 많이 맞았었다.

북아현동에 사는 수연은 걸어 걸어 남산까지 가서 남산 언덕

길을 걷곤 했었다. 이 순간 같이 걸을 수 있는 사람이 있었으면 좋겠다. 서로 아무 말 하지 않아도 함께 나란히 걷는다는 것만으로 가슴 충만한 그런 사람. 수연은 그런 사람이 어디선가 나타나 주었으면 싶었다.

꿈과 현실의 차이.

꿈은 꿈이라서 얼마든지 화려하고 얼마든지 맹랑하고 얼마든지 용감할 수 있다. 오직 꿈이기에.

코끝이 찡해졌다. 금방이라도 눈물이 주르륵 흘러내릴 것 같아 수연은 화장실로 피했다.

대만이라니, 대만에 간다니. 오빠처럼 정든 사람. 결혼하고 진우와 수연이 제일 자주 만나며 가장 가깝게 지낸 사람이다. 야구 구경도, 하키 구경도 함께 다니고, 좋은 식당 찾았다며 툭하면 맛있는 것도 사주는 등, 진우에게는 친형 같고 수연에게는 친오빠 같은 사람. 그 사람이 먼 곳으로 떠난단다. 아주 아주 먼 곳으로.

화장실에서 나온 수연의 눈언저리가 불그스름했다.

가슴벽이 쩍 소리를 내며 갈라지는 듯싶었다.

안아주고 싶다. 한번, 단 한 번만, 꼭 안아주고 떠나고 싶다. 아프지 말고, 씩씩하게, 행복하게 살라고 어깨를 토닥거려 주고 싶다.

울지 마라. 수연아. 웃으며 헤어지자. 운명이란 때로 어쩔 수 없는 것. 내가 더 이상 네 곁에 있으면 안 될 것 같아 떠난다. 그게 결코 너를 위하는 게 아니기에 떠난다.

수연과 단둘이 있을 기회가 있을 때마다 경수는 피했다. 도서관에서 집까지 데려다주고 들어오라 할 때도 애써 피했다. 아무리 매섭게 추워도 차 안에 히터를 틀어놓고 진우가 퇴근할 때까지 기다렸다. 젊은 혈기란 때로 광기로 변할 수도 있는 법. 자신이 자신을 책임질 수 없을까 봐 경수는 한 번도 진우가 없는 그아파트에 들어가지 않았다.

진우, 틀림없고 좋은 놈이니 행복하게 살라고, 말해주고 싶다.

이제 우리 다시는 만나지 말자. 우연이라도 만나지 말자! 우연이라도 만나지 말자!

대만에 가서 자리 잡히는 대로 주소를 알리겠다던 박경수.

하지만 그는 떠난 후 소식이 없었다.

모란각에서 만나자고 약속하고 헤어진 그날 이후, 두 달쯤 지났을 때, 박경수 아내라는 여자에게서 전화가 왔다.

박경수가 세상을 떠났다고. 그의 물건들을 정리하다 자신이 모르는 전화번호지만, 알려야 할 사람인가 싶어 연락했다고.

그는 세상 떠나기 바로 전날 밤까지 이웃 친구들하고 자정이 넘도록 술도 마시고 노래도 부르며 즐겁게 지냈단다. 그리고 아침에 인기척이 없어 그의 방에 들어가 보니 화장실에 쓰러져 있었단다.

많은 노부부들이 그러듯, 그들도 아마 각각 다른 방을 사용하며 지냈던 모양이다. 코 고는 소리가 너무 커 잠을 잘 수 없어서, 잠자리에 들어가는 시간이 달라서, 등등 사람마다 이유가 다 다르지만 늙으면 젊어서는 전혀 모르던 상대방의 잠버릇 같은 게 서로에게 몹시 방해되는 듯싶다.

"혈압이 꽤 높은 편인데 매일 술을 마시더라고요. 어떤 날에는 대낮부터 마셨어요. 자기 건강관리를 꽤 잘해온 편인데, 조금 이상했어요. 어떤 날에는 유튜브 틀어놓고 노래를 계속 따라 부르곤 했어요."

'떠나는 이 마음도, 보내는 그 마음도 서로가 하고 싶은 말, 다 할 수는 없겠지만

그래도 꼭 한마디 남기고 싶은 그 말은 너만을 사랑했노라, 진정코 사랑했노라'.

이 노래는 어느 자리에서든 경수의 노래가 되었다.

"떠나던 전날 밤에도 여기 동네 친구들을 불러 자정이 넘도록 그렇게 재미있게 지냈는데…."

말을 더 잇지 못하는 여자.

박경수는 아주 용하다는 중국인 의사한테 다니며 혈압 관리를 잘하며 지냈단다.

혈압에 침? 혈압에 좋은 약이 얼마나 많은데, 침이라니!

하긴 의사 부인이면서 열심히 침을 맞으러 다니는 친구도 있다. 양약은 아픈 곳을 무디게 해주는 진통제 같은 것이고, 한약이나 침은 고장난 곳을 근본적으로 치료해준다고 믿는 사람들이 의외로 많다.

"수연 씨, 내가 정말 납치해 간다면 어쩔래요?"

"이대로 도망쳐 버리면 안 될까? 진우에게는 죽일 놈이 되겠지만, 수연 씨, 위스콘신으로 달립니다."

곧 결혼식에 갈 여자를 태우고 운전을 하며 한 번도 아니고 세 번씩 그 말을 하던 사람. 온종일 아무것도 먹지 못할 테니 이것이라도 좀 먹어두라며 초밥을 사 왔던 사람. 길이 막힐 정도로 눈이 펑펑 쏟아지는 날이나 비가 억척스레 퍼붓는 날이면 도서관 앞에 차를 세우고 기다려 주던 사람. 뿐인가, 자동차 없이 살던 신혼 초에 한국 마켓에 데리고 다녀주던 사람. 그 사람이 대만으로 훌쩍 가버리고 40년이 넘는 세월이 흘러간 후, 딱 한 번, 식당에서 마주쳤다. 꼭 만나자고 단단히 약속하고 나타나지 않은 사람. 치매가 시작된 노인처럼 까맣게 잊어버리고 오지 못한 걸까, 아니면 오지 않은 걸까.

"울긴, 아, 경수형이 아주 좋은 기회가 생겨 간다는 데 울긴."

중국 식당에서 그가 대만으로 간다고 말했던 날, 그날, 집에 들어와 진우가 한 말이다.

"내가 언제?"

"화장실 가기 전에 이미 소나기가 쏟아질 것 같더구먼."

진우가 웃어가며 말했다.

남편 앞에서, 다른 남자가 떠난다고 우는 여자. 이런 여자를 진우는 이해한다. 감정을 숨기지 못하는 여자. 뭐 하나 숨기지 못하는 여자다.

"섭섭하잖아. 당신에게 친형처럼, 나에게는 오빠처럼, 늘 잘해 주었잖아."

"그래. 그리고, 아마 당신이 경수형하고 결혼했다면 어쩌면 더 좋았을지 몰라. 음악 좋아하고 미술관, 박물관 다니기 좋아하고, 여행 다니기 좋아하고, 나보다는 취미가 훨씬 더 맞았을 거야. 물론 경제적 형편도 훨씬 좋으니 당신 고생도 덜할 거고…."

"아, 경수 형이 대만에 가서 자리 잡으면 우리가 여행 갈 곳도 생기고, 좀 좋아?"

헌 차지만 탈 때까지 타다 버리라며 차를 주고 간 사람. 미국에 와 아직 모든 게 익숙하지 않았던 시절, 수연에게 그는 남편 홍진우 외에 가장 정이든 사람이었다. 그야말로 철부지처럼 수연은 언제까지나 그가 곁에서 큰오빠처럼 있어 주었으면 싶었다. 결혼식장으로 가지 않고 이 길로 너를 납치해 도망치고 싶다는 남자에게 친오빠를 기대했던 여자.

어디서 어떻게 살아왔는지, 결혼은 했는지, 자식은 몇인지, 서로 만나 이런저런 이야기 실컷 하기로 약속하고, 그리고는 영영 돌아오지 못할 곳으로 떠난 사람.

'그 시절, 차도 없이 살던 시절, 정말 여러 가지로 참 고마웠어요'라는 인사말조차 할 기회를 주지 않고 떠나버린 사람.

세상을 떠난다는 말. 굉장히 여운이 있는 아름다운 말이다. 끝난 게 아니다. 이곳에서 다른 곳으로 떠나는 것이다. 믿는 자들에게 그곳은 천국이지만 믿지 않는 자들에게 그곳은 어디일까. 죽음이 끝이라 여긴다면 삶이 얼마나 허망할까. 죽음이 끝일 수는 없다. 영혼의 세계. 그 영혼의 세계를 믿는 한 죽음은 영원한 작별일 수가 없는 것이다.

"거참, 경수형이 그렇게 가버리다니."

파도가 전혀 일지 않는 이상한 바다처럼 감정 표현이 거의 없다시피 한 진우가 박경수가 떠난 후, 우울증에 걸린 듯 저기압이었다. 말도 별로 안 하고 웃지도 않아, 아이들이 아빠 어디 아프냐고 물을 정도였다.

배가 좀 나오고 머리카락이 하얀 노인. '나, 알아보겠니? 박경수다' 하며 가까이 다가온 그는, 모습은 많이 변했지만 틀림없는 경수형이었다.

진우는 지금까지 살아오면서, 남자든 여자든 그 누구든 너무 반가워 그렇게 끌어안아 본 적이 없다.

"정말 좋아했어. 내가 경수형, 정말 좋아했다고. 이담에 똑같은 집 두 채 지어놓고 바로 옆에서 늙어 죽도록 같이 살자고, 형이 그랬었는데."

"그래. 형이 당신을 참 좋아했지. 정말 좋아한 거 나도 알지. 오죽하면 결혼식장에 가지 말고 도망가자 했겠어? 그 말이 농담이 아니라는 거, 내가 알지. 내가 안다는 걸 경수 형도 잘 알아."

결혼하고 수연이 그 말을 고스란히 진우에게 했었다. 결혼식장에 가지 말고 도망가자 하더라는 말. 납치하고 싶다는 말. 그 말을 고스란히 하지 않으면 뭔가 엉큼하게 숨기는 것 같아 찜찜했다. 그때 진우는 '그랬어?' 하며 피식 웃기만 했었다.

"형이, 야, 인마. 너는 가진 거 아무것도 없으면서 장가는 무슨 장가냐? 인마, 나부터 장가가고 보자. 미스 코리아 싫으면, 넌 내가 책임지고 좋은 여자 골라줄 테니 기다려라, 그랬지."

"거, 참, 그렇게 가다니. 믿어지지 않아."

진우는 박경수가 세상 떠난 후, 얼마 동안 무척 외로워했다. 소식조차 모르며 지내왔건만 젊은 시절, 그토록 가깝던 사람이 다시는 만날 수 없는 사람이 되었다는 게 너무 허망한 모양이었다.

외로운 남자. 완벽주의자는 외롭다. 세상은 그렇게 완벽하지 않으니까. 진우는 이래도 좋고, 저래도 좋다는 식으로 무엇 하나 적당히 넘어가지 못한다.

어쩌다 친구들과 모여 카드놀이를 할 때에도 나는 두 시간만,

하고 시계 풀어놓고 하면 정확하게 딱 두 시간이다. 친구들이 한 시간만, 딱 한 시간만 더 놀자 해도 절대 안 한다.

다른 사람들은 그런 진우를 기계 같다, 인간미가 없다, 라고 평하기도 하지만 바로 그런 틀림없는 점을 박경수는 좋아했다.

1950년대 후반. 자유당 시절, 어느 정도 권력이 있거나 재산이 있는 집 아들들은 거의 다 군에 가지 않고 미국에 갔다.

군에 다녀오지 않고 미국으로 직행할 수도 있는 집 자식이면서도 군대에 다녀온 홍진우. 동기생들뿐 아니라 선, 후배들 중에서도 찾아보기 극히 드문 경우다.

진우가 논산 훈련소에 있을 때, 하루는 상사가 와서 홍진우를 찾았다. 왜 나를? 의아해하면서 그를 따라간 곳은 특수부대 중대장 사무실이었다.

"이 지역 모임이 있어 각하께서 다녀가셨네. 손자가 여기 와 있다고 말씀하시더군."

중대장 옆에 앉아 있는 웬 중년 신사의 말이었다.

각하? 손자? 외자청장인 할아버지가 다녀가신 모양이었다.

그냥 '청장님'이라 부를 것이지 '각하'는 무슨. 진우는 그 '각하'라는 소리가 듣기 몹시 거북했다. 지나친 오만도, 지나친 아부도, 한국 사람들이 가지고 있는 좋지 않은 점인 것 같다. 긴 세월, 일본인들에게, 그리고 양반들에게, 무시당하며 억압받고 살아온 탓에 생긴 타성일까? 자신보다 더 가진 자, 더 세력이 있는 자들 앞에서는 비굴할 정도로 아부하고, 자신보다 좀 못하다 싶으면 마구 짓밟으려는 나쁜 성품. 어쨌든 진우는 할아버지 앞에서 사람들이 너무 굽실거리는 게 싫었다.

다음 날, 당장 상사가 진우에게 훈련 시간에 사무실에 와 있으라 했다. 훈련병한테 훈련받지 말라고? 그게 말이나 되는 소린가.

"아닙니다. 훈련받겠습니다."

"괜찮다니까. 그냥 사무실에 와서 지내라니까."

상사는 훈련받지 말고 사무실에 와 있어도 괜찮다는 말을 강조했고, 진우는 계속 훈련을 받겠노라 답했다.

"별난 놈이네, 이런 놈 처음 보겠네. 이런 구실, 저런 구실 대가며 어떻게든 훈련 빠지려고 난리들인데. 아니. 애당초 군에 오지도 않는데."

상사의 눈길에 이런 말이 고스란히 들려왔다.

"왜, 그때, 그 힘든 훈련받지 말고 사무실에 가서 놀며 지내지 그랬어요? 어떤 집 아들들은 일부러 의무실? 뭐, 그런 거 있잖아요? 아프지도 않으면서 아픈 척 서류를 꾸며 군대 병원에서 지내다 나와, 군 복무했다고 말하는 거. 권력이나 돈 있는 집 자식들은 많이들 그런다던데, 왜 당신은 할아버지 백이 든든한데, 군대 갔어요?"

"당연하지. 의무니까. 대한민국 남자의 의무니까."

"그래도, 상관이 봐주겠다는데, 그렇게 힘들다는 훈련을 받다니, 나 같으면 안 그러겠다."

"훈련받으러 갔으니 남들과 똑같이 훈련을 받아야지, 왜 특별대우를 받아?"

하나부터 열까지 그런 성격이다.

뭐 하나 적당히 넘어갈 줄도 모른다. 아내 생일이라고 꽃을 사 온다거나 선물을 준다거나 그런 아기자기한 멋도 없다. 로맨틱하고는 아주아주 거리가 먼 사람이다.

어머니 날, 꽃도 안 사주느냐고 물으면 '당신이 내 엄마요?'라고 오히려 반문하는 남자다. 이제는 아주 특별한 날 불쑥 꽃도 사 올 줄 아는 남자가 되었지만 그렇게 변하기까지 참으로 오랜 세월이 걸렸다.

첫애를 낳고 병원에 있을 때 일을 떠올리면 지금도 절로 웃음이 나온다.

옆 침대에 있는 여자에게 꽃이 많이 배달되는 것이 부러워 수연은 진우에게 나직하게 다음 날 올 때 꽃을 좀 사다 달라 했다.

내가 민망하게 이렇게 부탁하기 전에, 꽃을 좀 들고 오면 좋으련만…. 하다못해 장미꽃 한 송이라도 들고 왔으면…. 옆 침대 곁에 잔뜩 놓여있는 꽃이 보이지도 않나? 굳이 내가 꽃을 사다 달라고 말해야 하나? 하여튼 정말 멋대가리 없는 남자라니깐.

엄마도 형제도 아무도 없는 미국에서 첫 아이를 낳은 수연. 꽃을 사다 달라고 말한다는 게 자존심 상했지만 그래도 말할 수 있는 사람이 남편뿐이니 아주 조심스럽게 말했다.

홍진우가 그런 남자일까. 아니면 한국 남자들이 원래 그렇게 멋이 없는 사람들일까. 옆에 있는 여자 테이블 위에 꽃을 보면 눈치로라도 알아챌 만하지 않을까 싶은데 그게 아니었다.

다음 날, 그는 장미꽃을 한 아름 들고 왔다. 생화도 아니고, 부드럽고 야들야들한 실크로 만든 것도 아닌, 뻣뻣한 플라스틱 꽃.

'세상에!'

수연은 플라스틱 장미꽃을 바닥에 내동댕이쳤다. 아주 순식간에 일어난 일이었다. 그 순간, 그 플라스틱에서 느껴지는 차가움이 소름 끼쳤다.

"왜?"

진우가 놀란 눈으로 물었다.

플라스틱 꽃이라니, 플라스틱! 수연은 말도 못 하고 너무 창피해 담요를 머리끝까지 뒤집어썼다.

'어쩜 저런 남자와 내가 결혼을 했담. 어쩜 저런 남자. 기막혀라, 기막혀라. 플라스틱 꽃이라니!'

"금방 시들지 않고 좋잖아?"

진우는 바닥에 흩어져 있는 꽃을 주워가며 중얼거렸다.

수연이 무엇 때문에 화가 났는지조차 모르는 남자. 진우는 그런 남자였다.

퇴근하기 무섭게 병원에는 빨리 가고 싶고, 꽃집은 어디 있는지 모르겠고. 그래서 병원 입구에 있는 모든 게 99센트인 싸구려 잡화상에서 사 온 것이었다.

'세상에! 아무리 그래도 남편이 사 온 것을 내동댕이치다니!'

수연은 돌발적으로 행한 자신의 행동이 너무 창피해 머리끝까지 올려 덮은 담요를 내릴 수가 없었다.

옆 침대에 사람도 있는데 남편이 사 온 것을 방바닥에 내동댕이친 여자. 무식하고 무지한 여자가 따로 없다. 내 행동이야말로 얼마나 무지막지한 행동인가.

여자가 화가 난다고 악을 써 대거나 함부로 행동하는 건 천박하다. 아무리 화가 나는 일이 있어도 품위를 잃으면 안 된다, 라고 늘 생각하고 그렇게 행동하며 살아가고 있다고 자부하지 않았던가. 지금 내가 행한 행동은 얼마나 경박한 행동인가. 하지만, 플라스틱 꽃을 받는 그 순간, 아아아, 소리라도 질러대고 싶었다.

봄이 오면 얼어 죽은 듯 시커멓던 나무가 거짓말처럼 나, 여태 살아있었어요, 라고 소리치듯 연두색 이파리가 하루가 다르게 살아난다. 그런 봄날이면 수연은 무작정 가슴이 설레 이화여대로 넘어가는 언덕길을 걷곤 했다. 눈이 내리기 시작하는 겨울도 마찬가지다. 해가 져가는 어스름한 초저녁, 하나둘 켜지는 가로등에 나불대는 은나비 같은 눈.

　눈이 오면 남산 입구에서 꼭 만나는 거다. 그렇게 약속하고 만날 수 있는 그런 사람 어디 없을까. 산과 들이 온통 연두색이네. 우리 시외버스 타고 아주 멀리멀리까지 봄맞이 갔다 오자. 수연에게는 봄이면 봄, 겨울이면 겨울대로 늘 이런 막연하지만 아주 간절한 들뜸이 있다. 빈틈이라 할까. 그 빈틈이 그리움이 되어 일기를 쓰곤 했다.

　돌이켜보면 그 그리움은 사랑이었다. 나도 누군가를 사랑했으면, 나도 누군가 나를 사랑한다는 사람이 있었으면.

　결혼하고 수연이 그 상상 속의 그 사람을 홍진우라 생각하니, 진우와 그 사람은 달라도 너무 달랐다.

　"저기 저 언덕 넘어까지만 드라이브해 다녀오자고요.""거긴 왜?""그냥, 그 산 넘어 가보고 싶어서.""기름 없애고 거긴 왜 가? 싱겁게."

　이쯤 되면 수연은 입을 다문다. 그래 기름 없애고 시간 없애고 무작정 산 넘어 동네는 왜 가보고 싶어 한담.

　하나부터 열까지 굉장히 현실적인 사람과 굉장히 비현실적인 사람의 차이는 때로 너무 막막했다.

　결혼하고 얼마 되지 않아서였다.

　밖에 눈이 펑펑 내리고 있었다. 창밖으로 가로등 불빛에 흩날리는 눈발은 환상적이었다.

"우리 길 건너 공원에 가요."

"뭐라고?"

"산책 나가자고요. 저 눈발 좀 봐. 불빛에 반짝이는 게 꼭 은싸라기 같아."

"지금, 이 밤중에 산책 나가자고?"

"그림 같아. 그림도 저렇게 아름다운 그림은 없을 거야. 아무도 밟지 않은 하얀 눈 위에 발자국 만들면서 걸으면 참 좋겠다."

그 사람. 그 사람은 내가 눈이 온다고, 정동 돌담길이나 남산을 걷고 싶다고 말을 하지 않아도 이미 내 마음을 알고 걷자고 할 사람. 사르륵, 사르륵 발자국을 뒤돌아보며 이건 내 발자국, 그건 네 발자국, 해가며 입 벌려 눈도 받아먹고 깔깔 깔깔 웃기도 하고…. 그 사람. 그 사람은 전혀 무섭지도 어렵지도 않고 언제나 편안하고 정답고 그리고 포근하다.

"저, 좀 앉아봐."

창 앞에서 떠나지 못하고 서성이고 있는 수연이를 불러 앉히고 그는 담배 한 대를 꺼내 물고 푸 푸 동그랗게 donut 모양을 만들어가며 연기를 뿜어냈다.

무슨 말을 하려고 이렇게 뜸을 들일까?

수연은 빨리 밖에 나가고 싶어 조바심이 났다.

동글동글 도넛 모양의 담배 연기가 사라질 때쯤 그가 입을 열었다.

"당신은 뭘 몰라도 너무 몰라. 때로는 당신이 정상적인가, 의아할 때가 있어. 정신 연령이 꼭 여섯 살짜리 같다 할까?"

'내가 뭘 또 잘못했지? 여섯 살짜리 같다고? 정상적인가 의아하다고?'

도대체 무슨 말을 하려는 걸까? 빨리 나갔으면 좋겠네. 아무도 없는 공원에 소리 없이 포근포근 내려앉는 눈. 이렇게 아름다운 밤에, 눈을 맞고 걸으면 얼마나 행복할까. 나는 정말 무지무지 행복할 텐데….

"지금 이 밤중에 공원에 가면, 괴한이 와서 당신을 강간하고, 십중팔구 나를 죽이기 쉽다고. 세상 사람들이 다 착한 사람만 사는 게 아니야. 이런 시간에 공원에 간다는 건, 정말 정신 나간 짓이라고."

'정신 나간 짓? 괴한이 나를 강간하고, 진우를 죽일지도 모른다?'

어쩜, 그는 이토록 포근하게 눈이 내리는 밤에, 그토록 끔찍한 생각을 할까. 우리는 정말 달라도 너무 다르다. 그 소름 끼치는 말에 수연은 할 말을 잃었다.

만약 내가 권성일과 결혼했다면, 성일이도 그토록 무시무시한 말을 했을까? 박경수라면 그도 역시 나를 미성숙아로 취급했을까?

신혼 초에 진우가 수연 때문에 기막힌 일은 한두 가지가 아니었다.

하루는 퇴근해 집에 들어오니 방이 텅 비어 있었다. 커피 테이블도, 램프도 없고 오직 소파 하나만 덩그러니 남아 있었다.

'어? 이 오래된 아파트에 들어올 도둑은 없을 테고 어떻게 된 거지?'

수연이 남편이 회사에 가고 없는 사이에 방에 있는 가구들을 질질 끌어 밖에 있는 쓰레기통 옆에 다 내다 버렸다. 램프며 의자며 혼자 힘으로 끌어낼 수 있는 건 다 버리고 오직 하나 검은색인지 회색인지 모를 정도로 낡은 소파 하나만 남겨놓았다.

"어떻게 된 거지?"

"내다 버렸어."

"뭐라고?"

"다 내다 버렸다고요. 이 소파는 너무 무거워 혼자 힘으로 들 수가 없어서."

수연이 말을 채 맺기도 전에 진우가 허겁지겁 급히 삼 층 계단을 뛰다시피 내려갔다. 하지만 쓰레기장에 수연이가 내다 버린 가구는 아무것도 없었다.

"응접실은 이렇게 꾸미고, 침실은 요렇게 꾸미고, 그러자고요."

수연은 들뜬 표정으로 이 잡지, 저 잡지에서 오려 놓은 사진들을 바닥에 쫙 펼쳐놓았다.

"여기 좀 앉아봐."

이 말은 진우가 수연에게 진지한 말을 하겠다는 신호다. 그리고 그는 말을 꺼내기 전에 우선 담배부터 찾는다. Lark 담뱃갑은 아주 진한 빨간색이다. 담배 한 대를 다 태우도록 아무 말도 하지 않는다. 침묵 속에 담배 연기만 도넛 모양이 되어 동글동글 날아간다. 동글동글…, 동글동글…, 오늘은 또 뭘 야단치려고 저리 뜸을 들이나. 수연은 멀뚱멀뚱 도넛 모양이 차츰차츰 희미하게 흩어지는 연기만 바라보고 있었다.

나도, 언젠가 담배를 피워 보았으면 좋겠다. 나도 저렇게 요술처럼 동글동글 도넛 모양을 꼭 만들어 보았으면 좋겠다.

참 한심한 여자다. 어떻게 된 여자가 세상을 이렇게 모를까!

"내 말 잘 들어요."

심각한 말을 할 때, 아주 정중하게 존대어까지 쓰는 것 또한 그의 습관이다. 그럴 때는 꼭 여학교 훈육주임 같다.

"내가 결혼할 때 말한 거 기억하지? 나는 분명 가난한 사람이라 했지? 졸업할 때, 한국에 쿠데타가 나서 집에서 오던 학비가 딱 끊겨 학교에서 돈을 빌려 졸업했다고 말했었지? 지금부터 3년은 꼬박 그걸 갚아나가야 한다고. 그러니까 당신이 내다 버린 그 헌 가구도 지금 우리는 살 수가 없는 형편이라고."

그가 아주 천천히 유치원 학생에게 설명하듯 말하는 동안 수연은 오려 놓은 잡지 사진만 열심히 들여다보았다.

'기막혀라. 가난하다는 건, 이 정도도 살 수 없다는 건가?'

수연은 항상 나는 가난한 집 딸이라고 생각하며 자랐다. 친구들 아버지 중에는 장관, 은행장, 회사 사장, 법관 등, 부자가 많았다. 수연 아버지, 어머니는 대학교수라 그런 친구들 집안과는 비교할 수도 없었다. 그래도 수연은 여름이면 친구들과 경포대로 대천으로 피서도 다니고, 어렸을 때는 피아노 학원, 무용연구소에도 다니는 등, 친구들 하는 건 다 했었다. 그건 교육학 교수를 하는 어머니 주장이었다. 누구든 한 가지 재주는 가지고 태어난다고. 그러니 어려서부터 이것저것 다 시켜보아야 특별히 좋아하는 것, 특별히 잘하는 게 뭔지 찾아낼 수 있다고. 그래서 수연은 가난하다는 게 그 정도인 줄 알았을 뿐이다.

'우리 집안은 공무원 집안이다. 군사 쿠데타 이후, 할아버지도 아버지도 지금 다 무직이시다.'

결혼할 때 그가 한 말이다.

젊은 시절, 가난하다는 말속에 은은히 낭만이 풍겨온다. 가난은 낭만이고 부자는 부패라는 단순하기 짝이 없는 야릇한 가치관도 수연에겐 진리처럼 여겨지던 시절이었다.

가난은 좋은 아파트에 살 수 없고, 가난은 좋은 가구도 살 수 없고, 가난은 물론 자동차도 없고, 동전통을 깨뜨리고 장을 보러 가기도 하는, 그런 게 가난이라는 것을 수연은 정말 꿈에조차 상상하지 못했다. 남달리 예민하고 지나칠 정도로 몽상가인 수연은 새로운 현실에 적응하느라 때로는 쌩 돌아버릴 것 같을 때가 한두 번이 아니었다.

진우는 미국에서 공과대학으로 꽤 알아주는 명문대를 졸업했지만 좋은 직장에 취직이 되지 않았다. BOEING이나 GM 같은 대기업에는 미국 시민권자가 아니면 서류조차 접수할 수 없었다.

성적이 진우에 비해 훨씬 뒤처지던 친구들도 어마어마한 회사에 취직이 되었다고 자랑하지만, 시민권자가 아닌 진우는 아무 곳에도 직업을 신청할 수조차 없었다.

외국인에게 호락호락 쉽게 직업을 주지 않는 건 한국도 마찬가지리라.

마음 같아서는 당장 서울로 돌아가고 싶지만, 쿠데타 이후, 집안 사정이 여의치 않아 돌아갈 수도 없었다.

졸업을 하고 진우는 무작정 시카고로 향했다. 박경수, 엄윤호, 조혁진 등, 직장을 가지고 있는 고등학교 선배들이 있다는 게 큰 언덕이었다.

매일 시카고 바닥을 쏘다녔다. 자동차도 없는 그는 버스를 타고 돌아다니며 사원 모집 광고가 붙어있는 회사에 무조건 들어가 보곤 했다. 시민권도 영주권도 없는 그에게 직업을 주겠다는 곳은 한 곳도 없었다.

어느 날, 중소기업 회사에 엔지니어를 모집한다는 신문 광고를 보고 찾아갔다. 필요한 사람이 엔지니어라니, 행여나 일시적인 채용이라도 가능하지 않을까 싶어 갔지만, 거기도 마찬가지였다. 영주권조차 없으니 지원서를 작성할 수조차 없었다.

'어쩌나. 계속 선배들 집에 신세 지고 있을 수도 없고, 우선 막일이라도 찾아볼까? 우선 생활비는 벌어야 할 게 아닌가. 누군들 막일이 좋아서 하랴, 다 궁지에 처하면 하는 수밖에!'

막막한 심정으로 도어를 밀고 나오는데 안으로 들어오는 점잖게 생긴 중년 남자와 마주쳤다.

행운이었다. 그가 회사에서 영주권을 신청해주는 조건으로 진우를 채용했다.

영주권을 신청해주는 대신, 영주권이 나올 때까지 5년 동안 다른 곳으로 옮겨 갈 수 없다는 조항에 사인을 하고 진우는 첫 직장생활을 시작한 것이다.

해가 바뀌면 사원들 월급이 자동으로 조금씩 올라갔지만 진우는 단 한 푼도 올려 받지 못했다. 영주권 때문에 절대 다른 곳으로 옮겨가지 못할 사람이니까 월급을 한 푼도 올려 주지 않은 것이다.

5년을 그렇게 보내고, 이민국에서 영주권을 받으러 오라는 통지를 받은 날, 진우는 퇴근하기 전 사직서를 작성해 보라는 듯 책상 위에 올려놓고 퇴근했다.

외국인에게 평등하지 않은 게 어디 미국뿐이겠는가.

직업을 주었기에 결혼할 수 있었고 생활할 수 있었으니 감사할 뿐이었다.

다시 잘 생각해보라고, 지금 당장 대답하지 않아도 좋으니 며칠 두고 생각해보라고, 5년 동안이나 익숙해진 일이니 이제 그룹 리더로 승진해 네 마음에 드는 엔지니어 몇 명 뽑아 일하라고. 설득하는 상관에게 진우는 그동안 감사했다는 말만 깍듯이 하고 그 회사를 떠났다.

수연이 학교 선생님이 되겠다는 결심을 말했을 때, 진우는 굉장히 걱정을 했다.

수연 때문에 진우가 가슴이 덜컥 내려앉을 때가 한두 번이 아니다. 수연은 들어보지도 못한 이상야릇한 병을 혼자 다 가지고 있는 듯싶다. 아무렇지도 않던 사람이 갑자기 부엌에서 맥없이 쓰러져 실신하지를 않나, 감기 예방 주사를 맞고 졸도를 하지 않나. 그럴 때마다 진우는 정말 가슴이 옥죄어든다.

미주신경성 실신. 생전 들어보지도 못한 야릇한 병명이다. 미주성 실신이라고도 하는 이 실신은 극도의 신체적, 또는 정신적인 긴장으로 인해서 혈관이 확장되고 심장 박동이 느려지며 혈압이 낮아지는 현상이 급격히 진행되어, 이 때문에 뇌로 가는 혈액의 양이 감소하여 일시적으로 의식을 잃어 실신하는 것이라

한다.

"속상한 일이 있으면 화를 내라고. 소리소리 질러가며 욕을 하라고, 나한테 별의별 욕을 다 퍼부어도 괜찮으니, 제발 아무렇지도 않은 듯, 꼭꼭 숨기다 기절하지 말라고."

진우가 신신당부할 정도로 수연은 아무리 속이 상하는 일이 있어도 나타내질 않는다. 그러다 실신까지 하니, 그런 여자가 한국도 아니고 미국 학교에서 어떻게 선생을 하겠단 말인가.

"건강도 물론 걱정되지만 당신이 선생님 직업을 너무 거룩하게 생각하는 게 실은 제일 문제야."

"당신이 반드시 알아야 할 것은, 교사든 목사든 다 그렇게 봉사하는 자세로 일하는 게 아니란 말이지. 물론 어쩌다 가뭄에 콩 나듯 그런 사람도 있겠지만, 거의 다 그냥 직업일 뿐이야."

"내가 이런 말을 강조하는 건, 당신은 세상만사를 모두 꽃밭이라 여기기 때문에 정작 맞닥뜨리고 나서 실망이 클까 봐 하는 소리라고."

그런 진우의 말이 수연의 귀에 제대로 들어올 리 없었다.

"피난 시절에도 나는 동네 애들 모아놓고 선생님 놀이를 하며 지냈어. 참 재미있었거든."

"직업을 어떻게 재미라고 생각하고 해? 더군다나 한국도 아니고 미국학교 선생님?"

"나는 일반 교실을 맡는 게 아니고 ESL이나 BL 같은 특별 교실을 맡을 테니까. 다를 거예요. 외국에서 미국에 갓 이민 온 학생들, 영어를 전혀 모르는 학생들을 가르칠 거 거든. 분명 한국 학생들도 더러 있을 거야."

"학생들은 선생님을 존경한다. 그리고 선생님 말씀을 고분고분 아주 잘 듣는다. 그런 생각은 아예 안 하는 게 좋을 거야."

"내가 하다가 능력이 부족하거나 힘에 부치면 언제라도 그만두면 되잖아요? 초등학교든 중, 고등학교든, 아이들을 가르치는 교사가 된다면, 보람을 느낄 것 같아요."

그래. 어떤 일이든 본인이 좋아하는 일을 하며 보람을 느낀다면 그게 행복한 삶 아니겠는가.

가정주부로 보람을 느끼는 친구들이 얼마든지 있다. 살림도 잘하고 음식도 잘 만드는 그야말로 모범 주부들이다. 나도 가정주부만으로, 아이들 엄마라는 것만으로 만족을 느낀다면 오죽 좋을까. 한데 아니니 어쩌랴. 수연은 늘 무언가를 바란다. 자신만이 할 수 있는 그 무엇이 꼭 있어야만 할 것 같다. 자신이 자신에게 바라는 그 무엇 때문에 가슴이 늘 허하다. 지나친 욕심, 망상인지 모른다. 하지만 자신의 행복은 그 누구도 그 무엇도 선물로 줄 수 없다. 오직 자신이 자신에게 줄 수 있을 뿐이다.

행복은 대단한 것이 아니다. 자신이 하는 일이 재미있고, 즐겁고, 그리고 보람을 느끼면 된다.

학교 선생님.

수연은 비로소 살면서 늘 느끼던 갈증, 목마름을 축여주는 샘물을 찾은 것 같았다.

　엄마, 아버지, 꼭 3년만 공부하고 돌아오겠습니다. 꼭 3년만, 하던 것이 30년, 40년, 이제는 50년이 넘어간다.

　'작은 연못에 있는 물고기는 세상이 거기가 다인 줄 안다. 하지만 세상에는 큰 연못도 있고, 호수도 있고, 강과 바다도 있다. 넓은 세상에 나가 보고 듣고 느끼는 모든 게 산 공부다.'
　수연에게 아버지의 이 말씀은 성경책처럼 여겨졌다.
　보고 느끼고 배우는 것.
　수연은 미국인 선생님들이 70여 명 되는 학교에 딱 한 명인 동양인으로서 정말로 배우는 것이 너무 많았다. 자신이 누군가를 가르친다기보다 학생들뿐 아니라 너무 많은 사람들에게 늘 배웠다.
　툭하면 공연히 미국에 왔다 싶었는데, 학교 선생님이 되고 나서부터 수연은 미국에 온 것이 참말로 고마웠다.
　넓은 세상에서 나와 피부가 다른 사람들과 어울려 지낸다는 그 자체가 배움이었다.
　똑같은 것을 가르쳐도 5분에 알아듣는 학생이 있는가 하면 20분이 걸리는 학생도 있다. 그런 학생들을 보면서 참을성을 배웠다.

공화당이나 민주당이다 찬반으로 열 띄게 논쟁하는 선생님들 속에서 다름을 인정해야 토론이 가능하다는 지혜도 배웠다.

그렇게 세월이 가는 동안, 너무나도 많은 이야기들이 낙엽처럼 쌓였다.

연애하다 실패해 정신이 쌩 돌아버린 친구.

너무 가난한 집안의 딸이면서 갑부집으로 시집가 냉대와 모욕 속에 애써 행복한 척하며 살다가 끝내는 자살을 한 친구.

70을 넘기고 첫사랑 남자와 결혼한 친구 등등,

이제 가을도 아닌 겨울 중반쯤 살고 있으니 정말 별의별 여자들의 삶이 마치 흩어진 낙엽처럼 가지각색 색채를 띄우고 있다.

그래서 수연은 늦가을에 산책을 나가면 길가에서 낙엽을 주워와 곱게 모셔놓는다. 한 나무에서 떨어진 잎새도 같은 색깔이 없으니, 이게 사람들의 모습 아니랴.

60년대 초반, 우편 신부 (mail bride)라는 말이 있었다.

지금 젊은 세대는 이해 안 되겠지만 그 시절, 한국은 미개국 그리고 참 가난한 나라였기에 시골에서는 서울에 공부 보내는 게 부모의 꿈이었고 서울에서는 만약 자식을 대학 보냈다면 유학까지 보내는 게 꿈이었다. 결혼도 그랬다.

이왕이면 유학 가 있는 남자. 그 당시 유학은 집안이 좋다거나 부자거나 그런 경우여야 갔으니 딸이 대학을 졸업했으면 미국에서 공부하고 있는 신랑 집안과 맺어지기를 원했고, 남자 집안 역시 성장한 아들이 행여 외국 여자와 어찌 될까 봐 서둘러 며느릿감을 골라 보내는 게 예사였다.

부모들끼리 이런저런 조건을 꼼꼼하게 따져 짝을 고른다.

여자는 비행기 타고 남편 찾아온다. 50년대 말에서 60년대 초반, 서로 사진만 보고 부모 말만 듣고 부부가 된 것이다. 그리고 여자를 택배 보내듯, 보내고, 이미 서류상으로는 엄연히 부부인 두 사람이 비행장에서 처음 만난다.

그야말로 도박이라면 인생을 건 무시무시한 도박이다. 부모님들이 꼼꼼하게 요것조것 따졌다니까, 부모님들을 백 퍼센트 믿는 수밖에 없다.

보애 이야기는 언제 들어도 재미있다.

보애도 '메일 신부'로 미국에 왔다. 첫날 비행장에서 아파트까지 가다가 남편이라는 남자가 으슥한 숲길에 차를 세우더니 키스를 하려 들었다. 보애는 한 손으로 그의 입을 막고, 다른 손으로 자신의 입을 막았다. 절대 안 된다고, 아무리 서류상으로는 부부지만 정식으로 교회에 가서 식을 올리기 전에는 입술도 절대 안 된다며 보애는 자동차 안에서 그에게 발길질까지 했단다.

'이 남자, 행여 바람둥이 아닐까? 어떻게 결혼식도 치르지 않은 여자와 키스를 하려 들까. 막돼먹은 집안의 자식 아닌 다음에

야 어찌 그런 불길한 짓을 하려 드는 걸까.'

분명 부모님은 양반 집안이라 하셨는데, 그날 밤 보애는 이런 저런 생각에 신경이 곤두서 잠도 제대로 자지 못했단다.

그 시절만 해도 여자는 반드시 정조를 지켜야 한다는 의식이 일반 상식처럼 통했기에 보애는 아무리 서류상으로는 부부라 할지언정 하나님 앞에 가 결혼식을 올리기 전, 키스를 한다는 건 상상조차 할 수 없는 일이었다.

키스는 고사하고 남자와 손만 잡아도 아기를 갖는 것처럼 생각하던 그 얌전둥이 보애가 딸을 다섯이나 낳은 딸부자가 되어 그야말로 남들 보기에도 훈훈하게 잘 살고 있다.

살아보지 않고 어떻게 결혼해요? 신발 하나를 사도 이것, 저것 신어보고 고르는데 어떻게 평생 살 사람을 살아보지도 않고 결혼해요? 그런 위험한 도박이 어디 있어요? 요즘 여자애들은 부모에게 눈 똑바로 뜨고 이렇게 되묻는단다. 하긴 틀린 말이 아니다. 옷 하나, 구두 하나를 살 때도 이것저것 골라가며 사는 데 일생을 함께할 사람을 어떻게 겉만 보고 택한단 말인가.

주말이면 등산하러 다니는 친구들이 있었다.

따라가고 싶어 친구들처럼 등산복, 등산화, 모자, 스카프, 다 준비하고 백운대를 가기로 결심하고 따라나섰다가 한 시간도 채 안 돼 혼자 되돌아왔다. 30여 분 정도는 길이 그다지 험하지 않아 이 정도면 나도 얼마든지 등산 다니겠다 싶었는데, 길이 점점 가팔라지기 시작했다. 여기까지 왔는데 포기할 순 없지, 라는 오기로 열심히 뒤따라가는데 자꾸 쳐졌다. 쳐지는 자신 때문에 앞서가는 사람들이 자꾸 쉬고 또 쉬고 한다는 게 미안해 진땀이 나기 시작했다.

"급할 거 없습니다. 쉬엄쉬엄 올라가면 됩니다."

목소리가 성우처럼 좋은 어떤 남학생이 뒤돌아와 수연 가방을 휙 낚아채 앞서갔다.

"가방 들어줄까요?"

묻는 것도 아니고 이름도 모르는데 다짜고짜 남의 가방을? 당돌하다 할까, 무례하다 할까. 하지만 그런 그의 태도가 수연은 그리 싫지 않았다.

앞서가는 일행과 자꾸 거리가 멀어지고, 수연 가방을 메고 가는 남학생은 앞으로 갔다 뒤로 왔다 해가며 수연을 지키는 게 너무 신경이 쓰여 더 이상 가서는 안 되겠다 싶었다.

"저는 여기까지만요. 저는 내려가렵니다."

"초행이라 힘들지 몇 번 다니다 보면 아무렇지도 않습니다. 오늘은 그저 쉬엄쉬엄 올라가면 됩니다. 급할 거 하나 없어요. 올라가면 내가 밥을 지어 드리죠. 산에서 해 먹는 밥. 그 맛 기막힙니다. 그러니 힘내세요."

"아녜요. 나 때문에 일행이 자꾸 늦어지는 것 같네요. 제가 따라나선 게 잘못이었어요. 저는 정말 저 꼭대기까지 갈 자신 없어요. 여기 그늘에 앉아 좀 쉬다가 슬슬 내려가겠어요."

"올라가다 정 힘들면 내가 업고 가지요. 하하하."

수연은 어이없어 샐쭉 웃었다.

앞서가던 윤지가 쪼르르 내려왔다.

윤지는 수연의 창백한 얼굴을 보더니 겁이 덜컥 났는지, 아무래도 너한테 무리 같다며 저도 함께 내려가겠다고 했다.

"아냐. 제발 그러지 마. 그럼 내가 너무 미안해서, 어쩌려고. 나, 온 길, 고대로 살살 내려갈게. 저기 훤히 보이잖아. 천천히 내려갈 테니 그냥 가. 네가 등산 포기하고 나하고 내려간다면, 난 정말 너무 속상해. 제발 그러지 마."

윤지는 수연을 한참 쳐다보더니, '그래 그럼 온 길 고대로 내려가서 버스 타고 집에 가. 내가 연락할게.' 하고 다시 올라가기 시작했다. 윤지는 수연이가 한번 아니라 한 것을 뒤집지 않을 성격임을 너무 잘 알기 때문에 더 이상 다그치지 않았다.

바보야. 바보야. 무슨 용기로 여기까지 왔니.

등산화, 등산복, 이런 것만 갖추면 산에 저절로 올라갈 줄 알았니. 이 바보야.

다른 애들은 씩씩하게 잘들 올라가는데 왜 나는 길이 조금만 가팔라도 숨이 턱까지 차오를까. 저 꼭대기, 저 산꼭대기까지 오늘은 꼭 따라 가보고 싶었다. 산꼭대기에 올라가 아래를 내려다보면 사람들이 장난감처럼 작게 보이겠지. 자동차도 빌딩도 모두 장난감처럼 보이겠지. 수연은 상상만 해도 재미있었다. 아주 높은 산 위에서 아래를 내려다보는 재미. 사람들이 살아가는 거, 뱅글뱅글 돌아가는 어제와 오늘. 마치 장난감 인형들이 연극하는 것 같겠지, 싶었다.

나도 정말 산에 가고 싶다.

정상에 올라 두 팔을 하늘을 향해 번쩍 치켜올리고 개선장군처럼 당당하게 야호, 야호, 외쳐보고 싶다.

도대체 나는 왜 이 모양일까.

수연이 고개를 돌려 백운대를 쳐다보는데 아까 가방을 홱 낚아챘던 그 남학생이 저만큼에서 뒤따라오고 있었다.

'아니, 산에 올라가 밥을 짓는다고 했는데? 나를 따라오는 건가?'

갑자기 가슴이 쿵쿵거렸다. 그가 성큼성큼 걸어왔다. 수연에게 들켰으니 슬금슬금 따라오지 않아도 된다는 듯 급히 곁으로 왔다.

"여기 시외버스 정류장이 아주 복잡합니다."

"버스 행선지가 굉장히 많아 자칫 잘못하면 영 딴 곳으로 갈 수 있습니다."

'아무렴 내가 서대문 방향 버스도 찾아 타지 못할 줄 아나? 그래서 등산을 포기하고 내 뒤를 따라왔다? 내가 산에 올라가지 못

하고 포기했다고 정말 나를 바보 취급하는 건가?'

"아, 참, 이거, 뭔지 모르지만 그럴듯하죠? 꽃 같기도 하고 풀 같기도 하고. 하하하, 하도 무성해 좀 꺾어왔죠. 풀이 아니라 이왕이면 꽃이라 하죠."

그는 아주 앙증맞게 촘촘 붙어있는 들꽃 한 움큼을 수연에게 내밀며 어색한지 씩 웃었다.

'어머, 내가 좋아하는 보라색 꽃. 내가 너무너무 좋아하는 들꽃인데! 내 맘을 어떻게 읽었을까.'

"친구들한테 들었습니다. 수연 씨, 등산이 오늘 처음이라고."

'수연 씨? 흠, 마치 잘 알고 지내는 사이처럼 아주 자연스럽게 내 이름을 부르네!'

뭐라고 꼭 꼬집어 말할 수는 없지만 당당하다 할까, 그에게서 그런 자신감이 풍겨왔다.

"몸이 약한 사람일수록 산에 자주 다녀야 합니다. 힘들지 않은 코스가 얼마든지 있거든요. 정말 아주 쉬운 코스가 많아요. 야트막한 언덕 같은 곳에서 시작하면 숨도 안 차요. 그러다 보면 차츰차츰 숨 조절이 되고 다리도 탄탄해지고, 큰 산에 오르고 싶은 욕심이 생기지요. 내가 아주 평평한 들판 같은 코스를 많이 아니까, 산에 가고 싶으면 언제든 연락만 하세요. 안내할 테니."

서대문행 버스가 왔다.

만약 그 애가 버스에 올라타 어디가 차 한잔하자든가, 그런 식으로 구질구질하게 나왔으면 수연은 그를 절대 지금까지 기억하지도 않을 것이다.

산에 오를 때 수연이가 자꾸 뒤처지니까 돌아와 단 한마디 말도 없이 수연 가방을 홱 낚아채듯 빼앗아 매고 갔을 때부터 괜찮네, 싶었다.

때로 주말마다 등산 가는 윤지에게 그 남학생도 늘 나오는지 묻고 싶었지만, 수연은 묻지 않았다. 아니 묻지 않은 게 아니라 묻지 못했다.

막연히, 아주 막연하게, 그 애가 어디선가 불쑥 나타나 야트막한 산으로 등산가자, 라고 말하기를 수연은 은근히 기대했다. 그 애가 연락한다면 마지못한 척하며 반드시 따라나설 것 같았다. 그렇게 그에게 마음이 쏠렸다. 하지만 연락은 오지 않았다. 등산에 대한 미련을 거의 버렸을 즈음, 하루는 윤지가 등산을 가자고 했다.

"지난번처럼 도중하차 할 게 뻔한데 안 갈래."

"아니, 이번엔 달라. 신영규가 아주 좋은 코스를 찾아냈다고, 너를 꼭 데리고 오라 하더라."

"신영규?"

"그래, 서울의대."

"의대?"

"몰랐니?"

"전혁."

"우리 동기들이 형, 형 하더라. 그 형, 등산 전문가 저리 가라할 정도라네. 그런데 그 의사 선생님께서 너한테 굉장히 쏠리는가 봐. 네가 충분히 갈 수 있는 곳을 찾았다면서 너를 꼭 데리고 나오란다."

"말했잖아. 나는 등산은 이제 안 가기로 결심했다고."

"등산이 아니라니까. 트레킹. 그냥 걷는 거야. 너, 숲 좋아하잖아. 숲에 가서 들꽃도 보고 새소리, 바람 소리도 듣고, 너, 싱겁게, 그런 거 좋아하잖아."

"그건 산책이지, 그게 어떻게 등산이니."

"그래서 트레킹이라니까. 등산복 차림으로 가긴 가지만 높은 산에 올라가는 게 아니고 능선이라 할까. 그 정도, 네 동네 언덕 정도야. 이런 걸 트레킹이라 하거든. 의사 선생님께서 그런 곳을 찾아냈다고. 오기만 하래. 네가 아주 좋아할 것이라며 꼭 같이 오라 했어."

"같이 가는 거다. 너 지난번에 등산복 처음 사놓고 제대로 입어보지도 않았잖아."

북악산, 그 성곽을 끼고 도는 길도 실은 수연에게 힘들었다. 하지만 숨이 차다 싶으면 쉬어 갈 수 있는 쉼터가 여러 곳 있어 편했다.

"어때요? 이만하면 산에 올 수 있겠죠? 꼭 등산을 해야만 산에 가는 게 아닙니다. 이렇게 서울에 또는 근교에도 깊은 산속같이 즐길 수 있는 숲이 참 많습니다."

트레킹을 함께 한 여덟 명이 저녁까지 함께 먹고 헤어질 때, 불쑥 수연 씨는 내가 모셔다드리겠다며 신영규가 여러 사람들 앞에서 선언하듯 말했다. 전혀 어색하지 않게, 너무 당당하게 말해 수연이 뭐라 말할 틈도 없었다.

"집이 서대문 방향이세요?"

"아닙니다. 학교 근처에서 하숙합니다."

'하숙? 하숙생?'

하숙생이라는 어휘에서 묘한 향수가 풍겨왔다. 고향이라는 단어에 그리움이 스며있다면 하숙생이라는 단어에는 쓸쓸함, 외로움이 묻어난다. 수연은 하숙하는 친구가 없기에 그 어휘가 몹시 생경하게 들리고 그가 얼마나 외로울까 하는 생각이 들었다.

서대문에서 버스를 내려 북아현동 언덕을 걸어 올라갈 때는 이미 훤하게 달이 떠 있었다.

"고향이 당진입니다. 당진이 어딘지 알아요?"

그는 꼬박 존대어를 쓰지만 어딘지 모르게 위압적이라 할까. 말투가 마치 오빠가 여동생한테 말하는 투 같았다.

"아, 아뇨."

수연이 기어들어 가는 목소리로 답했다. 당진? 당진이 도대체 어디 있나?

"그럼, 서산은 알아요?"

"서산? 고향이 서산이라는 친구가 있어 이름은 들어보았지만…."

"서산이 고향이라면 그 친구가 '서산'이라 말하지 않고 '스-산'이라 했겠죠. 하하…. 어쨌든 지리 공부는 빵점입니다."

지리 공부는 빵점이라? 어쩜 빵점이라는 말을 저렇게 쉽게 할까. 내가 지 동생인가, 지 애인인가. 별일이네.

"시골에 가본 적 있어요?"

왜 자꾸 이것저것 물어볼까. 달빛이 좋으니까 그냥 조용하게 걸으면 될 것을. 어색해서 자꾸 말을 붙이나 보다. 실은 나도 참 어색하고 기분이 묘하니까.

"피난 때, 처음엔 포천으로 가고 나중엔 대구로 갔었어요."

"포천? 거긴 북쪽인데?"

"시골에 일가친척이 없어서요. 고모부 고향이 포천이라 거기 갔던 거예요."

"서산이 충북인지, 충남인지, 그건 알아요?"

모른다. 왜 자꾸 모르는 것만 물어보는 거지? 라고 말하고 싶은 걸 꾹 참으며 수연은 어색해 어깨를 움츠렸다.

"순 서울깍쟁이군."

뭐가 우스운지 그가 또 하하하, 큰 소리로 웃었다.

"오늘 내가 숙제 하나 내줄게요. 잠들기 전에 한국 지도 펼쳐놓고 당진이 어딘지 서산이 어딘지 찾아보세요."

그는 거기까지 웃어가며 말을 하고, 갑자기 수연의 어깨를 가볍게 툭 쳤다.

"나는 사실, 터질 것같이 복잡한 머리를 쉬기 위해 산에 갑니다. 어떤 공부든 제대로 하자면 다 힘들겠지만 의대는 정말 고됩니다. 그래서 주말 하루는 어떤 일이 있어도 산에 가려 노력하지요. 고향에서 아버님이 지금도 개업을 하고 계십니다. 큰 병원이 아니고 구멍가게만 한 동네 병원입니다. 이제는 많이 늙으셨어요. 그래서 내가 어서 끝내고 돌아와 병원 맡기를 고대하고 계시지요."

영규는 수연에게 이 말을 꼭 하고 싶었다.

나는 이런 사람이다. 나는 의사가 되면 서울에서 살 사람이 아니라, 고향에 내려가 시골 의사가 될 사람이다.

"솔직히 나는 한가하게 데이트할 시간이 없습니다. 데이트 같은 건 지금 내 처지에 너무 벅찹니다. 늘 시간에 쫓기듯 살고 지냅니다."

- 자주 만나고 싶어도 지금은 형편이 안 됩니다. -

신영규는 그날 이 정도 말을 확실하게 전하고 싶었는데 신세타령 정도로 말이 끝난 것 같아 돌아서 오는 길에 공연히 부아가 났다.

"시골 공기는 서울보다 훨씬 좋습니다."

수연 집 앞까지 바래다준 신영규는 또 한 번 가볍게 수연 어깨를 툭 치며 이렇게 말하고 휙 돌아서 뛰다시피 걸어갔다.

감히 내 어깨를 툭 툭 치다니! 언제 친했다고? 그것도 아주 자연스럽게. 하지만 수연은 그의 그런 행동이 싫지 않았다.

'별일이야, 꽤 호감이 가네!'

"그 의사 선생님, 네가 기다려 주기 바란단다."

"뭐?"

"정말이야. 내가 지어내 하는 말이 아닙니다요. 등산 갈 때마다 남자애들이 그러더라. 그 의대 선배가 너를 점찍었다고. 네 근처 얼씬도 말라고 선언했단다."

'전화도 없는데? 정말 나한테 맘 있으면 전화는 한 번쯤 할 수도 있을 텐데?'

데이트할 시간이 없다. 시간에 쫓기듯 살며 지낸다. 그 말이 연락 못 해도 이해해 달라는 뜻이었나?

어쨌거나 수연은 졸업하기 얼마 전부터 미국 유학 준비에 정신을 쏟고 지내느라 신영규는 서서히 잊혀져갔다.

대학을 졸업하자 수연의 주변에 결혼하는 친구들이 늘어났다. 주로 중매결혼이었다. 아주 죽자사자 좋아하며 지내던 남자친구와 결혼하는 경우는 거의 없었다. 그렇게 좋아하는 애는 동급생이라 군에 가고, 그야말로 어른들이 말하는 '조건 좋은 사람'이 나서면 신발 바꿔 신듯 두말하지 않고 시집을 갔다.

평생을 살아갈 사람을 어떻게 조건 좋다는 이유 하나로 그리 쉽게 결혼을 하는지, 수연은 졸업하자마자 부모가 선택해 주는 곳에 시집가는 친구들을 이해할 수 없었다. 더군다나 남자 사진만 보고 멀리 아주 멀리 비행기 타고 다른 나라로 남편 찾아가는 친구들은 더더욱 이해하기 힘들었다.

성격이 어떤지, 취미가 무엇인지, 행여 괴팍한 습관이 있는 건 아닌지, 삶의 목표가 무엇인지, 성실한 사람인지, 마마보이는 아닌지, 저만 잘났다고 으스대는 철없는 왕자님 유형은 아닌지, 이런저런 것을 파악해야 하고, 무엇보다 남자면 다 남자인가, 이성으로서 끌림, 그게 있어야 하는 게 아닐까.

끌림. 무어라 꼬집어 말할 수는 없지만, 남자와 여자 사이에는 그 어떤 조건보다 끌림이 우선 아닐까 싶다.

수연은 이런저런 자리에서 만난 남학생들과 서너 번 데이트도 해보았다. 더블데이트로 수원 농대 축제에도 갔었다.

자아도취라 할까? 자기 자랑을 하는 남자애들이 의외로 많았다. 뿐만 아니라 이야기를 하다 보면 머릿속이 텅텅 빈 게 고스란히 나타나는 애들도 있었다.

한번은 남자애가 어찌나 허풍을 떨어대는지, 수연은 화장실 가는 척하고 아예 집으로 와버린 적도 있다.

싸르트르, 까뮈, 카프카, 차이코프스키, 브람스뿐 아니라 구스타프 말러가 낭만파 작곡가니 어쩌니 운운해가며 굉장히 박식한 척하는 애들 또한 꼴불견이다.

전혀 잘난 척하지 않지만 정말 잘난 애. 실력도 있고 믿음직스러운 애, 이런 남자 없을까?

신영규. 그가 그런 남자일 것 같았다. 왠지 호기심이 가고 연락이 왔으면 싶은 마음, 그게 바로 끌림 아니겠는가. 하지만 그가 그날 진지하게 자신의 고향에 대하여, 아버지에 대하여, 장래에 대하여, 이야기하고 간 후 연락이 통 오지 않았다. 윤지를 통해 어쩌다 듣는 말은 인턴들의 삶은 밤과 낮이 없을 정도로 고달프게 시달려 그저 짬이 조금이라도 나면 잠 좀 실컷 자보는 게 소원일 정도란다.

그래도 정말 맘이 있다면 전화 한 번쯤 할 수 있을 텐데, 그저 잠깐 관심이 있었던 것뿐이겠지. 흠, 내가 은근히 전화 오길 기다린 게 우습게 됐네! 하지만 수연은 지금도 신영규를 생각하면 그가 훌륭한 의사가 되어있기를 진심으로 바란다. 참 착실하고 성실한 사람 같았으니까.

수연은 부모님 곁을 떠나서야 내 삶의 주인공은 나 자신이라는 것을 실감했다.

넓은 세상에 가서 보고 느끼는 것 모두가 산 공부라는 아버지 말씀이 새삼 가슴에 찡하게 와닿았다.

그래. 내 삶의 주인공은 나 자신이다. 내가 불행해져도 내 책임이고, 내가 행복해져도 내 책임이다. 남이 평가해주는 성공이나 행복이 중요한 게 아니다. 본인이 본인 스스로 인정하는 성공이나 행복. 이게 중요하다. 그렇게 살아야 한다. 단 한 번뿐인 내 인생의 주인공은 나 자신이어야 한다.

60년대 초반에 대학을 졸업한 여자들은, 거의 모두 시집가는 것으로 꿈은 끝났다. 어쩌다 직장을 가진 여자들은 가정 사정이 여의치 않아 직장생활을 한다고 생각할 정도였다.

대학을 졸업하는 해. 그때가 여자의 황금기란다. 졸업하고 일 년, 이 년, 해가 지나갈수록 신붓감으로 점수가 떨어진단다.

수연에게도 심심치 않게 혼인 이야기가 들어왔다.

그런가? 중학교 졸업하고 고등학교 올라가고 고등학교 졸업하고 대학 가고 이제 졸업했으니 시집가야 하는 건가? 그럼, 여자는 시집가기 위해 대학 가는 건가? 그건 아닌데, 그건 정말 아닌데! 조건 좋은 곳에 시집가기 위한 자격증? 그 준비단계가 대학이라면, 그거야말로 돈 낭비요, 사치 아닌가.

"사랑이라는 감정은 그저 한때 지나가는 열병 같은 거란다. 고작 길어봐야 3년이다. 살다 보면 사랑도 시들해지고, 다 거기서 거기란다. 자식들 생기고 나면 아이들 키우느라 정신없고, 그러다 보면 고운 정, 미운 정 다 드는 법이란다."

"김병세, 그 청년, 인물도 훤하고, 미국에서 공부도 많이 하고 왔단다."

"엄마는, 어유, 그 아저씨 같은 사람, 대머리잖아."

수연이 냉큼 엄마 말을 잘랐다.

김병세. 수연이보다 여섯 살이 많다는 남자, 대머리라 그런지 실제로는 열 살도 더 많아 보였다.

"엄마, 미국에서 공부하고 왔다는 말 다 곧이들으면 안 돼. 미국 대학에서 학점을 받지 못해 쫓겨나는 한국 학생들이 많대요. 내 친구 오빠들도 그렇게 쫓겨 온 사람들 있어. 그러니까 그 대머리 아저씨도 미국에서 진짜 공부하고 왔는지 쫓겨 왔는지 알게 뭐람."

"아니다. 이모가 알아봤는데 정말 대학원까지 하고 온 사람이란다."

"이모가 졸업장 봤대?"

"글쎄. 그거야 그냥 믿어야지. 남의 말을 의심하기 시작하면 끝이 없는 법이지."

사실이 그랬다.

60년대 초반만 해도 미국에 가려면 유학생 자격으로 가야 했다. 아직 이민이 정식으로 본격화되지 않았기 때문에 선진국으로 공부 가려면 절차가 꽤 복잡하고 까다로웠다.

미국에 유학을 가려면 문교부와 외무부 시험에 패스해야 하고, 그리고 미 대사관의 인터뷰에도 패스해야 했다.

그렇게 힘든 절차를 거쳐 유학을 왔지만 남의 나라 대학에서, 남의 나라 언어로 공부를 해 과목마다 패스한다는 건, 그리 쉬운 일이 아니다. 밥 먹는 시간, 샤워하는 시간까지 줄여가면서 죽어라 공부, 또 공부해도 따라갈까 말까 한 게 유학생들의 생활이다. 슬슬 놀아가며 공부한다는 식으로 굴다간 학점을 따지 못하기 십상이고, 그러다 보면 학교에서 쫓겨나기 일수다.

유학생이 학교에서 학점을 따지 못해 쫓겨나면 곧장 본국으로 돌아가야 한다. 본인 스스로 경비를 충당할 수 없는 경우, 상선 밑바닥에 태워 보내기도 한다. (1960년 초반)

70년대 취업이민이 본격화되고 서독에 갔던 광부, 간호사들이 미국에 많이 오면서 한국인 이민자 수가 1만 명이 넘었지만, 그 이전에는 그야말로 미국 유학이란 '좁은 문'이었다.

어차피 죽어도 좋아, 할 만큼 나를 사랑한다는 남자도 없고, 또 내가 그만큼 사랑하는 남자가 있는 것도 아니니까 그저 조건 좋다는 곳에 시집갈까? 엄마 말처럼 살다 보면 거기서 거기라니까.

거기서 거기.

재미있는 말이지만 말도 안 되는 말이다. 살다 보면 거기서 거기? 천만에, 어떻게 거기서 거기일까. 품격 있는 남자와 상스럽고 천박한 남자 차이. 실력 있는 남자와 머릿속이 텅 빈 남자 차이. 인권을 존중하는 남자와 남존여비 사상이 뼛속까지 배어 있는 남자 차이. 이런 차이는 그야말로 낮과 밤만큼 어마어마한 게 아닌가.

수연이 교육국에서 첫 발령을 받은 곳은 시카고 시내 우범지역에 있는 Holter 고등학교였다.

처음 출근한 날, 수연은 교장이나 교감 누구든 함께 교실에 가서 학생들에게 새로 온 선생님이라고 소개해 줄 줄 알았다. 하지만 사무실에서 몇 호 교실로 가라는 통지가 다였다. 층계를 올라가는데 두 다리가 후들후들 떨렸다.

미국이라는 나라. 참 이상한 나라다. 어떻게 처음 부임한 교사를 누군가가 소개하지도 않고 그냥 혼자 교실로 가라한담.

수연보다 훨씬 어른스러워 보이는 학생들이 노인처럼 아주 천천히 레일을 잡고 층계를 올라오고 있는 동양 여자가 신기한지 아예 걸음을 멈추고 우뚝 서서 바라보는 아이들도 있었다.

수연은 아랫배에 잔뜩 힘을 주고 심호흡을 한 뒤 교실로 들어갔다.

"저는 오늘 새로 온 ESL 담당 교사 강수연입니다."

수연은 애써 태연한 척하며 천천히 학생들에게 자신을 소개했다.

수업을 시작하기 전, 한 학생이 일어나 교실 문을 안에서 잠갔다. 교실 문을 걸어 잠그고 수업한다는 자체에 수연은 가슴이 서늘해졌다.

ESL 교실은 영어가 모국어가 아닌 학생들에게 기초 영어를 가르치는 교실이라 동양인을 비롯해 여러 인종들이 다 모여 있었다.

"Jose"

출석부를 들고 학생들 얼굴을 익히려고 "조세"라고 이름을 부르는 순간 아이들이 책상을 주먹으로 쾅쾅 쳐가면서 웃어댔다.

"조세가 아니고 호세입니다. 내 이름은 호세입니다."

한 학생이 일어서서 키들거리며 정정을 했다.

그날, 수연은 스페인 용어에 'J'는 'ㅈ' 발음이 아니고 'ㅎ' 발음이라는 것을 처음 알았다.

어떻게 선생이라는 사람이 그것도 모르냐, 하는 수군거림이 수연 귀에 다 들려오는 듯했다. 하지만 어쩌랴. 정말 모르고 있었으니 정중하게 미안하다고 사과했다.

긴장을 잔뜩 해서 그런지 쉬는 시간이 되자 오줌이 금방이라도 질금질금 새어 나올 것 같아 교사 전용 화장실을 찾는데 어디 있는지 알 수 없어 여학생들 화장실에 들어갔다가 질겁하고 나와 버렸다. 담배 연기가 어찌나 자욱한지 숨이 막힐 것 같았다.

미국에서는 여학생들이 학교에서 담배를 피워도 되는 건가?

카우보이 영화에서나 볼 수 있는 앞이 뾰족한 구두에 뒤에는 철렁철렁한 징을 걸고 걸어 다니는 남학생들을 보면 무시무시해 제대로 쳐다볼 수조차 없었다. 무엇보다 학생들이 어찌나 키가 큰지 수연은 그들에 비하면 마치 초등학교 아이 같았다.

이틀을 바들바들 떨며 견뎌냈다.

"어땠어요? 선생님."

출근 첫날 저녁상 앞에서 진우가 '선생님'에 힘을 줘가며 물었다.

"괜찮았어, 좀 긴장은 되었지만."

"할 만해? 고등학교 애들, 장난이 아닐 텐데."

"괜찮아."

사실 그대로를 말하면 당장 그만두라 할 테니 수연은 아무렇지도 않은 척해가며 꾸역꾸역 밥을 먹었다.

'아유, 아이들이 무시무시해, 동네가 험악한 곳이라 그런지 수업 시작할 때 교실 문조차 잠그고 하겠지.'

'남학생들이 하나같이 카우보이 영화에 나오는 불한당 같아. 징이 달린 구두를 신고 덜그렁 덜그렁 소리를 내며 걸어 다녀 저절로 떨리더라고.'

'여학생들이 담배를 피우겠지. 화장실에 들어갔다가 내가 너무 놀라 도망치듯 나왔어.'

'사실은 내가 그날 너무 긴장해서, 교사 전용 화장실을 빨리 찾지 못해서, 복도에서 오줌 쌀 뻔했어.'

그날 밤, 수연은 잠자리에 들어 속엣말로 이런 말을 시원스럽게 죄다 하고 잠이 들었다.

교사가 되면 보람을 느낄 수 있을 거라는 생각에 수연은 열심히 대학원에 다녔다. 교사라는 직업은 남과 어떠한 이재(理財) 관계가 있는 게 아니니 좋을 것 같았다.

초등학교에 다니고 있는 제인과 애니가 방과 후 집에 오면 숙제 돌봐주고, 저녁상 차려놓고, 오늘은 시금치 된장국 끓여놨으니 저녁 맛있게 드세요, 등등…. 짤막한 메모 한 장 써놓고 남편이 들어오기 전 부지런히 차를 몰고 나갔다.

한국에서 공부한 전공이 교육학이 아니기 때문에 교사가 되려면 대학원에 나가 필요한 교육학점을 따야 했다. 수연이 ESL 분야를 택한 이유는 그 과목이 영어 초보자에게 발음과 억양을 철저하게 가르치기 때문에 우선 자신이 먼저 올바르게 배울 기회라 좋았다.

많은 경우, 한국에서 미국에 갓 이민 온 사람들은 대학을 졸업한 사람일지라도 제대로 된 직업을 구하지 못한다. 타임 잡지를 읽고 영어 문장을 완벽하게 쓸 수 있는 실력이 있다 해도 의사소통이 제대로 되지 않기 때문이다.

영어는 발음이 우선이다. 발음과 억양이 다르면 소통이 안 된다. 미국에서 태어나 미국에 살고 있는 미국 사람일지라도 산간지역 사람들과 도시 사람들 발음과 억양의 차이는 대단하다. '당신, 지금 어느 나라 말을 하십니까?'라는 제목으로 산간지역과 도시인의 영어 차이가 엄청난 것을 스미스 소니언 잡지에서 특집으로 다루기도 했다.

거울을 앞에 놓고 입을 오므렸다 폈다 해가면서 발음 연습을 했다.

H와 F 소리를 구별하려면 손바닥을 입 앞에 바짝 대고 발음을 해보면 느낄 수 있다.

두 소리가 우리말로는 ㅎ으로 발음하기 때문에 확실하게 구별하기가 힘들지만 손바닥을 입에 가까이 대고 발음해보면 구별이 가능하다.

예를 들어 house, hand 같은 단어의 H 소리는 손바닥에 바람 기운이 거의 느껴지지 않지만 fish, foot 같은 단어의 F 소리는 바람 기운이 훨씬 많이 느껴진다.

이런 발음과 억양을 초등학교나 중학교 때 제대로 배워야 한다. telephone 할 때, p와 h가 합쳐진 소리는 f라는 것을 정식으로 배우면 '텔래폰'보다 '탤래휜'에 가깝게 발음할 것이다. Fool, pool 등등, 한국 사람들은 어떤 발음이든 올바르게만 배우면 다 잘할 수 있다.

야간 대학원에 다니면서 그만둘까, 그만둘까, 생각한 적이 한두 번이 아니다. 남편에게 말도 못 하고 혼자 운전해 오가면서 오면서 힘들어, 아유, 힘들어 소리를 얼마나 많이 응얼거렸는지 모른다.

내가 꼭 이래야 하나? 그저 편하게 집에서 살림이나 하면 될 것을, 굳이 사서 이 고생을 해야 하나?

깜깜한 히긴스 길, 히긴스 길 양편은 숲이다. 낮에는 온갖 새들이 지저귀고, 이따금 사슴도 만날 수 있는 그런 아늑하고 아름다운 숲, 마치 누군가가 기다리고 있기라도 한 듯, 어쩌다 짬이 나면 찾아가 강수연이 또 하나의 강수연과 재잘재잘 이야기도 하고, 하늘과 나무, 들꽃과 바람에게 이것저것 물어보기도 하는 아늑하고 편안한 곳, 하지만 밤에는 을씨년스러울 정도로 적막하고 으스스하다.

포기할까? 그래. 포기하자. 나 자신의 만족을 위해? 나 자신의 허함을 채우기 위해? 남편과 아이들까지 고생시키고 있는 게 아닌가.

하루 종일 회사에서 일하고 집에 들어오면 아내가 없다. 덩그러니 부엌 상위에 상이 차려져 있다. 두 딸애와 마주 앉아 밥을 먹고 아이들은 방으로 가고 진우는 설거지를 한다. 설거지하지 말라고, 돌아와서 하겠다고 수연이 늘 말하지만 밤늦게 돌아온 아내에게 설거지하게 할 수는 없어 진우는 늘 부엌을 깨끗하게 치워놓는다.

공부를 더 해서, 학교 선생님이 되겠다는 수연.

석사 학위 같은 거 받겠다는 게 아니라 그저 꼭 필요한 학점만 따고 정식으로 교사자격증을 따겠다는 수연. 수연은 하고 싶은 건 꼭 하는 여자다. 그리고 자신이 원하는 건 아무리 힘들어도 해내는 여자다. 그 성격을 알기 때문에 진우는 몇 번 말리다 포기했다.

어쨌거나 밤공부까지 하러 다니는 아내를 도와줄 수 있는 건 집안일이기에 설거지든 빨래든 짬나는 대로 먼저 했다.

자신에 대한 기대.

그 누구의 기대가 아닌 수연 자신이 자신에게 기대하는 것. 그건 외면할 수도 피할 수도 없었다.

삶이 이것이 다일 수는 없다는 허기증.

이 막연한 허기증을 달래기 위해 얼마나 많은 날, 숲속에 찾아가 존재의 가치, 삶의 의미, 행복의 조건 그리고 사랑. 그야말로 무거운, 너무나도 무거운 과제 앞에서 헤매었던가.

'견딜 수 없는 마음의 황폐로부터의 탈출로'라고 헤르만 헷세는 표현했다. 자신이 소설과 시 외에 그림을 그리는 이유가 누구를 위해서가 아니라 자신을 위해서라고.

소설을 써도 시를 써도 그래도 채워지지 않는다는 허기증 때문에 그림까지 그린다는 헤르만 헷세의 그 심정.

그것인가? 인간은 망상인지 알면서도 삶이 다 하는 그날까지 흔들리는 사닥다리를 한 층 또 한 층 타고 올라가 달을 만져보고 싶은 갈망. '달로 가는 사닥다리'를 그린 Georgia O' keeffe.

역시 그와 똑같은 심정에 그 그림을 그렸을까. 땅에 닿아있지도 않고 허공에 떠 있는 사닥다리를!

오래전 Santa Fe를 갔을 때, 미술관에서 O' keeffe의 그 그림을 처음 보는 순간, 둔탁한 방망이 같은 게 수연의 뒤통수를 내리치는 듯했었다.

절대 현실적으로 불가능한 것, 이룰 수 없는 것. 허공에 떠 있는 사닥다리.

그 사닥다리를 타고 달까지 가는 꿈. 그래. 허황된 꿈인 줄 알면서도 사람들은 꿈 없이는 살 수 없다. 꿈이 있기에 행복할 수 있다.

나도, 나를 위해서, 절대 포기할 수 없다. 절대로!

사흘째 되는 날, 수연은 학교로 가지 않고, 교육국으로 향했다.

'학생들이 너무 커서 아무래도 가르치지 못할 것 같습니다.'라고 말하면 웃겠지.

'학생들이 무서워 가르치지 못하겠습니다.'라고 말한다면 이 여자, 정신이 좀 이상한 게 아닌가 하겠지? 그럼 애초에 왜 선생을 지원했는가 묻겠지.

뭐라고 말을 꺼내야 하나.

솔직하게 말하자. 솔직하면 통한다. 미국에 와서 생활하면서 느낀 게 바로 이것이다. 어떤 경우든, 아주 솔직하면 믿어준다.

이것이 미국을 알아가는 가장 중요한 첫 번째 항목이다. 은근슬쩍 또는 두리뭉실, 이런 식으로 적당히는 통하지 않는다.

그래. 교육국에 가서 그냥 있는 그대로 솔직 하자.

내가 너무 키가 작아 학생들 어깨 밑으로 기어 다니는 것 같아 주눅이 듭니다. 아니, 아니다. 그보다 그냥 더 솔직 하자. '학생들이 너무 무섭습니다.'라고. 교육국에 도착할 때까지 수연은 입 속말로 계속 연습해가며 운전을 했다.

의외였다. 굳이 설명할 필요조차 없었다. 이렇다 저렇다 묻고 따지고 어쩌고 하지도 않고 새하얀 머리카락에 핑크색 립스틱이 유난히 어울려 보이는 할머니 담당관이 마치 손녀딸 달래듯, 부드럽게 수연의 손등을 다독거리면서 중학교? 초등학교? 어디든 가고 싶은 곳으로 보내주겠다고 했다.

교육국에서 교사들을 채용할 때 소수민족을 몇 퍼센트는 꼭 채용해야 한단다. 히스패닉이나 흑인 지원자는 많지만, 동양인은 거의 없다시피 해 동양인은 어느 학교에서든 대환영이란다. 물론 이런 사실은 학교에 나가면서 한참 후에 알게 되었다.

수연은 Holter 고등학교에서 학교 근처에 공원도 있는 Anderson 학교. 초등과 중등이 함께 있는 학교로 옮겼다.

은퇴를 하고, 수연이 로젠을 만난 건, 시카고를 떠나 롱 비치로 이사 오고 난 후, 10년도 지나서였다.

내가 가까이 다가가도 너는 나를 절대 알아보지 못할 거라고, 전화기 저편에서 여전히 깔깔웃음을 웃어가며 로젠은 그 말을 두 번씩 강조했다.

얼굴에 환한 미소를 띠고 수연 앞으로 다가오는 중년 여성.

'와!'

로젠은 마지막 남은 세월을 새로 태어난 날씬한 여자로 살고 싶어 수술을 한 걸까? 아니, 어쩌면 연애를 하는 걸까?

이제 더 이상 젊지 않다는 현실. 남은 세월이 얼마 남지 않았다는 현실. 하지만 가능하다면 언제까지나 아름다운 여성으로 남아있고 싶다는 욕망.

세상 떠나기 전, 정말 기막힌 연애, 죽어도 좋아! 할 정도로 미치는 연애, 그런 연애를 한번 해보고 싶다는 욕망은 어느 누구든 가슴 한구석에 도사리고 있는 게 아닌가 싶다. 어쩌면 그래서 특히 많은 여자들이 이루어질 수 없는 사랑 드라마에 폭 빠지는지 모른다. 스토리가 비현실적이라는 걸 잘 알면서도 불가능한 연애 이야기일수록 인기가 있는가 보다.

'노을이 너무 고와 낙조인 줄 몰랐습니다.'라는 시구처럼 마지막을 불태우고 싶은 사랑.

'연애? 로젠이 연애?

평생 결혼도 하지 않고 혼자 살아온 로젠이?'

문득 수연은 어쩜 그럴 수도 있다는 생각이 들었다.

수연네 이웃들 몇몇이 다 혼자 살고 있는 할머니들이다.

오른 켠, 왼 켠, 그 아래 집, 그리고 길 건너 앞집 여자도 다 60을 넘긴 홀로 사는 여자들이다. 주변 환경이 편해서 독거노인들이 많이 살고 있다.

자동차 없이도 지낼 수 있는 Belmont Shore, Long Beach, California.

5분, 많아야 10분 정도만 걸어 나가면 식당, 식품점, 옷가게, 카드 가게, 꽃집에 헬스까지. 눈요기만 해도 즐거운 가게들이 즐비하고 조금만 더 걸어가면 탁 트인 바다다. 그 바닷가 모래사장 가운데 사람들이 산책할 수 있는 길과 자전거가 다닐 수 있는 길이 따로 있다.

바닷가를 산책하다 보면 동성애자도 심심치 않게 볼 수 있다. 서로 손을 잡고, 또는 아예 어깨를 감싸 안고 걸어가는 두 여자 또는 두 남자. 저렇게 서로 좋아하는 사람을, 동성이라 비난할 수 있을까. 과연 그들이 다수인 사람들과 다르게 살아간다는 것을 비난하고 부정하며 죄악시할 수 있을까? 편견은 적개심을 불러일으키는 원인이 되기도 한다. 흔히 말하는 보편적 가치관과 다르다 하더라도 그들 선택의 자유를 인정해야 증오와 갈등이 없는 사회가 되는 게 아닐까.

수연은 동성애자들을 보면 본능적으로 어색해지는 자신에게 이렇게 수없이 질문하고 답하며 생각에 잠기곤 한다. 하느님이 만물을 창조하셨으니 그들 역시 하느님의 창조물 아닌가.

그들은 조물주의 실수라고 지적한다는 것이야말로 전능하신 하나님에 대한 불신 아닐까.

　그들을 보면 수연은 불쑥 '카라마조프 형제들'에 나오는 맏아들의 울부짖음이 떠오르곤 했다. 오래전 아주 오래전 지루하기 짝이 없는 소설이라 여기면서 그래도 이상하게 자꾸 스토리 속으로 빠져들어 읽었던 그 긴 소설. 친부 살해범으로 몰려 재판을 받게 된 맏아들의 고뇌가 떠오르곤 했다.

　내가 아버지를 죽이지 않은 게 진실임에도 불구하고 재판관들이 나를 친부 살인범으로 판결 내린다면, 과연 신이 존재하는가, 라고 의심하게 될까 두렵다는 그 기막힌 탄식.

　바다 근처에 살고 있다는 것이 참 감사하다.

　수연은 틈만 나면 바닷가로 산책을 나간다. 예쁜 조개껍데기를 열심히 주었다 버렸다 해가며 수연은 서너 개는 주머니에 넣는다. 노란색이 특별나서, 두 가지 색이 나는 게 너무 신기해서…. 그렇게 가지고 와 모아놓은 것이 이제는 조개 탑을 이룰 정도다. 그렇게 골라 골라 온 것 중에 정말 더 신비하도록 예쁜 것들만 골라 조개껍데기 상자를 만들어 손녀에게 주었더니 흠, 하며 그저 시큰둥해한다. 할머니는 이상해, 할머니가 바닷가에서 조개껍데기를 줍다니, 그런 눈치다. 열 살짜리가 시큰둥해하는 조개껍데기를 다시 가져와 모셔둔다. 내가 열 살 때는 장난감이 없어 이런 게 너무 귀했지. 그렇지. 그때는 장난감을 가져본다는 게 꿈이다시피 할 정도였지. 기껏해야 오이를 깊숙하게 파 속을 버리고 배를 만들어 세숫대야 물에 올려놓아 보기도 했었지. 그래도 아버지가 마당 가운데 미끄럼을 놔주셔서 미끄럼 놀이는 많이 했었다.

이제는 정말 어르신 소리를 듣는 아내, 수연은 지금도 바닷가에서 조개껍데기를 주워온다.

조개껍데기뿐 아니라 길가에 떨어져 있는 낙엽도 주워온다. 남가주에서는 가을을 느끼기 힘들어 낙엽을 주워다 모셔놓는 것이란다.

그런 것들을 좋은 유리그릇에 넣어놓고 이곳저곳으로 옮겨놓기도 한다.

저 여자는 언제쯤 어른이 될까.

지금 저 나이에 조개껍데기라니. 진우는 어이없지만, 이제는 그런 말도 하지 않는다. 하지만 참 어이없다는 그의 눈빛으로 수연은 그가 어떻게 생각하는지 다 알고 있다.

수연은 행복하다. 깨진 구석이 하나도 없는 깨끗한 조개껍데기를 발견하는 날은 너무 행복하다. 행복이란 누가 주는 것이 아니라 자신이 자신에게 주는 것, 조개껍데기, 방금 떨어진 듯한 고운 색 잎새, 수연에게 이런 사소한 것들이 큰 기쁨을 준다. 수연의 행복은 참 단순하다.

처음부터 취미가 너무나도 다른 두 사람이었다.

도스토옙스키, 안톤 체홉이 문학가인지 음악가인지조차 모르는 사람. 첫 번 데이트 때 신형자동차 쇼에 가 4기통 엔진과 6기통 엔진에 대해 신나게 설명하던 사람. 플라스틱 꽃을 사 오던 사람. 그렇게 다른 두 사람이 오랜 세월을 함께 살아가고 있다.

오페라 표를 산다든가 반 고흐 특별 전시회에 간다든가 같은 정서적인 면은 시간 낭비, 돈 낭비라고 생각하는 사람과 카라마조프 형제들을 읽으며 누군가를 죽이고 싶다고 생각하는 그 자체가 살인을 한 것과 같은가 아닌가를 골 아프게 생각해보는 사람. 그렇게 전혀 다른 두 사람이 함께 50년이 넘도록 살아가고 있는 건 어쩌면 인간적으로 수연이 홍진우를 존경하기 때문이 아닌가 싶다.

결혼을 약속하고 결혼식 날짜가 눈앞에 다가왔어도 절대 수연 몸에 손을 대지 않았다는 자체를 수연은 존경했다.

연애할 때는 아주 점잖던 남자가 결혼하자마자 야, 자, 해가며 마치 파출부 대하듯 아내를 대하는 남자들이 의외로 많다. 하지만 진우는 결혼 초나 지금이나 한결 똑같다. 아내는 함께 살아가는 부부뿐 아니라 인격체를 가지고 있는 개체라는 사실을 늘 지킨다.

두 사람이 취미가 많이 다르지만 그래도 신혼 초에 수연이 좋아하는 오페라를 같이 다녀 준 것만도 고마울 뿐이다.

어머니가 잠시 미국에 와 계실 때, 수연은 뒤뜰 야채 밭에서 잡풀을 뽑아가며 두런두런 이야기하는 시간이 참 좋았다.

"엄마, 나 이혼할까 봐. 도무지 재미가 없는 사람이야. 극장 구경을 가길 하나. 무슨 연주회 같은 걸 보러 가길 하나. 어쩌다 깜짝 선물, 하다못해 가짜 진주목걸이라도 사다 줄 줄 아나. 참 재미없는 사람이야. 박사 학위를 서너 개 따려는지 그저 책 읽는 거 밖에 몰라. 그것도 아주 재미없는 책들."

"그딴 소리 마라. 복에 겨운 줄 알아야지. 홍랑 같은 남자, 찾아보기 힘들다. 퇴근하면 꼬박꼬박 제시간에 돌아와 온 식구가 다 함께 저녁 먹는 거, 그것 하나만으로도 대단한 거다. 그 나이에 샌드위치 싸 가지고 다니는 남자 아마 없을 거다. 그렇게 근검절약이 몸에 배 있고, 너 힘들까 봐 설거지, 빨래는 도맡아 하려 들고, 나도 손 까닥 못하게 하는 그런 사위가 어디 있니. 정말 네 복이지 복이야."

"아유, 그래도 너무 기계 같잖아. 사는 게. 도무지 로맨틱한 구석이 없어."

"로맨틱? 그런 남자는 아내 속 썩게 하는 남자라고."

수연은 더 불평하려다 입을 다물었다.

허술한 구석이 눈곱만큼도 없어 동기 동창들조차 어려워하는 타입이니 더 말해 무엇하랴.

그저 고마워하며 살자고 마음먹은 지 오래다.

'로젠이 연애를 하나? 그래서 그렇게 날씬해졌나?'

20대에 지독한 연애를 했었다고 했다. 그때 로젠은 몸무게가 100파운드, 사이즈 6 옷을 입었다고 했다.

"내가 늘 이렇게 뚱보는 아니었단다. 상상조차 안 되겠지만 나는 한때 정말 아주 날씬했단다."

로젠은 대학에서 의사의 아들인 파키스탄 학생을 만나 첫사랑에 빠졌단다. 이스라엘 여자와 파키스탄 남자.

처음부터 결합 되기 힘든 사이인 줄 빤히 알면서 그냥 폭 빠져들었단다. '미치도록', 로젠은 '미치도록'이라는 말에 힘을 주며 말했다.

"Tazim은 꼭 돌아온다고, 반드시 돌아오겠다고 하고 떠났지."

로젠은 마티나나 조엔과 함께 있을 때는 절대 첫사랑에 대한 이야기를 꺼내지 않았다. 오직 수연과 단둘이 있게 될 때 '미치도록' 사랑했던 Tazim에 대해 마치 엉킨 실타래를 조심조심 풀어나가듯 그렇게 자근자근 말하곤 했다.

"Tazim, 내 이름의 뜻이 honour란다. 나는 자존과 명예를 목숨처럼 중요하게 여긴다. 나는 지키지 못할 약속 같은 건 절대

하지 않는다. 나는 반드시 돌아온다. 내가 죽는 날까지 여자는 오직 너뿐임을 나는, 나 자신에게, 그리고 내 신에게 맹세한다."

파키스탄에 계신 Tazim 아버지가 아들이 유대인 여자와 사귀고 있다는 걸 알고 당장 달려와 데려갔단다.

"내가, 부모님께 잘 설명할 거야. 너는 미국에서 태어났다고. 내가 너에 대해 상세하게 말씀드리면 이해해 주실 거야. 우리 아버지는 굉장히 이해심이 많으신 분이니까. 그리고 내가 이날 이때까지 부모님 말씀을 거역해 본 적도 없고 늘 모범생이었으니까. 내 뜻을 신중하게 고려해 주실 거야."

"아니, 아니야. 이해하시지 못할 거야. 이해 안 하실 거야. 실은 우리 아버지도 내가 너하고 사귀는 걸 아시면 반대하실 거야. 가지 마. 우리 도망가자. 어디론가 이대로 도망가 살자."

로젠 아버지 역시 의사였다. 의사의 외동딸인 로젠은 아버지처럼 의사가 되려고 의대에 들어갔다 태짐을 만났다.

Rosanne과 Tazim은 방학 동안 석 주일을 꼬박 Long Beach, California에서 보냈단다.

"바닷가 바로 앞에 있는 Beach Inn이라는 허름한 여관방에 머물면서 정말 미치도록 사랑만 했어. 밥 먹고 사랑하고, 사랑하다 지쳐 잠이 들고, 잠에서 깨어나면 또 사랑하고, 가끔 모래사장을 맨발로 걷기도 하고, 때로 Tazim은 Surfing을 했어. 나는 surf 할 줄 몰라서 모래밭에 앉아 구경만 했는데 Tazim은 꼭 영화배우 같았어. 파도를 타면서 surfing 하는 모습이 너무 환상적이었단다. 그런데 그렇게 석 주일을 지내니 돈이 똑 떨어지겠지."

돌아온다고, 자기 이름을 걸고 맹세한다고 떠난 Tazim은 5년, 10년이 지나도 돌아오지 않았고 로젠은 그를 기다리다가 30을 넘기고 40을 넘기고…. 그렇게 세월이 가버렸다.

"Tazim을 기다리는 동안에는 참 행복했어. 서른 살이 넘어서도 나는 Tazim을 기다렸지. 꼭 오마 했으니까, 꼭 오리라 믿고 기다렸지. Tazim이라는 이름 뜻이 '명예'라면서 이름을 걸고 맹세한다고 했거든. 사람에게 기다림이란 최면술 같다 할까? 기다릴 수 있는 그 누가 있다는 그 자체가 행복이니까. 기다림이 그리움이 되고, 그리움이 기다림이 되고…. 그렇게 세월이 흘러 마흔 살이 넘어 어느 날, 아, 그는 오지 않는구나. 아니 오지 못하는구나. 서서히 현실을 깨닫기 시작하면서 마구 먹기 시작했지. 그렇게 시간이 지나며 나는 이렇게 뚱보가 된 거란다."

Tazim이 혼이 되어서라도 반드시 돌아올 거라고 믿기 때문에 로젠은 부모님이 다 떠나신 후에도 그 큰 집을 지키며 지금도 혼자 살고 있다.

혹시? 로젠이 치매 끼가 있는 건 아닐까?
치매는 과거와 현재를 오락가락하며 구분을 잘하지 못한다는

데, 그런가? 로젠이 치매 시작인가?

태짐이 돌아온다는 걸 기정사실로 착각하면서, 그 시절 그 몸매로 돌아가려고 수술을 한 건가? 그렇지 않고서야 80파운드 정도? 어떻게 그렇게 살이 쏙 빠져버릴 수가 있단 말인가.

기다리고 기다리다 오지 않는 사람이라는 현실에 눈을 뜨면서 마구 먹어 뚱보가 되었던 로젠. 70여 명이 넘는 교사들 중에 제일 뚱뚱했는데, 알아볼 수도 없을 정도로 날씬해진 로젠.

손가락 발가락 입술까지 아주 새빨간 색으로 칠하고 생글생글 밝게 웃던 로젠.

'그런가? 이미 치매가 시작된 걸까?'

사랑이란, 이토록 사람을 미치게도 만들 수 있는 마력을 가진 것일까.

"우리 미치도록 사랑했어."

'미치도록' 로젠의 말과 옥희가 하던 말이 겹쳐 왔다.

'미치도록 사랑한다.'

그러다 정말 미쳐버린 옥희. 유옥희.

수연은 이른 아침 바닷가로 산책하러 나가는 그 시간을 참 즐긴다. 혼자만의 시간이다.

햇살이 활짝 퍼지지도 않은 이른 아침에 마치 마라톤 대회 준비라도 하는 듯, 헉헉거리며 급히 달리는 사람도 있고, 개를 데리고 아주 느릿느릿 걸음마 하듯 걷는 할아버지도 있다. 할아버지도 개도 참 오랜 세월을 함께 지낸 듯, 줄도 매지 않았건만 할아버지 옆에서 함께 아주 천천히, 천천히 걸어간다.

　하루를 시작하는 혼자만의 시간.
　수연은 아침 일찍 일어나면 으레 바다로 향한다.
　사람에게 혼자만의 공간, 혼자만의 시간은 영혼을 살찌게 하는 영양소 같다. 삶에 반드시 필요한 산소라 할까. 바다 앞에 서서 하루가 다른 모습의 바다를 보면 마치 수연의 영혼이 춤을 추는 듯싶다. 자유스럽게 훨훨 때로는 격하게 때로는 잔잔하게 물결에 맞춰 춤추는 영혼.
　세월이 자꾸자꾸 흘러간다. 아니다. 세월은 그냥 허망하게 흘러가는 게 아니라 차곡차곡 쌓여간다. 세월과 함께 숱한 이야기들이 마치 긴 겨울준비를 하는 장작더미처럼 쌓여간다.
　두 어 주일 전에 만나 점심을 같이 먹으며 우리 건강관리 잘하며 지내다 두 달 후, 여기서 또 만나자 하고 헤어졌던 신애는 떠나버렸고, 경자는 샤워하다 미끄러져 엉덩이뼈가 부러졌다. 여기저기가 아프고 고장 나 동창 모임에 나오지 못하는 친구들이 늘어가고 있다. 그래서인지 수연은 그저 아침에 눈을 떠 바닷가까지 걸어 나갔다 올 수 있다는 자체가 그렇게 감사할 수가 없다. 젊었을 때는 전혀 느끼지 못하던 일들, 새파란 하늘을 바라볼 수 있다는 것, 먹고 싶은 것 먹고 제대로 소화 시킬 수 있다는 것, 가고 싶은 곳 내 두 다리로 걸어 다닐 수 있다는 것, 아주 당연한 것으로 알고 살아왔던 일들이 고맙기 그지없다.

바닷가로 걸어가다가 때로 수연은 homeless 여자를 볼 때가 있다. 다른 도시에서는 어떤지 모르지만, 수연네 동네에서는 거지들을 '거지'라 부르지 않고 '집 없는 사람들'이라 부른다.

머리카락이 허리까지 치렁치렁 늘어져 있는 여자.

저 여자도 지금까지 살아오는 길목 어디쯤에서는 아름답던 날도 있었겠지.

누군가의 귀한 딸, 누군가의 귀한 애인, 또는 아내였을지도 모르리라. 어찌 어찌하여 저 여자는 저렇게 되었을까.

부스스한 머리카락, 표정이라곤 전혀 없는 얼굴.

어쩌다 지나가는 사람이 돈을 주고 가도 고맙다는 말은 물론, 표정조차 변함이 없다.

경찰이 그들에게 시에서 제공하는 무료 숙소로 가라고 계속 단속을 하지만 그들은 들은 척도 하지 않는다. 때로는 경찰차에 실려 갔다가도 얼마 후면 다시 제자리로 돌아오곤 한다.

'참, 사람들이 게으르기도 하네.'

식당에서 먹다 남은 음식을 싸 들고 나온 사람들이 그 봉지를 쓰레기통 위에 올려놓고 가는 것을 보면서 수연은 처음에는 이렇게 생각했었다. 쓰레기통 속에 넣지도 않고 그냥 쓰레기통 위에 올려놓고 갈 거면 굳이 식당에서 먹다 남은 음식을 싸 들고 나올 건 뭐람. 음식뿐 아니었다. 커피든 주스든 사람들은 그렇게 쓰레기통 위에 올려놓고 갔다. 하지만 이사 온 지 얼마 되지 않아 수연은 그 이유를 알게 되었다.

동네 사람들은 집 없는 사람들을 위해서 일부러 쓰레기통 속으로 던져버리지 않고 그 위에 놓고 가는 것이었다.

유난히 식당이 많은 2nd Street에 집 없는 사람들이 모이는 이유도 바로 음식을 쉽게 구할 수 있기 때문이었다.

수연은 그 머리카락이 긴 집 없는 여자를 보면 저절로 손이 바지 주머니로 가 1, 2불을 주기도 한다. 그녀는 언제나 그렇듯 표정이 없다. 무표정, 무감각. 좋은 것도 싫은 것도 그리움도 기다림도 모두 다 증발해버린 빈껍데기. 어쩌다 저렇게 되었을까. 집 없는 남자들은 많은데 여자는 딱 한 명뿐이다.

그들은 주로 모래사장에서 잠을 잔다. 담요 같은 것으로 몸을 칭칭 감고 잔다.

아침이면 거리에 나와 쓰레기통 근처를 서성이다 끼니를 때우고, 운이 좋으면 반쯤 남은 스타벅스 커피도 마시고, 돈이 많이 생기는 날엔 맥도날드에 가서 따끈한 햄버거에 감자튀김도 사 먹을 수 있는 날이다.

어떤 사람은 돈을 그냥 받을 수 없다는 듯, 낡은 바이올린을 켜 대기도 한다. 언제 적 유행인지 모르는 아주 큼직한 챙이 달린 모자까지 쓰고 바이올린을 켜대는 그 집 없는 남자를 보면 수연은 오래전 여학교 때 읽었던 투르게네프의 단편 한 장면이 저절로 눈앞에 펼쳐진다.

낡은 바이올린을 생명처럼 귀하게 여기는 아버지. 단 한 번도 어디서 연주해 본 적 없는 무명 바이올리니스트. 제발 그 바이올린 부숴버리고 나가 돈 벌어 오라고 닦달하는 엄마. 딸은 생각한다. '아버지, 도망가세요. 여기로부터 멀리 아주 멀리 도망가세요. 가족도 생각 말고, 오로지 아버지만 생각하세요. 아버지가 그렇게 하고 싶은 바이올린을 언제나 켜 댈 수 있는 그런 곳으로 도망가세요. 도망가세요.' 여학교 때, 그 소설을 읽으며 바로 그 대목에서 페이지를 넘기지 못하고 책에 얼굴을 묻었었다.

아, 아버지…. 아버지라는 존재. 오죽 안타까웠으면 아버지에게 도망가기를 원했을까.

온종일 약국 벽에 기대앉아 책을 읽고 있는 사람도 있다. 돈을 달라는 말은 절대 하지 않는다. 돈을 주고 싶으면 여기 넣고 가시오, 라는 듯 빈 깡통 하나가 덜렁 그 앞에 놓여있을 뿐이다. 누군가 그 깡통에 돈을 넣어도 눈길조차 주지 않고 그냥 책만 읽는다.

'무명 시인? 무명 소설가?

한평생 글을 쓰지만, 그 어디에도 글이 실려본 적 없는 가난한 글쟁이?'

저토록 매일 독서를 하면 자연히 뭔가 쓰게 되지 않을까? 본인이 집 없는 사람이 된 경위를 있는 그대로 적나라하게 쓴다면 그야말로 드라마틱한 인간 드라마가 되지 않을까.

유옥희.

여고 동창인 옥희는 전공은 다르지만, 대학도 수연과 같은 대학을 졸업했다.

옥희가 올랜도 플로리다에서 거지가 되어 살아가고 있다는 소리를 오래전에 들었다. 처음에는 도저히 믿기지 않았는데, 그곳에 사는 동창 몇 명이 옥희를 직접 만나보기까지 했단다.

"나, 제발 내버려둬 다오." 너희들 마음은 참 고맙지만 나는 여기가 편해. 너희들 밤하늘이 얼마나 황홀한지 아니? 달빛이 얼마나 환한 줄 아니? 너희들이 나를 데리고 간다 해도 나는 담을 넘어서라도 도망쳐 나올 테니, 그런 헛수고할 생각 마. 너희들 생각에 나는 미친 여자겠지만, 나는 미치지 않았어. 그냥 너희들과 살아가는 방식이 틀릴 뿐이지. 왜 사람들은 자기들처럼 살아야 정상이라고 생각하는 거니? 정상, 비정상의 선을 누가 만든 거니? 위선자들이 들끓는 사회가 정상인가? 정치한다며 온갖 치사하고 비열한 짓은 다 하는 인간들. 목회한다며 교인들한테 고급 승용차 사내라, 골프장 회원권 사 달라, 요구하는 인간들. 교육자라며 촌지 긁어모아 아파트 평수 늘리는 인간들. 이런 잡것들이 으스대며 살아가는 사회가 정상인 거니? 그래야 출세하는 거니?

여기, 여기 내가 살아가는 세계, 여기는 위선이 없어. 생김 그대로 사는 거야. 우리들끼리 도울 수 있으면 서로 도우며 살아. 밥도 나눠 먹어. 사람끼리만 돕는 것도 아니야. 톰은 자기 끼니는 굶어도 참새들 줄 먹이는 꼭 사와. 한 시간이고 두 시간이고 나무 밑에 서서 참새들 밥을 주곤 해. 메리는 집 없는 고양이들을 보살펴. 그게 미친 거니?

우리는 하늘에서 쏟아지는 별빛, 달빛을 등 삼아 바닷가에 모여 노래도 부르고 춤도 추고 해. 이게 비정상이니? 이게 미친 거니? 자신과 살아가는 방법이 다르다고, 자신이 이해할 수 없다고 미쳤다고 단정하는 거야말로 단세포적인 무지 아닐까? 자기들이 만든 울타리. 그 울타리 안이 정상적인 세계라 생각하지만 실은 그게 감옥이지. 스스로 만든 감옥 안에서 행복하다, 행복하다 자신에게 세뇌공작을 해가면서 사는 게 얼마나 비참한 거니.

남에게 잘 보이려고, 남에게 행복해 보이려고 사는 게 아니잖아. 단 한 번 사는 인생. 내가 좋아하는, 내가 나 자신일 수 있는 삶의 자유를 선택해 사는 우리들이 미친 거니?"

"나를 진심으로 도와주고 싶다면 나를 제발 내버려둬 다오."

친구들도 어쩔 수 없이 손을 들어 버렸단다.

삶의 자유.

'무엇으로부터의 자유'와 '무엇으로 향한 자유'

어떤 학자가 이 두 가지 의미를 기막히게 해설했다.

하나는 무엇으로부터의 도피, 탈출을 의미하고 또 다른 하나는 무엇인가를 추구하는 꿈의 자유라고.

옥희가 말한 자유는 탈출이었을까, 아니면 꿈을 좇는 자유였을까.

사람이, 누군가를 사랑한다는 게, 그토록 무서운 것일까. 그토록 잔인한 게 사랑일까. 수연은 옥희를 떠올릴 때마다, 사랑은 참으로 무섭게 잔인한 것이라는 생각이 든다.

쟁쟁한 국회의원 아들과 청진동 해장국 집 딸.

드라마에서 흔히 볼 수 있는 그런 이루어지기 힘든 사랑 이야기가 바로 옥희 스토리였다.

"아들입니다. 축하합니다. 아주 건강한 아이입니다."

의사의 목소리. 그리고 잠시 후, 간호사가 아이를 들어 잠깐 옥희에게 보여주었을 뿐, 오직 그때뿐이었다. 다음 날, 아이는 더 이상 볼 수 없었다.

살아있는지, 죽었는지, 누가 데리고 간 건지, 어디로 증발해버린 아이.

힘없는 소시민 집안과 대단한 국회의원 집 사이에 무슨 거래가 있었는지, 아니면 아예 일방적으로 아이를 처리했는지, 그건 두고두고 풀 수 없는 수수께끼였다.

창대는 분명 강제로 잡혀가듯 미국행 비행기를 탄 것이리라.

옥희는 이를 악물고 돈을 벌어 미국으로 들어왔지만 넓고 넓은 미국 땅에서 창대를 찾는다는 건 하늘의 별 따기만큼 불가능한 일이었고, 그렇게 세월이 지나가면서 서서히, 서서히 신경 줄이 풀어져 내렸다.

"사랑했어. 우리는 미치도록 사랑했어. 꼭 돌아온다고, 혼이 되어서라도 돌아온다고 했어. 그래서 나는 이 집을 떠날 수가 없는 거란다. 언제든 나를 찾아온다면, 생각만 해도 끔찍해, 내가 이 집에 없으면 영영 만날 수가 없을 테니까."

수연이 로젠에게 아직도 그 큰 집에 혼자 사느냐고 물었을 때, 로젠이 한 말이다.

도대체 '미치도록 사랑한다'는 게 왜 이토록 사람을 불행하게 만드는 걸까. 아니, 미치도록 사랑을 해본 사람은 현실이 아무리 암울해도 행복하다 여기는 걸까.

옥희는 어디에서 어떻게 지내고 있을까.

이미 저세상 사람이 되어버린 건 아닐까. 사랑이 무엇인지, 사랑 때문에 멀쩡하던 사람이 미쳐버릴 수도 있다는 게 수연은 믿기 힘들었다.

누구 때문에 행복하고, 누구 때문에 불행하고, 누구 때문에 미치고!

누구 때문이라는 것은 핑계 아닐까.

누군가를 사랑하는 것도 나 때문이다, 그를 사랑하는 나 자신이 행복하니까 사랑하는 거다. 그를 사랑하는 나 자신을 내가 제일 좋아하니까, 사랑할 수밖에 없는 거다.

사랑할 수밖에 없는 그런 사랑. 그런 사랑이기에 미쳐버릴 수도 있는 건가?

모든 것은 변화한다. 사람의 감정도 시시때때로 변한다.

그 누구도 '나는 저 사람만을 일생동안 영원히 사랑하리라'고 장담할 수 없다.

너 아니면 차라리 죽음을 택하겠다는 사람이 배반하는 경우는 어찌 설명할 것인가. 자신의 감정 변화도 책임질 수 없는 게 사람인데, 어떻게 누구 때문에 영원토록 변함없이 행복하기를 기대한단 말인가.

공부도 잘하고, 성격도 서글서글하던 옥희.

부모가 청진동에서 해장국 집 한다는 게 그토록이나 받아들일 수 없는 치명적인 흠인가. 왜 어른들은 이런 것으로 사람 평가를 할까.

옥희가 미쳐서 거리를 떠도는 여자가 되어버렸다는 소식을 듣고 수연은 '누구 때문에 행복하고 누구 때문에 불행하다는 말은 절대 있을 수 없다.'라고 자신에게 천 번, 만 번, 강조하곤 했다.

누구 때문에 사는 게 아니고 나 때문에, 내 인생이 소중하니까, 나는 나 때문에 산다.

사랑은 살고 싶다는 욕망 아니겠는가 싶다. 행복하게 잘 살고 싶기에 사랑하고 싶다.

이걸 옥희가 몰라서였을까? 로젠이 몰라서였을까?

아니다. 분명 아닐 거다. 옥희도 로젠도 자타가 인정하는 영민한 여자들이다. 그렇다면 결국 사랑이라는 건 사람의 분별력조차 흐리게 하는 마약 같은 것인가.

어쩌다 거리에서 집 없는 그 여자를 보면 수연은 그냥 지나칠 수가 없었다. 워낙 집 없는 사람들이 많은 거리니 대부분 그냥 지나가지만, 그 여자를 보면 옥희가 떠올라 절로 걸음이 늦어지고 주머니에 손이 가곤 했다.

"인생에 남는 게 무엇인가. 그건 사랑이지. 남녀 간의 사랑. 그 외에 무엇이 남겠어? 그 외에 무엇이 소중하겠어? 사랑이지. 오직 사랑만이 남는 거지."

오래전 캐나다 토론토에 갔을 때 은퇴한 여교수에게 들은 말이다.

"지나간 건 휴지조각처럼 다 흩어지지만, 끝까지 남아있는 건 사랑이지요. 남녀 간의 사랑 말고 인생에 소중한 게 그 무엇 있겠어요? 오직 사랑만이 삶에 소중한 선물이지요. 가슴 저미는 아품도, 살을 에는 듯한 그리움도 다 소중한 사랑이고말고요. 그런 추억이 하나도 없는 삶은 그야말로 헛산 삶이나 다름없지 않을까 싶어요."

그림을 그리며 지낸다는 그녀는 그리움이 곧 꿈이라 했다. 꿈을 그리다 보면 노을이 불타오르듯 가슴이 뜨거워지고 행복하단다.

인생에 남아있는 건 오직 사랑뿐이라는 그 말이 저녁 하늘을 곱게 물들이는 노을처럼 애잔하게 두고두고 수연의 가슴에 남아 있었다.

조앤(Joanne)

수연은 로젠을 만나면 으레 조앤 소식을 들을 수 있으리라 믿었다.

학교에서 마티나, 조앤, 로젠, 이렇게 넷이 가깝게 지냈기 때문에 수연은 시카고를 떠났지만, 그들은 은퇴 후에도 가끔 만나 점심도 같이하며 지낼 줄 알았다.

시카고를 떠나온 나에게는 20년이 다 돼 가도록 매해 꼬박꼬박 생일 카드까지 보내주면서, 왜 조앤하고는 연락조차 하지 않고 지냈을까.

"수연, 내가 너한테 물어보려던 참이었어. 너하고는 크리스마스 때 연락하며 지냈잖니?"

"그랬지. 그런데 몇 년 전부터 연락이 끊어졌어. 크리스마스 카드를 보내도 되돌아오겠지."

"나도 여러 번 전화했었어. 전화번호는 같은데 받는 사람이 다른 사람이더라고. 조앤 마이어를 물어도 모른다고 하겠지."

8학년 담임, 조앤은 학생들 다루는 데 도사였다. 오랜 경력도 경력이지만, 툭하면 꽥꽥 소리 질러대는 다른 선생들에 비해 무슨 비법이 있는지 학생들이 조앤 앞에서는 꼼짝 못 했다. 7학년 담임, 대니 밀러는 복도가 찡찡 울릴 정도로 있는 힘을 다해 소리 지르지만, 아이들은 들은 척도 안 했다.

7, 8학년, 한국의 중학교 1, 2학년이다. 나이로 치면 아직 어린 티를 벗어나지 못한 아이들이지만 미국 중학생들은 체격만 보면 마치 다 자란 성인들 같다. 3층에 7, 8학년 교실과 ESL 교실이 있어 수연이 복도를 지나가려면 학생들 사이로 살금살금 피해 가며 애들 운동화만 보게 된다. 학생들 운동화가 어찌나 큰지 정말 도둑놈 발 같다.

"조앤, 어떻게 조앤은 학생들을 그렇게 잘 휘어잡습니까?"

하루는 복도에서 대니가 조앤에게 물었다. 나는 남자인데도 아이들 다루기가 힘든데 당신은 여자면서 어떻게 그리 잘 다루느냐, 비법이 무엇이냐, 특별한 노하우가 있으면 제발 좀 알려달라고 간청하는 투였다. 대니는 새내기교사다. 대게 고학년은 경험이 많은 선생들이 담임을 하는데 대니가 남자라 그런지 시작하자마자 8학년 교실을 맡았다.

"글쎄요. 뭐 특별한 방법이 있는 건 아닙니다. 그저 '말이 목 말라할 때 물가까지는 데려다줄 수 있지만, 말 대신 물을 마셔줄 수는 없다.'라는 말을 저는 첫 수업을 할 때마다 칠판에 써 놓습니다. 그리고 또 있지요. "미국은 자유의 나라다. 자유는 무섭다.

공부를 하지 않아 쓰레기 치우는 사람이 되는 것도 네 자유, 공부를 많이 해 자신이 원하는 길을 가는 것도 네 자유다."

그 말을 써놓고, 그리고 말썽부리는 학생들이 있으면 무시합니다. 철저하게, 공부를 하든 말든, 없는 사람 취급합니다. 그런 애들은 선생님이 야단을 치면 칠수록 더욱 신나하지요. 그 애들이 바라는 게 바로 선생님이 너무 화가 나서 이성을 잃는 것이거든요. 대니, 솔직히 말할까요? 선생님이 너무 자주 흥분하니까 애들이 재밌어 더 그러는 겁니다. 무시하세요. 철두철미 무시하고 F 학점을 받아도 네 자유, 낙제를 해도 네 자유, 퇴학을 당해도 네 자유. 미국은 자유의 나라다. 모든 게 너의 선택에 달렸다, 라는 식으로 대해 보세요. 말썽부리는 애들은 대체적으로 집안 환경이 불우한 경우가 많습니다. 사실 깊이 알고 보면 측은한 애들입니다. 관심을 끌고 싶어 말썽을 부리는 거지요. 내 경험에 의하면, 시종일관 무관심으로 대하면 나중에는 나 좀 알아봐 달라는 듯, 태도가 달라지더라고요."

그날, 조앤은 대니와 이야기를 끝내고 수연에게로 다가왔다. 한국 학부모가 막 계단으로 내려간 후였다.

"수연. 수연은 왜 수업 시간에 부모가 찾아와도 만나는지 나는 도무지 이해할 수 없어요. 수업 시간은 물론이고, prep(preparation) 시간도 그렇고, 하여튼 무작정 찾아오는 부모들을 일일이 만나자면 굉장히 시간을 뺏길 텐데, 왜 노를 못해요? 노 할 때는 노

해야 하는데, 수연은 마음이 너무 여린 거 같아요."

웬만해서는 남의 일에 간섭하지 않는 조앤이 수연과 친해지고 난 후에는 이런 말까지 아주 솔직하게 했다.

'아닐 때는 안된다고 거절해야 한다.' 옳은 말인 줄 알면서도 수연은 그러지 못한다.

미국에 와 살면서 신기하다면 아주 신기하다 할까. 미국인들은 대체적으로 노와 예스가 분명하다. 그 태도가 처음에는 아주 냉정하게 느껴졌는데 살아갈수록 꼭 배워야 할 점이라 생각 든다. 예스도 아니고 노도 아닌 어정쩡한 대답, 때로 이런 태도 때문에 한국 사람들은 두리뭉실, 애매모호하다는 소리를 듣기도 한다.

어떻게 민망하게 사람 면전에서 딱 거절을 해요? 열이면 열 거의 이런 식이다. 그래서 거의 불가능한 부탁을 받고서도 어찌 어찌해보자는 식으로 어물쩍 답을 해서 때로 그게 큰 화근이 되기도 한다.

교사들에게는 일주일에 세 번, 45분씩 주어지는 prep. 시간이 있다. 이 시간에 교사들은 시험지 채점도 하고, 교사 일지도 쓰는 등, 이런저런 일을 한다. 그 자기만의 시간에, 툭하면 한국인 부모를 만나는 수연을 보다 못한 조앤은 아주 딱 부러지게 속마음을 말했다.

"그렇게 prep 시간을 뺏기니 항상 집에 갈 때 한 보따리 들고 가잖아요. 채점 같은 건 학교에서 끝내야지, 집에까지 가지고 가면 가족과는 언제 시간을 보내요? 둘러보세요. 학교 일 집에 싸 가지고 가는 선생 있는가, 거의 없어요. 강수연 선생님 말고…." 조앤이 눈을 샐쭉해가며 웃었다. 웃으면서 할 말은 분명 다 한 셈이다.

조앤은 모든 게 정확하고 분명하다. 일 처리도 깔끔하고 뭐 하나 흠볼 게 없을 정도로 완벽하다. 그런 성격이기 때문에 사전 약속 없이 찾아오는 부모들을 만나는 수연이 한심해 보일 수밖에.

학부모들이 선생님을 만나려면 미리 날짜와 시간을 약속해야 한다. 수업 도중에 학부모가 무작정 찾아오면 일 층에 있는 사무실에서 거절당한다. 선생님과 약속이 있는지 물어보고 약속이 없다면 지금 수업 중이니 약속하고 다시 오시라며 돌려보낸다. 그런데 한국 부모들은 아예 사무실에 들르지 않고 그냥 3층에 있는 수연의 교실로 곧바로 올라오곤 했다.

"한국 부모만 특별대우하면 불공평하잖아."

조앤이 눈을 찡긋 감아 보이며 농담하듯 말하지만 그 말속에 베트남, 터키, 그리스, 등 다른 나라 부모가 그렇게 불쑥 찾아와도 만날 것인가? 라는 의미가 배어있었다.

같은 한국 사람이라는 것.

그가 시골 사람이든 도시 사람이든 경상도든 강원도든 그저 언어가 같고 생김새가 같다는 것만으로 얼마나 가깝게 느껴지는지, 한국을 떠나 외국 생활을 해보지 않은 사람은 이런 심정을 상상조차 하기 어려울 것이다.

"한국 선생님이 계시대요. 애들 학교에."

"정말요? 미국 학교에 한국 선생님이 있다고요?"

"글쎄, 나도 깜짝 놀랐어요. 학교에 가야 하는 날, 목사님께 부탁을 할까 어쩔까 고민했다고요. 영어가 통해야 뭔 말을 하는지 알아들을 거 아니겠어요? 그래도 애들을 셋씩 맡겨놓고 어미라고 얼굴 한 번 안 디밀 수도 없고 해서 무작정 갔었는데, 아, 글쎄, 한국인 여선생님이 계시겠지. 어유, 정말 저절로 고맙습니다, 라는 말이 나오더라고요."

학교에 한국인 선생이 있다는 거 하나만으로 한시름 놓았다는 부모들. 그들을 어떻게 약속 없이 왔다고 돌려보낸단 말인가.

70년대 초반, 미국에 들어온 한국 사람들은 유학생들보다 이민 온 사람들이 더 많았다.

한국에서 이민 오는 사람들도 많았지만, 독일에 갔던 광부, 간호사들이 한국에 들어가지 않고 미국으로 간 사람들이 많았다.

언어조차 다른 남의 땅에 단단한 터전을 만들려는 사람들.

그야말로 모험도 큰 모험이지만 가난에 찌든 60년대를 한국에서 살아본 사람이라면 이해할 수 있다. 가난을 벗어나고 싶은 마음. 내 몸을 굴려 노동을 할망정 자식들은 잘 먹이고 싶은 마음. 그 당시, 미국에 이민은 잘살아보기 위한 절호의 기회였다.

갓 이민 온 사람들은 생계를 위해 한국에서는 관공서의 과장,

국장 또는 중, 고등학교 교사였다 해도 우선 일감이 생기면 먹고 살아갈 길이 생긴 것이기에 한숨 놓을 수 있었다.

한국에서 이런저런 전문직에 종사했다 하더라도 우선 언어 소통이 제대로 되지 않으니 공장이나 세탁소나 음식점 같은 곳에서 허드렛일을 하는 경우가 많아 정말 시간이 빠듯하다. 한국에서 돈을 많이 가지고 와 자기 사업을 차리는 경우 아닌 한, 새벽에 나갔다 별을 보고 돌아오는 고된 삶이었다.

그렇게 매일 힘든 삶을 살아가는 그들이기에 일주일이나 이주일 후, 선생님과 만날 시간을 미리 약속한다는 게 그리 쉬운 일이 아니다. 이런저런 궁금한 일로 선생님은 꼭 만나야겠고 하니 어쩌다 틈이 생길 때, 또는 틈을 만들어 무작정 학교로 달려오는 것이다. 한국인 선생님이 있다는 것을 믿고 그렇게 용기를 내 오는 부모들. 이런 부모들을 어떻게 사전 약속이 없다며 매몰차게 거절한단 말인가. 교사 일지나 시험지 채점 같은 것이야 집에 가지고 가서 할 수도 있는 일 아닌가.

좀 잘살아보겠다고, 자식들에게 보다 나은 미래를 마련해 주겠다고, 안간힘 쓰는 사람들. 하루 열서너 시간 이상씩 일하는 건 예사다. 공장에서 8시간 일을 하고, 다시 파트 타임으로 서너 시간 야간작업을 가는 사람들도 있다.

산타클로스 할아버지를 하얀색과 검은색으로 칠한 1학년 용수 담임은 정신과 의사 검진을 추천하기도 했다.

갓 한국에서 온 학생이 크리스마스를 모를 수도 있지 않은가. 산타클로스 할아버지 사진을 단 한 번도 본 적 없을 수도 있지 않은가. 그 아이 머릿속에 할아버지는 하얀 옷에 까만 검정 고무신뿐인데 어쩌랴.

모든 걸 미국 기준으로 외국 학생을 평가한다는 건 위험하다. 용수는 절대 정신이 이상한 것도, 정신 연령이 모자란 것도 아니고, 지극히 정상적인 아이다. 단지 한국에서 대도시에 살지 않고 전기시설도 없는 벽촌에 살다 왔기 때문에 크리스마스가 뭔지 전혀 몰랐던 것뿐이다.

수연은 부모를 부르자는 담임에게 입에 침이 마르도록 설명하고 또 설명했다. 힘들게 살아가는 부모에게 이 이야기를 한다면 얼마나 기가 막히겠는가.

담임에게도, 교장에게도 한국은 미국과 달리 아직 선진국이 아니다. 대도시와 지방, 더군다나 산간지역이나 섬에서 온 학생들은 산타클로스는 고사하고 크리스마스가 뭔지도 모르는 애들이 있을 수 있다 등, 구차할 정도로 설명해야 했다.

만약 앤더슨 학교에 한국인 교사가 없었다면 용수는 영락없이 정신과 의사 진단을 받고 어쩌면 지적장애아가 돼 특수교실에 보내졌을지도 모른다.

실은 수연도 크리스마스를 모르는 한국 아이가 있다는 게 믿어지지 않았다. 하지만 한국인 부모들을 만나면서, 그럴 수도 있겠구나, 터득이 갔다.

미국에 이민 오는 사람들은 서울이나 부산, 대구, 광주 같은 도시에서 오는 사람들만이 아니라 이름조차 들어보지 못한 벽촌에서, 또는 홍도, 선재도, 연평도, 보길도 같은 곳에서 오는 사람들도 있었다.

지도에서 찾아보기도 힘든 작은 섬에서 부산이나 울산, 목포, 대구 같은 도시로 나가는 것도 대단한 모험일 텐데 아예 바다 건너 남의 나라로 옮긴다는 게 어찌 말처럼 쉬운 일이겠는가. 얼마나 단단하게 마음을 거머쥐고 떠나왔겠는가.

미지의 세계에 대한 기대도 기대지만 두려움이 얼마나 그들을 겁먹게 했겠으랴.

그런데 신기한 건 한국 여성들이다. 엄마는 강하다는 말처럼 정말 한국 여성들은 강하다.

그들은 대부분 남자들보다 영어도 빨리 익히고 어떤 직업이든 더 억척같다 싶을 정도로 열심이다. 체면은 무슨 체면. 내가 어떻게 독하게 맘먹고 고향을 떠나왔는데 엉터리 영어를 하면 어때, 무작정 손짓 발짓 다 해서라도 의사만 통하면 되지. 이런 배짱은 신기할 정도로 남자들보다 여자들이 강하다. 그렇게 시작해 생활이 어느 정도 안정이 되면 세탁소든 잡화상이든 주로 아내에게 맡기고 남자들은 골프채 들고 나가기 십상이다.

물론 학교 근처에서 도넛 가게를 하는 영규 아버지같이 일밖에 모르는 사람도 있지만 대부분 한국 남자들은 생활이 좀 살만 해지면 골프채부터 준비한다.

"선생님, 애 아빠가 골프대회에 나갔다가 이걸 타왔겠지요. 여자 퍼터라며, 저보고 슬슬 골프 배우라고, 일부러 여자 것을 택했다겠지요. 그래서 아까워서 선생님 드리고 싶어 가지고 왔어요."

한번은 학교 근처에서 세탁소를 하는 진미 어머니가 여성용 골프 퍼터를 들고 찾아왔다.

"진미 어머니, 고맙지만 저는 골프를 칠 줄 몰라요. 골프채 잡아본 적도 없어요. 두었다가 나중에 진미 아버님과 함께 치시게 될 때 쓰세요."

"어머. 정말이세요? 선생님이 골프 칠 줄 모르신다고요? 세상에! 저는 미국에 살고 있는 한국 사람들은 웬만하면 골프부터 하는 줄 알았는데, 정말이세요? 공연히 사양하시는 거라면, 제 정성이니 받아주세요. 제가 어느 세월에 골프를 배우겠어요."

"정말입니다. 저는 골프뿐 아니라 운동신경이 통 없어요, 사양하는 게 아니라 정말 골프장에 가 본 적도 없어요."

골프는 고사하고 정구라도 좀 해볼까 하고 일부러 레슨까지 받아봤지만, 영 아니었다. 운동하고는 거리가 멀어도 너무 멀었다.

어렸을 때, 물가에 가서 놀 때, 돌 던지는 아이들을 보면 신기했다. 그 돌이 마치 요술을 부리듯 퐁퐁 물 위를 서너 번 건너뛰기를 하다 물속으로 빠지곤 했다. 수연이도 그게 해보고 싶어 입술이 바짝바짝 타들도록 아주 정성을 다해 돌을 던져 보고 또 던져 보고 했지만, 단 한 번도 퐁퐁 물 위를 떠가지 않고 그냥 풍덩 빠져버렸다.

왜 나는 공도 제대로 던지지 못하고, 돌도 제대로 던지지 못할까. 왜 나는 아무것도 못 할까. 어렸을 때부터 수연은 운동은 물론이고 무엇이든 새로 시작해 보는 것에 늘 주눅이 들었다.

여학교 때, 친히 지내는 친구들이 하나같이 운동을 잘했다. 농구도 잘하고 배구도 잘하고 수영도 잘하고 특히 스케이트 타는 친구는 한강에서 벌어지는 대회에 나가 일등을 하기도 했다.

친구가 스케이트 연습을 하러 얼어붙은 논바닥을 찾아갈 때면 따라가 보기도 하고 시합 때는 한강에 가서 발이 시려 달달 떨며 지내기도 했지만, 스케이트를 신어본 적도 없다. 50년대 말, 서울에는 스케이트 연습을 하려면 새벽부터 꽁꽁 언 논을 찾아다녀야 했었다. 시합도 한강이 얼어야 했으니 정말 가난하기 짝없는 상황에서 연습을 한 친구는 나중에 대한민국 최초의 여성 스케이트 선수로 올림픽에 참가하기도 했다.

피아노도 그랬다. 어머니는 피아니스트라 되라는 게 아니다. 그저 어디서든 피아노가 있으면 한두 곡 칠 줄 아는 여성이 되라고 중·고등학교 때, 레슨을 받게 하셨다. 수연은 정말 피아노 하나만큼은 잘 치는 사람이 되고 싶었지만, 오직 마음뿐. 학교 끝나고 효자동까지 레슨 받으러 가기가 너무 싫었다. 어느 날, 어머니가 레슨 받을 때 따라와 보시더니, 그래라. 이제 그만두라 하셨다.

"정말, 사양하는 거 아니시지요?"

"정말입니다. 정말 저는 골프장에 가 본 적도 없어요."

한국 사람들은 참 정이 많다. 무엇이든 주고 싶어 하는 순박한 마음을 대할 때마다 수연은 저절로 코끝이 찡해진다.

지나온 세월을 뒤돌아보면 뭐 하나 버릴 게 없을 정도로 소중하다. 교직에 몸담으면서 수연은 비로소 인생 공부에 첫걸음을 시작했다 할까? 이게 솔직한 수연의 느낌이다. 사람이라고 다 사람이 아니다. 사람다운 사람이 되라던 아버님의 말씀을 학교에 나가며 많은 사람들을 만나보며 그 뜻을 조금씩, 조금씩 이해할 것 같았다.

전에는 미처 몰랐던 작은 보람. 작은 행복. 사람과 사람 사이에 말없이 통하는 구수함. 빛바랜 사진첩을 들여다보듯, 뒤돌아보면 자신이 학생들에게 무엇을 가르쳤다기보다 수연 자신이 받은 혜택이 너무나 크다.

여름학교에 나갈 때, 일화가 두고두고 지금도 수연의 머릿속에 또렷하게 잊혀지지 않는 영화 장면처럼 남아있다.

세상 살아가기에 너무나도 착하고 어딘가 좀 모자란 듯한 젤소미나. 좋아하는 남자에게 온갖 학대를 받아 가면서도 "내가 아니면 누가 저 사람 곁에 있겠어요?"라고 말하는 젤소미나. 그 영화를 보면서 그렇게 가슴이 에여 울었던 기억이 생생하다. 그런데 이상하게도 여름학교 때 일을 떠올리면 꼭 그 영화 장면이 겹쳐온다.

시카고 교육청에서는 미국에 이민 오는 학생들이 부쩍 늘어나기 시작하자 여름방학 동안 여름학교를 실시했다. 5주 동안 영어가 모국어가 아닌 학생들에게 기초 영어를 가르치는 것으로 한국 학생들처럼 30명 정원이 되면 한국 이중 언어 교실을 운영하지만 러시아, 베트남, 터키, 인도 등, 단독 교실이 구성이 안 될 때는 혼합 교실을 운영했다. 단독 언어 교실로는 한국 교실 외에 그리스 교실과 히스패닉 교실이 있었다.

"여름학교는 그냥 슬렁슬렁 놀러 다니는 곳이 아니란다. 너희들, 한국에서 온 지 얼마 안 되는 너희들은, 내가 알기로는 공부도 잘하고 아주 똑똑한 학생들이다. 다만 영어가 안 돼서 일반 과목을 당장 따라갈 수 없는 거지. 그러니까 여름방학 동안 열심히 영어 공부를 하는 거다. 미국 태생 학생들이 방학 동안에 하루 한 시간 공부한다면 너희들은 열 시간씩 공부한다는 그런 각오로 여름학교를 시작하길 바란다. 그리고 너희들이 꼭 알아야 할 게 있는데 그건 이 자리. 여기 서른 개 책상이 있다. 그 서른

명에 너희들이 뽑힌 거야. 너희들처럼 여름학교에 꼭 오고 싶은데 등록이 늦어서 또는 차례가 안돼서 오지 못하는 학생들이 많이 있다는 거 잘 알지? 그러니 오늘 나하고 약속 하나 하는 거다. 무슨 일이 있어도 결석하지 않기. 심하게 아픈 경우 외에는 반드시 출석하기. 물론 나도 응급실에 실려 갈 정도로 아프지 않은 한 반드시 온다. 결석 안 하기로 약속이다."

아이들이 조용했다. 같은 학군 안에 있는 여러 학교에서 모여든 7, 8학년 한국 학생들이기 때문에 서로가 서먹서먹해했다.

"만약 여름학교를 심심해 어슬렁어슬렁 놀러 다닌다 정도로 생각한 학생이 있다면 지금 당장, 이 교실에서 나가주길 바란다. 절대 이유도 묻지 않겠고, 또 처벌도 물론 없다. 그러니 아무 걱정 말고 그냥 이 순간에 나가도록."

아이들이 잠잠했다.

어쩌면 지네들보다 몸집도 작은 여선생이 공연히 기 잡으려 드는구나, 라고 생각했을지 모르지만 미국 태생 학생들과 달리 한국 학생들은 떠들어대거나 말대꾸하거나 술렁거리지 않았다.

"그럼, 모두 약속한 것으로 알고, 수업 시작하겠다."

시카고는 바람의 도시라고 불릴 만큼 여름에는 비가 한번 오기 시작하면 하늘에 구멍이 뚫린 듯 퍼붓기도 하고, 겨울에 눈이 오기 시작하면 발목을 덮는 건 예사고 때로 무릎까지 차도록 올 때가 있다. 솜덩이 같은 눈이 펑펑 쏟아지는 것을 방 안에서 내다보면 환상적이지만 운전을 해야 할 때는 참으로 아찔할 정도로 막막하다.

천둥 번개가 요란하고 비는 억수처럼 퍼부어대는 날이었다. 우산이 있어도 아무 소용없었다. 바람이 어찌나 센지 우산은 금방 뒤집혀 버렸다.

수연이 여느 때와 마찬가지로 아침 일찍 집에서 나와 학교로 향하는데 다리 밑으로 지나가는 길에 물이 차 막혀 있었다. 자동차의 윈도 실드가 숨 가쁘게 휙휙 돌아가지만 앞을 내다보기 힘들 정도로 빗발이 거셌다.

길을 돌아 다른 길로 가다 보면 또 경찰차가 막고 돌아가라 했다. 돌고 돌아 학교에 도착했을 때는 열 시가 넘은 시간이었다. 주차장에 차를 세우고 우산을 펴 들었지만 순식간에 우산이 뒤집혀 머리에서 발끝까지 흠뻑 젖어버렸다.

"선생님 오셨다! 선생님 정말 오셨다! 정말 오셨다!"

발을 쾅쾅 구르는 소리, 주먹으로 책상을 마구 내리치는 소리.

세상에!

물독에 빠진 생쥐같이 흠뻑 젖은 아이들이 서른 명, 단 한 자리도 비어있지 않았다.

"너희들, 세상에, 너희들….."

수연은 목구멍이 뻐근해 오고 콧날이 시큰거려 책상에 얼굴을 묻고 말았다.

"이런 날, 학교에 오면 어떡하니. 이 빗속을 뚫고 오다니! 아무리 약속을 했지만 그래도 그렇지! 불쌍해라. 측은해라. 내가 너무 닦달했나? 너희들은 미국 태생 아이들보다 열 시간은 더 공부해야 제대로 따라갈 수 있다고, 남의 나라에서 당당하게 살아가려면 무엇보다 실력이 있어야 한다고. 너무 다그쳤나? 그래도 그렇지. 이런 폭우 속에 어떻게 다들 왔니, 어떻게!"

잠시 후, 교장이 교실에 들어와 한참 동안 아무 말 없이 멍하니 학생들만 바라보고 서 계셨다.

"도대체 비법이 무엇입니까?"

수연은 두 손으로 급히 눈물로 얼룩진 볼을 문지르며 어색하게 웃었다.

조금만 슬퍼도 울고, 조금만 기뻐도 울고, 영화를 보면서도 울고, 유치원 아이든 8학년 아이든. 학생이 울면 왜 우는지 이유조차 모르면서 따라 울고, 어쩜 눈물이 이렇게 흔할까, 마치 수도꼭지가 고장이 나 줄줄 물이 흐르듯 툭하면 눈물이 쏟아지는 자신이 수연은 때로 너무 한심하기까지 했다.

"히스패닉 교실도, 그리스 교실도, 다른 교실도 오늘 모두 다 취소되었습니다. 오직 한국 교실만 수업하게 되었습니다. 정말 놀랍습니다. 강 선생님, 턴디 길도, 링컨 길도 다 막혔다고 뉴스에 나오던데 도대체 어떻게 오셨습니까?"

"날아왔지요."

빙긋 웃어가며 날아왔다는 수연의 답에 교장도 학생들도 한참 웃었다.

사람과 사람 사이가 다 그래야 당연하겠지만 특히 부모가 자녀들에게, 또는 선생이 학생들에게 한 약속은 가능한 한 반드시 지키도록 해야 한다. 그래야 아이들에게 신뢰를 받을 수 있다. 약속을 쉽게 하고 또 약속을 아주 쉽게 깨는 부모나 선생이라면 아이들에게 존경을 기대하기 힘들다. 아이들과의 약속을 가볍게 생각하고 아예 잊어버리거나 이런저런 핑계로 취소한다면 아이들이 어른의 말을 신중하게 들을 리 없다.

요즘 애들, 어른 알기를 우습게 안다고 말하는 어른들이 많다.

왜일까? 원인이 무엇인가를 생각해보면 저절로 답이 나온다. 어른이 어른답다면, 존경하고 본받고 싶은 어른이라면, 어른을 우습게 알 리 없다.

수연은 학생들에게 짬이 있을 때마다 거의 잔소리에 가까울 정도로 공부 잘하는 사람보다 사람다운 사람이 되라는 말을 하곤 한다. 공부는 아주 잘하지만 잘난 척하고 이기적이고 남을 전혀 배려할 줄 모르는 사람은 성공하기 힘들다. 그런 사람보다 남을 배려할 줄 알고 겸손하고 성실한 사람이 이다음 사회인이 되었을 때 성공하기 쉽다.

뿐 아니라 부모님을 이해하라는 말도 꼭 한다.

한국에서 온 아이들이 제일 이상히 여기는 게 왜 우리 부모님은 한국에서 대학까지 나오셨는데 영어를 못하시나, 하는 것이었다.

그런 질문을 받으면 수연은 진지하게 예를 들어가며 설명한다.

"우리 학교 교장 선생님, 한국말 하나도 할 줄 모르신단다. 아마 교육감도 주지사도 한국말 못하실 거야. 그렇다고 그분들이 무식해서 그러니? 아니잖아? 마찬가지로 너희들 부모님은 미국에서 공부하신 게 아니고 한국에서 공부하신 분들이야. 교장 선생님이 영어는 잘하지만 한국말은 전혀 못 하는 것과 똑같은 거지. 그러니까 부모님들이 영어를 잘 못하시는 게 당연한 거라고. 너희 부모님들은 그런 거 다 각오하시고 여기 오신 거란다. 너희들의 장래를 위해서, 한국보다 기회가 많이 주어지는 미국을 택하신 거지. 그러니까 부모님을 이해하고 존경해야 한다."

왜 미국에 기회가 많은가? 그건 우선 아주 큰 나라이며 또 부자나라라 직업을 구할 수 있는 기회가 더 많고 열심히만 노력하면 잘살 수도 있으니까 그렇단다. 현재 우리나라, 대한민국은 일인당 개인소득은 아프리카 케냐와 비슷할 정도, 미화로 100불 정도란다. 아니 내가 한국을 떠나오던 60년대 초반에는 76불인가 그 정도였단다. 그러니 그렇게 가난한 곳을 떠나 부자나라에서 너희들에게 좋은 기회를 주고 싶어 고국을 떠나오신 거지. 물론 수연은 아이들에게 이렇게 구체적인 말까지는 하지 않았다.

"나도 미국에 처음 왔을 때 입이 떨어지지 않아 혼났단다."

수연의 이 말에 아이들이 눈이 휘둥그레졌다. 선생님이요? 우리들에게 영어를 가르치는 선생님이요? 아이들이 눈빛으로 묻고 있었다.

"그럼, 그랬지. 어유, 말 한마디 했다가 상대방이 금방 알아듣지 못하면 진땀이 나더라. 그러니 너희들도 열심히 영어 공부해야 한다. 문법도 중요하지만 발음과 억양에 신경을 써야 한다. 아무리 실력이 당당해도 말이 제대로 통하지 않으면 자신이 원하는 직업을 가지기 힘들단다. 그래서 영어 공부는 억양과 발음이 아주 중요한 거란다."

아이들 질문에 적당히 둘러 답하지 않고 있는 그대로 답하는 게 가장 좋은 방법이다.

"선생님, 운동장에서 미국 애들이 툭하면 휔유, 휔유, 하는 데 그게 무슨 말이에요?"

"좋지 않은 말이란다. 아주 안 좋은 욕이야."

"무슨 뜻이에요?"

아주 안 좋은 욕이라니까 아이들은 더욱더 궁금해했다.

한두 명이 묻는 게 아니다. 갓 한국에서 온 아이들이 제일 먼저 배우는 영어 단어가 아마 그 말이 아닌가 싶을 정도다.

"그 말은 x 발, 그런 뜻이야."

아이들이 너무 놀라 어머머! 해가며 두 손으로 입을 막았다. 선생님 입에서 그런 상스러운 욕이 나오니 기막힌 모양이었다.

뿐 아니다. 단모음, 'I' 소리를 공부할 때, 교과서에 꼭 'sip'이라는 단어가 나온다.

it, fit, sip, kid…. 소리를 따라 하라 하고 한 단어씩 읽어 내려갈 때, 책에 있는 sip을 지나칠 수도 없고 해서 있는 그대로 발음을 하면 아이들은 놀랍다는 듯 어색한 표정으로 서로 쳐다보면서 따라 하지 않는다.

"sip. 이것 봐. 이렇게 조금씩 아주 조금씩 물이든 콜라든 마시는 걸 sip이라 한단다. 무엇이든 목만 축이듯 아주 조금씩 마신다는 뜻이지. 자, 따라 해 봐, sip."

아이들이 아예 깔깔깔 웃어댄다.

"미국 애들이 'x팔' 이 말을 많이들 알더라. 물론 한국 학생들한테 배운 거겠지. 그런데 나쁜 말은 자주 하면 버릇이 돼 툭하면 저절로 나오게 되니 하지 않도록 해야 한다. 무엇이든 습관이되면 나중에 고치기 힘들단다."

정말 그렇다. 욕설이 입에 익숙한 사람은 툭하면 자기 자식들에게도 욕을 해댄다. 하지만 욕설을 입에 담아본 적 없는 사람은 아무리 속이 뒤집힐 정도로 부아가 나도 차마 욕을 입에 올리지못한다.

한국 사람들은 참 정이 많다. 좋아하는 사람에게는 그야말로 간이라도 빼 줄 듯, 다정다감하다. 수연이 교직에 있으면서 만나는 한국인 부모들은 정말 하나같이 그렇게 정이 많은 사람들이었다. 어쩌면 자기 자식을 가르치는 선생님이기 때문에 더 살가운지 모른다.

여름학교에서 만난 욱이 어머니는 떡을 자주 보내셨다. 인절미를 하나씩 랩(wrap)에 싸 보내시면서, 냉장 칸에 넣어두고 저녁에 하나 내놓고 주무시면 아침에 말랑말랑해진다고, 아침에 커피와 함께 드시면 좋을 거라는 쪽지까지 보내셨다.

크리스마스 때, 백양 메리야스 내의를 정성스레 포장지에 싸보낸 부모님.

어느 지역에서 오신 부모님인지 알지 못하지만 분명 한국을 떠나실 때 가지고 오신 것이리라. 생전 가보지 않은 미국. 그것도 한겨울에는 거리에 잠깐만 서 있어도 귀가 얼어붙는다는 시카고. 그곳에 가 살자면 아주 두툼하고 따뜻한 속옷이 필요할 것같아 준비해 오신 것이니라. 한국에서까지 가지고 오신 여자 속옷. 그것을 보내신 그 마음이 얼마나 훈훈한지 포장을 풀어보며 코끝이 찡했다.

투박한 실에 길게 꿰어 말린 호박을 들고 오신 할머니. 무엇인가를 주고 싶은데 별로 줄 것이 없어 궁리하다 들고 오신 것이리라. 학교에 호박 말랭이라니! 고향 냄새가 물씬 나는 이런 선물을 받을 때마다 수연은 생각한다. 한국은 어떤지 모르지만 내가 미국 학교에 선생님을 하지 않았다면 언제, 어디에서 사람 냄새가 물씬 풍기는 이런 선물들을 받아보겠는가. 미국에 와서 한국 사람의 구수한 정. 그 순박한 정이 무엇이라는 것을 실감한다. 투박하지만 꾸밈없는 정. 어떤 이재가 관련된 것이 아니고 진정한 마음이 고스란히 담겨있는 선물이라 더 귀했다.

선생님이 커피를 좋아하신다는 소리를 들었다며 아침 등교 시간에 맞춰 따끈따끈한 커피가 들어있는 종이컵을 들고 문 앞에서 기다리는 영규 아버지.

영규 부모님은 학교 모퉁이에서 도넛 가게를 하신다. 도넛 가게는 하루 중에 아침 출근 시간이 제일 바쁜 시간이다. 그렇게 가장 바쁜 시간에 영규 아버지는 매일같이 문 앞에 종이컵 두 개를 들고 서 계신다. 그 마음이 너무나도 감사하지만, 너무 송구스럽고 부담이 돼 제발 그러지 마시라고 사양하고 또 사양해도 영규 아버지는 그 길밖에 선생님께 감사를 표현할 길이 없으니 거절하지 말라고 한다. 선생님이 학교에 계셔 영어 한마디 못 하는 자식을 학교에 보내놓고 걱정하지 않아도 되니 얼마나 고마운가 하고.

영규 부모님은 새벽 3시에 가게에서 도넛을 만들기 시작하신단다. 그리고 온종일 팔다 남은 도넛은 오후 3시가 넘으면 여느 도넛 가게나 빵집처럼 반값으로 팔지 않고 인근 양로원으로 보내신다. 한 푼이라도 더 벌겠다는 마음 대신 몽땅 양로원으로 가져가는 마음.

그 마음씨가 바로 주님을 섬기는 갸륵한 마음씨 아니겠는가. 교인이라며 일요일마다 좋은 옷 입고 좋은 자동차 타고 보란 듯이 교회 가는 사람일지라도 길에서 구걸하는 걸인에게 눈길조차 주지 않는 사람들도 많은데 할 수 있는 한 최대로 베푸는 삶을 살아가는 그들이 수연은 정말 존경스럽다.

찜통더위가 계속되는 어느 여름날, 은애 어머니가 김치 한 병을 3층 교실까지 가지고 올라오셨다.

"선생님께 제가 뭐 드릴 게 있어야지요. 생각하다 김치 한 병 담아왔습니다. 제가 김치 하나는 정말 끝내주게 잘 담그거든요."

경상도인지 전라도인지 말투가 그리 구수할 수가 없다. 수연은 서울에서 태어나 서울에서 살다가 대학 졸업하는 해에 곧바로 미국으로 들어왔기 때문에 서울 말투가 아니라는 것 외에 어느 지방 어투인지 잘 구별하지 못한다.

호박 말랭이도, 김치 한 병도, 백양 메리야스도, 수연은 꿈에도 생각해보지 못했던 선물들이었다.

내가 미국에 와서 선생을 하지 않았다면, 어떻게, 어디에서, 이런 정이 흠뻑 묻어나는 선물들을 받아보겠는가 싶어, 그런 선물을 받으면 명치끝이 찌릿찌릿해 올 정도로 감격, 감동되었다.

그날, 김치 병을 교실 한구석에 있는 탁자 위에 올려놨던 날, 화씨 90도를 오르락거리는 더위에 그만 김칫국물이 넘쳐버렸다.

"어머, 이게 무슨 냄새?"

제일 먼저 복도로 나온 조앤이 수연의 교실을 들여다보며 물었다.

"김치."

수연이 어색해서 기어들어 가는 목소리로 김치라 발음하며 어깨를 으쓱하자,

"어머, 또 뇌물 받았어요? 이번엔 말린 호박이 아니라 김치?"

조앤이 어이없다는 듯 웃었다.

뇌물이라는 말이 시작된 동기가 있다.

"강 선생님, 미안하지만 사무실로 곧 내려와 주십시오."

한 번은 수업 시간인데 벽에 걸려있는 스피커를 통해 교장이 수연을 찾았다. 웬만해서는 수업을 방해하지 않는 교장 선생님이 웬일일까.

또 한국에서 학생이 들어왔나?

워낙 한국에서 오는 이민자들이 많은 탓인지, Anderson 학교가 공립학교 중에 우수한 학교라는 소문이 나 있기 때문인지, 70년 중반이 되자 한국 학생들이 부쩍 많이 들어왔다.

교장 선생님 옆에 대니 밀러가 얼굴이 벌게져서 서 있었다. 그는 조금만 흥분하거나 당황하면 마치 술독에 빠진 사람처럼 얼굴도 목 언저리도 아주 벌게진다. 학생들을 야단칠 때 보면 저러다 제풀에 숨넘어가지 않을까 싶을 정도다.

이성을 잃고 학생에게 손찌검이라도 하면 어쩌나! 때로 복도에 학생을 세워놓고 다그치는 모습을 보면 아주 아슬아슬하다. 당장 주먹이 올라갈 것 같다. 민족성이 그렇다나? 그게 사실인지 아닌지 수연은 모르지만 로젠이 자신 있게 하는 말이다. 아이리시(Irish)는 성질이 그리 급하단다.

선생님은 그 어떤 경우든 학생에게 손을 댈 수 없다. 학생에게 손을 대는 날, 교사자격증을 잃을 수도 있고 법정에 불려 다니기 쉽다. 이 규칙이 너무 철저해서 아무리 성질이 머리끝까지 치밀어 올라도 선생님들은 악을 쓰듯 소리소리 질러대다 만다. 선생님이 학생에게 손을 대지 못한다는 것을 잘 알기 때문에 학생들은 장난스럽게 일부러 선생님 신경을 위태위태한 수준까지 건드리기도 한다.

‘그냥 무시하세요.’ 조앤의 이 말은 경험이 오래된 선생님에게는 가능하겠지만 새내기 선생님들에겐 쉽지 않은 일이다.

“저, 이 시계 말입니다. 이 고급시계를 밀러 선생님 반 학생이 가져왔다는군요. 그 학생이 아마 실수로 가져온 거 같군요.”

교장이 보여주는 시계는 오메가였다.

"땡스기빙 데이(Thanksgiving Day)라고 선생님께 선물을 보내신 것 같은데요. 아무래도 선물상자가 뒤바뀐 게 아닌가 싶습니다. 빨리 그 부모님께 전화를 걸어주시기 바랍니다. 시계가 없어진 걸 아신다면 얼마나 당황하시겠어요."

대니 밀러가 학생이 준 선물 상자를 풀어보고 놀라서 교장에게 가져온 모양이었다.

'아마 뒤바뀐 게 아닐 겁니다. 모르긴 해도 부모님이 담임선생님께 보내신 선물일 겁니다.'

수연은 그 자리에서 찬식 아버님께 전화를 걸면서 속으로는 분명 담임에게 보낸 선물일 거라 생각했다.

한국 부모들, 특히 한국에서 온 지 얼마 안 되는 사람들은 담임에게 잘 보여야 학점이 잘 나오는 줄 안다. 미국 학교에서는 지역에 따라 조금씩 다르긴 하지만, 대부분은 초등학교 4학년부터 수학, 영어, 과학, 역사 과목은 수준에 따라 교실을 옮겨 다닌다. 같은 반 학생들이 다 함께 하는 과목은 도서관 과목과 체육, 음악뿐이다. 이것을 모르는 한국인 부모들이 가끔 담임선생님께 과분한 선물을 하는 경우가 있다.

"제가 찬식 담임선생님께 보낸 선물입니다."

찬식 아버지의 답은 수연이가 예상했던 대로였다. 잠을 자다 받은 목소리 같았다. 밤일을 다니고 낮에 잠을 자는 듯싶은데, 오메가 시계라니!

"저, 찬식 아버님, 밀러 선생님께서 그런 과한 선물은 받을 수 없다고, 돌려보내겠다고 하시니 그리 아시길 바랍니다."

수연은 찬식 아버지가 뭐라 말하기 전에 냉큼 전화를 끊었다.

"아버지가 직접 주신 거예요. 담임선생님 갖다 드리라고 하셨는데, 왜 도로 가져가야 해요?"

"내가 아버님께 설명해 드렸으니 너는 그냥 가지고 가면 돼."

크리스마스나 추수감사절 선물은 주로 20불 안쪽의 선물이 상례다. 때로 장미꽃 열두 송이를 받은 선생님은 그날 내내 신이 나서 자랑하기에 정신이 없을 정도다. 스카프나 장갑, 또는 초콜릿 한 상자, 선생님들이 받는 선물이란 거의 다 이런 것들이다.

유치원 반 담임인 실비아는 부모들이 보내는 선물이 다 지지한 것들이라 풀어보지도 않고 집에 가지고 가 청소부에게 준다는 말을 자랑삼아 하곤 했다. 그런 사고방식을 가지고 있는 여자가 유치원 선생님이니 아이들이 불쌍하다고, 조앤이 하는 말이다. 실비아는 아이들도 아주 노골적으로 차별한다. 옷을 꾀죄죄하게 입고 다니는 아이들은 더럽다고 곁에 가까이 오지도 못하게 한다.

노처녀인 실비아는 인도와 한국 학생들을 유난히 싫어한다.

그 학생들은 점심시간에 집에 가 무엇을 먹고 오는지, 냄새가 너무 역겹단다.

한국 학생들은 거의 다 학교 식당에서 무료 점심을 먹는다. 저

소득층 집안 학생들에게 무료 점심이 제공되는 것으로, 갓 한국에서 온 사람들은 아이를 등록시킬 때 으레 무료 점심 혜택까지 신청한다.

막 이민 온 사람들이 미국 학교에 이런저런 혜택이 있다는 걸 바싹하게 잘 아는 건, 한국 교회들이 많은 탓이다. 시카고든 LA든, 뉴욕이든 미국 대도시에는 한국 교회들이 참 많다. 그리고 한국에서 갓 이민 오는 사람들 대부분이 한국교회에 다닌다.

신앙심이 돈독해서 교회에 나가는 사람들도 많겠지만, 미국에 있는 한국교회는 한국 사람들의 교제 장소이기도 하다. 언어도 서툴고 문화도 서툰 남의 땅에서 학력과 관계없이 대부분 육체노동을 하는 사람들. 그들에게 한국교회는 그야말로 말이 시원하게 통하는 고향 같은 곳이기도 하다.

학교 식당 음식이 맛이 없다며 점심시간이면 집에 쏜살같이 달려갔다 오는 한국 학생들이 꽤 있다. 우유 맛도 한국에서 마시던 우유와 영 맛이 다르다며 아예 쓰레기통에 버리다 들켜 식당 담당 관리자에게 야단을 맞는 애들도 있다. 식당 담당, 파멜라는 폴란드 여자인데 식당 안에서는 그야말로 교장보다 권한이 더 세다 할 정도다.

파멜라는 싫고 좋고를 어린애들처럼 아주 솔직하게 표현한다. 말로 하는 게 아니라 행동으로 한다. 자신에게 좀 거만하거나 불손한 태도로 대하는 선생에게는 피자를 더 줘도 끝 구석 찌

그러진 조각을 주고 자신에게 공손한 선생에겐 가운데 부분, 좀 더 크고 따끈한 부분을 준다. 식당에서는 학생이나 선생이나 똑같이 줄에 서서 파멜라가 주는 대로 음식을 받기 때문에 그녀에게 잘못 보이면 어쨌거나 손해다. 그래서인지 로젠은 절대 학교 식당에 가지 않는다. 두 사람 다 싫고 좋고를 분명하게 나타내는 사람들이라 로젠은 파멜라의 눈엣가시고 파멜라는 로젠의 눈엣가시다. 서로 그야말로 앙숙처럼 복도에서 마주쳐도 눈길을 피할 정도다.

미국 우유는 맛이 없다는 아이들에게 몸에 좋은 것이니 그냥 입에 안 당겨도 먹으라고 수연이 한국 학생들에게 누누이 말해도 우유는 정말 마시지 못할 정도로 맛이 없단다. 그저 집에 빨리 뛰어가서 찬밥에 김치만 먹고 와도 그게 훨씬 맛있다니 어쩌리. 집에 가서 밥 먹고 올 때는 꼭 양치질을 하고 오라고 수연은 학생들에게 누누이 주의를 주곤 한다.

영어가 부족해 놀림받는 설움 같은 건 좀 참으면 시간이 해결해 주겠지만, 냄새나는 아이 소리를 듣는다는 건, 본인이 하기에 달린 것이라고, 알아듣게끔 이야기를 하지만, 사실 양치질한다고 김치 냄새가 싹 없어지는 건 아니다.

추운 날, 설렁탕 생각이 간절할 때 수연도 길 건너 한국식당에 가서 설렁탕을 먹고 들어오면 아무리 양치질을 해도 냄새가 없어지지 않는다.

환자들을 생각해 아예 김치를 먹지 않는 한국인 의사도 있다. 김치 냄새는 입에서만 나는 게 아니라 피부 전체에서 나는 거라며, 환자를 위해 집에서도 김치는 피한단다.

김치를 안 먹고 어떻게 살까, 수연은 그 의사 말을 들으며 그런 생각을 했었다. 따끈따끈한 미역국이든 시금칫국이든 김치가 있어야 맛이 나는 게 아닌가. 수연은 아무리 미국 생활을 오래 하고 살지만 배고플 때는 김이 모락모락 나는 흰밥에 된장찌개, 김치 생각이 제일 먼저 났다.

실비아가 인도 학생과 한국 학생을 싫어하는 이유가 바로 냄새다. 그 아이들은 곁에만 가도 냄새가 진동한단다. 때로는 학생이 가까이 다가와 말을 하면 손가락 끝으로 아이를 밀어버리기도 한다.

세상에, 아무리 그래도 어떻게 더러운 오물 취급하듯, 자기 반 학생을 손가락 끝으로 밀어버릴까. 저런 사람이 선생이라니, 더군다나 유치원 반 선생이라니. 하루는 복도를 지나가다 실비아가 한국 학생에게 그러는 것을 보고 수연은 속에서 불덩이가 치밀어 올랐다.

'교장에게 말을 할까? 어린애처럼 교장에게 일러바칠까?'

하지만 일러바친다 한들 교장의 권한으로 어쩔 수 없다. 교장이 할 수 있는 건 교육국에 신고하는 것뿐이다. 교육국에 어떤 사건이 접수되면 해결될 때까지 몇 년씩 걸리기도 한다니 그야말로 속수무책이다. 교장에게 선생을 해임할 권한이 없다는 걸 잘 아는 교사들은 교장이 하는 말을 한 귀로 듣고 한 귀로 흘려버린다.

그날, 수연은 점심 먹은 게 소화가 안 돼 온종일 속이 더부룩했다. 조금만 신경에 거슬리는 게 있으면 소화가 안 되는 이상 체질이라 할까. 고약한 성미라 할까, 그건 아무리 세월이 가도 여전했다.

"교장도 실비아에 대해 다 알고 있어."

수연의 말을 듣고 조앤이 한 말이다.

"외국인 학생들을 싫어하고 함부로 취급한다는 거, 교장이 다 알고 있고말고. 하지만 교장 힘으로 어쩔 수가 없어요. 그저, 교사 평가서에 그런 사항을 기록하는 정도지."

부모에게 알려 부모가 정식으로 항의한다면, 무슨 조치가 있지 않을까. 부모에게 알린다면 부모님이 어떤 행동이든 적극적으로 나서지 않을까?

아니, 아니다. 내 생각이 한참 모자란 거다. 내가 이토록 분한데 부모가 알면 얼마나 분할까. 아직 자리가 잡히지 않아 힘들게 살아가는 사람들이다. 그들에게 이런 말까지 한다면 얼마나 억장이 무너지겠는가.

그래도 가만있을 수는 없다. 무슨 방법을 생각해봐야지, 알면서 가만있을 수는 없지 않은가.

"아유, 신경 꺼버려요. 이런 선생도 있고 저런 선생도 있지. 선생이라고 다 인격자라 생각해요? 천만의 말씀. 저질 선생들이 얼마나 많은데, 일일이 신경 쓰면 수연만 속상하지."

로젠의 말이다.

"수연, 솔직하게 답해봐. 만약 그 학생이 한국 학생이 아니었다 해도 네가 이렇게까지 속상하겠니?"

로젠의 그 질문에 수연은 답을 할 수 없었다. 물론 실비아의 그 행동이 눈에 거슬렸겠지만, 솔직히, 이렇게까지 속이 부글거리지는 않을 것 같았다.

한국 사람이 무지막지한 행동 또는 아주 창피한 짓을 하면 속이 파르르 떨릴 정도로 무조건 화가 치민다. 한국 사람이 다른 사람에게 멸시를 당해도 역시 속이 쓰리다.

"너는 하여튼 신경이 너무 예민해. 적당한 건 못 본 체하고 지내야지, 아 70명이 넘는 교사들이 어떻게 다 인격자겠니. 어디 그런 못된 선생이 실비아뿐이니? 그나저나, 크리스마스 때 받고 싶은, 꼭 받고 싶은 선물 리스트나 작성하세요. 또 알아? 산타클로스 할아버지가 네가 간절히 원하는 선물을 가져다줄지."

로젠은 땡스기빙이나 크리스마스 같은 명절에는 교장에게 대단한 선물을 한다. 물론 가깝게 지내는 동료들에게도 선물을 푸짐하게 한다.

동서를 막론하고 뇌물에는 약한 듯, 교장, 교감, 또 사무실 직원들도 로젠이라면 특별대우하는 게 눈에 띌 정도다. 그런데 꼭 비싼 선물 때문만은 아니다. 로젠에게는 아주 묘한 매력이 있다.

알고 지내면 지낼수록 아무리 잘난 체하고 있는 체해도 미워할 수 없는 묘한 매력. 그건 어쩌면 그녀의 솔직함인지 모른다. 어린아이처럼 좋고 싫은 걸 고스란히 나타낸다. 체면치레 같은 건 아예 없다. 인사로 적당히 칭찬을 한다거나 그런 것도 없다. 그래서 때로는 남이 듣기 거북한 소리도 서슴없이 한다.

"어제 입었던 옷, 또 입고 왔네요. 어제 좋은 데이트 있었나 보죠?"

'너, 어젯밤 집에 들어가지 않았구나.'라는 말을 그런 식으로 거침없이 해댄다. 미국에서 여자가 그 전날 입었던 옷을 다음 날도 고대로 입으면 외박한 것으로 간주하기에 십상이다.

"마가렛, 마가렛은 그 블라우스를 참 좋아하는 것 같네요. 그런데 이젠 버릴 때 되지 않았나요? 색이 다 바랬어요. 그래서 내가 비슷한 거 하나 사 왔으니 이거 입어 봐요."

너무 낡은 옷, 이제 버릴 때도 되지 않았느냐, 라는 말을 아무렇지도 않게 하는 로젠. 말만 하는 게 아니고 아예 새 옷을 사 오는 로젠. 그래서 선생들은 어이없어하면서도 로젠을 미워하진 않는다.

수연과 친해지고 나서는 늘 화장 타령을 했다.

"수연, 왜 화장을 안 하고 다녀요? 여자가 화장하고 다니는 건 멋 부리는 게 아니라 예의라고요. 기본 예의."

문득 어디선가 읽었던 기사가 떠올랐다. 하버드 대학교수가 발표한 〈한국 사람들의 특징 세 가지〉. 첫째, 마늘 냄새가 난다. 둘째, 성미가 급하고 무례하다, 셋째, 수학을 잘한다.

여자가 화장을 하는 건 기본 예의다? 그럼, 내가 무례하단 말인가? 무례하다는 말을 저런 식으로 돌려서 하는 건가?

순간 이런 생각이 스쳐 갔지만 워낙 노골적으로 있는 그대로 말하는 로젠의 성격을 알 만큼 알기에 냉큼 생각을 돌렸다.

"화장을 왜 안 해요? 내 딴에는 아주 열심히 한다고요."

정말이다. 세수만 하고 온 것처럼 보일지 모르지만 크림도 바르고 파운데이션도 바르고 왔다. 입술도 칠했지만 이상하게 커피 마시다 보면 립스틱은 다 없어진다.

"그 눈에 연보라색 아이섀도를 칠하면 아주 잘 어울릴 거야. 내가 사다 줄게요."

"보라색 아이섀도? 절대로 바르지 않을 테니까 괜한 수고하지 말아요."

분명히 그렇게 말했지만 로젠은 기어코 보라색 아이섀도를 사 왔다.

자신이 하고 싶은 거 안 해본 게 있을까 싶을 정도로 로젠은 때로 자기 마음을 조금도 감추지 못하는 어린애 같았다.

해가 지나가면서 로젠, 마티나, 조앤 그리고 수연은 마치 여고 시절 꼭 함께 어울려 다니는 단짝들처럼 가깝게 지냈다.

'우리끼리만 놀자', '우리끼리만 밥 먹자'

여학교 때, 소풍 가는 날이면 친한 친구들끼리 함께 한 버스를 타고 가고 싶어, 누구, 누구와 바꾸자 어쩌자 해가며 난리 치던 때. 그때처럼 로젠이 딱 그런 식이다. 좋은 사람에게는 한없이 다정다감하다. '어머, 그 팔찌, 참 예쁘네요.' 좋아하는 사람이 이렇게 칭찬하면 그 자리에서 당장 풀어서 주기도 한다. 좋은 사람에게는 무엇이든 주고 싶어 하지만 싫은 사람에게는 도도하고 건방지기 짝이 없다. 어찌 보면 감정조절 능력이 꼭 여섯 살 정도 수준이다.

조앤은 로젠과 성격이 영 다르지만, 조앤 역시 로젠의 그 어이없을 정도의 솔직함을 좋아한다.

"왜 한국 부모님들은 그런 비싼 선물을 하지?"

오메가 시계 사건이 있은 며칠 후, 하루는 조앤이 물었다.

"갓 이민 온 사람들이 무슨 돈이 있다고!"

"일반적으로 한국 사람들은 담임에게 잘 보여야 한다고 생각하거든."

"수연도 오메가 시계 같은 거 받아봤어?"

"아유, 나는 담임이 아니잖아. 불행하게도."

수연이 어깨를 으쓱해가며 웃자,

"너는 진짜 뇌물 받잖아. 호박 말랭이, 김치 같은 거."하며 따라 웃었다.

"맞아. 내가 받는 뇌물이 진짜지."

고급 시계, 고급 핸드백, 이런 건 돈만 있으면 다 살 수 있는 것들이다. 하지만 손수 만들어 주는 떡이나 김치 같은 건 정말 귀한 것이다. 된장에 멸치, 버섯, 다 갈아 넣어 볶은 것이니 그냥 두부만 숭숭 썰어 넣으면 된다고 된장을 가져다준 할머니.

어디에서 이런 기막힌 선물, 진짜 뇌물을 받아보겠는가.

"수연, 수연이 로젠하고 비슷한 점이 아주 많다는 거 알아요? 성격이 영 다른 것 같으면서 뭔가 비슷한 점. 순진하다 할까, 그게 매력 같아. 너는 농담인지 진담인지조차 구별 못 할 때가 많잖아."

오메가 시계사건 이후 교사들 간에 번진 말이 '뇌물'이었다.

한번은 한국 학생의 할아버지가 면담을 청했다.

할아버지는 경남 창원 근처 어느 중학교에서 교감으로 오래 계셨다고 동호가 늘 자랑하던 그 할아버지였다.

아들 집에서 함께 지내며 아들과 며느리가 일터에 나가는 동안, 아이들을 돌봐주는 은퇴한 교감 선생님. 그는 여느 사람들처럼 불쑥 학교에 찾아오지 않고 미리 동호를 통해 약속 날짜를 잡았다.

"벌써 찾아뵀었어야 했는데 이렇게 늦었습니다."

듬성듬성 나 있는 흰 머리카락으로 대머리를 애써 감춘 모습의 할아버지가 그토록 깍듯하게 존대어를 쓰니 수연은 민망하고 아주 불편했다.

"아, 아닙니다. 여기 앉으십시오. 어쩐 일로 오셨는지?"

"동호는 공부도 잘하고 착한 모범 학생입니다."

"고맙습니다. 다 선생님 덕분입니다. 동호가 선생님 자랑을 늘 합니다. 다른 교실에 가지 말고 온종일 선생님 교실에서 영어만 배웠으면 좋겠다고 할 정도입니다."

한국 학생들이 그랬다.

시간이 되어 자기 교실로 가야 할 때가 되면, 가기 싫다고, 그냥 이 교실에 있으면 안 되냐며 묻는 학생도 있었다. 2, 3학년 어린 학생들은 아예 책상 밑으로 숨기까지 했다.

오죽 갑갑하고 답답하면 자기 교실에 가기 싫다고 할까. 누구하나 아는 척하지도 않고 그저 보이지 않는 허깨비처럼 묵묵히 앉아있어야 하는 아이들. 수연은 시간이 되어 아이들을 제 교실로 돌려보내면서도 늘 안쓰러웠다.

수연은 어쩌다 스페인어로 신나게 웃어가며 대화하는 선생들을 보면 그들의 말을 전혀 알아듣지 못하는 게 참 답답하다. 스페인어뿐 아니라 어느 나라 말이든 알아듣지 못하면 정말 5분이한 시간 이상으로 지루하고 길다. 어른도 그런데 하물며 아이들이 선생님이 무슨 말을 하는지, 제대로 알아듣지도 못하면서 앉아있어야 한다는 건 얼마나 고통스러운 시간이겠는가.

"동호가 수학을 참 잘합니다. 수학 선생님이 영리한 학생이라고 칭찬하십니다. 영어는 시간이 조금만 지나면 곧잘 따라갈 겁니다."

갑자기 교장 선생님이 들어오셨다. 교장 선생님이 아무런 예고 없이 교실에 불쑥 들어오는 경우는 거의 없다시피 한데 무슨 용건인지 들어오셨고, 할아버지는 급히 흰 봉투 하나를 책상 위에 있는 책 밑에 밀어 넣고 그만 가보겠다며 나가셨다.

그 흰 봉투 안에 선생님께 점심이라도 한 끼 대접하고 싶은 마음이라는 짤막한 메모와 함께 20달러짜리 한 장이 들어있었다.

그날, 수연은 식구들이 다 잠든 후에 무슨 비밀편지라도 쓰듯, 쓰다 지우고 또 쓰다 종이를 구겨 쓰레기통에 던져버리고, 새 종이에 또 쓰고 해가며 거의 두 시간에 걸쳐 '한국 학부모님들께'라는 제목으로 편지를 썼다.

새 땅에 새 삶의 터전을 마련하려고 오셨으니 삶의 문화도 달라져야 한다는 것.

미국에서는 선생님에게 돈 봉투를 주는 건 선생님 인격을 모독하는 것이나 다름없으니 꼭 선물을 하고 싶으면 20불 안쪽의 선물을 하시는 게 좋겠다는 내용을 쓰는 데 행여 부모님들 마음을 상하게 할까 봐 다듬고 또 다듬어 편지를 써서 아예 학교 명

단에 있는 한국 학생들 모두에게 보냈다. 동호 할아버지에게는 마음만 고맙게 받겠다고 정중하게 따로 편지를 써서 동호 편에 20불을 돌려보냈다.

그 편지가 모든 한국 부모님들에게 나간 이후, 돈 봉투 대신 김치, 호박 말랭이, 볶은 된장, 백양 메리야스 속내의 같은 게 선물이 되었던 것이다.

한국에서도 부모들이 김치, 된장 같은 것을 선물할까?

내가 미국에 와서 선생을 하지 않았다면 언제, 어디서, 이런 사람 냄새 물씬 풍기는 훈훈한 선물을 받아보랴.

김칫국물이 넘쳐흐른 책상을 열심히 닦아내고 또 닦아내도 김치 냄새는 며칠 동안 교실에 배어있었다. 아마 이래서 한국 사람들 특징 세 가지를 꼽는데 첫째가 마늘 냄새인가보다.

구수한 된장찌개처럼 순박한 사람들.

한국에서 이민 오는 사람들이 서울 사람들보다 지방 사람들이 더 많다는 것도 수연은 학교생활을 하면서 알게 되었다. 서울에서 태어나 서울에서 살다가 졸업하자마자 미국에 온 수연은 미국에 오는 사람들은 으레 서울 사람이려니 생각했었다.

무지하다 할까. 수연은 서울 이외 다른 지역에 대해 아는 게 별로 없었다. 1950년 말에서 60년대 초반만 해도 대구나 부산까지 기차 타고 간다는 게 정말 대단한 여행이었다.

'당진이 어디 있는지 알아요?'라고 묻던 의대생, 등산하는 친구들 따라갔다 만났던 사람. '당진을 모르면 서산은 알아요?' 짓궂게 되묻던 사람. 신영규. 만약 그 의대생이 결혼하자고, 기다려 달라고 했다면 그랬을까? 아니지. 아닐 것이다. 그때는 신영규든 권성일이든 결혼하자는 말을 꺼낼 수도 없는 형편이었으니까. 설사 그들이 결혼하자 했어도 수연이 눈깜짝이나 했을까?

재래식 화장실에 신문지가 화장지이던 시절, 수세식 화장실에 보드라운 화장지, 시간제로 수돗물이 나와 늘 물을 아껴 써야하고 때로는 그 물조차 나오지 않아 물장수가 물을 길어 나르는 곳과 꼭지만 틀면 찬물과 더운물이 언제나 나오는 곳, 수연은 지금도 환히 기억한다. 대학 시절 판문점에 갔을 때 잠깐 들린 화장실. 거기서 수연은 수세식 화장실도 하얀 화장지도 처음 보았다. 그리고 손을 씻고 나서 수건 대신 사용하는 일회용 종이 수건이 얼마나 큼직하고 보드라운지, 한 장을 차곡차곡 조심스럽게 접어 가방에 넣어 가지고 왔었다.

서울에서 태어나 서울에서만 생활하던 수연에게도 미국 생활 적응이 무척 힘들었는데 시골에서, 또는 섬에서 온 사람들은 더더욱 힘들겠지.

미국에 와서, 참, 많은 것을 배우고 느꼈다. 보고 듣고 느끼는 그 모든 것이 생생한 교육이라는 아버지 말씀이 무슨 뜻인지 절실하게 느낄 수 있었다.

고등학교와 대학 시절, 방학에 고향에 간다는 친구들이 참 부러웠다. 나도 기차 타고 갈 수 있는 고향이 있었으면…. 지방에서 온 친구들과 친해지고 싶었지만, 지방에서 온 친구들은 광주면 광주, 부산이면 부산, 끼리끼리 어울렸다. 한참 세월이 흐른 후, 그 친구들이 하는 말, 너는 서울내기, 너무 새침데기라 말 건네기조차 어려웠단다.

수연이가 알고 있는 지방은 6·25가 터지자마자 갔었던 포천의 석 달, 그리고 몇 년 동안 살았던 대구가 전부다.

아이들은 영어를 비교적 빨리 배운다. 알파벳 정도는 이미 다 아는 아이들이라 모음, 자음 배합 소리, 복합모음 배합 소리 같을 것을 발음 위주로 가르치면 빨리 터득하고 어린 나이일수록 억양도 빨리 교정이 된다. 문제는 부모들이었다. 부모들은 살기 바빠 영어 공부를 할 시간적 여유도 정신적 여유도 없었다.

"선생님, 죄송하지만, 이 녹음기 선생님 교실에 갖다 두면 안 될까요?"

하루는 2학년 희준 엄마가 녹음기를 가지고 와 물었다.

녹음기?

"영어책을 집에 가지고 와 공부할 때, 제가 가르쳐 주면 엄마 발음과 선생님 발음이 다르다고 하겠지요. coyote를 제가 '고요 테'라 하면 아니라고 '가요디'라 하고, battery를 '밧데리'하면 '배더리'라 하고…. 그래서 생각다 못해 녹음기를 생각했어요. 선생님께 방해 안 되게 한구석에 놓았다가 희준이 보고 테이프 가지고 오라 하려고요. 그래도 될까요? 대학 나왔다는 게 무색할 정도로 애들 발음 하나 제대로 가르치지 못하겠어요. 죄송하지만 허락해주셨으면 합니다."

그날부터 수연의 교실 한편에는 작은 녹음기가 놓였고, 그 소문이 금세 퍼져 부모들이 너도나도 녹음기를 교실에 가져다 놓게 되었다.

오죽 답답하고 안타까우면 녹음기를 가져다 교실 구석에 놓아달라 하겠는가. 대학을 졸업한 부모라 할망정 한국식 발음이 미국에서 통하지 않으니 얼마나 황당할까. 수연은 자신도 미국 처음 왔을 때 당황했던 느낌이 생생하기에 그들의 심정을 백번 이해할 수 있었다.

조앤은 이 세상에 없는 걸까?

어딘가 살아있다면 연락을 안 할 리 없다. 3년 동안 꼬박 크리스마스 카드를 보냈건만 영 소식이 없다. 이사를 해도 우편물이 한동안은 옮겨진 주소로 전달되니 카드를 받지 못했을 리 없다.

남편을 먼저 보내고 혼자 사는 조앤은 때로 교사 휴게실에서 여교사들이 자기 남편에 대해 이런저런 불만을 늘어놓으면 굉장히 안타까워했다.

"남편과 방을 따로 쓰지 말아요. 함께 이 세상에 살아있다는 거, 그게 얼마나 큰 행운인지, 몰라서들 그래요."

"밥을 함께 먹을 수 있고, 함께 산책도 할 수 있고, 때로는 말다툼도 할 수 있는 사람이 곁에 있다는 거, 그 자체가 큰 선물이니 감사해야 해요. 돈이 없으면 없는 대로 알뜰살뜰 살 수 있고, 자동차가 없으면 버스 타고 다닐 수 있고…. 하지만 함께 자고 함께 먹고 함께 웃고 울 수 있는 아내 또는 남편이 없을 때, 혼자일 때 그 외로움. 그건 정말 견뎌내기 힘든 외로움이랍니다. 몰라서들 그러는 데 정말 감사해야 해요."

남편이 코를 심하게 골아 도저히 한 방에서, 한 침대에서 잠잘 수 없다는 선생이 있는가 하면, 입을 딱 벌리고 그르렁, 그르렁, 가래 소리를 내며 잠자는 모습을 보면 내가 어떻게 저런 남자와 평생을 살았을까 정나미가 뚝 떨어진다는 선생, 그래도 남자라고 어쩌다 밤일을 치르겠다고 덤벼드는 남편이 징그럽다, 살이 다 빠져 축 늘어진 넓적다리를 보면 저절로 몸서리가 쳐진다며 별별 말을 다 하는 그녀들에게 조앤은 아주 간곡하게 남편이 살아있다는 것을 감사하라고, 혼자 돼보면 안다고, 말하곤 했다.

"남편의 늙은 모습이 징그럽고 싫다면 남편 또한 당신에게 그런 느낌을 가지리라고 상상해 보았어요? 우리도 같이 늙어가잖아요. 우리라고 곱게 보이겠어요? 입장을 바꿔놓고 생각해보세요. 서로 좋은 점만 보려 노력해가며 살아도 세월은 아쉽게 빨리 가고 말아요."

남편이 나이 들어가면서 신경질이 늘어난다고, 좀생이처럼 잔소리가 많아진다고 불평하는 선생들에게 조앤은 잔소리를 자장가라 생각하라는 말도 했다.

"그게 말처럼 쉬운 일인가요? 입만 열었다 하면 한 말 또 하고, 또 하고 하는데 그걸 어떻게 자장가라 생각해요? 아유, 지겹다고요, 지겨워."

"혼자 돼보면 방안이 떠나가라 코 고는 소리도 그리워진다고요. 잔소리도 듣고 싶어지고요. 그가 있을 때, 그가 아직 이 세상에 있을 때, 함께 살아있다는 거, 하루 한 시간도 고마워하며 지내야 해요."

남편의 빈자리가 얼마나 큰지 실감한다는 말을 강조하는 조앤은 남편을 일찍 여의고 혼자 살고 있다. 딸과 아들이 있지만 결혼한 딸은 브라질에 살고 있기 때문에 일 년에 한 번도 보기 힘들고, 지적 장애아인 아들 앤디는 보육원에서 살고 있다.

주말이면 조앤은 아들이 있는 보육원에 간다. 위스콘신 주와 맞닿는 Cedar Lake에 보육원이 있어 시카고에서 이른 아침에 떠난다.

열다섯 살, 앤디는 한 달에 한 번 단체로 숲에 체험 가는 날, 엄마가 오기를 새벽부터 기다린다. 물론 엄마가 반드시 올 줄 알지만, 그래도 늘 조마조마하고 불안하다. 아버지가 교통사고로 돌아가셨기 때문이다.

앤디도 또 다른 애들도 처음부터 체험 교실을 좋아했던 건 아니다. 담당 교사들이 아무리 애를 써도 아이들은 늘 무표정일 뿐 전혀 반응이 없었다.

세상만사에 기쁨도 슬픔도 느끼지 않는 아이들. 싫은 것도 좋은 것도 없다는 듯, 표정이 없는 아이들. 그 아이들에게 어떻게 하면 보다 생기가 돌게 할 수 있을까. 보육원 교사들이 궁리를 하다 새로 만들어 낸 프로그램이 현장 체험이었다.

"나무에 청진기를 대고 숨소리를 들어봐요."

"나무에 청진기를 대라고요? 우리를 정말 바보로 취급하는 거야?"

어떤 아이는 소리를 질러대며 흥분했다.

"거짓말 마세요. 나무에서 무슨 숨소리가 나요?"

큼직한 나무들이 울창하게 들어서 있는 공원. 주 정부가 관리하는 forest park이다.

무슨 말도 안 되는 소리냐는 듯 화를 내는 아이도 있는가 하면 그저 덤덤한 표정으로 딴청 하는 아이들도 있었다.

"거짓말 아니란다. 정말 잘 들어봐. 숨소리가 나고말고. 살아 있는 모든 것은 숨소리가 난단다. 나무가 이렇게 싱싱하게 살아 있잖아?"

그쯤 하면 호기심에 한두 명쯤 나설 것 같은데 전혀 반응이 없었다.

"이 숲길이 황톳길이란다. 이 길을 맨발로 걸으면 발에 와닿는 촉감이 아주 좋아. 건강에도 황토가 아주 좋단다."

교사들이 먼저 맨발로 흙길을 걸어보며 호들갑스레 떠들어대도 역시 아이들은 무표정이다.

현장 체험을 하는 날이면 교사들이 행여 오늘은, 무슨 반응이 있을까, 기대에 부풀곤 하지만 늘 아이들은 무표정, 무반응이었다.

어느 날, 산에 올라 마음껏 소리를 질러대는 시간이었다.

"자, 시합이다. 누가 제일 크게, 제일 우렁차고 힘있게 소리 지를 수 있는지 시합하는 거다. 물론 상도 아주 푸짐하단다."

보육원 정식 직원이 아닌 젊은 교사들은 거의 다 자원봉사자 대학생들이었다. 그들이 먼저 바위에 올라가 야호, 야호 해가며 소리 지르자 아이들이 동요하기 시작했다. 들릴락 말락 한 목소리. 겁먹은 표정으로 서로가 서로의 눈치를 봐가면서 조심스럽게 조금씩 목소리를 높였다.

"씩씩하게, 당당하게, 크게, 더 크게. 소리 질러 봐. 너희들은 할 수 있어. 우렁차게 배에 힘을 주고 있는 힘 다해 외쳐 봐. 소리소리 질러대고 나면 속이 아주 후련하단다. 너희들은 할 수 있어. 너희들이 노력하기만 하면 무엇이든, 무엇이든, 할 수 있어!"

한 명, 또 한 명, 나중에는 모두들 소리소리 질러댔다.

짐승 울음소리처럼 으악, 으악 부르짖는 울부짖음. 가슴에 맺힌 피멍울을 토해내듯, 너도나도 질러대는 소리. 그 소리는 사람 소리 같지 않았다.

앤디는 차츰차츰 숲에 체험 가는 날을 기다리고, 그날이 되면 조앤은 무슨 일이 있어도 아들과 함께 숲에 가곤 했다.

앤디는 할미꽃처럼 아주 앙증스러운 꽃을 보면 허리를 굽혀 조심스럽게 만져보기도 하고, 때로는 흠흠 거리며 냄새를 맡아보기도 하고, 어쩌다 토끼나 사슴을 만나면 펄쩍펄쩍 뛰며 좋아한다. 연못의 물고기들을 들여다보면서 가져가고 싶다고, 자기 방에 두고 같이 지내고 싶다며 욕심을 부리기도 한다.

무엇인가 움직이는 것, 자기 방에 무엇인가 움직이는 게 있으면 좋겠다고, 그것이 개미든, 바퀴벌레든 무엇이든 좋다고, 늘 자기와 함께 있는 게 있으면 행복하겠다고 말하는 것을 듣고 돌아오는 날, 조앤은 자꾸만 흘러내리는 눈물을 손등으로 문질러가며 운전하다가 경찰에게 저지를 당했다.

"운전 면허증을 보여주십시오."

"차선을 제대로 지키지 않아 세웠습니다."

"차에서 내리십시오."

"알콜 농도를 측정하겠습니다."

경찰관이 알콜측정기를 들이댈 때, 조앤은 그때까지 잘 버티던 이성을 잃고 울음을 터뜨렸다.

"공부를 잘하라고, All A만 받아야 한다고 자녀들을 다그치는 부모님들을 보면 참 안타까워. 특히 한국 부모님들은 성적에 너무 예민한 것 같아."

언젠가 조앤이 조심스럽게 수연에게 이런 말을 했다.

"우리 반에 한국 학생이 두 명 있어. 둘 다 참 신통해. 미국 온 지 채 일 년도 안 되는 데 의사소통도 웬만한 건 다 하고, 수학은 문장으로 푸는 문제 외에는 다 만점이란다."

"그런데 이상하게 요즘 욱이가 공부에 흥미를 잃었는지 좀 비딱해. 이상해서 하루는 조용히 불러 물어봤어."

"공부하고 싶지 않습니다. 다음 학기에는 F를 받으려 합니다."

욱이는 놀라울 정도로 아주 차분하게 답했다.

"아니, 그런 말이 어디 있니? 도대체 왜?"

"아버지한테 복수하기 위해서요."

"뭐? 뭐라고? 아버지한테 복수?"

All A를 받아오지 않았다고 욱이는 아버지에게 심하게 매를 맞았단다.

"너무 억울해서 경찰에 신고할까 생각도 했었어요."

열네 살, 욱이는 선생님에게 눈물을 보이지 않으려고 두 무릎 사이에 얼굴을 묻었다.

그런 경우가 욱이 뿐 아니다. 왜 다른 집 애들은 A를 받아오는데 너는 C를 받아오느냐며 매질을 하는 한국 부모들이 의외로 많다.

'내가 미국에 오자 한 거냐? 엄마, 아빠가 어느 날 갑자기 미국 가자고 해서 온 거 아니냐? 내가 귀신도 아니고 어떻게 영어를 하루아침에 미국에서 태어난 아이처럼 잘할 수 있느냐? 수학은 숫자 문제는 백 퍼센트 만점 자신 있다. 하지만 수학 문제가 어디 숫자뿐이냐. 문장으로 된 문제가 얼마나 많은 줄 아느냐.'

'어머니, 아버지도 한국에서 대학까지 나왔다면서 영어를 못해 공장을 다니지 않느냐? 그러면서 왜 나한테 무리한 걸 요구하느냐.'

이렇게 하고 싶은 말을 다 하면 이번에는 미국에 와서 배운 게 버르장머리 없이 어른에게 대드는 것이냐, 라며 더 때린단다.

"한국 부모님들이 다 그런 건 아니겠지만 하여튼 유별나게 아이들 공부 타령이 심한 거 같아. 그저 건강하고, 정상적인 거, 정상적으로 자라주는 거, 그게 얼마나 감사한 것인지, 얼마나 기막힌 축복인지."

정상적인 게 얼마나 기막힌 축복인지, 말끝을 흐리는 조앤.

자식이 정상적이라는 것이 기막힌 축복이라는 말. 참으로 가슴 에이는 말이다. 정상적인 것을 우리는 아주 당연하다 여기며 살지 않는가.

그래. 자녀들이 건강하다는 것. 명랑하게 잘 자라준다는 것. 이게 얼마나 기막힌 축복인가.

그야말로 남들이 하버드, 하버드 타령하는 그 하버드 대학을 나온 딸이 흑인 청년과 좋아한다고 부모가 너는 내 자식이 아니라는 둥, 그 반대에 견디다 못해 아까운 나이에 자살한 처녀도 있다.

"듣자 하니 수연이 마가렛과 한바탕 다퉜다고 들었는데, 그게 정말이야?"

며칠 동안 몸살로 학교를 나오지 못했던 조앤이 소문을 듣고 수연에게 물었다.

"나는 내 귀를 의심했어. 수연이 싸울 줄도 알아?"

하루는 3학년 병세 아버지가 수연을 찾아왔다.

미술 시간에 선생님이 병세에게만 미술용품을 주지 않았다면서, 만약 미술용품을 구매하는 것이라면 돈을 내겠다고 하셨다.

미술용품? 공립학교라 교과서도 모두 무료다. 미술용품?

자초지종이 이랬다.

땡스기빙 데이를 앞두고 미술 시간에 터키를 그렸단다. 그런데 병세는 터키가 뭔지 조차 모르는 아이라 아예 아무것도 주지 않았단다.

어찌 된 일인지 알아보려 3학년 교실에 갔을 때, 마가렛이 파르르 화를 내며 복도에서 언성을 높였다.

"정말, 이젠 선생 노릇 못 해 먹겠어. 외국에서 아이들이 수시로 들어오니 꼭 유엔 빌리지 같다니까. 아, 터키(turkey)가 뭔지도 모르는 애가 그림을 어떻게 그린담."

'유엔 빌리지?'

수연은 유엔 빌리지라는 말에 가슴이 화끈했다.

'선생 노릇 못 해 먹겠다?' 어쩜 저토록 저속한 표현을 복도에서 아무렇지도 않게 할 수 있을까!

"지금, 유엔 빌리지라고 했습니까?"

"그래요. 내가 뭐 틀린 말 했어요? 인도, 한국, 베트남, 애들, 곁에 가면 냄새가 풀풀 나고, 정말 그 애들은 씻지도 않고 사는지, 꼭 거지들 같다니까. 원 참. 우리 학교가 얼마 전까지 이렇지 않았는데, 이민국에서 무작정 외국인들을 받아들이니, 기막혀서 참."

마가렛은 흥분한 목소리로 속사포처럼 쏘아댔다.

복도에서 떠드는 소리가 교장실까지 들렸는지 교장이 복도에 나와 자기 방으로 들어오라 했다.

"도저히 이해할 수 없습니다. 이건 미술용품 문제가 아닙니다. 외국인 학생들이 너무 많이 들어와 유엔 빌리지 같다, 별별 거지 같은 애들이 다 들어오니 가르칠 수 없다, 도저히 묵과할 수 없는 발언입니다!"

얼굴은 화끈거리고 목소리는 덜덜 떨려 나왔다. 수연은 목소리뿐 아니라 손도 팔도 눈에 띄도록 떨렸다.

"마가렛 윌슨. 유엔 빌리지 같다는 말을 했습니까?"

교장이 마가렛을 쏘아보듯 하며 물었다.

"내 말은, 내 말뜻은….”

"예스, 노만 대답하십시오. 그리고 거지 같은 애들이라는 말도 했습니까, 안 했습니까?"

"네, 했습니다. 정말 선생 노릇 못 해 먹겠습니다. 영어 한마디 못하는 외국 학생들이 거의 매일 들어오니, 어떻게 가르칩니까? 들어오는 애들마다 다 공짜 점심 신청하니, 거지 같은 애들이지요. 내가 뭐 틀린 말 했습니까?"

그 순간, 교장이 주먹으로 책상을 쾅 치며 벌떡 일어났다.

"당신은 정말 교사 자격이 없습니다. 당장 사표를 내십시오.”

마가렛은 벌떡 일어나 휙 방을 나가버렸다. 문 닫히는 소리가 어찌나 요란한지, 수연도 얼떨결에 벌떡 일어나자 교장이 잠깐만 했다.

담배 한 대를 꺼내 문 교장은 담배에 불을 붙이지도 않고 손가락으로 담배를 빙글빙글 돌려가며 나긋나긋 말하기 시작했다.

"수연, 좀 진정됐어요?"

수연은 고개만 푹 숙이고 있었다. 말보다 눈물이 먼저 나올 것 같아 입술만 잘근잘근 씹었다.

"수연, 실은 내가 하고 싶던 말이 있습니다.”

이번에는 교장이 담배에 불을 붙이고 한 모금 길게 들이마신 후,

"이건, 내가 늘 하고 싶던 말이었습니다. 저… 수연이 너무 한국 학생들에게 감정적으로 개입되는 게 아닌지, 나는 사실 이게 좀 걱정됩니다."

그 순간, 수연은 콧날이 시큰하더니 눈물이 흘러내리기 시작했다. 참말로, 나는 왜 이렇게 주책없게 눈물이 시도 때도 없이 잘 나올까. 나는 이런 내가 정말 싫다, 왜 좀 독하지 못할까. 왜 강하지 못할까. 교장 앞에서 꾸중 맞는 애처럼 줄줄 울고 있는 선생이라니!

한국에서 갓 이민 온 아이들. 어느 날 갑자기 부모 따라 언어도 생김새도 문화도 전혀 다른 곳에 와 학교에 다니고 있는 아이들.

아무 말도 하지 못하고, 아무 말도 알아듣지 못하는 애들인데, 어떻게, 어떻게, 내가 감싸 돌지 않을 수 있습니까.

그림자처럼 없는 인간 취급받는다는 게 얼마나 갑갑한 일인지, 얼마나 슬픈 일인지. 교실에서는 선생님한테, 운동장에서는 다른 학생들한테, 그런 무시를 당하고 매일같이 학교에 온다는 게 얼마나 무서운 일인지, 그걸 내가 어떻게 모른 척합니까. 화장실에 가고 싶다는 말도 못 해, 복도에서 나를 보면 급해서 선생님이라 부르기 전에 아줌마, 아줌마, 화장실 어디예요? 하는 애들인데 내가 아니면 누가 그 애들을 돌봅니까?

수연은 벙어리가 된 듯, 단 한마디도 할 수 없었다. 왜 그리 서러운지 눈물이 계속 흘러내렸다. 울면 안 된다. 마음을 모질게 먹으려고 입술을 아프도록 깨물고 있어도 금방 가슴이 퍽 소리를 내며 터져버릴 것만 같았다.

빨리 우리나라가 잘 살아야 한다. 일본에서 이민 오는 사람들, 일본 학생을 학교에서 찾아볼 수 없을 정도다. 잘 살아야 한다. 우리 대한민국이 잘 살면 사람들이 왜 이민 오겠는가.

"내 말은, 내 말뜻은, 수연이 한국 학생들을 너무 감싸고 돈다는 말이 들려 하는 말입니다. 별 특별한 의미가 아니라, 어디까지나 걱정이 되어 하는 말입니다."

교장은 어린아이 달래듯, 조용히 말해가며 휴지 갑에서 휴지 두어 장을 빼 수연에게 건네주었다. 아마 여름방학 때 수연이 학생들을 집에 데리고 갔었다는 것도 교장이 알고 있는 듯했다.

"한국 학생들, 그리고 한국 부모님들한테 너무 깊숙하게 개입되다가 혹시 곤혹스러운 일이라도 당할까 봐, 나는 솔직히 이게 가끔 걱정됩니다. 그리고 오늘 일은 마가렛이 큰 실수를 한 겁니다. 내가 어떤 방식으로든 꼭 조치하도록 하겠습니다. 그런데 내가 놀랐습니다. 강수연 선생 목소리가 그렇게 큰 줄 여태 몰랐습니다."

교장이 웃으며 수연의 어깨를 가볍게 토닥거렸다.

교장이 걱정하는 대로 어쩌면 수연이 한국 학생, 한국 부모들에게 너무 감정적으로 개입되어있는지도 모른다.

하지만 이민 와 모든 것이 서툰 그들에게 아이들 학교에 있는 한국 선생이 큰 언덕 아니겠는가. 그러니 아이들 공부 외에 급하면 달려와 이것저것 문의하는 부모들을 어떻게 모른 체하랴.

물론 수연은 때로 곤란한 처지에 놓이기도 했다.

아이들이 하는 말 하나하나가 가슴에 못을 박는 듯 아팠다. 내 동생은 온종일 집에 있기 때문에 화초 같다는 말. 유치원에도 다닐 수 없는 어린아이가 집에 혼자 있단다. 그 사실을 알았으니 당장 보고해야 하는 게 교사의 의무다. 아동 보호법에 분명하게 명시되어 있는 사항이다. 하건만 알면서도 수연은 도저히 보고할 수 없었다.

점심시간에 제 몫은 금방 먹어 치우고, 남의 과자를 냉큼 집어 먹어 말썽을 일으키는 철수에게 왜 남의 것을 먹느냐 물으면 자기가 먹은 게 아니라 악마가 먹은 거란다. 운동화 끈을 늘 풀어놓고 다니는 동민에게 왜 운동화 끈을 단단히 매고 다니지 않는지 물으면 분명 단단히 매는 데 바람이 풀어놓는단다. 아이들의 그런 엉뚱한 답을 듣노라면 그 어느 유명한 시인의 시구보다 더 맑고 아름답다.

진주가 동생이 화초 같다고 말한 날, 수연은 이 사실을 당국에 보고해야 하나 어쩌나 머리가 지끈지끈하도록 고민에 빠졌다.

'내 동생은 화초 같대요.'

'내 동생 친구들은 다람쥐와 비둘기래요.'

만약 이웃이 이 사실을 알고 경찰에 신고라도 하면 어쩌나.

어떡하나. 진주 부모님은 미국 아동 보호법이 철저하다는 것을 모르실 텐데, 어쩌나.

발가벗겨놓고 어린애를 목욕시키던 엄마가 하마터면 아이를 뺏길 뻔했다는 기사를 한국 신문에서 읽은 적이 있다. 무더운 여름날 목욕탕에서 아이를 씻기다가 움직이지 말라며 엄마가 한두 번 쥐어박았단다. 그랬더니 아이가 자지러지게 울어대 옆방에 사는 미국 사람이 경찰을 불렀단다. 목욕탕에서 아이를 발가벗겨놓고 때리는 고약한 엄마. 그녀는 아동 학대죄로 법정에 불려다니는 등, 정말 아차 하면 아이를 뺏길 뻔했단다.

어떡하나.

진주 동생이 창가에서 놀다가 떨어지기라도 한다면? 지금 당국에 보고하지 않은 게 오히려 큰 실수 아닐까.

한국 학생들이 일 년 사이 부쩍 늘어나 한국 학생들만 지도하는 BL 교실을 맡아 좋은 점도 많지만 때로 아이들이 너무 미주알고주알 집안 이야기를 해 듣고 삭이기 힘든 이야기도 많았다.

"엄마는 우리들 때문에 산대요. 우리들만 아니면 당장 죽고 싶대요."

"아빠가 직장에서 쫓겨났대요. 그래서 매일 술을 마시고 엄마를 때려요."

수연은 아이들이 하는 말을 들을 때마다 삭이기 힘들어 일어나 창밖을 내다보며 내가 선생 자격이 없는 게 아닐까 하는 회의에 빠지기도 했다.

공부를 가르치는 건 전혀 힘들지 않다. 수연이 가르치는 건 고급 영어가 아니라 초등 수준의 영어니까. 특히 BL이나 ESL 교실에서는 중학교 학생일지라도 초등 영어를 배우니까.

하지만 아이들에게 가슴 아픈 이야기를 듣는 건 소화를 시키지 못할 정도로 힘들었다.

"한국 학생들 일에 너무 개인적으로 개입되는 것 같아서 걱정돼 그럽니다."

교장이 한 말이다. 친해지고 나서 로젠도 마티나도 또 조앤도 그런 말을 자주 했다.

그런 충고를 받아들였으면 달라졌을까.

하지만 수연은 경민 어머니가 찾아왔을 때, 나 몰라라 할 수는 없었다.

삐쩍 마른 몸매에 까칠한 피부, 한눈에 그녀가 고된 삶에 지쳐 있다는 걸 알 수 있었다.

그녀는 수연의 교실에 들어오자마자 울기 시작했다. 체육 시간이라 교실에 학생들이 없어 다행이었다.

경민 어머니는 블라우스 앞 단추를 두어 개 풀어 보여주면서,

계속 울기만 했다.

"세상에, 세상에, 도대체 왜, 어떻게, 이렇게?"

시퍼렇다기보다 진하디진한 보라색이라 할까. 젖가슴 옆이 온통 멍들어 있었다. 남편이 청소기로 때렸단다. 쇠망치나 마찬가지인 청소기 막대기. 그걸로 사정없이 얻어맞았단다.

도대체 무엇을 잘못했다고. 아니 하다못해 용서받지 못할 잘못을 저질렀다 해도 사람이, 사람을! 더군다나 아내를 이렇게 때릴 수는 없는 거 아닌가.

하긴 그런 끔찍한 사건 기사가 가끔 한국 신문에 나온다.

남편이 냉동칸에 있는 꽁꽁 언 고깃덩어리를 던져 머리를 맞고 아내가 그 자리에서 즉사했다는 기사도 있었다.

"미국에 와서 사는 게 힘이 드니까, 공장 일을 해본 적 없는 사람이 여기 와서 공장에 다니니 울화가 치미니까, 때로 장이 뒤틀려 쩔쩔매며 방안을 뒹굴 때도 있어요. 그렇게 아파하면서도 다음 날 새벽이면 또 일 나가야 하고, 그러니 나한테 화풀이하는 거. 이해하지요. 대전에서는 중학교 교사였어요. 그런데 여기 와서는, 영어가 안돼 사무직도 갖지 못하니 그 속이 오죽하겠나 싶어 참고 또 참으며 견뎠습니다. 그런데 이제는 겁이 납니다. 이러다 맞아 죽는 거 아닌가 겁이 납니다. 아이들을 때리기에 제가 아이들만은 내버려 두라고, 아이들도 우리나 마찬가지로 미국에 적응하기 힘든 나날을 보낸다고, 아이들은 제발 놔두라고, 그래

서 아이들을 권사님 댁으로 피신시켰지요. 그랬더니 세상 온 천
지에 자기를 나쁜 놈으로 소문낸다며 이렇게, 정말 맞아 죽는 줄
알았습니다."

수연은 그날 도저히 경민 어머니를 집으로 돌려보낼 수 없어
방과 후, 수연은 경민 어머니와 함께 아파트로 가서 경민 아버지
가 들어오기를 기다렸다.

"아, 선생님이 웬일로 여기까지."

경민 아버지는 수연을 보고 당황해하면서 처음에는 이렇게
공손하게 나왔다. 하지만 수연이가 차근차근 설명해나가자 얼굴
색이 달라졌다.

'한국도 그렇겠지만 미국은 특히 여성과 아이를 폭행한 것은
범죄행위로 단정한다. 경민 어머니가 고발하면 경민 아버님은
당장 잡혀가 감옥살이를 하게 될 것이다.' 이런 내용의 말을 수
연은 때로는 위협하듯, 때로는 호소하듯 조심스럽게 했다.

"제가 지금까지는 선생님을 선생님 대접하고 있지만, 언제 돌
변할지 모르니 빨리 돌아가시는 게 좋을 겁니다."

그의 음성이 달라졌다.

"저는 획 돌면 눈에 보이는 게 없는 놈입니다. 감옥살이? 차라
리 감옥살이를 하는 게 지금 이 지옥 같은 나날보다 편할 것 같
군요. 편히 쉬고, 공짜 밥 먹고, 어쨌든 빨리 가라고. 지금 우리
집에 와서 뭐 하는 짓이야? 건방지게, 훈계하는 거야? 네가 선생

이면 다야? 나가! 빨리 나가지 않으면 내가 당신에게 무슨 짓을
할지 모르니까, 나가라고!"

분위기가 무시무시하게 험해졌다.

늘 송구스러울 정도로 공손한 부모님만 대하다가, 이렇게 험
한 소리를 해대는 사람은 처음이라 수연은 몸이 얼어버린 듯 옴
짝달싹할 수가 없었다.

새파랗게 질려 있는 수연을 경민 어머니가 잡아끌었다. 경민
어머니를 아이들이 있다는 교회 권사님 집 앞에 내려주고 운전
을 하는데 핸들 쥔 손에 자꾸 쥐가 났다.

정말, 내가 너무 세상을 모르는 걸까.

지금까지 살아오면서 악한 사람들을 만나본 적이 없다. 내 주
변에 사람들은 하나같이 착하고 정직하고 성실하게 살아가는 사
람들이다. 나쁜 사람들? 고의적으로 남을 해코지 한다든가, 남을
음해한다든가, 그런 사람들도 만나본 적 없다.

수연이 가끔 들리는 세탁소 여주인은 힘든 일을 너무 오래 해
오른쪽 어깨를 잘 올리지도 못한다. 하면서도 그녀는 일주일에
딱 하루 쉬는 날이면 독거노인 아파트에 간다.

거기 일가친척이 있는 것도 아니다. 그냥 그렇게 부모님 찾아
뵙듯 간다. 혼자 사는 한국 노인들에게 말벗이라도 되어주는 게
자신이 할 수 있는 일이란다.

"수연 씨처럼 나는 많이 배우지도 못했는데, 그래도 나와 말

동무 해주는 수연 씨가 늘 고마워요." 그녀가 이렇게 말할 때면 수연은 오히려 자신이 부끄럽다.

"당신은 말이야, 남들이 좋게 말해서 순수하다, 순진하다, 칭찬하듯 말하지만, 실은 그 말은 칭찬이 아니라 바보 같다는 말이라고. 세상과 너무 동떨어진 사람같이 구니까, 나쁘게 말할 수는 없고, 그래서 순진하다 하는 거지. 마흔이 넘어 순진하다는 소리를 듣는다는 건, 바보라는 소리라고."

그런가? 내가 정말 바보스러운가? 아니, 바보스러운 게 아니라, 정말 바보인가?

"나는 때로는 학교에서 월급 받는 게 미안할 정도야. 내가 그토록 좋아하는 일을 하면서 돈까지 받는다는 게 좀 미안하다고."

"나는, 미국 공립학교 선생님이라는 게 너무 자랑스러워. 특히 초등학교 선생님 역할은 정말 중요하잖아? 아이들이 학교를 좋아하게 만드는 게 선생님 책임이니까. 공부보다 더 중요한 게 아이들이 학교를 좋아하게 만드는 거지, 안 그래? 그러니까 내 생각에는 초등학교, 아니 실은 유치원 선생님이 제일 중요한 것 같아."

"글쎄 그런 생각은 그저 속으로만 하고, 제발, 제발, 그런 말 어디 가서 하지 마."

제발 그런 말 어디 가서 입에 올리지도 말라고 말할 때 진우의 표정은 아주 희극적이라 할까. 그야말로 간곡하게 간청하는 표정이다 내 마음은 아주 솔직한 진심이다. 그런데 그게 남들이 웃을 정도로 어리숙한 건가?

내가 정말 모자란가, 하고 생각할 때면 으레 '길'이라는 영화가 눈앞에 환히 떠오른다.

어딘지 좀 모자란 듯한 젤소미나. 그런가? 내가 그런가? 그래서 바보스럽지만 순진한 그 젤소미나의 표정이 지금도 문신처럼 내 가슴에 또렷하게 남아있는 걸까?

젤소미나. 천덕구니처럼 구박하는 남자를 그래도 사랑하는 젤소미나. 그 어리벙벙한 눈빛. 그녀의 그 눈빛이 그토록 가슴 저몄었다.

"세상에, 아내를 개 패듯 패댄 남자인 줄 알면서 거길 가다니, 당신이 그런 남자에게 무슨 말을 하려고 거기까지 간 거야? 당신이 충고하면 뉘우치고 잘못했다고 빌기라도 할 줄 알았어? 당신은 왜 그리 세상을 몰라? 어떻게 이날까지 살아왔는지 때로 정말 이해가 안 돼. 당신, 정말 바보야?

저녁상 앞에서 경민이네 집에 갔었던 이야기를 꺼내자 진우는 목 언저리가 벌게지도록 화를 냈다.

진우가 더 기막힌 건, 바보라 하든, 맹꽁이라 하든, 모자라다 하든, 마치 그 말뜻을 모르는 사람처럼 수연은 그냥 대수롭지 않게 늘 푸시시 웃는다. 도무지 화내는 모습을 보지 못한다. 때로 신경이 좀 거슬리는 일이 있으면 그냥 입을 닫는다.

왜, 무엇 때문에, 화가 났다는 말도 안 한다. 그리고 재봉틀 앞에 앉든 책상 앞에 앉아버린다.

제 할 일은 다 해가면서 말은 하지 않는 여자. 이런저런 꼬투리를 잡아 불평을 늘어놓거나 악을 써가며 한바탕 싸우자고 덤벼드는 사람보다 실은 아주, 아주 무서운 여자다.

조앤.

수연은 조앤을 찾고 싶어 Facebook에 들어가 조앤 이름을 올리기도 여러 번 했다.

한 번은 Joanne Taylor라는 이름이 나와 너무 기뻐서 시카고에 있는 Anderson 학교에 근무했던 조앤이면 회신 달라고, 나는 강수연이라고 글을 올렸더니, 미안하지만 위스콘신에 살고 있고 간호사라는 글이 올라왔다.

로젠은 컴맹이지만 조앤은 다르다. 조앤은 새로 나온 전화, 컴퓨터 같은 것은 빨리 배우려 든다. 그러니 Facebook을 분명 사용할 것 같은데 아무리 찾아도 영 소식이 올라오지 않는다.

조앤이 이 세상을 떠난 걸까?

마티나처럼 조앤도 다시 돌아오지 못할 아주 먼 곳으로 가버린 걸까?

개미든 바퀴벌레든 무엇인가 움직거리는 게 자기 방에 있었으면 좋겠다고 말했다는 조앤 아들, 앤디. 앤디는 어찌 되었을까.

왜 나는 조앤과 가깝게 지내면서 단 한 번도 그 보육원에 함께 가지 않았을까. 어쩜 그리 생각이 짧았을까. 어쩜 그리 이기적이었을까. 나도 같이 가고 싶다고, 나도 네 아들을 만나보고 싶다고 왜, 왜, 왜, 그러지 못했던가!

싫다, 싫다, 하는 부정 속에 숨어있는 긍정.

그땐 너무 몰랐다. 그때, 조앤이 먼 곳에 있는 아들을 보러 늘 혼자 운전하고 갈 때, 옆에서 말동무라도 하겠다고 우기며 나섰어야 했다. 아들을 만나러 가는 시간, 아들을 만나고 돌아오는 시간. 어둠 속을 달려오면서 혼자서 얼마나 외로웠을까?

그럴 수도 있었는데, 이제 와 이런 생각이 들다니 왜 나는 이리 못났을까.

John Greenleaf Whittier의 시 한 구절이 떠오른다.

'이 세상에서 사람이 표현할 수 있는 말 중에 가장 슬픈 말이 그럴 수도 있었는데!'라고.

그럴 수도 있었는데, 그러지 않았다는 후회.

되돌아갈 수 없는 세월이기에, 그 후회가 세상에서 가장 슬픈 말이라면, 나는 지금까지 살아오면서 이런저런 후회가 어디 한둘인가.

조앤. 조앤을 떠올리면, 단 한 번도 만나본 적 없는 앤디가 떠오른다. 바퀴벌레라도 좋으니 무엇인가 움직이는 것, 움직이는 것이 내 방에 있으면 좋겠다는 그 말을 듣고 조앤은 얼마나 가슴이 무너져 내렸을까. 얼마나!

이제는 마티나에게도, 조앤에게도 크리스마스 카드를 보낼 수가 없다. 카드를 보낼 수 있다면 너 때문에 내 학교생활이 참 즐거웠다고, 나는 네가 때때로 참 보고 싶다고, 우리의 우정을 나는 보물처럼 소중하게 간직하며 지낸다고, 이 마음을 전하고 싶다.

사람들은 흔히 가까운 사이일수록 좋아한다, 사랑한다는 표현을 잘 하지 않는다. 상대방이 으레 알고 있으려니 속단한다. 하지만 마음을 표현하지 않으면 상대가 어떻게 정확하게 남의 속내를 안단 말인가.

사랑하는 사람끼리, 사랑하는 친구끼리, '당신이 나에게 얼마나 소중한 사람인가'를 자주 표현하며 살아가라고, 수연은 사람들에게 이 당부를 꼭 하고 싶다.

06
이영주

조앤 아들, 앤디가 가 있는 보육원을 안다면 조앤 소식을 알 수도 있으련만, 수연은 그 보육원 이름조차 모르는 자신이 부끄럽고 한심해 저절로 푸우, 한숨이 나온다.

왜, 그때, 한 번이라도 같이 가겠다고 나서지 않았던가!

말로만 친하다는 게 무슨 우정인가. 행동이 따르지 않으면 우정도, 사랑도, 그저 모두 입술 서비스에 불과하다. 진심으로 좋아한다면, 사랑한다면, 기쁨보다 슬픔에 더 함께해야 하고, 더군다나 어려울 때는 손톱만큼이라도 도움이 되어야 하는 게 아닌가!

살아있는지, 이미 저세상 사람인지 알 수조차 없는 조앤.

그때, 내가 왜 좀 더 신경을 쓰지 못했던가. 왜 오랜 시간이 지난 지금에서야 이런 생각이 드는 걸까.

내가 그동안 잘 살아왔는가? 알게 모르게 남에게 상처를 준 건 없는가. 이따금 불쑥불쑥 이런 질문을 스스로에게 해보곤 한다. 이제 드디어 철이 드는 건가. 아니면 황혼기에 접어들었다는 증거인가.

70을 넘기니 들꽃 하나도 예사로 보이지 않고, 아침에 눈 뜨면 오늘도 새파란 하늘을 바라볼 수 있다는 것만도 그저 감사하다.

예전에는 당연한 것으로 여기던 것들, 밥 먹고 소화 잘 시키고, 걷고 싶을 때 내 두 다리로 걸어 다닐 수 있는, 지극히 자연스럽게 여겨지던 일들이 고마울 뿐이다.

무심히 화장실 들어가다 물기 있는 바닥에 넘어져 발목이 부러진 친구도 있다. 평생 술 담배 입에 대 본 적 없는 친구가 폐암에 걸려 생사를 헤매는 친구도 있다. 자기 집 목욕탕에 들어앉아 졸다가 그냥 가버린 친구도 있다. 여느 때나 다름없이 편안하게 잠자리에 들었지만, 아침에 영 깨어나지 않은 친구도 있다.

한 치 앞을 내다볼 수 없는 인생.

감사함으로 살아가야 한다는 생각이 절로 든다. 70을 넘기며 겨우 사람이 조금씩 사람다워진다 할까? 사람은 죽을 때까지 배운다는 말이 기막힌 진리다.

조앤의 외로움. 남편도 없는 빈집. 깜깜한 집에 열쇠로 문을 열고 들어와 불을 켜는 순간의 그 썰렁함, 얼마나 쓸쓸했을까.

개미든 벌레든 무엇이든 살아있는 생명체가 내 방에 같이 있었으면 좋겠다는 아들을 보육원에 두고 돌아올 때, 그 가슴이 얼마나 미어졌을까.

하루 이틀도 아니고 하고많은 날, 외로움을 혼자 달래며 삭힌 다는 거, 당해보지 않고는 모르리라.

친구라면서, 아주 좋아하는 친구라면서, 오직 생각일 뿐. 뭐 하나 친구를 위해 행한 게 없으니, 얼마나 나는 이기적인 사람인가. 이기적이라는 생각조차 해보지 않았으니 얼마나 못난 사람인가.

이제는 연락될 수 있는 친구에게 한 번이라도 더 연락을 하며 지내자.

소극적인 자신의 성격이 수연은 세월 갈수록 싫어진다. 자신의 성격을 마음대로 고칠 수만 있다면, 확 뜯어서 퍼즐 맞추든 새로 만들고 싶을 때가 한두 번이 아니다.

그래. 이제는 후회할 시간도 별로 없다. 좋아하면 좋아한다고, 사랑하면 사랑한다고, 말하며 지내자. 마음을 곧이곧대로 표현한다는 게 쑥스럽다고 늘 생각해왔다. 감정은 전류처럼 서로 통하는 것이니까, 굳이 말로 하지 않아도 알고 있으려니, 단정하는 게 실은 큰 실수요, 잘못이다. 때로 자신의 마음조차 스스로도 잘 알 수 없을 때가 많은데 하물며 나 아닌 다른 사람이 어떻게 내 속을 훤히 알 수 있겠는가.

흔히 부부 사이에서 그런다. 남편이 아내에게, 아내가 남편에게 사랑한다고 말하는 것을 쑥스럽다고 생각한다. 당연한 것을 굳이 입에 올린다는 게 오히려 어색하다는 식이다. 하지만 '사랑해, 당신.' 소리 듣기 싫어할 사람이 어디 있겠는가. '고마워.'라는 말 한마디가 풍기는 따스함 또한 얼마나 훈훈한가.

조앤을 떠올릴 때마다 수연은 단 한 번 보육원에 동행하지 않았던 자신의 우매함이 아주 아주 밉다.

외로움.

아주 친한 친구를 몇 명 꼽으라면 영주는 빠짐없이 들어가는 귀한 친구다. 중·고등, 그리고 대학도 같이 다녔으니 정말 오랜 친구다.

영주는 외롭다는 말을 한 번도 해본 적이 없다.

잘 지내니? 하고 물으면 물론이지, 아주 잘 지내고말고. 늘 답은 똑같다. 이상할 정도로 혼자 사는 친구들이 외롭다든가 쓸쓸하다든가 하는 말을 피하는 것 같다. 어쩌면 수연이가 친하게 지내는 친구들의 특징인 듯싶기도 하다. 자존심? 아니다. 친구에게 행여 폐가 되지 않기 위해 애써 늘 평온한 척하는 것이리라.

그래, 그럼 됐어. 밥 잘 먹고, 잘 지내야 해, 여느 때 같으면 이러고 말았을 텐데 그날따라 수연은 어디 아프니? 하고 다그쳐 물었다. 영주 목소리에 너무 맥이 빠져있었기 때문이다.

"내가 나이를 먹어가는 게 확실한 것 같구나."

"그게 무슨 소리?"

나이 먹어가는 게 확실하고말고. 세상에서 가장 확실한 건 시간은 되돌아오지 않는다는 것 아닌가.

때로 밥을 먹다가 혼자 꾸역꾸역 무엇인가를 먹고 있는 자신이 처량하고 서글퍼 눈앞이 흐려진다는 영주.

웬만해서는 그런 약한 소리를 하지 않는 영주가 그날따라 그런 말을 했다. 영주의 그 말에 수연의 가슴이 찌릿해 왔다. 목구멍이 매운 멕시코 고추, 할라페뇨를 통째로 씹은 것처럼 쓰라렸다.

"내 마음의 고향 같은 수연아. 나는 새해를 너한테 생일 카드 보내는 것으로 시작하는 게 너무나도 기쁘단다. 나는 네가 내 친구라는 게 참 자랑스러워."

'나는 네가 내 친구라는 게 참 자랑스러워.'

이 말은 사실 수연이가 영주에게 늘 하고 싶은 말이다. 수연의 생일이 1월이라 해가 바뀔 때마다 영주가 먼저 카드를 보내기 때문에 똑같은 말을 써 보내지 못할 뿐, 수연은 영주를 친구로서, 여성으로서, 인간으로서 존경한다.

긴 세월 지내면서 좋아할 뿐 아니라 진심으로 존경할 수 있는 친구를 가졌다는 건 기막힌 삶의 선물이다.

'이 세상에서 진실한 친구가 한 사람이라도 있는 사람이면 그 사람은 참 행복한 사람입니다.'

카카오톡에 올라온 글이다. 수연은 55주년 동창 모임 때 서울에 가서 KakaoTalk을 처음 알았다. 정말 미국 촌뜨기 소리 듣기 딱 좋게, 수연은 서울에 사는 친구들에 비해 아는 것이 별로 없었다.

눈썹도 아이라인도 아주 간단하게 문신한다는 것조차 몰랐다. 동창들과 목욕탕에 갔다가 목욕하고 나서도 아이라인이 지워지지 않은 친구에게 어떻게 너는 아이라인이 고대로 있니 하고 물었다가 핀잔을 받기조차 했다. 몰라서 묻는다고 생각하지 않고 비아냥거린다고 생각했던 모양이다. 미안해, 미안해, 정말 그런 거 문신한다는 거 전혀 몰랐어, 라고 한참 변명처럼 설명해야 했다.

수연은 한국에 나갈 때마다 새록새록 앞서가는 한국의 발전에 놀란다.

은행에 가지 않고 전화기로 은행 일을 보는 것도 수연은 처음 보는 것이고, 전철이 그렇게 잘 되어있어 웬만한 곳은 다 전철을 이용할 수 있다는 것도 신기하고 무엇보다 전철 안이 아주 깨끗한 것도 놀라웠다.

60년대 초반, 얼마나 가난한 나라였던가. 꿀꿀이죽을 팔고 있는 시장 한복판에 사람들이 길게 줄 서 있는 것을 보고, 누구라던가? 재벌 소리 듣는 어떤 부자가 저렴한 가격으로 한 끼니를 해결할 수 있는 방법을 궁리하다가 일본에 가서 라면 만드는 기술을 배워 와 라면을 만들었단다. 그 라면이 이제는 전 세계에 인기 상품이 되어 일본 라면을 앞지르고 있다. 일본 라면 회사에서 기계 등등, 여러 정보는 주었지만 기술자들이 국물 만드는 법은 비밀이라며 알려주지 않았는데, 그 회사 사장이 직접 국물 만드는 법을 종이에 아주 상세하게 적어, 비행기 안에서 읽어보라며 헤어질 때 편지 봉투를 주었단다. 그러니까 그 일본인, 사장은 라면 국물의 비밀 조리법을 회사 간부들 모르게 전달해 준 것이다.

한국이 일본에 당했던 과거 때문에 지금도 반일을 외치는 사람들이 많이 있지만, 강자가 약자를 짓밟는 게 어디 일본뿐인가. 유럽 역사뿐 아니라 인류 역사가 약육강식 아니었던가. 친일파를 숙청하라는 경직된 사고방식에서 벗어나야 한다. 한국은 이제 세계 대 경제국 10위를 넘나드는 국가가 되었으니 과거는 과거. 현재는 현재를 구분하여 무엇이 과연 한국에 이득인가를 냉정하게 판단할 수 있는 성숙함을 가져야 한다. 원자탄으로 폐허가 되었던 일본이 현재 미국과 가장 가까운 우방국이 되어있다는 점이 시사하는 바가 크다. 일본인이 과거의 그 오욕을 잊어서일까? 천만에다. 과거의 치욕은 과거다. 현재 미국과 친히 지내는 게 일본에 이득이 되기에 그들은 그 길을 택하는 게 아니겠는가. 우리도 과거를 앞세우지 말고 국익을 먼저 생각해야 할 것이다. 문화, 경제 모든 면에서 우리가 일본을 앞지른다면 그게 이기는 거다.

해외여행을 다녀온 미국 친구들은 하나같이 또다시 가고 싶은 나라로 일본을 꼽는다. 불란서도 아니고 영국, 독일도 아니다. 여행객들은 일본인들의 친절함, 청결함, 그리고 성실함에 감탄한다. 남에게 해 끼치는 사람이 되지 말라는 것을 유치원에서부터 가르치는 그들이다.

가끔 이른 아침 산책길에 들리는 커피숍이 있다. 거기 들어가면 단골처럼 노인들 몇 명이 늘 같은 자리에 앉아 이런저런 이야기로 떠들썩하다. 아마 귀가 잘 들리지 않아 서로 언성을 있는 대로 올리는 듯싶다. 하루는 그들 중 한 명이 수연에게 일본어로 인사를 했다. 수연이 눈인사를 하며 나는 일본 사람이 아니라고 말할 틈 없이 그는 침이 마르도록 일본 칭찬을 하며 다시 가고 싶다고 했다.

그가 잠시 숨을 돌리는 순간, 수연은 웃어가며 나는 코리안이라 말하고 커피숍을 나왔다. 굳이 코리안이라 말하지 않아도 되겠지만 그 순간, 절로 코리안이라는 말이 나왔다.

다시 가보고 싶은 나라.

그 노인이 한 말이다.

대한민국도 외국인들에게 다시 가보고 싶은 나라 소리를 들으면 좋겠다.

이제 한국은 정말 대단한 국가가 되었다. 미국 어느 도시에 가든 현대, 기아 자동차들을 흔히 볼 수 있고, 전자제품도 일본 상품은 거의 찾아보기 힘들 정도로 한국 제품이 훨씬 많이 눈에 띈다

50년대 말, 봉은사에 놀러 가려면 뚝섬까지 기동차를 타고 가서 배를 타고 건너가 또 한참을 밭과 밭 사이 샛길로 걸어야 했다. 하지만 그렇게 멀고 멀던 봉은사가 이제는 강남 한복판이다.

때로 한국에 나가 친구들에게 추억을 더듬어가며 그때 이야기를 꺼내면 친구들은 그야말로 호랑이 담배 피우던 시절 이야기를 한다며 웃는다. 수연 스스로는 느끼지 못하지만, 친구들은 수연이 보고 서울을 떠나던 1963년에 머물러 있단다. 무엇보다 말투가 그렇단다. 이제는 누구의 사모님, 누구의 장모님, 등등, 그런 점잖은 위치에 있는 친구들에게 얘, 쟤, 하는 것부터 이상한 모양이었다. 하지만 순자면 순자지, 아무리 고관대작 부인이라 해도 동창 사이에 사모님이라 부를 수는 없는 거 아닌가.

남에게 사모님 소리를 하는 것도 어색할 뿐 아니라 수연은 사모님 소리를 듣는 것도 몹시 거북했다. 때로 누군가가 수연을 사모님이라 부르면 저절로 뒤에 누가 있나 돌아볼 정도다.

하긴 미국에 살면서 어른들을 모셔본 적도 없고 또 어른 대접을 별로 받아본 적도 없어 나이를 먹어가면서도 말투는 여전히 한국을 떠나오던 그때에 머물러 있다. 아니 말투뿐이 아니다. 사고방식도 여전히 그 시절에 고정돼 있는 게 많다.

타주에 살고 있는 30이 넘은 친구 아들이 집에 다니러 왔을 때 이야기다. 하루는 래니가 오늘 저녁에 여자친구가 온다고 했다. 비행기 타고 뉴욕에서 오니 꽤 가까운 사이인 듯싶었다.

어쩌지? 손님방이 따로 없으니, 네 방에서 같이 자야겠네, 하면서 수연이 이부자리와 베개를 준비해 주면서 래니는 바닥에서 자고 여자친구를 침대에서 자도록 하라는 친절한 당부까지 했다.

아무 걱정 마세요, 하면서 래니가 웃었다. 그들이 이틀 지나고 떠난 후, 방에 들어가 보고야 알았다. 수연이 건네준 이불 세트는 고스란히 한 구석에 밀려있었다.

30이 넘은 청년에게 여자친구와 위아래에서 따로 자라며 이불 세트를 건네준 수연. 수연은 지금 생각해도 어이없어 절로 웃음이 나온다.

래니와 여자친구가 얼마나 웃었을까.

바로 이런 점 때문인지, 진우는 지금도 수연에게 농담과 진담을 구분하지 못한다는 말을 자주 한다.

나중에 래니 엄마를 만났을 때 그 이야기를 했더니, 어쩜 너는 60년대에 고스란히 머물러 있냐며 깔깔 웃었다.

친구.

친구는 시대에 따라 변하기도 한다. 초등학교 때 친구, 중·고등 때 친구, 대학 때 친구. 그때그때, 아주 가까이 지내지만 세월과 함께 멀어지는 친구도 있고 여전히 가까운 친구도 있다. 수연의 경우, 한번 친구는 거의 평생 친구다. 친히 지내면 지낼수록 좋은 점보다 흠이 더 많이 보여 실망을 하고 다투기도 하며 멀어지기도 한다지만, 수연의 경우는 정 반대다. 세월이 지나면 지날수록 새록새록 친구에게 더 좋은 점을 발견하게 된다.

영주뿐이 아니다. 알면 알수록 배울 점이 많은 보배 같은 친구들이 있다. 약대를 나온 신혜는 인생의 황금기라는 처녀 시절, 자원봉사자로 시골을 돌아다니며 병마에 시달리는 노인들, 가난에 시달리는 노인들을 도와가며 지냈다. 수십 년 동안 의식불명이 되어 산송장처럼 누워있는 동창을 한 달에 한 번씩 꼭 찾아가는 것도 신혜다. 산송장처럼 누워 지내는 친형제를 수십 년 동안 꼬박꼬박 찾아본다는 것도 실은 쉬운 일이 아닌데 신혜는 자신이 반드시 해야 할 의무처럼 그것을 꼭 지킨다. 뿐 아니라 신혜는 자신이 한 말은 꼭 지키는 틀림없는 친구다.

젊었을 때는 미처 몰랐지만, 수연은 세월 갈수록, 중학교 시절부터 가까이 지내던 그 친구들이 할머니가 되어서도 변함없이 친히 지낸다는 게 너무나 소중하다. 서로 자주 만나지는 못하지만 그 친구는 항상 내 마음속에 있고, 또 그 친구 마음속에도 내가 있다는 그 믿음이 삶을 풍요롭게 해준다.

몇 해 전, 수연이 한국에 나갔을 때 그 단짝 친구들과 2박 3일

남이섬에 갔었다.

그때 다리가 아파 같이 못 갈 것 같다는 현주를 수연이 우리들이 번갈아 업고라도 가겠다 우겨 함께 가고 남편이 몸이 불편해 오지 못한 영선이는 떡을 싸 보내며 이 떡은 저녁에 먹고 또 다른 떡은 베란다에 두었다가 아침에 먹으라는 설명서까지 상세하게 적어 보냈다. '지금도 반장 노릇 하네'라고 친구들이 웃어가며 떡을 맛있게 먹었었다. 다음날 새벽 5시도 되기 전에 모두 일어나 베란다에 있는 떡마저 모조리 먹어 치웠다.

똑똑하고 마음씨도 고운 영주.

그야말로 영주는 뭐 하나 흠잡을 데 없는 여자다. 많은 경우, 똑똑한 사람이 마음씨도 곱고 착하기 드물다. 똑똑한 사람들은 우월감이 강해 알게 모르게 남을 우습게 여기기 쉽다. 그 우월감이 지나치면 오만방자한 사람이 되기도 한다. 하지만 영주는 공부도 잘하고 마음도 비단같이 곱다. 살아있는 천사 같은 영주가 왜 그렇게 어려운 삶을 살아야 했는지, 영주를 떠올리면 과연 하느님이 계신지조차 의아해진다는 까라마조프가의 형제들의 맏아들 탄식이 들리는 듯하다.

영주의 삶은 신앙의 삶이다. 영주는 삶이 아무리 고달프고 괴로워도 하느님을 믿는다.

'시련을 통해 보다 사람다운 사람을 만드시려고, 다 목적이 있어 그러시는 거다.'라고 영주는 말한다. 맹목적인 사랑이 그런 것인지, 영주의 믿음은 그야말로 맹목적이다.

보이지도 않는데, 죽었다 예수님을 만나보고 다시 세상으로 돌아온 사람도 없는데, 어떻게 하느님이 계시다고 장담할 수 있니, 라고 물으면 영주는 한동안 말없이 눈을 감고 있다가 자근자근 말한다.

'눈에 보이는 바다, 거기가 끝이 아니잖아. 하늘 또한 마찬가지지. 내 눈에 더 이상 보이지 않지만 바다도 하늘도 내 눈으로 볼 수 있는 게 전부가 아니잖아.

사람들이 눈으로 볼 수 있는 거. 손으로 만질 수 있는 것만 믿으려 하는 거지. 사랑도 마찬가지, 네가 누군가를 진심으로 사랑한다면 보이지 않는다고, 만질 수 없다고, 사랑이 사라지는 게 아니잖아. 보이지 않지만 사랑하기에 가슴 깊이 들어있기에 시가 되고 그림이 되는 게 아니겠니.'

하느님의 존재 여부를 왈가왈부하는 그 자체가 틀렸다고 영주는 말한다. 이론적으로 따지지 말고 무조건, 맹목적으로 믿어야 한단다. 어쩌면 참아내기 힘든 아픔을 겪으며 살기 위해서, 살아남기 위해서, 스스로 가슴에 각인한 결론인지 모른다.

영주 삶의 굴곡은 어디서부터 어떻게 꼬이기 시작한 것인지, 그 누구도, 영주 스스로도 정확하게 모른다.

"내가 남자 복이 없는 거겠지, 뭐."

영주는 남의 말 하듯 이렇게 말한다.

"이제 와 남 탓할 것도 없고, 다 내가 못나 그렇지."

두 번 결혼하고, 두 번 이혼한 여자. 하지만 여전히 처녀인 여자.

도대체 세상 천하에 그 누가 이 말을 믿겠는가.

"영주야, 나하고 산부인과에 한 번 가보면 어떨까? 혹 너에게 무슨 문제가 있을지도 모르잖아. 그리고 어쩌면 의학적으로 아주 간단한 문제일 수도 있지 않겠니?"

한 번은 수연이가 이런 말까지 했었다. 주변에서 영주를 두고 이러쿵저러쿵 구시렁거리는 게 너무 싫었기 때문이다.

"아무래도 이영주, 걔가 좀 이상한 게 아닐까? 아무렴 두 번씩이나 이혼하고 처녀라니, 그게 가능한 일이니?"

"정신과 진단을 받아봐야 하는 거 아닐까?"

"분명 정신이 좀 이상한 거지. 그런 병이 있단다. 혼자 상상하고 공상하는 걸 진짜인 것처럼 말하는 병. 뭐라더라? 분명 영주가 그 병에 걸린 것 같다."

영주를 두고 별별 흉흉한 소문이 나돌았다. 나중에는 영주가 정신이 좀 이상하다는 말이 기정사실처럼 돌아다녔다.

남자가 한 명도 아니고, 두 명씩이나, 여자를 건드리지도 않았다는 걸 누가 믿겠는가. 수연이 영주의 말이라면 팥으로 메주를 쑨다 해도 믿을 정도인데 그 말만은 참으로 믿기 힘들었다.

"강간하듯 덤비기라도 할 텐데… 아무리 여자가 싫다 해도 무조건 눕히기만 하면 다 되게끔 돼 있는데…."

눕히기만 하면 다 된다? 어떤 친구들은 아주 직설적으로 이렇게 말을 하기도 했다.

"뭐라고 설명하기가 나도 힘들어. 그런데 남자가 내 몸속에 들어오지 않았다는 건, 확실한 걸 어쩌겠니."

"첫날밤에 키스도 하지 않았니?"

"그래. 이 세상에 태어나 처음으로 남자와 입술을 대 보긴 했지. 그리고…."

"그리고?"

영주는 말을 하다 꼭 '그리고'에서 시선을 내리깔고 더 이상 말을 하지 않았다.

"그리고?"

가슴에 뭉쳐있는 응어리를 어떻게 혼자 삭일 거니. 삭혀지지 않을 거라면 내뱉어, 나한테라도 내뱉어!

여자와 남자가 한 방에서 밤을 보낸다. 서로 사랑하는 사이가 아니라 해도 웬만해서는 일이 벌어지기 쉽다. 더군다나 젊은 남자 아닌가. 성욕을 이기지 못해 창녀촌에도 찾아갈 수 있는 그런 젊음. 그런데 정식으로 결혼한 아내를 건드리지 않는다? 왜? 혹시 남자가 고자? 성적 불구자? 한 번도 아니고 두 번씩이나? 두 남자가 다? 도대체 이 말을 그 누가 믿겠는가!

영주는 고전적으로 생겼다. 마치 미인도에 나오는 옛 시대 여인 모습처럼 갸름한 얼굴에 뽀얀 살결. 쌍꺼풀 없는 눈이 오히려 더 매력적이다. 늘 유행과는 거리가 좀 떨어진 옷을 입고 다니지만 수수한 아름다움이 은은한 들국화 같다. 그뿐인가. 공부도 늘 상위권에서 맴돌았다.

그렇게 뭐 하나 흠잡을 데 없는 영주가 결혼을 두 번 하고, 두 번 다 이혼으로 끝났다니, 주변에서 수군거리는 소리가 한 곳에서 한 곳으로 옮겨질 때마다 눈덩이처럼 부풀어졌다.

"신체적으로 무슨 말 못 할 사정이 있는 건 아닐까? 그래서 쫓겨난 게 아닐까?"

"그럴 거야. 영주가 신체적으로 이상한 걸 거야. 그런 사람 있다더라. 여자도 아니고 남자도 아닌 사람."

"맞아. 성 동일성 장애."

"생전 처음 들어보는 말이네. 그게 뭐냐?"

"생물학적으로 타고난 성과 정신적인 성이 일치하지 않는 사람."

"맙소사. 아이고, 맙소사. 정말로 그런 사람도 있다니?"

"트랜스젠더(transgender), 신체적으로는 남자 또는 여자로 태어났지만, 본인은 태어난 자신의 성과 반대되는 성을 가졌다고 생각하는 거지."

"망측해라. 그럼, 어떻게 되는 거지?"

"수술해서 다른 성으로 바꾸는 사람도 있고, 아예 신체적인 성과 달리 정신적인 성으로 살려고 하는 사람도 있고, 하여튼 묘한가 봐."

"어렵게 말해 그런 거지, 그게 바로 정신병 아니겠니?"

"정신병이라 할 수는 없지. 태어날 때 그렇게 태어나는 거니까."

한동안 듣기조차 민망할 정도로 괴상한 소리가 나돌더니 아예 '영주가 신체적으로 문제가 있단다' 이게 정답인 것처럼 되어 버렸다.

"영주야, 나하고 병원에 한 번 가보자."

흉측해지는 소문을 듣고만 있을 수 없어 수연이 용기를 내 물었을 때, 영주는 수연을 한참 바라보기만 했다. 무엇이라 형용할 수 없는 슬픈 눈이었다.

눈물도 다 말라버린 듯, 눈물도 고이지 않은 그 눈이 말했다. '수연아, 너마저 나를 의심하니? 너마저?'

"그럼 도대체 왜, 석 달도 살지 못하고 끝난 거니?"

"나중에, 나중에, 언제고 말할 수 있을 때, 나중에 말해줄게."

차분한 목소리, 영주는 항상 '나중에'라는 말만 되풀이했다.

'수연아, 아직은 아무 말도 못 하겠어. 아니 말하고 싶어도 나오질 않아. 몇 년이 걸릴지 나도 몰라. 내가 더 안타까워. 나도 너한테 툭 다 털어놓고 싶어. 그런데 그게 안 돼.'

영주는 사람들에게 좋은 점만 골라보는 눈을 가졌다 할까?

중학교 때부터 대학교까지 수연은 영주가 남을 헐뜯거나, 화를 내는 것을 본 적이 없다.

하다못해 누군가가 영주를 헐뜯는다 해도, 그럴만한 이유가 있겠지, 내가 나도 모르게 무슨 실수를 했겠지, 잘못을 했겠지, 늘 이런 식이다.

친구들 배려하는 것도 남달랐다. 여학교 때, 생활환경이 어려운 친구에게 한 달 치 버스표를 사서 몰래 가방에 넣어주는 그런 성품이다.

"내 탓이야. 다 내 탓이야. 내가 너무 남자를 몰랐던 게 근본적인 문제였던 것 같아."

세월이 아주 한참 지나간 후, 영주가 입을 연 첫 번째 말이었다.

남자를 몰랐다?

"아니, 세상에, 그 시절, 남자를 알고 결혼하는 여자들이 어디 있니. 그런 여자들이 정상적으로 시집을 갈 수나 있었나? 남자를 모르는 게 당연하지."

1950년대는 물론, 60년대 초반만 해도 여자가 처녀성을 잃으면 시집가기 힘들다는 게 거의 교과서처럼 여겨지던 시대였다.

그때, 혼전에 임신을 한 친구들의 삶은 거의 모두 기구했다.

수연이 여고 동창들 중에 유영애가 제일 먼저 연애를 했다.

연애를 하면 저렇게 행복할까 싶을 정도로 영애는 구름 위를 사뿐사뿐 걸어 다니는 듯, 황홀감에 취해 지냈다.

어머머. 밤에 남산에 갔었다고? 남산에 가서 뭐했니? 하고 친구들이 물으면 영애의 답은 늘 '너도 연애해봐!'였다.

사람이 자기 자신이 아닌 다른 사람을 정말 정신이 쌩 돌만큼 좋아할 수 있는 걸까? 수연은 이게 늘 신기했다.

'나는 뜯어고칠 수만 있다면 나 자신을 뜯어고치고 싶은 게 한둘이 아닌데, 다른 사람이 뭐 그리 좋을까.'

영애는 친구들이 배짱도 좋아, 겁도 없네, 해가며 흉보는 듯 말하면서도 속으로는 은근히 부러움의 대상이기도 했다.

'나도 연애를 해봤으면!'

'나도 누군가를 굉장히 좋아해 봤으면!'

아름다운 음악을 듣거나, 슬프도록 기막힌 사랑 영화를 보거나 하면 늘 나도 저런 연애를 해봤으면, 하는 마음이 절로 들었다. 그런데 이상한 건, 사귀자고 하는 남학생이 나타나면 수연은 선뜻 응해지지 않았다. 그가 싫어서가 아니었다. 꽤 괜찮다 싶어도 '너는 아닌데'라는 거부반응부터 들었다. '너는 아니야.'라는 마음이 드는 건 어쩌면 성일에 대한 기억이 마치 동화 속 왕자처럼, 언제고 반드시 내 앞에 나타날 것이라는 막연한 그 기대 때문이었는지 모른다.

잘 생기고, 공부 잘하고, 운동도 잘하고, 싸움도 잘하는 피난 초등학교(그 당시엔 초등학교가 아니고 국민학교였다.) 동급생, 권성일.

체육 시간에 한바탕 땀을 흘리고 우물가에서 연신 물을 퍼 머리에 좍 좍 퍼부을 때 그 모습, 수연은 성일이의 그 모습을 보면 마치 얼음물에 빠진 듯 배꼽까지 아리리 시렸다.

초등학교를 졸업하고 대구 피난 중학교에 다닐 때, 성일은 가끔 수연네가 세 들어 살고 있는 집 담 위에 올라앉아 있곤 했다.

'어머머, 너, 왜 남의 집 담 위에 올라앉아 있니?'라고 다그칠 짬도 없이 수연을 보면 휙 뛰어내려 달리기 선수처럼 달려 가버리곤 하던, 그 모습 또한 수십 년이 지난 지금도 생생하다.

'성일이는 나를 좋아했나 봐. 성일이를 보면 공연히 가슴이 콩닥거리는 느낌. 나도 성일이를 좋아했던 걸까?'

세상 태어나 그런 느낌을 가져본 게 처음이었다. 그게 이성에 눈이 뜨기 시작하는 증거였는지 모른다.

고등학교 때나 대학교 때, 가끔 사귀자고 뒤따라오거나, 연락하는 남학생이 있으면 자동적으로 떠오르는 모습이 늘 권성일이었다. 그 당시 가끔 담 너머로 날라 들어오는 종잇장도 있었다. 어느 날, 어디에서 기다리겠으니 만나자고. 핸드폰은 고사하고 전화 있는 집도 드물던 시절이었다.

"나는 너와 그 피난 국민학교 반장 애 이야기를 들으면 꼭 동화책 읽는 거 같아."

수연이 눈덩이 사건, 회초리 사건, 그리고 사과 궤짝 이야기를 하면 영주는 늘 꿈꾸는 듯한 눈빛이 되곤 했다.

"그런 추억을 가지고 있는 네가 부러워. 나는 시골에서 국민학교도 제대로 다니지 못했어. 피난을 아주 산골로 갔었거든. 그래서 학교 다니는 대신 천자문을 외웠지. 아버지 명령이었어."

영주 아버지는 굉장히 봉건적인 분이었다.

대학에 입학하고 나서, 영주가 친구들과 함께 명동 미장원에 가서 파마를 한 날, 영주 아버지는 가위를 들고 영주 머리를 싹 둑싹둑 잘라버렸다. 천박한 여자처럼 머리를 지지고 볶았다며 노발대발하셨다.

"나는 네가 참 부러워. 너희 부모님은 이해심이 많으신 분들이잖아. 우리 부모님은 참 봉건적이셔. 내가 대학에 진학하는 것조차 아버지는 반대하셨단다. 계집애가 대학은 무슨 대학이냐고."

"부모님을 원망하진 않아. 그분들은 평생을 그런 사고방식, 그런 가치관으로 살아오셨기 때문에 현대감각이랄까, 개방된 문화를 본능적으로 거부하시는 거지. 내 부모님뿐 아니라 사람들이 대부분 그렇잖아. 자신에게 익숙하지 않은 풍습이나 문화 같은 것에 무조건 거부감을 갖는 거 말이야."

머리카락을 싹둑싹둑 잘리고도 영주는 오히려 아버지를 이해하려고 노력했다.

물론 영주는 대학을 졸업할 때까지 어둡기 전에 반드시 집에 들어가야 했고, 하다못해 빵집 같은 곳에서 더블데이트도 해보지 못했다.

어쩌면, 그게 근본 이유 아니었을까?

남자와 단둘이 만나본 적도 없이 살다가 갑자기 시집을 간다. 그것도 부모가 정해준 남자, 단 한 번 극장 구경조차 같이 가본 적 없는 남자와 불쑥 잠자리를 한다? 이게 가능할까? 사랑까지는 아니라 해도 은근히 호감이 간다 할까, 이렇게 뭔가 그 비슷한 느낌이라도 있어야 남녀 사이에 무언가가 시작될 게 아닌가. 짐승도 아니고 감정이 있는 인간인데, 어떻게 두 번 만난 남자와 잠자리를 한단 말인가.

"네 아버지 말이야. 너무 단순하신 분이 아닌가 싶다. 아, 밤에 할 짓을 낮에는 못하라는 법 있나? 왜 밤에 다니면 큰 사고 난다고 생각하시는 건지, 정말 사고 치려면 밤과 낮이 어디 있담."

입바른 소리 잘하는 윤지가 가끔 이런 말을 해대곤 했다.

대학을 졸업하자마자 영주는 부모님이 정해준 남자와 결혼을 해 우편 신부로 미국에 갔다. 1960년대 초반 한국은 건축업이 한참이었고, 신랑 집은 건축업으로 갑자기 부자가 된 집이었다.

결혼 생활 석 달 만에 도망을 나온 영주.

영주가 왜 석 달도 채 살지 못하고 도망을 나왔는지, 세월이 흐르는 동안 그 아무도, 수연이조차 알지 못했다.

'도저히 살 수 없었다.' '밤이 오는 게 무서웠다.'

이 두 마디 외 영주는 더 이상 말하지 않았다.

두 번째 결혼 역시 부모님이 주선한 결혼이다.

다시는 결혼하지 않겠다고 다짐하고 사는 영주에게, 서울에서 어머니가 위독하시다는 연락이 왔다.

'네가 시집가 사는 걸 봐야 눈을 감겠다'라는 어머니.

영주는 어머니가 돌아가시기 전에 이번에는 만나본 적도 없이 신랑이라며 날아온 사람이 두 번째 남편이었다.

서른하나. 겨우 서른하나에 결혼을 두 번 하고 두 번 이혼한 여자.

이혼이라고 할 것도 없다. 첫 번은 내가 도망치고, 두 번째는 남편이라는 남자가 도망갔다.

기구한 운명.

이 운명을 어찌할 것인가. 이대로 극약이라도 먹고 세상을 저 버리기엔 내 생명이 너무 아깝다. 몸과 마음이 지치고 지쳐 밤에 잠자리에 들 때, 내일 아침에 깨어나지 말았으면, 하는 생각이 절로 들기도 했지만 영주는 망가질 수 없다고, 이대로 주저앉을 수 없다고, 다짐하며 마음을 매질했다. 먹고사는 문제 해결도 힘들고, 아무런 희망도 보이지 않아 오직 자살만이 길이라 여겨질 때, 하느님에게 매달렸다.

"주님. 제 처지를 다 알고 계시는 주님. 제가 올바른 삶을 살아갈 수 있도록 용기를 주십시오. 길을 인도해 주십시오."

영주는 밤에도 기도하다 잠들고 눈이 떠지면 새벽 기도로 하루를 시작했다. 기도를 어떻게 하는 건지조차 모르지만, 무조건 마음 문을 다 열어놓고 호소했다. '내 사정을 다 아시는 주님', '내 처지를 다 아시는 주님' 목소리가 덜덜 떨려 나오다 나중에는 울음소리로 변해 눈물이 비 오듯 쏟아졌다.

울다 지쳐 잠이든 어느 날 새벽이었다.

아직 동이 트지 않은 새벽, 갑자기 문과 마룻바닥 사이, 조금 틈이 난 곳에 훤한 불빛이 보였다. 마치 누군가가 문을 열려고 전지를 킨 것 같았다.

그 문틈 사이 훤한 불빛에 십자가가 보였다. 분명 십자가였다. 그리고 어디선가 바람을 타고 울리는 듯한 음성이 들려왔다.

"염려하지 마라. 염려하지 마라. 내가 네 곁에 있음을 잊지 마라."

내가 지금 꿈을 꾸고 있는 건가? 영주는 넓적다리를 아프게 꼬집어보았다. 분명 꿈이 아니었다. 영주는 그 길로 벌떡 일어나 바닥에 엎드렸다.

"주님, 감사합니다. 감사합니다."

영주는 그날 결심했다.

살아야 한다고, 살아서 주님이 보시기에 합당한 삶을 살아가야 한다고. 고통은 인생에 주어진 숙제일 뿐이라고! 내가 넘어서야 할 산이라고!

나는 여태까지 나 자신만 생각하며 살아왔다.

나는 왜 이렇게 불행한가.

나보다 공부도 지지리 못하던 친구들. 낙제 점수 겨우 면하던 친구들. 대학교 때 남학생들하고 어울려 대천 해수욕장이다 강릉이다 쏘다니며 부모 속을 폭폭 썩이던 친구들, 그런 친구들은 죽자사자 연애하던 남자 친구가 군대 간 사이, 싹 돌아서 다른 남자에게 시집가 아들딸 낳고 사모님 소리 들어가며 잘들 살고 있는데, 나는 무슨 죄를 지었기에 이렇게도 기구한 운명이란 말인가.

하지만 영주는 그 새벽, 문틈으로 들어오는 불빛 속에 또렷하게 보인 십자가, 그리고 주님의 목소리를 들은 후부터 새사람이 되었다.

나보다 더 불행한 사람들이 세상에는 얼마든지 많다. 나보다 더 기막힌 경우에 처한 사람들 또한 많이 있다. 나는 늘 나만 불행하다고 불만, 불평 속에 살아왔다. 이제부터 그들을 위해 살자. 나보다 덜 가진 자들, 나보다 덜 배운 자들, 나보다 마음이 더 아픈 자들을 위해 살자!

나는 좋은 부모님을 만나 그 시절, 6·25 전쟁을 치르고 폐허가 된 곳에서, 대학 교육까지 받은 축복받은 사람 아닌가.

하루 세끼 제대로 먹지도 못하는 사람들이 수두룩하던 시절. 배고프다 보채는 아이들에게 냉수 마시고 잠들라고 소리 지르고 돌아서서 얼마나 많은 엄마들이 울었던가. 얼마나 많은 처녀들이 가장 노릇을 하기 위해 창녀촌으로 들어갔던가. 그 시절, 그 참담한 시절에 어엿하게 대학까지 나온 여자가 나만 불행하다며 가슴앓이하고 지낸 자신이 너무나도 부끄러웠다.

대단한 사람은 되지 못한다 해도, 내가 어딘가엔가, 누군가에게, 보탬이 될 수 있는 일이 얼마든지 있으리라. 그런 일을 찾아 내 열정을 다 하리라.

영주는 호스피스 센터에서 죽어가는 암환자들의 대소변 치우는 일부터 시작했다. 대학까지 나온 여자가 이런 일을 해? 그런 오만함이 스스로도 깜짝 놀랄 만큼 사라졌다. 이제는 내가 누군가를 도울 수 있는 일이라면 똥, 오줌 치우는 일이든 무슨 일이든 다 해낼 수 있다는 자신감이 들었다.

호스피스 센터에서 잠잘 곳과 하루 세끼 먹는 것이 해결된다는 것이 그저 감사할 뿐이었다.

두 손을 꼭 잡으며 덜덜 떨리는 목소리로 '고맙다, 나를 보살펴줘 정말 고맙다, 고맙다' 하는 노인이 있는가 하면 밥그릇을 영주 얼굴에 내동댕이치며 '너 이년, 여기 독약 넣었지' 해가며 악을 써대는 노인도 있었다.

그런 노인이 거의 발작하다시피 욕을 해대며 머리끄덩이를 잡아당길 때면, 자신의 딸, 며느리 이름을 불러댔다. 그러니까 그 노인 눈에 영주가 딸이나 며느리로 보이는 모양이었다.

그리움과 기다림이 미움으로 변하는 모습을 보면 영주는 가슴이 아리다 못해 쓰라렸다. 얼마나 그리우면, 얼마나 기다렸으면, 저토록 자식들 이름을 불러대며 저주를 퍼부을까.

자식이 다섯 명이나 있는데 얼굴 들이미는 자식 한 놈 없다고 아침부터 밤까지 불평하는 오로라 할머니는 정신이 멀쩡할 때면 똑같은 말을 되풀이했다. '결혼하지 마', '결혼해도 자식 낳지 마' 그 할머니는 눈을 감기 전까지 그 말만 응얼거리다 떠났다.

자식들에게 얼마나 서운했으면 그런 말을 할까. 그 할머니의 멍든 가슴이 영주를 아프게 했다. 마음이 아프면, 정말 가슴이 뻐개지는 것처럼 아프면, 몸 구석구석까지 아프다는 것을 영주는 호스피스 센터에서 일을 하며 더더욱 실감했다.

'가슴이 아리다.', '그리움에 지쳐 가슴에 멍이 들었다.'

이런 투의 시구, 또는 유행가 가사. 그건 다 그저 말장난에 불과하다. 진짜 가슴이 멍이 든 것처럼 얼얼하게 아파 본 사람은 안다. 가슴이 아프면 마디마디 뼈까지 쑤신다는 것을.

자식인지, 애인인지, 누구인지 몹시 그리운 사람, 그 그리운 사람을 기다리다 못해 발작을 일으키는 외로운 노인들. 그들의 그 발작이 영주 가슴을 슬프게 했다. 한 사람, 또 한 사람 떠나갈 때도 목숨의 허무함이 슬픔을 넘어 애처로웠다.

"좀 지나면 무덤덤해집니다. 삶은 둥근 원이지요. 끝도 시작도 없는 둥근 원. 결국 살아있음과 죽음이 하나라는 것을, 여기 있다 보면 절로 느끼게 됩니다."

하루는 수간호사가 영주에게 차근차근 위로하듯 말을 했다.

"너무 괴로워하지 말아요. 여기 들어와 있는 사람들은 이미 죽음을 선고받은 사람들입니다. 그저 잠시 머물다 가는 곳이니 그러려니 해야지. 사람이 떠나갈 때마다 그렇게 힘들어하면 견뎌내지 못해요."

잠시 머물다 가는 곳.

따지고 보면 우리네 인생 자체가 잠시 머물다 가는 것 아니랴.

영주는 사람이 떠날 때마다 덜 아파하자고, 덜 슬퍼하자고, 자신을 다독거리곤 하지만 그래도 씻기고 먹이고 하던 노인이 영영 눈 감고 깨어나지 않을 때가 제일 힘들었다.

누군가를 기다리는 할아버지.

여느 사람들처럼 헐렁한 가운이나 잠옷 같은 것을 걸치고 있지 않았다. 젊은 시절에는 아주 미남이고 멋쟁이였을 것 같은 할아버지는 가지고 있는 옷가지들도 오래된 것들이지만 모두 고급스러운 옷들이었다.

휠체어에 앉아 종일 주차장 쪽만 바라보고 있는 할아버지.

비록 대소변 처리는 남의 도움을 받아야 하는 처지지만, 그래도 깨끗한 옷을 꺼내 입혀 달라 하고, 실내화가 아닌 구두를 신고, 그렇게 누군가를 기다린다. 종일, 일주일 내내, 한 달, 두 달, 언제나 그 자리, 그 자리에서 주차장 쪽을 바라보고 있다.

그에게도 언젠가는 젊은 시절이 있었겠지. 사랑하던 사람도 있었겠지. 너와 나, 죽을 때까지 헤어지지 말고 함께 살자고 굳게 약속했던 사람. 그는 그 사람이 오기를 기다리는 걸까?

영주는 그 할아버지가 앉아있는 휠체어를 밀고 창가로 갈 때마다 은은하지만 아주 생생하게 Camille Thomas가 연주하는 첼로 L'elisir d'amore가 들려온다.

마치 통곡을 삼키는 듯한 첼로 소리. 그토록 아름다운 곡이 슬픔에 빠져 지나던 때는 꼭 그렇게 들렸다. 통곡을 삼키는 듯, 영주의 가슴을 현으로 긁어대는 듯싶었다.

"밀러 씨, 이제 그만 주무셔야지요."

영주가 가까이 다가가도 눈 하나 깜박하지 않는 할아버지. 영주는 조용히 이렇게 말하면서 휠체어를 끌어 그를 방으로 안내하고 침대에 눕힌다.

누구를 기다리세요? 자녀분들? 사랑하는 사람?

때로는 사람들이 지나가다 놀리듯 이렇게 묻기도 하지만 그는 듣는지 못 듣는지 전혀 반응하지 않는다.

다 알아듣기는 하는데 말은 전혀 못 한다. 그가 앓고 있는 실어증은 '브로카 실어증(Broca's aphasia)'이라고 남이 하는 말은 다 알아듣고 이해하지만 자신의 의사는 표현하지 못하는 병이라 한다.

그 할아버지를 보면 영주는 엉엉 목 놓아 통곡하던 때가 어제처럼 떠오른다.

말은 다 알아듣는데 말을 할 수 없는, 의사 표현이 안 되는 '브로카 실어증'. 영주가 그 병을 여섯 달이 넘도록 앓았었다. 그때, 의사가 그랬다. 그래도 실어증 종류 중에 제일 약한 게 브로카 실어증이라고. '베르니케 실어증(Wernicke's aphasia)'은 그 반대로 자신의 의사 표현은 간단한 단어 등으로 다 할 수 있는데, 남이 하는 말을 전혀 이해하지 못한다. 표현 능력이 없거나 이해 능력이 없거나, 어쨌든 간에 실어증을 앓았던 영주는 존 밀러 할아버지에게 신경이 더 쓰였다.

이렇게 하세요, 저렇게 하세요, 하면 다 고분고분 따라 하면서 말은 전혀 하지 않는 할아버지.

정말 말을 못 하는 걸까. 아니면 안 하는 걸까.

사랑하던 사람. 아니 지금도 사랑하는 사람. 그 사람을 기다리시는 거죠?

때로 영주는 돌비석처럼 꼿꼿하게 앉아있는 할아버지에게 다가가 이렇게 조용히 물어보고 싶었다. 아주 조용하게 귀에 대고 속삭이듯 물어보면 할아버지는 실타래 풀어놓듯 자근자근 사랑 이야기를 다 해줄 것만 같았다.

－ 세상에 제일 아픈 게, 제일 슬픈 게, 사랑 말고 무엇이 있겠는가 －

어느 책인지 제목도 생각나지 않지만, 책을 읽다 노트에 베껴둔 문구다.

영주는 그런 사랑의 느낌을 상상조차 할 수 없지만, 그래도 세상에 가장 부러운 게 있다면, 그런 사랑을 아는 사람이다.

존 밀러 할아버지가 세상을 떠나는 날, 그날도 그를 찾아온 사람은 아무도 없었다.

낙엽이 한 잎, 두 잎, 바람결에 흩날리다 사라지듯, 사람이 떠나고 나도 뭐 하나 달라진 것 없이 일과는 늘 반복된다. 슬퍼서 우는 사람도 없다. 눈 감는 그 순간, 그는 사람이 아니고 송장이다. 어제까지 같은 밥상에 앉아 밥을 먹고 지냈지만, 그 누구도 떠난 그에 대해 더 이상 말도 하지 않는다.

누군가를 기다리다, 기다리다, 떠난 할아버지.

누군가를 기다릴 수 있다면, 기다릴 수 있는 상대가 있다면, 그래도 그 삶은 행복한 게 아닐까.

영주는 일주일이 멀다 하고 저세상으로 떠나가는 노인들을 보면서, 수간호사의 충고대로 사람에게 너무 정들이지 말자고 자신을 다그치곤 하지만 그게 그리 쉽지 않았다.

'내 사랑, 캐트린. 이 세상에 태어나 당신을 만난 것이 나에게 가장 큰 행복이었소.'

할아버지의 물건들을 챙기다가 수연이 그의 베개 밑에서 이 쪽지를 발견하고 그만 침대에 얼굴을 파묻고 흐느끼며 울었다. 참을 수가 없었다.

그래. 그래. 할아버지는 그래도 행복하게 살다 가셨다. 그렇게 사랑한 사람이 있었으니까. 얼마나 사랑했으면 세상에 태어나 당신을 만난 것이 가장 큰 행복이라 했을까!

그런 사랑. 나도 그런 사랑을 해보고 싶다. 그런 사랑을 해본다면 죽어도 원이 없을 것 같다.

고등학교 3학년 때, 함박눈이 아주 포근하게 폭폭 쏟아지는 겨울날이었다.

영주가 집 골목 안에 들어서는데 뒤에서 '실례합니다.' 남자 목소리가 났다. 물론 영주는 돌아보지도 않고 걸음아 나 살려라, 하고 급히 집으로 향했다.

얼마쯤 지나 문밖이 시끄러워 장독 위에 올라가 밖을 내다보니 S 고등학교 교복을 단정하게 입은 남학생이 동네 건달들 앞에 무릎을 꿇고 있었다.

'세상에. 나쁜 놈들. 지네들이 뭐라고 저 애를 저렇게 무릎 꿇

게 하다니!'

마음 같아서는 당장 달려나가 동네 남자애들에게 뭐라고 쏘아붙이고 싶었지만, 마음만 그럴 뿐 그저 가슴만 쿵쾅거렸다.

"여기가 어딘지 알고 기어들어 와?"

이런 말이 들리고 퍽 퍽, 발길질 소리도 들렸다.

나가서 말려야 하는데, 나가서 말려야 하는데. 내가 돌아서서 말대꾸만 해주었어도 저 애가 저렇게 맞을 리가 없을 텐데, 어쩌나.

물론 그날 이후, 다시는 그 남학생이 따라오지 않았다. 한 번. 딱 한 번만 더, 그가 따라와 '실례합니다.' 한다면 영주는 냉큼 뒤돌아서리라 결심했는데, 기다렸는데, 그 학생은 다시는 나타나지 않았다.

그 남학생이 누구였을까. 만약 내가 그와 사귀었다면 좋아했을까. 서로 좋아졌다면 결혼까지 했을까? 아주 좋아하다 결혼하면 남자가 가까이 다가오기만 해도 좋아지는 걸까?

이름도 모르는 남학생, 밀러 할아버지가 남긴 쪽지를 읽다 불쑥, 그때 그 남학생이 떠올랐다.

고등학교 때부터 연애하던 친구들이 행복하게 끝을 맺은 경우는 극히 드물다.

"어머, 미쳤어. 어떻게 하룻밤 자고 온다는 거니? 어유, 간도 커라."

대학생 축제가 열리는 수원에 가서 하룻밤 자고 오겠단다.

하루는 은수가 영주에게 간청을 했다. 은수네 집이 영주네 집
과 같은 골목에 있어 자주 학교를 같이 다니곤 했다.

"제발, 내 핑계는 대지 마. 너희 부모님들이 아시면 아이고, 맙
소사."

"우리 엄마가 너를 제일 믿고 좋아하셔. 너는 틀림없는 애라
고 늘 그러신다고. 지난여름 강릉 다녀왔을 때도 그러셨어. 영주
도 같이 가는 거니? 그럼 다녀오라고."

"도대체, 네가 지금 네 정신이니? 아유, 세상에. 어떻게 단둘
이 여행을 간다는 거니?"

"네가 몰라 그래. 너도 사랑해봐."

'사랑해봐.'

사랑에 빠진 친구들은 남자 친구가 가자면 못 갈 곳이 없다는
듯, 하다못해 지옥에라도 기꺼이 따라가겠다는 듯, 참으로 용감
하다.

아주 얌전하고 모범생이던 여학생을, 갑자기 못 할 짓이 없는
대담한 사람으로 만드는 그 마법. 그 사랑이라는 것을 모르는 영
주는 그런 친구들과 가까이하는 것조차 나중에는 께름칙했다.
마치 친구에게 무슨 균이라도 묻어있는 듯, 그렇게 느껴졌다.

사랑에 폭 빠진 친구들이 하는 말, 사랑보다 더 아름다운 건

세상에 없단다.

하지만 대학 졸업반이 되자 그 아름다운 사랑은 아름다운 게 아니라 살이 직직 마르도록 고통스러운 것이었다.

왜 남자는 여자와 하룻밤 자고 나도 아무 일 없는 것처럼 괜찮고, 여자는 그 남자의 소유물이 되기라도 한 듯, 반드시 그 남자와 결혼을 해야 한다고 생각하는 건가.

이 어이없는 사고방식이 변해야 한다. 남자는 혼전에 섹스를 알아도 괜찮고 여자는 안 된다는 사고방식이야말로 케케묵은 구시대 의식 아닌가. 인권 동등은 여기서부터 시작해야 한다.

영주는 결혼하기 전에 섹스를 아는 친구들을 더럽다고까지 생각했었다. 부모 속이고 남자 친구와 여행 다니는 친구들이 불결하게 여겨져 곁에 가기조차 싫었다.

하지만, 세월이 한참 지난 후, 특히 두 번 결혼하고 두 번 이혼하고 난 후, 영주의 생각은 달라졌다. 여자든 남자든 혼전에 섹스를 알아야 한다. 평생을 함께 살아갈 사람을 어떻게 외모, 학력, 집안 조건만 보고 결혼한단 말인가.

결혼 첫날밤이 정말 첫날밤이라면 그야말로 결혼은 목숨을 담보로 하는 위험한 도박 아닌가.

남자가 섹스를 할 수 없는 불구자라면? 남자가 여자를 패대는 버릇이 있다면? 어찌할 것인가, 어찌할 것인가!

흑인이든 백인이든 회색인이든 인간은 동등하다는 것. 여성이든 남성이든 성적인 면에서든 지적인 면에서든 동등하다는 것. 동등해야 한다는 것. 영주는 세월이 지나가면서 서서히 인권 운동가처럼 변해갔다.

인간이 동등하려면, 사람이 사람대우를 제대로 받으려면, 지적인 면에서도 동등해야 하지만, 경제적으로, 정신적으로, 자립할 수 있어야 한다. 경제적으로 자립할 수 없으면서 동등을 부르짖을 수 없는 게 아닌가. 많은 여성들, 우리 어머니 세대, 할머니 세대, 그 전 세대 여성들은 자신이 자신을 먹여 살릴 수 있는 능력이 없기 때문에 엄연히 한 남자의 아내이면서도 식모나 다름없는 취급을 당하며 살아야 했다. 남편이 도박을 하든, 바람을 피우든, 그저 꿀 먹은 벙어리처럼 살아야 했다. 왜? 사회적 인식도 문제지만 첫째는 경제적 자립 능력이 없는 게 큰 원인이었다.

내가, 나 자신을 당당하게 책임질 수 있는 능력. 무엇보다 내가 나를 먹여 살릴 수 있는 능력을 갖추려면 교육이 기본이다. 한국에서 명문 대학을 나왔다는 게 미국에서는 아무 소용이 없다. 의사소통도 제대로 못 하는 영어 실력으로 무엇을 할 수 있단 말인가. 밥벌이를 제대로 할 수 있는 능력을 갖춰야 한다.

영주는 호스피스에서 일을 시작한 지 2년쯤 지나서부터 길 바로 건너편에 있는 야간 주립대학에 다니기 시작했다. 남이 나를 차별한다고, 무시한다고, 불평불만 하지 말고 실력을 쌓아야 한다는 게 영주가 혼자 살면서 터득한 결론이다.

무시당하는 사람은 대부분 무시당할 짓을 하니까 무시당한다.

무식한 사람일수록, 자신의 모자람은 뒤로 하고 핑계감을 찾는다. 얼마 전 어느 대학의 한국인 교수가 학교를 상대로 소송을 냈다. 인종차별을 당했다고. 이 사건이 한인 신문에 큼직하게 보도되었다.

인종차별? 50년 전에 이미 예일, 버클리, 일리노이 대학 등등 여러 곳에서 교수를 해 온 한국인들이 있다. 영주가 잘 알고 지내는 선배 남편은 대학 학장까지 하시다 은퇴하셨다. 그런데 지금 세상에 평생 교수로 인정받지 못했다 해서 소송? 그 사건을 톱기사로 올린 신문도 문제다. 자신의 실력이나 능력 또는 게으름 등등, 흔히 자신의 잘못이나 부족함은 접어두고 우선 시근거리며 인종차별을 내세우는 사람들, 그들은 흔히 자격지심을 그런 방법으로 노출한다.

호스피스 센터 바로 길 건너에 주립대학이 있다는 것도 우연이라 여겨지지 않았다. 이 또한 주님의 섭리. 다 주님이 인도하시는 것이라 믿기에 그저 감사할 뿐이었다. 영주는 통계학으로 석사 학위를 받고, 7년 이상 일하던 호스피스 센터를 떠났다.

영주 남편, 변성재. 건축업으로 성공한 집안의 셋째 아들.
그 집안에서는 얌전하고 똑똑한 신붓감을 골랐고, 영주가 뽑혔다 할까? 결혼은 눈 깜짝할 사이에 이루어졌다.

첫날밤부터 영주의 결혼은 빗나갔다.

정식으로 부부가 되긴 했지만 잘 알지도 못하는 남자와 한 이불 속에 들어간다는 것이 너무 무서웠다.

남자와 여자가 몸을 섞는다는 거, 그건 누가 가르쳐주지 않아도 본능적으로 자연스럽게 이루어진다는데, 영주에게 그게 자연스럽지 않았다.

아무리 서류상으로 정식 부부가 되었다 하지만, 남이나 마찬가지인 남자와 어떻게 알몸으로 한 이불 속에 들어간단 말인가.

친구들이 첫날밤 입으라고 사 준 속이 훤히 다 보이는 보라색 잠옷. 속에 아무것도 입지 말고 이 잠옷만 걸치라는 그 야한 잠옷을 입으니 절로 웃음이 나왔다.

망측해라. 어떻게 이런 꼴로 남자 앞에 나간담.

"아, 뭐 하고 있어?"

영주가 화장실 안에서 나오지 않자 그가 소리 질렀다.

웬 반말?

결혼하면 남자는 으레 아내라는 여자에게 반말하는 건가?

시간이 좀 필요하다. 정식 부부가 되었으니 급하게 굴지 않아도 되지 않을까.

"그저 남자와 여자가 한 이불 속에 들어가면 다 살아지기 마련이고, 그러다 보면 애가 생기고 애를 기르면서 비로소 부부의 진득한 정이 생기는 법이다."

어머니가 하시던 말씀이다. 어머니는 아버지와 얼굴조차 보지 않고 결혼했지만 지금까지 잘 살지 않느냐고. 그저 남녀는 함께 이불 속에서 뒹굴다 보면 정이 들기 마련이라고.

'그런가? 그러다 보면 얼음이 녹아내리듯 서서히 경직된 마음도 몸도 풀리는 걸까? 성(性)교육을 받지 않아도 성(性)은 자연스레 알아가는 거라고?'

시간이 좀 필요하다고, 이해해 달라고, 영주는 애원하듯 말했고, 변성재는 급히 서둘렀다. 하지만 문제는 영주에게만 있는 게 아니었다. 아무리 영주가 몸을 도사린다 해도, 정상적으로 건강한 육체를 가진 남자라면, 우격다짐으로든 어쨌든 일을 치렀을 것이다. 젊은 남자가 정식 아내가 된 여자를 하다못해 강간하듯 덮쳤다 한들, 누가 뭐라 하겠는가.

무서웠다.

밤이 오는 게 무서웠다.

성재 성격은 굉장히 급했다. 그는 여자가 몸이 나긋나긋해질 때까지 서서히 애무를 하거나, 그런 과정 전혀 없이 일을 치르려 들고, 그가 그럴수록 영주 몸은 나무토막처럼 딱딱하게 굳어갔다.

꼬옥 껴안고 너무 좋아 어쩌지 못하는 연인들. 무아지경에 빠

지는 듯, 엎치락뒤치락해가며 사랑하는 연인들. 영화에서 본 사
랑하는 남녀의 그런 장면들이 눈앞에 아른거렸다. 남자와 여자
가 사랑한다는 건, 서로 귀하디귀한 보석을 다루듯 조심스러워
야 한다고 생각했는데 영 아니었다.

무서웠다.

그가 이런저런 요구를 하면 할수록 영주는 두려움과 무서움
에 온몸에 경련이 왔다.

방 안에 가구들이 빙글빙글 돌다 천장에 달라붙기도 하며 의
식이 가물거리기조차 했다. 해가 지고 어둠이 스며들면 영주는
무서움에 턱이 다 덜덜 떨렸다.

"어쩌면, 어쩌면 말이야. 우리 두 사람, 다 너무 성(性)을 몰랐
던 게 흠이었지 싶어. 나는 그가 변태인가 생각했었고, 그는 나
를 남자 혐오증을 가진 병자라고 생각했을지도 몰라."

"그 사람이 여자 경험이 많은 남자거나, 내가 남자 경험이 많
은 여자였다면, 아마 달라졌을지도 몰라."

"사람은 좋은 사람이었어. 내가, 참고 견디었다면 어쩌면 지
금까지 무난하게 잘 살 수 있었을지도 몰라."

"그 사람 잘못이 아니고 내 잘못이었던 것 같아. 내가 너무 준
비되지 않은 상태에서 결혼한 게 잘못이었던 거 같아."

"남자와 손 한번 잡아보지 않은 상태에서 결혼을 했으니, 그
게 순결한 거라고 생각했으니… 내 잘못이지."

"밤만 되면, 정말 쌩 돌 것 같더라."

10여 년이란 세월이 지난 후, 차분한 목소리로 마치 남의 이야기하듯 말하는 영주.

영주의 첫 번 결혼은 영주가 도망 나오는 것으로 끝났다.

도망 나올 때 이미 영주는, 온건한 상태가 아니었다. 정신 이상이 되는 것처럼 불안하고 초조하고 툭하면 몸이 버들버들 떨리며 진땀이 나곤 했다.

떠나자, 이대로 있다가는 정신병원에 들어가 영영 폐인이 될지도 모른다. 지금 떠나야 한다.

위암 말기 선고를 받은 영주 어머니는 영주가 늘 맘에 걸렸다. 결혼에 실패하고 다시는 결혼을 하지 않겠다며 혼자 살고 있는 딸. 그 딸이 먼 이국땅에서 혼자 벌어먹고 살아가고 있다는 게 가슴을 멍들게 했다. 실은 영주의 결혼이 실패한 후부터 영주 어머니의 가슴앓이는 시작되었던 것이다.

암 말기 환자 어머니.

내가 시집가는 걸 보아야 눈을 감을 수 있다는 어머니.

영주는 어머니를 위해 두 번째 결혼을 했다.

회계사인 영주는 4월이 제일 바쁜 기간이다. 일 년 세금 보고를 마감하는 달이라 밤늦게까지 일을 해야 한다. 하지만 영주는 서너 달 후로 결혼을 미룰 수가 없었다. 하루가 급한 어머니를 위해 영주는 어머니가 정하신 남자와 결혼했다. 한국에 나갈 시간도 없어 서류상으로만 결혼을 했다. 결혼식은 그 남자가 미국에 들어오면 하기로 했다.

틀림없는 집안.

아버지가 고등학교 교장이신 집안.

교육자의 집안 첫아들이라는 게 어머니 마음에 그렇게 꼭 드신 모양이다.

그 남자. 정확하게는 영주의 두 번째 남편.

고등학교 교장이신 아버지의 힘만으로 자식 다섯을 다 공부시키기 힘들어 그는 결혼은 뒤로 미루고 동생들 뒷바라지하다 노총각이 되었단다.

"경제적으로 넉넉한 집안은 아니지만 그래도 교육자 집안이니 마음 놓인다. 신랑감이 네 사진만 보고도 좋다 하더란다."

서류상 남편이 된 그는 미 대사관에서 까다롭게 굴어 생각보다 힘들게 미국에 들어왔다.

계약 결혼이라는 말이 나돌 정도로 미국 시민권자와 결혼을 해 미국 가는 사람들이 많아 대사관에서 철저하게 조사를 했다.

윤경철은 일요일 저녁 7시가 넘어 비행장에 도착했다.

영주가 차를 몰고 나가 그를 태우고 들어와 미리 준비해 둔 저녁으로 밥을 먹고 나니 열한 시가 되어 가고 있었다.

밤이 늦었건만 그는 소파에서 TV에 나오는 코미디를 보고 있었다.

미국에 오자마자 영어 코미디를 알아듣는다? 그렇게 영어 실력이 대단한가?

나는 서울에서도 최고 여자대학교를 나오고도 미국에 와서 코미디는커녕 일상 대화도 잘 알아듣지 못해 쩔쩔맸는데. 실력이 대단한가 보네!

자정이 다 되어 가는데 어쩐다? 나는 내일 출근해야 하는데 어쩐다?

'피곤하지 않으세요?'라고 묻고 싶지만 영주는 '그만 함께 자자'라는 말로 들릴 것 같아 아무 말 하지 않고 부엌으로 가서 다음 날 아침상을 차려놓고, 침실로 들어와 출근 준비를 해놓고 자리에 들었다.

'내일 밤 열 시쯤 올 거예요. 요즘 세금 보고 시즌이라 아주 바빠서요. 미안합니다. 시금칫국하고, 밑반찬도 만들어 놓았으니 먼저 식사하세요.'

상 위에 간단한 메모를 남겨 놓았다.

밤과 낮이 바뀌었으니 잠을 잘 수 없는가 보다. 내일 낮에 종일 자면 되겠지. 영주는 이렇게 생각하며 잠을 청했다.

"영주 씨, 미안합니다. 정말 미안합니다."

다음 날, 밤늦게 돌아온 영주는 건물 밖에서부터 3층 아파트 방이 깜깜해 이상했다. 온종일 TV를 보다가 이제 잠들었나? 하긴 시차 관계로 밤이면 생둥생둥하고 낮이면 졸리고, 며칠 동안은 적응하기 힘들겠지. 열쇠로 문을 열고 들어와 영주는 우선 전등부터 켰다. 침실에서 자고 있나? 침실을 열어보았지만, 그는 없었다. 부엌으로 가 불을 켰다. 영주가 차려놓은 상 옆에 쪽지가 놓여 있었다.

하다못해 단 한 번 키스도 해보지 않은 남자. 정식으로 결혼 신고까지 했으니 분명 두 번째 남편이다.

왜 가버렸을까?

긴 긴 세월, 영주는 이 의문의 답을 찾을 수 없었다. 밤에 도착해, 아침에 영주가 회사에 나간 사이 가버린 남편이라는 남자.

영주의 두 번째 결혼은 이렇게 끝이 났다.

딸, 아들 낳고 오손도손 잘 살아가는 친구들도 많지만, 부부싸움이 잦아 결국 헤어지고 혼자 살고 있는 친구들도 있다. 그런가 하면 정말 정나미가 뚝 떨어졌지만, 아이들 때문에 이러지도 저러지도 못하고 그럭저럭 살아간다는 친구들도 있다. 그런 친구들은 동창끼리 모이면 아예 자기 남편을 '원수' 라 부르기도 했다.

모든 게 하늘의 뜻이라 여기니 영주는 오히려 마음이 잔잔했다.

나보다 더 불행한 사람들. 나보다 더 가난한 사람들.

시선을 돌려 주위를 보면 영주에게 할 일은 산더미 같았다. 고아원, 양로원, 장애아 센터, 영주는 세월이 어떻게 가는 줄 모르게 직장 시간 외 모든 시간은 봉사활동으로 보냈다.

"영주 씨."

탁 가라앉은 남자의 음성이었다.

이 국장님, 이 선생님, 이 권사님도 아니고 그냥 '영주 씨'라 부르는 남자.

"저… 윤경철입니다."

윤경철. 밤에 도착해 아침에 가버린 남자. 보다 더 정확하게는 두 번째 남편.

죽어버릴까, 차라리 죽어버릴까.

스스로 생각해도 너무 어이없고 황당해 실실 웃어가면서, 자살까지 생각하게 만들었던 남자.

"정식으로 아내가 된 여자를 손가락 하나 대보지 않고 도망가 버렸다고?"

주변에서 아주 친한 친구들조차 믿기 힘들어했다.

"정상적인 남자라면 도망갈 때 가더라도 한 번이라도 하고 가는 게 정상 아닌가?"

"불쌍한 영주. 하룻밤만이라도 화끈하게 해주고 갈 것이지."

"그 얌전이가 화끈한 게 뭔 줄 알기나 하겠니?"

"하긴, 첫 번에도 물건이 절대, 절대로 문 안에 들어가지 않았다니깐."

"그럼, 맙소사. 여전히 처녀막이 고대로 있겠네. 아이고, 맙소사."

남의 이야기처럼 재미있는 게 없다는 말처럼, 두 번째 결혼한 영주 남편이 도망갔다는 소문이 바람을 타고 미 동서남북은 물론 한국까지 단숨에 날아갔다.

'네 탓이다. 네가 좀 이상한 거야.'

그 누구도 영주에게 대놓고 이렇게 말은 안 하지만 한마디, 한마디 속에 이 말이 고스란히 묻어났다.

가까운 친구마저 함께 산부인과에 가보자고 했다.

"혹시, 혹시 너에게 무슨 문제가 있는 건 아닌가, 어쩌면 간단하게 치료할 수 있는 문제일 수도 있지 않을까 해서 말이야."

"첫 번째는 남자 물건이 내 몸속에 들어오지 않았고, 두 번째는 나를 아예 건드리지도 않았는데, 어떻게 나에게 무슨 문제가 있겠니."

산부인과에 가보자는 수연의 말이 너무 서운해 금방이라도 주르륵 흘러내릴 듯 영주의 눈에 눈물이 흥건하게 고였다.

다른 친구는 몰라도 수연은 영주의 말을 백 퍼센트 곧이곧대로 믿어주려니 했는데, 병원에 가보자니, 서운함이 가슴을 저리

게 했다.

"미안해. 영주야. 내가 네 말을 믿지 못해서가 아니야. 나는 네가 팥으로 메주를 쑨다 해도 믿는 거 알지? 주변에서 너무 수군대는 게 속상해 그래. 너한테 분명 문제가 있다고, 그런 말 듣기가 싫어서. 나하고 같이 병원에 갔었다고, 영주에게 아무 문제가 없다고, 당당하게 증명해주고 싶어서 그래."

"괜찮아. 남이 나를 뭐라 하는 거, 이제 신경 쓰지 않아. 솔직히 윤경철이 도망가 버리고 난 후, 너무 나 자신이 초라하다 할까, 너무 모멸스럽다 할까. 그래서 죽어버리고 싶은 마음까지 들었었어. 어떻게 정식 아내가 된 여자를 손가락도 안 대고 가버릴까. 정말 내가 그렇게나 매력 없는 여자인가. 분하기도 하고 어처구니없기도 하고, 그런데 이제는 다 괜찮아. 세월이 약이라는 말, 정말 진리야. 이제 그를 미워하지도 않아. 그럴 수밖에 없는 어떤 이유가 있었겠지. 그렇잖아? 남들에게는 하찮은 일 일지라도 본인에게는 삶과 죽음처럼 심각한 일. 세월 지나가다 보니 그가 오히려 고맙게 여겨지겠지. 살지 않기로 작심한 여자니까, 손가락 하나 건드리지 않고 갔다는 거. 그래도 양심이 있는 사람 아니니. 정말이야. 정말 이제는 그때, 그렇게 간 사람이 오히려 고맙기까지 해. 난, 이제 그 누가 무슨 말을 하든 괜찮아. 하느님은 아시니까. 하느님은 다 아시니까. 그리고 나를 지켜주시니까."

괜찮아, 괜찮아, 하면서도 영주의 볼에 눈물이 흘러내렸다.

20년, 그 긴 세월.

죽음의 길까지 생각해 보았었다. 그럴 때마다 주님의 음성이 들려왔다.

'내가 너의 아픔을 모른 체하지 않고 있다는 것을 꼭 기억하라. 너를 지키고 있음을 잊지 마라.'

주중에는 일하고, 주말이면 노인정에 나가 외로운 노인들의 말벗이 되어주기도 하고, 장애아 센터에 가서 장애아들을 휠체어에 앉혀 동물원, 식물원으로 데리고 다니는 등등, 바쁘게, 바쁘게 살았다.

영주 씨?

한국 남자가 영주를 '영주 씨'라고 부를 사람이 거의 없다. 권 사님으로 통하는 영주에게 영주 씨?

"죽기 전에, 내가 영주 씨에게 용서를 구하지 않고서는 눈을 감을 수 없겠기에 염치 불고하고 찾아왔습니다."

용서받지 않고서는 눈을 감을 수 없다?

용서를 구하는 목적이 결국 자신의 양심을 좀 편하게 해주고 싶다는 말 아닌가! 어디까지나 자신을 위한, 자신만을 위한 이기심!

어지럼증이 오는 것 같아 영주는 꼿꼿하게 앉아있던 자세를 풀고 물 한 모금을 마신 후, 등받이에 등을 기댔다.

아니다. 아니다. 용서를 구하는 사람에게 이래선 안 된다.

내가 아직도 사람이 덜되었구나. 이렇게 팩 하다니!

어쩌면 그는 나보다 더 괴로운 세월을 살아왔을지도 모른다. 죄를 짓고 살아간다는 것보다 더 괴로운 일이 어디 있으랴.

"결혼을 약속한 사랑하는 사람이 있었습니다. 그녀가 미국에 가서 내가 들어오기를 기다리고 있었습니다. 그런데 미국에 갈 수 있는 길이 자꾸 까다로워져 막막할 때, 바로 그때, 영주 씨가 나타났습니다."

꼭 움켜쥔 두 손에 경련이 오는지, 그는 손가락을 연신 오므락거렸다.

쌩쌩하게 젊었던 남자의 검은 머리카락이 하얗게 변해 있었다. 그는 이삿짐센터에서 막노동하는 것부터 시작해 식당, 복덕방, 보험 등등…. 이런저런 일을 하다가 뒤늦게 깨달은 바가 있어 신학대학을 졸업하고 목사가 되었단다.

목사? 목사님이라? 윤경철 목사님.

"용서해달라는 것조차 뻔뻔해 찾아올 수가 없었습니다."

힘들게 살아온 세월의 흔적이 그의 굵은 손마디, 마디에 배어 있었다.

"다 지난 일입니다. 우리가 인연이 아니었겠지요. 이제 와 용서고 뭐고 없습니다. 다 지난 일입니다."

영주도 그도 한동안 아무 말 없이 커피잔에 시선을 박고 있었다.

목사님이 되었구나. 그래서 용서가 더 필요했나? 얼마나 괴로 웠을까! 교인들에게 착하게 살라, 남을 속이지 말라. 남을 해치 지 말라. 늘 강조하는 입장에서, 얼마나 괴로우면 찾아왔을까.

누군가가 다 죽어가는 목사님에게 물었단다. 하느님이 정말 존재하시는가, 하고. 목사님이 아주 소곤거리듯 답했단다. '실은 나도 잘 모른다'고.

눈앞에 앉아있는 윤경철. 불쑥 하느님이 계신지 아닌지 나도 실은 모른다고 답했다는 그 목사님이 윤경철로 보였다.

가여운 영혼. 불쌍한 영혼. 나에게 용서를 빌지 마세요. 하느 님께 비세요. 그리고 아마 하느님은 이미 용서해 주셨을 겁니다. 이유 여하를 막론하고 진심으로, 사죄하는 사람은 다 용서해 주 시는 하느님이시잖아요.

"자녀들은?"

영주가 먼저 긴 침묵을 깼다.

"셋입니다. 아들 둘에 딸 하나입니다."

"몇 살인가요?"

"열여섯, 열두 살. 그리고 막내가 열 살 딸애입니다."

다음 날, 영주는 세 아이 옷을 사 들고 그가 머물고 있는 전도 관으로 찾아가 행복하게 잘 살라며 굿바이를 했다.

'나에게 미안한 마음, 이제 다 날려 보내고 행복하게 사세요.'

물론 영주는 이 말을 입 밖에 내진 않았다. 그냥 먼저 손을 내밀었다. 굿바이, 하면서.

　도대체 사랑이란 무엇이기에 무례함도 뻔뻔함도 겁 없이 용
감하게 저지를 수 있게 만드는 것일까.
　50이 넘도록 영주는 이성 간의 그런 사랑을 전혀 모른다.
　벌거벗고 허둥지둥 섹스를 하겠다고 덤벼들던 첫 남편. 섹스
가 제대로 되지 않는다고 신경질을 내던 사람.
　대학 때 연애를 했다면, 그래서 호젓한 공원이나 바닷가에 가
서 남자 친구와 스킨십이라도 했다면 남자가 덜 무서웠을까?
　삼청공원이라든가 어디라든가 연애쟁이라고 소문났던 여고
동창, 주옥이가 말했었다. 으슥한 숲속에 들어가 정신없이 키스
를 하고 있는데 뱀이 스르륵 옆으로 지나가 기절할 뻔했다고. 주
옥이는 꺄륵 꺄르륵 웃어가며 남자 친구와 지낸 이야기를 가끔
아주 재미있게 들려주었고 친구들은 바작바작 타들어 가는 입술
을 침 칠해가면서 그래서? 그래서? 재촉하곤 했었다.
　"아유, 더 말할 수 없어. 연애해 봐. 연애해봐야 그 감정 알게
돼. 손만 꼭 잡아도 배꼽 아래가 짜릿짜릿해 오는 그 느낌, 그걸
어떻게 말로 설명하니?"
　단 한 번 얼굴도 보지 않고 결혼했어도 잘만 살아온 어머니,
그 시대 여성들. 그녀들은 어떻게 살아왔을까, 아니 어떻게 살아
냈을까.

어머니는 늘 그러셨다. 남자, 여자라는 게 그저 한 이불 뒤집어쓰고 살다 보면 정이 들기 마련이라고, 그 남자가 그 남자라고. 그러니 이왕이면 조건 좋은 곳에 시집가는 게 팔자 고치는 거라고. 아마 그래서 연애 따로 결혼 따로 철저하게 구분하는 여자들이 있는가 보다. 그 구별을 잘하지 못하는 여자들. 한 번 마음과 몸을 주었으면 죽으나 사나 그 사람밖에 모르는 순정파 여자들. 사랑 때문에 인생길이 달라지는 친구들. 정신병이 들어 평생을 고생하는 친구들이 그런 순정파들이다.

이상할 정도로 마음이 평온했다.

"어머, 어머머. 미쳤어. 따귀라도 한 대 올려붙이지, 뭐라고? 선물을 사 주었다고? 아이들 옷을 사 주었다고? 네가 천사니, 천사야? 맙소사. 기막혀라."

친구들이 나중에 윤경철이 다녀갔다는 사실을 알고 펄쩍펄쩍 뛰었다.

"너는 정말 수녀가 되었어야 해."

영주는 이 말을 자주 듣는다. 그럴 때마다 영주는 아무 대꾸 없이 웃어버리지만, 속으로 생각한다. 수녀가 다 그렇게 천사는 아니란다. 수녀든 여승이든, 목사든 신부든, 다 사람 나름이란다.

밤에 도착해서 새벽에 가버린 남자.

20년 만에 목사님으로 나타나 용서를 구한 남자.

이것도 저것도 할만한 일이 없어 목사님이 된, 그런 목사님이 아니기를 바랄 뿐, 이제 영주는 그에 대한 미움도 증오도 없다. 용서를 구하고 싶은 마음이 자신의 양심을 위한 것이었다 할지언정, 그래도 참 다행이다 싶다. 그래서 그의 마음에 평화가 온다면, 그러면 된다. 그것뿐.

그의 아이들에게 옷을 사서 선물로 주고 돌아서 온 영주. 마음이 아주 평온했다.

파도가 잔잔하게 잠든 것 같다. 막막해 보여도 잔잔한 바다는 너무 아름답다. 잔잔해지기 위해 파도가 얼마나 몸부림을 쳤는지, 오직 바다만 안다.

라흐마니노프의 피아노 협주곡 제3번, 마지막 3악장.

긴 파도가 쉬지 않고 끊임없이 울어대듯 선율이 이어지다가 결국 영광의 눈부심 속에 이 곡은 막을 내린다.

살아있었던 게 고마워. 오늘은 내가 나한테 고맙다. 영주야, 고맙다.

서유경

　친구들이, 친구 남편들이, 한 사람 또 한 사람 자꾸 떠나간다. 떠나가지 않아도 서서히 이상해지는 사람도 있다. 쌩쌩하던 사람이 걸음걸이가 느릿느릿해지고, 말투가 어눌해지고, 그게 그저 늙어가기 때문이거니 여기다 병원에 가서 알츠하이머(Alzheimer's disease) 초기라는 진단을 받은 친구도 있다.

　"생일도 아니고 아무 특별한 날도 아닌데 웬 선물?"

　유경이가 놀랍다는 듯 물었다.

　"꼭 무슨 날이야 하나? 이 동네 슬슬 걷다가 쇼윈도에 걸려있는 그 숄을 보는 순간, 네가 생각나서 샀지. 마음에 들었으면 좋겠다."

　며칠 전, 수연은 산책하다가 자그마한 옷집 유리창 마네킹에 걸려있는 연분홍색 숄이 눈에 들어와 들어갔었다. 하늘하늘 아주 얇은 실로 짠 것이라 만지기조차 조심스러웠다. 날씬한 마네킹에 길게 드리워진 그 숄을 보는 순간, 유경이가 떠올랐다. 미스코리아 저리 가라 할 만큼 늘씬한 몸매에 갸름한 얼굴. 매력적인 눈. 70이 넘었어도 유경은 여전히 멋지다.

"싱겁긴, 하여튼 너답다. 고마워."

"정말 마음에 드니?"

"꼭 내 스타일이고 내 색깔이네, 뭐."

전화기 저편에서 유경이가 명랑하게 웃었다.

늘 그런다. 항상 맑고 밝은 목소리다.

"허리 아픈 건 좀 어떠니?"

"그럭저럭 지낼 만해. 이 정도는 아픈 것도 아니지. 아직 걸어 다닐 수 있으니까, 감사해야지."

옳은 말이다. 아직 걸어 다닐 수 있으면, 감사해야 하고말고.

위가 탈이 나서 겨우 죽으로 연명하는 친구는 몸무게가 90파운드도 채 되지 않는다. 그래도 동창들이 보고 싶다고, 두 달에 한 번 모이는 모임에 택시를 타고 꼭 나온다. 죽만 먹고 지내는 친구가 안쓰러워 호박죽, 잣죽을 만들어오는 친구들도 있다. 여학교 때는 별로 가까이 지내지 않았다 해도 이제는 동기동창이라는 것 하나만으로도 귀한 친구들이다.

La Jolla 언덕 위에 하얀 집.

La Jolla는 San Diego에서 조금 북서쪽에 위치한 마을로 경치가 아름답기로 유명한 곳이다. 이 근처에 있는 Torrey Pines 골프장은 매년 열리는 PGA Championship 대회로 잘 알려진 곳으로 일반 골퍼들이 꼭 한번 가보고 싶어 하는 드림 골프장이기도 하다. 탁 트인 태평양이 눈 아래 훤히 내려다보이는 곳. 해안 따라 파도가 밀려오고 밀려가는 풍경이 환상적이다.

La Jolla 발음은 '라 호야' 다. 스페인어로 'J'가 'H' 발음이라는 걸 알지 못하면 영락없이 '라 졸라'라고 부르게 된다. Torrey Pines 골프장을 찾기 위해 마을 이름을 대다 당혹해한 한국 사람들이 적지 않다.

'라 호야' 할 때마다 수연은 아주 오래전 학생 이름, Jose를 '조세'라 불렀을 때, 내 이름은 '조세'가 아니고 '호세'입니다, 하던 기억이 지금도 생생하다.

'미안해요. 스페인어로 J가 H 발음이 난다는 걸 미처 몰랐어요. 이름을 잘못 발음해 정말 미안해요.'

수연이 이렇게 사과했을 때 호세가 괜찮다는 듯 어깨를 으쓱하며 프시시 웃던 장면이 지금도 눈에 선하다. 여느 학생처럼 신난다고 책상을 두들겨가며 웃지 않은 게 수연은 참 고마웠다.

바다가 훤히 내려다보이는 언덕 위, 하얀 집에 사는 유경이가 이사를 한단다.

서유경.

그 마음속에 오만가지 생각들이 오갔을 것을 생각하니 수연의 가슴이 싸해온다. 마치 식도 역류증 증세가 나타나는 것처럼 갑갑하다. 버릇처럼 수연은 용각산을 조금 입에 털어 넣었다. 한인 의사가 일러준 약이다. 미국 약도 좋은 게 많지만, 알이 너무 커서 삼키기 어렵다는 설명까지 곁들여 가며 용각산을 추천했다. 용각산? 이름도 처음 들어보는 것이라 어디에서 파는지 물었더니 한인 마켓 어디에 가든 살 수 있다고 친절하게 알려주었다. 시카고에 살 때는 한인 의사들이 그리 많지 않아 늘 외국인 의사에게 다니곤 했는데 LA 근처로 이사 오니 한인 의사들이 많아 편하고 좋았다.

명치끝이 아프지는 않고 그냥 좀 묵직하다든가, 이가 욱신욱신 쑤신다든가, 배가 싸르르 아프다든가, 이런 표현은 한국어가 아니고는 제대로 표현하기 힘들다. 슬근슬쩍이니, 얼렁뚱땅이니, 매콤하다, 짭짤하다, 등등…. 한국어로만 표현해야 제맛이 나는 어휘가 참 많다.

아무런 메모 한 장 없이 숄을 예쁜 선물 용지에 싸 보낸 수연에게 유경은 싱겁다고 했다. 이 또한 한국말 아니고는 거의 불가능한 표현이다. 싱겁다는 말 속에 묻어있는 정스러움.

유경이가 그 집을 떠나기로 결심할 때까지 얼마나 힘들었을까.

"우리 나이에 여기저기 조금씩 아픈 건 당연하지 뭐. 그러니까 그저 살살 달래가면서 같이 사는 거지. 다리가 아프면 긴 긴 세월 다리를 너무 부려먹었구나, 그러니 좀 위해 주자 하고 조심해가며 사는 거고, 팔이 아파도 그렇고 어깨가 아파도 그렇고,

싱싱하던 나뭇잎이 누렇게 변해가듯, 우리 몸도 변해가는 게 당연한 거지 머. 그저 자주 쉬어가면서 지내라는 신호 아니겠니. 살아있는 날까지, 이제는 자질구레한 병쯤은 친구하며 함께 사는 거지."

늘 긍정적인 유경이 성격을 수연은 좋아한다. 작은 일에도 불만이 많고 투정하는 사람들은 주변 사람들조차 피곤하게 만든다.

'잘 지내니?' 하고 전화로 물으면 언제나 '그럼, 잘 지내고말고. 오늘은 날씨가 하도 좋아 바닷가까지 걸어갔다 왔단다.' 늘 소녀 같은 대답이다.

유경이 공연히 늘 명랑한 척, 괜찮은 척하는 게 아닐까?

실은 수연도 기절을 하든 입원을 하던 친구에게 알리지 않는다. 다 지나고 나서, 꼭 말을 해야 할 계기가 되면 응, 그때, 기절했었어, 입원했었어, 라는 식으로 말해 친구들이 어이없어한다.

유유상종이란 말처럼 친구는 비슷비슷한 사람끼리 어울리게 되는 것 같다. 유경뿐 아니라 혜진도 영주도 다 그런 식이다. 아프다, 속상하다, 외롭다, 죽고 싶다, 이런 부정적인 말은 혼자 삼킨다.

남편 먼저 보내고 혼자 사는 친구들.

자식들도 형제들도 친척들도 남편의 빈자리를 채워줄 수는 없다.

때로 혼자 밥을 먹을 때, 자신도 모르게 목구멍이 콱 막혀 코

끝이 시큰해질 때가 있다고 말하는 혼자 사는 친구들.

저녁 내내 시간을 보내기 힘들어 비디오 가게에 가서 한국 드라마는 무엇이든 다 빌려다 본다는 친구. 한국 드라마가 없다면 어쩌나 싶을 정도란다. 스토리가 모두 거기서 거기라고, 유치하기 짝없다고 말하면서도 한국 드라마는 거의 빠짐없이 다 빌려다 본다. 그런가 하면 매듭 십자가, 브로치 같은 걸 열심히 만드는 친구도 있다. 그 친구는 힘들게 만든 매듭 십자가를 아프리카 선교단에 보낸다. 믿음이 단단한 친구다. 그렇다고 그는 여느 교인들처럼 남들에게 믿으세요, 교회 나가세요, 이런 말은 입에 올리지도 않는다. 말없이 행동으로 믿음을 전파하는 그 친구를 수연은 참 존경한다.

유경이는 비디오도 빌려다 보지 않고, 골프도 치지 않고, 헬스클럽에 다니지도 않는다. 그저 남편과 함께 지내왔던 생활 그대로 아침마다 배달되는 LA Times 읽기로 두어 시간 보내고, 바닷가에 나가 산책하기도 하고, 꽃밭, 채소밭 가꾸며 지낸다.

이를 악물고 산다 할까? 남에게 나약한 모습을 절대 보이기 싫어한다 할까? 행여 친구에게 마음으로라도 폐 끼칠까 봐 그러는지 먼저 전화도 잘하지 않는다.

좌골신경통으로 약까지 먹고 지내는 유경이가 바닷가까지 걸었다고?

설마 걸어간 건 아니겠지, 차를 몰고 가 주차장에 세워 놓고 걸은 거겠지. 남편, 도섭과 늘 자주 바닷가를 산책하곤 했으니까. 툭하면 바닷가로 달려가는 그 심정, 바닷가를 혼자 걷고 있는 유경을 상상만 해도 수연은 콧날이 매큼해진다.

"수연아, 너 비 오는 날, 바닷가 걸어봤니?"

한번은 뜬금없이 전화로 불쑥 이렇게 물었다.

"비 오는 날, 바닷가? 우리가 지금 여고생인가, 아이고, 유경아, 잘못하면 감기 들어. 이제 우리 나이에 감기 한번 들면 쉽게 낫지 않는다고요. 제발 비 오는 날에 바닷가는 나가지 마."

"우산 쓰고 텅 빈 바닷가 걸어봐. 기막히다. 둑, 두둑, 두둑, 우산에 떨어지는 빗소리가 너무 좋아. 빗방울 소리 하나하나에 뭔가 메시지가 담겨 있는 듯 느껴질 때도 있고, 아메리칸 인디언들의 악기, siyotanka 소리 같기도 하고, 하여튼 한번 걸어봐."

우산에 떨어지는 빗소리가 미국 인디언들의 flute 소리 같다는 유경. 유경은 시를 쓴다. 시가 되든 뭐가 되든 어느 순간, 무엇인가 가슴에 스며드는 느낌. 그 느낌을 무조건 끼적이는 그 순간이 행복하단다.

유경이 "풀꽃"이라는 시를 적어 보낸 적도 있다. 그 시인이 누군지 모르지만, 아주아주 착하고 순한 사람일 것 같았다.

자세히 보아야 예쁘다.

오래 보아야 사랑스럽다.

너도 그렇다.

그래. 그 시인의 느낌을 수연도 알 듯싶다. 이따금 숲길을 거닐다 풀꽃을 볼 때 느낌이 꼭 그랬으니까.

잘 지낸다고 씩씩하게 답하곤 하지만 수연은 유경이가 아침에 눈을 뜨면 '오늘 하루는 또 어떻게 보내나'라고 말했던 그 심정이 가장 솔직한 심정임을 잘 안다. 초등학교 때부터 친구였으니까, 목소리만 들어도 수연은 유경의 감정을 짐작할 수 있다.

귀한 친구들.

저마다 개성이 뚜렷하고, 본받을 점이 많은 여성들이다. 인간적으로 본받을 점이 많은 여성들이 가까운 친구들이라는 게 수연은 참 자랑스럽다.

바다가 훤히 내려다보이는 언덕. 차를 몰고 가면 아주 위태위태할 정도로 꼬불꼬불한 길을 여러 번 돌아야 한다. 그 꼭대기에 집이 있고, 유경이네 집 위로는 집이 딱 한 채 더 있을 뿐이다.

대문과 유리창 틀은 짙은 남색이라 마치 그리스 산토리니 섬에 와있는 듯한 인상을 주는 예쁜 집이다. 산토리니 섬의 집들이 그랬다. 집은 하얀색이지만 창틀이나 대문은 눈부실 정도로 푸른색. 푸른색이라기보다 아주 짙은 남색이다. 바다를 배경으로 한 그 집들은 하나같이 그림엽서 같았다.

유경이 집이 딱 그렇다. 산토리니 집들은 다닥다닥 붙어있지만, 유경이 집은 앞뒤로 뜰도 크고 과일나무들이 즐비해서 그림엽서보다 더 아름답다.

집을 빙 둘러 온갖 꽃들이 철따라 피어난다. 오렌지 나무들이 수십 그루 된다. 오렌지 나무에 꽃이 피면 그 향기에 취할 정도다. 뜰 한 모퉁이에는 고추, 깻잎, 쑥갓 등 채소밭도 있다. 그 아름다운 집에 사는 잘생긴 남자와 모델같이 늘씬하고 예쁜 여자. 예쁘다기보다 멋지다는 게 유경에게 더 잘 어울린다.

유경이는 예쁘고 멋질 뿐 아니라 웬만한 숙수 저리 가라 할 정도로 음식도 잘한다. 부부가 다 사람을 좋아해 그 집에는 사람이 끝일 날이 없고 웬만해서는 외식도 하지 않는다. 유경이는 손님들을 초대해놓고 재잘재잘 계속 대화해 가면서 쓱쓱, 쓱쓱 이것저것 식당처럼 음식을 척척 해낸다. 집을 지을 때 아예 부엌과 응접실을 탁 트게 만들었단다.

흔히 부엌일이 몸에 밴 여자들은 어딘지 모르게 살림하는 여자 티가 나기 마련이지만 유경에게는 그런 모습이 전혀 없다. 마치 영화배우가 요리하는 장면을 찍기 위해 잠시 부엌에 서서 일하는 듯하다. 옷을 화려하게 입어서가 아니다. 그저 허름한 블루진에 스웨터 하나 걸쳐도 옷걸이가 좋아 그런지 멋이 절로 난다.

젊은 시절, 다른 곳에서 다른 사람과 다른 삶을 살다가 느지막하니 만난 첫사랑. 50을 훌쩍 넘기고 다시 만나 결혼하고 꿈같은 집을 짓고 꿈같이 살았다.

60이 다 된 나이에도 결혼을 하느냐고 묻는 사람들도 있지만 실은 20대보다 60대 결혼이 더 진하고 깊단다. 이 말은 유경이가 한 말이 아니라 미셸이 한 말이다. 미셸은 유경이네 집 바로 윗집에 살고 변호사다.

수연이 큰맘 먹고 어쩌다 두어 시간 운전해 유경이 집에 놀러 가면 으레 하루나 이틀 밤 자고 오곤 하는데 그때마다 미셸이 자주 놀러 왔다.

50이 넘어 세 번 결혼을 한 미셸은 지금이 자기 인생에서 가장 행복하다고 한다.

"20대 결혼은 젊은 열기를 사랑이라 착각하는 경우가 대부분이지. 그래서 두 커플 중 하나는 이혼하잖아. 그때는 그저 어느 장소에서 누구를 만나는가가 중요한 거지. 감정적으로도 그렇지만 실은 육체적으로 이성을 원하는 시기잖아. 그러니 그저 몇 번 만나보고 후딱 결혼으로 가는 거지. 그러니까 부모님들이 아주 좋은 대학에 가야 한다는 게 나이 먹으니까 이해가 되더라고. 심한 경쟁을 뚫고 아주 좋은 대학에 들어온 아이들은 그래도 좀 머리가 좋은 애들 아니겠니? 깡통 애들하고는 연애는 가능할지 모르지만 남편은 아니잖아?"

미셸은 이혼 담당 변호사가 아니고 재산 관리 담당 변호사인데 마치 이혼 담당인 것처럼 결혼과 이혼에 대해 심리학자처럼 바싹했다.

"30대도 아직 위태해. 그때는 자기가 제일 잘났다고 생각하는 시기거든. 직장에서 어느 정도 기반도 잡았고 수입도 짭짤하고, 그러다 보니 이성을 만날 때 계산이 앞서는 거야. 내가 밑지는 건 아닌가. 구태여 결혼을 해야 하나? 그냥 데이트나 하고 지내면 어떨까? 결혼은 어쨌거나 많은 것을 구속당하는 것인데, 이 자유를 왜 포기하지? 구속당하면서까지 결혼? 천만의 말씀. 이런 계산. 그러다 보면 금방 40줄에 들어서게 되지."

"40대에 후반쯤 되면 비로소 뭔가를 좀 알 것 같아지지. 자기 능력의 한계라 할까. 겁 없이 날뛰던 30대와는 조금 달라지지. 그래서 그때는 독신자가 아닌 한, 웬만해서는 결혼을 하려 하지. 그때는 외모보다 아무래도 인간성을 더 중요하게 여기게 되는 것 같아. 편하게 지낼 수 있는 상대라는 게 아마 그 나이엔 결혼 조건 첫째인 것 같아."

"50은? 미셸 변호사님께서 결혼하신 50대는 어떤가요?"

유경이가 변호사님, 해가며 농담조로 묻자 미셸은 와인 한 모금을 마시고 다시 신나게 이야기를 풀어나갔다.

미셸과 유경은 삶에 대한 철학도 비슷하고 철저하게 공화당 지지파라는 것도 비슷하고, 오페라광이라는 것도 비슷하지만, 무엇보다 와인을 아주 좋아한다.

"50대는, 그야말로 무르익은 과일이라 할까. 지성적인 면에서도 그렇고 육체적인 면에서도 그렇고, 비로소 삶을 만끽할 수 있는 나이라 할까? 사랑도 급하지 않게 서서히, 서서히 맛있는 음식 아껴가며 음미하듯, 사랑도 그렇게 할 수 있는 나이가 바로 50이잖아. 알잖아?"

미셸은 너희들도 다 알잖아? 하는 듯, 한쪽 눈을 질끈 감았다.

"그리고 가장 현명하게 사는 건, 지금 이 순간이 내 생에 가장 행복한 때라고 생각하는 거지. 안 그러면 바보지. 지나간 추억에 매여 사는 것도, 앞으로 올 미지의 세계에 기대를 하고 사는 것도, 다 바보짓이야. 시간 낭비지. 이 순간, 이 순간이 소중하고 이 순간이 행복한 거지."

미셸은 20대 결혼은 실패로 끝나고, 두 번째 남편은 교통사고로 잃고, 오랫동안 혼자 지내다가 50이 다 되어 지금 남편 피터를 만났다. 둘이는 통장도 각자 통장, 자동차도 각각. 무엇이든 자기 소유는 고스란히 자기만의 것으로 지킨다. 정식으로 결혼은 했어도 미셸은 남편 성을 쓰지 않고 자기 성을 쓴다. 피터 브라운의 아내, 미셸 브라운이 아니라 미셸 베이커다.

수퍼에 가도 반반씩 갈라서 내나, 영화관에 가도 따로따로 표를 사나?

수연은 이런 소소한 것들이 은근히 궁금했지만 대신, "둘이 여행할 때는 어떡하니?"라고 물었다.

"여행? 그야 물론 다 피터가 책임지지."

미셸은 그건 아주 당연하다는 듯 답했다.

"그 정도는 해야지. 나와 살려면, 그 정도쯤은 당연히 해야 하는 거 아니겠어?"

미셸도 역시 여자구나, 생각하며 수연이 푸푸 웃었다.

남녀동등을 강하게 주장하고 또 안정된 수입이 있어 당당하게 살아가는 여자가 여행 비용쯤은 남자가 다 부담해야 한다? 동등한 입장이니 동등하게 지불하는게 미셸답지 않을까?

어쨌든 수연은 미셸을 보면 늘 그 자신만만함이 부러웠다.

어제는 지나간 것, 그것이 아픈 기억이든 슬픈 기억이든 휴지조각처럼 버려야 한다는 것. 앞날 또한 내일까지 꼭 살아있다는 보장도 없으니 걱정이든 무엇이든 미리 끌어당겨 공연히 시간 낭비할 필요 없다는 미셸.

수연은 미셸의 이야기를 한참 듣다 보면 은지가 떠오르곤 했다.

손은지.

은지도 지금 이 순간이 내 인생에서 가장 행복하다,라고 생각했다면, 그런 사고방식으로 살았다면, 자살이라는 극단의 길은 택하지 않았으리.

은지는 그야말로 남들이 부러워하는 쟁쟁한 정치가의 아내다. 아무개다 하면 세상 사람들이 다 알 수 있는 사람으로 그는 정권이 바뀌고 또 바뀌어도 자리만 옮겨 다닐 뿐, 용하게 장관이 나 장관 버금가는 위치를 고수하고 있는 사람이다.

어디를 가든 운전기사가 모시고 다니는 사모님.

"수연아, 오늘 시간 많이 내고 나와. 내가 너, 데리고 갈 때가 있어."

어쩌다 한국에 나가면 은지는 수연을 호강시켜준다며 여기저기 끌고 다니곤 했다. 얼굴 마사지에 전신 마사지, 하다못해 발 마사지까지 데리고 갔다.

"나는 한 시간 동안 누워있는 게 고문받는 거 같아 싫어. 정말 싫다니까."

"그런 소리 말고, 내 말 좀 들으세요. 제발. 네 얼굴이 반들반들하게 달라질 테니."

"글쎄, 내가 사모님 팔자가 아니라 그런지 꼼짝 않고 누워있으려면 다리에 쥐가 나. 허리도 아프고."

그래도 은지는 막무가내였다.

"호강 좀 해보라니까. 한두 번 하고 나면 얼굴이 달라질 테니. 내가 하자는 대로 좀 하세요."

"난 체질이 고급이 아니라 안 된다고요. 난 잠잘 때도 엎치락뒤치락해가며 자야 편하거든."

아무리 별별 이유를 대가며 거절을 해도 소용없었다.

"아무 말 말고 내가 하자는 대로 좀 내버려 두라. 이 고집쟁이야." 해가며 좋다는 건 다 해주려 했다.

수연은 동창들과 55주년 기념 여행을 갔을 때, 상주 해변에서 수연을 알아보지 못했다는 동창생의 말을 들은 후, 거울을 들여다보며 복자가 말해준 대로 양 볼이 아플 정도로 탁탁 쳐보기도 했었다.

겉으로는 아주 태연한 척, 나이 들면 늙는 게 당연하지, 해가며 담담한 척했지만, 그날 밤을 설칠 정도로 마음이 찜찜했었다. 행여 복자가 말해준 대로 해보면 축 늘어진 볼이 좀 올라갈까 싶어 콜드크림으로 마사지도 해보고 볼이 얼얼해지도록 열심히 때려보기도 했었다. 그런데 막상 은지를 따라 스킨케어에 가서 한 시간 이상을 누워있자니 그건 정말 힘들었다.

"너 초밥 좋아하지? 우리 남편이 단골로 가는 곳에 내가 오늘 예약해 놓았으니까 한시에 나하고 가는 거다."

초밥 일 인분에 10만 원. 일 인분이 딱 열 개니 한입에 쏙 들어가는 초밥 한 개가 만 원이다. 짜장면이 한 그릇에 3천 원이나 4천 원이다. 아무리 고급식당이라 해도 아마 만 원짜리 짜장면은 없지 싶다. 그런데 초밥 한 개가 만 원인 식당, 그런 식당이 예약 없이 들어갈 수 없을 정도로 꽉 찬다는 게 수연은 신기했다.

어쩌면 바로 이런 이유가 원인 아닐까. 있는 자들을 무조건 범죄자 취급해가며 툭하면 시위가 끊임없는 게. 하지만 정정당당하게 열심히 일해 부자가 된 사람까지 통틀어 죄악시하는 건 시기와 증오 아닐까.

한국도 경제가 발전되고 문화가 발전되어가면 그와 함께 기부 문화도 발전했으면 좋겠다.

만 원짜리 자그마한 초밥 한 개를 삼키며 수연의 머릿속에서 이런저런 생각들이 어지럽게 오갔다.

"나는 말이지, 나는 콩나물 국밥이 제일 좋아. 나, 정말 그런 거 먹고 싶다니까."

수연의 그 말은 진심이었다. 콩나물을 유난히 좋아하지만 콩나물 한 봉지 사서 다듬으려면 30분 이상 걸리기 때문에 자주 해먹지 못한다. 콩나물 꽁지를 떼 버리지 않고 국을 끓이는 사람들도 많은데 수연은 꼭 꽁지를 떼고 국을 끓이는 버릇이 되어, 아무리 바빠도 꽁지는 꼭 떼어내야 한다.

"그건 너 혼자 사 먹어. 시장에 가도 국밥집 많고 백화점 지하실 같은 곳에 가도 얼마든지 먹을 수 있으니까."

유난히 정이 많은 은지.

좋아하는 친구에게는 무엇이든 다 해주고 싶어 하고, 무엇이든 다 주고 싶어한다.

수연이가 반지, 목걸이, 귀걸이, 팔찌 같은 치장을 통 안 하고 다니니까, 살기가 힘들어 보석이 없다고 생각했는지 한번은 보석 상자를 아예 앞에 열어놓고 이것저것 마음에 드는 거 다 골라가지라 했다.

"이거, 좋겠다. 선생님한테 딱 어울린다. 내가 터키 갔을 때 산 것인데, 수수하잖아. 이 호박 목걸이. 점잖으면서도 멋지잖니. 꼭 너야. 너한테 어울려."

은지는 수연의 목에 호박 목걸이를 걸어주며 어린애처럼 좋아했다.

"고맙지만 노 땡큐. 내가 이걸 가지고 가면 보나 마나 어느 서랍 속에 처박혀 있을 거야. 옷 입고 출근하기도 바쁜데 언제 그런 치장을 하니. 내가 블랙커피 마시는 거, 블랙커피를 좋아하는 게 아니라 아침에 느긋하게 커피 마실 여유가 없어 버릇 된 거란다. 눈 뜨자마자 아침 준비하지, 남편, 아이들 샌드위치 세 개 싸야지, 그러다 보면 어떤 날은 블라우스도 거꾸로 입고 갈 때가 있단다. 한번은 로젠이라는 선생이 나한테 오더니 '어머! 수연, 너 오늘 아주 특별한 블라우스 입었구나. 포켓이 등에 달린 블라우스도 있네.' 그러겠지. 내가 이런 사람이니 목걸이는 네 마음만 받을게."

은지는 늘 그랬다. 무엇이든 수연에게 주고 싶어 안달할 정도였다.

눈이 펑펑 오던 겨울날이었다. 바람에 휘날리는 눈이 아니라 소리도 없이 포근하게 폭 폭 내려앉는 함박눈이었다. 눈송이가 어찌나 큰지 마치 솜사탕 같았다.

수연이 은지 집에서 점심을 먹고 나올 때, 눈이 오니 차를 내주겠다고 했다.

"아니, 나는 전철이 제일 편하고 좋아. 서울 전철은 정말 너무 잘 돼 있어. 깨끗하기도 아마 세계 제일일 거야. 뉴욕이나 파리 전철은 지저분하기 짝이 없잖아."

수연은 잘사는 친구들이 자가용을 내줄 때가 제일 불편하다. 기사와 단둘이 자동차 안에서 이십 분이고 삼십 분을 묵묵히 앉아있다는 자체가 힘들었다. 그래서 그럴 때마다 수연은 한사코 거절을 했다.

수연이 용인에 있는 부모님 산소에 갈 때에도 은지는 몇 번씩이나 다짐하듯 묻곤 했다. 용인에 갈 때는 꼭 연락하라고. 차를 내주겠다고. 하지만 수연은 용인에 갈 때 이미 차편이 마련되었다고 거짓말까지 해대며 혼자 택시를 타고 갔다.

부모님 산소. 일 년에 한 번도 찾아뵙지 못하고 어쩌다 서울에 오면 가는 곳. 그곳에 수연은 혼자 가는 게 제일 좋다. 하다못해 형제도 친척도 그 누구와도 함께 가고 싶지 않다. 혼자 가서 '엄마, 아빠, 저 왔어요. 저요. 잘 살고 있어요. 애들도 제 몫들 잘하고 지내요. 애들 아빠요? 그 사람, 아시잖아요. 처음이나 지금이나 늘 똑같아요. 변함이 없어요. 집안일도 여전히 잘 도와줘요. 엄마가 그러셨잖아요. 세상에 그런 남자 없다고.' 오손도손 예전에 그랬듯이 그렇게 하염없이 잡풀을 뜯어가며 이런저런 이야기 하는 그 시간이 좋았다.

어머니가 수연 집에 와 여섯 달을 지내실 때, 자주 그랬다. 뒤 뜰에 나가 잡풀을 뜯어주면서 자근자근 많은 이야기를 주고받았 었다.

"엄마, 저 사람 너무 재미없는 사람이야. 무미건조해."

"그게 뭔 소리냐? 아, 홍랑 같은 남편이 어디 있다고."

"친구들 남편은 주말에 골프도 가고 한다는데, 저 사람은 혼 자 어딜 가지 않아."

"세상에, 그게 불평이냐? 남편이 밖으로 나돌아 속상한 게 아 니고 혼자 어딜 가지 않아 속상해?"

"내 말은 그게 아니고, 나만의 시간이 통 없잖아. 골프 가면 그 동안 나는 내가 좋아하는 영화관에 간다든가, 그럴 수도 있을 텐 데… 어디 초대받아도 내가 가지 않으면 아예 안 가. 정말, 좀 이 상해."

"그런 말, 어디 가서 하면, 남편 자랑한다고 할 거다."

"사람만 좋으면 다인가? 극장에도 안 가고, 운동 구경도 안 가 고, 미술 전시회 같은 곳도 안 가고, 무미건조해. 답답해."

로맨틱한 것과는 아주 거리가 먼 홍진우다.

음악도 별로, 영화도 별로, 골프도 별로, 미국인들이 그토록 좋아하는 미식축구도 별로, 그저 자정이 되도록 책 읽는 것 외에는 그야말로 무취미다. 하고한 날, 무엇을 그리 읽는지, Time 잡지 외에 Fortune, National Geographic부터 Smithsonian, Wine 잡지까지 매달 날아오는 잡지만 열 개가 넘는다.

틈만 나면 골프채 들고나가는 남편 때문에 속상하다는 친구들 말을 들으면 딴 세상 이야기 같다. 그야말로 주말에 골프채 들고나가 저녁때 들어온다면 수연은 할 일이 꽤 많을 것 같다. 쇼핑몰에 가서 눈요기도 하고, 가까운 숲에 산책도 가고, 하지만 진우는 퇴근해 집에 들어오는 시간도 일 년 내내 거의 똑같다. 타주나 외국으로 출장을 갈 때 외에는 절대 혼자서 어디 가는 법이 없다.

'네 복인 줄 알아라.'

수연의 어머니는 늘 그러셨다. 그런 남자 없다고. 틈만 나면 밖으로 나도는 남편들이 수두룩하다고.

홍랑 같은 사람 없다며 사위를 끔찍이 생각하시던 어머니.

흠잡을 데 별로 없는 남자가 남편이니 행복에 겨운 줄 알라는 어머니.

재미라곤 영 없는 사람이라 하면 어머니는 재미가 밥 먹여주냐? 재미있는 남자들, 마누라 속 썩이는 남자들이라 하셨다.

춤도 출 줄 모르지, 노래도 부를 줄 모르지, 깜짝 선물도 사다 줄 줄 모르지, 거의 기계 같은 남자. 답답하다고요.

물론 수연은 이런 말은 그저 혼잣말하듯 삼키곤 한다.

혼자만의 시간. 가장 순수한 자신의 모습을 볼 수 있는 시간, 사람에게 이 혼자만의 시간은 목마를 때 샘물처럼 필요한 것이다.

수연은 아이를 낳기 전부터 혼자 있는 시간을 참 즐겼다. 짬만 나면 인근 forest park에 달려가 숲길을 거닐면서, 내 속의 나와 때로 부딪치고 갈등하고 답을 찾아 목말라하면서 삶을 조금씩 배워갔다 할까.

미국에 간다는 걸 마치 하늘나라에 올라가는 듯 상상했던 23살, 하긴 60년대 초반에 한국과 미국의 차이는 엄청났다.

서울에 사는 동창 친구가 보내준 카카오톡. 누군가가 네이버인지 다음 카페 사이트에 올린 글을 읽으며 바로 우리가 대학 다니던 그 시절이라고, 너무나 생생하다며 보내준 글인데 그야말로 60년대 한국을 고스란히 표현했다.

1960년대는 제가 겪었던 10대 중후반의 나이였으며 요점정리 없이 생각이 미치는데로 글을 올리니 양해바랍니다.

의식주에 있어서는 옷감 천은 비 로또 양단도 있었지만 주로 광목 포플린 다우나 이런 걸로 옷을 만들어 입었으며 지금처럼 공장에서 사이즈에 맞도록 나오는 기성복이 별로 없고 있다 하여도 사이즈가 제대로 맞지 않고 바느질을 엉성하게 하여 옷이 터지기에 양복점(라사점 이렇게 부르기도 함)에서 맞추어 입었습니다.

신발 구두도 기성화 신발이 나오기는 했지만, 바느질이 엉성하여 주로 수재로 제작하는 양화점(양화점)에서 맞추어 신었습니다.

식(食)은 먹는 것을 말하는데 그당시는 쌀이 비싸고 귀하여 쌀밥만 먹는 사람들이 극히 드물고 끼니를 굶지 않고 꽁보리밥만 먹는거도 다행으로 생각하였고 한두끼 굶는 사람도 있었고 겨울 농한기에는 양식 절약 할려고 고구마나 쪄먹고 보리도 아끼려고 거기에 시래기 고구마, 무우를 썰어 넣고 밥을 하여 먹었습니다 정확히 말하면 1968년도 가을 쌀 80킬로 1가마 가격이 5천원이었으며 힘센 장정이 일터에 나가 일하여 본든 1개월 일해야만이 쌀 80킬로들이 1가마를 샀습니다"(예전에는 돈을 주고 곡식을 사온다는 것을 판다. 곡식을 돈을 받고 파는 것을 산다라 함)

그당시 5급 공무원 (지금의 9급공무원) 월급이 기껏해야 쌀 1가마 조금 넘었습니다.
또한 시골에서 가난하여 중학교를 못가게 된 자녀들은 국민학교 졸업하고 무작정 서울로 올라가서 세탁소 양화점 양복점에 들어가서 그거도 기술이랍시고 1년 이상은 밥만 얻어 먹고 월급은 없었습니다. 지금과 같이 공장 일터가 없었기에 그렇던 것이었으며 그 당시 서울 구로구 구로공단이 제일 큰 공단으로 생각하면 되며 1967년경 시골에 가발을 만드는 업체가 있어 기껏해야 여공들 2~30명이었는데 가발공장을 큰 공장으로 여겼습니다 또한 1960년대 초그러니깐 5·16이 일어난 싯점에도 영화관이 아닌 임시 가설극장이 시골에 들어 와서 천막을치고 영화 상영을 했으며 저도 10대 초반에 변사가 말하여 주는 무성영화 즉 벙어리 영화를 봤습니다.

서독으로 여간호사들이 파견된 싯점은 정확히 알려면 검색하여 보면 나오지만 아마 1965년정도 무렵으로 추정하여 봅니다 물론 서독으로 갔으며 말이 간호사였지 죽은 사람 시체를 닦기도 하였다라 합니다 1960년대 중후반만 하더라도 우리 수출목표가 100억불 달성하자라는 플렉카드가 붙여진 것 그리고 구호가 생각이 나며 서독에 간호사로 광부로 파견된 분들 월남전에서 의료할동을 한 비둘기 부대, 부서진 건물 교량을 건설하는 십자성부대 이분들이 달러를 벌어 들이는데 일조를 하였고 이후에 맹호 청룡 전투 부대가 월남전에 참전하여 많은 달러를 벌여 들여 우리 나라의 경제개발에 초석이 되고 이후 중동 열사의 나라에 가서 일한 노동자들이 많은 달러 즉 외화를 벌어 들였기에 우리가 경제부흥을 하고 이만큼 잘 사는 나라가 된거죠.

주(住)는 주택 가옥을 말하는데 그당시 시골에서 아주 잘 사는 사람이면 기와집이었지만 99%가 짚으로 이엉을 엮어 지붕을 덮은 초가(草家)집이었습니다 도시에서는 연탄을 피워 밥을 하여 먹고 난방을 하였지만 시골에서는 99.9%가 볏짚이나 장작을 이용하여 밥을 짓고 난방하였습니다.

1960년대 이전은 더 비참한 생활이었지만 1960년대 중반만 하더라도 시골에 라디오 마저 별로 없던 시절이었어요. 그당시 연속극으로는 "섬마을 선생님"이었으며 이미자 씨가 부른 섬마을 선생님 노래는 연속극 주제가입니다 제가 그당시 겨울방학을 하여 건설현장에 나가 일했더니만 하루 일당이 120원이었네요. 또한 그 시절에는 의사 약사 운전사 면허증이 없이도 하였으며 버스운전사 할려면 버스 조수로 따라 다니며 어깨 넘어로 배워 버스 운전기사를 했던 시절입니다.

지금 우리가 티부이에서 아프리카 기행을 보면 젊은 신세대들은 이해가 안가고 미개인들이라 하지만 저는 그당시 아프면 병원 보다도 점을 하는 사람들도 있고 대변 소변을 갖다가 채소밭에 뿌리고 시골 읍소재지에 공중화장실이 1개정도로였으며 그거도 얼키 설키 만들어 대변보는 모습을 지나가다 봤었고 쥐도 많고 이도 많아 겨울밤에는 호롱불 밑에서 이를 잡는게 일이었습니다. 그러기에 아프리카 기행을 보면 우리 나라 1960년대 수준 같구나 하고 이해를 하는 것입니다.

바로 그 시절, 생전 처음 비행기를 타 보고, 생전 처음 호텔에서 잠을 자 본 수연이다. 김포공항을 떠나 하루 일본에서 쉬고 다음 날 떠나던 시절, 일본 호텔에서 묵을 때 손님이 스스로 방의 온도를 조절하는 히터 시스템이 있다는 걸 전혀 몰라 밤새 달달 떨며 담요에 침대 커버까지 뒤집어쓰고 밤을 지냈다.

여의도 공항에서 버스 대절을 해 나온 환송객들과 손을 흔들어 굿바이를 하고 가슴 설레며 떠난 한국.

장시간 비행기를 타는 사람들은 옷을 편하게 입어야 하건만, 수연은 친한 친구 세 명이 함께 선물로 만들어준 멋스러운 뉴 스타일 드레스에 코트까지 입었으니 지금 생각하면 촌스럽기 짝이 없었다.

전화기는 물론이고, 카운터에 가서 호텔 방이 춥다고 말할 용기도 없어 수연은 떨면서 자는 둥 마는 둥 하고 밤을 새우다시피

했다.

대학을 막 졸업한 철부지 소녀. 그랬다. 그 시절, 수연은 처녀라기보다 소녀였다.

남들은 남자 친구들과 남산이다 뚝섬이다 멀리 여주까지 놀러 다니는 동안, 수연은 어둑어둑해질 때까지 교수실에서 다음날 교실에 들려줄 강의 내용을 먹지에 가리 방을 긁었다. 교수님이 그 일을 나한테 맡겼다는 것만도 너무 우쭐해서 손가락이 움푹 패어 들어가도, 기쁘기만 했었다.

결혼한 후, 남편, 진우가 붙여준 별명처럼 맹꽁인지, 정말 지능이 좀 떨어지는지, 교수님도 계시지 않은 빈방에서 어둑어둑해질 때까지 그 일을 하는 데 기막힌 사명감을 느꼈었다. 대학을 다니는 동안 서울대학, 고려대학은 물론 근처에 있는 연세대학조차 들어가 본 적 없는 수연이다. 그렇게 정말 이렇다 할 추억거리 하나 없이 대학을 졸업하고 미국에 들어와 두 번째, 세 번째도 아니고 첫 번째 소개받은 남자와 결혼한 수연이다.

"아, 저…."

은지가 무슨 말을 하려다가 하늘을 올려다보며 손바닥으로 눈송이를 받았다.

"말을 꺼냈으면 해야지."

"저, 수연아. 나, 너 강의하는 데 같이 가면 안 될까?"

수연은 겨울방학 동안, 교원연수원에서 교사들에게 'ESL 조기 영어 교수법'을 강의하러 한국에 나와 있는 중이었다.

"거긴 왜? 무슨 재미로? 아유, 90분 강의가 너한테 얼마나 지루할 텐데."

"그냥 한구석에 앉아있으면 안 될까?"

"교실도 추워. 온방 시설이 잘 안 되어 있어 교사들이 모두 외투를 입고 공부할 정도야. 그리고 네가 있으면 신경 쓰여 선생님들이 불편해할 거야."

교사들이 방학 동안 특별활동 영어 지도교사 연수를 받았다. 모두 현직 교사들이라 서로들 자존심이 있어 질문받기를 제일 꺼려했다. 수연이 질문을 하면 어떤 여교사는 중학생처럼 아예 책상에 머리를 묻어버리기도 했다. 그뿐 아니다. 한번은 점심시간에 아침 출근길에 전철역 입구에서 사 온 김밥을 꾸역꾸역 먹고 있는데, 누군가 방문을 노크했다. 수연은 급히 김밥을 삼키고 물을 마시는데 여선생이 들어왔다.

무슨 일로? 수연이 눈으로 묻자 그녀는 저, 저… 하면서 주춤거렸다.

"앉으세요. 무슨 일로?"

"저… 선생님."

여교사가 망설이다 말을 꺼냈다.

아직 서른도 채 안 되어 보이는 앳된 여자였다.

"부탁드릴 게 있어서요."

"네, 어려워 말고 해 보세요."

"수업 시간에 저한테 질문하지 말아 주셨으면 해서요."

강의 첫날에 수연이 이렇게 말했었다.

"여러분들은 지금 모두 자기 학교에서 영어를 가르치고 있는 영어 선생님이지만, 이 강의실에서는 대학에 갓 들어온 1학년 학생들이라 여기겠습니다. 선생님들을 가르친다는 생각으로는 제가 어려워 제대로 강의를 못 할 것 같아서요."

수연이가 여기까지 말하자 선생님들이 와와 웃었다.

'그렇구나. 서로 빤히 어느 학교 선생인지 아는데 질문에 답을 못하면 창피하니까, 질문받는 게 싫겠구나. 내가 미처 거기까지 생각을 못 했네.'

수연은 그날 이후, 개개인에게 질문하지 않기로 했다.

그런 교실에 은지가 앉아있으면 선생님들이 불편할 것 같고, 또 추운 교실에 흥미도 없는 강의를 90분씩 듣는다는 게 지루할 것 같아 수연은 한사코 그만두라고 했다.

"그냥, 그림자처럼 조용하게 구석에 앉아있으면 안 될까? 그러고 나서 우리 맛있는 저녁 먹으러 가면 안 될까? 오늘 저녁에 어디 약속 있니?"

"아니, 90분 강의 끝나면 내가 녹초가 되는걸. 저녁 약속은 없어. 그냥 들어가 일찌감치 자는 거지. 하지만 정말 교실이 춥단다. 그냥, 나중에 보자."

"그럼, 전철역까지 같이 갈게."

"전철역까지 갔다가 너 혼자 그 길을 다시 되돌아가자면 안
돼. 너무 멀어, 감기 들면 어쩌려고. 나 혼자 갈게. 나중에 봐."

"말리지 마. 나도 눈 맞아가며 걸어보고 싶어서 그래. 눈 맞으
며 걸어본 지가 수십 년 되는 것 같아. 우리 가끔 그랬잖아. 학교
에서 광화문에 있는 미진 국숫집까지. 그때 생각하면 이 정도는
먼 것도 아니지 뭐."

나직한 목소리. 찬찬히 아주 찬찬히 더듬거리듯 말하던 그 목
소리. 그 목소리에서 수연은 뭔가 이상한 느낌을 받았었다.

혹시, 은지가 지금 행복하지 않은가? 무슨 문제가 생겼나?

아이들? 외국에 사는 아이들은 다 잘들 살고 있다고 들었는
데?

남편? 남편은 정말 착한 사람이라고 했다. 수연이가 직접 은
지 남편을 만나본 적은 없지만 은지가 지나칠 정도로 남편 자랑
을 한다고 동창들이 수군거릴 정도다.

'어떤 날은 글쎄 점심시간에도 집에 온단다.'

동창들이 하는 말이다. 은지 남편을 한번 만나려면 약속을 하
고 찾아가도 사무실에서 30분 정도 기다리는 게 보통이란다. 그
렇게 대단한 사람이 점심시간에 아내와 밥을 먹으려고 집에 온
다니 믿을 수 없다고 했다. 그런가 하면 은지가 하는 말은 다 거

짓말이라는 친구도 있었다. 은지는 자신이 원하는 거, 기대하는 거, 공상하는 것을 마치 현실인 것처럼 꾸며서 한다고.

"교실까지 안 따라갈게. 하지만 지하철역까지는 갈 거야. 말리지 마. 힘들면 차 부를게."

"수연아. 네 목도리 너무 얇아. 그걸로 안 되겠다. 이거, 이 두툼한 거 하고 가.

수연과 헤어질 때, 은지는 자기 목에 칭칭 감겨있는 캐시미어 목도리를 수연의 목에 둘둘 둘러주었다.

"너. 아직도 귓구멍 뚫지 않았구나."

목도리를 감아주다 쯧쯧 해가며 머리를 내둘렀다.

"하여튼 넌 괴짜야. 아마 미국에 그렇게 오래 살면서 귓구멍 뚫지 않고 사는 여자는 너 하나겠다. 네가 귀걸이를 한다면 내가 주고 싶은 게 정말 참 많은데. 정말 예쁜 것들이 많거든."

수연이만 보면 무엇이든 주고 싶어 하는 은지.

수연을 전철역까지 바래다주고 눈발 속으로 걸어가던 은지의 뒷모습. 그게 끝이었다. 눈발 속으로 천천히 두어 발자국 떼고 곧 다시 돌아서 손을 흔들고, 손을 흔들고…. 지금도 수연은 눈이 오는 날이면 어디선가 뽀얗게 눈을 뒤집어쓰고 은지가 나타날 것만 같다. 지난날들을 돌아보면 후회되는 것들이 한둘이 아니지만, 그날 그렇게 은지를 돌려보낸 게 너무 가슴 아프고 죄인처럼 수연은 늘 괴롭다.

그날, 내가 은지와 조금만 더 함께 있었다면, 그리고 조금 더 과감하게 '너 혹시 요즘 무슨 일 있니?'라고 물어봤더라면, 그렇게 다그쳤다면, 은지가 마음을 열고 무슨 이야기든 하지 않았을까. '헤어지기 싫어서 그래. 나도 눈길을 걷고 싶다니까.' 그 말 속에 묻어나는 외로움을 왜 나는 몰랐을까. 왜 몰랐을까!

'너 강의하는 교실에 가 앉아있으면 안 되겠니? 한구석에 조용히 앉아있을게.'

왜, 왜, 그때, 그렇게 거절했던가. 그래, 그러고 싶으면 그래. 지루할 거야. 90분 동안이나. 이러지 말고 그래, 네가 그러고 싶다면 같이 가자. 그래도 되는데, 왜 거절했던가.

그때, 강의할 때 같이 가고, 나와서 차도 마시고 저녁도 같이 먹고 했다면, 시간을 좀 더 함께 보냈다면, 보냈다면…. 나는 왜 늘 미적거리다 나중에 후회하곤 할까. 왜 사람이 이리 모자랄까.

은지와 포근하게 내려앉는 함박눈을 맞으며 서초동 법원 앞을 걸었던 그날이 마지막이었다. 수연이 미국에 들어와 얼마 후, 은지가 스스로 목숨을 끊었다는 소식을 들었다.

오랫동안 정신병원에 들락거렸다는 소문도 있고, 남편이 아주 묘하게 세상 속여 가며 바람을 피우는데, 그때마다 은지가 이혼을 요구하면 쥐도 새도 모르게 죽여버리겠다고 협박을 하고 손찌검까지 했다는 말도 있고, 죽은 사람이 변명도 해명도 할 수 없으니 별의별 소문이 나돌았다.

미셸처럼 은지도 자신을 먹여 살릴 수 있는 당당한 직업이 있었다면 달라졌을까?

자신을 경제적으로 책임질 수 없을 때, 여자는 자신이 없어 그저 '참고 사는 게 미덕이다'라고 자신을 속여 가며 살아가는 게 아닐까.

하다못해 양말 한 켤레, 속옷 한 벌, 자신의 능력으로 살 수 없는 여자가 어떻게 남편과 동등한 인격체로 살아가기를 주장한단 말인가.

누군가의 딸이었다가, 누군가의 아내였다가, 누군가의 엄마였다가, 누군가의 할머니로 살다 가는 여자의 일생은 어머니 세대로 끝나야 한다. 우리 세대도, 다음 세대도, 여성은 여성이기 전에 독립된 한 인격체로 자신을 정신적, 경제적으로 책임질 수 있을 때, 그때, 자기주장도 꿋꿋하게 할 수 있고 인격적인 대우도 제대로 받을 수 있다.

영주가 그랬다. 견디기 어려운 시간을 견뎌내며 배운 게 자기 자신은 자신이 책임져야 한다는 것이라고. 경제적으로든 심리적으로든 자신이 자신을 책임질 수 있을 때 비로소 사람 구실을 하며 살아갈 수 있다고. 영주는 여느 사람과 달리 자신이 당한 고통과 시련을 오히려 감사함으로 승화시켰다. 사람다운 사람을 만들기 위한 하느님의 섭리라고.

수연은 영주의 그 무조건적인 믿음이 어디서 어떻게 시작되

없는지 알지 못하고 수연 자신은 그런 철석같은 믿음의 경지를 이해하지 못하지만, 영주를 위해 참 다행이다 싶었다. 모멸감에 자살까지 할 수 있는 바닥까지 가서도 시련은 보다 나은 인간을 만들기 위한 하느님의 섭리라는 그 확신. 수연은 어려서부터 할머니를 따라 교회에 다니곤 했지만, 영주의 그런 믿음의 차원과는 거리가 멀어도 한참 멀었다.

진정한 크리스챤은 부활을 믿어야 한다. 의심 없이 무조건 맹목적으로 믿어야 한다. 한데 수연은 늘 거기에 자신 있는 답을 못 한다. 그래서 수연은 진심으로 영주가 부럽다. 가정도 직장도 별 탈 없이 무난히 살아가고 있는 수연이 영주를 부럽다 한다면 듣는 사람들이 웃긴다고 할지 모르지만, 수연의 마음은 진심이다.

영주처럼, 미셸처럼, 은지도 그런 자신감이 있었다면, 자기가 자신을 책임질 수 있는 능력이 있었다면 다른 길을 찾지 않았을까?

1960년 초반에 명문 대학을 나온 여자. 은지는 본인이 원한다면 무슨 일이든 할 수 있는 능력을 갖춘 여자다. 하지만 이상할 정도로 아무리 능력이 있는 여자일지언정 대부분 시집가는 것으로 끝이다. 마치 대학 졸업장이 좋은 집안에 시집가기 위한 증명서인 듯. 졸업하고 직장 생활을 시작하면 집안 환경이 어렵다고 생각하는, 그 시절은 정말 케케묵은 구시대적 사고방식에 젖어있던 시대였다.

어디든 여행 가고 싶다면 여행 보내주고, 비싼 옷, 비싼 보석, 사고 싶다면 돈도 펑펑 주고, 최고급 헬스클럽 멤버에, 최고급 식당만 다니고, 운전기사까지 있는 최고급 자동차에, 도대체 무엇이 모자라 불평인가, 라고 은지 남편은 오히려 큰소리쳤을까?

그런 것 말고, 정말 필요한 건 사랑입니다.

사랑. 나는 사랑을 원합니다. 따스한 사랑. 함께 있기만 해도 가슴 훈훈한 그런 사랑. 나만을 사랑해주는 그런 로맨틱한 사랑. 은지가 바라는 것은 이것 아니었을까.

은지는 가슴이 터질 정도로 이렇게 고함지르다 그냥 어느 순간, 세상이 절대 자기 바람대로 이루어질 수 없다는 현실에 직시해 삶을 포기해 버린 것일까.

꿈은 꿈일 뿐이라는 것을, 슬프지만 그게 현실이라는 것을, 은지는 몰랐나? 늘 꿈을 꾸면서, 꿈이 현실이 되기를 원하면서, 서서히, 서서히 무너져 내린 것일까.

수연이가 졸업한 고등학교에는 유난히 정계, 학계, 재계 등 쟁쟁하게 잘 알려진 집안의 딸들이 많았다. 그게 이유였을까? 그래서인지 결혼해 아들딸 낳고 고관대작 사모님으로 떵떵거리며 잘 사는 친구도 많고, 재벌은 아니지만 아주 짭짤하고 알뜰하게 잘 살아가는 친구들도 많은 반면, 소설이나 드라마보다 더 기구한 인생을 살아가는 친구들 또한 많다. 이상하게 잘사는 집 아들하고 잘사는 집 딸이 연애하는 경우는 드물다. 정반대 집안의 처녀와 총각이 사랑에 빠지는 경우가 훨씬 많다.

수연 역시 잘사는 집 딸은 아닐지언정, 잘사는 집 아들이라면 공연히 반감부터 들었다. 은근히 으스대는 게 꼴불견 같아 거부 반응부터 들었다.

대학 총장 집 딸과 생선가게 집 아들.

장관 집 아들과 운전기사의 딸.

어느 나라, 어느 시대든 비슷하겠지만 50년대 말에서 60년대 초반, 한국에서는 결혼 상대로 집안 배경이 우선이었다. 아직까지도 양반, 상놈을 따지는 어른들이 있는가 하면 가문보다 돈을 더 중요하게 생각하는 사람들도 많았다. 가난하기 때문에, 그야말로 '잘살아 보자'는 구호가 있을 정도였으니까.

대학 총장님의 딸, 유경이가 생선가게 집 아들과 맺어지기가 힘든 것처럼 재벌 회장님을 모시는 자가용 운전기사의 딸인 승아의 경우 또한 장관 집 아들과 사랑에 빠진 것부터 불행의 시작이었다.

유경이도 승아도 또 수연도 단순하게 부자는 부패. 부잣집 아들은 저밖에 모르는 이기주의자. 마마보이. 이런 사고방식이 진리처럼 여겨지던, 그야말로 인생에 대해, 현실에 대해, 아무것도 모르던 20대 초반이었다.

승아는 동호와의 첫사랑이 깨진 후, 자포자기라 할까, 자학이라 할까, 남자에 대한 복수심이라 할까. 이 남자, 저 남자, 닥치는 대로 사귀며 지내다가, 미국에 들어와 산타모니카 해변가에 있는 나이트클럽에서 바텐더를 한다.

"롱비치에 산다고? 그럼 산타모니카, 나 있는 곳에 한번 놀러 와."

55주년 기념으로 한국에서 동창들이 모였을 때, 승아도 왔다. 승아는 누가 어디서 어떻게 사는지 묻기도 전에 자신이 살아온 세월을 있는 그대로 털어놓았다.

승아 아버지는 갑부 집 자가용 운전기사로 평생을 살았지만 하나뿐인 딸, 승아는 서울에서도 손꼽아주는 여고와 여대를 졸업한 재원이다.

"동호가 전화했다며? 그게 정말이니? 지금, 동호가 어디 검사장? 뭐, 그렇다며?"

남해 무지개 호텔에 묵을 때였다.

독일 마을에 구경 갔다가 비를 흠뻑 맞고 막 돌아온 길이었다. 윤지가 와인을 사겠다며 몇 명 친구들을 불러 모았다.

"와인은 무슨 와인, 비도 오겠다, 여기서는 소맥이 어울립니다요."

"소맥? 그게 뭐니?"

"소맥도 몰라? 수연아, 너 정말 미국 촌뜨기네."

수연이 서울에 오면 '미국 촌뜨기'라는 말을 심심찮게 듣는다. 무슨 말인지 어리벙벙해하면 영락없이 미국 촌뜨기란다. 생각해보면 우습다 할까? 미국에 와 처음 몇 년 동안은 미국식 문화에 적응하지 못하고, 특히 농담을 잘 알아듣지 못해, Fresh Off the Boat(미국에 갓 이민 온 사람들을 비유하는 말) 취급을 받았었는데, 이제는 한국에 가면 반대다.

"그래. 그 자식이 뭐라 하든?"

할머니들 말투가 꼭 여학생 시절 같았다.

승아와 동호가 헤어진 이유를 잘 알고 있는 윤지는 아예 동호를 그 자식이라 했다.

"한번 만나자고 하더라."

승아가 단숨에 말을 내뱉고 소맥을 쭉 들이켰다.

"그래, 만날 거니?"

"만날 것 같니? 네 생각에, 내가 만날 것 같니?"

승아가 마치 퀴즈 문제를 풀어보라는 듯 다그치듯 말했다.

아니, 절대 만나지 않을 거다, 라고 생각하며 수연은 승아를 바라보았다.

'만나지 마. 행여, 보고 싶어도 만나지 마' 수연은 속으로 이렇게 말했다.

채승아. 대학 총장감이라는 말을 들을 정도로 똑똑하던 친구다. 고등학교 전국 영어 웅변대회에 나가 일등을 한 친구다.

네가 누구 때문에 이렇게 망가졌는데 이제 와 만나자고? 만나서 뭘 어쩌겠다고? 그때, 미안했다. 이 말 하려고? 아니면, 야, 채승아. 너도 별수 없이 폭삭 늙었구나. 정말 형편없이 찌그러졌구나, 그걸 확인하려고? 만나지 마!

"내 속에 임동호는 죽은 지 오래야."

승아가 어깨를 으쓱해가며 웃었다. 오랜 세월 지나며 쌓이고 쌓인 슬픔이 덮개처럼 그 허탈한 미소 속에 담겨 있었다.

"그 새끼, 내가 만나 한번 따귀라도 올려붙이고 싶네."

소맥 탓인지 얼굴이 불콰해진 윤지가 연방 시근덕거렸다.

아이를 지우려고 사방팔방 산부인과를 알아본 것도 윤지였다. 신촌 산동네 퀴퀴한 방에 들어가 무면허 의사에게 아이를 지우던, 그때를 생각하면 윤지는 지금도 가슴이 떨렸다.

부모님과 인연을 끊는 한이 있어도 승아와 반드시 결혼을 하겠다고 맹세하던 동호였지만, 그 역시 부모님에게 굴복하고 말았다. 거의 모든 경우, 돈 때문에 사랑을 포기한다. 흥청흥청 쓰던 돈줄이 딱 끊기면 백 년 약속도 다 허수다.

"남자들. 다 똑같아. 사랑한다 어쩐다 하는 말, 그거, 까놓고 말하지 못할 뿐, 야, 너 보면 꼴린다. 너와 한번 해보고 싶다. 그거지. 그 이상도 이하도 아니고 딱 그거야. 잘난 놈이나 못난 놈이나, 가진 놈이나 없는 놈이나, 남자라는 동물들은 다 그래.”

“나? 불행하지 않아. 정말 불행하지 않아. 나, 나름대로 엔조이하며 살아. 이 나이까지 결혼하지 않고 혼자 살고 있으니 불행하다? 자식 하나 없으니 불행하다? 불쌍하다? 그런 고정관념이 실은 사람을 구속하는 거지. 결혼해 살면서 불행한 사람들이 얼마나 많니? 너희들, 다 행복하기 바라지만, 진심이야, 너희들 다 행복하게 살아왔고 또 그렇게 행복하게 살기 바라지만, ‘나는 행복하다, 나는 행복하다.’라고 자신을 속여 가며 사는 여자들. 세상에는 그런 여자들도 많아. 정말 불행한 건 자신의 존재 따위, 아예 없애버리고 살아가는 거지.”

승아는 계속 소맥을 냉수처럼 들이켜가며 말했다.

“그래, 마셔라 마셔! 마시다 취해 고꾸라져 잠이라도 푹 자라. 너희들, 승아 넋두리 듣고 싶지 않으면 올라가서 자라.”

윤지의 말에 수연은 물론, 그 누구도 꼼짝하지 않았다.

“손은지. 은지가 스스로 삶을 포기할 정도로 불행했다는 걸 누가 상상이나 했겠니. 늘, 은지는 남편 자랑, 자식 자랑을 하곤 했잖아. 자기는 너무 행복하다고. 세상에 부러울 게 없다고. 바보. 정말 바보야. 세상에 내 목숨보다 더 귀한 게 뭐 있다고, 죽어버리다니! 힘들수록 살아야지, 살아내야지. 알아, 너희들이 나를 어떻게 생각하는지, 말하지 않아도 다 알아. 하지만 나는 정말 불행하지 않아. 나름대로 내 생을 엔조이하며 산다니까. 돈도 꽤 잘 벌어. 회사 다닐 때는 승진도 빨리했어. 미국 애들, 참 바보들이다. 머리가 없어요, 머리가 없어. 물론 아주 특별한 경우, 더러 천재 같은 애들도 있지만, 대부분은 아유, 간단한 덧셈도 빨리 못한다고."

사랑 때문에 정신이 쌩 돌아 집 없는 여자가 되어 늘 거리를 방황하는 옥희. 힘들고 아픈 나날을 애써 행복한 척하고 살다 스스로 목숨을 끊어버린 은지와 달리 승아는 여전히 당당했다.

자식도 없고 남편도 없고 애인도 없다. 바텐더 일이 아주 재미있단다. 매일매일 이런저런 사람들을 대하며 사는 게 즐겁단다. 산타모니카는 워낙 휴양지로 유명해서 미국뿐 아니라 외국인들도 많이 들르는 곳이다.

"사람들, 별의별 사람들 다 만나. 그거 정말 재미있단다. 좀 사람답다 싶은 사람도 어쩌다 보긴 해. 피부색만 다른 게 아니라 종족 나름대로 특색도 있어. 하지만 거의 다 거기서 거기야. 원숭이도 있고 늑대도 있고 비둘기도 있고."

승아는 사람들을 이렇게 비유했다.

"내가 글 쓰는 재주가 좀 있다면 소설 열 권도 쓰겠다. 열 권이 뭐야. 백 권도 쓰겠다. 사람 공부 많이 하면 소설 쓰는 거겠지, 안 그래? 거, 유명하다는 작가들 대하소설이라며 열 권씩 써대는 사람들. 그저 엿가락 늘이듯 질질 늘려 책 장사하는 거 아니냐? 내가 읽어보면 한 권이면 되겠더라라. 하여튼 나도 조금만 글재주가 있다면 사람들 이야기, 정말 기막힌 히트 작품 만들 텐데."

"재미있는 거 말해줄까? 내가 요즘 같이 지내는 애가 12살 아래인 정신과 의사인데 말이다. 그 의사 선생님이 늘 나한테 이것저것 상담을 한단다. 내가 그러니까 정신과 의사의 상담 의사라니까. 재미있지?"

'그까짓 놈들, 그깟 놈들 하는 너! 너! 채승아. 네가, 왜, 왜, 도대체 왜, 동호 때문에 망가진 거야?'

수연은 가슴이 아려오고 오고 눈앞이 뿌예졌다.

어쩜 저렇게 변했을까. 공부든 노래든 무엇이든 잘하던 친구, 소맥 탓인지 땅바닥에 주저앉아 엉엉, 엉엉, 목 놓아 울고 싶을 정도로 슬펐다. 기어코 수연의 볼에 눈물이 살금살금 흘러내렸다.

여고 동창 할머니들이 호텔에 들어와 있는 탓인지, 홀에 은은하게 아베마리아가 계속 울렸다.

"아이고, 이 아가씨, 여전하네. 울보. 못 말려. 넌, 구제불능이야, 야, 왜 울어?"

승아가 테이블 밑으로 수연에게 아플 정도로 발길질을 해댔다. 혀가 꼬부라질 정도로 승아는 많이 취해 있었다.

수연은 여학교 때부터 별명이 많다. 울보, 떡보, 새침데기, 겁쟁이 등등.

남이 울면 왜 우는지 이유조차 모르면서 따라 울고, 떡집 앞은 그냥 지나가지 못한다. 인절미 두어 개라도 꼭 사야 한다.

그날, 소맥에 취해 함께 울던 그날 밤. 그날이 승아와의 이별이었다. 승아는 55주년 동창 모임에 왔을 때, 이미 암 말기 선고를 받은 상태였던 것이다.

사랑은 사람을 죽일 수도 있고, 살릴 수도 있는 마력을 가지고 있다. 사랑이 옥희를 미치게 만들고, 승아를 죽게 만들었다면, 사랑이 유경이를 살렸다.

"네가 곡기를 끊고 도섭 씨를 따라 죽는다면 도섭 씨가, '아, 유경이가 나를 이렇게 사랑하는구나!' 하고 감동, 감격할 것 같니? 도섭 씨를 그렇게 몰라? '야, 유경아. 그건 내가 원하는 게 아니다. 내가 미처 다 살지 못한 삶까지 네가 살아줘야 해. 보라는 듯, 당당하게 재미있게 살다 오라고. 나는 늘 너를 기다릴 테니까. 세상 재미 많이 보다 와야 한다. 이건 내 명령이다.' 분명 도섭 씨는 그럴 거다. 그러니까 살아야 해. 도섭 씨를 위해서도 살아야 해."

곡기를 끊고 도섭을 따라 죽겠다고 시름시름 정신을 놓고 지내는 유경에게 친구들이 밤낮으로 설득하고 또 설득했다.

"살라고, 내 몫까지 살라고! 도섭 씨가 분명 이렇게 말할 거다.

내가 알듯 너도 알아. 도섭 씨가 그렇게 말하리라는 것을. 너는 알아. 나도 아니까."

도섭은 유경의 남편이면서 수연의 친구이기도 했다. 유경이 네 집에 갈 때면 새벽이 되도록 이야기가 끊임없어 잠을 잘 수 없을 정도였다. 수연은 23살에 미국에 들어와 지금까지 사는 동안, 도섭처럼 박식한 사람을 만나본 적이 없었다. 박식할 뿐 아니라 그는 가난한 사람들, 배우지 못한 사람들, 무시당하며 살아가는 사람들에게 애정을 가지고 있는 남자였다. 연민이라기보다 애정. 그랬다. 그는 그 애정을 여러 방면으로 실행하며 살아가는 멋진 남자였다.

사랑은 참으로 수만 가지 모습으로 우리 곁을 맴돈다. 유경이를 살린 것은 분명 사랑의 힘이다. 옥희도 은지도 사랑을 믿을 수 있었다면, 사랑하고 사랑받고 있다는 확신이 있었다면 절대로 삶을 포기하지는 않았을 것이다.

내가 누구에게 아주 소중한 존재라는 것. 이 확신이 있다면 사람은 스스로 삶을 포기할 수는 없지 않겠는가.

"15년은 나하고 살아준다고 꼭, 약속해야 해. 15년."

"왜, 겨우 15년?"

도섭이 새끼손가락을 걸어 약속을 하며 눈을 둥그레 떴다. 원래 큰 눈을 더 크게 뜰 때면 모르는 사람도 웃을 정도로 코미디

언 같다.

어떤 화제가 나와도 막힘 없을 정도로 해박하고, 농담도 잘하고, 술도 잘하고, 인간미가 물씬 풍기는 정말 멋쟁이다.

"우리가 함께 백 살까지 산다면야 좋겠지만, 그래도 여든까지는 젊은 사람들처럼 사랑도 할 수 있겠고, 여행도 마음대로 다닐 수 있겠다 싶어서지."

"그게 무슨 말이야? 나는 아흔 살까지는 매일같이 사랑할 거고, 아흔 넘어서는 이틀에 한 번씩 할 생각인데, 뭔 소리야. 우리 그동안 못다 한 사랑을 매일 해야지. 몸은 마음에 달렸다고, 마음이 화끈거려 죽겠다는데 몸이 어쩔 거야."

도섭이 호탕하게 웃는 모습을 유경은 좋아한다. 고급 샴페인인가 하면 컬컬한 막걸리 같은 남자. 실제로 도섭은 부유층과 서민층, 아니 그 밑바닥 인생까지 품을 수 있는 그런 넉넉한 가슴을 가지고 있는 남자다.

건어물 가게를 하는 가난한 집 아들이기 때문에, 사랑하는 여자를 놓아준 도섭.

가난한 사람들이 흔히 그러듯, 있는 자들에 대한 불만, 불신 같은 게 도섭에게 여전히 있다.

"도대체 배가 하나 뒤집혔다고 대통령한테 책임지라는 거, 이거 웃기는 거 아니냐? 그런 나라 아마 세상 천하에 없을라."

"국회의원 놈들이 할 일이 그렇게 없나?"

"그나저나 정부가 너무 약해, 아, 데모대들이 경찰을 때리고 경찰차를 부순다는 게 말이 되냐? 미국 같으면 당장 총알이 날아 가지. 공권력이 너무 약해. 좌파 눈치를 너무 본단 말이야."

"우파가 있으면 좌파가 있고, 보수가 있으면 진보가 있는 게 당연한 거지. 그게 민주주의 체제지. 그런데 문제는 지금 한국에 좌파가 없어요. 좌파라는 간판만 있을 뿐, 실은 그들이 북한식 통일을 부르짖는 골수 북한통이라는 게 문제다."

"너무 빨리 경제가 성장한 것이 문제다. 경제성장만큼 국민 의식이 성장 못해 그 지경이지. 북한통들, 욕할 것도 없다. 그놈 들 누가 뽑았어? 국민이 뽑은 거잖아. 그러니 민도가 문제다. 근 본은, 국민 수준이다."

남자들은 모였다 하면 이런저런 이야기를 하다가 꼭 한국 정 치판 이야기로 열을 올린다. 그것도 이상할 정도로 모두 골수 보 수들이다. 외국에 오래 산 사람일수록 보수 성향이 강하고 현 정 권에 반대하는 파들은 말짱 반국가 범죄자, 아예 북한파들이라 여길 정도다.

한국 정치 이야기만 나오면 흥분하는 친구들을 보며 한심해 하는 사람은 딱 한 명, 닥터 최다. 도섭과 고등학교 동기인 최봉 구는 한국 정치에 대해 열 올리는 자체가 부질없는 짓이라 한다.

"아직 멀었다고요. 한국은 경제만 급성장했지, 국민 문화는 아직 야만인 수준이라고. 좋으나 싫으나 우리가 이걸 인정해야 한다고. 정치가 욕할 거 없다. 누가 그런 인간 뽑았어? 국민의 의식이 달라지지 않는 한, 정치는 늘 제자리일 거다. 왜들 짝사랑하듯 한국 타령이냐. 한 오십 년 지나면 좀 나아질까."

닥터 최는 한국에 대해 굉장히 냉소적이다.

한국은 중도 개발국도 아니고 여전히 미개한 나라. 한국이 모국이긴 하지만, 거기 대해 열을 올리는 자체가 정력 소모요, 시간 낭비라 한다.

"자, 우리가 여기서 열 올린다고 한국이 달라질 것도 아니고, 국민 의식도 차차 발전하겠지. 하긴 10여 년 전과 많이 달라졌더라. 운전문화가 많이 좋아졌더라고. 이제는 여기저기서 빵빵거리는 소리가 많이 줄었더라. 그렇게 차츰차츰 좋아지겠지."

토론이 격해지거나 길어지면 슬그머니 분위기를 돌리는 사람은 과수원을 하는 연정철이다. 연정철은 술에 물 탄 듯 물에 술 탄 듯, 이래도 좋고 저래도 좋고, 늘 그런 식이라 별명이 싱검지다.

"한국에 대해 나름대로 의견도 많고 주장도 많은 건, 다 고향이 그리워서 그러는 거지."

싱검지의 결론이다.

그런 말끝에 싱검지는 '고향이 그리워도 못 가는 신세.'라는 옛 노래를 응얼거린다. 이제는 가사도 다 잊어버렸다며 즉흥적으로 가사를 만들어 부르기도 한다. 노래를 부른다기보다 혼잣말하듯 중얼거린다.

50년대 말에 미국에 들어와 대학을 졸업하고 곧 과수원에 들어가 일을 하다가 지금은 아주 큰 과수원을 가지고 있는 도섭의 고등학교 동창이다. 그는 유타에서 대학 다닐 때, 방학이면 과수원에 가서 아르바이트를 했는데 빨간색과 파란색을 구별하지 못해 하마터면 쫓겨날 뻔했단다. 그때까지 그는 자신이 홍록 색맹인지 전혀 몰랐단다.

"난 당신과는 죽는 날까지 매일, 매일 사랑할 수 있을 것 같아. 자, 봐, 내가 어디 노인네 같아?"

그러면서 셔츠 앞가슴을 확 제치고 가슴을 두 주먹으로 쾅쾅 치던 도섭.

그가 떠난 후에도 유경이 그 집을 떠나지 못하는 이유는 어디선가 도섭이 그렇게 큰소리치면서 나타날 것 같아서였다. 집을 내놓았다가, 다시 주저앉고, 주저앉아가며 10년이란 세월이 지나갔다.

유경은 여고 2학년 때부터 도섭과 친히 지냈다.

고등학교 때, 총각 선생님들은 유경이가 지각을 해도, 숙제를 해오지 않아도, 제대로 야단도 치지 못했다. 뿐 아니라 똑바로 바라보다 얼굴이 붉어지곤 해 눈치 빠른 여고생들에게 놀림을 받기도 했었다. 그만큼 유경이는 돋보였다.

"어디 갔었니?"

유경이가 주말에 도섭과 어딘가 놀러 갔다 오면, 친구들이 궁금해 꼬치꼬치 캐물었다.

"여주."

"단둘이?"

"물론, 단둘이 가지, 누구하고 가겠니."

유경이가 생글생글 웃어가며 장난스럽게 대꾸하면 할수록 친구들은 더 조바심을 냈다.

"여주까지 가 뭐 했니?"

"돌아다니며 놀았지."

"단둘이 놀러 갔으면 키스는 했겠지."

"했다는 대답을 듣고 싶어 그러지? 그래, 했다. 하도 오래 해서 숨이 콱 막혀 죽는 줄 알았다." 유경이는 깔깔 웃어대고 친구들은 그 말이 장난인가, 진짜인가, 의아해 눈을 반짝거렸다.

키스? 키스는커녕 포옹조차 하지 않았다. 때로 인천에 가서 바닷가를 거닐기도 하고, 한적한 절 근처에도 가곤 했지만, 도섭과 유경은 그저 친한 친구처럼 지냈다.

함께 있기만 해도 무조건 좋았다.

유경에게 도섭은 그런 존재였다. 군만두를 먹어도 맛있고, 짜장면을 먹어도 맛있고, 유경이는 도섭과 함께 먹으면 무엇이든 꿀맛처럼 맛있었다. 그게 사랑인지 무엇인지 모르지만, 그저 함께 있다는 자체만으로 붕붕 구름 위를 떠다니는 듯 즐거웠다.

도섭은 잘 안다. 유경이가 부모님과 외식하러 나갈 때는 외교구락부라든가 그런 고급 식당에 드나든다는 것을. 그런데 도섭과 있을 때는 길에서 파는 붕어빵도 그렇게 맛있게 먹는다.

사람이 사람을 좋아하면, 정말 좋아하면, 그렇게 되는 걸까? 그게 연애 감정일까?

나도 언젠가 그런 감정에 빠져들 수 있을까? 유경이 말을 들으며 이런 생각에 빠져드는 건 비단 수연뿐이 아니었다. 다른 친구들의 몽환적인 표정에 그런 느낌이 고스란히 묻어났다. 그래서 아마 여자는 항상 꿈을 꾼다고 하는가 보다.

꿈속의 남자는 완벽하다. 훤칠하게 잘 생기고, 성실하고 근면하고 똑똑하다. 하지만 그뿐 아니라 브람스나 슈만도 즐길 줄 아는 로맨티시스트다.

그렇게 뭐 하나 나무랄 데 없는 그 남자가 나를 죽도록 사랑한다. 오로지 나만을 사랑한다.

세상 모든 여자들의 꿈은 이렇게 비현실적인 것 아닐까.

"도섭이 내 볼을 이렇게, 이렇게, 살살 건드리면 나는 어유, 온몸에 전류가 오는 것 같았어."

유경이는 친구들이 재밌어하면 할수록 소설처럼 말을 만들어하며 장난스럽게 곁에 있는 영주의 볼을 살살 어루만지면 친구들은 자지러지게 웃어댔다.

고등학교를 졸업하고 대학을 졸업할 때까지, 유경은 오직 도
섭뿐이었다. 하지만 대학을 졸업하며 유경 또한 드라마 같은 현
실에 직면하게 되었다.

대학총장 집 딸, 서유경과 중부시장에서 건어물 가게를 하는
집 아들, 박도섭.

도섭의 집안에서 대학에 간 사람은 오직 도섭뿐이다. 사촌이
든 육촌이든 대학 문 앞에도 가본 사람이 없다. 도섭은 그야말로
개천에 용 난다는 격으로 초등학교 때부터 늘 일등 자리를 지켜
온 수재다.

유경이는 칸트나 니체, 융, 헤겔 같은 이름을 도섭에게 처음
들었다. 셰익스피어, 톨스토이 정도는 알고 있었지만, 도섭이 언
급하는 철학자들 이름은 아주 생소한 이름이었다.

도섭의 전공은 경제학이지만 문학, 철학 방면에 참 박식했다.

도섭은 문학을 전공하고 싶었지만 가정환경을 생각해 문학의
길을 택할 수 없었다. 산속에 들어가 몇 달이고 파묻혀 글을 써
신춘문예에 도전해보고 싶은 게 소년 시절부터의 꿈이었지만 그
러기에 현실은 너무 각박했다.

유경과 친히 지내면서도 도섭은 알고 있었다. 유경은 뛰어넘
기 힘든 벽이라는 것을.

멸치, 오징어, 도다리, 굴비 같은 것들을 좌판에 펼쳐놓고 평생을 보낸 아버지와 대학 총장인 유경 아버지. 도섭은 유경이에 대한 자신의 감정이 점점 짙어질수록, 자신의 집안 배경에 대해 솔직하게 이야기해야 한다고 생각하면서도 선뜻 입이 열리지 않았다.

더 이상은 안 된다. 헤어질 사이라면 지금 깨끗하게 헤어져야 한다고 결심한 날, 하루는 유경이를 집에 데리고 갔다.

"어머, 어머머. 지금 집에 가자고? 미리 이야기해 주었어야지. 지금 내 꼴이 이 모양인데, 어떻게 가? 나중에 가자고, 나중에."

"지금이 어때서? 예쁘기만 한데. 오늘 우리 집에 꼭 같이 가고 싶다. 아무 말 말고 나 하자는 대로 해."

오늘이, 한 달에 딱 하루, 가게를 닫는 날이다. 오늘은 어머니 아버지 그리고 누나도 집에 있으니 오늘 꼭 가야 한다. 내가 어떤 집에서 어떻게 사는지 너는 꼭 봐야 한다. 상상도 못 하겠지. 네가 살고 있는 혜화동 이층집하고는 너무 다른 창신동. 소방차도 들어갈 수 없는 좁은 골목 안에 숨이 막힐 것처럼 다닥다닥 붙어있는 한옥.

이상하다면 참 이상하다. 고등학교 시절부터 사귀었으니까, 6년도 넘었다. 딱 한 번 유경이가 지나가는 말처럼 아버지가 뭐 하시는 분인지, 하고 물은 적이 있다. 그때 도섭은 장사하신다고 말했다. 정확하게 중부시장에서 건어물 가게를 하신다고, 아버지와 어머니가 함께 일하신다고 말하지 못했다.

"부모님도 누나도 참 다정하신 분들이네."

골목길을 걸어 나오며 유경이가 한 첫마디다.

느닷없이 들이닥친 아들과 여자 친구를 보고 기절하다시피 놀란 도섭의 부모와 누나는 당황해 어쩔 줄을 몰라 했다. 햇볕이 좋아 마당에 이불을 말리고 있던 참이었다.

"아이고, 너도 참! 미리 말을 할 것이지, 참!"

도섭의 누나가 도섭에게 눈을 흘기는 시늉을 하며 민망함을 대신했다.

"아무리 이해하려 해도, 이건 아니지 싶다. 우리가 그런 집안과 얽힐 수는 없지 않겠니. 너도 잘 생각해보고 빨리 오빠가 있는 미국으로 들어갈 준비나 해라."

"그런 집안이라니, 그 집안이 어때서요? 부모님들 만나 뵈니 참 좋은 분들이더라고요. 가난하다는 거, 그게 죄인가요?"

"가난하다는 게 이유가 아니다. 너무 수준이 안 맞으면 네가 고생한다. 사람은 서로 수준이 비슷해야 무난한 법이다. 막말로 양반과 상놈 집안이 어떻게 사돈이 되냐?"

"엄마는, 배운 거 없고 돈 없으면 무조건 다 상놈이야? 양반이 뭐 대단해? 양반들이 얼마나 나쁜 짓을 많이 했는데!"

"글쎄, 지금 내 말이 귀에 안 들리겠지만, 살다 보면 알게 된다. 두 집안 수준이 어느 정도는 맞아야 한다.”

유경이가 부모에게 시달림을 받는 게 눈에 보였다.

늘 까르르, 까르르 웃던 그 명랑한 웃음소리도 끝이고, 만나면 초조해하는 모습이 도섭은 안타까웠다.

‘첫사랑은 첫사랑으로 끝내자. 유경이가 더 힘들어지기 전에 끝내자. 나는 군에도 가야 하고, 앞길이 까마득하다. 기다려달라는 말조차 할 수 없지 않은가. 언제까지? 유경이가 서른 살이 될 때까지.’

‘너를 사랑한다. 너를 사랑하기 때문에 너를 놓아준다. 유행가 같지만 이게 내 진심이다. 하지만 이것 하나 분명히 말하고 싶다. 언제라도 네가 불행하게 된다면, 네 눈에서 눈물이 흐르게 된다면 내가 달려갈 것이다.’

도섭은 독하게 맘을 거머쥐고 유경이와 연락을 딱 끊어버린 채 산으로 들어가 버렸다.

“좋은 사람 만나 행복해라.”

도섭의 엽서를 받은 건 유경이 미국으로 떠나기 이 주일 전이었다.

봉투 속에 들어 있는 것은 편지가 아니었다.

그것은 엽서였다. “좋은 사람 만나 행복해라.” 누가 보아도 상관없다는 도섭의 배짱이라 할까. 그게 도섭이었다.

사랑하기 때문에 놓아준다? 그거겠지.

사랑한다면 잡아야 하는 게 아닌가. 사랑한다면서 어떻게 놓아준단 말인가. 거짓말이라도 꾸며대고 허풍이라도 떨어가며 어쨌든 잡아야 하는 게 아닌가.

'좋은 사람 만나 잘 살라고? 그게 사랑인가? 억지로라도 나를 왜 건드리지 않았어? 어떤 친구들은 임신도 하는데, 나도 임신을 했다면 어쩔 수 없이 우리 결혼했을 거 아냐? 왜, 건드리지 않았어? 왜, 나를 놓아준 거야?'

유경은 오빠가 있는 미국으로 들어와 오빠 친구, 정신과 의사, 전태기와 결혼했다. 이 남자, 저 남자, 만나 저울질해보고 어쩌고 하고 싶지도 않았다. 그저 오빠가 좋은 사람이라니 당장 결혼했을 뿐이다.

거의 모든 결혼이 그렇다. 손 한번 잡아보지 않아도 가슴이 콩닥콩닥 뛰도록 무작정 좋은 사람. 그런 사람과 결혼까지 골인하는 경우는 극히 드물다.

아무리 평생토록 잊지 못할 첫사랑이라 해도, 그저 결혼하기 딱 좋은 나이에, 결혼하기 딱 좋은 조건을 갖춘 사람이 근처에 나타나면 결혼을 하게 되는 것 같다. 대부분 첫사랑은 입술도 대보지 못한 그런 사이기에, 어쩌면 더욱더 아련하게 아름다움으로 승화하여 남아있는 건지 모른다.

"아이가 있다고 들었는데, 몇 살?"

"응, 열다섯. 대니."

"행복하니?"

유경이 대답 대신 그냥 프시시 웃었다.

예쁜 얼굴. 뽀얀 살결. 웃을 때 쏙 들어가는 왼쪽 볼 보조개. 유경은 여전하다. 내 눈앞에 있는 유경은 옛날이나 지금이나 조금도 변한 게 없다. 목이 타는 것 같아 도섭은 연방 맥주를 들이켰다.

뭐니 뭐니 해도 맥주는 시원해야 하는데 독일에 가보니 미지근한 맥주를 마셨다. 맥주 색이 파란 것도 있었다. 맥주는 시원해야 한다는 그 또한 고정관념, 지역에 따라 고정관념이 변할 수도 있다는 것이 신기하다면 신기했다.

"잘해주니? 돈은 잘 버니?"

나이도 들 만큼 들었는데 마치 처음 데이트하는 것처럼 자꾸 말이 급해졌다.

"돈도 잘 벌고, 아주 가정적이야. 나와 대니가 목숨이라고 말하는 사람이야. 14살 때, 북에서 혼자 내려와 미군 부대 구두닦이부터 시작해 허드렛일을 안 해본 게 없는, 그런 사람이야. 임기 마치고 미국으로 돌아가는 미군 장교가 너무 착실한 소년이라고, 미국에 데리고 들어와 공부시켜 준 거지. 고아나 마찬가지야. 한국에 일가친척 아무도 없어."

"성실한 사람 같구나. 다행이다. 형편없는 놈 같으면 지금이라도 내가 데리고 가려 했지. 하하하."도섭이 큰 소리로 웃어가며 맥주잔을 들었다.

고아? 북에서 혼자 내려온 고아? 미군 부대?

유경이 집안에서 그런 남자를 허락했다고? 그런 배경을?

오빠 친구. 돈 잘 버는 의사. 그래서인가? 돈만 잘 벌면 고아라도 상관없다?

나는, 나는, 부모가 엄연히 다 계시고 아주 열심히 일하시며 자식을 대학까지 보내주신 분이다. 하지만 이제는 다 지난 이야기.

전태기는 아내, 유경이가 자신에게 늘 분에 넘치다 생각하며 살아왔다.

먹는 문제, 잠자리 문제, 늘 눈앞에 닥친 이런 문제들과 씨름하느라 여자란 꿈도 꿀 수 없는 사치였다. 하지만 그러면서도 괴로웠던 건, 주체하기 힘든 성욕이었다.

자위해가면서 불쑥불쑥, 내가 이러다 변태성욕자가 되는 건 아닌가 하는 생각도 들곤 했다. 결혼을 하자. 이것저것 따질 것도 없다. 그저 내 청을 받아주는 여자가 있으면 된다. 사랑 같은 건 바라지도 않는다. 이제 새내기지만 의사가 되었으니 의사라는 직업에 흥미를 느끼는 여자가 있을지도 모르지.

사랑? 한가한 사람들의 타령이다. 전혀 다른 환경에서 다른 삶을 살아온 두 사람이 어떻게 진정으로 사랑이라는 느낌을 가질 수 있단 말인가. 사춘기 시절에 뭐가 뭔지도 모르고 빠져든 감정, 그러면서 서서히 서로 익어간 감정이라면 또 몰라도, 성인이 되어 사랑 어쩌고저쩌고하는 건, 성욕을 채우기 위한 것일 뿐. 그걸 미화시켜 사랑이라 표현하는 것뿐이다.

'나는 이런 사람이다.'라고 솔직하게 말하고 그래도 좋다는 여자가 있다면 결혼하리라. 때마침 독일에서 한국 간호사들이 임기를 마치고 미국으로 오기 시작해 그녀들과 결혼하는 늦 총각들이 많았다.

간호사. 좋지. 사회학이다, 문학이다, 미술, 또는 음악, 이런 전공을 한 여자들은 골치 아플 것 같았다. 그런 여자를 만나보진 못했지만, 공연히 우쭐하고 잘난체 할 것 같아 거부감부터 들었다. 독일에서 온 간호사. 독일에서 생활이 엄청 힘들었을 테니, 의사라면 웬만해서는 받아주겠지.

적당한 기회에 적당한 간호사가 있으면 청혼하리라, 그런 생각으로 실은 한인 교회에도 드나들기 시작한 태기다. 그러던 참에 동창 여동생이 나타났다.

"행복하면 됐어. 네가 행복하다면, 더 이상 바랄 게 없다. 하지만 언제라도, 행여 그 사람이 너를 슬프게 한다면, 너를 울린다면, 내가 달려올게. 어디에 있든 내가 금방 달려온다는 것만 잊지 마.”

네 남편이 너를 울린다면, 이라고 말이 나오지 않았다. 그놈이
라고 하고 싶은 걸 꾹 참으며 그 사람이라 했다.

‘나를 그렇게까지 좋아하면서, 왜 붙잡지 않았어?’

목구멍까지 올라오는 이 말이 꼭 하고 싶은데 나오지 않아 유
경은 그저 푸우 나직하게 한숨을 내쉬었다.

붙잡았다면? 붙잡았다 해도 내가 과연 기다렸을까?

도섭이 군 복무를 마치고 직업을 구해 돈을 벌기 시작하기까
지, 적어도 6, 7년은 기다려야 했을 텐데, 그러자면 내가 거의
30은 되었을 텐데, 그때까지 과연 기다릴 수 있었을까?

아니지, 아니다. 우선 집에서 그냥 놔두지 않았을 테고, 도섭
은 보나 마나 시집가라, 좋은 데 시집가 잘 살아라, 라고 말했을
것이다. 그 시절, 겨우 대학을 막 졸업한 도섭이다. 자신의 장래
도 막막한 입장에 어떻게 여자를 매어두겠는가.

도섭은 마흔이 넘을 때까지 독신으로 살다가 딸 하나를 데리
고 혼자 사는 이태리 여자와 살고 있단다.

“할 말이 있어.”

대니가 결혼을 하고 난 후, 3년쯤 지난 어느 날, 대니 아빠, 닥
터 전이 유경에게 할 말이 있다며 와인 한 병과 와인잔 두 개를
꺼내며 말했다.

그는 와인을 마셔도 흰 와인잔과 붉은 와인잔을 구분했다. 음식도 음식에 따라 접시도 달라야 했다. 모든 게 구색을 갖추어야 하고, 정리 정돈되어 있어야 하고, 또 모든 게 격이 있어야 했다.

사람은 너도 나도 어딘가 조금씩 흠도 있고 부족함도 있고 그래야 서로 편한 것 같다. 친구도 그렇고 이웃도 그렇다. 전혀 흠도 없고 부족함도 없는 사람은 멀리서 보기에는 존경스럽지만 가까이 살기에는 힘들 때가 많다. 이 말은 늘 수연이가 하는 말이다. 남들이 네 남편은 정말 뭐 하나 흠잡을 데 없이 완벽하다고 칭찬할 때면, 기뻐 웃는 것인지 어이없어 웃는 것인지 묘한 표정으로 웃어넘기곤 했다.

그럴 때마다 유경은 네 남편과 내 남편이 쌍둥이 같네, 하며 깔깔 웃곤 했다.

결혼하고 얼마 되지 않아서였다. 점심에 유경이가 라면을 끓여 냄비째 놓고 먹고 있는데 불쑥 남편이 들어왔다.

"어머, 이 시간에 웬일?"

"웬일은 뭐가 웬일. 시간이 좀 나기에 당신과 점심 먹고 싶어 부지런히 달려왔지."

"전화라도 하고 오면 내가 뭘 좀 만들어놓았을 텐데."

"빨리 오고 싶은데 전화할 시간이 어디 있어."

"그런데 좋은 그릇들이 많은데 어찌 그리 냄비째 놓고 라면을 먹고 있담. 사람도 참."

못마땅해하는 남편의 시선을 피하며 유경은 변명하듯 말했다.

"냄비째 먹으면 라면이 빨리 식지 않아 좋은데, 뭐."

냄비째 놓고 라면을 먹는 건, 상스럽다고 그날, 유경은 한참 싫은 소리를 들어야 했다.

길가에 버려진 찌꺼기 음식을 먹기도 하고 정 배가 고프면 쓰레기통을 뒤지기도 했다는 사람. 마구간이나 굴레방 다리 밑에서 잠을 자기도 하며 지냈다는 사람. 가난한 삶을 살아온 사람의 자격지심 같은 것이라 할까. 아니면 미군 장교 부대에서 일하면서 마룻바닥이든 화장실이든 구두든 무엇이든 반질반질 윤이 날 정도로 닦던 습관 때문일까. 그랬다. 전태기는 칭찬 듣기 위해서라기보다 쫓겨나지 않기 위해서, 살아남기 위해서, 그야말로 헌 물건도 새 물건처럼 만들어놓을 정도로 일했다.

사람이 존경받고 대우받는 건 자신의 행동 가짐에 달렸다는 것이 그가 밑바닥 생활을 하면서 스스로 터득한 삶의 철학이다.

"나는 어린 시절에는 온갖 고생 다 해가며 살았지만, 성인이 되고 나서는 지금까지 내가 원하는 모든 것을 이룬 행복한 사람이야."

와인 한 모금을 마시고 태기는 유경을 바라보면서 찬찬히 말을 시작했다.

'이 사람이, 무슨 말을 하려고 이렇게 분위기를 잡나?'

그의 음성이나 표정으로 봐서는 뭔가 심각한 이야기인 듯싶었다.

"죽어라 공부해서 내가 원하는 의사가 되었고, 또 열심히 일해서 당신과 대니를 잘 돌보았고, 돈도 꽤 많이 벌었고…."

다시 와인 한 모금.

흰 와인은 산이 많아 위에 부담이 된다며 주로 붉은 와인을 마시는 사람이 오늘따라 속이 타는지 차가운 화이트 와인을 마셨다.

그래서요? 그런데?

뭔가 심상치 않은 분위기를 느낀 유경이도 와인을 한 모금 마셨다.

다른 여자가 생겼나? 아니, 아니. 그럴 리 없지. 그럴만한 위인도 못 돼. 뭐 하나 속이지 못하는 사람인걸. 적당히, 둘러대는 것도 전혀 못 하는 사람이다. 결백함과 결벽증이 심한 사람. 그런 사람한테 여자라니, 그건 아닐 거다.

결백함과 결벽증. 네 남편과 내 남편이 닮은 점이 바로 그거라고, 언젠가 수연이가 했던 말이다. 바로 그런 점이 존경스럽긴 하지만 때로 짜증스러울 때도 많다며 둘이 깔깔대며 웃었었다.

"그래도 바람피우는 남편보다 백번 낫지. 안 그래?"

"맞다 맞아. 술 취해 손찌검하는 남편보다 천배 낫고."

"그렇지? 그러니까 그저 우리는 남편 잘 만났다 하고 살아야지. 불평하면 벌 받을라.”

“하지만 때로 숨 막히는 건 사실이잖아.”

“어유, 내가 한번은 냄비째 놓고 라면 먹다 들켰는데 맙소사. 어찌 화를 내는지, 그게 글쎄 화낼 일이냐?”

수연과 유경이 딱 둘만 만날 때는 남편 흉보는 재미로 속이 다 시원했다.

“그런데 딱 한 가지 이루지 못한 꿈이 있어요.”

꿈이 있어요? 존대어까지? 뭔가? 정말 애인이 생긴 건가?

‘나도 실은 아주 심각한 연애, 소설 같은 연애를 해보고 싶었다고. 그런데 당신이 나타났잖아. 연애할 틈이 어디 있어? 총각들이 여기저기서 벌떼처럼 모여드니 급히 결혼했지. 그러니까 우리는 결혼하고 연애했다 할까?’

언젠가 그가 했던 말이다.

하긴 병원에 젊고 인형처럼 예쁜 간호사들이 많으니까 그럴 수도 있겠지.

침착하자. 남편이 무슨 말을 하든 침착하자. 유경은 입을 다부지게 오므리고 남편을 빤히 바라보았다. 오똑한 콧날에 갸름한 얼굴. 턱이 뾰족해 차가운 인상을 주는 타입이다.

“내가 가진 게 너무 많다는 생각이 들어. 이건 갑작스러운 게 아니라 몇 해 동안 생각해오던 것이오.”

“당신, 대니, 그리고 병원. 이 모든 게, 정말 나에게는 생명이

나 다름없어.”

　“?”

　“알지, 당신은? 나에게 당신과 대니가 전부라는 거.”

　“?”

　“당신도 잘 알지. 내가 당신을 사랑해서 결혼한 게 아니라는 거. 그때는 사랑이라기보다 경쟁심이었지. 다른 놈들에게 빼앗기지 않겠다는 욕심. 내 인생은 늘 그랬어. 경쟁에서 뒤진다는 건 나에게는 죽음이나 마찬가지였으니까. 살아남기 위해 경쟁에서 이겨야 했으니까.”

　유경은 소파에 비스듬히 등을 기대고 남편을 빤히 바라보았다. 오늘따라 불쑥 그가 늙어 보였다. 아침 일찍 눈 뜨자마자 그는 조깅하러 나간다. 한 시간 정도 달리고 들어오면 기분이 아주 상쾌하단다. 그렇게 건강관리를 철저하게 해서 그런지 군살 하나 없고 배도 나오지 않았다.

　뭔가 굉장히 다급하다 할까? 초조하다 할까? 남편의 언행이 오늘따라 이상하게 여겨졌다.

　“그렇다고 내가 당신을 사랑하지 않는다는 건 절대 아니오. 당신은 알지. 나는 당신과 결혼하고 나서 연애를 하고 사랑을 느끼며 지금까지 행복하게 살아왔다는 걸.”

　무슨 말을 하려고 서론이 이리 길까.

　“그럼, 당신은 나를 사랑해서 결혼한 게 아니라 경쟁심. 순전히 나를 차지하겠다는 경쟁심이었군요."

"솔직히, 우리가 언제 사랑하고 자시고 할 시간이나 있었나? 그저 첫눈에 반해 결혼했고 살면서 사랑을 느끼며 살았으니 그게 진짜 사랑이지."

"사랑하긴 하나요? 나를?"

"물론이지. 내가 말할 필요도 없이 당신이 잘 알잖아. 나에게는 오직 당신뿐이라는 거. 사랑하고말고."

"그런데, 그런데 아프리카 오지로 떠나겠다고요? 의료봉사? 아프리카로?"

아주 단호하게 그는 이제 모든 걸 뒤로 하고 아프리카 오지로 들어가 의료봉사를 하겠다고 했다. 아주 간단하게 마치 남 이야기하듯.

"이해하기 힘들겠지만 이해해주기 바라오. 나는 아까도 말한 것처럼 고아나 다름없이 자라나 지금까지 성공하기 위해 앞길만 보고 달려왔소. 북에서 내려온 14살짜리 소년은 마구간에서 말똥 냄새를 맡으며 잠을 자고 길거리에서 음식 찌꺼기를 주워 먹어가며 연명했소. 그러다 운 좋게 미군 부대 슈 샤인 보이가 되고, 정말 하늘이 도와 오늘의 닥터 전이 된 거요. 이제 나는 부러울 것 없이 이루고 싶은 거 다 이룬 사람이오. 행복한 가정도 이루고 대니도 제 몫 하며 잘살고 있고, 단 하나 이루지 못한 꿈.

이제 나는 이걸 도전해보고 싶은 거요."

당신에게 삶은 도전. 또 도전뿐인가요?

도전 없는 삶. 남과 경쟁할 필요 없이, 스스로 주어진 현실에 만족하는 삶. 그런 아늑한 삶은 고인 물 같아 지루한 건가요?

아프리카 오지로 가서 의료봉사를 하겠다고, 의논하는 게 아니었다. 이미 다 결정을 해 놓은 일방적인 통보였다.

전기 시설도 없는 곳. 더러운 웅덩이 물을 마시며 살아가는 사람들.

같은 시대에, 같은 지구 안에, 이런 사람들이 살고 있다는 것이 늘 마음에 걸렸다.

의사로서 가장 보람되고 가치 있는 삶이 무엇일까. 태기는 늘 이 숙제를 풀기 위해 방황했다.

그냥 이렇게 안이하게 병원에 오락가락하고, 가정에서는 내 식구들과 편히 살고, 그러면 되는 건가? 그러면 사람으로서 내 몫을 다 하는 건가?

아니다. 그건 아니다. 가슴 깊은 곳에서 이런 소리가 들려왔다. 윙윙거리며 벌떼들이 달려들 듯 때로는 꿈속에서조차 그건 아니다, 라는 소리가 울려왔다.

어려운 시절, 도움을 너무 많이 받았고, 온갖 혜택을 누렸다. 이제는 빚을 갚아야 하는 게 사람의 도리 아니겠는가. 너도나도 내 한 몸, 내 식구만 돌보는 게 다라면 보다 덜 가진 자, 보다 덜

혜택을 받은 자들은 누가 돌볼 것인가. 그야말로 그건 이기주의의 극치 아닌가.

잠비아, 탄자니아, 베냉, 그중에서도 가장 열악한 환경인 베냉. 그곳이 자신이 가야 할 곳 같았다.

아프리카 대륙 서쪽에 위치한 인구 천만 명의 작은 나라, 베냉은 1인당 GDP가 800달러다. 그곳에는 물론 물도 없고 전기도 없다. 사람들은 약을 먹을 때도 웅덩이 물을 마신다. 흙으로 지은 좁은 집에 20여 명 가족, 친척이 다 함께 살아간다. 그나마 좀 낫다는 집은 철판에 비닐을 덧대 만든 집이다.

봉사를 하려면 이런 오지를 택해야 한다. 이미 세계에 잘 알려진 곳, 케냐 같은 지역에는 병원도 들어서 있고 각지에서 약품과 구호 물품들이 많이 들어간다.

방안에 손바닥만 한 바퀴벌레가 기어 다녀 밤새 한잠도 자지 못 했다는 사람.

섭씨 40도가 넘는 더위를 견디는 게 가장 힘들었다는 사람.

베냉에 선교 목적으로 다녀온 사람들의 이야기를 들으면 들을수록 내가 갈 곳은 그곳이라는 생각이 굳어졌다.

가야 한다. 가난하던 시절. 밥도 제대로 먹지 못하던 시절, 나는 너무나 많은 도움을 받았다. 그 혜택을 내 한 몸, 내 한 가정, 돌보는 것으로 끝이라면 내가 사람인가.

"잘 알고 있소. 아프리카 오지의 생활이 얼마나 힘들지. 솔직히 내가 견뎌낼 수 있을지 그것조차 실은 잘 모르겠어. 오직 확실한 건, 오늘의 내 성공은 순전히 남의 도움으로 이루어진 것이기에 나는 갚아야 할 의무가 있다는 것이오.

알고 있소. 당신이 얼마나 기막혀할지. 그래서 일 년 내내 말을 꺼내지 못하고 실은 고민, 또 고민했소. 제발 이해해주기 바라오."

이해? 어떻게? 날벼락처럼 행복하던 가정을 버리고 아프리카 오지로 가겠다는 남편을 이해?

유경은 와인을 홀짝거리며 남편, 전태기를 빤히 건네다보았다.

"미안하지만, 이게 내 생의 마지막 꿈이오."

"대니가 가정을 가지기를 기다려왔어. 그리고 당신은 굉장히 강한 여자니까 나 없어도 잘 지내리라 여겨. 나와 달리 당신은 친구도 많고…. 그리고 물론 재산은 다 당신 앞으로 해놓을 테니 평생 돈 걱정은 안 하고 지낼 거요."

평생? 평생 돈 걱정? 그럼 아예 안 돌아온다?

나는? 나는? 나는, 아직 젊다. 50을 넘겼지만 나는 한 번도 내가 늙었다고 생각해 본 적도 없다. 나는 아직 정신적으로도 육체적으로도 건강하고 젊다. 내 인생은? 돈만 있으면 되는 건가?

유경은 너무 어이가 없어 웃음조차 나오지 않았다.

"우리의 그동안 결혼 생활이 절대 불행해서가 아니요. 나는 참 행복했소. 당신이 늘 나에게 과분하다고 여기며 살아왔어."

행복했다면서? 이제 그만 살자고? 결국, 그 통보 아닌가.

"행여, 내가 실패하면 돌아오겠지만, 그건 장담할 수 없소."

이 사람, 이토록이나 이기적인 사람이었나? 30년 가까이 살아온 남편이 이 남자였던가?

사랑한다면서 떠나겠다는 사람. 행복했다면서 떠나겠다는 사람. 자신의 거대한 목표를 향해 떠나겠다는 사람. 행여, 실패하면 돌아올 수도 있다고? 자기밖에 모르는 사람. 처음부터 끝까지 지금 그가 하는 말은 오로지 자기중심적이다. 무서울 정도로 잔인한 사람이구나.

혹 실패하면 돌아올지도 모르니 나보고 무작정 기다리란 말인가?

"당신한테 같이 가자는 생각은 아예 하지 않았어. 웅덩이 물을 마시며 살아가는 곳이요, 그곳은."

식당에서 어쩌다 파리가 날아와 반찬을 살짝 건드리기만 해도 절대 그 반찬에 젓가락을 대지 않는 여자다. 파리가 앉았던 음식이든 무엇이든 먹을 것만 있으면 만족해하던 자신의 유년 시절과 너무나도 다른 환경에서 자란 여자다. 그럴 리가 절대 없지만, 행여 유경이가 함께 가겠다고 따라나선다 해도, 태기는 절대 그것만은 용납할 수 없다. 어려서부터 귀족 생활을 해 온 아내에게, 그건 죽으라는 소리나 마찬가지 아닌가.

아프리카. 그곳에 가서 일생을 봉사하겠다? 받은 혜택을 이제는 돌려줘야 한다?

내 한 몸, 내 한 가정 잘 사는 것으로 끝이라면 그건 사람 도리가 아니다?

구구절절 옳은 소리다. 세상 사람들. 남들보다 혜택을 조금이라도 더 받은 사람들이 다 이런 생각을 가지고 살아간다면 세상은 그야말로 지상 천국이 되지 않을까 싶다.

차라리 여자가 생겼다 한다면 싸워 볼 수도 있고, 이해할 수도 있겠다. 그런데 상대가 거룩한 의료봉사다. 품격이 있어야 한다는 걸 늘 주장하는 사람이니까 품격있게 의료봉사. 하지만 속으로 정말 원하는 건 자유, 절대 자유인이 되고 싶은 게 아닐까.

와인을 두 잔째 비우고 더 마시려는데 병이 바닥이 났다. 유경이 서서히 일어나 와인 셀러에 가서 와인 한 병을 들고 와 오픈하려는데 잘 열리지 않았다. 유경은 코크가 있는 와인병을 싫어한다. 이유는 순전히 코크 따는 게 힘들어서다. 식초나 간장병처럼 그냥 빙글빙글 돌려 열 수 있는 병이 훨씬 편한 데, 와인 맛을 아는 사람들, 또는 아는 척하는 사람들은, 코크가 없는 병은 와인 축에 들지도 못한다고 한다.

여느 때 같으면 와인을 석 잔째 마시려면 지나친 거 아니냐고 한마디쯤 할 텐데 오늘은 아무 말도 하지 않고 그냥 와인을 따라 주었다.

"꿈. 열정. 꿈…. 그래요. 나에게도 있었어. 나도 발레리나가 되고 싶었어. 「Swan Lake」의 백조가 되고 싶었지."

서울에 그냥 눌러살았다면 유경은 필경, 발레리나가 되었을 것이다. 대한민국에서 가장 유명한 무용 선생님의 애제자였으니까. 서울을 떠나오기 전, 명동 한복판에 있는 국제극장에서 송별 공연까지 했었다. 고등학교 2학년 때는 춘향전의 춘향 역을 했었다. 그때, 각 학교 남학생들이 강단을 가득 메웠었다. 그리고 그때, 도섭을 만났다.

앞으로 유명한 발레리나가 될 것이라고 자타가 인정한 서유경. 미국 가서 열심히 더 배우면 정말 세계적인 발레리나가 되리라 믿었던 무지함. 유경은 무용학교에 딱 네 번 나가고 포기했다. 백인들은 특히 발레를 하는 여자들은 체격부터 달랐다. 고무줄 늘어나듯 휘어지는 그들의 몸매에 주눅이 들어 계속할 용기가 나지 않았다.

밤이 깊어갔다. 멀리 바닷가에 떠 있는 배들에서 흘러나오는 불빛이 밤바다를 무지개색으로 물들이고 있었다.

봉사? 물론 대단히 거룩하고 숭고한 결심이지만, 결국은 자신의 꿈을 따라가겠다는 거 아닌가! 행복했다면서, 정말 행복했다면서, 이제 다 버리고 혼자 꿈 찾아가겠다?

"행복했다는 건 진실이요. 당신과 살면서 늘 분에 넘친다고 생각하며 살았소. 축복받았다고 자부하며 살았어. 그런데 죽기 전에 정말 사람 구실을 제대로 해보고 싶은 거요."

가정도 병원도 다 떠나 물도 전기도 없는 오지로 들어가 봉사를 하겠다는 거룩한 사람에게 무슨 말을 더하랴.

"당신한테 나를 기다려달라는 말도 실은 할 수 없소. 나는 그런 지역을 찾아 돌아다니며 제2의 인생을 살 테니까."

제2의 인생!

그 말 참 기막히네. 나도 제2의 인생을 살아보면 좋겠네!

많은 사람들 가슴 깊은 곳에 꼭꼭 숨어있는 '제2의 인생.'

이럴 수도 있었었는데, 저럴 수도 있었었는데, 그러지 못하고 사는 현실. 그 현실을 어느 날 헌신짝처럼 버리고 훌쩍 어디론가 떠나버리고 싶은 막연한 동경. 하지만 거의 모든 사람들의 꿈은 꿈으로 끝난다. 프로이드에 의하면 우리의 깊숙한 곳에 숨어있는 무의식이 우리의 행동과 정서를 규정하고, 꿈은 소망을 충족시키는 수단이 된단다. 그런가? 그것인가? 꿈은 이루어질 수 없는 것이기에 그저 꿈이 아닐까.

"제2의 인생을 찾아 떠나면, 여기 나는? 나보고 평생 생과부로 살라는 건 아니겠지요."

"당신을 붙잡아 둘 생각은 추호도 없소. 당신이 원한다면 이혼을 하고 가겠소."

이혼? 내가 원한다면 이혼? 나를 위해서?

깔깔, 깔깔깔…. 유경은 히스테릭하게 웃어댔다.

30년이 다 돼가도록, 유경은 자신의 삶에 만족하며 지내왔다.

돈 잘 벌어다 주는 남편. 착실한 사람. 집과 병원밖에 모르는 남자. 공부도 잘하고 운동도 잘하며 잘 자라주는 아들. 유경이가 아주 맘에 들어 하는 여자와 결혼한 아들. 무엇을 더 바라랴. 나는 참 행복한 여자다! 라고 여기며 이날까지 살아온 유경이다.

자꾸 웃음이 나왔다.

인생 참 재밌다. 살다 보면 별의별 일이 다 일어난다더니, 그게 바로 지금 나한테 일어나고 있다.

사랑을 받아본 사람만이 남을 사랑할 줄 안다. 사랑을 받아보지 못한 사람은 사랑이 무엇인지조차 모른다. 그래서일까? 사랑한다면서, 진심으로 아내와 자식을 사랑한다면서, 그래도 떠나야 하는 사람. 어쩌면 그는 사랑하는 것도 사랑받는 것도 무엇인지 모르며 그저 습관적으로 살아왔는지 모른다. 습관적으로! 그렇다. 수많은 사람들이 어제와 오늘과 내일이 아주 똑같은 삶. 그것을 무난하고 행복한 삶이라 여기며 습관적으로 살아가고 있다. 이런 걸 연극으로 쓴다면 얼마나 재미있을까. 연극이라면 지금 여기가 어디쯤일까, 2막 3장? 아니면 3막 2장쯤?

전태기는 협의이혼서에 도장을 찍고 떠났다. 정 떼기가 그토록 쉬운 일인지, 마치 어제까지 돌보던 환자가 죽었을 때 눈썹 하나 까닥하지 않고, 차분하게 서류 처리하듯, 정밀하게 다 정돈

하고 담담하게 떠났다.

베스트셀러 소설보다 더 흥미진진하고 기막힌 사랑 영화보다 더 기막힌 일이다.

그 긴긴 세월 동안 유경의 근황을 늘 접해가며 살아왔는지, 전 태기가 떠난 후, 채 1년도 안 되었을 때, 거짓말처럼 도섭이 나타 났다.

50대를 훌쩍 넘기고 60으로 향하는 유경과 도섭.

도섭은 머리가 많이 빠져 이마가 훤히 벗겨지고, 곱던 유경의 눈가에는 자글자글한 주름이 역력했다.

"내가 말했던 거 기억해? 유경이가 불행해진다면, 눈에 눈물 이 난다면, 언제 어디에 있어도 내가 달려온다고 했던 말."

"나, 불행하지 않아."

도섭이 수십 년 전이나 다름없이 말을 탁 놓기 때문에 유경이 도 편하게 반말로 대꾸했다.

"이혼했다면서?"

"응, 하지만 행복하게 살아왔어. 절대 불행하다고 느끼며 살 지 않았어. 지금도 불행하지 않아."

유경의 그 말은 진심이다. 한 번도 불행하다고 여겨본 적이 없 다. 태기는 떠났지만 그래도 돌아보면 참 좋은 남편이었다는 것 외에 나쁜 기억이 거의 없다.

한 직장에 진득하게 눌러있지 못하고 여기저기 옮겨 다녀 식구들을 고생시키는 남편.

툭하면 도박장에 드나들어 빚더미에 앉은 남편.

유자 남편은 화가 나면 유자가 정성스레 가꾸는 화초들을 가위로 쌍둥쌍둥 다 잘라버린단다. 차라리 나를 때리라고 악을 써도 못 들은 체하고 화초들 목을 다 잘라놓고, 화가 풀리면 다시 사온단다. 아주 잔인한 거지, 내가 그렇게 무섭도록 잔인한 남자하고 산단다, 라고 유자는 말하곤 했다.

겉으로는 멀쩡해 보여도 이런저런 이유로 가족을 고생시키는 남편들이 의외로 많다. 밖에서는 괜찮은 남자 소리 듣는 사람도 정작 집안에서는 형편없는 남자. 그런 남자들에 비하면 전태기는 정말 모범 남편이었다.

그는 유난히 정신분석학 서적을 많이 읽었다. 그중에서도 무의식의 철학자, 프로이드의 책이 많다.

"인간 내부에 깊숙한 곳에 숨어있는 무의식이 우리의 행동과 정서를 규정한다."

"꿈은 소망을 충족시키는 수단이 된다."

그는 이런 문구에 오렌지색 마크로 줄을 쳐놓기도 했다. 오렌지색.

왜 하필이면 오렌지색? 언젠가 자기 서재 벽 한쪽을 아주 진한 오렌지색으로 칠하겠다 했을 때, 유경이 물었다.

'비현실적이라서' 그의 답이었다. 비현실적? 어째서 오렌지색이 비현실적일까? 그 또한 무슨 정신분석학적인 의미가 있는 건가? 그쯤 되면 유경은 입을 다물고 딴청을 하곤 했다. 긴 설명을 할 사람도 아니지만, 유경은 의식과 무의식, 프로이드(Freud), 융(Jung), 이런 사람들 이름만 들어도 골이 아프다. 이상한 건, 도섭이 그런 철학자들에 대한 이야기를 자주 들려주곤 했었는데, 태기 또한 그런 철학 서적을 참 좋아한다.

꿈을 좇아 간 사람.

영혼에게 자유를 주고 싶은 게 꿈이 아닐까. 그래서 이해할 수 없겠지만 이해해달라고 간곡하게 청했던 게 아닌가. 본인 말대로 이루고 싶은 거, 가지고 싶은 거, 다 했다. 이제 남은 건 꿈. 그 꿈마저 이루고 싶은 욕망. 그것이 거룩한 봉사든 뭐든 하여튼 자신의 소망을 충족시키기 위한 기막힌 도전 아닌가.

"이혼했잖아. 이혼했지만 행복하다? 남편이 아프리카 오지로 떠나버렸는데 그래도 행복하다고?"

도섭은 아주 상세하게 다 알고 있었다.

'네 눈에 눈물이 흐른다면 내가 언제라도 달려온다'고 했던 그 말을 지키기라도 하려는 듯, 도섭이 두 주일에 한 번씩 보스턴에서 샌디에고까지 날아왔다.

1950년 말, 도섭은 Freddy Fender의 'Before the next teardrop falls(눈물이 더 흐르기 전에).' 이 노래를 좋아해 흥얼거리곤

했었다.

'네 눈에 눈물이 흐른다면, 그 눈물이 미처 마르기도 전에 언제든, 어디든, 달려오련다.'

"나는 결혼은 안 했지만 함께 살고 있는 여자는 있어. 혼자 밥 해 먹는 것도 지겹고 나이 들어가면서 혼자 여행 다니기도 너무 처량하고 해서, 딸 하나 있는 여자와 살고 있는 거지. 크루즈도 다니고 함께 지내지만 언제든 헤어질 수도 있다는 걸 서로 알고 있어. 나는 언제든 그녀를 떠날 수 있고, 그녀 또한 언제든 나를 떠날 수 있다는 걸, 서로 무언으로 알고 있지. 그림 그리는 여자야. 그래서 때로 혼자 석 달이고 넉 달이고 어딘가 가서 작업하다 오기도 해. 나는 스키를 좋아해 겨울이면 스키장에 가 살다시피 하고, 서로의 자유를 철저하게 존중한다 할까. 하여튼 지금 당장 결혼하자는 게 아니야. 우선은 내가 이쪽으로 이사 올 테니 자주 보자. 물론 나야 당장 결혼하고 싶지만, 기다리지. 기다리고말고. 네 마음이 정돈될 때까지 얼마든지 기다릴게. 평생 기다릴 작정이었는데 뭘."

그의 시원시원한 웃음소리는 여전했다.

한바탕 웃고 나서 그는 꼿꼿하게 자세를 고쳐 앉았다.

"기다릴 수 있다는 희망만 주면 돼. 당장 아니더라도."

여전하네, 지금 우리 나이가 몇인데, 결혼하자고? 참, 황당하네. 하지만 유경은 도섭의 그런 말이 듣기 싫지 않았다. 마주 보고 있노라면 대머리가 된 그의 모습도, 배가 띵띵할 정도로 불룩한 것도 전혀 눈에 들어오지 않았다.

기다릴 수 있는 희망만 주면 돼, 라고 말하는 도섭이 갑자기 측은하게 여겨졌다. 자신만만함, 그거 하나로 버티던 사람이었는데, 마치 구걸이라도 하는 듯한 목소리.

외로움이 느껴졌다. 보일 듯 말 듯 연기처럼 그에게서 퍼져 나오는 외로움.

갑자기 눈물이 쏟아질 것 같아 유경은 눈을 감았다.

도스토옙스키이던가, 투르게네프의 단편이었던가? 작가도 제목도 잘 생각나지 않지만, 그 스토리만은 마치 영화 장면을 보는 듯, 지금도 생생하다.

마부가 눈발이 휘날리는 벌판에 마차를 끌고 달리면서 손님들에게 자꾸 자신의 이야기를 한다. 아주 다급한 자기 사정 이야기를! 하지만 그 누구도 들어주지 않는다. 목적지에 도착해 손님들이 다 숙소로 들어간 후, 마구간에 말을 데리고 간 마부는 말한테 그렇게나 하고 싶었던 이야기를 좔좔 다 한다. 말에게라도 마음의 응어리를 풀고 싶어 한없이 이야기하는, 그 심정. 그래. 말할 상대가 없다는 것은 외로움이고 두려움이다. 아니 공포다. 오죽하면 마부가 말에게 자기 신세타령을 했겠는가. 말이 사람의 말을 들을 줄 모른다는 걸 빤히 알면서도 미주알고주알 털어

놓는 그 외로움이 마치 파편 조각처럼 날아와 살결을 찌르는 듯,
유경의 가슴을 아리게 했었다.

도섭은 모든 걸 정리하고 샌디에고에서 한 시간 정도 걸리는
Temecula로 이사를 왔다.

이제 50도 지났으니 더 기다리고 자시고 할 시간도 없다고,
예전에는 능력도 없고 자신도 없어 너를 보냈지만, 이제는 절대
놓아주지 않겠다며 서둘렀다. 인생이 이제부터는 구름처럼 한가
하게 흘러가는 게 아니라 마라톤 선수처럼 뜀박질해 간다고, 이
것저것 재고 따지고 하다가 훌쩍 60을 넘어가면 깜박하는 사이
에 80이 된다는 말도 했다. 80까지 산다고? 욕심도 많네, 했을
때 도섭은 이제는 80은 중년이야, 100세 시대라 했다.

Temecula는 작은 도시지만, 포도를 기르기에 아주 이상적인
기후라 포도밭이 많고 또 골프장도 많아 휴가철이면 LA 같은 곳
에서 사람들이 찾아오는 아름다운 마을이다. 포도밭 언덕 위에
아담하고 고운 시음장이 제각기 독특한 디자인으로 꾸며져 있어
마치 그림엽서를 보는 듯하다.

도섭이 Temecula를 택한 이유는 물론 유경이가 사는 곳에서
가까운 곳이라는 게 첫째 이유였지만 이 작은 마을이 점점 관광
지로 변해 갈 듯싶어 좋았다.

어떤 사람들은 은퇴하고는 조용한 시골에 가서 전원생활을

즐기겠다 하지만 도섭의 생각은 달랐다. 사람이 늙어갈수록 생활 자체가 편한 곳을 택해야 할 것 같았다. 대중교통이 편해야 하고, 식당도 많고 극장, 운동경기장 등, 활발한 문화생활도 할 수 있어야 노후를 즐길 것 같아 이 마을을 택했다.

좋아하면, 사람이 사람을 정말로 좋아하면, 그와 비슷해진다 할까? 비슷해지고 싶은 마음이 절로 생긴다 할까? 도섭은 주로 맥주나 스카치위스키를 즐겼다. 하지만 샌디에고에 와서 유경을 만나고 나서부터는 와인을 즐기게 되었다. 유경은 와인을 무척 좋아한다. 무작정 마시는 게 아니라 이런 음식에는 무슨 와인, 저런 음식에는 무슨 와인 해가며 즐긴다.

50을 훌쩍 넘긴 두 사람이 마치 첫사랑 시절로 돌아간 듯, 뜨거워지고 있을 무렵, 아프리카 오지로 떠났던 닥터 전이 느닷없이 돌아왔다.

거짓말 같은 이야기. 일부러 꾸며대기도 힘든 이 거짓말 같은 이야기가 유경이 이야기다.

"수연아, 너라면 어떡하겠니? 자신의 꿈을 찾아갔다 할까? 아니면 아주 고차원적 의무감으로 떠났다 할까? 어쨌든 나를 버리고 떠난 사람과 나를 찾아온 첫사랑 남자."

수연은 유경의 그 물음에 아무런 답을 할 수 없었다.

나라면 어떡할까. 나를 찾아올 첫사랑 남자도 없지만, 만약, 만약에 내가 유경이 경우가 되었을 때, 불쑥 권성일이 나타난다면?

이상도 해라. 왜 유경이 이야기를 들으며 불쑥 권성일이 떠오를까.

성일이 나한테 한 말은 오직 딱 한마디였다. '미국 가지 않을 수 없겠니?'라고. 그런데 아주 슬픈 러브스토리 영화를 볼 때 저절로 떠오르는 모습이 늘 성일이다.

서로 손 한 번 잡아보지도 않은 사이인데, 무엇일까. 왜 이상하게 유경이와 도섭의 이야기를 들으면 성일이가 떠오를까? 어쩌면 유경과 도섭의 가정환경 차이와 수연과 성일의 가정 배경이 너무 흡사해서인지 모른다. 남편 또한 아주 비슷한 성격이기에 뭐 하나 흠잡을 데 없는 남자와 산다는 게 결코 쉽지 않다는 것이 둘만 통하는 비밀 아닌 비밀이었다.

권성일을 떠올리면 지금도 미안한 마음이 든다. 그때, 서울에 처음 온 그에게 왜 좀 따스하게 대해주지 못했던가. 그 당시에는, 창피하다는 생각만 들었다. 이제 겨우 고등학교를 졸업한 남자애가 신사복을 입고 나타났다는 그 자체가, 그리고 내가 그런 사람과 앉아있다는 게 얼마나 부끄럽던지!

고등학교 내내 가을이면 계속 사과를 보내주던 권성일.

그때를 떠올리면 수연은 지금도 미안하다. 사과 고마웠어, 라는 말 한마디도 못했다.

그냥 괜히 속이 상했다. 상상 속의 성일이가 아니라는 게 너무 속이 상했다. 고등학교 때부터 가끔 친하게 사귀자며 다가오는 남자애가 있어도 마음에 내키지 않았던 이유는 성일 때문이었다.

'너는 아니야. 성일이에 비하면 너는 아니야!'

늘 이렇게 거부감이 들곤 했었다. 그런데 눈앞에 나타난 성일이는 상상 속의 성일이가 전혀 아니었다. 지금 생각해보면 그건 성일이의 잘못이 아니고 순전히 자신의 잘못이었다. 숲 속의 오솔길이 끝없이 이어져 있으리라 상상했던 것처럼, 성일이가 대학 교복을 입고 나타날 줄 알았던 건 순전히 자신이 만든 이상형이었을 뿐이다. 눈앞에 나타난 성일이가 상상 속의 모습이 아닐 때, 마치 배신이라도 당한 듯, 얼마나 속상했던지!

"너라면 어떡하겠니. 이런 경우. 도섭은 결혼하자고 하고, 4년 동안 죽었는지, 살았는지, 소식조차 없던 사람이 불쑥 나타나고, 너라면 어찌하겠니?"

한 번 떠난 사람은 언제든 어떤 목적으로든 또 떠날 수 있는 사람 아닐까?

몸이 견뎌내지 못해서 돌아왔다고 닥터 전은 말했다. 그뿐, 더 이상 그 어떠한 설명도 하지 않았다.

베냉(Benin)에 가기 전에 그곳에 대해 영상물도 찾아보는 등,

나름대로 많은 정보를 조사하고 갔지만 현장은 사진보다, 자료보다 훨씬 더 비참했다.

살이 타들어 가는 듯한 더위도 힘들지만, 밤마다 방바닥을 기어 다니는 손바닥만 한 바퀴벌레는 참으로 견디기 힘들었다. 하지만, 그런 환경은 각오하고 떠난 것이기에, 이를 악물고, 몸이 버티는 한 그래도 참아낼 수 있었다.

가치 있는 삶을 살겠다고 오지를 찾아다니는 의료봉사자들. 그들 중에는 처참하도록 불쌍한 사람들을 이용해 돈벌이를 하는 사람들이 있었다.

선이 있으면 악이 있다. 그게 사람 사는 사회다. 봉사자든 선교사든 인간인 이상 그 속에도 부정이 있을 수 있다. 이걸 전혀 몰랐던 건 아니지만, 그래도 부패가 상상을 넘었다.

내가 어리석었다. 내가 세상을 너무 몰랐다.

무엇에든 실패한 사람에게는 그럴듯한 그만의 이유나 핑계가 있기 마련이다. 세상 등지고, 가정 버리고, 떠난 사람이 돌아와 무슨 변명을 하랴.

태기는 생각했던 것보다 환경이 너무 열악해 몸이 견뎌내지 못했다는 말 한마디뿐, 오직 그뿐이었다. 그는 비행장에서 직접 아들 집으로 들어갔고, 두 주일이 채 안 돼 어디론가 이사했다.

유경에게 구차하게 미안했다든가 후회한다든가 그런 말은 하고 싶기 않았다. 그저 몸과 마음이 지칠 대로 지쳐 쉬고 싶었다.

내일은 내일 걱정하자.

이제라도 결혼해서 남은 생을 함께 행복하게 살아가자는 첫사랑 도섭. 함께 살던 여자도, 직장도 다 뒤로 하고 떠난 남자.

고고한 꿈을 실현하기 위해 가족을 버리고 떠났다가 4년 후, 돌아와 아무 일도 없었던 것처럼 침묵하고 있는 태기. 물론 그는 다시 합치자는 말도 안 했다.

태기는 그의 말처럼 자신이 원하는 것을 모두 이룩하려 노력했고 이룬 사람이다. 냉정하게 따져보면 그는 오직 자신만을 위해 사는 사람이다. 그런 남자가 또다시 떠나지 않으리라는 보장은 없다. 그런 지독히 이기적인 남자와 어찌 또 살 것인가.

편지 한 장, 전화 한 통 없는 남자를 그래도 기다렸다.

잘 있기는 한 건가? 그 열악한 환경에서 견뎌낼 수 있을까? 병이 들어 어딘가에서 생사를 헤매고 있는 건 아닌가?

유경은 태기가 떠난 후, 컴퓨터 앞에 앉아 아프리카 베냉(Benin) 공화국에 대해 찾아보기도 했었다. 인구는 약 천만 명, 면적은 남한과 비슷한 곳, 세계에서 가장 가난한 나라 중의 하나. 부패가 만연한 곳.

'부패가 만연한 곳'이라는 대목이 유경 마음에 걸렸다. 부정, 부패, 이런 것을 못 견뎌 하는 사람이 하필이면 그곳을 택했을까. 꼼꼼한 사람이니 다 조사해본 후, 각오하고 간 것일 테니 어쩌랴 하면서도 행여, 행여나 돌아오겠다는 소식이 오려나 기다렸다.

'남편을 정말 사랑하는구나.'라고 도섭이 말했다.

사랑? 그래. 사랑했지. 그야말로 후다닥한 결혼이지만 30년 다 돼가도록 행복하다 여기며 살아왔으니 그게 사랑 아니고 무엇이랴.

사랑의 모습이 어디 하나뿐이겠는가. 같이 있으면 무조건 좋고, 함께 먹으면 무엇이든 맛있고, 왜 좋으냐고 물으면 왜라고 꼬집어 답할 수도 없지만, 그냥 무작정 좋은 감정. 그런 감정만이 사랑이라 할 수는 없지 않은가.

도섭이 그랬다. 함께 있으면 그냥 좋았다. 떡볶이를 먹든, 붕어빵을 먹든, 함께 먹으면 무엇이든 맛있었다.

사랑해서, 너무 사랑해서, 임신까지 했던 옥희. 차라리 함께 죽어버리자던 옥희 애인은 다른 여자와 결혼해 버리고 옥희는 미쳐버렸다. 지독하게 '사랑'에 빠졌던 친구들은 오늘날까지 행복한 경우가 드물다.

백만 개 피아노가 한꺼번에 하늘에서 떨어져 내려 부서지는 듯, 요란한 사랑이 있는가 하면, 부슬부슬 내리는 부슬비처럼 슬금슬금 미지근하게 드는 정 또한 사랑이리라.

전태기는 칼로 싹둑 썩은 가지 하나 잘라내듯 떠났지만, 유경은 그렇게 정을 딱 떼버린다는 게 쉽지 않았다.

만나며 지난 지 2년이 넘었을 때, 도섭이 이제는 그만 포기하라고 말했다. 편지는 고사하고 전화 한번 없는 남자를 언제까지 기다릴 것이냐며 한심해했다. 아내뿐 아니라 아들에게조차 소식을 끊은 남자를 이해하기 힘들다 했다. 아무리 외지에 가 있다 해도 지금 세상이 어떤 세상인데, 그렇게 모질 수 있는가, 상상이 안 된다고 했다. 지독히 '모진 사람'이라고 유경 스스로 생각하면서도 도섭이 '모진 사람'이라고 태기를 표현할 때 가슴이 알싸했다. 그래. 그런 남자다. 고아처럼 자라나서일까? 하지만 좋은 남편이었다. 좋은 아버지였다. 정을 표현할 줄 모르지만 절대 유경의 가슴을 아프게 하는 짓은 하지 않은 남자다.

도섭에게 일 년만, 여섯 달만 해가며 미루고 미뤘다. 정식으로 이혼한 사람을 왜 기다리느냐 할 때, 유경은 답을 못했다. 유경은 스스로 답을 알 수 없었다. 왜 기다리는지.

태기? 도섭?

태기는 전 남편일 뿐이다. 하나뿐인 아들, 대니의 아버지이지만 분명 이혼 서류에 사인을 하고 가버렸던 남자다.

"내가 15년은 함께 꼭 산다는 약속 지킨 거야."

병상에서 도섭이 한 말이다.

"거의 모든 부부들은 하루에 열 시간도 함께 지내지 못하잖아. 남편이 나가 일을 하든, 아내가 나가 일을 하든, 아침에 헤어지고 저녁때 만나고, 잠자는 시간 빼고 나면 함께 지내는 시간이 하루에 그저 서너 시간 정도밖에 안 되잖아. 하지만, 유경아. 나는 우리 결혼하고 나서 늘 곁에 있었어. 24시간, 늘 함께 있었으니까, 시간으로 계산하면 15년이 넘더라. 그러니까 약속 지킨 거다."

건강에 너무 자신을 했던 게 탈이었다.

이까짓 감기쯤이야, 라고 생각하고 병원에 일찍 가지 않았던 게 탈이었다.

일 년 내내 감기 한번 앓지 않던 도섭이 일주일씩이나 감기몸살로 빌빌할 때 유경은 병원에 가보자고 했지만 도섭은 감기는 시간이 가면 저절로 낫기 마련이라면서 웃어버렸다.

"감기 걸렸을 때 곧 병원에 가는 사람들 별로 없잖아. 며칠 끙끙거리며 앓다가 그래도 낫지 않을 때, 그때 한의사한테 다녀와 한약 먹고 나면 그 한의사가 최고라 하고, 양의사 찾아갔다 나으면 그 양의사가 최고라 하지. 감기는 그저 닷새 정도 지나면 낫기 마련인데, 사람들은 그즈음 병원에 갔다가 그 의사 때문에 낫다고 생각하니, 웃기는 거지."

그런데 일주일이 지나도 열이 떨어지지 않았다. 그러다 하루 새벽에 일어나다 그냥 쓰러졌다.

감기가 기관지염으로, 기관지염이 폐렴으로, 더 이상 손을 쓸 수 없는 상황이 되어버려 도섭은 산소마스크를 쓴 채 사흘을 버티더니 눈을 감아버렸다.

나이 들수록 감기를 무서워해야 한다고, 기관지염, 폐렴이 합병증을 일으켜 사망하는 게 심장마비 다음으로 제일 많다고, 의사가 한 말이었다.

"유경아. 나는 이 세상에서 제일 행복한 남자다. 첫사랑 너와 결국 살았으니까."
"유경아. 나는 약속 지켰다. 늘 함께 있었으니까, 15년, 그 이상으로 우린 함께 산 거다."
눈 감기 전, 한마디 한마디에 힘을 줘 가면서, 그의 마지막 말이었다.

"수연아, 떠나야 할까 봐, 이제는."
전화기 저편의 유경의 목소리가 떨렸다.
도섭이 떠난 후, 자기도 죽겠다며 곡기를 끊었던 유경. 그때 수연이 말했다. 네가 도섭 씨를 따라 죽는다면 도섭 씨는 하늘에서도 분노할 거라고. 분명. 도섭 씨는 네가 세상에 사는 동안, 남은 생을 즐겁게 살아주기를 원할 것이라고.
그게 진정한 사랑 아닐까. 내가 없어도 기쁘게 잘 살아주기를 원하는 마음.
도대체 사랑이란 왜 이리 아픈 걸까. 그리고 그 지긋지긋하게 아픈 사랑을 왜 사람들은 목마르게 찾아 헤매는 걸까.

유경이가 드디어 La Jolla 집을 팔고 번잡한 LA 시내로 나간다는 소식을 듣고 수연은 마음이 아리아리하면서도 기뻤다.

그 하얀 집. 도섭과 함께 설계해 새로 지은 언덕 위의 하얀 집. 도섭의 유골함을 지금도 침대 곁에 놓고 자는 유경이다.

잠자리에 들면 침대 바로 옆 테이블 위에 놓여 있는 도섭의 재를 보면서, '자기야, 나, 오늘 수연이랑 점심 먹었다', '자기야, 나, 오늘 병원 다녀왔다. 무릎이 자꾸 아파 사진 찍고 왔어. 어쩌면 수술해야 할지도 모른다네.' 마치 살아있는 도섭에게 말하듯 해가며 유경은 그렇게 10년을 지냈다.

'유경아, 이사하면서, 짐 정리하면서 이제 그만 도섭 씨도 보내주는 게 어떨까.'

수연은 이 말이 하고 싶었지만 차마 하지 못했다.

13세기, Persian 시인, Rumi의 시 한 구절이 생각났다. '인생은 붙잡고 있기와 놓아주기 사이의 균형 잡기'라고.

그래, 유경아, 살아있는 한, 새 chapter를 시작하는 거야. 세월은 그냥 물처럼 흘러가 버리는 게 아니라 차곡차곡 쌓이는 거야. 수북하게 쌓여 거름이 되는 거야.

한 사람 또 한 사람의 이야기가 세월과 함께 낙엽처럼 쌓인다. 그 쌓인 세월이 삶의 흔적 아니냐. 가슴에 쑥뜸을 떠가도록 아픈 이야기도 다 절실한 사연 아니랴.

그 사연 하나하나에 사랑이 없다면 흔적으로 남을 수 없으리.

'잘했다. 잘했어. 이 바보야. 그 빈집에 왜 여태 살고 있는 거야? 나가 살아. 할리우드 같은 곳으로 이사 가서 남은 세월 쌩쌩하게 살라고. 그게 나를 위해주는 거야. 그게 진짜 나를 사랑하는 거라고.'

분명 어디선가 도섭이 그 시원시원한 목소리로 이렇게 말할 거다.

그래. 유경아, 잘했어. 잘 결정했어.

부부

　하루 종일 옆 침대 환자 남편은 창 앞에 비딱하게 놓여있는 의자에 앉아있다. 의자를 똑바로 놓고 앉을 수도 있으련만 그는 의자가 어떻게 놓여있는지조차 신경 쓰지 않는 눈치다. 실은 그가 남편인지, 애인인지, 오빠인지, 동생인지, 모르지만 남편이나 애인이 아니고서야 누가 온종일 아픈 사람 곁에 있겠는가 싶다.

　아픈 사람은 본인이 아프니까 할 수 없지만 멀쩡한 사람이 온종일 병실에 있기란 정말 힘든 일이다. 독방도 아니고 방 한가운데 커튼이 쳐져 있는 2인용 방이다.

　그는 면회가 시작되는 아침 8시부터 저녁 8시까지 의자에 앉아있다. 책이나 잡지, 신문 같은 것을 읽는 것도 아니고, 환자와 말을 하는 것도 아니고, 그냥 앉아있다. 흔히 젊은 사람들이 그러하듯 귀에 이어폰을 끼고 있지도 않다. 그러니까 전화기로 게임을 하거나 노래를 듣거나 하지도 않고 그냥 앉아있다. 나무토막처럼 온종일.

수연이 입원한 지 나흘째 되건만 아직 그가 말을 하는 걸 들어 보지 못했다. 의사가 들어올 때마다 통역사가 함께 들어온다. 아마 영어를 전혀 할 줄 모르는 사람들인듯싶다.

"이틀 전에 수술했는데 또 지금 당장 하는 건 무리입니다. 우선 다시 CT를 찍어보고 결정하는 게 좋겠습니다."

칸막이처럼 쳐 있는 커튼 때문에 보이지는 않지만, 목소리는 다 들린다.

"진통이 너무 심해 도저히 참을 수 없다 합니다."

통역사가 환자의 말을 전한다.

"수술하기 전, 아프다는 부위와 지금 아프다는 부위가 전혀 다릅니다. 그리고 염증이 심해 우선 그것부터 다스리고 난 후 수술이 가능합니다. 또 솔직하게 말하자면 살이 너무 쪄서 가능하면 집도는 피하고 약으로 다스리고 싶습니다."

살이 너무 쪘다는 말을 강조하는 의사. 무례하다 싶을 정도로 직설적으로 말하는 의사의 억양으로 보아 미국 태생이 아닌 듯싶다. 의사들은 대부분, 남에게 별로 안 좋은 말을 할 때도 언어 선택을 조심해 가며 가능한 한 부드럽게 표현한다. 그런데 이상하다 할까? 외국 태생 의사들은 노골적으로, 아주 직설적으로 표현하는 경우가 많다. 환자가 그 순간에는 기분이 언짢을 수도 있겠지만 때로는 그렇게 노골적인 게 확실해서 오히려 좋은 것도 같다.

사실, 옆 침대 환자는 굉장히 뚱뚱하다. 뚱뚱하다는 표현이 민망할 정도다. 뒤룩뒤룩하며 화장실을 갈 때 보면 넓적다리, 엉덩이가 환자용 가운 밖으로 삐져나와 다 보인다. 화장실에 가자면 수연의 침대를 지나가야 하기 때문에 그녀가 화장실 갈 때마다 보게 된다.

어떻게 저렇게까지 살이 쪘을까?

먹지 않아도 살이 찐다는 그런 이상한 병에라도 걸린 걸까?

그녀에 비해 남자는 아주 깡말랐다. 둘 다 겨우 스무 살이나 넘었을까 싶을 정도로 어린 사람들이다.

밤새 어찌나 신음을 하는지 수연은 수면제를 먹었지만 잠을 잘 수 없었다. 고통스러워하는 여자의 앓는 소리는 참 비참하다. 덫에 걸려 몸부림치는 짐승처럼 으윽, 으윽, 신음하다, 울부짖다, 잠시 조용하면 수연은 겁이 난다. 숨이 멎었나? 당장 응급 버튼을 눌러야 하나? 잠시 후 다시 신음을 하든, 울부짖든, 무슨 소리가 들리면 수연은 오히려 마음이 놓인다.

면회 시간은 아침 8시에 시작되는데 여자는 아침 6시도 채 되기 전에 전화를 한다. 수연은 그녀의 말을 알아듣지 못하지만 어린애 응석 부리듯 이잉, 이잉, 훌쩍거려가면서 뭐라 하는 게 빨리 오라 하는 것 같다.

부부의 의무라 할까.

진우도 아침 9시와 10시 사이에 병실에 들어온다.

밤새 잘 잤느냐, 뭐 특별히 먹고 싶은 거 있느냐, 매일 거의 똑같은 말을 몇 마디 물어보고는 가져온 잡지를 들여다본다. 은퇴를 한 후에도 매달 꼬박꼬박 구독해 보는 잡지만 거의 열 개 정도가 된다. Smithsonian, National Geographic, Time, Fortune, Travel, Golf, Wine 등, 그는 그 잡지들을 읽느라 밤 12시 전에 잠자리에 드는 날이 거의 없다. 물론 어디를 가든 손에 잡지는 꼭 들고 다닌다. 배울 게 너무 많다고 한다. 특히 Smithsonian 잡지는 그야말로 다 통독할 정도다.

"나 괜찮으니 집에 가요. 여기 있을 필요 하나도 없잖아."

"괜찮아."

"정말, 여기 있어 뭐해요?"

수연의 말투는 결혼 초나 지금이나 여전하다. 때로는 존대 비슷, 때로는 반말투. 어른들을 모시고 살아본 적이 없어 그런지 딱 부러지게 존대어를 하는 게 오히려 거북하다. 하지만 뭔가 굉장히 기분이 상했을 때는 아주 공손할 정도로 존대어를 꼬박꼬박 쓴다. 그래서 억양이 달라지지 않아도 존대어 하나로 진우는 수연이 뭔가 틀렸구나 하는 걸 금방 알 수 있다.

'당신 그렇게 앉아있는 게 더 피곤해요. 나 혼자 있는 게 오히려 편해요'라고 말하고 싶은 걸 수연은 참는다. 그런데 그게 진심이다. 병실에 누군가가 묵묵히 앉아있다는 자체가 수연의 신경을 더 자극한다.

신경성 위궤양으로 한의원을 다니며 양쪽 가슴 바로 아래에 쑥뜸을 뜨기도 하고, 대상포진을 앓기도 했다. 그게 다 신경에서 시작되는 병이란다.

수연은 스스로 왜 나는 유별날 정도로 신경이 약할까, 나는 좀 느긋한 사람이면 좋겠다는 생각을 시시때때로 한다. 별것도 아닌 것이 신경을 자극하면 꼭 위가 탈이 나니 정말 좀 모자란 사람이다.

부부의 의무?

옆 환자의 남자는 방문 시간이 끝났으니 방문객들은 이제 돌아가 달라는 방송이 스피커를 통해 나올 때까지 앉아있다. 여자가 혼자 있기 무서워 붙잡고 있는 것인지, 아니면 남자가 솔선해 그렇게 온종일 있는 것인지 몰라도 수연은 만약 진우가 온종일 꼬박 옆에 앉아있다면 숨이 막힐 것 같다.

시간 정확하게 맞춰 간호사가 들어와 주사를 놔주고, 3시간에 한 번씩 호흡기만 담당하는 사람이 들어와 정확하게 15분 동안 네뷸라이저(Nebullizer: 호흡기용 약물 치료기)와 산소마스크를 도와주고, 또 다른 사람이 들어와 혈압만 재고 가고, 간호사 외 전문적으로 딱 그 부분만 담당하는 사람들이 참 많다. 한국처럼 환자를 돌봐주는 간병인은 없다.

"형부, 이제 집에 가 좀 쉬세요."

점심시간이 되기 전에 수희가 왔다.

"그래요. 그럼. 수고해요. 저녁때 올게. 뭐 사 올까?"

"인절미."

"내가 그럴 줄 알고 떡 사 왔어. 언니 떡보니까. 그리고 형부, 제가 잣죽 끓여놨어요. 저녁때 가져올 테니 형부는 아무것도 사 오지 마세요."

병원 음식이 맛없다 해도 먹는 척이라도 했으면 좋으련만 언니는 전혀 손을 대지 않아 형부가 올 때마다 식당에 들러 이것저것을 사 온다. 공주병도 지독한 공주병이다. 실은 언니를 그렇게 만들어 놓은 사람이 형부다. 식도역류증이 있는 언니는 비위가 약한 탓에 먹지 않는 음식이 많기도 하지만 언니가 먹지 않겠다 할 때마다 형부가 손수 이것저것 만들어주고, 식당에 가서도 두 사람이 다른 것을 주문했지만 언니가 본인이 주문한 음식이 마음에 안 드는 눈치면 형부가 금방 접시를 바꿔줄 정도니, 아무리 위가 약하다 해도 언니의 공주병은 형부가 만들어 놓은 것이라 할 수밖에.

공주병이라는 말은 수희가 만든 거다.

수희는 머리가 베개에 닿기만 하면 금방 잠이 드는데 언니는 늘 수면제를 먹고도 잠을 제대로 자지 못한다.

호텔이든 여관이든 여행을 가서도 언니 생각에 시트가 깔끔하지 않다 싶으면 아예 침대 속에 들어가지도 않는다. 그냥 침대 위에서 담요나 코트를 걸치고 잘 정도다. 뿐인가, 뭔가 마음에 거슬리거나 아주 지저분한 것을 보거나 하면 잘 토한다. 공주병이라기보다 나이 든 철없는 사람이라 할까.

'내가 군대 갔을 때, 정말 이틀 꼬박 숟가락도 대지 못하겠더라고. 그런데 사흘째 되니 설거지 해놓은 것처럼 싹싹 긁어먹게 되더라'며 형부가 먹는 척이라도 하라고 하지만 언니는 전혀 병원 음식에 손을 대지 않는다.

음식이 고스란히 나가는 것, 전혀 먹지 않는 것을 아마 음식 나르는 여자가 간호사에게, 그리고 간호사가 담당 의사에게 말했는지 하루는 인도인 의사가 들어와 식사를 하지 않으면 약도 안 주겠다며 으름장을 놓기도 했다.

언니는 음식을 잘 먹지 않는 게 아니라 좋은 것만 먹는 거다. 그러니 그야말로 버릇이 고약하게 든 게 형부 탓이다. 떡집 앞을 그냥 지나가지 못할 정도로 떡을 좋아하는 수연이다. 가래떡을 불에 살짝 구워 간장 찍어 먹어도 기막히게 맛있고, 콩가루 잔뜩 묻어있는 인절미는 언제 먹어도 맛있다.

수희가 떡을 사 왔구나. 떡보인 언니를 생각해 떡을 사 온 동생.

"언니, 그렇게 운동을 아무것도 하지 않으면 오래 살지 못해. 골프는 칠 줄 모른다 해도 연습장에는 갈 수 있잖아. 더군다나 걸어서도 갈 수 있는 곳에 골프장이 있는데. 언니 보고 골프 배우라는 게 아니야. 그냥 숲에 가듯, 연습장에 가서 한 바구니만 공을 쳐 봐. 운동이 될 테니. 언니, 숲에 가는 거 좋아하잖아."

30여 년 전, 샌프란시스코에 살고 있던 수희가 시카고에 놀러 와 수연에게 골프채를 사주고 갔다. 그 시절, 멤버들만 드나들 수 있는 골프장에서 여성 회원들끼리 시합을 할 때, 우승하기도 하고 홀인원을 여러 번 하기도 한 수희다. 여학교 때는 농구부 주장으로 인기가 대단했었다.

수영장이 달린 좋은 집에 온갖 꽃들이 철 따라 피어나는 뒤뜰. 남들이 부러워할 만큼 정말 잘살았다.

수희 남편, 송영재는 샌프란시스코 항구에 들어오는 대형 호화선에 음식을 공급하는 사업으로 실속 있는 재미교포 부자였다.

"감사하며 살자고요. 이민 와 고생하며 사는 사람들이 얼마나 많은데, 우리는 정말 너무 많은 복을 받았어요. 좋은 동네에 살며 아이들도 좋은 학교 보내고. 정말 감사한 일이 어디 한두 가지인가요."

수희는 늘 감사한 마음으로 살지만, 영재는 달랐다. 그는 그저 적당히 성공한 재미교포 정도가 아니라 대단히 성공한 재벌 교포, 송영재가 되고 싶었다. 그는 어마어마한 액수를 여기저기서 끌어대 가며 사업을 크게 벌였다.

"두고 보라고. 내가 재미 교포 중에 최고 부자가 될 테니. 당신 금 방석에 앉혀줄게, 두고 보라고."

욕심은 명예욕이든 재물욕이든 그 어떤 욕심이든 과하면 해가 되는 법.

평생을 고생하지 않고 살 수도 있었건만, 수희는 지금 침실 두 개 있는 아주 작은 집에 혼자 살고 있다. 작은 집이지만 한 줌 되는 뜰에 꽃밭을 꾸며 철 따라 새록새록 꽃들이 피어나 마치 동화책 속에 나오는 그림 같이 곱다. 사람이든 화초든 그 무엇이든 최선을 다해 정성을 들이면 고와질 수밖에 없는 듯, 수희는 하루의 절반은 화초 가꾸기로 보낼 정도다. 그래서인지 시들거나 색이 조금이라도 누렇게 변한 잎사귀는 하나도 없다. 꽃밭 가꾸기에 심심할 짬이 없다고 말하지만 얼마나 외로우면 꽃밭에 그리 온 정성을 들일까. 수연은 수희의 꽃밭을 볼 때마다 가슴이 매지매지 아리다.

두 아들 다 어디 내놓아도 부럽지 않을 만큼 직장도 좋은 직장을 가지고 있지만, 무엇보다 어머니를 끔찍하게 위하는 효자들인데 수희는 아들들이 같이 살자 해도 그것만은 싫다고, 혼자 살기를 고집한다. '나도 이제는 자유가 필요하다'고 농담처럼 말하곤 하지만 그 말은 농담이 아니라 진심이다.

"언니 생각해 봐. 내가 왜 며느리 눈치 보면서 살아? 며느리가 나쁘거나 싫어서가 아니라 우선 나 스스로가 불편해서 싫은 거지. 자주 만나며 지내면 되지, 혼자가 편해."

물론 때로 외로울 때가 많다. 혼자 먹기 위해 찌개든 국이든 무엇하나 만들 때 저절로 처량해 눈시울이 시큰할 때도 있다. 아마도 혼자 살아본 사람은 이 느낌을 알리라. 하지만 혼자가 편하다. 아이들 다 학교에 가고 부부도 제각기 직장에 나가고 텅 빈 집에 온종일 있기란 하루 이틀도 아니고 힘든 일이다. 더군다나 아이들 집은 다 시외에 있어 버스도 탈 수 없는 곳이니 그야말로 갇혀있는 것이나 다름없다.

한인 타운이 가까운 곳에 살고 있으니 어디든 가고 싶으면 운전해 갈 수도 있고 때로는 버스도 이용할 수 있으니 좀 좋은가.

"언니, 언니 병은 자꾸 쉬고 자고 그래야 빨리 난다고. 그러니 좀 자도록 해 봐."

"여태 잤는데 또 어떻게 자겠니. 그나저나 네가 요즘 고생하네."

"고생은 무슨, 집에 있으면 언니 궁금해 뭐 하나 손에 잡히지 않으니 여기 와 있는 게 좋아. 언니가 피곤해하면 그때 갈게."

어떻게 그 참기 힘든 어려움을 견뎌냈을까. 나라면 수희처럼 해낼 수 있었을까. 동생이지만 참으로 대견하고 기특한 여자다. 어디 흠 하나 잡을 데 없이 착하고 살림도 잘하는 수희다. 오죽하면 수희의 시어머니가 며느리에게 '너는 버릴 게 똥밖에 없는 여자'라 하셨을까.

눈을 감은 채 수연은 생각에 잠긴다.

다이아 반지, 다이아 팔찌, 그리고 벤츠 등, 송영재는 수희에게 부잣집 마나님들이 가질 수 있는 모든 사치품을 다 주었다. 둘이 함께 여행을 다니면 최고급 호텔에 최고급 식당만 골라가며 다녔다. 뿐인가, 때로 영재는 여행 가서 묵을 호텔에 미리 연락해 방 안에 장미꽃을 배달해 놓는 멋도 부렸다.

로맨틱한 남자. 아내를 아내라기보다 애인 취급한다 할까? 하긴 고등학교 시절부터 뒤 따라다니던 송영재다. 그렇게 좋다가도 결혼하고 십여 년 지나면 시들해진다는 데 송영재는 아니다. 늘 아내를 애인 대하듯 했다.

툭하면 깜짝 선물, 깜짝 꽃다발. 진우와 달라도 너무 다른 송영재. 수연은 늘 수희가 부러웠다. 대궐 같은 수희네 집. 뒤뜰에 꽃나무와 과일나무들이 즐비하고 커다란 수영장이 있는 것도 물론 부러웠지만 그런 것보다 인간미가 흠뻑 풍기는 송영재의 성격이 좋았다. 수연을 처형이라 부르지 않고 누나, 누나 하던 사람이다. 수희가 농구를 하던 고등학교 때부터 집에 드나들어 동생처럼 가깝게 지냈다.

송영재는 물론 돈도 잘 벌었지만, 생김새도 훤칠하고 다정다감하고 노래도 가수 뺨칠 정도로 잘했다. 집에 노래방 시설을 해 놓고, 수연네가 가면 그 방에서 노래도 불러가며 놀았는데 그가 '아내에게 바치는 노래'를 부를 때면 수연이 정말 부러웠다.

세월이 지나갈수록 송영재는 사업이 늘어 집도 더 좋은 집으로 옮겨 월급쟁이로 사는 수연네와는 비교가 안 될 정도였다.

그는 사업차 두 주일 때로는 한 달이 넘도록 외국으로 돌아다니지만, 수희는 그야말로 불평불만 없이 행복하게 지냈다.

"나처럼 복 많은 여자도 드물다 생각하며 늘 감사하며 살았지."

대만으로 출장 간 남편이 차 사고를 당하기 전까지 수희는 감사하다는 말을 입에 달고 살았다.

"손에 힘을 주세요. 여보. 살아만 주세요. 내 말 들리면 손에 힘을 주세요."

수희 손에 아주 미세한 느낌이 왔다. 느낌이 온다고 착각한 것인지 몰라도 떨리는 듯 잠시 아주 잠시 느껴지는 경련. 그게 끝이었다.

말 한마디 없이 가버린 사람.

전혀 준비 없었던 이별.

시름시름 아프다 떠난 것도 아니고 정말 눈 깜짝할 사이에 그냥 없어져 버렸다. 하지만 슬픔에 잠겨 있을 틈도 없이 다가오는 현실은 무시무시했다.

하나 또 하나 양파 껍질 벗기듯 벗겨지는 빚. 그가 사업을 확장하며 어마어마한 빚을 져 놓은 것이 아찔했다.

회사도 집도 자동차마저 모두 은행으로 넘어가고 빈털터리가 되었지만, 수희는 세탁소 일이든 무슨 일이든 온갖 허드렛일을 해가며 두 아들을 공부시켰다.

'어쩜 그렇게 잘살면서 자기 앞으로 저축 좀 해둘 것이지.' 사람들이 이런 말을 하면 수희는 어이없어 대꾸도 못 했다.

남편 몰래 내 앞으로 돈을 챙긴다? 그런 아내가 똑똑한 아내인지 모르지만, 수희에게 그런 건 상상할 수조차 없는 일이었다.

'수희, 네가 지내온 삶이 얼마나 값진 건지, 나는 알고말고. 골프채 다 팽개치고 아무 일이나 해가며 두 아이 대학원까지 보낸 네가 나는 너무 존경스럽단다. 정말 나라면 도저히 해내지 못했을 거야.'

"언니, 자?"

"아니. 그냥 이 생각 저 생각."

"언니, 이번에 퇴원하면 이제 서울은 그만 다니는 게 좋겠어. 언니 서울만 다녀오면 꼭 한 번씩 되게 앓잖아."

"알아, 언니가 한국에 나가 언니 영어책에 대해 강의하는 거, 그걸 참 즐기고 보람 느끼는 거, 잘 알아. 하지만 이제 언니나 나나 60대도 아니잖아. 우리 나이를 못 속여요."

수연이 입꼬리로 살짝 웃었다.

"대신에 언니, 이제 슬슬 애들 이야기 좀 써보면 어떨까?"

"애들 이야기?"

"그래. 제인과 애니. 그저 있는 그대로 아이들 이야기를 누구에게 이야기하듯 술술 써보면 시간도 잘 갈 거고, 그야말로 기막힌 소설 아니겠어?"

"소설? 내가 소설은 무슨 소설."

"소설가가 따로 있나 뭐? 재미있는 이야기 써서 사람들이 좋아하면 소설이지."

"그런가?"

수연이 다시 입꼬리를 살짝 올리며 웃었다.

소설? 애들 이야기가 소설이라?

하긴 수희 말이 틀린 말도 아니다.

10년도 지난 지금에 와 돌이켜보면, 제인이 그 애를 입양해오고, 지금까지 살아온 이야기야말로 소설이지, 뭐가 소설이랴.

특이한 이야기니까 일기 쓰듯 슬슬 써볼 수도 있겠지만, 수연은 손녀딸이 열 살이 넘기까지 그런 생각을 한 번도 해보지 않았다.

마음이 공연히 허할 때, 삶에 뭔가가 더 있어야 할 것 같은 영혼의 갈증을 느낄 때, 언니는 숲에 간다고 했다. 언니가 즐겨 찾아가는 숲은 forest park이다. 그야말로 온종일 걸어도 걸을 수 있는 오솔길이 많다. 미국은 워낙 땅이 커서 그런지 여기저기 운동공원이 있듯 수풀공원이 참 많다.

"사람은 남의 눈에 행복해 보인다 해서 행복한 게 아니다. 남이 나를 어찌 평가하는 건 아무 상관 없어. 스스로 느끼는 만족, 보람 그리고 자신의 존재 가치에 대한 자부심. 이게 중요한 거지. 나는 그래서 네가 내 동생이지만 참 자랑스러워."

언니가 가끔 하는 말이다.

언니는 여학교 때부터 그렇게 호기심이 많았다. 한 번도 가보지 않은 골목이나 언덕 같은 곳은 꼭 가보고 싶어 했다. 그 습관이랄까 버릇이 어른이 되어서도 마찬가지다. 나이 든 소녀라 할까, 철없는 어른이라 할까. 때로 언니는 한 발은 현실에, 다른 발은 미지의 세계, 꿈의 세계를 딛고 살아가는 듯싶다.

할머니가 되고 나서도 언니는 그렇게 모르는 곳, 모르는 길 같은 데 호기심이 많다. 섬에 가면 섬에 살고 싶어 하고, 산에 가면 산에 살고 싶어 하고, 차를 타고 가다가 단풍나무가 무성한 길이 터널을 이루고 있으면 목적지에 가는 건 까맣게 잊어버리고 그 길을 서너 번 더 왔다 갔다 한다. 한번은 그러다 경찰에 저지당하기도 했단다. 아마 그 한적한 길에 속도위반을 하는 차량이 많아 경찰이 지키고 있었는데 차 한 대가 그 길에서 왔다 갔다 하니까 수상해 세운 모양이다. 지금 당신은 이 길을 세 번째 오가고 있다고, 웬일인가, 혹 도움이 필요한가 하고, 경찰관이 한 말이란다. '단풍이 좋아서요. 이 단풍 터널을 벗어나고 싶지 않아서요.' 그 답을 들은 경찰은 소리 내어 웃으며 운전 면허증을 보여 달라고 해 운전 면허증을 내보이는데 면허증 바로 옆에 있는 교사자격증을 경찰이 보았단다.

일리노이주 공립학교 교사? 동양 여자가 교사? 그는 그게 신기한지 어느 학교에 근무하는지, 왜 이 근처 학교에 나가지 않고 그리 멀리 다니느냐 등등, 묻지 않아도 좋을 말까지 하며, 운전할 때 다른 생각 하는 건 아주 위험하니 조심해 다니라고 당부까지 하더란다.

"내가 좀 정신이 이상한 여자인가 했나 봐. 왜 그럴까. 단풍 구경하러 일부러 산에 가는 사람들도 많은데, 좀 좋으니. 집에 오는 길에 그런 단풍 터널이 있다는 게, 너도 가보면 내 말 알 거야. 거기서 큰길로 나오면 금방 돌아서 가고 싶어져."

여학교 때 언니는 할머니 거지를 집에 데리고 온 적도 있다. 비가 오고 있는데 굴레방다리 밑에 쭈그리고 앉아있는 할머니가 너무 불쌍하다고, 꼭 하루만 재워달라고. 그런데 찬방에서 자던 그 할머니가 새벽에 부엌 찬장에 있던 은수저를 몽땅 가지고 가버렸다. 다시는 그런 짓 하지 말라고 엄마에게 단단히 야단을 맞았다. 그렇게 혼이 나고도 매섭게 강추위가 계속되던 어느 겨울날, 또 거지를 데리고 와 하룻밤만, 하룻밤만 해가며 울었다. 그때나 지금이나 언니는 울보다. 툭하면 운다. 초등학교 때는 하도 울음을 그치지 않아 할머니가 다락방에 올라가 울라고 하면 정말 다락방에 올라가서도 계속 울고, 울다 지쳐 잠이 들어 조용하다가 잠이 깨면 또 울기 시작해 할머니도 엄마도 모두 쟤는 건드리지 말라 했단다.

언니는 나무 잎사귀들이 미풍에 흔들리는 소리. 그 소리가 좋단다. 그 소리를 들으면 저절로 대화하고 싶어진단다.

뿐인가? 때로는 바람이 나무를 스치는 그 소리에 신의 응답이 들어 있는 것 같다나? 그런 뜬금없는 말을 잘한다. 무엇을 갈망하는지, 무엇을 꿈꾸는지 알 수 없지만, 언니는 늘 저 너머, 저 너머의 세계를 상상하고 동경하는 듯싶다.

수희는 한가하게 언니처럼 숲에 갈 심적 여유도, 시간적 여유도 없지만 막막할 때면 한밤중이든 새벽이든 기도를 한다. 간곡하게 절절한 마음으로 기도를 한참 하다 보면 하느님의 따스한 손이 어깨를 토닥거려 주는 듯 마음이 편안해지고 일을 할 수 있을 만큼 건강을 유지하게 해 준다는 것만도 감사했다.

나무 잎사귀, 들꽃, 들풀 같은 것들과 대화를 한다는 언니가 이상하게 여겨지는 것처럼 간곡하게 기도할 때 하느님의 손길, 하느님의 음성이 들린다는 동생이 언니에겐 이상하게 느껴지리라. 아니, 아니다. 들꽃도 나뭇잎들도 다 하느님의 창조물이니 그런 것들과 대화를 한다는 자체가 하느님을 갈구하는 영혼의 허함 아니겠는가.

수여이 잠든 것 같다.

숨 쉴 때마다 그렁그렁 가래소리가 여전하다. 호흡기 질환으로 작년에도 입원했었는데 올해도 서울에 다녀오더니 다시 나빠졌다. 초미세먼지는 폐뿐 아니라 혈관으로 침투해 염증을 일으키는데, 이 염증 때문에 끈끈해진 핏덩이가 뇌혈관을 막아 뇌졸중을 일으키기도 한단다.

이번에도 기침과 가래가 심해 의사한테 갔는데 의사가 진찰해 보더니 당장 입원해야 한다고 했단다. 언니가 집에 가서 이것저것 준비해서 오겠다 하니, 의사 말이 준비는 무슨 준비냐고, 이 정도로 나쁘면 오늘 밤을 넘기지 못할지도 모른다 해서 그 길로 곧장 입원하는 바람에 독방이 없어 2인실에 들어가게 된 것이다.

이제 더는 한국에 나갈 생각 말라고 형부가 신신당부를 하는데, 언니는 나이가 들어갈수록 향수병이 드는지 한국 나가기를 좋아한다.

학교를 은퇴하면 골프도 배우고 정구도 배우고 한다더니 그게 아니었다.

20년 넘도록 가르쳐 온 교사 일지, 그 Teacher's Lesson Plan Book을 고스란히 간직하고 있더니 그것을 정리하기 시작했다. 영어를 전혀 모르는 외국인 학생들에게 영어를 가르치는 법. 마치 한 계단 한 계단 사닥다리를 밟고 올라가듯, 자음 모음

소리 구별에서부터 시작한 그 교사 일지 (Lesson Plan)을 들춰가며 정리했다.

이제 좀 편히 지내라고. 늘 골골하면서 도대체 왜 일을 사서 하느냐며 형부는 못마땅해했다. 누군가가, 어디선가 그 기초영어 교수법을 책으로 만들어 달라고 청한 것도 아닌데 그저 막연히 무작정 매일같이 그 일에 매달리는 언니. 자신이 살아온 길을 되돌아보며 지하실에 쌓여있는 노트들을 정리해 보는 게 재미있다는 언니.

처음 교육국에 찾아갈 때 얼마나 떨렸는지, 그때 이야기를 할 때마다 언니는 오줌 마려운 어린애가 몸서리를 치듯 꼭 그런 시늉을 해가며 이야기해 사람들을 웃긴다. 뿐인가 처음 학교에 부임한 날 3층 교실까지 올라가는데 하도 두 다리가 후들거려 난간을 꽉 잡고 올라갔다고…. 아이들이 동양인 선생 싫다고 눈덩이를 던질 때 눈물이 나지 않고 내가 절대 지지 않는다. 절대 주저앉지 않는다, 라는 오기가 생기더란다.

'내가 좋아서, 내가 잘 정리해놓고 싶어서, 결국 이게 내가 살아온 흔적이니까.'

언니의 답은 늘 똑같다.

'언니, 그 교사 일지 (Lesson Plan)를 정리하는 대신, 제인과 애니 이야기를 써보라니까. 그 애들 이야기야말로 베스트 소설이 될 텐데, 정말 내가 글솜씨가 있다면 내가 조카딸들 이야기를 쓰고

싶네.'

큰 애, 제인이 생후 6개월이 된 여자아이를 한국에서 입양해 왔는데 귀머거리였다. 물론 처음부터 귀머거리인 줄 알고 데려온 게 아니었다. 홀트 입양기관에서는 미안하다며 아이를 바꿔주겠다 했지만, 어떻게 개도 고양이도 아니고 어린아이를 바꾼단 말인가. 한 달을 애를 껴안고 울고불고하다 키운다고 맘먹은 제인. 집에서 살림만 하는 엄마가 아니고 직장 여성이 어떻게 귀가 먹어 말도 못 하는 애를 키우느냐고 수연이 말했을 때, 제인이 딱 한마디 하였다. '태어나 처음으로 엄마에게 실망했어.'라고.

아들만 둘이라 딸이 키우고 싶다며 입양 신청을 하고 3년을 기다려 갖게 된 딸. 중국이나 베트남 아이를 원한다면 1년 정도 기다리면 되는데 제인이 꼭 한국 아이를 원해 3년이나 기다렸다. 아이 돌봐주는 여자를 여덟 번이나 바꾸더니 결국 제인 남편이 직장을 그만두고 입양한 딸을 데리고 이 병원 저 병원 다니며 끔찍하게 키웠다. 이제는 그 꼬마가 달팽이관 수술을 한 후 말도 잘한다.

둘째 딸, 애니는 대학 졸업 후 신문사에 다니더니 15년 만에 직장을 그만두고 태권도 도장을 차렸다. 두 아들을 어렸을 때부터 태권도 도장에 데리고 다니며 마음이 바뀌게 되었단다. 중학교부터 자기도 태권도를 했었기에, 다시 하고 싶어져 시작하고 드디어 도장까지 차린 거다.

한국 2세들의 이야기. 특히 조카딸 이야기야말로 그 어디에서
도 듣기 힘든 이야기 아닌가. 심심하면 그저 술술 애들 이야기나
쓰면 얼마나 좋을까.

애들 이야기는 결국 자기 자식 자랑인데 뭘 그걸 쓰느냐고, 언
니가 하는 말이다.

가끔 한국에 다녀올 때마다 수연은 굉장히 많은 부모들이 아
이들을 무작정 영어학원에 보내는 것이 안타까웠다. 그 학원의
영어 강사가 어느 대학을 졸업했는지, 교사 자격은 있는 사람인
지, 지방어가 아닌 표준어를 하는 사람인지조차 모르면서 무작
정 원어민 강사라고 엄청난 돈을 내며 학원에 보내는 엄마들이
정말 안쓰러웠다.

미국인도 미국인 나름. 두메산골 오지에 사는 사람의 영어와
대도시에 사는 사람의 영어는 엄청 다르다. 땅이 하도 커서 남쪽
은 말할 것도 없고 동쪽과 서쪽의 발음도 다르다. 이렇게 억양과
발음이 너무 다르기에 같은 미국 태생이지만 서로 통화가 되지
않을 정도라고. "당신, 지금 어느 나라 말을 합니까?"라는 기사
가 Smithsonian 잡지에 특집으로 나오기도 했었다.

원어민 교사가 어디 미국인뿐인가. 캐나다, 뉴질랜드, 아프리
카에서 온 사람들도 많다. 뿐인가 어학연수라며 필리핀에 아이
들을 보내기도 한다. 필리핀에 가서 무슨 영어를 배운다는 것인

지, 이런 사실을 알면 알수록 수연은 참 답답했다.

누가 어떤 영어를 가르치는지조차 모르면서 그저 외국인 선생이라고 엄청난 비용을 들이는 부모들.

내가 이 레슨플랜노트만 차곡차곡 잘 정리한다면, 그래서 누군가가 출판을 해 준다면, 서울뿐 아니라 한국 어디든 작은 도시든 시골이든 아이들이 비싼 학원에 가지 않고 집에서 스스로 영어 공부를 할 수 있을 텐데! 그런다면 미국에 와서 ESL 교실에 들어가 배우는 것이나 다름없지 않은가.

만들자. 레슨플랜노트를 고스란히 정리하자. 알파벳 소리부터 시작해 간단한 대화를 할 수 있을 때까지 가르쳐 온 이 귀한 재료가 있지 않은가. 단 한 권도 버린 적이 없다. 지하실 박스 속에 차곡차곡 쌓아 두었었다.

지금은 이것이 책이 되리라는 생각조차 하지 말자. 다 만들어 서울에 가지고 나가 알아보면 만들어 주겠다는 출판사가 나설지도 모르니 지금은 그냥 열심히 정리하자.

한국 사람들은 향수 때문인지 비디오 가게에서 한국 드라마를 빌려다 보는 것으로 소일하는 사람들이 많다. 하건만 언니는 드라마 제목조차 하나 아는 거 없다. 오로지 짬만 나면 그 교사 일지 정리에 매달렸다. 그러더니 드디어 기초 영어책이 나왔고 그 책을 시작으로 한국에 드나들며 현직 영어 선생님들에게 그

책 사용법을 강의하고 나중에는 부모들에게 자녀 교육법까지 강의하러 분주히 서울을 오가며 지냈다.

어렸을 때부터 언니는 잘 아팠다. 피난 가서도 폐렴으로 입원하기도 했었다. 툭하면 감기에 걸려 콜록콜록하는 건, 면역력이 약하기 때문이란다. 감기뿐 아니라 병명도 잘 들어보지 못한 병을 골라가며 앓는다. 자가면역 질환으로 눈물까지 펑펑 흘려가며 참 아팠다. 그냥 가만 앉아있을 수가 없을 정도로 온몸이 바늘로 찌르는 듯 아프단다. 외부로부터 들어오는 병균을 막아주어야 할 면역이 쿠데타를 일으켜 자기 몸을 공격하는 그런 병이란다. 대상포진으로 등과 가슴팍에 좁쌀 같은 물집이 생겨 가렵고 아파 잠을 제대로 자지 못해 눈이 퀭하게 들어갔었다. 뿐인가, 위가 약해 툭하면 체한다. 음식을 먹다가 조금이라도 신경에 거슬리는 걸 보거나 듣거나 기분이 상해도 거짓말처럼 금방 속이 아프다. Dysplasia? 생전 처음 들어보는 병명이라 수희는 사전을 뒤져 보기조차 했다. 이형성증? 암은 아니지만 세포가 전암성으로 변한 것이라 방치하면 암으로 발전할 가능성이 있어 매년 한 번, 때로는 두 번씩이나 내시경을 받아야 한다. 그런가 하면 미주신경성 실신(Vasovagal syncope)처럼 피를 보거나 극도로 긴장하면 졸도하는 야릇한 증세도 있다. 학교에 재직 당시, 운동장에서 학생이 다쳐 피 흘리는 것을 보고 졸도해 응급실에 실려 간 적도 있다. 마치 무슨 영광이라도 되는 듯 생전 이름도 들어보지 못한 괴상한 병만 골라가며 앓는다. 극도로 피곤하거나 신체적이든 정신적이든 심한 스트레스를 받으면 졸도해 버리고, 만성 폐쇄성 폐질환(COPD)이라고 공기가 나쁘거나 먼지가 많으면 기침을 심하게 하고 잠잘 때는 숨소리가 쌕쌕거려 잠을 잘 자지 못하고, 그러니 형부는 늘 불안해한다. 그야말로 살짝 잘못 건드리면 탁 깨져버리는 유리병 같아 스트레스받지 않도록, 공기 나쁜 곳에 가지 않도록, 피곤하지 않도록 해야 한다. 수희 생각에 언니가 지금까지 사는 건 순전히 형부 공이 아닌가 싶다.

"내가 아무래도 전생에 당신한테 몹쓸 죄를 졌나 봐."

형부가 언니한테 농하듯 하는 말이다. 정말 죄지은 것을 갚기라도 하듯, 1, 2년도 아니고 50년이 넘도록 형부는 한결같이 어린아이 돌보듯 언니를 돌본다.

'공주병.'

수희가 붙인 별명이다.

공주님처럼 예뻐서도 아니고 공주님처럼 저만 잘난 척 으스대서도 아니다. 그야말로 죽을병은 아니면서 사람 놀라게 만드는 신비한 병만 골라 가진 언니. 부엌에 서 있다 스르륵 주저앉는 듯 기절하지를 않나, 구급차를 타고 응급실에 실려 간 것만 여러 번이다.

'그저 가만히 있어. 가만히 있는 게 나를 도와주는 거야.'

형부가 늘 하는 말이다. 그저 아무것도 하지 말고, 아프지만 말라고.

형부는 언니를 맹꽁이, 헛똑똑이라 한다. 부잣집 남자들이 청혼했을 때 했으면 호강하고 살 텐데 가난뱅이와 결혼해 고생한다고.

고생? 언니가 무슨 고생?

출퇴근하며 학교 나가는 거? 그건 언니 스스로 좋아서 택한 길이다.

자정이 넘도록 교사 노트 정리한 거? 그 또한 그 누구도 해달라고 부탁한 것도 아니다. 그 또한 사명감, 책임감 같은 게 있어서가 아니라 무조건 좋아서 한단다.

언니가 과연 부잣집 사모님이 되었으면 자신이 좋아서 하는 일, 스스로 만족을 느껴서 하는 일, 그런 일을 하며 살 수 있었을까?

언니는 형부가 재미없는 사람이라고 불평한다. 네 남편처럼 근사한 곳에 한 번도 데리고 가지 않는 무미건조한 사람이라 한다.

결혼 초나 50년 후나 한결같은 사람이 어디 그리 흔한가. 언니의 불평은 너무 복에 겨운 불평이다.

남편이 갑자기 세상 떠난 후, 수희가 겪어 온 고생은 언니는 상상도 하기 힘들 것이다.

형부는 사랑한다는 말 비슷한 것도 입에 올리지 않는 사람이란다. 한번은 '나를 사랑해?' 하고 물었더니, '아직 다 살지 않았는데 내가 그걸 어떻게 알아?' 그게 형부 답이었단다.

"내가 그런 사람하고 산다. 그런 사람."

"언니, 그런 사람 세상에 찾기 힘들어. 언니도 잘 알면서 그러네. 형부는 조금도 빈틈없고 절대 허튼소리 하지 않고, 말한 건 꼭 지키시고, 어휴, 언니가 아픈 척만 해도 골프도 절대 안 가시잖아. 행여 언니 혼자 있을 때 어찌 될까 봐."

"그래, 그래. 너는 어떻게 사람 좋게만 보는 눈을 가졌니?"

"내 말 틀린 거 있수?"

"그래. 네 말이 맞다. 맞어."

사실, 언니와 형부는 뭐 하나 닮은 게 없다. 송영재는 수희가 구경하러 가자 말하기 전에 재미있다는 영화는 먼저 가보자 한다. 사업에 올인하다가도 때로 이번 주말은 다 잊어버리고 라스베이거스로 놀러 가자 하기도 한다. 수희가 노래방에 가서 노래를 부르면 시끄러울 정도로 박수를 치는 것도 송영재다. 사람을 좋아해 툭하면 연락도 없이 친구들을 데리고 집에 와 놀다가 한밤중에서 비빔국수 해달라 하는 것도 예사로 생각하는 남자다.

놀 때는 신나게 놀고, 일할 때는 죽어라 일하고. 그래야 사람 사는 거지,라고 말하는 송영재가 형부한테는 두 손 들었다 한다.

모든 경비 다 대가며 모시고 가겠다 해도 라스베이거스 같은 도박장에는 발도 들여놓지 않으려 하는 사람이니 신기한 사람이란다.

사랑한다. 사랑한다. 오직 너만을 사랑한다 말해가며 아내 몰래 별짓 다 하는 남자들, 아내가 감기몸살에 끙끙거려도 세끼 꼬박꼬박 챙겨주기를 기대하는 남자들, 이런 남자들에 비하면 말보다 행동으로 사랑을 나타내는 사람이 진국 아닌가.

형부는 언니가 약을 먹을 때면, 네 시간에 한 번씩, 또는 여섯 시간에 한 번씩 먹어야 하는 약을 일일이 종이에 적어가면서 반드시 제시간에 약을 먹게끔 보살피는 남편이다. 숨쉬기 편하게 해 주는 기계, 네뷸라이저(Nebulizer)를 본인의 의무처럼 챙겨서 15분간 도와주고, 기계를 쓰고 나면 반드시 소독해놓는다.

그렇게 기막힐 정도로 언니를 위하는 남자인데 그런 남자라니!

사랑한다는 말을 하루에도 몇 번씩 하는 남자와 사랑을 행동으로 나타내는 남자의 차이.

송영재와 홍진우의 차이다.

그래. 사랑의 모습이 어디 하나뿐이겠는가.

권성일.

언니를 참 좋아했던 피난 초등학교 동창생.

수희는 지금도 그 이름만은 잊어버리지 않는다. 언니를 좋아해 따라다니던 남학생들이 서너 명 있었지만 권성일만은 너무 생생하게 수희의 기억 속에도 남아있다. 매년 날아오던 사과 궤짝 때문이었을까?

'언니 조금만 있으면 올 거예요. 들어와 기다리세요.'

'아니, 괜찮아요.'

해가며 전봇대에 기대 서 있던 그의 군화가 유난히 눈에 들어왔다. 그 군화가 그때는 참 신기해 보였었다.

언니가 만약에 권성일하고 결혼했다면 지금 어떤 모습으로 어떻게 살고 있을까?

언니가 미국에 가고 난 후에도 두 번이나 집에 왔었다. 언니의 안부도 묻지 않는 그에게 수희가 말했었다. 언니 아기 엄마 되었다고. 왜 그때 그 말을 불쑥했는지 수희는 지금 생각해도 엉뚱하다. 아기 엄마 되었으니 이제 단념하세요. 우리 집에 더 이상 오지 마세요. 그 뜻이었던가?

행여나, 행여나 미국 간 언니가 돌아올까 기다렸던 걸까? 그렇지 않고서야 언니가 미국 갔다는 걸 빤히 알면서 왜 집에 왔을까? 그런 그에게 언니가 아이 엄마가 되었다는 말은 너무 잔인한거 아니었을까.

잠들었나? 언니 모습이 평온해 보여 좋다. 그야말로 속 썩이는 사람도 없고, 신경 쓸 일도 별로 없는데, 왜 툭하면 아플까. 너무 편해서일까.

수희가 참 부러웠다.

약 기운 탓인지 몽롱하지만 잠은 오지 않아 수연은 눈을 감은 채 생각에 잠겼다.

2층에 침실이 네 개나 있는 집도 수영장도 부러웠지만, 무엇보다 고등학교 때부터 연애하던 사람과 결혼해 늘 절친한 친구처럼 사는 모습이 부러웠다.

고등학교 때부터 연애해온 사이가 결혼으로 이어지는 경우는 그리 많지 않았다. 아무리 죽자사자 좋아하지만 남자 집안이 너무 가난해서, 또는 사회적으로 너무 격차가 나서 등등, 떼어놓기 위해 딸을 미국 또는 영국, 불란서로 유학 보내고, 결국 여자는 부모가 생각하기에 적당한 집안의 남자와 결혼하는 그게 현실이었다.

수희 남편, 영재는 재밌는 사람이었다. 휴가철이 아니어도 라스베이거스를 이웃처럼 드나드는 수희네 부부는 친구들과 식당에 나가 저녁을 먹으면 2차 코스는 으레 노래방이라 했다. 그래서인지 수희는 미국에 살고 있지만, 한국 최신 유행가는 모르는 게 거의 없을 정도고 노래도 참 잘 부른다.

라스베이거스에 단 한 번도 가보지 못하고, 물론 노래방 구경도 해보지 못한 수연은 수희의 말만 들어도 황홀했다. 수희는 그곳에 가서 수백 명 여자들이 무대 위에서 거의 발가벗다시피 하고 춤을 추는 쇼도 구경하고, 찰칵찰칵 소리가 나는 기계 앞에 앉아 놀음도 해 봤단다. 기계가 가끔 한 번씩 동전을 쏟아내면 그 순간 그렇게 기분이 짜르르 좋을 수가 없단다. 기계가 먹어버린 돈은 언급조차 하지 않아 모르지만 딴 돈보다 잃은 돈이 훨씬 많지 않을까 싶다.

우리도 한 번쯤 라스베이거스 구경 가볼까, 라고 말했을 때, 진우는 놀음장에 왜 가, 딱 잘라 답했다. 거긴 놀음만 하러 가는 곳이 아니고, 황홀한 쇼도 있고 유명 가수들이 직접 나와 노래도 부르고, 수연은 나지막하게 중얼중얼거렸다. 어떤 경우든 진우가 딱 잘라 말하면 수연은 거기서 그냥 말을 접었다. 어차피 평생을 함께 살 사람인데 별것도 아닌 일로 부딪쳐 무엇하랴 싶었다.

놀음장이든 황홀한 쇼든 기막힌 연극 또는 테니스나 하키 경기 등등, 그저 남의 삶이라 여기며 살아야 한다. 진우에게 놀음장은 발을 들여놓으면 아편 같은 곳이고 영화나 운동경기는 굳이 가지 않아도 TV로 다 볼 수 있다. 집에 커피 끓이는 기계가 있는데 스타벅스 같은 곳에 가서 커피를 사 마시는 것도 불필요한 낭비다.

여느 꽃집에서는 팔지도 않는 개나리. 산책하다 우연히 길모퉁이 행상에서 발견하고 얼마나 기쁘던지. 개나리를 파는 사람이 있다니! 순식간에 서울이 눈에 선했다. 봄이 오면 여기저기 들에 산에 길가에 흐드러지게 피어나는 개나리. 하지만 미국에서는 개나리를 꽃 취급도 안 하는지 꽃집에서는 찾아보기 힘들다. 그 개나리를 한 아름 사 안고 집에 오는데 공연히 신이 나고 콩당콩당 뛸 정도로 행복했다.

어쩌면 사람들이 이래서 보석을 살까? 이 기쁜 느낌. 만약 다이아몬드 팔찌가 이런 행복감을 준다면 나도 사겠지. 밍크코트 계를 하자고 몇 번씩 권하던 여자가 있었다. 왜 선생님은 밍크코트가 싫으세요? 하고 물어 털로 된 코트는 무엇이든 징그러워 싫다고 차마 말할 수 없어 별로 입고 다닐 곳이 없다고만 답했었다.

밍크코트가, 다이아몬드 팔찌가, 개나리를 한 아름 안고 걸을 때, 느끼는 그 행복감을 준다면, 나도 꼭 구하겠지, 물론.

나 좀 봐주세요. 이 개나리 좀 쳐다봐주세요. 봄이 오는 소리가 들리지요? 수연은 그럴싸하게 느껴 그런지 사람들 시선이 아주 부러워하는 듯싶었다.

집에 와 커다란 유리병에 꽂아 햇살이 가득 드는 창 앞에 놓았다.

"어? 웬 개나리?"

2층에서 내려오다 개나리를 본 진우가 개나리와 수연을 번갈아 보며 물었다.

"길에서 샀어요. 아주 순하게 생긴 멕시코 여자가 이 개나리를 팔더라고요. 개나리는 어느 꽃집에서도 찾아볼 수도 없는데, 어찌나 반갑던지."

작은 행복. 남에게 하찮은 것 같아도 자신에게 따스한 햇살을 안겨주는 느낌. 개나리를 사 들고 오는 수연의 가슴이 뿌듯했다. 이런 느낌이야말로 행복 아니겠는가.

올바른 궤도를 조금도 벗어나지 않고 사는 남자. 허영이나 사치 또는 아부나 자랑 같은 것과는 거리가 먼 사람. 하다못해 꽃도 사치품이나 다름없다고 생각하는 남자. 이런 사람과 산다는 것이 때론 얼마나 가슴을 짓누르는지, 그건 수연 외에 아무도 모른다.

개나리 때문에 행복하다는 여자.

늘 좀 미숙아 같은 행동을 잘해 애칭 비슷하게 맹꽁이라 불러 왔지만 하는 행동마다 생각하는 것마다 틀림없이 좀 다른 세상에서 잠자다 온 듯, 하여튼 신기할 때가 한두 번이 아니다.

"이쁘지?"

진우는 그저 싱겁게 웃었다.

할머니가 어떻게 20대나 60, 70…. 늘 똑같다.

꽃병에 꽂은 개나리를 들여다보다가 조금 헤쳐 놓기도 하고 또 들여다보다 이번에는 오므려 놓기도 하고, 하여튼 수연에게 행복은 너무 단순해 신기할 정도다.

진우가 보기에는 늘 쓸데없는 짓을 잘하는 여자다.

바닷가에 가서 조개껍데기를 줍다 파도에 넘어져 물독에 빠진 생쥐 꼴로 집에 온 여자.

길에 떨어진 낙엽을 주워 와 접시에 담아놓고 사진을 찍는 여자.

유행가를 듣다가도 클래식을 듣다가도 잘 우는 여자.

하긴 여름방학 때 학생들을 집에 데려와 재우기까지 한 여자니까.

어찌 된 여자가 나이만 먹을 뿐 성숙해지질 않는다.

이 세상에 어떻게 백 퍼센트 마음에 쏙 드는 사람이 있겠는가. 좋은 면이 있으면 싫은 면도 있기 마련이지. 내가 수연에게 불만이 있듯 수연도 나에게 불만스러운 점이 많겠지.

그래도 고마운 건, 비싼 물품 구입하지 않는 것만도 다행이다. 어떤 여자들은 일 년 내내 한 번도 쓰지 않을 고급 그릇들을 사서 찬장에 가득 진열해놓기도 한다는데 조개껍데기, 개나리, 낙엽 같은 것으로 행복하다는 여자니 다행이라면 참 다행이다.

"언니, 이 Honda보다 조금 나은 자동차 타면 안 될까? 내가 도와줄까?"

한 푼 벌이도 하지 않는 저는 벤츠를 몰고 다니는데 학교 선생님인 언니는 작은 혼다 시빅을 몰고 다니는 게 마음에 걸리는 듯 수희가 여러 번 한 말이다.

"학교 오가는 데 큰 자동차가 왜 필요하니, 기름 절약하고 좋기만 한데, 뭐."

진우도 똑같은 말을 했었다. 좀 큰 자동차로 바꾸자고. 만약 사고가 날 경우 그래도 차가 큰 게 낫다고. 하지만 그때마다 수연이 반대했다. 식구들이 함께 사용하는 차도 아니고 혼자 출퇴근하는 차라 작은 게 좋다고.

물론 수희처럼 부자 소리 들을 만큼 아주 잘 산다면야 고급 차를 절로 사게 되겠지만, 월급쟁이에게 고급 차는 사치다. 사람들이 빚더미에 올라앉아 살아가는 경우, 자기 분수대로 살지 않기 때문인 경우가 대부분이다. 수입은 한정돼 있는데 지출이 엄청나다면 결국 빚더미에 올라앉을 수밖에.

어느 교회 사모는 부유한 사람들만이 드나들 수 있는 최고급 백화점에 드나들다 살금살금 물건을 훔치기까지 해 한국인 신문에 실리기도 했었다. 결국, 목사님은 그녀와 이혼을 하고 아예 타운을 떠났다.

"당신, 학교에서 받는 월급은 어디까지나 당신이 알아서 해요. 생활에 보탠다든가 그런 생각은 아예 말라고. 그래야 당신이 그만두고 싶을 때 언제든 자유로울 수 있을 테니까."

학교를 시작했을 때, 진우가 못을 박듯 한 말이다.

맞벌이라 여겨 집도 좀 큰 집으로 옮기고, 차도 좀 좋은 것으로 바꾸고 하다 보면, 거기 매어 옴짝달싹 못 하게 되니 절대 당신 월급까지 생활비로 계산하지 말라고.

피난 시절, 열 살짜리가 꿈꾸던 삼층집은 어디까지나 꿈이었을 뿐이다. 삼층집은 아닐지라도 더 이상 아파트에서 아파트로 옮겨 다니지 않고 내 집이 있다는 게 어딘가.

빚을 져 가면서까지 명품 핸드백을 들어야 하고, 보석 반지 서너 개는 있어야 하고, 반드시 밍크코트 하나쯤은 필수라고 생각하는 여자들이 있다. 그렇게 분수를 모르고 살다가 은퇴하고도 빚에 시달리는 사람들이 의외로 많다.

한 푼이라도 빚을 지고는 살지 못하는 성격의 진우다.

은행 빚은 집값 외에는 아무것도 없다. 카드로 물건을 사도 매달 조금씩 갚는 게 아니라 그달 안에 꼬박꼬박 다 내기 때문에 이자도 한 푼 내지 않는다.

방학 때, 아이들 데리고 며칠씩 국립공원 같은 곳에 휴가 갈 때도 호화 호텔 아니라 수준에 맞는 곳을 택하지 절대 오버하지 않는다.

구수하게 우스갯소리도 잘하고 가수 뺨칠 정도로 노래도 잘하는 송영재에 비하면 홍진우는 정말 멋대가리 없는 남자다. 그래도 시카고에 살 때, 한겨울 내내 오페라를 함께 갔던 것이 기적일 정도다.

그는 골프도 그리 좋아하지 않는다. 남편을 골프에 뺏겼다고 불평하는 여자들도 있다는데 진우는 무엇이든, 그렇게 빠져드는 게 없다. 책 읽는 것 외에는 다 별로다. 물론 한국 드라마든 미국 드라마든 TV는 뉴스와 운동 시합 보는 게 전부다. 재미있게 사는 수희를 볼 때마다 오래 연애하다 결혼한 사이라는 게 역시 다르구나 싶었다.

"어, 언니 깼구나. 떡 먹어 봐. 임방아 집에 가서 사 온 거야."

"와, 쑥떡이네."

쑥떡을 한 조각 입에 넣고 오물거리며 수연이 빙긋 웃었다.

"곧 점심이 나올 거야. 내가 점심에 베트남 국수 시켰거든. 너, 베트남 국수 좋아하니까."

"그렇게 맘대로 골라 시킬 수 있는 거야?"

"그럼 닭볶음도 있고, 햄버거도 있고, 커피, 녹차는 물론이고 아이스크림에 초콜릿, 과자까지 메뉴가 아주 다양해."

"잘됐네, 언니 덕에 내가 호강하네. 그런데 형부가 요즈음 좀 마르신 것 같아 걱정돼. 잘 잡수셔야 하는데. 내가 뭐 좀 해 다 드릴까요? 해도 늘 사양하시니 어려워 함부로 뭐해서 드리기도 그렇고."

"워낙 그런 사람이니 내버려 둬."

워낙 그런 사람.

언니가 잘 쓰는 표현이다. 재미없는 사람. 말재주 없는 사람.

꽃도 사다 줄 줄 모르는 사람. 늘 꽃 불평을 하더니 언제부터인가 언니가 직접 꽃집에 가서 꽃을 산다. 그리고 하루가 다르게 꽃병 위치를 옮긴다. 왜 그러느냐 물으면 꽃도 어떤 날에는 햇살이 잘 드는 창가에 있어야 하고, 어떤 날에는 그늘진 곳에 있어야 한단다. 수희는 그런 말을 들어본 적이 없는데 언니는 마치 꽃들하고 이야기하는 사람처럼 아주 자신 있게 그렇게 말한다.

영재는 언니가 말하듯 로맨틱하게 꽃도 사 오고 근사한 식당에도 가고 가끔 으리으리한 호텔에도 데리고 가는 멋을 부릴 줄 알지만, 정작 수희가 아프면 알뜰살뜰 돌보아주는 형부와는 영 다르다. 열이 나 누워있어도 끼니때 되면 시금치 된장국 먹고 싶다, 갈치조림 먹고 싶다, 등등 어린애 보채듯 한다. 아픈 거는 아픈 거고 아내의 의무는 의무라는 식이다.

냉장고 안에 밑반찬이 들어있으니 한 끼쯤 혼자 적당히 먹어도 되련만 그는 수희가 상을 차려주지 않으면 아예 끼니를 거를 정도다.

사랑한다는 말도 다 헛소리지. 사랑한다면 어떻게 열이 나 누워있는 사람보고 밥 차려 달라 한담. 수희는 그럴 때마다 언니가 참 부럽다.

아내의 의무?

두 사람이 살다 한 사람이 아프면 아프지 않은 사람이 이런저런 일을 도와주는 게 당연하지 않냐고, 형부 좀 보라 하면, 말이

채 떨어지기도 전에 답이 금방 나온다. 그럼 그런 사람 찾아가 살란다.

이래서 사람은 만족할 줄 모른다 하는 걸까. 언니는 내가 부럽 다 하고, 나는 늘 언니가 부럽다 하고.

독한 약 기운 탓인지 떡 조각 딱 두 개 집어먹고는 이내 또 잠 든 언니.

잠든 언니를 물끄러미 바라보며 수희는 또 권성일을 떠올렸 다. 편지 한 장 없이 대구에서 사과 궤짝이 날아오던 그때, 수희 는 가을철이 되면 사과가 또 올까, 은근히 기다려지곤 했었다. 언니를 그토록 좋아하면서도 좋아한다는 말 한마디 하지 않았다 는 사람. 어째서 그는 언니에게 좋아한다는 말조차 하지 않았을 까.

언니가 만약 그와 결혼했다면 어땠을까. 언니가 지금보다 더 행복했을까?

권성일 뿐만 아니다. 언니를 좋아했던 남자는 서너 명 된다. 명동에 있는 백화점 주인 아들. 이름은 기억나지 않지만, 그도 언니를 좋아했다. 언니가 만나주지 않으니까 늘 북아현동 합승 종점 나무 밑에서 기다리곤 했었다. 뿐인가. 어느 대학 이사장 아들이라는 사람. 그는 미국에 유학까지 다녀왔다는데 언니는 그게 다 거짓말이라고, 대학 졸업한 게 아니라 학점을 따지 못해 쫓겨온 거라 했다. 의대생. 언니가 친구들 따라 산에 갔을 때 만났다는 의대생, 언니가 그에게 꽤 호감이 갔던 모양인데 시골에서 올라와 하숙하는 학생이었다. 하숙생이라는 데 쏠린 걸까?

언니에게는 이상한 편견이 있다. 부잣집 아들들은 머릿속이 텅텅 비어 한 시간 이상 대화를 할 수 없단다. 한 번은 어찌나 잘난체하는지 찻집에 앉아 있다 화장실 간다하고 아예 집으로 와버린 적도 있다. 그래서 남동생이 우스개 소리하듯, '누나 조심해. 나 같은 놈 만나면 정말 따귀감이야.' 했었다.

어쨌거나 언니가 잘사는 집으로 시집갔다면 새벽같이 일어나 식구들 아침 해주랴, 형부와 아이들 샌드위치 싸주랴, 그리고 나서 부랴부랴 출근하고, 집에 오자마자 숨 돌릴 틈도 없이 저녁 준비하고, 그러지는 않았을 텐데. 그야말로 여왕님처럼 살 수도 있었을 텐데, 하지만 아니다. 물질적인 것으로 만족해할 언니 성격이 아니니까.

뭔가 늘 갈망한다 할까, 그런 성격이니 자신을 만족하게 할 수 있는 무엇인가를 해야 하는 성격이라 부잣집 마나님으로 만족하지 않았을 것 같다.

그나저나 이상할 정도로 언니가 조금이라도 관심이 있어 하는 남자는 하나같이 가난한 사람들이었다. 마치 가난한 사람은 가치관도 올바르고 성실한 것처럼.

있는 자의 거들거림이 꼴불견이라면 없는 자들의 자격지심 또한 좋은 점이 아니다. 부러움이 지나치면 증오감으로 변하기 쉬워 성격이 비뚤어질 수도 있다. 그러니 이상적인 남자란 아예 꿈속에서나 만날 수 있다 할까.

그래서 언니는 아름다운 음악을 위해 영혼을 판 작곡가, 주세페 타르티니에 대해, 그토록 신비함을 느꼈던 게 아닐까. 그와 그의 음악 '악마의 트릴'에 대해 이야기할 때 언니는 몽환적인 눈빛이 되어 함께 한자리에 있어도 마치 다른 세상에 있는 듯 보였다.

고등학교 2학년 때였던가? 언니는 산동네에 살며 구두닦이를 하는 남자애를 은근히 좋아하는 눈치였다. 그 구두 닦는 애 엄마는 물장수로 하루에 열 통이나 물을 길어오는 여자였다. 때로는 이틀, 사흘씩 물이 나오지 않을 때가 있어 산동네에 사는 아주머니들은 그럴 때면 물장수로 나서곤 했다.

야간 고등학교에 다니는 그 남자애에게 아버지도 신경을 써 주셨다. 일요일이면 집에 있는 구두를 몽땅 마당에 내놓으라 하셨다. "나도 아주 가난하게 자라났다. 학비를 내지 못해 학교를 중단한 적도 있다. 가난이 부끄러운 게 아니니 기죽지 말고 당당하게 열심히 공부해라." 아버지는 방문을 열고 가끔 그 애한테 이런 말도 하셨다.

언니는 일요일이면 이른 아침부터 소설책, 잡지, 같은 것을 챙겨 마당에 내놓았다. 그러면 그 구두닦이 애는 돌아갈 때 그 책들을 다 가지고 갔다. 밖에 누가 있지 않아도 큰 소리로 감사합니다! 라고 외치고 갔다.

앙드레 지드의 『좁은 문』을 다 읽었다며 가지고 왔을 때 언니는 책이 좋으면 그냥 가지라 했다. 왜 그 책을 아예 주었느냐고, 나도 아직 읽어보지 못했다고 불평했더니 하루는 『좁은 문』 새 책을 사들고 왔다.

언니가 그 애를 좋아하는구나, 하고 느끼며 그 애를 유심히 보니 참 잘생겼다. 비록 누추한 차림이지만 이목구비가 반듯하고 눈빛이 아주 또렷또렷하고 맑았다. 그 구두닦이 애는 언니가 대학에 들어간 후, 더 이상 집에 오지 않았다.

구두닦이 그 애는 어디서 무엇이 되어 살고 있을까.

권성일. 그는 어디에서 무엇을 할까.

"미국 가지 않을 수 없겠니, 하고 묻더라."

언니가 미국 떠나기 얼마 전 권성일이 군복을 입고 집에까지 찾아왔을 때 이야기다.

"언니, 권성일 기억나?"

잠에서 깨어 침대를 좀 올리고 비스듬히 앉아있는 수연에게 수희가 물었다 수연은 대답 대신 놀랍다는 표정을 지었다.

"사과. 대구 능금 말이야."

"학교에 왔었어. 두어 번."

들었는지 못 들었는지 그저 멍하니 시선을 내리깔고 있더니 혼잣말하듯 나직하게 말했다.

"뭐? 언니 학교에? 미국학교. 그러니까 미국에 온 거야? 시카고에?"

사무실에서 쪽지가 왔다. 학부모님이 점심시간에 오신다 했다고. 꼭 만나 봬야 한다고.

미스터 권이라고.

권씨? 학생들 중에 권 씨가 없는데?

점심시간 되어 사무실로 내려가니 사무실 앞에 이마가 훤히 벗겨진 남자가 서 있었다.

"어머나…."

앞으로 다가간 수연이 두 손으로 입을 가렸다.

권 성 일.

어색하게 꾸벅 인사하는 남자.

수연이 어정쩡 서 있자 그가 먼저 문을 밀고 밖으로 나갔다.

수연도 그를 따라 밖으로 나갔다.

"… 어떻게?"

길 건너 제일 가까운 찻집에 마주 앉아 수연이 처음 입이 떨어졌다.

점심시간이라 그런지 찻집에는 수연과 성일 뿐이었다.

"다 아는 수가 있지."

살아있으면 만나리라. 어떻게 해서라도 살아야 한다고 얼마나 자신을 혹사했던가.

네가 미국 가버린 후, 살고 싶다는 그 어떤 희망도 없었다.

군에 다녀와 66년 제7진 파독 광부 모집 때 응했다. 광부 생활을 어찌 다 말하랴.

지하 갱도 깊숙이 들어갈 때마다 너를 한 번이라도 보기 위해 살아야 한다고 다짐하며 버텼다. 1년 이상의 광부 경력도, 까다로운 서류들도 다 위조로 만들어 지원했다. 거기서 돈 모아 여비 만들어 너를 찾아 미국에 가리라, 오직 그 생각이 구원이었다.

미국행이 힘들어 우선 브라질 상파울루로 갔다. 이딴 이야기는 하고 싶지도 않고 할 필요도 없다. 누구나 힘든 세월이었던 시대였으니까.

아마 수연이 너도 다 들어 알고 있으리라. 독일 광부와 독일 간호사들이 눈물로 번 외화가 한국 경제에 받침을 했다는 거.

"솔직히 놀랐어. 학교 선생님이라니."

지금쯤 3층 집에 사는 부잣집 마나님으로 살 줄 알았다. 네가 그렸었잖아. 3층 집을.

그래서 아이들한테 놀림 받을 때, 너는 두고 봐. 나는 꼭 3층
집에 살 거야. 신데렐라가 신은 비단 신발도 신고, 그렇게 살 거
야. 했잖아. 판잣집 피난 초등학교에서.

"어떻게 어떻게 된 거예요?"

"뭐가 어떻게 돼요? 하하하…. 보고 싶어 찾았지."

노는 시간에 땀을 뻘뻘 흘리며 말타기를 한 후, 웃통을 벗고
우물가에서 물을 좍좍 머리에 부어가며 시익 웃을 때 하얗게 드
러나던 그 이빨. 그 이빨이 유난히 수연의 기억에 남았었다.

"여기, 시카고에 살아요?"

"아니. 센트 루이스에."

"센트 루이스?"

"장사해. 봉제 공장."

백화점도 있다. 운이 좋아 블루진을 만들다 백화점까지 차렸다.

이제 시카고에도 백화점을 하나 차릴 작정이다. 이제는 블루
진뿐 아니라 각종 옷도 만든다. 간호사 출신인 아내는 안목도 좋
고 솜씨가 좋아 많은 도움이 되었다.

"여전하네. 비쩍 마른 거 하고. 건강은?"

수연이 너는 툭하면 아팠잖아. 며칠씩 학교 오지 않으면 내가
너희 집에 가서 할머니한테 물어 입원했다 하면 찾아갔었지. 병
원이라 하지만 병원도 아니고 개인 집 뜰 아래 문간방 같은 곳이
었지.

뭐 먹고 싶은 거 있니, 했을 때 너는 '찐빵'이라고 했다. 찐빵 두 개 사다 주면서 그때 내가 나에게 다짐했다. 이담에 어른이 되면 꼭 부자가 되겠다. 찐빵뿐 아니라 파인애플 깡통도 사다 주고 찐계란도 사다 주고, 반드시 부자가 되겠다고. 찐빵 두 개밖에 사지 못한 내가 미웠다. 내가 참 싫었다.

"좋아요. 미국에 오니까 아주 건강해졌어. 미국 생활을 하다 보니 아플 틈도 없어."

존대어를 써도 어색하고 그렇다고 딱 반말도 그렇고 해서 수연을 말끝을 얼버무렸다.

도대체 몇 년 만인가? 23살에 한국을 떠나왔으니 30년?

"아 참, 뭐 좀 먹어야지? 점심시간인데."

"아니, 나 샌드위치 방에 있어. 괜찮아요."

"한 시간인가? 점심시간이?"

"아니, 45분."

미리 전화를 하고 올 것이지. 그럼 내가 어떻게 해서든 오후 시간을 좀 만들어볼 수도 있었을 텐데, 그냥 오다니!

성격은 아직도 변하지 않았나 보다. 대구에서 사과 보낼 때 편지 한 장 없이 사과만 보내던 그 성격.

"가끔 보면서 살고 싶다. 이제 와 뭘 어쩌자는 게 아니라 그저 살아있는 동안 가끔 보며 살 수 있으면 싶다."

성일이 창밖으로 시선을 돌리며 혼잣말처럼 또박또박 말끝에 힘을 주었다.

나는 자주 꿈을 꾼다. 내가 네 동네에 사는 거야. 걸어갈 수 있는 거리에 살면서 한국 교회도 같은 곳에 다니는 거야. 그러다 보면 네 남편과도 친해져 내가 형님처럼 모시면서 자연스럽게 함께 늙어가는 거야.

너와 살을 비비며 살 수는 없지만, 그 꿈은 이미 오래전 버렸다. 이제는 그저 친구로 지낼 수 있다면, 더 바랄 게 없다. 친구. 아주 아주 좋은 친구.

나도 참 좋은 여자, 독일 간호사였지. 나처럼 가난이 찌든 삶 속에서 자란 여자라 감기 한 번 들지 않는 건강한 여자란다. 아들만 셋이다. 너는 딸만 둘이더구나.

이제 뭘 더 바라겠니. 살날도 이제 얼마 남지 않았는데, 뭘 꺼리고 가리냐. 그냥 보면서 살고 싶다.

가끔 내가 올게. 이렇게 다섯 시간, 아니 다섯 시간도 채 안 걸린다. 주유소 들리지 않고 달려오려고 아예 기름통에 기름도 잔뜩 채워서 단숨에 왔다.

"3층 집 생각나? 수연이 3층 집을 그려 애들한테 놀림 받았지?"

목이 타는지 목에 뭔가가 걸렸는지 성일은 연방 흠흠 기침하듯 소리를 냈다.

내가 악착같이 돈 번 이유가 뭔지 아니? 너한테 꼭 3층 집을 지어주고 싶어서였어.

과외공부 할 때, 밤에 도둑이 들었을 때, 모두 밖으로 뛰어나갈 때, 너는 책상 밑으로 숨으면서 나가지 마, 나가지 마, 하며 내 다리를 붙잡았지. 그 순간 어린 내 가슴이 방망이질을 해댔다. 그때 나는 결심했다. 평생 내가 너를 지켜주리라고. 네가 나와 살게 되든 남과 살게 되든, 너는 내 짝이라고. 그때, 성일은 평양에서 내려와 자리 잡기까지 2년 동안 학교에 다니지 못했기 때문에 초등학교 6학년이지만 다른 애들에 비해 훨씬 성숙해 있었다.

"어, 첫 종이 울리네. 나, 들어가야 해요."

"나, 또 올게."

"아니 그 먼 길을…. 오지 마요."

"잠깐 걸려. 내가 한국 뽕짝을 좋아해 그런지 노래 들으며 오니까 금방이더라고."

"그래도 오지 말아요."

"거, 참. 초등학교 친구, 가끔 만나면 안 되나?"

그가 또 시익 웃었다.

수연아, 이제 와 어쩌자는 게 아니다. 너도 또 나도 좋은 배우자 만나 잘 살고 있으니 됐지. 그저 세상 살아있는 동안 친구로 지내자. 보고 싶을 때 보는 게 죄는 아니잖아. 그것만 허락해라. 그러면 된다

성일이 앤덜슨 학교에 온 것이 이번이 처음이 아니다. 처음 왔을 때는 멀리 바라보기만 하다 돌아섰다. 용기가 나지 않았다. 너무너무 화가 났다. 오후 3시 반경, 학교에서 나와 가방이 무거운지 한쪽 어깨가 처져 슬슬 주차장으로 가는 수연.

단발머리가 여전했다. 비쩍 마른 것도 여전했다.

담쟁이넝쿨로 쌓여있는 아주 오래된 벽돌 학교. 가방을 들고 나오는 수연의 모습도 학교 건물만큼 초췌해 보였다.

이건 아닌데, 이건 아닌데. 성일의 가슴에 불이 이는 듯싶었다.

살기가 힘든가? 남편이 꽤 괜찮은 회사에 다닌다고 들었는데?

차도 좀 큰 걸 타고 다닐 것이지. 교사 전용 주차장에서 가장 작아 보이는 Toyota, Civic.

Toyota 중에서도 제일 작고 제일 싼 차다.

집이 학교에서 꽤 멀던데 저런 차를 타고 다니다니!

그날, 수연에게 차마 다가갈 수 없어 주차장 길 건너 멀찌감치 서 있다 성일은 돌아섰다.

"그 사람이 언니 학교에 찾아왔다니! 기막히네."

"그래. 정말 놀랐어."

"센트 루이스에서 장사한다고 다섯 시간이면 온다고, 또 오겠다 해서 다시 오지 말라고 했어."

"왜?"

"왜긴 뭐가 왜. 싱겁게 만나 뭐하니?"

그야말로 옛 애인도 아니고 초등학교 친구. 이성 간의 사랑이 뭔지도 모르던 시절, 그저 가슴 바닥 저 밑에 몽실몽실 더운 김이 올라오듯 막연히 남자 반장 애가 좋았지. 세상에 태어나 이성을 좋아해 본 처음 느낌이었으니까. 그 애가 말하는 것도 움직이는 것도 웃는 것도 다 아주아주 멋지게 느껴졌으니까. 그런 느낌이 청소년의 첫사랑이라는 걸까?

지금은 그저 친구로 죽을 때까지 가깝게 지내고 싶다고? 가능하면 우리 집 근처에 살면서 내 남편하고도 친해지고 싶다고? 형님으로 모시고 살고 싶다고? 그게 도대체 가능한가? 말도 안 돼!

"그런데 정말 언니가 오지 말라 해서 그 후 영 한 번도 안 왔어?"

"왔었어. 두어 번."

"그래서?"

세 번째 왔을 때, 급한 일이 생겼다고 거짓말하고 오후 시간을 빠졌었다.

"남들은 시카고를 갱스터 타운으로 오해하기도 하는데 난 여기가 참 좋아. 미시간 호수가 있어서 좋아"

샌드위치를 사서 미시간 호숫가로 갔다.

그리고 그날 수연이 간곡하게 말했다. 다시 오지 말라고. 가정

있는 여자와 가정 있는 남자가 만난다는 자체가 죄 아닌가. 우리 서로가 서로에게 죄지은 사람을 만들지 말자고.

성일이 호수 멀리 시선을 둔 채로 말했다. 너는 50년대에 살고 있구나, 라고.

다행이다. 오지 않으니까.

다행이다 하면서도 수연은 석 달, 넉 달, 여섯 달이 지나며 궁금했다. 정말 다시는 오지 않을 건가? 나는 성일이가 가끔 나타나 주기를 은근히 기다리는 건가? 그의 말처럼 우리 동네로 와 살면서 진우와 친해지고 같은 교회에 다니고, 그러기를 나는 은근히 기대하는 건가? 과연 그게 가능할까?

어떻게 사고방식이 그리 구닥다리 같냐며 성일이 말했다.

"가능하지. 왜 안 돼? 너도나도 이혼하고 결혼하자는 것도 아니고 몰래 연애하자는 것도 아니고 친구가 뭐 어때? 여자면 5, 60년 친구를 할 수 있고 남자면 절대 안 된다는 건 정말 옛날 호랑이 담배 피우던 시절이다."

"노 다이, 노 다이."

수희가 간 후, 깜박 잠이 들었나 보다. 옆 침대 여자가 소리소리 질렀다.

"노 다이, 노 다이."

의사와 통역사가 들어와 CT scan 결과 곧 수술을 다시 해야한다고 설명했다.

"No die, No die."

어제도 옆 방 여자가 수술실로 가면서 소리소리 지른 말.

"I don't want to die!"

수술실로 가는 사람들 거의 모두가 하는 말이 죽기 싫다는 말이다.

'이 세상에 죽음만큼 확실한 게 없다. 그런데 사람들은 겨우살이는 준비하면서도 죽음은 준비하지 않는다'라는 톨스토이의 말이 병원에 있으니 절로 생각난다. 너도나도 죽음은 반드시 찾아온다고 알고 있으면서도, 죽음을 준비한다는 자체를 꺼려한다.

'확 죽어버리련다.'

이런 식으로 말하는 사람도 정작 죽음 앞에서는 어떻게든 하루라도 더 살고 싶어 하는 게 인간의 참모습 아닌가 싶다.

너무 아파서, 견딜 수 없도록 너무 아파서 차라리 죽고 싶다는 사람에게 '그러세요, 이제 그만 죽으세요' 한다면 아마 굉장히 불쾌해할 것 같다.

"노 다이, 노 다이."

덫에 걸린 짐승이 울부짖는 듯한 그 겁에 질린 목소리가 너무 애처롭다,

수연이 천천히 일어나 조심스럽게 옆 침대 여자에게 다가갔다.

"노 다이!"

수연이 그 여자 말을 고대로 반복했다. 그리고 수화하듯 손짓으로 배를 아주 조금 째고 그 안에 들어있는 아주 작은 나쁜 종기 살짝 떼어내면 그만이라고. 시간도 별로 안 걸리는 아주 간단한 수술이라고, 의사가 한 말을 고스란히 입술과 표정과 손짓으로 했다.

학교에 있을 때 그랬다. 영어 한마디 할 줄 모르는 외국 학생들에게 때로 학교에서 전하는 특별 사항 같은 것을 전할 때, 농아에게 수화하듯 했었다.

"노 다이?"

눈물범벅이 된 얼굴에 미소가 비쳤다.

"노, 노, 노 다이!"

수연이 그녀의 등을 가볍게 쓸어내리며 그녀의 말을 반복했다.

"그라시아스(gracias)."

고맙다고, 여자의 울음을 그치게 해주어 고맙다고, 들릴 듯 말 듯 한 목소리.

이동 침대에 옮겨져 수술실로 갈 때 그녀의 남자가 한 말이다. 며칠 만에 처음 들은 그의 목소리다.

부부란 무엇인가.

서로 백 퍼센트 마음에 드는 배우자는 아마 세상에 없을 것이다.

더군다나 한 20여 년 살다 보면 그날이 그날 같고, 그 사람이 그 사람이니 부부관계도 처음처럼 뜨거울 수 없고, 습관적으로 살아가지만 아플 때나 괴로울 때나 슬플 때나 기쁠 때나 그 느낌을 가장 가까이에서 함께 하는 사람, 그게 부부 아니냐. 원수같이 지겨울 때가 많지만, 아이들 때문에 살아간다고 아주 탁 터놓고 말하는 여자들이 의외로 많다. 자신이 그렇게 느낀다면, 상대방 역시 그렇게 느낄 거라고 생각해 본 적 있을까?

- 20대에 만난 사람과 결혼해 그 남편과 앞으로 50년을 더 살라고 하면, 우리나라 중년 여자 대부분은 차라리 고독사하고 말겠다고 할 거다.-

어떤 심리학자의 말이다. 검은 머리 파뿌리는 수명이 50세였던 시절의 전설이라고.

방문객들이 다 돌아간 후, 저녁 8시 이후에는 병실 밖에서 간호사들끼리 소곤거리는 소리가 다 들릴 정도다.

"이틀 쉬며 집에 있으니까, 오히려 여기저기 몸이 더 쑤시더라고요."

"나도 그래요. 일할 때는 시간이 후딱후딱 가는 데 집에 있으면 시간도 안 가고, 몸은 늘어지고….."

한국말이 들려왔다. 분명 한국말.

왜 이 방, 당번은 한국 간호사가 아닐까?

하긴 환자가 특별하게 청하지 않는 한, 정해진 규칙대로 가겠지. 한국인 환자라고 반드시 한국인 간호사, 히스패닉 환자라고 반드시 히스패닉 간호사, 이런 식으로 한다면 오히려 인종차별 소리 듣기 십상이겠지.

미국 병원에서 한국 간호사들 대화를 들을 수 있다는 게 흐뭇하다. 참 세상 달라졌다.

1963년, 수연이 미국 왔을 때, 그때는 정말 학교에서도, 길가에서도, 한국 사람 만난다는 게 쉽지 않았다. 길을 걷다가 모처럼 동양인을 보고 '엽전'인가 보다, 라며 지나가니 너무 반가워 달려와 '네, 엽전입니다!'라고 했다는 우스갯소리가 있었을 정도다. 그 시절에는 Color TV도 없었다. 아마 지금 세대들은 Color TV가 없던 시대를 상상조차 하기 힘들 것이다.

TV를 하나 새것으로 장만할까? 라고 진우가 물었을 때, '아니, 전축.'이라고 대답했었다. 브람스, 모차르트 등의 레코드판을 사서 아무 때고 음악을 들을 수 있으면 참 좋겠다고 늘 생각했기에 TV보다 전축이 갖고 싶었다.

요즈음 젊은이들은 레코드판이니, 전축이니 하는 말조차 잘 알지 못하리라. 그래. 세월이 변하고 변해간다. 결코 뜬구름처럼 허무하게 흩어져 버리는 게 아니다. 아픈 추억이든 기쁜 추억이든 책갈피 속 단풍잎처럼 조심스럽게 하나 또 하나 꺼내 들여다볼 수 있는 흔적. 그게 세월 아닌가.

한국을 떠나 올 때, 그 시절에는 강남이라는 말도, 물론 아파트도, 수세식 화장실도 없었다. 그 시절에도 수세식 화장실이 있는 집이 혹 있었는지 모르지만, 수연네는 물론이고, 친척이나 친구들 집 그 어느 곳에서 수세식 화장실은 없었다. 물론 화장지도 신문지를 사용했다.

봉은사에 놀러 가려면 온종일 걸렸다. 뚝섬까지 기동차를 타고 가서 배로 건너가 밭을 끼고 돌고 돌아 한참 흙길을 걸어 들어가야 했다. 그 봉은사가 지금 강남 한복판이다.

퇴원하면 제일 먼저 카드 숍에 가련다.

Belmont Shore 2nd Street에 나가면 언제나 사람들이 붐빈다. 뒤에서 자동차가 오든 말든 유유하게 자전거를 타고 가는 사람들도 많다. Long Beach 도시 경계선에는 아예 이 도시는 'Bicycle Friendly City'라고 적혀 있다.

집에서 두 브락(block)만 걸어 나가면 코너에 빵집이 있다. 이른 아침에는 바람에 실려 오는 빵 굽는 냄새는 정말 기막히다.

빵집 옆은 아이스크림 가게다. 학교가 끝나면 아이스크림 집에 아이들이 몰려든다. 그 옆은 꽃집, 꽃집 주인은 아침이면 예쁜 꽃이 잔뜩 들어 있는 통을 가게 앞에 진열해놓고 저녁이면 안으로 들여놓는다. 꽃집 옆은 식당이다. Mediterranean이라고 크게 적혀 있는 그 식당에는 손님이 많아 저녁때는 길에 쭉 서서 기다리는 사람들로 붐빈다. 그 지역 음식이 젊은이들에게 인기인 것은 기름기가 적은 건강 음식이란다. 식당 옆은 보석 가게다. 그 가게 앞에는 늘 경비원 할아버지가 서 있는데 그는 오가는 사람들에게 항상 손을 저어가며 '헬로', '굿 데이' 같은 인사를 하며 환하게 웃는다. 그는 임금도 최저 임금을 받을 텐데, 마치 자기 가게처럼 그렇게 늘 지나가는 사람들에게 환한 미소로 인사를 한다.

그리고 나면 Gardena 길을 건너야 한다. 40보도 채 안 되는 길인데 브락(block)마다 신호등이 있다. 사람들은 지나가는 차가 없어도 으레 불이 파란색으로 바뀔 때까지 기다린다. 어쩌다 어린아이들이 건너가려 하면 엄마가 아이의 손을 잡아당긴다. 어렸을 때 그런 교육 때문에 성장한 다음에도 대부분의 미국인들은 신호등을 준수하는 게 아닌가 싶다. Gardena 길을 지나면 베트남 여자가 하는 nail shop, 그 옆에는 개들만의 과자점이 있다. Long Beach에 워낙 개가 많은 탓인지, 개들을 위한 과자점이 있다는 게 색다르다.

그다음은 은행이고 은행을 지나면 일본 식당과 인도 식당이 나란히 있다. 그 두 식당을 지나고 나면, 갭(Gap), 바나나(Banana), 리퍼블릭(Republic) 같은 옷가게가 있고, 옷가게를 지나면 책방과 카드 숍이다. 작고 아담한 책방 유리창에는 베스트셀러 책들이 잘 진열돼 있다.

『They left us everything』

수연이 입원하기 얼마 전에 책방에서 이 책을 샀다. 부모들이 돌아가시고 난 후, 60살이 넘은 큰딸이 쓴 책이다. 수연은 작가도 누군지 모르면서 그냥 제목이 마음에 들어 샀다. 부모가 남겨두고 간 오만가지 물건들, 여행 다니며 사 모은 골동품들, 사진들, 하다못해 부부가 주고받은 편지까지.

그 내용이 남의 일 같지 않았다.

살아오면서 모인 이런저런 잡동사니. 아이들은 다 버리라고 한다. 고물 같은 램프며 의자며 책꽂이, 여행 다니며 찍은 사진들, 티스푼 등등. 그래야지, 그게 아이들을 도와주는 거지.

하지만 뭐 하나 여태 버리지 못했다. 사진도 정리한다 하면서 들여다보면 뭐 하나 버릴 수가 없다. 그릇도 마찬가지다. 일 년이 넘도록 꼬박꼬박 저축해 산 크리스털 유리잔. 아이들보고 제발 가져가라 해도 싫단다. 요즘 세상에 누가 크리스털 유리잔을 쓰느냐다.

'요즘 세상'이라는 말을 들으면 '요즘 세상에 어쩜 사고방식이 그리 고루한가'라고 말하던 성일이 목소리가 들려온다.

『They left us everything』을 읽으며 수연은 혼자 많이 웃었다. 가슴이 뭉클해지는 부분에서도 웃음이 나왔다. 노인들이 떠날 때 할 일이 가진 물건들을 정리하는 것임을 빤히 알면서도 아직 단 한 가지도 버리지 못하고 있는 자신이 우스웠다. 미련인가? 애착인가?

아니 미련이라기보다 지나온 삶에 대한 향수이리라.

카드를 사러 가야지.

생일도 아니고 크리스마스도 아니고 땡스기빙도 아니고 아무 날도 아니지만, 그냥 생각이 나서 보낸다며 보내야지. 꼭.

왜 미처 이런 생각을 못 했을까. 왜 꼭 무슨 날에야 카드를 보내는 것이라 생각했을까.

수연은 카드 고를 때마다 유별날 정도로 시간을 많이 끈다. 카드 한 장 사기 위해 열 장도 더 넘게 열어보면서 그 안에 쓰여있는 말이 꼭 마음에 들 때까지 고르고 골랐다.

시카고를 떠나온 지 20년도 훌쩍 넘었다. 그동안 단 한 해를 거르지 않고 생일이면 꼬박꼬박 카드를 보내주는 로젠, 영주, 혜진, 그들뿐 아니라 유경에게도 또 보고 싶은 사람들에게도 예쁜 카드를 보내자. 그리고 이번에는 꼭 이렇게 쓰자.

'나는 네가 내 친구인 게 너무 고맙다고. 너를 내 친구라고 부를 수 있어 나는 참 복 받은 사람'이라고.

성일. 그는 지금 어디에서 어떻게 살고 있을까? 아직까지 살아있기는 한 건가?

성일이가 결혼한 독일 간호사 출신 여자는 충청도 여자로 고아원에서 자랐단다. 결혼식을 치른 그날 저녁 시간에 성일이 술에 취해 수연아, 수연아, 부르짖어 여자가 첫날밤도 치르지 않고 가버렸단다. 수연이 오래전 토론토에 여행 갔을 때, 피난 초등학교 동창 복조를 만나 들은 말이다.

눈물이 소리도 없이 주르륵 볼을 타고 내린다. 주책스럽게, 이 나이에!

사랑이란 한번 가슴에 생채기를 내면 지워지지 않는 건가.

22살 때 보고, 50이 넘은 지금, 뭘 어쩌자는 거냐.

　　　그대가 그리워 서러운 날엔
　　　한없이 울었습니다.
　　　그대와 나누지 못한 미련들을
　　　가슴에서 쓸어내리며

　　　그대가 보고파 그리운 날엔

한없이 걸었습니다
시간이 오래 지나가서 내 모습도 바뀌었지만
그대를 사랑하던 마음
지금도 한결같아요.

천진하던 그 시간 속으로
하루라도 갈 수 있다면

당신과 못다 이룬 사랑
꿈이어도 사랑할래요.

성일은 "꿈이어도 사랑할래요" 노래를 따라 불러가며 운전을 했다. 깜빡 졸다가 눈을 떠보면 차가 성큼 앞차 뒤에 와 있곤 했다.

"언니, 그 사람, 정말 언니 많이 좋아했어."
"싱겁네. 너 심심하구나. 이제 그만 가 봐."
"언니도 싫어하진 않았잖아."
"글쎄 그만 가 봐. 형부 곧 올 거야. 차들 밀리기 전에 가보라니까."
나는, 늘 내가 미칠 정도로 좋아하는 사람이 생겼으면 싶었어. 나를 좋아한다는 사람 말고, 내가 좋아하는 사람. 내가 갈망한 건 나 스스로 폭 빠지게 사랑할 수 있는 상대였어. 그리고 막연히 그런 그리움이 들 때면 불쑥 성일, 네가 떠오르곤 했어. 이상도 하지. 나를 그렇게 좋아했다면 왜 손이라도 한 번 꽉 잡지 않았니.

135 Tanglewood. Elk Grove, Illinois.
주소처럼 굽이굽이 꼬부랑 길을 서너 번 돌아야 찾을 수 있는 작은 집.
오래된 동네라 주변에 버드나무를 비롯해 나무들이 많았다.

> 깊고 깊은 산 속에 양지바른 곳
> 그곳은 평화로운 마을이었다.
> 산들산들 봄바람이 불어오면은
> 새들은 예쁜 집을 지어놓았다.

피난 초등학교 때, 선생님이 한 구절 또 한 구절 따라 부르라며 이 노래를 가르쳐줄 때 수연이가 어찌나 맑은 목소리로 금방 줄줄 노래를 따라 부르던지, 선생님이 너는 커서 성악을 공부해야겠다고 했었다.
깊고 깊은 산속은 아니지만, 히긴스 긴 숲길에 하늘이 보이지 않을 정도로 우람한 나무들, 그 길을 다 지나가면 나타나는 마을, 수연이 살고 있는 아늑한 마을. 수연의 단층집 앞뜰은 누가 보아도 깔끔하다 할 만큼 잘 정리되어 있었다.

아이들 가르치는 게 그토록 행복하다는 수연.

아이들 선생 노릇이 뭐 그리 행복할까마는, 행복하다고 말하는 수연의 얼굴이 진심임을 알 수 있었다.

그래. 그럼 되겠다. 유치원을 하나 만들자. 아니 아예 한국학교를 만들자. 그래서 영어 못하는 한국 아이들에게는 영어를 가르치고 한국어 못하는 미국 태생 한국 아이들에게는 한국어를 가르치는 학교. 기막힌 학교 아닌가.

와우. 그럼 되겠다. 시카고로 이사 와 삼층 건물을 알아보자. 삼층집에 살고 싶다던 수연. 그래, 그러자. 수연에게 삼층으로 되어있는 학교를 세워주자. 한국 아이들을 위한 학교라면 날로 늘어나는 한국 사회에 도움도 되리라. 그래, 그렇게 하자. 그래서 수연이 가까운 곳에 살도록 하자. 돈 많이 버는 게 오직 내 삶의 목적이었다. 이제는 수연에게 삼층 학교를 세워주는 꿈으로 살아가련다. 이게 이제 목적이다. 그래, 그렇게 살아가자.

그대가 그리워 서러운 날엔, 한없이 울었습니다.
그대와 나누지 못한 미련들을 가슴에서 쓸어내리며
그대가 보고파 그리운 날엔 한없이 걸었습니다.

…

　　시간이 오래 지나가서, 내 모습도 바뀌었지만
　　그대를 사랑하는 마음 지금도 한결같아요.

'그대와 함께 했던 마음.'

이 대목에서 성일은 늘 '그대를 사랑했던 마음.'이라고 고쳐 부른다. 함께 해본 적이 없으니까. 손목 한번 잡아본 적도 없으니까.

　　사랑했던 옛 시간 속으로 하루라도 갈 수 있다면
　　당신과 못다 이룬 사랑, 꿈이어도 사랑할래요.

노래를 따라 응얼거리는 성일은 자꾸 목구멍이 쓰라려 헛기침을 해댔다.

불그스름하던 하늘이 점점 어둠으로 변하며 하이웨이에 밤의 적막이 흘렀다.

이따금 지나가는 대형트럭들. 서부에서 동부까지 혼자서 몇 시간씩 운전하는 게 직업인 사람들. 직업이지만 무척 외로울 것 같다. 사람은 역시 좋든 싫든 사람들과 부대끼며 사는 거지. 밤길을 달리는 성일의 눈이 자꾸만 자꾸만 더 감겨왔다.

아, 세월아…. 나는 왜 너에게 매인 나를 풀어주지 못하는가.

사랑이란 10대나 20대나 50대나… 변하지 않는 건가. 세월 따라 풋사랑쯤이야, 해가며 담담해질 수는 없는 건가. 어찌 이 몹쓸 사랑은 녹슬지도 않는가.

'나가지 마, 무서워.' 도둑이 들었을 때, 내 두 다리에 매달려 달달 떨던 너. 피난 초등학교에서 과외 공부하던 그 허름한 학교 사무실. 비가 오면 여기저기 양은 냄비를 놓고 빗줄기를 피해가며 공부하던 그 판자촌 학교. 거기서 나는 맹세했다. 너를 평생 내가 지키리라고.

그 느낌이 사랑인지 무엇인지도 모르면서 그저 너, 강수연이가 좋았다.

삼층집을 지어주고 싶었다. 네가 원하는 모든 꿈이 이루어지게 하고 싶었다. 그 어떤 역경 속에서도 너는 나를 강하게 만들어 주는 보이지 않는 힘이었다.

정 주고 정 받으며 지내온 고마운 친구들.

카드 숍에 꼭 가련다. 예쁜 카드를 고르련다.

남편, 홍진우를 위해서도 카드를 사자. "당신은 내 생애에 가장 고마운 사람."이라는 말을 꼭 쓰자. 남편한테 한 번도 제대로 고맙다고 말해 본 적이 없지 않은가. 엉뚱하게 카드는 무슨 카드. 이 비싼 카드를 왜 산담, 하겠지.

지금도 카드 집, 꽃집 앞을 제대로 지나치지 못하는 여자. 뿐인가, 이제는 전화기로 사진을 찍기도 한다. 하다못해 남의 집 뜰 안에 장미꽃이 활짝 피어있으면 그것도 찍는다. 나뭇가지 위에 앉아있는 다람쥐도 찍고, 바닷가에 나가면 조개도 찍고 구름도 찍고 멀리 보일 듯 말 듯 지나가는 돛단배도 찍는다.

조개껍데기를 너무 많이 집어와 집안 여기저기 보석처럼 올려놓고 그거 보는 게 참 행복하다는 여자. 소녀가 아니라 할머니가 그런다.

현실 감각과는 거리가 먼, 너무나도 먼 맹한 여자, 꿈속에 사는 여자. 현실과 꿈 사이에서 늘 방황하며 산다고 할까?

아, 성일. 권성일.

까맣게 잊고 살아왔다. 권성일. 학교에 몇 번 왔다 간 후, 소식이 없다. 정말 다시는 오지 말라고 간곡하게 부탁한 걸 지키는 걸까.

주소를 안다면 그에게도 카드를 보내고 싶다. 고맙다고, 아주아주 옛날, 많이 아팠을 때 찐빵을 사다 줘 고마웠다고. 또 있다. 사과를 몇 년씩 보내준 것도 제대로 인사를 못 했다. 그리고 나를 보러 먼 길을 달려와 준 것도 참 고맙다고. 표현은 하지 못했지만 네가 아직도 나를 생각해준다는 데 가슴이 짜르르했다고.

실은 나도 때로 네가 궁금할 때가 있었다고.

그러자. 나도 때로 네가 보고 싶었다고. 이 말을 꼭 하자. 듣기만 하지 말고 나도 내 감정을 나타내자. 살아있을 때, 그 친구가 여자든 남자든 나는 너를 참 소중하게 생각하며 살아왔다고 말하고 싶다.

오래전 Santa Fe에 여행 갔을 때, 어느 갤러리에서 본 조지아 오키프(Georgia O'keeffe)의 '달로 가는 사닥다리(Ladder To the Moon)' 그림이 눈앞에 환히 떠올랐다.

그 그림 앞에서 움직일 수가 없었다. 심장이 멎을 것 같았다. 눈물이 쏟아질 것 같았다.

이것이었나? 내가 늘 뭔가 허전함을 느끼며 숲속으로 도피하던 이유가?

여기 이 삶이 다가 아닌 무한의 세계. 저기 저 너머 먼 곳?

화면을 가득 채운 꽃송이 그림 하나를 즐겨 그리던 그녀가 무슨 이유로 이토록 슬픈, 이토록 신비한 그림을 그렸나!

하늘 한가운데 엉거주춤 불안정한 사닥다리.

보일 듯 말 듯 먼 곳에 반달이 떠 있다. 아주 먹물처럼 까만 밤은 아닌 듯싶다.

해무를 밀어내며 신기루처럼 번지는 새벽노을.

차츰차츰 햇살이 펼쳐지는 아침으로 변해갈 것이고 반달은 하루가 다른 모습으로 변해갈 것이다.

모든 것은 변화하고 있고 모든 것은 어디론가 향한 여정 속에 있다. 어정쩡 허공에 떠 있는 사닥다리는 가슴에 묘한 설렘을 준다.

사람에 따라 사닥다리를 보는 느낌이 다르리라. 신분 상승을 위해 평생을 조마조마하게 살아가는 삶의 모습. 작은 아파트에서 좀 더 큰 아파트로 옮겨가기 위해서, 과장에서 국장으로 진급하기 위해서, 부자는 더 갖기 위해서, 세상에 조금 이름이 알려졌다는 사람들은 보다 더 유명해지기 위해서, 위태로운 줄 알면서도 한 계단 한 계단 올라가 끝에 다다랐을 때 만족한 사람이 있을까.

계단 꼭대기까지 올랐다. 이제 더는 오를 곳이 없다. 안간힘 쓰며 올라온 곳이 이것이었나, 이것이 다인가!

그래서였을까? 톨스토이가 80이 넘어 가출한 이유가?

돈도 많이 벌었다. 아주 유명해졌다. 그래서, 그게 뭐 어쨌다는 건가! 이런 탄식을 하며 홀연히 무작정 집을 나선 그의 마음이 바로 이 인간의 한계 때문이었을까.

때로는 이 허망함에 그냥 허공에 자신을 던져버리는 사람도 있다.

'달로 가는 사닥다리.'

불안정하기에 꿈을 꿀 수 있다.

비현실적이지만 얼마나 아름다운 바람인가.

허공에 떠 있는 사닥다리는 이곳에서부터 저 너머로 가고 싶은 초월에의 염원이다.

무슨 꿈을 꾸는지 수연의 얼굴에 미소가 흐른다.

늦가을에.

부와 명예, 모든 것을 이룬 불란서의 대문호, 기 드 모파상은 더 이상 살아야 할 가치를 찾을 수 없어 자살을 시도하고 끝내 정신병원에서 43세의 젊은 나이에 생을 마감했다.

데미안의 작가, 헤르만 헷세는 영혼의 방황으로부터 탈출하기 위해 그림을 그린다 했다.

삶의 방황과 갈증.

남들이 보기에 만족한 삶, 성공한 삶을 살면서도 채워지지 않는 허함 때문에 작곡가 로베르트 슈만을 비롯해 많은 천재작가들이 정신질환에 시달리다 사망에 이르기도 했다.

아주 어렸을 때부터 유별날 정도로 산 너머, 또는 굽어진 골목길 같은 데 호기심이 많았다.

저기, 저 너머에 무엇이 있을까. 그때부터 그 호기심이 자라면서 목마름으로 변해갔다. 인생이 이 평범한 궤도가 다일 수 없다는 목마름.

우연한 기회에 Georgia O'keeffe의 '달로 가는 사닥다리'를 보는 순간, 가슴에서 방망이질 소리가 들렸다.

이 유명한 화가 역시 허깨비 같은 꿈을 꾸는구나.

허공에 떠 있는 사닥다리. 그것을 타고 달에 간다는 허망한 꿈.

그 순간, 우리에게서 꿈을 앗아가는 건, 생명을 앗아가는 것이라는 버지니아 울프의 나직한 음성이 들려오는 듯했다.

꽃집에서 들꽃을 한 아름 사 왔다.

생전 본 적이 없는 이상한 꽃이라 가게 주인에게 이름을 물었더니 그냥 weeds(잡초)라 했다.

꽃집에서 들풀, 잡초를 판다는 게 신기하지만 풀 냄새가 그 어느 화사한 꽃보다 마음을 끌었다.

지난 5년 동안 응급실에 세 번 실려 가고, 입원을 두 번, 수술도 두 번 하면서 사닥다리를 겨우 마무리했다. 병실에 있을 때, 까맣게 잊어버리고 있던 사닥다리를 그래도 미련이 남아 다시 만지고, 만지고 해가며 살아있을 때 끝낼 수 있을까, 하는 생각마저 들었었다.

별스러운 이야기가 아니고 여자의 일생, 사랑 때문에 길이 달라진 여자들의 이야기를 아는 대로 들은 대로 그리고 느끼는 대로 쓰고 싶었다.

그래.

조지아 오키프의 허공에 떠 있는 사닥다리처럼 부질없는 꿈일지언정 꿈이 있는 한 삶은 살아볼 만하지 않은가.

잡초를 꽃이라 여기면 꽃이 되지 않으리.

철부지 시절에 한국을 떠나 미국에 살고 있는지 어언 50년이 훌쩍 넘었다.

이 보잘것없는 글을 한 권의 책으로 묶어주신 답게 장소임 사장님을 비롯해 임원진에게 진심으로 감사를 표한다.

2021년 10월을 보내며 Long Beach, CA에서

김유미